时星草

著

千万种心动

A thousand heartbeats 上

四川文艺出版社

图书在版编目（CIP）数据

千万种心动/时星草著.——成都：四川文艺出版社，2022.7
ISBN 978-7-5411-6322-7

Ⅰ.①千… Ⅱ.①时… Ⅲ.①长篇小说—中国—当代 Ⅳ.①I247.5

中国版本图书馆CIP数据核字(2022)第052775号

QIANWANZHONG XINDONG
千 万 种 心 动
时星草 著

出 品 人	张庆宁
出版统筹	众和晨晖
选题策划	众和晨晖
特约编辑	陈嘻嘻
责任编辑	彭 炜
封面设计	小茜设计
封面绘图	茶叶蛋
责任校对	段 敏

出版发行	四川文艺出版社（成都市锦江区三色路226号）
网　　址	www.scwys.com
电　　话	028-86361802（发行部）　028-86361781（编辑部）
印　　刷	大厂回族自治县德诚印务有限公司
成品尺寸	145mm×210mm　　　开　本　32开
印　　张	19　　　　　　　　　字　数　690千
版　　次	2022年7月第一版　　　印　次　2022年7月第一次印刷
书　　号	ISBN 978-7-5411-6322-7
定　　价	69.80元（全二册）

版权所有·违者必究。如有质量问题，请与出版社联系更换。028-86361795

目录

Contents

第 1 章
001 —— 影帝老公回来了

第 2 章
048 —— 老公好不好用

第 3 章
085 —— 我会接住你

第 4 章
134 —— 镜头下的你来我往

第 5 章
192 —— 我们回家（他的温柔）

第 6 章
231 —— 不小心爱上他

目录

Contents

285 —— 第 7 章 在想你

325 —— 第 8 章 特别的惊喜

371 —— 第 9 章 甜蜜互动，全是糖

431 —— 第 10 章 哄好了

492 —— 第 11 章 全民嗑 CP

549 —— 第 12 章 我爱你，很爱很爱你

587 —— 番外　婚纱

第1章
影帝老公回来了

冬日寒风凛凛,天空还飘着小雨。

一阵风吹过,亲吻肌肤,泛起涟漪,温度也逐渐下降,冷得人瑟瑟发抖。

十二月底,某时尚慈善晚会活动如期举行。

艺人们早早便收到了邀请,在零下几度的天气穿着西装、晚礼服亮相,签名,接受媒体记者采访、拍照。

颜秋枳也收到了邀请函,这会儿正赶往活动现场,

她今天有点事耽搁了,没来得及换衣服化妆,这会儿还在车内做最后的准备。

助理珠珠在旁边给她报告最新的红毯进展。

"哇,现在要出来的是关荷!"

珠珠坐在角落边上,用她激情澎湃的声音朗诵着:"她今天妆容妩媚,穿了一条裸色的绑带裙,事业线半露,身段妖娆,酥胸撩人!"

颜秋枳被她逗笑了,没忍住眨了下眼。

化妆师跟着笑了,训斥她:"别乱动,难道待会儿你想要顶着高低眉走红毯吗?"

珠珠扑哧一笑:"她肯定不想,关荷都露出事业线了,我们颜颜姐也不能输!"

闻言,颜秋枳斜了她一眼,老神在在道:"什么叫我不能输?"

珠珠好心解释:"那不是你们的日常对决吗?今天网上也有投票,好多人还说你可能不出席今夜的活动了。"

"为什么?"

珠珠道:"因为我们工作室没有公开红毯照片。"

艺人走红毯之前,百分之九十九的工作室都会提前公开照片,供粉丝和

路人欣赏。

有很多艺人甚至能因为一组照片而上热搜,这种可以出名的机会,大多数人都不会放过。

而颜秋枳和关荷,是她们各自的粉丝乃至很多路人都关注的对象。

她们两人在娱乐圈走的路线相似,加上过去这一年里竞争颇多,难免会被拿出来比较。

虽然当事人并没有这个想法。

正聊着,颜秋枳的手机响了起来。

"是萌姐的电话。"

"接吧。"

颜秋枳被化妆师固定着脸,不太能动弹。

珠珠接通:"萌姐。"

萌姐是颜秋枳的经纪人。

李萌的声音从那边传来:"秋枳呢?"

"还在化妆。"

李萌这会儿还在办公室,她低头看了眼腕表上时间,又看了眼正在直播的红毯现场,沉声道:"能赶上吗?"

颜秋枳声音很轻,淡淡道:"可以。"

李萌点了点头,低声道:"我刚收到个消息,提醒你一下。"

"什么?"

李萌停顿了一下,低声说:"我们一直争取的那个代言被关荷拿走了。"

颜秋枳一怔,立马便想到了李萌说的代言是什么,她睫毛颤了一下,没出声。

李萌继续道:"你也别太灰心,只是一个代言而已,后期我们还有很多。"

颜秋枳唇角微勾,轻声笑道:"知道了。"

李萌听她这声调,并没有很放心:"待会儿她要是故意刺激你,你压压脾气。"

闻言,颜秋枳觉得有点好笑,她应该也没这个闲心去和她计较什么。

但她还是很好心地答应着:"嗯。"

挂了电话后,珠珠瞅着颜秋枳看了半晌,小声道:"颜颜姐,别气馁啊。"

颜秋枳刚想说话,被化妆师给制止了。

"别说话,最后一步了。"

颜秋枳:"……"

化好妆后,颜秋枳直接在助理的帮助下换了礼服。

换好礼服后,化妆师只来得及给她补补妆,弄弄头发,车子便停了下来。

此刻，粉丝、媒体都蹲守在红毯两侧，期待着偶像们的出现。

为了给自己的偶像应援，粉丝们处于一点都不怕冷的状态。

当看到一辆黑色保姆车停下时，所有人都翘首以盼，把目光投向了这边。

最先曝光在大众面前的，是一双白得刺眼的腿，再往上，是一条带着闪片的暗红色吊带裙，在黑夜里闪闪发亮。

粉丝发出惊呼，在看到那张熟悉的脸后，更是尖叫不断。

不远处，媒体相机咔嚓咔嚓的声音更是未有停歇。

颜秋枳就像是从黑夜里走出的妖精一样，一举一动都牵引着大家的目光，让人挪不开眼。

"啊啊啊啊啊啊！是颜秋枳！！！"

"我的天啊，颜秋枳又来'夺魂'了！！"

"啊啊啊啊！颜秋枳'杀'我！"

颜秋枳对着镜头微微一笑，款款地往红毯那边走去。

恰在此时，另一侧也有一辆车缓缓地开了过来，停在红毯入口处。

颜秋枳看了一眼，便径直往展板前走去，这属于正常流程，她签完名后另一人补上。

只是，在颜秋枳刚靠近展板，从主持人手里拿过签名笔的时候，背后传来了沸反盈天的声音。

她下意识转身，朝那边看了过去。

这一转，视线便没能立刻收回来。

人声鼎沸的黑夜中，那人穿着笔挺的黑色西装站在红毯另一端，身形颀长，气质矜贵，他面部轮廓英隽，眉眼深邃，立在那里如遗世独立一般。

周围的喧闹仿佛都和他无关。

但偏偏，那渐起的热闹，却只因为他。

像是心有灵犀一般，那不疾不徐往这边走过来的男人掀起了眼皮，朝她这边望了过来，他瞳色偏浅，但却容易给人一种深邃的错觉，一旦跌进那双眼睛里，便无法抽身而退。

那一眼，颜秋枳入场后回忆起来，总觉得夹杂了冬日的冷冽，让人不敢靠近。

*

场内，走完红毯的男女明星们找到贴着自己名字的位置坐下。

旁边有熟络朋友的，还能交谈几分。

颜秋枳刚找到自己的位置坐下，两侧便传来了艺人们的交谈声。

"我们没有看错吧！陈陆南回来了啊。"

"没有！他真的回来了。"

"啊啊啊……今天刚回来的吗，怎么瞒得这么严实？今晚的热搜谁也别抢了，非陈陆南莫属。"

"那是一定。"

那两人在颜秋枳身后聊着，说话间隙还不忘带上她："秋枳，刚刚你看到了吧？"

颜秋枳回过神来，转头看向那两人，脸上挂着得体的微笑："嗯。"

两人激动道："天呐，我进娱乐圈最大的梦想就是能见到他。"

"我也是。"

陈陆南，娱乐圈的一个顶级神话。

从出道至今，拍过的作品全部爆红，他本人低调谦虚，除了必要的作品宣传之外，鲜少在公众面前露脸。

可即便如此，他也是热度极高的男艺人，只要出席活动，其他人基本上都只能靠边站。

就是这么一个人，在一年多以前突然宣布要出国进修。

这一去，便没了音讯，直到今夜空降。

颜秋枳猜测了一下，现在网上起码有三个热搜是关于陈陆南的。

他一回来，这一年娱乐圈顶流的位置就得换人。

她正走神想着，旁边有人坐了下来："发什么呆？"

颜秋枳回神看向来人，是沈慕晴。

她的圈中好友。

颜秋枳看了她一眼，慢条斯理地说："在思考，我今晚的风光怎么就被人给抢走了呢？"

沈慕晴无语半晌，瞅着颜秋枳："就这个？"

颜秋枳坦坦荡荡："对啊。"

沈慕晴被噎了一下，抬眸看向走到最前排最中间位置坐下的男人，从她们两人这个角度看过去，能看到那人英俊的侧脸轮廓。

她盯着看了一眼，凑在颜秋枳耳边小声嘀咕："一年多没见，你老公还是很帅啊。"

闻言，颜秋枳眼神冷淡地看了那边一眼，冷笑了一声。

这倒是事实。

她老公一直都帅，是帅得时时刻刻都能招蜂引蝶的那种。

沈慕晴听着颜秋枳的冷笑，莫名打了个冷战。

她看了一眼颜秋枳，再瞧瞧陈陆南那边，小心翼翼地问："……你不知道你老公回国了？"

颜秋枳给了她一个眼神，表示默认。

沈慕晴不可置信地看着她，再看了看陈陆南，压着声音说了句粗话："我靠！那你老公太不是人了。"

颜秋枳点头附和："你说得对。"

这边刚骂完，陈陆南那边打了个喷嚏。

正和他交流的前辈吓了一跳，紧张地看着他："小陆，你这是感冒了？"

陈陆南摇头："不是。"

他声音偏低，仿若清泉一般，让人听着很是喜欢。

前辈笑笑，叮嘱道："你刚回国，可能会有点不适应国内天气，天冷，记得多穿点。"

陈陆南颔首，表示了然。

他话不多，前辈和他聊着，却也不在意他这样的态度。都是知根知底的人，不会因为这个便对陈陆南有意见。

陈陆南确确实实是刚到。他才下飞机没多久，便接到通知，来了这里。

原定出席这场活动的人不是他，但那人临时有事，陈陆南欠那人一个人情，所以不得不补上。

他抬眸看着台上主持人说话，神色寡淡，有点漫不经心。

手机不停振动着，陈陆南嫌吵，直接转了静音。

他刚刚入座，耳边便传来了陌生人切切的交流声。

"颜秋枳今晚的裙子好漂亮啊。"

"是啊，她也上热搜了啊，就在陈陆南的后面。"

"说真的，要不是陈陆南空降，今天登顶热搜的就是颜秋枳了吧。"

"颜秋枳的身材绝了啊！"

"你以为呢，她现在可是被评为大家最想在一起的女星之首，和男星之首的陈陆南就差了那么一丁点儿距离。"

"诶，最近不是说那个谁在追颜秋枳吗？也不知道能不能追到。"

那两人低头聊着八卦，也没注意到声音传到了陈陆南这边。

直到声音越来越大，旁边人看了眼不远处的陈陆南，轻咳了一声表示提醒，那两人的声音才渐渐散去。

陈陆南敛了敛眸，突然想到自己刚下飞机时看到的那张照片。

红裙美人，肌肤玉雪，明眸皓齿，简直勾人心魄。

想着，他轻哂了一声。

*

整个活动从开始到结束，颜秋枳都有点心不在焉。

她神情淡淡的，看上去和以往一样冷艳动人，不熟悉她的人觉得正常，但熟悉一点的……却听说关荷把颜秋枳一直在争取的代言拿走了，想必她这会儿心情肯定不好。

活动进入尾声，大家差不多也能离开了。

沈慕晴盯着坐姿一晚上都没变的人，喊道："去洗手间吗？"

"不去。"

沈慕晴大概也理解她的心情，低声问："那回去？"

"嗯。"

颜秋枳起身，还没来得及走，便看到坐在另一侧的人往万众瞩目的那边走了过去。

颜秋枳还眼尖地发现，关荷特意扯了下衣服，把她那波涛汹涌的事业线给露了出来。

瞬间，她改主意了。

"先不回去。"

"啊？"

沈慕晴顺着她的视线看了过去，在看到关荷的动作后，没忍住笑了。

"她是不知道陈陆南一向洁身自好吗？"

颜秋枳勾了勾唇角，完全是看戏的表情："谁知道呢，可能觉得一年多没见，陈陆南已经饥不择食、荤素不分了。"

场内宽敞，头顶灯光全开，璀璨亮眼。

因为环境的缘故，周围还裹杂着些许交谈声，都悄悄然入耳。

颜秋枳没去细听其他人的声音，她重新坐下，撑着下巴眺望着远处，还真是一副看热闹的样子。

仿佛那正中间被女人围住的男人不是她老公，而是某个毫不相干的路人甲。

沈慕晴看了她一眼，又把视线转到前排陈陆南身上，越看越心惊胆战。

她颇有种待会儿战火要引到自己身上的错觉。

也不知道是不是错觉，沈慕晴看到关荷靠近陈陆南的时候，陈陆南好像往她们这边看了一眼。

"陈老师。"

陈陆南刚要起身，面前便走来一个陌生女人。

他下意识皱了下眉。

一旁的朋友道："这是关荷。"

陈陆南微微颔首，蓦地想到了什么，便多问了一句："关荷？"

关荷眼睛一亮，款款道："好久不见陈老师，没想到——"

话还没说完，陈陆南淡淡地问："我们认识？"

关荷脸上的笑顿时僵住，思绪千回百转，连忙道："陈老师贵人多忘事，我们一起拍过戏，那会儿您是主角，我是个小丫鬟。"

也是因为这个，关荷还被不少人羡慕，虽说只是小配角，但至少也算是和陈陆南合作过。

陈陆南表情很淡，目光扫了她一眼，很快便移开了。

"抱歉。"

关荷一笑，并不介意陈陆南忘了自己，她还想要凑过去说话，陈陆南却再次淡声道："麻烦让让。"

关荷站着的位置，恰好挡住了陈陆南的去路。

她一愣，脸上满是尴尬，似乎有点难以置信。

关荷的脸瞬间红了，她张了张嘴，看着陈陆南，似乎还想做点什么。

一直站在旁边的保镖走上前来，这下其他人被彻彻底底挡在了外面。

陈陆南在保镖的护送下，从包围圈中走了出来。

他不疾不徐地走在簇拥着他的人中间，却并未直接出去，反倒是……

关荷瞪大眼，难以置信地看着陈陆南往第二排走去，那里只剩下两个人。

没等陈陆南来到两人面前，颜秋枳率先起身，朝与陈陆南相反的方向走了出去。

关荷一脸不可置信地看着，脑中有千百个问题想问，却发现周围根本没有人注意她。

颜秋枳和陈陆南？

他们认识？

是什么关系？！

        ＊

夜色浓浓，场外冷风瑟瑟。

明星们入场时停下的雨又下了起来，淅淅沥沥的，听得让人心生烦躁。

颜秋枳刚到门口，珠珠便把她的外套递了过来。

"颜颜姐，快穿上。"

颜秋枳依言穿上，她不会和自己的身体过不去，更何况现在这零下的温度，她扛不住。

沈慕晴借着她穿衣服的间隙回头看了一眼，陈陆南步伐依旧，一点都不着急的模样。

甚至有人和他打招呼，他还能停下来聊两句。

沈慕晴在心底暗叹，陈陆南可能真不怕他的亲亲老婆生气。

颜秋枳穿好衣服，径直往外走。

司机已经在门口等着了，她抬脚上车，珠珠紧随其后。

沈慕晴看着她，欲言又止，半天没憋出一句话。

颜秋枳看着她："让司机一起送你回去？"

"别，"沈慕晴道，"我司机在那边等着呢，你今晚回哪里啊？"

"公寓。"

沈慕晴瞅瞅她，小声道："那行，我明天过来看你。"

颜秋枳弯唇一笑，答应着："好。"

车内格外安静，珠珠是认识陈陆南的，但她并不知道陈陆南是颜秋枳的老公。

颜秋枳和陈陆南属于商业联姻，两人又是公众人物，结婚结得可以说是非常低调。

除了家人和几个熟悉朋友知道外，其他人一概不知。

刚刚那一幕，珠珠也没看见，她只觉得颜秋枳这会儿心情巨差。

"颜颜姐。"

"嗯？"颜秋枳抬眸看她，"怎么了？"

珠珠小心翼翼地看着她，安慰道："一个代言而已，我们还有超级多的，你别难过啊。"

闻言，颜秋枳觉得好笑，瞪了她一眼："你颜颜姐是会因为这个难过的人？"

珠珠"啊"了一声："那你怎么心情这么差？"

颜秋枳阖着眼道："太困了。"

她最近很忙，萌姐给她接的工作让她不得不连轴转，每天睡眠不足，脾气自然也更差了。

珠珠了然，刚想要说话，司机突然喊了声："颜小姐，后面有辆车一直跟着我们。"

颜秋枳一怔，下意识回头，在看到熟悉的车牌后，她眯了眯眼道："哦，是私生饭，别管他。"

珠珠："……"

开宾利的私生饭吗？！

*

抵达公寓楼下，颜秋枳向司机和珠珠叮嘱了两句，便径直走了进去。

晚上的风冷，她伸手裹了裹衣服，维持着女明星的最后一点体面，没跑进电梯。

刚走到电梯门口,颜秋枳的手机铃声响了起来。

她掏出来看了一眼,佯装没听见,任由铃声响起又停下。

铃声落下时,电梯恰好到了,颜秋枳按下电梯上楼。

她住22楼,这里的公寓每一层都只有一户,房间面积很大,格外奢侈。进屋后,铃声再次不厌其烦地响起来。

颜秋枳在心里衡量了一下,在对方挂断之前接了起来。

"什么事?"

她声音淡淡的,格外冷漠。

陈陆南立在车旁,扯开领带,看了一眼远处的公寓楼,嗓音低沉道:"我在门口。"

颜秋枳撇了撇嘴,对陈陆南这态度很是不爽。

"你是谁?"

陈陆南听着她骄纵的语气,并不生气:"我今天刚下的飞机。"

"哦。"

颜秋枳冷声道:"刚下飞机就有时间做造型,参加活动?陈老师体力真好。"

陈陆南听出了她的冷嘲热讽,垂眼安静了须臾,慢条斯理道:"我体力好不好你应该最清楚。"

"你——"颜秋枳被他怼得哑口无言。

这个世界上竟然还有这种不要脸的老流氓?!

陈陆南像是没了耐心,缓声说:"算了,你早点休息。"

他并不执着于要进小区。

颜秋枳语塞,闭眼压着怒气:"等一下。"

她抿了抿唇:"我给保安打个电话。"

人家给了台阶下,颜秋枳也不是那么不讲道理的人。

陈陆南莞尔,也不追究她因为自己出国就把自己名字去掉,让他不能进小区这事。

"好。"

十分钟后,陈陆南进屋。

他看了一眼背对自己的人,转开视线看向别处,颜秋枳对两人的婚房并不怎么用心,反倒是这边的公寓,她有用心布置过。

显得温馨又舒服。

颜秋枳一转身便看到了立在门口的人,她眼神很冷:"陈老师打算告诉全世界我们的关系?"

"……"

陈陆南把门关上。

颜秋织对他这自觉的态度并不怎么满意,她把沙发上乱糟糟的几件衣服收拾好,径直走向卧室。

颜秋织是真没打算管陈陆南。回卧室后,她找了睡衣出来,进了浴室。天气太冷了,只有泡澡能拯救她。

颜秋织闭着眼躺在浴缸里,被氤氲的雾气包围着,整个人像是重新活过来了一样。

她舒服地想着,要是陈陆南没突然回来,这会儿她浴缸旁边应该还有一个高脚杯和一瓶红酒才对。

正想着,浴室的门被人轻轻敲了一下。

颜秋织猛地睁开眼,回过神来:"什么事?"

门外传来男人的声音:"要吃东西吗?"

颜秋织刚想拒绝,陡然想到自己为了穿礼服没吃中晚餐。她抿了抿嘴,气焰熄灭了一点:"要满汉全席。"

陈陆南没理她,丢下一句:"半小时内出来。"

颜秋织气不打一处来。

她觉得自己和陈陆南一定是八字不合,不然为什么每次自己都生气了他还能一副云淡风轻的模样。

仿佛她所做的一切都是无理取闹。

等到颜秋织又磨蹭了四十分钟才出去的时候,陈陆南的"满汉全席"正好上桌。

看着桌上的两碗面条,颜秋织转头看了他一眼:"你破产了?"

陈陆南瞥了她一眼:"冰箱里没东西。"

颜秋织一点也不心虚,"哦"了一声:"仙女不用吃饭,当然没食材了,你不知道让人送?"

陈陆南不理会她的疯言疯语,安静地坐着吃面。

正吃着,桌子下有东西从另一边探了过来。

陈陆南手一顿,掀起眼皮看了她一眼。

颜秋织像是没察觉到他眼神里的警告,自顾自继续,她用脚趾头勾着他的裤脚,从下面钻了进去,一路往上……

直到西装裤绷住,她没了缝隙能进去才停下。

恰到此时,陈陆南放下手里的筷子,规规矩矩地摆放在碗旁边,就这么面无表情地望着她。

"怎么不继续?"

颜秋枳瞪了他一眼，快速收回脚，盘坐在椅子上，举止随性，一点豪门千金的样子都没有。

陈陆南知道她本性如此，两人刚结婚的时候，颜秋枳还很"端庄贤淑"，后来，本性就慢慢显露出来了。

颜秋枳是个憋不住话的人，她和陈陆南虽然是没有感情基础的商业联姻，但既然结婚了，就得遵守婚姻规矩。

陈陆南交朋友什么的她不会管，但今天这事，她气不过。

"关荷和你说什么了？"

颜秋枳直截了当地问。

陈陆南挑眉，总算知道她今晚这一系列别扭行为是从哪来的。

"说和我拍过戏。"

闻言，颜秋枳"呵呵"两声。

"就这样？你说了什么？"

"不认识。"

颜秋枳噎住，睨了他一眼："最好如此，你要是敢——"

"敢什么？"

陈陆南掀起眼皮看着她。

他眸色浅浅的，琥珀色的瞳眸望着她，明明什么也没做，却偏偏让人压迫感十足。

旁人会怕，但颜秋枳不会。

她停顿了一下，把后半句补完："你要是和她有什么，你就等着净身出户吧。"

闻言，陈陆南突然笑了一声。

他看了一眼对面的人，刚卸完妆、洗完脸，皮肤白皙幼嫩，五官精致，一双杏眸又大又圆，她五官比例好，属于可纯可媚的类型。

不化妆的时候是小白兔，化完妆就是小狐狸，而这两者，颜秋枳向来都演绎得很好。

若非如此，陈陆南也不至于到今天才看见她的另一面。

颜秋枳被陈陆南的笑声弄得不安，瞥了他一眼："你笑什么？"

陈陆南顿了顿，低声道："不会。"

颜秋枳傲娇地"哼"了一声，决定看在他这么诚实的份上，下次再追究他回国不告诉自己这事。

吃过面条后，颜秋枳刷牙护肤，准备睡觉。

等陈陆南从浴室出来的时候，她正捧着手机蜷缩在被子里，唇角漾开着笑，眼眸弯弯，格外勾人。

陈陆南眼神微敛，不动声色地挪开了眼。

他掀开被子躺了进去，颜秋枳仿若没感觉一样，边刷手机边和人聊天。

蓦地，她手抖了一下，手机里传出了男人的声音。

"颜颜，今天的造型非常好，可惜我没能——"后面的话还没说出来，颜秋枳已经手忙脚乱地把手机给关了。

刚关上，她便对上了男人幽深如墨的那双眼。

她下意识想解释一下，刚张嘴，男人便侧身压了过来，颜秋枳所有的话都被吞了回去，再没有一句完整话出来。

到深夜，迷迷糊糊间，她听到了男人喑哑低沉的声音，问她："玩得开心吗？"

次日清早，小雨初歇，冬日暖阳穿过窗帘缝隙，透进房内，恰巧落在颜秋枳的脸颊上。

她眼睫毛轻颤了一下，翻了个身打算避开，手不由自主地往旁边横了过去，触摸到已经没多少温度的床榻。

她手一顿，身子微微发酸，缓了缓才睁开眼看向旁边。

没人了。

颜秋枳盯着一旁空荡荡的床位看了半晌，昨夜那些缠绵的画面突然涌入脑海。

男人在她耳边的沙哑嗓音，以及他那翻滚着欲望的瞳眸，和那滚动的喉结……

颜秋枳稍稍一动，身体便提醒她昨晚发生了什么，那不是梦。

陈陆南真的回来了。

甚至在回国当晚，就对她这个有名有实但没有感情的妻子进行了"惩罚"。

说是惩罚也不为过，颜秋枳确确实实欺骗了陈陆南。

他们结婚之初，颜秋枳为了给陈家、给陈陆南留下一个好印象，在刚进入圈子拍了一部戏后便和经纪人商量，不接亲密戏。

虽说这是对她职业的不尊重，但她没办法。

那部戏播出结束后，颜秋枳有半年都没接工作，每天在家做"婉婉有仪"的妻子，连穿搭也变得格外"良家妇女"。

结果陈陆南一走，她就摇身一变，成了最性感的女星。

当然，颜秋枳并不认为昨晚陈陆南问的那句话是针对她手机外放出来的男声语音。

刚开始，她可能往那方面想了一下，但等到清晨脑子清醒了，她必定不会自作多情。

　　从他睡了一觉人便消失不见的架势来看，完全没可能。

　　想着，颜秋枳还是有点头疼。

　　做都做了，总不能把事情抹掉，她之前就想过陈陆南回来后会如何，但那会儿完全是打算走一步算一步，从未认真思考过。

　　反正他们也没感情，陈陆南最多是自尊心受挫一下，应该不会有太大反应。

　　颜秋枳正想着，鼻息间传来了咖啡的香味。

　　她吸了吸鼻子，转头看向紧闭的卧室门，没过多纠结，便掀开被子起床。

　　刚进浴室，颜秋枳便在镜子中看到她略带倦色的脸和白皙细长的脖颈处露出来的红痕。

　　她盯着那处看了一会儿，下意识地皱了皱眉。

　　陈陆南疯了吗，为什么在她脖子上留了痕迹？

　　等颜秋枳洗漱好，换了衣服出去的时候，陈陆南正单手拿着手机打电话，另一只手还漫不经心地搅拌着什么。

　　他背影清瘦颀长，穿着白衬衫、黑西裤，看着格外的赏心悦目。

　　他打电话的声音不重不轻，嗓音偏低，听起来格外舒服。

　　"嗯，"陈陆南低声答应着，"刚回来，今天不行。"

　　说话间隙，他察觉到颜秋枳的目光，转头瞥了她一眼，眼神很淡。

　　"还有事，忙完会带颜颜回去。"

　　"知道。"

　　等陈陆南挂了电话，颜秋枳问了一声："家里的电话？"

　　陈陆南"嗯"了一声，端着咖啡从厨房往外走，低声问："你这段时间没回家？"

　　明明是询问的语气，却透露着你回答和不回答都和我无关的感觉。

　　颜秋枳听着也不心虚，理直气壮道："最近太忙。"

　　陈陆南也不意外这样的回答，他抿了口咖啡，喉结上下滚动，没再追问下去。

　　颜秋枳就这么看着他的动作，眼神下意识地落在了他滚动的喉结上。

　　她正盯着看，陈陆南再次看了她一眼："后天有空吗？"

　　颜秋枳愣了一下，惊讶地看着他："怎么？"

　　"回家。"

　　颜秋枳："……"

　　陈陆南这态度，让她莫名生气，这像是久别重逢然后温存了一夜的夫妻吗？！

这态度简直比金主对小情人还差。

想到这儿，颜秋枳强压下翻白眼的冲动，微微一笑道："不清楚。"

她越过陈陆南往厨房走，撩了一下头发："我得问问经纪人，你也知道我最近人气挺高的，比较忙，时间不一定能调过来。"

闻言，陈陆南看了她的背影一眼，因为家里温度的缘故，颜秋枳只穿了一件修身的打底衫，一字肩款式，露出了她漂亮且精致的锁骨，还有修长的天鹅颈，白得耀眼。

昨晚留下的印记，早已被颜秋枳用粉底给完完全全地掩盖住了，一点也窥探不到。

他盯了颜秋枳几秒，收回目光，淡声道："随你。"

说完，他便走回了卧室，颜秋枳蒙了两秒才反应过来。

随她？！

*

沈慕晴听着颜秋枳的吐槽，哭笑不得："然后呢？"

颜秋枳冷笑道："然后说有事先走了，还让我今天搬回别墅那边。"

那是两个人的婚房。

她气急败坏道："他去做梦吧他。"

沈慕晴扑哧一笑，拍了拍她的后背。

"淡定淡定，"她撑着下巴道，"陈陆南一直都这个性格，你又不是不知道。"

颜秋枳是知道，但没想到出国一年多，这人还这样。

她抿了口咖啡，觉得自己的火气又往上升了一点。

其实她今天没事，之前的戏正好拍到一个转折点，需要换场地再继续，加上她的戏份都拼凑在一起，已经拍了大半，另一场地暂时安排了其他人，所以她有好几天的时间休息。

颜秋枳和沈慕晴坐在宽敞明亮的咖啡店聊着，两人和店主熟，特意找了个其他客人不太能看见的地方待着，比较肆无忌惮。

正说着，颜秋枳突然听到背对她们的那桌女生的对话。

"啊啊啊啊啊陈陆南回来了你知不知道！！"

"怎么会不知道？他待会儿还在附近有个手表活动。"

"天呐，昨晚的红毯照也太帅了吧！"

"完蛋了完蛋了，待会儿手表活动肯定会有采访，没票能进去吗？"

……

颜秋枳转头看向沈慕晴，从对方的眼睛里看到一脸迷茫的自己。

沈慕晴扑哧一笑，瞅着她："你不知道？"

"……"

沈慕晴道："……好歹也是你老公，你就没关心过？"

颜秋枳还真没有。

她每天忙着拍戏，忙着购物，忙着保养身材，哪会去注意陈陆南的消息。

两人沉默了片刻，沈慕晴指了指商场方向，说："去凑凑热闹吗？"

"不去。"

颜秋枳想也不想便拒绝了，她为什么要去看陈陆南？在家里看着都觉得碍眼，她又不是脑抽了。

事实证明，颜秋枳是真的脑抽了。

看着商场里密密麻麻的人群，她转身就想走。

"走什么走，"沈慕晴拽着她，"来都来了，看看再说，"她压着声音，"再说了，你难道不想看看阔别一年后你老公的风采？"

颜秋枳："……"

说实话，昨晚已经见到了。

但她拗不过沈慕晴，只好不情不愿地跟着去了。

沈慕晴很会找位置和角度，甚至还拉着颜秋枳挤进了最前排，这是除了媒体记者和后援会粉丝外最靠近舞台的地方。

颜秋枳环顾四周，不得不认可沈慕晴的"追星"能力，其他粉丝要有她这么厉害，何愁不能近距离接触偶像。

正想着，前方爆发出尖叫声和欢呼声。

人声鼎沸中，颜秋枳一抬眼便看到了那男人。

一袭正装，从出现的那一刻开始，便透露着矜贵气质。但今天他没系领带，白衬衫还随意地敞开了两颗扣子，看着又添了一分随性。

他的面部轮廓被商场内的灯光勾勒出来，显得立体又精致。

不可否认，陈陆南这张脸……是真的很少有人能比得过。

此刻，她们周遭全是尖叫声、呼喊声，气氛热闹十足。

陈陆南调整了一下手腕上的手表，从主持人手里接过话筒，微微含笑道："好久不见，大家上午好。"

"啊啊啊啊啊啊啊好！！"

"哥哥你好帅啊！！"

"天呐哥哥'杀'我！！"

陈陆南的脸上始终挂着笑，但笑意未达眼底。

他微微抬了抬下颌，看向一旁的主持人。

手表活动，大多数是围绕品牌手表展开的，陈陆南对自己代言的品牌以及手表都颇有研究，知识面很广，无论主持人抛出什么问题，他都能侃侃而谈。

等正规的宣传结束后，进入了后期媒体采访。

这是特别安排的，只因为这是陈陆南回国后的第一场互动活动，因此品牌方为了热度，也为了表示对陈陆南的重视，特意下了一番功夫。

"欢迎陈老师学成归国。"

陈陆南颔首。

记者站起来看向他，言语犀利地问："据悉，陈老师在国外进修的是导演专业，以后是要转行做导演吗？"

陈陆南神色自若，缓声道："随缘。"

停顿片刻后，他接着说："如果有合适的机会和剧本，会想去尝试。"

记者又问："那陈老师还打算拍戏吗？"

闻言，陈陆南连眼神都没变，淡淡道："有好剧本自然会。"

……

到最后，一位记者问出了广大粉丝的心声。

"陈老师回来后，近期还会再出国进修吗？"

颜秋枳听着这问题，下意识抬眸看向台上云淡风轻的男人。

陈陆南刚想要回答，突然往台下某个方向看了一眼，停滞了两秒后，他淡声回答："暂时不会。"

话音落下后，颜秋枳听见了粉丝们的欢呼雀跃声。

陈陆南短时间内不出国了。

……

*

活动结束后，颜秋枳等人群散去后才和沈慕晴从商场里走出来。

两人刚打算再去逛逛，颜秋枳的手机铃声便响了起来。

沈慕晴偷偷看了一眼，扬了扬眉，"哦"了一声："快接快接，你老公是不是发现你了？"

颜秋枳瞥了她一眼，语气肯定道："不可能。"

说话间，她接通了电话："喂？"

陈陆南这会儿还在顶楼休息室，他站在落地窗前，俯瞰室外熙熙攘攘的人流，嗓音低沉道："还在商场？"

颜秋枳一愣，下意识地环视了一圈。

"你怎么知道？"

陈陆南没吭声。

颜秋枳抿了抿唇，突然想到他在台上的时候停滞了几秒的眼神，低声问："你看到我了？"

"嗯。"

陈陆南问："顶楼有个餐厅不错，中午一起吃饭？"

颜秋枳听着耳畔低沉的嗓音，耳朵麻了一下，但很快便回过神来，毫不留情道："不了。"

拒绝完陈陆南后，颜秋枳身心舒畅。

她爽快地收起手机，转头道："走，购物去。"

沈慕晴目瞪口呆地看着她这一系列骚操作，噎住了。

"你就这么拒绝你老公？"

"不然呢？"

沈慕晴眨了眨眼，看着她："你为什么不答应？"

颜秋枳反问："我为什么要答应？"

沈慕晴："那好歹也是你老公，约你吃饭你都不去，你不怕你们夫妻关系不和谐吗？"

闻言，颜秋枳挑了挑眉，把落下的卷发撩到耳后，微微一笑："不怕告诉你，我们夫妻生活挺和谐的。"

沈慕晴："……"

真是绝了。

颜秋枳要购物，沈慕晴作为好友自然是无条件奉陪，反正人家就算不一起吃饭也有正常的夫妻生活。

不像她。

在陈陆南那里短时间内占了上风的颜秋枳心情格外好，买东西一点也没手软，但她忽视了一个重点……她早上被陈陆南气到了，所以今天出门带的卡全是他的。

或者说她知道，但她是故意的。

陈陆南坐在休息室，听着手机里一条又一条的消费短信提醒，面色漠然。最初他还会给一个眼神，到后面，他连眼神都没再给。

但站在他旁边的助理王康却不由得打了个冷战。

"陆哥。"

"嗯。"陈陆南翻看面前的工作行程，低声道，"把后天晚上的时间空出来。"

王康连忙应着："是。"

他看了一眼，后天晚上给陈陆南安排了一个饭局，不去直接取消就行，影响不大。

　　陈陆南刚回国，虽说只是一名演员，但以他出国之前的名气和回国后这小半天闹出的动静，足够让人想来认识巴结了。

　　即便是隐退了一年多，陈陆南还是那个陈陆南。

　　导演们纷纷朝他抛出橄榄枝，连带着不少综艺节目也都发来了邀请，都想着拿下他回国后的第一次来宣传造势。

　　陈陆南只把后天的时间要了出来，便没再吭声。

　　直到他把行程安排还给王康的时候，王康突然听到他问了句："她在拍谁的戏？"

　　猝不及防听到这么一句，王康还有点没反应过来，几秒后，他总算是回过神来，知道"她"指的是谁了。

　　陈陆南和颜秋枳结婚的事情，王康是知晓的。

　　有那么一段时间，王康对颜秋枳还挺关注，他那会儿以为两人是有感情结婚的，直到陈陆南出国进修，王康才后知后觉反应过来，这两人的感情好像没他想象的那么深。

　　再后来，关注就少了些，偶尔看到颜秋枳的新闻，他也不给陈陆南发了，久而久之……他差点忘了陈陆南已婚的身份。

　　王康快速从脑子里搜索记忆。

　　"林竟导演的，"以防陈陆南不记得是哪个林竟，王康很尽职道，"你和颜小姐领证那天，颜小姐去试镜了他的一部戏。"

　　虽然最后没选上。

　　提到这个，陈陆南突然想起有这么一号人物存在。

　　他和颜秋枳领证当天，她因为要试镜，让陈陆南在民政局门口等了一个小时。

　　王康观察着陈陆南的表情变化，在心里为颜秋枳默哀了两秒钟，继续把话说完："我这边收到的消息是电视剧正在转移拍摄场地，暂时休息。"

　　陈陆南淡淡"嗯"了一声，沉默了。

　　王康了然，也不再多言，倒是趁着陈陆南不注意，掏出手机给圈内朋友发信息，询问林竟下一个拍摄场地是哪里，配角大约什么时候再次进组，是否允许探班等……

*

　　颜秋枳到家的时候，屋子里的灯是亮着的。

　　她在门口愣了一下，差点怀疑自己走错了。

大影帝不是要住别墅吗，来她的小公寓做什么？

颜秋枳心里暗戳戳地想着，她环视了一圈，并未看到陈陆南的身影。

她撇了撇嘴，换了鞋，一转身便和从书房出来的人碰上了。

陈陆南还穿着今日活动时的白色衬衫，干净又矜贵，颜秋枳被晃了眼，抬眸看他："你怎么过来了？"

陈陆南垂眼，瞥了一眼她丢在门口大包小包的购物袋，顿了一下："那边还没收拾好。"

颜秋枳："……没收拾好你早上还让我搬回去？"

陈陆南淡淡地看了她一眼，缓声道："你愿意的话，可以多让两个阿姨过去。"

颜秋枳噎住。

她听懂了陈陆南拐弯抹角的话，言下之意是……她愿意回去，自然有阿姨收拾干净，她要是不愿意，那阿姨就收拾得慢点。

她其实不懂，明明两个人没感情，何必要绑在一起生活呢？

你住你的别墅，我住我的公寓不好吗？

但她转念又一想，估摸着陈陆南是要做样子给家里人看，想到这儿，颜秋枳怏怏道："那明天搬回去。"

陈陆南敛眸，应了声："嗯。"

而后越过颜秋枳，往厨房走去。

颜秋枳瞅了两眼，没忍住跟了过去。

"你做饭了吗？"

陈陆南连个眼神也没给她，淡淡说："我以为你应该累到没体力吃饭。"

"……"

被陈陆南怼后，颜秋枳气鼓鼓地回了卧室。

这个睚眦必报的老男人。

活该他一辈子约不到人吃饭。

看着颜秋枳气呼呼的背影，陈陆南立在厨房片刻，才端着咖啡回了书房。

半小时后，敲门声响起。

陈陆南抬眼看了过去，颜秋枳正穿着吊带睡衣站在门口，两根细细的带子挂在肩膀上，勾勒出她完美的身形。

肩头上还落了水，盈盈细珠和白皙肌肤相衬，雪白得亮眼。

他停滞在那一处片刻，目光往上，落在她清丽的那张脸上。

颜秋枳眨了眨眼，很大方地任由陈陆南观赏，她趴在门上，娇滴滴喊了声："老公。"

陈陆南手里的笔在纸页上画下一条深痕。

颜秋枳毫不在意他的反应，继续道："能不能帮我个忙？"

陈陆南收回目光，连个眼神都没再给她："什么事？"

颜秋枳眼睫毛忽闪忽闪，瘪着嘴委屈巴巴的模样，看着漂亮又可爱，她这个样子，最让人没有抵抗力。

"我的外卖到了，但外卖员好像没找到正门，进不来。"

"……"

陈陆南起身应了句："现在在哪儿？"

颜秋枳笑眯眯道："我也不知道，他电话里说得含含糊糊，我把他号码发给你，你下去后问问？"

陈陆南没拒绝。

站在电梯里，陈陆南的手机振动了一下，是颜秋枳发来的号码。

他低头看了一眼，轻扯了下唇。

等陈陆南走后，颜秋枳给沈慕晴发了个"胜利"的表情包。

沈慕晴：【……你就不怕陈陆南知道你存心刁难他？】

颜秋枳：【知道就知道，反正我那样他不会让我下去。】

沈慕晴：【为什么？】

颜秋枳：【告诉你吧，虽然我们是大难临头各自飞的塑料夫妻，但至少也有名有实，而且陈陆南看着冷漠，可实际上是一个闷骚，占有欲强不说，还有点大男子主义，他不会愿意自己老婆那样子被人看的。】

这是她和陈陆南刚结婚那半年得出来的结论。

男人本性都一样。

再者，她还知道陈陆南招架不住自己什么模样，撒娇是漂亮女人最好的武器。

即便是对陈陆南这种人，也是有用的。

沈慕晴：【……你就没想过陈陆南让你换了衣服再去？】

颜秋枳：【？？？那他还是个人吗？】

沈慕晴：【那这样说，陈陆南其实也不差啊。】

颜秋枳：【那是我没说他不好的。】

沈慕晴：【你说得挺多的。】

颜秋枳：【。】

*

陈陆南到楼下后才给外卖员打电话，他神色淡然，问清楚对方位置后也不生气，往小区后门那边走了过去。

颜秋枳住的公寓楼在靠前的位置，和后门相隔了十几分钟的路程。

陈陆南到的时候，外卖小哥正在旁边等着。

看到他走过来，外卖小哥问了声："是拿外卖的吗？"

陈陆南颔首："是。"

小哥又问："尾号是7672的陈陆南老婆吗？"

陈陆南微微一顿，挑了下眉："嗯，谢谢。"

他从外卖小哥手里接过深色纸袋。

外卖小哥放下心来，嘀咕道："那就好，用户说让我送到后门有人来拿，我还以为是骗我的呢。"

说完，他也没在意，点完签收后便骑着小电驴走了。

陈陆南听着外卖小哥的话，眉心微动。

他低头看了一眼订单上的备注，再看看最上头的联系人几个字，微微一哂。

陈陆南回来的时候，颜秋枳已经吹干头发，坐在客厅里等着了。

听到响声后，颜秋枳转头看了过去，双瞳剪水地望着他。

"辛苦了。"

陈陆南把外卖递给她，也没问她为什么要让外卖员送到后门。

颜秋枳观察着陈陆南表情的变化，估摸着这人应该是没看到备注。

也是，陈陆南才没有闲心看这种不重要的东西。

她点的是麻辣香锅，一打开，浓郁的香味便飘散出来，充斥了整个客厅。

为表达自己的感谢，颜秋枳好心问了句："要吃一点吗？"

陈陆南拿起一旁的杯子抿了一口，扫了一眼："不用。"

颜秋枳也不生气，陈陆南从来不吃这种外卖，不吃更好。

她自顾自地吃了起来，一边吃，一边还不忘把余光瞥向陈陆南那边。

下一秒，颜秋枳看见陈陆南进了厨房。

再过了会儿，她听见了开火的声音。

颜秋枳呆滞了一会儿，想凑过去看看他在做什么，但又没能拉下脸。

她沉思了片刻，掏出手机给沈慕晴发消息。

颜秋枳：【外卖拿回来了。】

沈慕晴：【他知道你故意把地址填后门吗？】

颜秋枳：【不知道吧，但问题是，陈陆南进厨房开火了。】

沈慕晴：【？】

颜秋枳：【你说他是不是为了报复我让他拿外卖，从而开始做晚饭惩罚我？】

沈慕晴：【做饭怎么能叫惩罚你呢？】

颜秋枳:【他做了不给我吃,难道不是惩罚吗?】
沈慕晴:【你都有外卖了还吃什么吃?】
颜秋枳:【你不懂,陈陆南的手艺比外卖好千百倍。】
虽说富贵不能淫,威武不能屈,但在美食面前,颜秋枳是愿意弯腰的。
毕竟人活一张嘴,能有什么办法呢?
二十分钟后,颜秋枳两眼放光地看着陈陆南从厨房里端了菜出来。
一份酸辣土豆丝,一份小炒肉,甚至……还有鸡汤?!
她瞪大眼,呆若木鸡地看着:"你什么时候熬的鸡汤?"
陈陆南淡淡道:"你回来之前。"
颜秋枳气极:"那你说没做饭?"
陈陆南:"我没说。"
"……"
颜秋枳差点没当场离婚。
她不可置信地看着陈陆南,气到心肝痛。
陈陆南是没说没做饭,但他对自己进行了讽刺!
她瞪着陈陆南,这个男人像是察觉不到一样。
颜秋枳闻着飘过来的香味,下意识地咽了下口水。
她看着面前已经冷了的香锅,没了半点胃口。
她纠结了半分钟,觉得在美食面前,尊严可以暂时丢开,便在桌子下面踹了踹陈陆南。
陈陆南掀起眼皮看她。
颜秋枳理直气壮道:"我要喝鸡汤。"
陈陆南不为所动。
颜秋枳继续道:"你老婆饿了,她要喝鸡汤!"
陈陆南看了她一眼。
颜秋枳瞪着他:"你气到你老婆了,再不给你老婆喝鸡汤,你今晚睡书房,明天也不跟你回去。"
也不知道哪句话戳中了陈陆南的点,他定定地看了颜秋枳须臾,还真起身进了厨房,给她盛了碗鸡汤出来。
颜秋枳伸手接过,弯了弯唇角:"谢谢。"
她喝了几口,觉得全身都舒坦了。
看着陈陆南吃饭的模样,她突然想到了一个重点:"……你之前也没吃饭?"
"嗯。"
颜秋枳一怔,脚没控制住,又踹了他一下,但这一脚比之前轻了很多,颇有点勾引的意思。

陈陆南下颌线收紧，喉结滚了滚，沉声道："先吃饭。"

颜秋枳："？"

三秒钟功夫，颜秋枳便理解了陈陆南这话的意思。

她噎住，表情格外耐人寻味。

什么叫先吃饭？

她刚刚是那个意思吗？她绝对没有。

想着，颜秋枳张嘴反问了一句："……你精虫上脑吗？"

陈陆南："……"

他安静了须臾，撩起眼皮看向她，嗓音沉沉："试试？"

"……"

颜秋枳很意外，陈陆南居然这么厚脸皮，这人一年多没见，是欲求不满吗？

她瞪了一眼陈陆南，很是无语。她眼睛又大又亮，看着没有任何威慑力，反倒是添了一丝潋滟的诱惑。

陈陆南收回目光，没和她多言。

吃过了饭，为防止饭后运动，颜秋枳把洗碗的任务交给了陈陆南，自己一溜烟儿跑回了卧室。

甚至，还上了锁。

陈陆南听着门把声响，轻扯了一下唇角。

*

回房间后，颜秋枳觉得锁门是挡不住陈陆南的，更何况吃人家的嘴短，刚刚才喝了他熬出来的美味鸡汤。

盯着房门纠结了几秒后，颜秋枳把门打开，又去了衣帽间。

她得收拾点东西带回别墅。

其实那边什么都不缺，颜秋枳虽然一年多没回去住，但只要她需要，最新款的衣服、饰品乃至护肤品等，都会有全新的送过去。

她也不是会为陈陆南节约的女人，该花的，颜秋枳一点也不会手软。

这是他们塑料夫妻间的礼尚往来。

不过有几样东西是颜秋枳到哪都要带着的，她得收拾好。

陈陆南从厨房出来的时候，看到的是敞开的卧室门。

他小幅度挑了下眉，走进去后才发现颜秋枳不在房间，倒是相通的衣帽间门是打开的。

当初公寓装修的时候，其实有好几个房间，但颜秋枳衣服多，也不需要客房，便让人把那几个房间改成了衣帽间，和卧室相通。

整间屋子，除了书房之外，就只有主卧和连在一起的衣帽间。

宽敞明亮，格外奢侈。

陈陆南走到门边，看到的便是颜秋枳蹲在地上的画面。

她手里捧着一个老年手机，眼睫低垂，正聚精会神地看着。

手机屏幕小，光照在她脸上，衬出她精致的眉眼。

从侧面看过去，陈陆南还能看到她闪动的眼睫毛，以及那贴合在她身上的睡裙。睡裙是丝绸材质，稍稍一动，便能把她姣好的身形勾勒出来。

陈陆南盯着看了片刻，侧身收回目光，转身进了浴室。

……

等她收拾好行李，从衣帽间出来的时候，男人已经洗漱完，靠在床头柜看资料了。

她瞥了一眼，有点好奇。

颜秋枳掀开被子爬上床，忍了忍，还是没忍住，好奇地问道："你在看什么？"

"剧本。"

颜秋枳眼睛一亮，转头看他："谁写的？"

陈陆南难得温声告诉她："博钰。"

闻言，颜秋枳兴趣更浓了："他写的新剧本吗？"

"嗯。"

博钰，是很多人心目中最厉害的编剧之一，他的剧本总有自己独特的风格，新颖，不落俗套，让人欲罢不能。

颜秋枳很喜欢他写的故事，博钰还曾出过书，颜秋枳作为一个合格的书粉，自然买了不少，唯一可惜的是没一本有签名。

博钰不开签售会，也鲜少在大众面前露脸，是一个相对神秘的编剧。

听到陈陆南的肯定回答后，颜秋枳压着的那丝兴趣慢慢膨胀，完全不想收敛了。

她探过脑袋凑到陈陆南边上，低头看了起来。

颜秋枳刚洗了澡，身体乳涂抹在身上的味道还没散去，甚至发出浓郁的香气。

她靠过来的时候，陈陆南鼻息间全是那一股味道，浓郁香甜，却不刺鼻，反而特别诱惑。

但她本人并没有任何察觉，陈陆南已经看到第二页了，颜秋枳动手，给重新翻了回去，看故事和人物简介。

她凑得很近，头发也在不经意间戳在陈陆南脖颈处，痒痒的。

猝不及防之下，剧本被合上了。

颜秋枳一愣，错愕地看着他："你干吗？我还没看完。"

陈陆南直接把剧本搁在了自己那一边的床头柜上，嗓音低沉道："睡觉。"

"……"

颜秋枳看着他躺下去的架势，无语了半响："你睡你的，我看我的。"

说着，她倾过身想要去拿剧本，手刚伸出去，就被陈陆南给扣住了。

他的掌心有点烫，灼热地贴着她手腕处娇嫩的肌肤。

颜秋枳刚想要生气，一低头便对上了陈陆南的目光，她一顿，顺着他的视线看了过去，然后猛地从他掌心挣开，攥紧衣领，脸泛薄红，骂了句："流氓。"

陈陆南把视线从那一处挪开，落在她脸上，难得没把"流氓"这个称呼坐实。

他也不知道是哪根筋搭错了，突然解释了一句："明天再看。"

颜秋枳愣了几秒，再反应过来的时候，陈陆南已经把他那边的灯给关了。

她怔了几秒，缓慢地躺回床上，伸手把灯给关了，然后，颜秋枳怎么想怎么不对。

按照正常流程，陈陆南不应该对自己说"你没必要看，反正看了你也演不了"之类的话吗？

颜秋枳揉了揉酸涩的眼睛，迷迷瞪瞪地想着——陈陆南今天好像做人了。

*

翌日，颜秋枳是被手机铃声吵醒的，她摸着手机进被子里接听，嗓子还有点哑："喂？"

萌姐皱了皱眉，低声问："你还在睡觉？"

颜秋枳愣了一下，"嗯"了一声："怎么了？"

萌姐也不和她计较九点了还在睡觉这事，她快速道："赶紧起来洗漱，我让珠珠过去接你，来公司一趟。"

"有什么事吗？"

萌姐应了声，低声道："今天中午有个聚餐，你去露个脸。"

颜秋枳慢吞吞地从床上坐了起来，好奇地问："什么意思？"

萌姐道："一个品牌方想选代言人，但暂时还没定，中午只是一个随性的聚餐，多露露脸总归是好的。"

颜秋枳对这个倒是没太大意见。

她应了声，问："哪个品牌？"

萌姐说了个名字，颜秋枳惊讶地抬了抬眼："我马上起来。"

挂了电话后，颜秋枳快速收拾好自己，等她穿着裙子从房间里跑出去的时候，意外看到陈陆南在家。

她惊讶了两秒，也没多问，到厨房喝了杯水便要走。

陈陆南一抬头，看到的便是她弯腰穿鞋子的画面。

为了见品牌方，也为了贴近品牌偏好，颜秋枳今天化了个淡妆，穿了一条知性修身的黑色长裙。

她手里还拿着一件外套，没来得及穿上。

这一弯腰，好身材一览无遗。

前凸后翘，腰间一丝赘肉都没有，小腿更是均匀漂亮，白得亮眼。

陈陆南皱了下眉，还没来得及说话，颜秋枳便转头看了他一眼："你今天不出去？"

"晚点。"

颜秋枳"哦"了一声，表情淡淡的："我还有事，东西你帮我搬回去就行，我晚上直接回别墅那边。"

陈陆南刚要回答，关门声便响起。

他再抬头，留给他的只有毫不留情合上的大门。他头一回反应迟缓了几秒，伸手揉了揉眼。

*

颜秋枳到公司的时候，时间还早。

她和萌姐商量了一下接下来一段时间的工作，然后才和萌姐一起出发去饭局。

路上，萌姐边看手机边说："可能会遇到不少熟人，不少女明星都想拿下这个代言。"

颜秋枳"嗯"了一声，表示了然。

窗外阳光大好，透过车窗玻璃照进来，暖洋洋的。

颜秋枳昨晚睡眠质量不错，这会儿心情颇好地观察着路边的行人，唇角上翘着，眼睛里漾开着笑。

萌姐不经意地转头看了一眼，只觉得几天没见，颜秋枳好像又漂亮了一些，连气色也变好了。

"这两天休息得怎么样？"

"还好。"

萌姐点头:"那就好,我看你气色都好了不少。"

颜秋枳身子一僵,顺手摸了摸自己的脸:"有吗?"

萌姐斜了她一眼:"你自己没感觉?"

颜秋枳毫不犹豫道:"没有。"

萌姐:"……"

颜秋枳和萌姐抵达饭局的时候,一点也不意外地看到了"熟人"。

那人正坐在中间,与其他人相谈甚欢。

她还没走过去,关荷便瞧见她,对着她温柔地笑了笑。

"秋枳,好久不见,最近怎么样?"

颜秋枳脸上挂着虚假的笑,懒洋洋道:"挺好的。"

关荷自顾自道:"这几天在家休息得不错吧?"她撩了撩自己的头发,露出那白皙的锁骨,略带遗憾道,"不像我,这几天忙得脚不沾地。"

颜秋枳"哦"了一声,没了后话。

关荷脸色微僵,再一次感受到她的冷漠。周围坐着的几个艺人也不说话,就这么看着两人你来我往。

关荷也不气馁,继续道:"秋枳也是对这个代言感兴趣吗?"

闻言,颜秋枳连一个眼神都懒得给她,漠然道:"你没兴趣你在这儿干吗?问话之前能不能带点脑子?"

关荷脸色刷地白了。

她最讨厌的不是颜秋枳这个态度,而是最后那句话,"带点脑子"四个字对关荷来说杀伤力极强,她最厌恶的便是别人这样说她。

她是高中毕业后误打误撞进的娱乐圈,学历偏低。

当然,更大的原因是她经常说话不过脑子,让人啼笑皆非,有一次,在一个比较重要的场合上,她用错了成语不说,还误导了不少人。

事后她被媒体评价——最没有"脑子"的艺人。

再之后,这标签就甩都甩不掉了。

其实,关荷要是安分点还好说,但偏偏她属于那种不懂非要装懂,最后却丢丑的人。

这是圈内不少艺人乃至粉丝都知道的事。

……

关荷被她刺激到,顿时性情大变:"你有脑子,你又有多高尚?还不是一样出来卖。"

话音一落,其他艺人脸色也变得不好了。

"关荷,"有人喊了声,"你说什么?"

"对啊,谁出来卖了?这是我们的工作,我们只是正常流程吃个饭。"

"我们是艺人,和品牌方吃饭哪里叫卖了?"

周围有人嘀咕着:"果然是不带脑子。"

关荷听着周围人议论纷纷,咬着唇,攥紧了衣服,脸色更是白了几分。

颜秋枳没理会关荷的挑衅,低头玩着手机,等待着。

品牌方负责人还没过来,也难怪包厢里乱成这样。

没一会儿,品牌方负责人走了进来,包厢内的争执全然不见,霎时间安静了下来。

打过招呼后,颜秋枳便自顾自坐在位置上,很认真地低头吃饭。

突然间,话题不知道为何引到了颜秋枳身上。

她抬了抬眼,精致的眉眼在灯光下衬着,熠熠生辉。

几番交谈下来,颜秋枳看着送过来的酒,低了低头,爽快地一饮而尽。

品牌方负责人看着她这样,眼里闪过一丝惊喜:"颜小姐是爽快人。"

颜秋枳微微一笑,在第二杯送过来的时候,温和拒绝:"抱歉,我酒量一般。"

品牌方负责人盯着她那张漂亮的脸看了会儿,道:"应该不至于,颜小姐再喝一杯试试?大家都喝得不少。"

关荷也在旁边劝道:"是啊秋枳,我来敬你一杯,之前那个代言的事情一直没和你说清楚。"

闻言,颜秋枳懒散地靠在椅背上,掀起眼皮看着品牌方,又看了一眼关荷。

一动不动。

关荷举着杯子的手停在半空中,看着她不为所动的模样,格外尴尬。

她抿了抿唇,故意道:"秋枳,你不会不愿意喝吧?"

话音落下,周围人看戏一样地看着颜秋枳。

这种骑虎难下的局面,一般人都不会拒绝。

但颜秋枳不是一般人,她撩起眼皮冷笑了一声,双手抱臂问:"你算哪根葱?"

然后,她又冷冷道:"你敬酒我就得喝?"

关荷脸色一黑,被她的话惊到了:"秋枳,你在说什么?我这是真心实意想给你道歉。"

"哦,"颜秋枳慢条斯理地抿了口果汁,"那我以果汁代酒,接受了,你把酒喝了吧。"

"⋯⋯"

众人面面相觑,完全没想到颜秋枳会这么不给人面子。

品牌方负责人也被颜秋枳的这一顿操作闪瞎了眼,脸色沉了沉,被她的不懂事给惹怒了。

"颜小姐，别敬酒不吃吃罚酒。"

颜秋枳微微一笑："我都不吃，你吃呗。"

品牌方："你——"

周围人没忍住，扑哧笑了出来。

颜秋枳懒得和这群人废话，她本来是对代言感兴趣才来的，但如果是这样的品牌方负责人，这代言不要也罢。

想着，她径直起身，撂挑子走人。

刚把包厢门拉开，颜秋枳便愣住了。

她看着陡然出现在这里的人，没控制住语气，问了声："你怎么在这儿？"

陈陆南斜了她一眼，在看到清明的一双眼后，他偏了偏头，往里头看了过去。

里面的人皆是一愣，惊讶颜秋枳说话的态度，也惊讶陈路南的出现。

品牌方负责人更是在看到陈路南的那一刻就已经换了表情。

"陈老师？"

那人连忙走到门口，伸出手想和陈陆南握手。

陈陆南微微一顿，侧了侧身把颜秋枳挡在了身后，伸出手跟那人轻握了一下："你好。"

品牌方负责人讶异道："陈老师怎么会来这里？"

说着，他还看了一眼陈陆南背后的颜秋枳。刚刚颜秋枳那语气，大家都听见了。

闻言，陈路南不温不火道："路过。"

品牌方负责人愣了一下，听到陈陆南这漠然的话，有点奇怪，但也没多表现出来。

想着，他看陈陆南的眼神多了点笑："那陈老师要不要坐下一起吃饭？"

"不了，"陈陆南冷漠疏离道，"还有事。"说完，他停顿了一下，看了一眼还在自己身后的颜秋枳，"这是？"

颜秋枳微怔，看着挡在自己面前的挺阔肩膀，走神了。

品牌方负责人微微一笑："一位不太懂事的艺人。"

陈陆南颔首，了然一笑，并未多言。

颜秋枳回过神来，冷眼看着两人，语气冷淡："抱歉，先走了。"

说完，她拎着包头也不回地走了出去，看样子是对这代言真没任何想法了。

众人面面相觑，惊讶于颜秋枳的态度，但同时也打心底表示佩服，换作是其他人，绝对没这个胆子。

品牌方负责人对着陈陆南尴尬一笑，气得牙痒痒，可陈陆南还站在门口，他偏生不出任何办法。

*

"颜颜。"

颜秋枳正压着怒火往外走，猝不及防听到了熟悉的声音。

她转头，对上了两张笑脸。

"你们怎么——"后面的话还没说完，颜秋枳便打住了。

既然陈陆南在这里，这两人出现在这儿也正常。

姜臣笑了笑，调侃道："等你啊。"

颜秋枳立在原地看着他，脸上的表情淡淡的。也不知道是不是夫妻在一起久了总会有点相像，颜秋枳这会儿的模样和陈陆南不说话的时候特别像。

"等我干什么？"

程湛莞尔，刚想要说话，陈陆南便从拐角处走了过来，他脸上的表情很淡，低头看着颜秋枳，低声问："要一起吃饭吗？"

"……"

进到包厢后，颜秋枳看了一眼在座的四人。

"都在啊。"

姜臣主动给她倒了杯茶，含笑说："是啊，来，我们颜颜先消消气。"

陈陆南漫不经心地瞥了他一眼。

颜秋枳看着送过来的茶，心情总算是舒服了点。

她也不恼怒陈陆南刚刚的态度，两人刚结婚的时候她便和陈陆南定了规矩，在外面两人的关系不能曝光，她认识陈陆南，仅仅是因为他是大影帝，至于陈陆南……自然不会认识她这个十八线小艺人。

喝了口热茶，颜秋枳和姜臣他们聊了两句，大家都没注意，她伸出脚踢了下陈陆南。

陈陆南看她。

颜秋枳把头发挽在耳后，露出了修长的脖颈，在包厢内的暖色灯光下白得亮眼。

"你怎么知道我在那边？"

陈陆南目光扫过她脖颈处的肌肤，抿了口茶道："程湛说的。"

"啊？"

十几分钟前，陈陆南刚出现，就被姜臣灌了两杯酒。

他皱了下眉，嗓音沉沉问："怎么约中午？"

姜臣笑了一声，解释道："一个待会儿要出国，一个要上班，不约中午约什么时候?"

闻言,陈陆南挑了下眉,没和他们计较。

他看了一圈,四人组只有三个人在:"程湛还没到?"

姜臣点头,刚想要说话,程湛便推开门走了进来。

他穿着黑色衬衫,模样清隽,和陈陆南是不同的长相风格,鼻梁上还架着一副眼镜,斯斯文文的。

他眼尾狭长,和三人打了声招呼,随性坐下。

姜臣看他这样,忍俊不禁:"迟到了,喝酒。"

程湛莞尔,毫不客气地喝了两杯,这才和陈陆南碰了下杯子:"你定的地方?"

陈陆南:"不是。"

程湛挑眉,意外道:"是吗?"

姜臣嗤了一声,看不得他这样:"这地方是我定的,消息也是我发的,你怎么能把功劳都算在阿南身上?"

程湛也不生气,淡淡说:"刚看到他老婆了。"

姜臣一愣:"什么?"

程湛笑着道:"他老婆在隔壁饭局。"

闻言,姜臣扬了扬眉,促狭地看向陈陆南:"你知道?"

陈陆南拿着杯子的手顿了一下,漠然道:"不知道。"

……

程湛和姜臣瞅着他的脸色,然后对视一眼。

姜臣道:"隔壁饭局啊,和投资商一起吃饭?"

程湛:"差不多,人太多太杂了,我路过时不经意看了一眼,正好看到有人给颜颜敬酒。"

姜臣吹了声口哨,笑问:"就颜颜那性格,敬酒能喝吗?"

程湛:"工作需要啊。"

两人一唱一和,陈陆南神色寡淡,仿佛他们口中的对象并非自己的妻子。

突然间,一道清冷的声音插入进来。

是一直在看手机没吭声的傅言致,他比陈陆南更冷,语调也清清冷冷的,略带疑惑地说了句:"她酒量不好吧?"

……

陈陆南收回思绪,言简意赅道:"他刚刚路过看到的。"

闻言,颜秋枳挑了挑眉,没再多言。

姜臣看这夫妻俩的相处模式,笑了笑,和颜秋枳聊了起来。

颜秋枳在熟人面前是个话多的人，还是能开玩笑，什么都能说能聊的那种人。

她和姜臣很早以前就认识，其中还包括程湛，至于傅言致，则是后来和陈陆南结婚的时候知道的。

傅言致是医生，鲜少和这三人"同流合污"，能见到的次数少之又少。

两人在旁边热络地聊着，颜秋枳刚刚的那点不愉快瞬间烟消云散。

她盈盈欲笑，连眉眼也明艳了几分，漂亮夺目。

程湛抿了口茶，看了一眼颜秋枳，压着声音道："一段时间没见，颜颜是越来越漂亮了。"

陈陆南像没听见一般，安静喝茶。

*

吃过饭之后，大家便散了。

颜秋枳的经纪人把她送过来后也走了，这下，她得自己回去了。

"没带助理？"

颜秋枳"嗯"了一声："你送我回去。"

她理直气壮地对陈陆南要求着，能有人利用，她一点也不会客气。

陈陆南低头看了一眼腕表上的时间，没拒绝。

上车后，司机回头看了眼两人，格外安静。

颜秋枳和陈陆南各坐一边，双双低头刷着手机。

颜秋枳刚刚从饭局离开，第一时间惹怒了资本方，这会儿已经渐渐有热搜冒出来了。

她看到珠珠给自己发来的信息，眉头紧锁。

紧跟着，萌姐的电话也过来了。

手机铃声响起，略微刺耳，颜秋枳没第一时间接通，惹得陈陆南偏头看了一眼。

过了片刻，颜秋枳才不紧不慢地接了起来。

"喂？"

萌姐听着她这冷淡的语气，皱起眉，压着怒气问："你在饭局上做了什么？你知不知道现在圈内的艺人都在议论你？"

颜秋枳转头看向窗外，车窗里倒映着自己的脸，她盯着看了会儿，走神想着……今天的眉毛好像没画好。

"议论什么？"

萌姐忍了忍，咬牙道："你对品牌方说的话，你自己说有多特别。"

萌姐刚刚了解到饭局发生的事情后，差点没心肌梗死过去。

她要被颜秋枳给气死了。

虽说她一直都知道颜秋枳是这脾性，但猝不及防之下还是很难接受。

颜秋枳懒洋洋地"哦"了一声，云淡风轻道："没多特别啊。"

萌姐："……"

"你今天是打算气死我吗？网上现在都开始议论你耍大牌了！"

颜秋枳听萌姐说完，这才挂了电话。

只片刻工夫，颜秋枳耍大牌的话题又上升了几位。

其实发微博那人没有指名道姓说是颜秋枳，但暗示某性感女星今日在一饭局上耍大牌，对品牌方和其他艺人都格外不尊重等。

颜秋枳一点开评论，看到的便是网友们的留言。

【性感女星耍大牌？这太容易猜是谁了吧。】

【yqz吗？她看着脾气就不好啊。】

【这指向也太明显了吧，一夜成名的性感女星除了颜秋枳还能有谁？】

【颜秋枳耍大牌？不会吧？】

【颜秋枳看着就脾气不好啊，之前不是还有人爆料过她辱骂同行什么的吗？】

……

一时间，微博留言越来越多。

大家都爱看热闹，特别是漂亮女明星的热搜，加上背后有人推波助澜，一下子，颜秋枳耍大牌的话题就到了热搜前十。

颜秋枳看着那飞速上升的排名，竟也不生气。

她用脚趾头想也知道是谁做的，正看着，一旁传来了低沉的嗓音："要帮忙吗？"

"不用，"颜秋枳毫不犹豫地拒绝，"我自己搞定。"

说完，颜秋枳想了想，自己好像拒绝得太爽快了，于是连忙补充了一句："搞不定再找你。"

陈陆南没再吭声。

颜秋枳这会儿也不好冒头去说什么，虽然指向明显，但人家微博没点名道姓地说她。

一时间，她还有点纠结解决办法。

正想着，萌姐的信息来了，让颜秋枳暂时别搭理那些言论，等公司处理。

颜秋枳思忖了两秒，戳了一下陈陆南的手臂。

陈陆南低头。

颜秋枳眨了眨眼，大眼睛忽闪忽闪的，跟琉璃珠一样漂亮。

"我经纪人说让我暂时别管,你觉得呢?"

陈陆南看了一眼她的手机,顺势抽了过来,颜秋枳的手机界面还留在微博评论区。

入眼的便是一些不堪的言论,陈陆南皱了皱眉,把手机还给她:"你会听经纪人的话?"

颜秋枳:"……"

当然不会。

颜秋枳的眼睛亮了亮,拿回自己的手机开始低头打字,打到一半的时候,她垂眸转了转眼珠,看向旁边的男人,眼底满是狡黠。

"我要是捅娄子了怎么办?"

她故意靠向陈陆南,笑盈盈问:"你帮我收尾吗?"

陈陆南了解她的那点小九九,淡淡应了声:"嗯。"

他们是夫妻,这是责任。

闻言,颜秋枳愉快地笑了。

她不会跟陈陆南客气,两人各取所需,能有人利用自然不能浪费。

想着,颜秋枳的底气又足了点。

只不过她微博还没发出去,手机里便弹出了沈慕晴发来的消息,连带着一连串的"哈哈哈"。

沈慕晴:【哈哈哈哈哈哈哈天啊!!你今天是这样怼品牌方的?你也太刚了吧。】

颜秋枳:【???】

沈慕晴:【给你链接了,你自己点开去看。】

颜秋枳点开她发来的链接,看到的是一个不太清晰的视频,但里面传出来的对话很清楚,一字一句,掷地有声。

是刚刚包厢里的画面,包括品牌方负责人、关荷、颜秋枳三人的对话。

这视频一出来,不知道是谁帮忙买了热搜还是如何,瞬间空降在热搜前五。

吃瓜吃得正欢的网友们看完整个视频后,瞬间倒戈了。

【我的妈呀!!突然学会了怼人语录怎么办?】

【哈哈哈哈哈哈哈别敬酒不吃吃罚酒,我都不吃你吃呗!颜秋枳这么刚的??】

【突然喜欢上了这飒飒的颜秋枳,太好玩了吧。】

【啊啊啊颜秋枳怎么这么可爱!!】

【哈哈哈这么一对比,关荷好绿茶啊,颜秋枳也太直接了。】

【虽然很好笑,但有点担心漂亮姐姐……这代言应该是丢了吧。】

颜秋枳看着转了风向的评论，突然还有点不好意思。

正看着，一旁有了道轻笑声。

她一怔，抬眸看了过去，对上陈陆南那双带了点笑的眸子后，颜秋枳怔住了。

陈陆南长得好看，轮廓清隽，但又不是很俗气的那种好看，他五官生得好，一双眼睛更甚，特别是带着点笑的时候，波光流转，让人沉沦。

颜秋枳最开始松口答应和他结婚的原因之一便是他长得好看，眼睛漂亮。

须臾间，她回过神来，脸热了起来，颇有点恼羞成怒道："你笑什么？"

陈陆南稍稍一顿，问了句："还要收尾吗？"

颜秋枳："……"

她瞪了一眼陈陆南，只觉得他在取笑自己："不用了，你这个老公就是个摆设，还不如网友有用。"

颜秋枳说完话后也没去看陈陆南的反应，低着头一个劲儿刷手机。

网上舆论的风向在变好，但她想知道这视频是谁放出来的，怎么就这么恰好帮了自己。

想着，颜秋枳给萌姐发了个信息。

刚发完，车子便停了下来。

一转头，是熟悉又陌生的大门。

她怔了几秒，这才反应过来陈陆南让司机送回家的地方是他们两人的婚房。

别墅坐落在市区里闹中取静的一个地方。

一栋一栋，错落有致。别墅群这边的房子不算多，从最初规划的时候好像就限定了某些购买条件。

具体是什么条件，颜秋枳也不知道，但她知道自己和陈陆南在这儿的婚房是最大也是最特别的。

怔愣之余，车子已经开进了院子。

颜秋枳回过神来，在陈陆南下车后连忙跟了下去。

"我的行李呢，送过来了吗？"

陈陆南"嗯"了一声，径直往屋内走去。

进屋后，颜秋枳第一时间看到了自己的小箱子。

紧跟着映入眼帘的，是干净又整洁的大厅，宽敞明亮，低调奢华。

整个屋子其实是按照她的喜好设计的，但完工后她却并不爱住这里。

颜秋枳环视了一圈，也不管陈陆南，兴致勃勃地打开了自己的行李箱，把里面的东西翻了出来,打算找地方放好。

陈陆南进厨房倒了两杯水,再出来便看到她蹲在地上,眉眼专注地看着东西。

进屋后,颜秋枳就把外套给丢开了,这会儿身上只有出门时穿的黑色长裙,把她曼妙的身姿勾勒出来,曲线堪称完美。

陈陆南的视线从上而下,再从下而上,他陡然想到了程湛说的那句话。

——她越来越漂亮了。

这话放在之前,陈陆南并不上心,但此刻他却觉得有点道理,是事实。

许久没见,他的妻子越发明艳动人,脸上拭去了稚嫩,多了丝妩媚,无论是长相、气质还是身材,好像都越发让人挪不开眼了。

陈陆南的目光停在她线条优美的后颈处须臾,才不紧不慢地移开,他转而喝了半杯水。

颜秋枳一转头,看到的便是男人抓着透明水杯仰头喝水的画面,他手指修长,看着格外赏心悦目,再往另一边看,注意到的是他滚动的喉结。

颜秋枳下意识地咽了下口水,还没来得及转开目光,陈陆南便低头看了过来。

两人视线撞上,颜秋枳脑子里空了两秒,先发制人:"我也要喝水。"

陈陆南定定地看了她两秒,把目光一转。

颜秋枳跟着看了过去,恰好看到了同款杯子的同款水,一时间,她哑口无言。

感受着陈陆南那带着点"你眼睛到底看哪里去了"的嘲讽眼神,颜秋枳噎了一下,强词夺理道:"你挡住了我视线,我才没看见。"

说完,她起身想去那边喝水,但她完全忽略了自己蹲了太久,脚已经麻了,刚走两步,腿突然抽筋一软,控制不住地往一边倒。

颜秋枳伸手想要扶住吧台,好巧不巧却攥住了陈陆南的衣服。

陈陆南被她突如其来的行为吓住了,两秒后才反应过来,这时,他已经被颜秋枳当了人肉靠垫。

颜秋枳下意识地眯了眯眼,没有预想的痛感,反而听到了闷哼声。

她愣了一下,猛地睁大眼,看见的是陈陆南放大的那张俊脸。

颜秋枳愣愣地看着他,整个人都压在上面,忘了反应。

陈陆南感受着后背传来的痛意,皱了下眉,想让颜秋枳起身离开,一垂眼看到的便是她呆萌的模样,那双剪水秋眸多了丝说不清道不明的情绪。

他看了两眼,脑海里突然浮现出第一次见到她时的模样,没有现在这么张牙舞爪、明艳动人,更多的是天真烂漫。

容易勾起人的保护欲。

几秒后，颜秋枳被陈陆南抱着翻了个身。

她看着低头吻下来的男人，总算是回过神来了。

"你——"

一个字刚蹦出来，陈陆南便寻着她的唇钻了进来，扫过她的牙齿，勾着她舌尖步步紧逼，在她唇上舔舐厮磨。

他身上有高山雪松的味道，性冷淡空灵风极浓，明明很清冽，却又让人不由自主地深陷。

颜秋枳被他吻得喘不过气来，刚想要把他推开，陈陆南便低头往下，从她唇上挪开，转而往更深的地方吻了下去。

"陈陆南，"她得以喘息，娇斥了一声，"你在做什么？"

陈陆南没回答她这种无聊的发问，用行动证明了自己。

亲着亲着，颜秋枳不知道是贪恋他身上的味道，还是其他乱七八糟的原因，突然就随他去了。

只不过最后，两人没能如愿。

颜秋枳的手机响了。

趁着陈陆南走神之际，她把他推开，连忙爬了起来，捧着手机躲进了旁边的客房，还顺手上了锁。

陈陆南听着这声音，眸色沉得吓人。

他伸手，指腹压过刚被颜秋枳咬过的唇瓣，那里还留有余温。

*

"喂？"

颜秋枳的身体和脸都热得吓人，她压着自己急促的呼吸，轻轻地应了声。

萌姐听着她的声调，皱了皱眉："你声音怎么回事？"

颜秋枳转头，对上了客房的镜子，看着镜子里面色潮红、眉眼间染上了媚色，一双眼也沾染了些许欲望的女人，她下意识地舔了下唇："没怎么事，有点渴，没找到水喝。"

萌姐虽然觉得奇怪，但也没在这种事情上和她多言。

她"嗯"了一声，低声道："网上曝光的视频，我这边暂时查不到是谁传出去的，联系了博主，博主只说是有人匿名发过去的。"

颜秋枳听着，皱了皱眉："应该是在场的人吧？"

"也有可能，"萌姐道，"但这不是重点，重点是这代言你没机会了。"

闻言，颜秋枳冷笑了一声："就这种品牌方的代言，再高档、再有钱我也不稀罕。"

指不定什么时候还会出事呢。

萌姐听着她这大言不惭的话，气得不轻。

"你什么时候才能忍一忍？"

颜秋枳："……我忍了，我都喝了一杯了，他们还想让我喝第二杯。"

一般情况下，颜秋枳会给面子喝一两杯，毕竟也算是正常应酬，但再多，她会拒绝。

她酒量不是很好，喝醉了容易耍酒疯。正常情况下，她都不会让自己出现这样的错误。

萌姐被颜秋枳这理直气壮的话噎得无法反驳，要不是颜秋枳自身条件好，也有实力，她早就放弃这么一个"不受管教"的艺人了。

她深呼吸了一下，压了压自己的脾气："总而言之，这代言没了，你又要被关荷嘲笑一番了。"

颜秋枳对着镜子里的自己努努嘴，兴致并不大："哦，知道了。"

她又道："丢了就丢了，坏的不去好的不来。"

萌姐："……你太乐观了。"

圈子里女明星竞争本就很大，更何况是颜秋枳这类型的，以前没这么多负面新闻爆出来还好，很多人都找她代言。

后来——

颜秋枳用一己之力扭转了投资商品牌方对性感美人的印象，让不少想对她"潜规则""请她喝酒""占便宜"的人都望而却步。

美是美，但太飒。

当然，还是有不怕死的。

颜秋枳听出了萌姐话里的意思，她沉默了片刻，低声道："抱歉。"

萌姐无奈："其实喝杯酒而已，忍忍就过去了。"

颜秋枳："酒好说，主要是那人看我的眼神太猥琐，我没忍住。"

萌姐："……"

*

挂了电话后，颜秋枳在客房里躲了一会儿，进洗手间洗了把脸，把热度降下去后，才打开门探了脑袋出去。

客厅里没人。

颜秋枳皱了皱眉，往厨房看了一眼，依旧没人。

她想了想，抱起自己的东西上楼，主卧的门是开着的。

她脚步顿了一下，还是走了进去。

里面有水声，陈陆南在洗澡。

不知道为何，颜秋枳现在听到水声都觉得耳热。她摸了摸自己发烫的耳朵，挪着步子钻进衣帽间，大有浴室水声不停，她就不出来的架势。

衣帽间和她走的时候一样，没太大区别。

里面的包包、饰品、衣物都特别多，让人看得眼花。

颜秋枳把自己带来的东西放好后，盘腿坐在地毯上观赏了一会儿。

她觉得自己哪天要是离开这里了，最怀念的应该会是这个衣帽间。

衣帽间完全是符合了她所有的想象，又大又亮，还极尽奢侈。

颜秋枳正发着呆的时候，陈陆南从另一端走了进来。

这男人脸上毫无愧疚感，甚至表现得好像刚刚意图做"禽兽不如"之事的不是他。

他越过颜秋枳，往他那边的衣柜走去。

颜秋枳只是撑着脑袋看着，一点也没避让。

陈陆南换了件黑色衬衫，整个人看着沉稳了几分，也显得更为神秘。

感受到颜秋枳的目光后，他微微抬了抬下颌，把最上面的一粒扣子扣好，这才低头看了她一眼。

颜秋枳没有半点害羞和不好意思，直截了当地问了一声："你待会儿还有工作？"

"嗯，"陈陆南道，"跟人约了见面，晚上还有个晚宴。"

说完，他偏头看着颜秋枳，嗓音沉沉地问："要一起去吗？"

颜秋枳盯着他看了片刻，摇头拒绝："不要。"

陈陆南没勉强她。

两人在这种事情上向来默契，愿意去就去，不愿意去也无所谓。

*

陈陆南走后，颜秋枳没找到有趣的事情做，最后只能去骚扰沈慕晴。

沈慕晴这会儿正在微博上吃瓜，用小号帮颜秋枳怼人。

"你回别墅了？"

沈慕晴看着她这边露出来的背景。

"嗯。"

颜秋枳点了点头，把手机放在一旁，给自己卸妆："刚刚洗了个脸，我忘记自己没卸妆了。"

沈慕晴无言："那你干吗去洗脸？"

颜秋枳拿着卸妆油的手一顿，瞥了她一眼："你猜。"

沈慕晴才懒得猜，她想了想，低声道："你的粉丝和关荷的粉丝现在骂起来了，你不打算做点什么回应一下？"

"回应什么？"颜秋枳道，"重点是萌姐不让我发微博。"

沈慕晴看她这样，生气道："你就这么忍心看着这代言被关荷拿下？"

闻言，颜秋枳笑了笑："不然呢？"

沈慕晴："……要不让你爸出面？"

颜秋枳没吭声。

沈慕晴瞅着她的神色，继续提议："让你老公出面吧，把家里的代言都给你，看关荷还有什么可跳的。"

颜秋枳扑哧一笑，睨了她一眼："你又不是不知道，陈陆南公司的代言人，从不用亚洲明星。"

不是歧视也不是看不起，只是相比较而言，气质不太贴合，也没找到合适的。

沈慕晴了然，也不得不放弃。

最后，她还是很不爽道："可是看关荷这么嚣张，好气啊。"

颜秋枳安慰她："别怕，等我拿个更厉害的。"

沈慕晴给她一个白眼。

和沈慕晴扯了会儿八卦，颜秋枳卸妆洗脸睡觉。

她前段时间太累了，这一觉睡醒，天色已经完全暗了下来。

颜秋枳抓起手机看了一眼，除了珠珠和沈慕晴的自言自语外，没有其他人的信息。

她揉了揉眼，从床上爬了起来。

陈陆南刚回国，邀约不断。

经纪人筛选了一些让他参加，还留在这个圈子，这些应酬是必然的。

晚上结束宴会后，陈陆南被助理送回家。

王康抬头看了一眼亮着灯的屋子，惊讶地说了句："陆哥，你家里有人啊？"

陈陆南抬了抬眼，看着夜色下明亮的屋子，脸上难得多了丝看得见的情绪。

他"嗯"了一声，转头看向王康："辛苦了，回去注意安全。"

王康了然一笑："好的，陆哥我明天八点过来接你。"

陈陆南领首，往屋内走去。

颜秋枳正在厨房发呆，她不会做菜，但别墅这边不允许外卖进来，只能送到大门那边，太远了，她根本就不想去拿。

到最后，她不得不钻进厨房研究了起来。

看着面前被她煮得糊掉了的面条，颜秋枳头一回对自己的智商产生了怀疑。

她拿过一旁的手机看了一眼，刚想要再试一次，耳畔却传来了轻笑声。

颜秋枳身子一僵，一转头便看到了只穿着黑色衬衫的男人，暖色灯光下，他身上的气息好像也跟着温和了几分。

颜秋枳盯着他看了几秒，眼睛亮了起来。

"老公。"

颜秋枳眨巴着大眼睛直勾勾地望着他，嗓音娇软道："我饿了。"

陈陆南看着她不达眼底的真诚，倏地一笑。

颜秋枳被他的笑给晃了下神，拉回思绪道："帮我做碗面条？"

陈陆南稍稍一顿，目光停在她脸上须臾："不了。"

颜秋枳不可置信地看着他："为什么？"

陈陆南很记仇，低头挽着袖子，慢条斯理道："让网友给你做。"

"什么？"

陈陆南转身往客厅走，淡淡地说："我只是摆设，应该不用做面条。"

"……"

颜秋枳错愕地看着他，后知后觉想起了自己中午在车里说的话。

她被陈陆南噎住，嘴巴张了张，半天没能憋出一个字。

这狗男人也太记仇了吧。

用睚眦必报形容他，真是一点也没错。

颜秋枳恼怒地瞪着男人的背影片刻，气得想打人。

她手里拿着一把刀，刚想装腔作势一下，陈陆南却猝不及防地转身了。

两人就这么突兀地对上了眼，陈陆南目光扫过她手里的刀，皱了下眉："把刀放下。"

颜秋枳委屈巴巴地命令道："你给我做面条。"

陈陆南盯着她看了几秒，大约是觉得她此刻真的委屈了，漠然地问："什么面条？"

颜秋枳眼睛一亮，打开冰箱给陈陆南看："你随便选，我都吃。"

陈陆南感受着她的诌媚，没再多言。

他为人冷漠，也睚眦必报，但还是给颜秋枳做了一碗色香味俱全的酱拌面。

吃饱后，颜秋枳心情好了不少，对陈陆南的态度也比最初好了点。

她一个人去院子里散了会儿步，走了两圈消消食后才回了房间。

她回来的时候，陈陆南恰好从楼上健身房出来。

因为健身的缘故，陈陆南穿的是一件背心，他身材向来管理得很好，属于穿衣显瘦、脱衣有肉的那种，肌肉不是很明显，但又恰到好处。

劲瘦有力，均匀分布。

颜秋枳看着，脑海里突然浮现出一点黄色片段。

"轰"的一下,她的脸热了起来。

陈陆南一低头,看到的便是她布满了羞红的一张脸。

无意识地,他的喉结滚了一下。他靠近她,嗓音沙哑道:"在想什么?"

颜秋枳抬眸看他,还没回答,陈陆南便俯身靠了过来,拥着她吻了下来。

大概是为了感谢他那一碗好吃的酱拌面,抑或是被陈陆南的这张脸和身材给勾引到了,颜秋枳没拒绝他。

两人在这件事情上格外的合拍,出乎意料的适合。

也只有这个时刻,颜秋枳才会产生一种错觉,他们仿佛真是一对恩爱夫妻。

不过颜秋枳没想到,陈陆南今天真的不打算做人了,甚至还记着她说的话。

等她被折腾得"死去活来"没了力气的时候,男人贴在她耳边,吮着她的耳垂往里呼气,哑声问:"谁比较有用?"

颜秋枳欲哭无泪,感受着他的动作,脚趾头蜷缩在一起,脸红扑扑的,像是等待绽放的玫瑰一样,娇艳欲滴。

她咬着唇,抬眸瞪他一眼。

陈陆南在这种事情上比平日里对她要有耐心得多,他不急不缓,等着颜秋枳回答。

"嗯?"

他压着尾音上翘着,格外勾人。

颜秋枳受不住,到最后只能认怂:"你……你有用……啊……你比网友有用……"

也不知道是颜秋枳的话把陈陆南刺激到了还是如何,这一晚,陈陆南多方位展示了自己的"有用",让颜秋枳心服口服。

事后,颜秋枳想,其实她和陈陆南现在这样也挺好的。

各取所需,虽然没有什么感情,但遇到困难时还有人帮忙,她不是孤零零一个人,真挺好的。

*

次日醒来,陈陆南竟然还在。

颜秋枳转头看了一眼睡在自己旁边的男人,格外讶异。正常情况来说,陈陆南不是一个会赖床的人。

颜秋枳盯着他看了两秒,不得不在心底感慨陈陆南这人当属老天爷赏饭吃,皮相好也就算了,一个快三十岁的老男人,皮肤还能这么好,连毛孔也不明显，看上去格外的干净细腻。

她正目光灼灼地看着，陈陆南的眼皮动了动。

颜秋枳心虚，刚要闭上眼，两人的目光猝不及防地交汇在一起。

陈陆南的瞳仁颜色很浅，这会儿眼底没有翻滚的情欲，看上去正常了许多，不至于让颜秋枳一秒沉沦。

她眨了眨眼，先发制人："你今天有工作吗？"

陈陆南定定地看了她片刻，低声道："要去公司。"

他掀开被子，转而看她："晚上回家。"

颜秋枳刚想拒绝，陈陆南便已经进浴室了。

她挫败地挠了挠头，深呼吸一下，想着待会儿怎么找个正当理由，这时，床头柜上的手机振动起来。

颜秋枳拿过来一看，手便顿住了。

是陈陆南母亲发来的消息，问她两人回家吃晚饭的事情，言语中还多了点打探，大约是害怕陈陆南变卦。

她思忖了一会儿，给陈陆南母亲回了个确定信息。

颜秋枳：【妈妈，我们晚上会回来的，您让阿姨煮什么都行，陈陆南口味没变。】

陈母：【那颜颜呢，今晚想吃什么？】

颜秋枳低头一笑，打字：【只要是阿姨做的，颜颜都喜欢吃。】

放下手机，颜秋枳转头看了一眼窗外。昨晚不知道什么时候下了雨，外面的天空像是被重新洗刷过一样，格外的透亮、干净。

颜秋枳懒洋洋地赖了一会儿床才起来，等她洗漱完下楼的时候，神出鬼没的阿姨已给两人弄好早餐放在桌上了。

她和陈陆南都不喜欢用人在身边的感觉，一般情况下，陈陆南通知阿姨，她才会过来给两人做饭，然后离开。

两人沉默无言地吃着早餐，仿佛昨夜缠绵的不是他们。

颜秋枳吃得慢，等她回过神来的时候，陈陆南已经吃完，上楼换衣服了。

再下来的时候，男人一身正装，显得很严肃。

颜秋枳诧异地抬了抬眼："你去哪个公司？"

陈陆南瞥了她一眼，低声道："呈盛。"

颜秋枳惊讶地看了他半响，到最后也没能憋出半个字，她只能麻木地点点头，表示了然。

呈盛集团，是陈陆南鲜少会去的地方。

陈陆南对继承家族企业没有任何想法，甚至还有些厌恶。

至于原因是什么，颜秋枳也是一知半解，并不清楚。

总而言之，她唯一知道的是，陈陆南和自己结婚的原因之一就是为了脱离陈家。

颜秋枳正想着，陈陆南已经换了鞋出去了。

她看了一眼，发现王康过来接他的车并不是日常的那辆保姆车，看来去公司是有要事要办。

颜秋枳好奇了一会儿，但也没多想。

陈陆南爱去哪儿就去哪儿，和她没有太大关系。

*

吃过早餐后，颜秋枳在家做了套瑜伽，顺便观察了一下网上的动静。网上，她和关荷的粉丝还处于骂战中，谁也不服谁。

到下午的时候，她收到了珠珠的信息。

珠珠：【颜颜姐，剧组那边已经差不多好了，我今天收到了你的戏份安排。】

颜秋枳：【什么时候过去？】

珠珠：【明天如何？】

颜秋枳眼珠子转了转，毫不犹豫地答应：【好，明天过来接我。】

定下出去拍戏的时间后，颜秋枳高兴多了。

再待在家里面对陈陆南，她觉得自己要闷坏了。

想着，颜秋枳给沈慕晴发了个消息：【逛街吗？】

沈慕晴：【……】

颜秋枳：【我明天进组了，逛不逛？】

沈慕晴：【逛。】

两人一拍即合，一小时后便在商场碰面了。

沈慕晴对颜秋枳表示无语："你怎么一有空就想逛街啊？你这毛病什么时候养成的？"

颜秋枳提了提自己的墨镜，露出小鼻梁和大红唇，冷艳道："有钱后养成的。"

沈慕晴："……"

颜秋枳轻笑了一声，开玩笑道："主要是我在家面对陈陆南精神压力太大，需要购物发泄一下。"

沈慕晴"呵呵"两声："你直说需要花点陈陆南的钱发泄一下不就好了吗？"

颜秋枳摸了摸鼻尖，理直气壮地说："我是他老婆，难道不该花他的钱吗？"

沈慕晴对此无力反驳。

两人逛了两圈，听到了不少八卦。

沈慕晴推了推她的手臂，压着声音问："你经纪人没给你找更好的代言？"

颜秋枳在墨镜后睨了她一眼："代言也要看机遇。"

沈慕晴："说的也是。"

"别提这个伤心事。"

颜秋枳道："那点代言费还不够我今天的消遣，别在意就好。"

"……"

到最后，颜秋枳不仅给自己买了东西，还给陈陆南父母也都带了礼物。可谓是把贴心又懂事的儿媳妇做到了极致。

但事与愿违，颜秋枳和沈慕晴刚买好东西，陈陆南一个电话过来，回家取消了。

沈慕晴瞅着她的神色，小心翼翼地问："怎么了？"

颜秋枳皱了皱眉，看着她说："陈陆南说他今晚有点急事，不回家了。"

"……"

两人对视着，沈慕晴小声问："什么急事啊？"

颜秋枳睨了她一眼："他没说。"

沈慕晴噎住，瞪大眼看她："他不说你就不问吗？"

颜秋枳耸肩："没什么好问的。"

沈慕晴："……"

两人的塑料夫妻关系倒是一点也不崩。

*

颜秋枳确实没太大感觉，回不回陈家对她来说影响不大。

不过想着自己买的那堆礼物，颜秋枳思忖了一会儿，还是给司机打了个电话，让他送了回去，还特意给陈母打了个道歉电话。

端庄大方，懂事的儿媳妇角色，她向来做得很好。

当晚，陈陆南没回来，但给颜秋枳发了个定位信息，告诉她在哪儿。

颜秋枳看了两眼便合上了手机。她对陈陆南的行程，并没有很好奇。

翌日清晨，颜秋枳出现在机场，出发去 X 市。

她前段时间的这部戏拍得很顺利，虽然是电视剧，但剧本好，导演也好，所有的一切都非常好。

颜秋枳很喜欢。

她一到，片场的另外两位演员便熟络地和她打了招呼："秋枳回来了。"

颜秋枳弯了弯唇，看着两人："辛苦了。"

两人笑："不辛苦，正等你过来呢。"

颜秋枳扬扬眉："好啊。"

工作人员和她也熟悉，纷纷过来打招呼，对颜秋枳表示欢迎。

这会儿正是中午休息时间，大家也都没在拍摄。

颜秋枳让珠珠把带过来的礼物分了分，刚分完，一旁便传来了熟悉的声音。

"我没有？"

颜秋枳抬眸，看了一眼来人，是这部电视剧的导演林竟："林导要什么？"

林竟穿着黑色羽绒服，皱巴巴的，看着有点颓然，可又有种特别的气质。

他看了一眼颜秋枳，淡淡道："休息几天气色不错。"

颜秋枳听着，总觉得这话有点熟悉。

好像前两天有人和她说过，想着，她下意识地摸了一下自己的脸颊："有吗？"

林竟点了下头："修改后的剧本看了吗？"

颜秋枳莞尔："当然。"

两人相对无言，沉默了一会儿，林竟突然问："你和关荷怎么回事？"

颜秋枳挑眉，笑着看他："林导也关心这种八卦？"

林竟淡声道："随口问问。"

颜秋枳了然，没和他多言："就是女艺人之间的正常竞争关系。"

她不愿意多说，林竟也就没再问。

他的视线落在颜秋枳脸上须臾，缓缓挪开。

下午，颜秋枳开始了电视剧的拍摄。

她对演戏有浓厚兴趣，对这个角色也尤为喜欢，是争取了许久才拿到的。林竟拍戏的时候和平常不同，要求格外严格。

颜秋枳休息了几天，稍微有点找不到状态，被他骂了好几次才勉强合格。

拍完两场戏后，珠珠给颜秋枳送上保温杯和衣服，忍不住小声嘀咕："林导怎么那么凶啊？"

颜秋枳含笑看她，轻声道："是我表现不好。"

珠珠不服气："明明就很好，是林导要求太高。"

颜秋枳捏了捏她的脸："导演要为自己的作品负责，这样一想就好了。"

"……哦。"

话虽如此，珠珠还是看不得自己的颜颜姐被骂。

珠珠瞅着不远处指挥的林竟，在心底嘀咕着，就他这种脾气，估计一辈子也追不上自己喜欢的人。

……

接下来的两天，颜秋枳和陈陆南都没什么联系，陈陆南在知道她回剧组拍戏后，发了句"注意安全"便再也没发信息过来了。

这天晚上八点，颜秋枳刚回到酒店便被沈慕晴等人信息轰炸，告知关荷拿下了前段时间那个品牌的代言。

一时间，关荷的粉丝扬眉吐气，第一个针对的便是颜秋枳。

女明星的竞争太多，同类型的女明星更甚。

这一下，关荷的粉丝简直像是疯了一样，在微博上暗示意味极强地嘲讽着，对颜秋枳进行打压。

颜秋枳看着网上那些信息，说没有影响是假的。

重点是关荷还意有所指地发了条新微博，大概意思是——努力就会有回报，未来她会更用心的，谢谢支持她的粉丝。

颜秋枳正看着热搜发呆，手机一振，是关荷发来的消息。

她挑了挑眉，看着关荷发来的文字两秒，心想她为什么还没把关荷拉黑，正想着，手上的动作没停，直接把关荷拉入黑名单。

眼不见为净。

拉黑后，颜秋枳还是觉得很不爽。

她什么时候受过这种委屈？可找陈陆南帮忙又不甘心，她心里有点小别扭。

正想着，"曹操"的电话来了。

颜秋枳一愣，想也没想就接通了。

"喂？"

陈陆南听着她恹恹的声音，低声问："你住哪儿？"

"什么？"

陈陆南不厌其烦地重复了一句："你住哪个酒店。"

颜秋枳怔了片刻，立马从床上爬了起来："你来X市了？"

"嗯。"

颜秋枳张了张嘴，半响才憋出一句："你来就来，你问我酒店干吗？你要住我这里？"

她自顾自道："不太合适吧。"

陈陆南没理会她的拒绝，淡淡道："妈有东西让我给你。"

颜秋枳："……哦。"

"那明天再给，太晚了我不想下去。"

陈陆南目光转向窗外，看着掠过的陌生景色，嗓音低沉道："我上去。"

第 2 章
老公好不好用

月光如水,晚风轻轻透过窗吹进来,吹散了些许暧昧氛围。
颜秋枳在陈陆南按下门铃的那一刻快速把人拉了进来,唯恐被人看见。
陈陆南感受着她的动作,目光落在她神色紧绷的脸上,轻哂了一声。
颜秋枳听出了他的嘲讽,不和他计较:"妈让你给我送什么?"
陈陆南把手里提着的袋子递了过去。
颜秋枳低头一看,是一个包装精美的盒子,很大。
她愣了一下,眨了眨眼问:"妈做的蛋糕?"
"嗯。"
颜秋枳很喜欢吃甜食,但因为是艺人,只能控制吃的次数,外头买的蛋糕甜度太浓,热量太高。
陈母以前闲来无事的时候学过这方面的手艺,知道颜秋枳喜欢后,给她做过好几次。
她考虑到了颜秋枳不能吃热量太高、太甜的东西,所以选用的食材都是低热量、脂肪含量少的。
颜秋枳和陈母关系好的原因之一,就是陈母的蛋糕做得好吃,不腻但甜。
听到陈陆南肯定的回答后,颜秋枳眼都亮了。
她双手捧着接了过来,瞳仁里漾开笑,和刚刚看陈陆南时的那种嫌弃的眼神明显不同。
"谢谢。"
陈陆南感受着她明显的变化,抬手松了松衣领扣子。
他视线一转,落在落地窗那边:"你不冷?"
颜秋枳顺着看了过去:"还好啊,你冷?"
她刚才打开窗户,是为了降怒气。

陈陆南没吭声，环视了一圈她这屋子。

因为不是女主角，加上剧组定酒店的时候出了点状况，颜秋枳暂时入住的房间比较简单，一进门，房间内的一切便尽收眼底。

除了有一大片落地窗可以看景色外，里面相对来说条件一般，一张大床，沙发和桌子，便没其他多余的东西了。

他收回目光，转而看向已经盘腿坐在沙发上打算开始吃蛋糕的颜秋枳。

他站在原地定了几秒，往她那边走了过去。

还没来得及坐下，门铃声响起。

两人四目相对，陈陆南明显看到颜秋枳眼底的惊恐。

下一秒，颜秋枳从椅子上蹦了起来，小跑到门口看了一眼猫眼，说了句脏话："他怎么来了？"

然后转头看着陈陆南，一脸着急。

陈陆南不为所动，就这么看着她。

门铃声一直不断，颜秋枳在屋子里焦急地走了两圈后，她的手机铃声响了起来。

手机恰好放在陈陆南旁边，他低头一看，屏幕上显示了两个字——林竟。

陈陆南顿了顿，转头看向颜秋枳。

颜秋枳跑过来拿起手机，声音清甜地"喂"了一声："林导？"

林竟站在房间门口，皱了皱眉道："你不在酒店？"

颜秋枳："……没有啊，我刚刚在厕所，怎么了？"

林竟应了一声："我在你房间门口，之前的剧本有点小问题，跟你说一下。"

闻言，颜秋枳的视线落在那云淡风轻，甚至还在吃她蛋糕的人身上，连忙道："这么晚了，不太合适吧？"

林竟仿佛没听出她的拒绝，声音清冽道："十分钟就差不多了，你明天早上拍的，来不及。"

颜秋枳还想要拒绝，林竟直接把电话给挂了。

她盯着电话看了两秒，转头看向又响了一次的门铃，脑子飞速转动了起来。

猝不及防，坐在沙发上打算再尝一口蛋糕的陈陆南被颜秋枳连拖带拽地拉了起来，推进了浴室。

陈陆南低头瞪着她，脸沉了沉。

颜秋枳不经意地看了一眼他那压着怒意的眼神，打了个冷战，可怜兮兮道："你先躲一会儿，一会儿就好。"

说完，也不管陈陆南同不同意，直接把洗手间的门给关上了。

*

颜秋枳小跑着去开门,林竟的视线落在她红了的脸上,拧了拧眉:"你脸怎么这么红?"

颜秋枳"啊"了一声,用手扇了扇:"可能是太热了。"

林竟无言地看了她半晌,狐疑地把视线转向窗外。

大冬天的说热?

他刚觉得不对劲,颜秋枳就守在门口伸出双手,笑眯眯道:"林导,改了的剧本给我看看?"

林竟看她这架势,半眯了眯眼:"不打算请我进去坐坐?"

颜秋枳点头:"不太合适。"

在林竟说反驳话之前,颜秋枳淡淡道:"林导,您好歹考虑一下我女演员的身份行吗?这大晚上的,孤男寡女,让您进来了,明天我就要在微博热搜看到自己了。"

她开玩笑说:"虽然我挺想上热搜的,但绝对不是用这种方式。"

林竟听着她这一段话,目光停滞在她白皙漂亮的脸上半晌,才缓缓挪开。

即便是挤在门缝上,也难掩她的亮眼。

……

外面的对话声断断续续传来,陈陆南立在浴室半晌,头疼地捏了捏眉骨。

颜秋枳刚洗过澡不久,浴室里还飘散着洗发水、沐浴露的味道,是橙子味的,闻起来有些香甜。

陈陆南顿了一下,看了一眼旁边的马桶,难得洁癖没发作,随意坐了下去。

他口袋里的手机正振动着。

陈陆南看了一眼,程湛和姜臣正在群里热火朝天地聊着。

姜臣:【又在热搜上看到我们颜颜了。】

程湛:【我们颜颜?】

姜臣:【哦,是陈陆南的颜颜。】

程湛:【热搜说什么?】

姜臣:【她被抢代言了,对方嘲笑我们陈陆南的颜颜没能力等等,看了下,颜颜好像被欺负得有点惨啊。】

程湛:【@陈陆南,出来给你老婆撑腰了。】

姜臣:【别指望他,要不我给颜颜送个代言过去?】

程湛:【她肯定不会要。】

……

两人在群里聊着,当陈陆南不在一样。

陈陆南也确确实实出现得少,他看着两人越说越过火,便发了句:【很闲?】

姜臣:【孤家寡人能不闲吗?又不像你有老婆。】

程湛:【他有老婆也抱不到。】

十秒后,陈陆南发了张照片到群里,引发了其他单身老男人的怒意。

他神色寡淡地看了一眼,不疾不徐地收起手机。

*

林竟走后,颜秋枳看着坐在马桶上的人半响。

"可以出来了。"

陈陆南扫了她一眼,看着她手里拿着的剧本:"什么时候杀青?"

"啊?"颜秋枳愣了一下道,"我的戏份还有差不多一个月吧。"

陈陆南颔首,表示了然。

他起身来到洗漱台前,拧开水龙头洗手,动作不慌不忙,他手指好看,修长,骨节分明,是当下很多"手控"偏爱的类型。

颜秋枳一时间也看得走神了,再回过神来的时候,陈陆南已经扯过一旁的纸巾擦拭好了。

两人无声对视了一眼,颜秋枳张了张嘴,半响憋出一句:"你今晚住哪儿?"

陈陆南定定地看她半响,视线落在她身后的床上。

颜秋枳大脑当机片刻,才反应过来他的意思。

她瞪大眼,不太相信地问:"你要住这儿?"

陈陆南"嗯"了一声。

颜秋枳想了想,索性随他去了,两人也不是没一起住过,别让人发现就行,没必要矫情。

但很快,她想到了一个重点:"你没带衣服吧?"

陈陆南抬了抬下颔,伸手松扣子,对着颜秋枳目光,他嗓音低沉道:"楼下车里。"

"……"

等楼下司机把行李送上来以后,陈陆南转身进了浴室。

颜秋枳盯着浴室门看了须臾,得出一个结论——陈陆南可能爱上了她这儿的浴室。

莫名其妙。

明明开始看着也不像是要留宿的样子。

颜秋枳躺在床上，听着浴室里的水声，不知不觉睡了过去。

等陈陆南出来的时候，她已经睡熟了。

他定定地看了片刻，掀开被子上床。

刚躺上去，颜秋枳便转身抱了过来，换作以前，陈陆南会随她去。

但今晚，他好像没有这样的好心情。

颜秋枳的手刚横过来，陈陆南便推开了，一点也不留情。

颜秋枳被他的动作弄醒，睁开眼迷迷糊糊地问了声："你干吗？"

她的唇贴在陈陆南的脖颈上，呼吸落在上面，微微有点痒，让人心猿意马。

陈陆南的喉结滚了滚，刚想要有下一步动作，颜秋枳便埋头到了他怀里，连腿也跨了过去，也不在意陈陆南会不会再推开自己。

这是一个热源，她不想放开。

她抱得很紧，压得陈陆南喘不过气来。

他拧了拧眉，正试图把颜秋枳再拉开一点的时候，她翻动了一下身子，唇擦过他的喉结，寻着舒服的位置睡了过去。

陈陆南的喉结滚了一下，眸色沉沉地看着怀里睡得舒舒服服的人，手悬在空中半响，最后还是放下了。

次日醒来，陈陆南已经不见了。

颜秋枳也不在意，洗漱后和珠珠一起去片场。

刚到，她便听到工作人员在议论，说今天会有人来探班。

颜秋枳没太当回事，坐在自己位置上看剧本。

突然间，耳边的议论声越来越大。

几个空闲的工作人员大概也没注意到她，开始讨论八卦。

"没想到关荷已经拿下安家代言了，好厉害啊。"

"其实我还挺喜欢关荷的，她之前不也拍过林导的戏吗？"

"小声点，关荷这个代言好像是和秋枳姐竞争拿到的。"

"我看到网上爆料说，关荷的下一个目标可能就是迪家了。"

……

颜秋枳听着那些声音，敛了敛眸看剧本。

珠珠听着生气，刚想要过去训人，被颜秋枳给拉住了。

"别乱来。"

珠珠生气，可好像也没办法，娱乐圈里女明星有竞争很正常，换作是其他人用正常手段抢走了代言,她也没感觉。

可那是关荷。

从颜秋枳刚在圈子里崭露头角,她就开始使绊子,还总用一些特殊手段把代言抢走。

偏偏颜秋枳是个不太会隐忍的性格,总能跟投资商和品牌方发生正面冲突,然后把原本定好的代言弄丢。

当然,这也就罢了。

珠珠跟了颜秋枳这么长时间也了解,她的颜颜姐不差代言也不差钱,但每次关荷拿下代言后都来她面前耀武扬威一番就着实让人生气了。

更气的是,她的团队还要在微博上捧高踩低,每一次都要拉踩颜秋枳。

"颜颜姐,"珠珠生气地看着她,"你怎么不生气?"

颜秋枳挑了挑眉一笑:"生气啊,但这儿都是工作人员,我们生气也要有针对对象,懂了吗?"

珠珠不懂,也不想懂。

她还想要说话,颜秋枳的手机响了起来,她低头看了一眼,是一个陌生号码。

颜秋枳思忖了两秒,接了起来:"喂,你好。"

那边静了两秒,传来了一个有点熟悉又陌生的笑声:"问谁好?"

颜秋枳一愣。

姜定声调上扬,喊了句:"颜颜?"

颜秋枳回过神来,从尘封的记忆里搜刮出和这声音有关的人,她惊喜地喊了一声:"姜定哥?"

"是我。"

颜秋枳无比意外,压着自己激动的心情:"你怎么——"

"回来了。"

颜秋枳一怔:"真的?"

"嗯,"姜定看着面前的资料,笑了笑,"也不问问我什么时候回来的?"

颜秋枳扬了扬眉,轻声道:"你想告诉我自然会说。"

说完,她想起了一个重点:"你怎么有我电话?"

姜定看着摊开在他面前的照片,低声笑道:"看到了一份你的资料,我差点以为认错人了,没想到几年不见,我们颜颜都是大明星了。"

颜秋枳听出了他话里的调侃,忍俊不禁道:"你别打趣我了,就是混口饭吃的。"

姜定笑了笑道:"越来越漂亮了。"

颜秋枳有点害羞,摸了摸鼻尖道:"你在哪儿看到我资料的?"

姜定顿了顿,给了她一个提示:"我在迪家工作。"

颜秋枳一愣,瞬间明白了点什么。

前段时间她便有了内部消息,迪家在选中国区代言人,但不接受自荐,他们家会直接从女艺人中筛选。

颜秋枳没太当回事,她连安家的代言都没拿下,迪家也不抱什么希望,除非走后门。

但现在姜定一说,颜秋枳突然有了点想法。

和姜定约好有时间见面后,颜秋枳挂了电话。

珠珠目不转睛地看着她,眼睛里满是八卦:"颜颜姐,谁呀?"

颜秋枳睨了她一眼:"好奇啊?"

珠珠点头。

颜秋枳这会儿心情好,故意卖了个关子:"不告诉你。"

闻言,珠珠那张笑脸瞬间垮了下来:"颜颜姐……"

颜秋枳笑着看她抓着自己的手臂,拍了拍说:"我哥。"

"啊?"珠珠诧异,"你还有哥哥?"

颜秋枳"嗯"了一声,补充道:"表哥。"

珠珠还想要再问,颜秋枳被林导招呼了一声,跑去和其他演员对戏了。

*

一整个上午,颜秋枳都在拍戏,也没去看网上那些乱七八糟的消息。

她不是一个会给自己找不痛快的人。

下午,颜秋枳正在休息室休息,听到外面传来热热闹闹的声音,应该是探班的艺人来了。

但她没想到,竟然会这么冤家路窄。

关荷笑盈盈地站在人群中间,让助理给大家送上热饮。

她拍过林竟的戏,就是最初颜秋枳没拿到手的那部,两人是旧识,过来探班也无可厚非。

关荷助理道:"这是我们荷荷送给大家的下午茶,冬天了,大家喝着暖暖。"

工作人员连忙应着:"谢谢荷姐。"

"荷姐怎么会来 X 市啊?"

关荷微微一笑:"来拍个代言,顺便过来看看林导。"

林竟扫了她一眼,并未多言。

部分工作人员听到"代言"两个字,都下意识地看向了颜秋枳。

他们早上才议论的代言,不就是颜秋枳和关荷竞争的吗?大家心照不宣地想着，都没再多问。

当然，也有不怎么看热搜的工作人员。

"荷姐拍的什么代言呀？"

关荷微笑道："安家的。"

不少人眼睛亮了起来。

安家属于轻奢品牌，旗下有包包和高跟鞋，虽然网上评价不一，但买的人还是很多。

关荷能拿下轻奢代言，足以证明她的实力。

"恭喜荷姐。"

"荷姐太厉害了。"

关荷听着奉承的声音，淡淡道："这没什么，还要多努力才行。"

有人看着她，谄媚地说："现在是安家，指不定荷姐下一个代言就是迪家。"

迪家可是顶奢之一。

关荷眼里闪过一丝亮光，表情却很谦虚："怎么会，那可能还要几年。"

……

大家捧着她，关荷笑着，一转头便看到了颜秋枳，她径直朝她走了过去。

"秋枳。"

颜秋枳淡淡地点了点头，转身到一旁坐下。

关荷撩了下头发，环视了一圈说："拍林导的戏很苦吧？"

颜秋枳连个眼神都不想给她。

关荷看着她这淡然处之的态度就觉得生气，明明……自己才应该是淡定嘚瑟的那个人，可颜秋枳却从来不把她放在眼里。

无论是她抢了代言，还是暗地里嘲讽，颜秋枳都一如既往地不把她当回事。

"秋枳，我跟你说话呢。"

颜秋枳翻开一页剧本，掀了掀眼皮看她："耳朵没聋，还有事？"

关荷脸上的笑一僵："你怎么这个态度？"

颜秋枳不愿意多说："我什么态度呀？"

关荷张了张嘴，刚想说她不懂礼貌，另一边再次传来惊呼声。

"陈……陈陆南来了？"

"关导也来了？"

"天呐！！"

关荷眼睛一亮，看到出现的人后，第一时间走了过去，步伐很快。

颜秋枳下意识地跟着转头看了过去，那边有好几个人，都是熟悉的面孔，但她还是第一时间看到了陈陆南，那个被拥簇在人群中的人。

即便是站在一群人里，他也永远是最亮眼的。

他今天穿得很休闲，在这种大冷天，一件深色风衣便解决了所有。他面容英隽，和人打招呼的时候脸上挂着淡淡的笑，但笑不达眼底，瞳仁里情绪不明显，显得沉稳又清冷。

颜秋枳看了两眼，视线和陈陆南撞上，刚想要收回目光，林竟便转头看了她一眼，喊了句："秋枳，过来打招呼。"

"……"

林竟喊完，对着陈陆南等人笑了笑道："这是我们剧组的女演员，颜秋枳。"

关导顺势看了一眼，笑了笑说："我知道她。"

林竟诧异。

关导笑着指了指陈陆南说："阿南可能不知道，这位女演员可是和阿南齐名过的。"

陈陆南神色寡淡地应了一声："怎么齐名？"

旁边的工作人员回答道："就是大家最想在一起的男女演员齐名。"

话音一落，空气好像静了几分。

颜秋枳刚走过去，听到的便是这句话，至于一旁的关荷，唇都快要咬破了。

这齐名，是她一直追求的，偏偏网上发起投票的时候，百分之八十的人都投给了颜秋枳。

她敛眸，压下怒气，浅笑盈盈道："这都是没事做的网友开的玩笑，陈老师别在意。"

陈陆南的目光落在旁边的颜秋枳身上，顿了顿道："挺有意思的。"

大家错愕不已，转头看看陈陆南，再看看颜秋枳。

颜秋枳淡淡一笑："没什么意思。"

她继续说："大家开的玩笑罢了。"

关导哈哈大笑。"这都是夸你们俩魅力大，"他说着，上下打量了一下颜秋枳，点头赞许，"确实担得起这个称呼。"

颜秋枳笑了笑，浅声道："谢谢关导。"

关荷在一旁看着，嫉妒得双眼都要充血了。

寒暄过后，林竟又跟关导请教拍摄，让他指点一二。

关导是特别有名的电影导演，陈陆南最出名的一部电影便是他执导的，两人是亦师亦友的关系。

颜秋枳好奇的是他们为什么会来这里，正想着，关荷已经走到陈陆南面前去了。

颜秋枳挑了挑眉，听见关荷夹着嗓子喊了声："陈老师。"

颜秋枳微笑。

陈陆南掀了掀眼皮，冷淡地应了一声。

关荷笑盈盈地往陈陆南边上靠过去："陈老师今天怎么会来这边？"

陈陆南往后退了一步，冷淡地问："关小姐学过礼仪吗？"

关荷一愣，不明所以："陈老师这话是什么意思？"

蓦地，旁边一直没说话的男人轻笑了一声。

关荷这才注意到旁边的男人，看清他的长相后，她眼里闪过一丝惊艳。

不说关荷，连颜秋枳也注意到了。

和关导、陈陆南一起过来的，除了几个助理之外，便是这男人，他从头到尾都没说话，也没听到关导等人介绍。

男人的长相属于很斯文的那种类型，给人一种温文尔雅、风流蕴藉的感觉。

颜秋枳定定地看了片刻，和那人对上目光后，又挪开了视线。

关荷听到他的笑声，脸上浮起了燥热："你笑什么？"

男人看了她一眼："笑关小姐明知故问。"

关荷满脸尴尬，错愕地看着他。

男人道："阿南刚刚问关小姐学过礼仪吗，你真不知道什么意思？"

关荷是真没听懂。

她错愕地看着陈陆南，又看了一眼面前的男人。

男人唇角上翘着，瞥了一眼陈陆南，说："阿南，你就不能说点直白的话？这还要让关小姐猜半天呢。"

陈陆南给了他一个眼神。

男人笑，看着关荷道："关小姐站着的时候是习惯性往男人身上倾斜？还是说只习惯往阿南这边倾斜？"

话音一落，关荷一张脸爆红，好像自己藏着的最羞耻的秘密被人揭穿了一样。

至于一旁听到他们对话的工作人员，更是没忍住笑了出来。

关荷刚刚的动作明显是要和陈陆南亲昵，绝对是顶级碰瓷。

关荷听着那些笑声，脸上火烧火燎的，如果不是还有点理智，她可能已经当场暴走了。

她咬了咬牙，蹦出一句："抱歉，是我刚刚没站稳。"

男人意味不明地笑了笑。

关荷没好意思在这边继续待着，说了两句后便去了导演那边。

男人转头，看向陈陆南："怎么感谢我？"

陈陆南睨了他一眼，转而看向颜秋枳。

颜秋枳这会儿有点想笑，她那点被关荷抢走代言的怒火，好像瞬间熄灭了。

就这么一件小事，颜秋枳估摸着不久后就会传遍网络，关荷算是彻彻底底丢脸了。

但对上陈陆南浅色的瞳眸，她的笑立马收住了，在没人注意的时候，还狠狠地瞪了他一眼。

招蜂引蝶的狗男人。

陈陆南直接忽视她的眼神，径直走了过来，低声问："颜小姐待会儿还有戏要拍？"

颜秋枳看他："你——"

周围的工作人员也惊讶地看了过来，陈陆南对颜秋枳这态度……有点特别？

陈陆南的神色没有太多情绪，不冷不淡，又好像只是礼貌问候。

王康补充了一句："颜小姐，要是没事的话，方便那边谈谈吗？"

颜秋枳没忽略工作人员眼睛里的惊讶，刚要拒绝，陈陆南越过她的时候压着声音说了一句："他是博钰。"

瞬间，颜秋枳把刚到嘴边的话给咽了回去。

颜秋枳跟着陈陆南过去，坦坦荡荡的模样，反而让周围好奇的工作人员掐灭了八卦的小火苗。

这么正大光明，应该是谈公事吧。

但——陈陆南和颜秋枳谈什么公事？

想到某种可能性后，不少人眼睛亮了起来。

颜秋枳这会儿还没来得及顾及其他人的想法，她全部注意力都在博钰身上，这就是博钰？她最喜欢的那个编剧？！

陈陆南要把博钰介绍给自己认识，今天他是要做人了吗？

她想着，眉眼也跟着明亮了几分，陈陆南转头的瞬间，看到的是颜秋枳目不转睛地盯着博钰笑的模样。

她皮相好，真诚地笑起来的时候有种蛊惑人心的感觉，灿若星辰，连唇角也上扬着，漂亮得让人无法忽视。

陈陆南盯着她看了片刻，把目光挪到博钰身上，沉了沉眼。

王康在旁边看得心惊胆战，这颜小姐为什么要眼睛弯弯地看着其他男人啊,她难道不怕自己的老公吃醋?

这简直是公然"出轨"啊!!

博钰倒是坦然,对着颜秋枳笑了笑:"颜小姐,久仰大名。"

颜秋枳一愣:"啊?"

什么久仰大名?

她愣了几秒,快速反应过来:"您好,您真的是博钰老师吗?"

博钰笑着点了点头:"是。"

颜秋枳压着自己那雀跃的小心思,跟小粉丝一样激动道:"我是你的书迷,我很喜欢你写的书。"

博钰扬了扬眉,意味深长地瞥了一眼旁边的陈陆南,笑了。

"这样啊,那颜小姐最喜欢哪本?"

颜秋枳做足了一个粉丝的本分:"全部都喜欢,只要是您写的,我都买了。"

"……"

博钰薄唇微扬,脸上的笑更深了。

颜秋枳还没察觉到有什么不对,继续问:"博钰老师今天怎么有时间来片场?"

博钰"嗯"了一声,淡淡地说:"跟着阿南过来探班的。"

颜秋枳一愣,这才注意到旁边那位被自己忽视了的男人。

她眨了眨眼,语气冷漠地"哦"了一声。

博钰忍笑:"颜小姐不问问阿南为什么来探班?"

颜秋枳想也不想,直言道:"当然是跟着关导来的。"

她完全不会自作多情地想陈陆南是特意来给自己探班的。

博钰:"……"

颜秋枳对陈陆南为什么来探班一点都不感兴趣,她和博钰聊着天,兴奋不已。

末了,她还不忘记问:"博钰老师,您能给我签个名吗?"

博钰一愣,似笑非笑地看了一眼陈陆南,还没来得及调侃,颜秋枳便说:"我正好带了您的书在身边。"

博钰笑:"当然可以。"

在王康等人的注视下,颜秋枳小跑着进了休息室,然后捧着一个小宝贝回来,递给博钰。

王康低头一看,还真是博钰几年前出的书,绝版款。

博钰低头,很大方地给颜秋枳签名,还送了一句祝福话给她。

颜秋枳盯着那行字笑了起来:"谢谢。"

有了博钰的签名后,颜秋枳连带着看陈陆南都顺眼了点。

等捧着签名书回到休息室后,颜秋枳才后知后觉地想起来——陈陆南让自己过去是有话要说,还是只单纯介绍博钰给自己认识?

想着,她瞥了一眼和导演等人站在一起的陈陆南,掏出手机发了个信息。

颜秋枳:【你刚刚叫我过去干吗?】

陈陆南手机振动,低头看了一眼,神情寡淡地收了起来。

林竟对关导的指导分外感激,含笑说:"关导晚上还有事吗?"

关导笑了笑:"没什么大事。"

林竟道:"我们晚上正好有聚餐,关导和陈老师以及几位朋友没事的话,赏脸一起来怎么样?"

关导:"看他们。"

陈陆南刚要拒绝,博钰便道:"好啊,蹭一顿林导的饭,满足了。"

林竟莞尔,看了一眼博钰:"行,那晚点一起过去。"

"没问题。"

*

颜秋枳并不知道外面发生了什么,她像捧着宝贝一样捧着书本看了会儿,这才往洗手间走去。

但她和关荷像是有孽缘一样,又遇上了。

颜秋枳看着横在自己面前的人,皱了皱眉:"让开。"

关荷脸上的燥热已然消散,她趾高气扬地看着颜秋枳:"没想到你这么厉害。"

颜秋枳掀了掀眼皮,凉凉地看了她一眼。

关荷梗着脖子道:"都能抱上陈老师大腿了,难怪不要那些歪瓜裂枣。"

颜秋枳:"哦,还有呢?"

关荷眼睛里充满了怒意:"你——"

"我什么我?"

颜秋枳冷眼看她:"给我让开,你再不让我推人了啊。"

关荷没理会她的说辞,继续道:"你和陈老师这种关系不会……"

话还没说完,就被颜秋枳打断了。

颜秋枳这会儿突然来了点兴致,抱着双臂懒洋洋地问:"不会什么?"

"就算你和陈老师睡了,他也不会喜欢你这种人的。"关荷咬牙切齿道。

颜秋枳耸肩:"不喜欢就不喜欢呗,我又不在意。"

关荷错愕地看着她:"你——"

颜秋枳撩了撩头发:"我什么?至少我比你要好。"

她微微一笑,毫不客气地在关荷心头上插刀:"我睡到了,你呢。"

"你不要脸。"关荷怒骂。

"要脸能当饭吃吗?"颜秋枳盈盈欲笑,"你不要脸也睡不到陈陆南啊。"

说完,颜秋枳完全不理会关荷的声嘶力竭,直接把她推开,进了洗手间。

她没时间了,她真的想上厕所了。

等颜秋枳从洗手间出来的时候,关荷已经不见了。

她伸手揉了揉眼,也惊讶自己竟然会那么幼稚地和关荷有那段对话。

颜秋枳想了想,估摸着关荷应该没来得及录音,这样一想,瞬间轻松了。

一转身,颜秋枳便对上了一张熟悉的脸。

她脸上的笑一僵,瞪了一眼:"你什么时候过来的?"

陈陆南听着她娇纵语气,淡淡道:"从你说睡到我开始。"

颜秋枳:"……"

她哽了一下,理直气壮地问:"难道我没睡到吗?"

陈陆南盯着她看了一眼,大约是诧异颜秋枳会说这种话,他稍稍一顿,难得地点了下头:"嗯。"

"嗯什么?"颜秋枳觉得自己一定是被关荷气得神志不清了,竟然还要追问。

陈陆南的目光落在她脸上,而后往下,停在她精致的锁骨处,不疾不徐道:"睡到了。"

"……"

也不知道是陈陆南的话暗示太强还是怎么回事,颜秋枳竟然有点被他的厚脸皮给打败了,匆匆丢下一句:"你注意点,我可讨厌关荷了。"

然后落荒而逃。

*

晚上聚餐,颜秋枳是拍完戏才收到的消息,让她讶异的是,关荷竟然还没走,还要参加剧组聚餐。

珠珠第一时间凑到颜秋枳耳边嘀咕:"颜颜姐,她好不要脸啊。"

颜秋枳:"……"

这话听着怎么那么耳熟呢?

她"嗯"了一声,低声道:"随她去。"

珠珠生气:"可就是看不惯她这样。"

颜秋枳笑了笑,低声说:"没事。"

一行人抵达聚餐场所,林竟定的地方不错,要了个大包厢,三大桌子人坐着，热热闹闹的。

颜秋枳等演员自然是和导演以及陈陆南坐在一起。

一个圆桌子，选位置的时候，颜秋枳毫不犹豫地选择坐在自己的偶像旁边。

她刚坐下，博钰便笑了一声。

颜秋枳听着这笑声，奇怪地问："博老师在笑什么？"

博钰瞳眸里漾开着笑，声音清冷道："没什么，就觉得颜小姐挺有意思的。"

一时间，颜秋枳竟听不出这话是褒还是贬。

她"嗯"了一声，不好意思地笑了笑："谢谢博老师夸奖。"

到吃饭的时候，颜秋枳才发现关荷坐到陈陆南旁边去了。

她看了一眼位置安排，低头抿了口茶，下意识地皱起了眉头。

"这茶怎么这么难喝？"

博钰挑眉："有吗？"

颜秋枳还没说完，听到她话的林竟便喊了一声："让服务员上果汁吧，不好喝就别喝了。"

颜秋枳不在意，又喝了一口说："没事，难喝也可以喝的。"

陈陆南的手刚碰到茶杯，手指顿了一下。

关荷细心地注意到陈陆南的微小变化，柔声道："陈老师喝酒吗？"

"不用。"

关荷也不气馁，继续献殷勤："那陈老师想喝什么？"

陈陆南往旁边避了避，关荷继续靠近和他说话。

而颜秋枳那边，林竟还真让人给送了果汁上来，还不忘记喊她："秋枳试试看。"

颜秋枳盛情难却："谢谢林导。"

关导瞅着这边，笑了笑："秋枳不喝酒吗？"

颜秋枳"嗯"了一声，不好意思地说："抱歉关导，我酒量不太好。"

关导颔首："没事，想喝就喝，不想喝就不喝，没那么多讲究。"

他说着，开玩笑道："这倒是和阿南有点像，他酒量也差。"

"……"

博钰抿了口酒，淡淡道："也不是，阿南能喝，就是不喝不喜欢的人给的酒。"

话音一落，对面那边传来了响声。

大家抬眸看了过去，是陈陆南茶杯落下的声音，而关荷的手里还拿着一杯酒，正举着，看似要送给陈陆南一样。

陈陆南的眼神冷了几分，换声道："关小姐听不懂人话？"

关荷的脸"刷"一下白了。

之后的进餐时间，大家都沉默不语，连往常的敬酒也全都取消了。

颜秋枳喝着面前甜滋滋的果汁，心情颇好。

有偶像在旁边，食物都变得美味多了。

*

吃过饭之后，不少工作人员嚷嚷着要去 KTV 唱歌，颜秋枳本想拒绝，但想了想还是答应了，她也有段时间没去 KTV 了，让她意外的是，陈陆南这种人竟然也会去。

颜秋枳听到珠珠的八卦，小声嘀咕了一句："见鬼了。"

珠珠："啊？颜颜姐你说什么？"

颜秋枳："没什么，陈老师怎么会去？"

珠珠："据说是关导很喜欢唱歌，所以陈老师才陪着去的。"

颜秋枳："哦。"

为了男人。

一行人浩浩荡荡出发去 KTV，要了两个包厢。

颜秋枳自然而然被分在了和陈陆南一个包厢里，她找了个角落坐下，低头玩手机。

刚刚她给沈慕晴直播了一下晚饭时的故事，沈慕晴这会儿正充满了好奇心，一个劲儿给颜秋枳发表情包。

沈慕晴：【然后呢？】

颜秋枳：【然后没人说话，安静地吃完了晚饭。】

沈慕晴：【那现在呢？】

颜秋枳：【KTV。】

沈慕晴：【关荷也去了？】

颜秋枳：【对。】

沈慕晴：【……她怎么还有脸去啊？】

这个问题，颜秋枳也挺想知道的。

她正想着，旁边有人坐下，带着高山雪松的清冽味道，让人沉沦。

她手指一顿，抬眸看了过去，陈陆南那张脸在忽明忽暗的灯光下被放大，映入眼帘。

颜秋枳怔了片刻，掏出手机打字：【你坐我旁边干吗？】

陈陆南手机一震，瞥了一眼旁边只露出侧脸和耳朵的人：【那边满了。】

颜秋枳下意识地转头看了过去，还真是，除了关荷旁边之外，其他人旁边都有人了。

她撇撇嘴，继续敲字：【行吧，那勉为其难让你坐一下。】

陈陆南看了一眼，没回。

两人并排坐着，分外安静。

颜秋枳开始还跟沈慕晴聊天，聊着聊着两人就开始玩游戏了，她玩游戏的时候注意力集中，连自己身子往陈陆南那边靠过去了也没发现，更别说是口渴喝东西的时候。

她直接把手伸到桌面，看也没看，端起就喝。

一入口，她便感觉到了不对，还没来得及反应，博钰的笑声响起。

他撑着脑袋看着他们这边，声音清冷，带着点揶揄："颜小姐，阿南的酒好喝吗？"

"……"

说实话，不好喝。

颜秋枳的手就这么僵在半空中，有点不敢去看旁边的男人。

她把嘴里那口酒吞了下去，连忙放下杯子："抱歉。"

面对大家灼灼闪烁的八卦目光，颜秋枳解释："我以为那是我的果汁。"

虽然这解释大家不一定信，但她真是不小心拿错了。

博钰眼睛里满是戏谑，还想要调侃两句，就接触到了陈陆南扫视过来的目光。

他扬了下眉，嘴角噙着笑，把到嘴边的话收了回去。

"包厢里太暗，拿错也正常。"

——有人要护妻了，没劲儿。

众人听着博钰这话，笑着回应。

林竟看了一眼过去，眸色暗了暗，沉声吩咐："把灯调亮点。"

包厢里的众人心照不宣，并未多言。

颜秋枳没在意其他人的目光，把喝错的酒杯放下后，连游戏也不打了。

她低头和沈慕晴闲扯着，露出了修长的后颈，在忽明忽暗的灯光下，她的脖颈白得惹眼。

陈陆南微垂着眼，看着被喝了大半的酒，抬手松了一粒衬衫扣子，这才拿过面前的杯子一饮而尽。

他行事坦荡，让刚想说给他换一杯酒的工作人员瞬间哑口无言了。

"陈老师……"那人低声问，"需要换杯酒吗？"

陈陆南面无表情道："不用。"

工作人员张了张嘴，还打算说服他，被陈陆南那深沉的眸子一扫，瞬间闭嘴了。

"那我给陈老师加点酒。"

陈陆南的喉结上下滚动了一下，低低应了句："嗯。"

等倒酒的人走后，颜秋枳用余光看了一眼那个杯子，觉得怎么看怎么刺眼，这陈陆南是疯了吗，为什么还要喝？

想着，她气鼓鼓地在桌下踹了他一下。

陈陆南缓缓抬了下眸，对上她那双勾人的瞳眸。

莫名地，颜秋枳从他的眼神里读懂了几个字——什么事？

她气不打一处来，总觉得这人是故意的，但又找不出故意的原因在哪儿。

到最后，颜秋枳只能小幅度地又踹了他两脚解气。

狗男人是故意想让自己难堪的吧？

陈陆南感受着她的动作，刚想要说话，颜秋枳便转头瞪了过来，颇有点那晚他没给她盛鸡汤时表达出来的意思。

他稍稍一顿，任她去了。

颜秋枳也不是不讲道理的人，看陈陆南这么听话，也没得寸进尺。

踹了大概三四五六脚便收住了。

借着大家唱歌的时候，她摸着手机给陈陆南发消息。

颜秋枳：【你什么时候回去？】

陈陆南：【今晚。】

颜秋枳：【？】

陈陆南低头喝酒，顺势偏了偏头，把声音压得很低："待会儿还有事，忙完就走。"

颜秋枳愣了几秒才反应过来，刚刚有男人低沉性感的嗓音擦过她耳畔，带起了丝丝燥热。

她下意识地摸了一下还留有男人余温的耳朵，跟着回了句："哦。"

其实她并没有很关心。

*

从KTV散场后，关导和陈陆南等人还真有事，先行离开了。

大家也都渐渐散去，回了酒店。

颜秋枳和珠珠走在一起，小声聊着天。

珠珠压着声音说："颜颜姐，关荷还骂你了。"

颜秋枳挑眉："骂我什么？"

珠珠坐在关荷不远处，颜秋枳喝错酒的时候，关荷说了句"心机婊"

暗讽。

听完珠珠转达的话后,颜秋枳哽了一下,摸了摸鼻尖说:"这我还真是不小心的。"

珠珠欢乐地笑了起来:"我知道啊。"

颜秋枳一愣,惊讶地看她:"你怎么知道?"

珠珠:"颜颜姐你又不喜欢陈老师,干吗喝他的酒啊?"

颜秋枳想了想,觉得珠珠这话说得非常有道理:"你说的对。"

两人小声嘀咕着进了电梯,恰好林竟等人也到了。

颜秋枳礼貌性地点了点头,林竟颔首,突然把目光落在她身上:"你酒量不好?"

"啊?"颜秋枳对着他的眼神,笑着点了点头,"一般。"

林竟应了一声,低声道:"以后别乱喝酒。"

颜秋枳倏然一笑:"林导,我那真不是故意的。"

林竟"嗯"了一声,没再说话。

当大家一起走出电梯,颜秋枳要回房间的时候,林竟越过她说了句:"不是那个意思。"

颜秋枳看了一眼他的背影,没去深想林竟到底是什么意思。

无论是什么意思,其实都和她没太大关系。

……

另一边,陈陆南等人确确实实是还有事。

他们这一次过来是给电影选拍摄场地的,电影里有个深夜男女主角走在海岸边的镜头。关导对镜头画面感很有追求,要的是真实,需要满足他的那种幻想。

所以这会儿一行人才会在半夜抵达海边,看深夜的海岸风光。

远处亮着盏盏灯光,形成了一条直线,在夜色下很是漂亮。

如果有情侣在寂静无声的夜里,吹着海风,听着海浪拍打的声音,低喃互诉,拥抱接吻,未尝不是一幅精心勾勒的美好画面。

关导和随行工作人员兴致勃勃地要走一遍,陈陆南和博钰立在原地,少有地点了根烟提神。

他低头看了一眼腕表上的时间,博钰突然道:"颜秋枳还挺有意思的。"

陈陆南面无表情,食指轻弹了一下烟灰,弹到了两人面前的垃圾桶上。

博钰继续道:"林竟好像对颜秋枳有点意思。"

说着,他看了一眼旁边的人:"你觉得呢?"

闻言,陈陆南掀了掀眼皮,冷冷淡淡道:"不知道。"

博钰轻笑一声:"是真不知道还是没在意?"

陈陆南目光平淡地看着他。

博钰淡淡一笑。"那看来林竟追她你也没意见了？"他不紧不慢道，"我听工作人员说，等一个月后，颜秋枳的戏杀青，林竟指不定会跟她表白。"

陈陆南依旧是面无表情，连眼皮都没动。

博钰瞅着他这样，觉得无趣。

"算了，不跟你废话，自己的老婆自己把握。"

说完，他把烟掐灭，向另一边爽快地喊着："关导，等等我，我来陪你漫步。"

陈陆南盯着平静的海平面片刻，食指微屈，把悬着的烟灰弹落半截。

*

翌日醒来，颜秋枳看到自己手机里有早上五点收到的一条消息。

陈陆南回去了。

颜秋枳把手机放下，对陈陆南这行踪不明的人并不感兴趣。

接下来的几天，颜秋枳都勤勤恳恳拍戏，为了能早日杀青。

这日，颜秋枳请假回 A 城。

她有个早就定下来的宣传活动，之前便跟林竟打了招呼。

颜秋枳和珠珠低调回程，她这几天有点困，一上飞机便睡了过去，到下飞机的时候才堪堪醒来。

只不过和预想的低调不同，颜秋枳刚从通道里出来，便听见了外面粉丝的尖叫呐喊声。

她还没回过神来，珠珠便道："颜颜姐，好像是林嫒回来了。"

颜秋枳一怔，差点脱口问"林嫒是谁"。

话刚到嘴边，她便想起了这号人物。

珠珠又在她耳边道："林嫒的粉丝向来疯狂，颜颜姐我们往那边走。"

颜秋枳压了压帽檐，不太想和粉丝撞上，低声道："好。"

直到抵达停车场，粉丝的呐喊声还在耳边回荡。

林嫒，知名影后，演技好，漂亮温柔，是不少人的偶像。

但颜秋枳对她不是很熟，只偶尔听到过和她有关的消息，大多数都是夸赞崇拜。

颜秋枳是给一个品牌站台，几个小时的工夫便结束了。

结束后，她也没着急回 X 市拍戏，她这两天戏份少，跟林竟说好明天下午再回。

想着，颜秋枳让司机送她回家。

报地址的时候，颜秋枳差点报了公寓的，刚说出口，又不得不马上改成别墅的。

到家的时候，时间还早。

屋子里没人，静悄悄的，她也没给陈陆南发消息，进屋后直接去了房间洗漱。

她也不知道什么时候养成的习惯，只要赶路了，无论几点到家，她都会先洗澡再上床睡觉。

洗完澡出来，颜秋枳用小号刷了会儿微博，她下午参加活动的照片已经出来了，还上了热搜。

不少粉丝用"盛世美颜"夸她，她下午参加活动时穿的蓝色长裙更是被粉丝夸上了天。

她还挺喜欢粉丝的彩虹屁的，总有种满足虚荣后的喜悦。

颜秋枳有个站姐特别会修图，每次都能把她修得跟天仙一样，让她自己看着都不由得感慨——自己好像真的挺不错的样子。

看了一圈彩虹屁后，颜秋枳便收起手机去睡觉了。

陈陆南到家的时候，看到了丢在门口的鞋。

他盯着那双高跟鞋看了须臾，脑海里突然浮现出颜秋枳和他结婚后的一件事。

那会儿，她还是端庄贤淑又乖巧惹人爱的陈太太，无论做什么都做得很得体。

当然，偶尔也会有暴露的时候。

有一次她和朋友吃饭，不小心喝醉了，一进屋就把鞋随意甩开丢在门口，然后开始脱衣服。

当时，陈陆南正在沙发上和经纪人打电话，也不知道是被颜秋枳的行为给振住了，还是面前曼妙的身姿过于吸引人，他大脑当机了片刻，再反应过来的时候，颜秋枳已经往他怀里扑了过来，抱着他的脖颈撒娇说要喝水。

那是头一回，陈陆南隐约觉得他娶回家的陈太太不太一样。

陈陆南给她倒水，刚要塞她手里让她自己喝，颜秋枳便仰起头用一双剪水秋眸望着他，瞳眸湿漉漉的，格外勾人。

她要陈陆南喂，还要嘴对嘴的那种。

再之后，情况便有了变化。

……

陈陆南把目光从高跟鞋上收回，眸色暗了几分，把脑海里的这段记忆压了下去，松了松衣领，径直往楼上走。

房间里留着一盏灯，这是颜秋枳睡前的习惯。

陈陆南看着床上的人顿了一下，径直走了过去。

半梦半醒间，颜秋枳被人压得喘不过气来，她下意识地睁开眼，映入眼帘的是一张放大的俊脸。

她皱了下眉，还没反应过来，便听到了熟悉喑哑的嗓音："要喝水吗？"

颜秋枳恰好有点口渴，想也没想就应了一声："嗯，要。"

陈陆南微微一笑，俯身吻了下去，嘴对嘴喂她。

其实在陈陆南亲下来后，颜秋枳便反应过来了。

他身上的气味太特别，让人想忘也没法忘记。

昏暗的房间内，男人的脸隐蔽于暗处，偶尔露出来，额间有些许的汗，正往下落，滴落在她身上，交汇到一起。

颜秋枳偶然间睁开眼，看到的便是这勾人的一幕。

在床上，陈陆南向来不像是那个闷骚不会说话的狗男人，相对的……他格外懂得怎么调动颜秋枳的欲念，也只有在这种事情上，他会比往常更多一点耐心。

颜秋枳深深觉得自己是被他这张脸给吸引住了，才会没有拒绝，甚至和他沉沦其中。

……

夜色旖旎，窗外的风掀动着窗帘，有阵阵清香吹进来。

良久后，两人洗漱出来。

再回到床上的时候，颜秋枳已经完全清醒了。

身体虽然累，但精神是饱满的。

她抬眸，看着从浴室走出来的男人。他身上换了一套睡衣，是深色系，这睡衣相对贴身，走动之际还能让人隐约看到他引人遐想的腹肌纹理。

陈陆南爱锻炼，且有专门的老师管理他的饮食，所以身材保养得很好，这一点颜秋枳比任何人都清楚。

她目不转睛地盯着看了须臾，在陈陆南把目光转过来的时候，她先发制人："我渴了。"

陈陆南挑眉，刚想上前，颜秋枳便指着他道："我要喝水。"

在陈陆南问的时候，颜秋枳以为他真的要给她喝水，她回家之前在车里和珠珠吃了两包辣条，到家后没怎么喝水就睡着了，导致她喉咙一直都是干的。

陈陆南立在原地没动，颜秋枳连忙补充一句："我要喝真正的水。"

这话对陈陆南来说暗示得极为明显——是真正的水，不是另一种意思的喝水。

陈陆南大概是餍足了，定定地看了她两眼后，还真往楼下走去了。

再回来的时候,他手里不仅拿了一杯温水,还有一份甜品。

颜秋枳狐疑地看了一眼:"你大晚上还吃甜食?"

陈陆南不紧不慢道:"给你的。"

颜秋枳震惊地看着他。

这男人什么时候这么贴心了,还知道给她补充体力?

下一秒,陈陆南打破了她的幻想:"王康给的,明早就不能吃了。"

颜秋枳:"……"

说真的,要不是有她愿意"委曲求全"和陈陆南商业联姻,就这种性格的男人,一辈子都娶不到老婆。

颜秋枳刚想拒绝,不经意间瞥到了甜品上的小草莓,她立马把到嘴边的话给咽了回去。

尊严算什么,小草莓才是第一。

她"嗯"了一声,淡淡地说:"替我谢谢王康。"

陈陆南没吭声。

颜秋枳也不管他,喝了小半杯水后,一个人享受着那份小甜品。

小蛋糕跟她吃过的一家很像,但没有品牌标识,颜秋枳也没问是哪家的,自顾自吃完后,整个人比最初满足多了。

等她再刷牙洗脸上床睡觉的时候,陈陆南已经睡着了。

*

颜秋枳很精神,她瞥了一眼旁边沉睡的男人,伸手攥着被子往自己这边拉,摸出手机开始玩。

她下午睡了一觉,这会儿完全不困。

看了一眼时间,已经是凌晨两点了,也不知道还有没有夜猫子在。

想着,她去朋友圈发了个消息。

【颜秋枳:没睡的朋友们来聊个五毛钱的。】

刚发完几分钟,好几个人给颜秋枳点了赞,这其中包括沈慕晴、林竟,还有姜臣和程湛。

这几人甚至还在下面留言。

【姜臣:我们陈陆南的颜颜竟然没有人聊天?陈陆南也太不是人了,深夜竟然让小娇妻一个人无聊?】

【程湛:阿南可能身体不行了,竟然不陪老婆聊天,颜颜来,我们聊。】

【沈慕晴:我也要,我们拉个群。】

……

颜秋枳看着几个人的留言表示无语,也幸亏她圈内加的朋友基本上没有程湛和姜臣的私人微信。

她刚退出朋友圈，姜臣已经动作迅速地拉好群了。

她瞥了一眼名字，"深夜热聊四人组"，也得亏姜臣敢取。

沈慕晴：【谁取的名字，为什么感觉这么不纯洁？】

姜臣：【是晴晴你思想不纯洁。】

沈慕晴：【屁，你不信问颜颜和程总。】

程湛：【嗯。】

颜秋枳：【容易让人多想，我们是很纯洁的四人组关系。】

姜臣：【那一定的，朋友妻不可欺，颜颜一个人在家吗？不应该啊，陈陆南应该回家了，怎么就无聊了？】

……

姜臣很会活跃气氛，也是陈陆南那一圈朋友中最没有架子的，颜秋枳也喜欢和他聊天。

聊了一会儿后，颜秋枳收到了新消息。

她点开看了一眼，竟然是林竟的。

林竟：【这么晚还不休息？在做什么？】

颜秋枳纠结了几秒，没给他回消息。

一男一女大半夜聊天，她还是有夫之妇，太不合适了。

颜秋枳和姜臣、沈慕晴在群里聊着，程湛话也不多，关键时候才会冒出来说一两句。

聊着聊着，困意袭来，颜秋枳什么时候睡着的都不知道。

*

次日醒来，已是日上三竿。

床侧早早就没了人，仿佛是个过客一样，睡一觉就跑了。

颜秋枳撇撇嘴，掀开被子起床。

她到楼下的时候，意外地看到了陈陆南。

"你为什么在家？"

陈陆南神色寡淡地看了她一眼，那眼睛里的意思很明显——我为什么不能在？

颜秋枳嘀咕着："你没工作吗？"

"休息。"

颜秋枳震惊了，陈陆南这种大忙人竟然会不用出门。

她眨了眨眼，惊讶道："那你今天都在家？"

陈陆南"嗯"了一声，低头挽起袖子往厨房走。

颜秋枳没忍住，跟了过去。

她看了一眼厨房里摆着的东西，轻声问："阿姨来过啊？"

厨房里早餐丰富，全部都还热着。

陈陆南没回话，把早餐全数端了出去。

家里请的这个阿姨手艺很好，每次都能勾起颜秋枳的食欲。

闻着那些早餐的香味，她跑回餐桌，没等陈陆南全部弄好，便吃了起来。

陈陆南对她这种行为向来不发表什么意见。

两人沉默地吃完早餐，差点把颜秋枳给憋坏了。

突然，对面传来了男人的问话声："几点睡的？"

颜秋枳咬着小笼包的动作一顿，抬眼看他："你问我？"

陈陆南云淡风轻地瞥了她一眼。

颜秋枳噎住，忙不迭地喝了口豆浆才说："大概三四点吧，怎么？"

陈陆南没吭声。

颜秋枳眼珠子转了转，意味不明地笑了起来："你现在还管我几点睡觉？"

陈陆南目光冷淡地看着她，没动。

颜秋枳说了两句没得到回应，无趣地耸了耸肩。

吃过早餐后，颜秋枳回房间换衣服化妆出门。

听到下楼的脚步声，陈陆南并未有过多的动作，甚至都没去看颜秋枳。

直到她在他面前走来走去的时候，陈陆南才不经意地抬了抬眼，在看到她身上穿的衣服后，眉头紧锁。

他偏头，看了一眼窗外，声线低沉："你不冷？"

颜秋枳今天和沈慕晴约了去一家店打卡，那家店适合穿制服，两人也约好了穿同款。

这套衣服是颜秋枳几年前买的，从来没穿过，这会儿穿着却依旧合适。

因为冬天的缘故，她还特意穿了双及膝长袜，显得腿格外的长。

她整理了一下蝴蝶结衣领，转头看着他："我又不在室外活动。"

陈陆南静静地看着她。

颜秋枳没理会他，整理好后拿着一件呢子大衣往门口走，弯腰换鞋。

换好鞋后，颜秋枳一转头便对上了陈陆南那沉沉的目光。

她顿了一下，瞅着他的表情半晌，突然笑了。

在陈陆南的注视下，颜秋枳往他那边走了过去。

一双小细腿格外显眼，颜秋枳连光腿神器都没穿，露出了小半截肌肤，白且细腻。

为了贴合这一身打扮，她今天的妆容是少女风，粉嫩粉嫩的，腮红涂抹得恰到好处，眼妆更是闪闪发亮，就像是一个十六岁的清纯少女。

她走到陈陆南面前，踢了一下他的脚。

陈陆南低头，不为所动。

颜秋枳粲然一笑，弯腰靠近他。

"你是不是不想让别人看到我这身打扮啊？"

陈陆南依旧没吭声。

颜秋枳傲娇地扬了扬下巴，提着自己的小包包得意又张扬道："陈陆南。"

陈陆南的视线从下而上，停在她的唇上。

"跟你说话呢，"颜秋枳道，"你要是点头说是，我说不定就回去换了这套。"

毕竟难得看到他吃瘪，颜秋枳还是愿意换一套的。

瞅着陈陆南的表情和眼神变化，颜秋枳嘴角噙着笑，一脸嘚瑟。

但还没嘚瑟完，她就"啊"了一声，被陈陆南拉到大腿上坐下。

颜秋枳瞪大眼看他，耳根瞬间红了。陈陆南神色未改，瞳眸幽深，像是深潭一样，让人深陷入内。

"你干吗？"

颜秋枳跨坐在他身上，羞耻感爬上了心头。

陈陆南抬了抬眼，盯着她看了须臾，缓声道："说什么？"

颜秋枳大脑宕机了几秒才反应过来，这人是回答自己之前的话。

她噎了一下，用力将他推开，站了起来，面色潮红："没什么，我走了。"

她走到门口，拿起外套穿上，临走前打量了一下闷骚老男人，不忘怼他："就你这样的，活该一辈子孤独终老。"

怼完陈陆南，颜秋枳身心愉悦。

沈慕晴过来接她，瞅着她的脸看了一会儿，笑着说："你今天心情挺好。"

"那当然，"颜秋枳唇角上翘着，浅声道，"我刚在陈陆南手上胜出，心情格外好。"

沈慕晴："……"

她对这对夫妻表示无语。

颜秋枳也不在意她的态度，没在陈陆南这个人身上多浪费时间。

她和沈慕晴低语，聊起了其他八卦。

两人都是圈内人，话题总能聊到一起。

"你这戏还有多久杀青？"

"小半个月吧，"颜秋枳打了个哈欠，靠在她肩膀上说，"怎么了？"

沈慕晴摇头："等你杀青了，我就要进组了。"

她这段时间是特意给自己放了个假。

颜秋枳一笑，阖着眼道："到时候去给你探班。"

"好。"

沈慕晴侧目，盯着她看了一眼："你多久没回去了？"

颜秋枳动作一僵，好一会儿后装着云淡风轻的样子："回哪儿？"

沈慕晴都不想拆穿她："你说呢，两边你都很久没回去了吧？"

颜秋枳自动忽略一边，逮着另一边强词夺理："陈陆南都没回去，我回他家干吗？"

"……行吧，"沈慕晴说，"那边没给你电话吗？"

颜秋枳轻轻地"嗯"了一声："没有。"

沈慕晴听着，有种说不出的心疼。

她还想要说点什么，颜秋枳已经睁开了眼，坐直起来："别说这个话题，你接下来拍谁的戏？"

沈慕晴和她聊着，把最初的敏感话题跳了过去。

两人抵达玩乐的地方，时间还早，这地方私密性很好，颜秋枳和沈慕晴虽然是两个大明星，但来得低调，即便有人认出了她们，最多也只是要个合照和签名便作罢。

最后，两人还特意挑了一个偏僻清静的角落。

刚坐下，沈慕晴便笑着说："你上热搜了。"

"啊？"

颜秋枳一愣，凑过去看了一眼。

——是刚刚在店里和粉丝拍的照片，她今天的打扮很少见，制服把身材曲线很好地展露出来，加上她这张清丽漂亮的脸，看上去有种清纯和妩媚性感结合起来的感觉，让人惊叹。

这位找颜秋枳和沈慕晴合照的粉丝是一个美食博主，这家店也是一家网红打卡店，她粉丝不少，把今日份美食和照片一发出去，还特意加了个"#颜秋枳身材#"的话题，直接把她送上圈。

粉丝网友从来没见她有过这种清纯打扮，一时间激动不已，纷纷转发、评论、点赞，希望她能营业来个自拍。

颜秋枳看了一眼自己的微博，确确实实是许久都没营业发照片了。

她转头看向沈慕晴："给我拍几张照片。"

沈慕晴点头："好。"

二十分钟后，颜秋枳新鲜出炉的九宫格营业。

【@颜秋枳V：今日份营业（照片）。】

一张一张的，没有过分修饰，保留着她最原本的模样，无论是她拍还是自拍,都让粉丝喜欢。

【啊啊啊啊啊啊啊姐姐"杀"我啊!】

【我的老天爷!!制服的姐姐谁能抵挡得住啊,呜呜呜呜想要在姐姐的怀里睡觉。】

【颜秋枳真的绝了绝了,这身材这脸我晕了。】

【啊啊啊我真羡慕颜秋枳未来的老公!谁以后要是娶了颜秋枳那得多幸福啊!】

【这脸,这胸,这腰,这小细腿……啊我"死"了!!!】

颜秋枳看着粉丝评论,忍俊不禁。

沈慕晴还特意给她点了个赞,然后盯着评论道:"说实话,我也羡慕陈陆南。"

颜秋枳:"好好说话,不提他我们还是好姐妹。"

"……"

沈慕晴突然笑了一声,低声问:"你说,网友要是知道他们最想在一起的男星女星早就成一家人了,会怎么样啊?"

颜秋枳瞪她:"你可别说这种惊悚话题。"

沈慕晴笑。

"这不是实话吗?"她刷着微博界面,"你和他是互关了吗?陈陆南看到照片是不是该把你绑回家关小黑屋这样那样啊?"

颜秋枳噎了噎,睨了她一眼:"你想多了。"

她下意识地点开了关注栏,说实话,她和陈陆南是不是互关她都记不清了。

*

陈陆南今天确确实实休息了,但也并不轻松。

他接了关导接下来的电影,女主角还未定下来,博钰也还在和他研究剧本走向,今天博钰找他聊了男主设定的一些细节内容,还特意说关导想再去X市一趟,他们这部戏的拍摄地点大部分都定在了X市。

他刚和博钰讨论完一段内容走向,视频那边的人突然意味不明地笑了一声:"你老婆今天是天使面孔魔鬼身材啊。"

陈陆南端着咖啡的手一顿,掀了掀眼皮看他。

博钰勾了勾嘴角,继续道:"她今天发九宫格照片了,你看了吗?"

"没有。"

博钰摇头,笑着说了一句:"你老婆有没有给你发珍藏?微博上的还是有点含蓄。"

　　瞅着陈陆南那肉眼可见的黑脸,博钰一本正经道:"我说认真的,要是有的话发我欣赏欣赏?"

　　陈陆南也不说话,就这么冷冷地看着他。

　　博钰耸了耸肩,觉得无趣:"算了,继续说下一段。"

　　他放下手机之余,还不忘啰唆一句:"你老婆这样的,惦记她的人应该不少。"

　　"……"

　　中午,陈陆南的手机铃声响起,是家里阿姨的电话,询问他需不需要过来做饭。

　　他看了一眼时间,直接拒绝。

　　颜秋枳是下午回来的,和沈慕晴打完卡发完照片后,为防止粉丝过来蹲守,两人立马离开了。

　　然后还低调地去商场转了一圈,吃了点东西,买了杯奶茶才回家。

　　她到家的时候,陈陆南正好端着食物从厨房出来,香味浓郁。

　　她愣了一下,转头看了一眼墙上的时钟:"你下午加餐?"

　　这会儿都两点了。

　　陈陆南的视线扫过她,冷冷淡淡的:"不是。"

　　颜秋枳愣了一下,后知后觉反应过来:"很忙?"

　　"还好。"

　　颜秋枳张了张嘴,不太懂"还好"为什么这会儿才吃饭,这人饮食不是很规律的吗?

　　她想着,凑过去看了一眼。

　　陈陆南给自己做了一碗面条,清汤寡水的,只有几片青菜。

　　她眨了眨眼,瞅着陈陆南微垂的睫毛看了须臾,小声问:"我们家没菜了?"

　　陈陆南的手一顿:"嗯。"

　　颜秋枳仰头"哦"了一声,表示了然:"那阿姨今天怎么不买菜过来做饭?"

　　"请假。"

　　听着男人言简意赅的回答,颜秋枳没多想。

　　她直勾勾地盯着陈陆南的面条看了会儿,总觉得味道不会很好,但陈陆南又吃得很香。

　　陈陆南从小被教育得很好,吃东西特别斯文,和一般男人不同。

　　无论是好吃还是不好吃,他都鲜少表露出来。

颜秋枳盯着看了会儿,大概是觉得他吃饭的样子有点好看,也就没离开,索性坐在他对面吸溜地喝奶茶。

在陈陆南看过来的时候,她还特意扬了扬手里的奶茶,很欠打的模样:"你要尝一尝吗?"

陈陆南收回目光。

颜秋枳气消得快,更何况早上是她占了上风,这会儿已经完全把那件事抛诸脑后,能和陈陆南闲聊几句。

"你是不是和博钰还有关导又要一起合作了?"

"嗯。"

颜秋枳的眼睛亮了起来,换了个姿势趴在桌上:"那女主角定下来了吗?"

陈陆南抬了抬眼看她:"没有。"

颜秋枳压着心底的惊呼声:"那……关导有意向的女演员吗?"

"不知道。"

闻言,颜秋枳不开心道:"你和关导不是亦师亦友的关系吗,你这都不知道?"

陈陆南:"……"

颜秋枳嫌弃地瞥了他一眼:"关导是不是有其他宠爱的男演员了?这都不告诉你。"

"……"

陈陆南听着她的疯言疯语有点头疼,难得没有对她进行嘲讽,不疾不徐地解释:"没问过。"

颜秋枳盯着他看了半响,突然把脑袋凑到他面前:"那……女主是个什么人设啊,会公开选角吗?"

陈陆南看着她已经贴到碗边缘的脸,在颜秋枳的期盼下,他道:"退后一点。"

颜秋枳一头雾水地看着他。

陈陆南把碗挪了下位置,低头吃了一口道:"你可以让你经纪人问问。"

颜秋枳这会儿完全听不见他说什么了,她的注意力全在陈陆南嫌弃她,让她退后一点,挡住他吃面条上了。

想着陈陆南刚刚的举动,颜秋枳气不打一处来,直接呛他:"在床上的时候你怎么不退后一点?"

陈陆南:"……"

颜秋枳简直要被他气死了。

她狠狠地瞪了一眼面前的男人,气急败坏地上了楼,也不打探消息了。上楼之前,颜秋枳还不忘踹他一脚。

听着那故意踩重的脚步声,陈陆南头疼地捏了捏眉骨。

*

颜秋枳原本是傍晚的飞机回 X 市拍戏,被陈陆南气得提前了一小时抵达机场。

回到 X 市后,颜秋枳投身于拍摄中,和外界差不多断了联系。

至于陈陆南,她更是没怎么联系过。

这日,颜秋枳的戏份杀青。

她虽然只是一个配角,但戏份并不轻。

杀青之际,工作人员送了束花给她,恭喜她杀青。

颜秋枳还穿着戏服,露出了小半截纤细腰肢,气质绝佳,脸上还挂着盈盈的笑,明艳动人。

"谢谢。"

她接受着工作人员的祝福,捧着花到化妆间换了衣服出来后,一行人去吃饭。

为庆祝她杀青,林竟特意给大家放了一晚上假,一起聚餐。

因为杀青的缘故,颜秋枳少有地喝了一杯酒。

回去路上,珠珠一直都陪在旁边:"颜颜姐,你还好吗?"

"嗯。"

珠珠担忧地看她:"一杯不会醉吧?"

颜秋枳笑着看她:"当然不会,别太担心。"

两人回到酒店,看着颜秋枳进屋后,珠珠才离开。

颜秋枳没太在意,进屋后,她先把没电的手机充上电,这才往浴室走去,打算洗个澡清醒清醒。

刚洗完澡出来,颜秋枳便听到了门铃声。

她趴在猫眼看了眼,皱了皱眉。

是林竟。

想着,颜秋枳顺手拿了一件羽绒服穿上,这才把门打开。

"林导,找我有事吗?"

颜秋枳站在门口。

林竟视线往下,落在她干净透亮的脸上:"还好吗?"

颜秋枳一怔,点了点头:"还不错。"

林竟颔首,递了一杯东西给她:"醒酒茶。"

颜秋枳反应迟缓了几秒,在林竟第二次催促的时候才接了过来。

"谢谢。"

林竟听着她的感谢，开玩笑地说了句："怎么还跟我这么客气？"

颜秋枳笑而不语。

下一秒，她眼睛瞪大。

林竟另一只手一直背在身后，在颜秋枳接过醒酒茶后，那只手露了出来，那手里……拿了一束花。

她觉得自己一定是喝了酒又洗了澡，被浴室里的氤氲气给蒙住了思绪，才会没有第一时间反应过来关上门，让自己处于一个尴尬的状态。

"林导，您这是要做什么？"

林竟看她："杀青礼物。"

颜秋枳没接，语气恢复了往日的平淡，提醒说："工作人员送了。"

闻言，林竟目光灼灼地看着她半晌，轻笑了一声，问："你是真不懂还是装傻？"

他没注意到颜秋枳眼神的变化，敛眸道："我对你有想法，你一点也看不出来？"

说完后，颜秋枳一直没有反应，林竟皱了皱眉，抬头看她，顺着她的视线扭头往自己后边看了过去。

看到来人后，他惊讶不已："陈老师？"

夜晚的缘故，酒店的走廊极其安静。

当然也有颜秋枳他们剧组包下了这一层的原因。此时此刻，陈陆南就这么站在不远处，竟没有任何人发现。

甚至没有人知道他是什么时候来的。

他穿着一袭黑色风衣，和夜色融为一体。

此时此刻，颜秋枳生出了一种不敢去看他的感觉。

明明她也没做什么啊。

陈陆南目光平淡地看着两人，点了下头："嗯。"

林竟霎时间反应过来，一想到他刚刚听到了自己和颜秋枳说的话，就有种说不出的情绪。

但很快，林竟便调整了过来。

他看着陈陆南，皱了皱眉问："陈老师怎么会来这儿？"

陈陆南顿了一下，越过林竟看向颜秋枳，声音低沉，不疾不徐道："你问她。"

颜秋枳："……"

对着两人的灼灼目光，颜秋枳觉得自己此刻有点像是一个渣男。

她哽了一下，对陈陆南把难题丢给自己这行为很是不爽，但她分得清轻重缓急。

她沉默了一下,浅声道:"陈老师是过来找——"

"我"这个字还没出来,不远处的电梯门声音响起,紧跟着有人走了出来。

声音很大,吵吵闹闹。

颜秋枳抬眼看了过去,是剧组的其他演员。

几个人看到走廊上的他们,也都齐齐愣住了。

"林导?"

"秋枳,你们怎么会在这儿?"

说话间隙,还有人看到了陈陆南:"陈老师,您也在?"

瞬间,走廊上的氛围更尴尬了。

大家面面相觑,后知后觉反应过来点什么,特别是在看到林竟手里拿着的花后,一位男演员张了张嘴,半天没憋出一个字。

尴尬。

无比的尴尬。

要不是自己不能先走,颜秋枳都想直接钻回房间,把房门给关上了。

至于林竟和陈陆南,她一个都不想理会。

林竟还未说话,陈陆南瞥了一眼颜秋枳那躲闪的眼神,低声道:"嗯,过来找颜秋枳有点事。"

众人一愣,恍然大悟的模样。

"陈老师和秋枳认识啊?"

陈陆南颔首。

几个人虽然好奇两人的关系,但被陈陆南冷冷淡淡地扫视一眼,立马打了个冷战:"那陈老师、秋枳你们聊,我们先回房间了。"

陈陆南"嗯"了一声,还像长辈似的说了句:"早点休息。"

等那几个人回去后,颜秋枳转头看向林竟:"林导,还有事吗?"

她态度不冷不热,林竟就算是再傻也能察觉到什么。

他的目光在两人身上转了一下,笑了笑说:"早点休息。"

说着,他把花强硬地塞在了颜秋枳手里。

这猝不及防的动作,为防止花掉地上,颜秋枳不得不接了过来。

林竟走了,颜秋枳和斜靠在墙边的男人对视一眼,有口难辩。

进屋后,颜秋枳也没理会陈陆南,她把花和醒酒茶放在桌面上,转而进浴室吹头发。

等她再出来的时候,陈陆南正坐在沙发上看手机。

颜秋枳盯着他看了一眼,陈陆南抬眼,和她对视。

不算宽敞的房间内寂静无声,氛围让人紧张。

也不知道是有点儿对不起他还是心虚,颜秋枳走过去踢了踢他的脚尖。

陈陆南看着她,并未言语。

"你怎么来了?"

陈陆南收起手机,淡声说:"踩点。"

颜秋枳:"哦。"

她抿了抿唇,瞅着陈陆南的神色道:"电影踩点吗?"

"嗯。"

陈陆南向来话少,颜秋枳不知道今天这场面被他看到,他到底是什么想法。

但她得承认,她和陈陆南虽然没什么感情,但出轨之类的,她绝对不会有。

虽然陈陆南并不关心,但颜秋枳纠结了两秒,还是解释了一句:"我不知道林竟会这样。"

她是真没察觉出来林竟对自己有意思,在片场拍戏的时候,林竟照样把她骂得狗血淋头,一点也没看出来有什么异样。

所以,刚刚他拿出花来的时候,颜秋枳才会没有第一时间反应过来然后拒绝。

陈陆南"嗯"了一声,看着她:"喝酒了?"

颜秋枳一愣,惊讶他转开话题的速度:"只喝了一杯。"

陈陆南点了点头,把视线转到桌上的醒酒茶上,淡淡地说:"那应该也用不上醒酒茶。"

颜秋枳顺着他的目光看过去,头一回变聪明了:"嗯,你说的对。"

她认真地点了点头:"醒酒茶不好喝,我没打算喝。"

塑料夫妻归塑料夫妻,有时候该维持的还是要维持。

陈陆南是个男人,对别人惦记自己老婆这事一定会非常不爽,即便没有爱情,两人也是夫妻关系。

男人有自尊心,还有占有欲。

在这一点上,颜秋枳格外懂。

看着陈陆南渐渐好转的神色,颜秋枳走到他旁边坐下:"你今晚住这?"

"嗯。"

颜秋枳"哦"了一声,也没在乎他要睡这儿这件事,但她好奇陈陆南为什么会来。

她刚要问,陈陆南先开了口:"明天几点的飞机?"

颜秋枳想了想:"应该是十点。"

"怎么?"颜秋枳不明所以地看着他。

她搞不懂陈陆南问这话的意义在哪里。

陈陆南顿了一下，低声道："不着急回去的话，明天去跟关导见一面。"

颜秋枳瞪大眼看他，立马反应过来："你要给我走后门？"

陈陆南瞥了她一眼。

颜秋枳从这个眼神里看懂了很多东西，她不确定是不是自己自作多情。

她看着陈陆南说："关导……能见我？"

"嗯。"

颜秋枳继续问："你给我走的后门吗？"

陈陆南的目光落在桌上的醒酒茶上，淡淡地说："不是。"

他看着颜秋枳，难得多说了句："对自己这么没信心？"

颜秋枳噎住。

她不是没信心，其实她对自己还挺有信心的，但那是关导，剧本还是博钰写的，颜秋枳不太确定他们看得上自己。

娱乐圈有演技、有实力的演员数不胜数，她除了脸和身材还不错之外，演技只能说比一般人要好一点，没有到能让人惊艳的地步。

"不是没信心，"颜秋枳反驳了一句，"我是怕自己驾驭不好。"

陈陆南拿过一旁的矿泉水拧开，喝了口水："先去试试。"

"好。"

颜秋枳也是真的感兴趣，她闪着一双大眼睛："那……没有剧本给我吗？"

陈陆南瞥了她一眼："没有。"

颜秋枳不解："为什么？"

陈陆南勉为其难地解释了一句："博钰的剧本还没写到这个角色。"

博钰有随时改稿的习惯。

有时候，电影已经开始拍摄了，他还没完全定下来每个角色该做什么、该怎么做。

他就是一个这么任性的编剧。

颜秋枳无言了半晌，不得不叹气："……好吧。"

她瞅着站着的人，问了一声："几点见啊？"

"十点。"

颜秋枳眼睛亮了亮，兴奋道："好，我先跟珠珠说一声，让她先回去。"

"嗯。"

颜秋枳低头给珠珠发消息，让她把订好的票退了。

她简单地解释了两句，放下手机的时候，陈陆南已经进浴室洗澡去了。

颜秋枳也不知道在想什么，下意识地把视线转向了房间的一个柜子上。

那上面有很多收钱的东西，有零食和饮料，还有——成人用品。

她顿了一下，鬼使神差地走了过去。

陈陆南从浴室出来的时候，看到的便是这一幕。

听到声响后，颜秋枳转头看了过来，对着陈陆南浅色的瞳眸，她张嘴想要解释点什么，但好像说什么都有点欲盖弥彰。

颜秋枳索性破罐子破摔，看着他说："我身上没钱了。"

那东西是要立马付款才能用的。

陈陆南脚步顿了一下，这才走了过去。

他没有多说，敛眸拿出手机，问："要买什么？"

颜秋枳："要包话梅。"

陈陆南"嗯"了一声："还要什么？"

听了这话，颜秋枳就算再迟钝，也知道陈陆南是在"为难"自己。

她瞥了一眼那放在最显眼位置的东西，踮脚靠近陈陆南耳边吹了口气，道："陈老师，你是不是在明知故问？"

……

再之后，颜秋枳怎么回到床上的她忘记了。

等陈陆南低头压下来，有些许痛感的时候，她才再次回过神来。

但颜秋枳隐约觉得……这一晚的陈陆南和以前不太一样。

他以前相对温柔一点，没错，一个冷漠无情的狗男人在床上的时候会很温柔。但今天晚上，温柔好像全然消失不见了。

他就像是褪去了外衣的狼，叼着食物回了狼窝一样，使劲地折腾她，她求饶也不放过。

男人气息逼近，那种灼热感让颜秋枳喘不过气来，有点难以呼吸。

连带着心跳，都好像随着他的动作快了几分。

他的唇擦过颜秋枳的脸颊，落下一个又一个吻。

半梦半醒间，颜秋枳好像看到了他眼底一直压着的情欲，但很快，便又全然消失不见了。

自己惹的火自己灭。

颜秋枳深深明白了这个道理。

等一切结束后，颜秋枳后知后觉想起了点什么。

陈陆南今天这样折腾自己……该不会是因为林竟吧？

这人还真有点小气。

她打了个哈欠，打算等陈陆南出来后好好问问，但没等人出来，喝了一杯酒的颜秋枳便先被瞌睡给召唤了过去。

她身心疲倦地躺在床上睡了过去。

陈陆南看了一会儿她的睡颜，掀开被子躺上去。

一躺上去，颜秋枳便主动靠了过来。

陈陆南微微一顿，把浴室的灯关了，在颜秋枳皱眉的时候，把自己这一侧的床头灯打开。

颜秋枳再次安安稳稳地睡了过去。

第3章
我会接住你

次日醒来，颜秋枳听见了浴室里的水声。

她蹭了蹭枕头，懒懒散散的模样。

她正蹭着，陈陆南从里面走了出来。

他已经换了套衣服，依旧是休闲装，但气质好，看着格外的英隽。要不是知道他脱了衣服是个什么样的人，颜秋枳差点要被他这衣冠禽兽的模样给骗到了。

"谁给你送的衣服？"

陈陆南对着镜子整理衣领，低声道："王康。"

大约也是刚刚起来的缘故，男人的声线还有点说不出的喑哑，让颜秋枳莫名地想到了昨晚的一些缠绵场景，还有男人贴在她耳边的喘息声。

她的耳朵热了起来，慌张道："哦，我为什么没听见门铃声？"

陈陆南没吭声，只云淡风轻地看了她一眼。

颜秋枳在这一眼里读懂了些许意味。

她哽了一下，掀开被子下床："我是太累了才睡得那么沉的。"

陈陆南"嗯"了一声："我知道。"

颜秋枳刚想反驳说"你知道什么啊你知道"，但对上陈陆南那双意味十足的眼睛后，她闭嘴了。

不行，这话题怎么突然就往昨晚上扯了呢？

明明大白天的时候她是不会和陈陆南说这些的。

想着，颜秋枳气急败坏地进了浴室，她还是赶紧洗把脸，冷静冷静比较好。

两人收拾好，颜秋枳没敢让陈陆南光明正大地出现，收拾好东西后便催促着陈陆南去停车场等自己，她去退房。

陈陆南虽有点心不甘情不愿，但还是去了。

颜秋枳退房后，这才小心翼翼、躲躲藏藏地钻进了他的车里。

一上车，她便恢复了冷艳的模样。

"颜小姐早。"王康喊了一声。

颜秋枳颔首，淡淡道："好久不见啊王康。"

王康笑了笑："也不久，上个月刚见过，颜小姐越来越漂亮了。"

颜秋枳瞥了他一眼，对王康的彩虹屁很受用："你也是，越来越帅了。"

两人聊着，陈陆南从头到尾都没说话。

蓦地，王康突然一个猛刹，颜秋枳没注意，往陈陆南身上倒了过去。

陈陆南伸手把她扶了起来，目光淡漠地看向王康："注意点。"

王康打了个冷战，连忙道："好的。"

这一下，王康也没敢再分散注意力和颜秋枳聊天了。

颜秋枳无聊，这会儿沈慕晴也不在线，她没人聊天。

想着，她伸手戳了戳陈陆南的手臂。

陈陆南低头。

颜秋枳主动地问："关导喜欢什么样子的女演员？"

"演技好的。"

颜秋枳："……你这不是废话吗，我问的是哪种类型的。"

陈陆南看着她好奇心极重的这张脸，淡声说："不知道。"

他难得和颜秋枳讨论这种事情，分析得还挺有自己的见解。

"不同的角色要的演员不同，"他瞥了一眼颜秋枳紧张的神色，不疾不徐道，"不用太紧张，只是见见面。"

颜秋枳剜了他一眼："你不懂。"

她深呼吸了一下说："我没拍过关导的电影，之前拍的大多数是电视剧，我当然紧张了。"

虽然颜秋枳在微博上的热度很高，但那都是因为电视剧和长相还有身材，才会被网友们夸赞。

实际上，她知道自己的业务能力还差得太远。

至少，颜秋枳只拍过两部电影，而且其中一部上映没多久就被下架了。

但很多人都是通过那部电影才认识了颜秋枳。

电影里，颜秋枳穿着一袭定制旗袍，撑着油纸伞出现在铺满鹅卵石的巷口，亭亭款款地往前走。

一步一步，走进了观影人的眼睛里。

她那个形象太让人印象深刻了，以至于直到现在还有很多人夸她，偶尔有类似于"谁最适合穿旗袍"的投票选角，粉丝也大多会把票投给她。

陈陆南听到她小声地嘀咕着，难得温柔了两分："关导很喜欢你。"

"真的?"

颜秋枳惊讶地看着他。

"嗯。"

颜秋枳有点诧异,突然想到了什么:"关导知道咱们的关系?"

陈陆南点头。

颜秋枳:"……"

陈陆南稍顿:"他不是爱八卦的人。"

颜秋枳其实也没有太在意,她最初和陈陆南约法三章,不能把两人是夫妻的事告诉旁人,只是怕万一哪天离婚了,闹得众人皆知,该多丢脸啊。

她点了点头,转头看向窗外的街景,浅声道:"没生气,关导和博钰都知道吧?"

"嗯。"

颜秋枳没再多言,两人坐在车里安静了下来。

没多久,便抵达了见面的地方。

那是一个相对来说很特别的地方,颜秋枳看着面前的屋子,有点儿讶异。

"关导在这儿啊?"

陈陆南双手插兜,走在她旁边:"电影不出意外在这边选景。"

颜秋枳了然。

陈陆南带她来的地方,算是偏僻的郊区了。

周围有房子,但都是破破旧旧的,墙壁也都掉漆了,感觉不久就要拆迁了。

路上基本没有行人,两人往更深处走,颜秋枳闻到了食物的香味。

大约是附近有人在做饭,袅袅炊烟也在此刻缓缓地冒了出来。

她跟在陈陆南旁边,左拐右拐,到了一个院子门口。

颜秋枳抬眼,看着陈陆南推开院门走进去。

两人刚走进去,里头的人便看了过来。

是博钰和关导,旁边还有几个随行的工作人员。

感受着两人打量的目光,颜秋枳先喊了一声:"关导,博老师,打扰了。"

关导笑了笑,爽快道:"总算来了。"

他招呼着颜秋枳过去:"快过来坐坐。"

颜秋枳没动。

陈陆南道:"过去聊聊天。"

两人坐下,博钰给颜秋枳和陈陆南倒茶,嘴角噙着笑看着她:"没想到这么快又见面了。"

颜秋枳抿唇一笑:"谢谢博老师。"

博钰摆摆手:"喊我博钰就好,实在不行喊我博哥哥也可以。"

他话里没个正形,一双桃花眼笑眯眯的模样:"随你怎么选。"

颜秋枳:"……"

她看着博钰,实在难以想象一个写书写剧本这么精彩的人,私底下会是这种不正经的模样。

博钰看着她表情,调侃道:"怎么样,选好了吗?"

话音刚落,陈陆南便冷冷地瞥了他一眼:"想占谁便宜?"

"……"

关导看着两人,微微一笑:"别管他们。"

他看着颜秋枳说:"阿南把你藏得太好了,之前好几次说想见见你,他都不让。"

"啊?"颜秋枳愣了一下,立马反应过来,"不是的,关导。"

她想了想,不好意思道:"我比较矫情,不想让我们俩的关系曝光。"

关导笑而不语。

博钰哼笑了一声,勉为其难给陈陆南留了点面子:"颜颜别理他们,吃早餐了吗?"

颜秋枳被自己的偶像这么关照着,受宠若惊:"吃了。"

"想不想去后面转转?"博钰笑了笑说,"那边有一大片果园。"

颜秋枳眼睛一亮,惊喜地问:"真的吗?"

博钰还没回答,陈陆南便侧头看她:"去看看吧,果树不少。"

颜秋枳很有兴趣:"好。"

她看了一眼关导:"关导要和我们一起去吗?"

关导拒绝:"你们年轻人的活动,你们去吧,我在这儿休息会儿,喝喝茶。"

颜秋枳没勉强他。

原本,颜秋枳以为陈陆南不会跟着过去,但她一站起来,陈陆南便跟着站起来了。

一同去的,除了博钰、陈陆南之外,还有万能的王康。

王康给颜秋枳和博钰发了一个小篮子,用来摘果子。

这会儿后面的果园里有草莓和橘子,还有一些新鲜的蔬菜,一大片,看着格外的壮观。

颜秋枳一看到这些,就有种说不出来的亲切感。

她下意识地找陈陆南。

一转头,陈陆南还在后面跟人打电话,颜秋枳眼睛里的光收了回来,刚打算再往前走,陈陆南突然往这边走了过来。

"怎么了？"

他看到了她的渴望。

一瞬间，颜秋枳的那点失落感消失殆尽，她道："之前跟你说过的，要是以后看到了和我小时候住的地方很像的地方，就会告诉你。"

陈陆南敛眸看她。

颜秋枳盈盈一笑，眺望着这一片果园说："我小时候住的地方，那片果园和这里很像。"

那是颜秋枳和陈陆南刚结婚时说的一个话题。

其实两人结婚结得很仓促，也很迅速，说没有感情是真的，至少当时颜秋枳对陈陆南的唯一记忆，是这个人拍了几部好看的电影，加上这张脸好看，所以她没有拒绝。

两人结婚后，都抱着相敬如宾的生活态度。

刚结婚的时候，陈陆南甚至都没碰她，是一次喝醉了酒，才有了后续。

再之后，两人就按照正常的夫妻关系生活，除了少了点感情，其他都挺好的。

有一次，大概是氛围使然。

两人睡前看了一部电影，然后聊天。

当时看的电影讲的是发生在乡下的爱情故事，单纯的女主和男主，青葱岁月，一切都特别美好。

颜秋枳看着，脑海里一些尘封的记忆被打开，下意识地便和陈陆南说了。

她以前是在乡下长大的，她生长的地方很漂亮，有瀑布，有小溪，有很多鸟，还有一大片果园。

她会爬树，爬得特别厉害，有时候和小伙伴捉迷藏，她总会爬上树，然后让所有人都找不到她。

……

当时她和陈陆南说着，但她记不太清那个地方具体是什么模样了，她只能跟陈陆南说——等以后有机会，如果我看到差不多的地方，我就告诉你。

现在她看到了。

她还记得那天晚上的事情，很显然，陈陆南也还记得。

陈陆南顺着她手指的方向看了过去，看着这一片在冬日里依旧郁郁葱葱、生机勃勃的果园。

"很漂亮。"

他点评道。

颜秋枳听着，还有点小得意："那当然。"

她扬了扬眉，看着陈陆南道："不漂亮的地方怎么会有那么漂亮的我出生呢？"

"……"

陈陆南大约是有点期盼看到这样的她，轻笑了一声："嗯。"

他点头认可。

颜秋枳感受着他的这个态度，突然有点后知后觉的诧异。

她今天和陈陆南，好像相处得很和谐。

想着，颜秋枳转开目光说："我可以上树吗？"

陈陆南没动。

颜秋枳戳了一下他的手臂，低声问："我要是爬树了，会给陈家丢脸吗？"

陈陆南捏了一下她的手，声线沉沉道："不会。"

颜秋枳抬眸，感受着手指尖的温度。

两人的目光撞在一起，陈陆南把她的手放开，淡淡道："不会有其他人知道。"

颜秋枳觉得自己现在越来越懂陈陆南了，他只说了这么简单的一句话，她瞬间就明白了暗藏着的深意。

他在告诉颜秋枳——只要他不介意，那就没有关系，其他陈家人管不着。

颜秋枳瞬间被点燃了兴趣，为了感谢陈陆南带自己过来，她主动问他："你想吃什么？"

陈陆南瞥了她一眼："都可以。"

颜秋枳对他这随意的态度表示不满："行吧。"

说着，颜秋枳开始问王康和博钰："王康，你想吃什么水果？"

王康"啊"了一声，对着老板深沉的眼神瑟瑟发抖："颜小姐，我不吃水果。"

颜秋枳："……你不吃水果？"

"是……是啊。"

颜秋枳"哦"了一声，上下打量了他一眼："难怪你皮肤那么差。"

王康："……"

他拒绝吃水果是因为什么？他容易吗他？

颜秋枳也不管他，往偶像那边走："博老师，你想吃什么？"

博钰不跟颜秋枳客气，也不害怕陈陆南，他唇角上翘着，拖长着尾音道："颜颜给我摘什么我都吃。"

颜秋枳不好意思地笑了笑："那我去那边摘橘子吧。"

博钰挑眉一笑："好啊，颜颜摘的橘子一定很甜。"

"……"

颜秋枳没忍住，被博钰给逗笑了。

"博老师别开我的玩笑了。"

博钰笑笑，恍然道："也对，再开你的玩笑，陈陆南要跟我算账了。"

颜秋枳："……"

她张了张嘴，想说"不会"，但又觉得没必要，索性跑开了："我先去那边。"

说完，一溜烟跑了。

博钰看着颜秋枳的背影，转头朝陈陆南挑衅说："就你这样的，颜颜迟早被人抢走。"

陈陆南眼神冷漠地看着他。

博钰耸肩："被戳中痛处了吧？活该。"

陈陆南双手插兜，不紧不慢地问："有灵感了？"

博钰摘草莓的手一顿。

陈陆南继续道："早点写好剧本，再拖下去，你编剧的名声就臭了。"

"总比你好，"博钰倏然一笑，"我就算没有编剧的名声，也不愁吃喝，不像你——"

他指着不远处的颜秋枳说："你老婆要是没了，你就找不到老婆咯。"

说完，博钰也不怕他，自顾自地摘草莓，还哼着小曲。

王康在后边听着两人的对话，心惊胆战。

他瞅了一眼陈陆南的脸色，隐约担心陈陆南下一秒会拿起旁边的棍子揍人。

博钰是真的不怕死，总是去老虎头上拔毛。

颜秋枳并不知道这边发生了什么，她站在橘子树下研究了会儿，很熟练地找对方法，然后爬了上去。

王康都看呆了。

"颜小姐还真的会爬树？"

陈陆南抬头看了一眼，淡淡地"嗯"了一声。

不知道是不是错觉，王康总觉得这个"嗯"透露着点点的自豪感？！

他晃了晃脑袋，怀疑自己出现了幻觉。

其实果园里的树并不大，相对来说也适合人爬上去。

颜秋枳摘了些橘子装进篮子里，装满后便要下去。

这时，她突然顿住了。

小时候是真的天不怕地不怕，没怎么考虑过跳下去会不会骨折之类的，但这会儿，颜秋枳是害怕的。

她咬了咬唇，想叫人又不好意思。

是她自己要上来的,当然也得自己下去。

她站在树枝上看了一眼,陈陆南这会儿正和博钰以及几个果园工作人员在说话。

他正背对着自己这边。

颜秋枳纠结了两秒,没能拉下脸面喊人。

太丢脸了。

可要是这样跳下去,她估量了一下距离,不算高,可也真的害怕。

长大了,人就怕疼了。

她不想让自己受伤。

正纠结的时候,树下有人缓缓走来。

颜秋枳听着耳边传来的沙沙响声,低下头,透过参差不齐的枝叶缝看了过去,和树下的男人对上了眼。

那一眼,颜秋枳之后回想起来,总觉得拭去了冬日的冷冽,像是落在她身上的阳光一样,有了些许的温暖。

两人对视一眼,陈陆南看她:"怎么了?"

颜秋枳看他,小声说:"下不来了,你能不能帮我弄一个梯子过来?"

陈陆南瞥了一眼树上看着有点可怜的人,难得没有嘲讽。

"把手里的东西给我。"

"哦。"

颜秋枳把装满了橘子的篮子递给他。

陈陆南接过,放在一旁。

"下来。"

颜秋枳愣了几秒,指了指他:"你还是个人吗,这么高,你只顾护着橘子,然后让我跳下去?"

她想着刚刚陈陆南说的话和举动,自顾自地理解成陈陆南怕她把橘子摔烂,才会先拿来放在旁边,再让她自生自灭地跳下去。

陈陆南大约是在这种事情上没有耐心,直言道:"没有梯子。"

"我不跳,"她瞪着陈陆南,"你就是想让我跳下去然后香消玉殒,然后换一个老婆,是不是?"

陈陆南:"……"

他有点头疼,有时候真的不太理解颜秋枳的脑回路到底是怎么样的。

他顿了一下,言简意赅地说:"我在下面,不会摔着你。"

颜秋枳的脑子卡壳了几秒,又恢复正常了。

她惊讶地看着陈陆南,收敛了自己身上的刺:"但是——"

"没有但是,"陈陆南道,"工作人员不在,没看见梯子。"

颜秋枳想了想，无奈点头："那你一定要接住我。"

"嗯。"

颜秋枳看着他神色自若的表情，惴惴不安地补充："你要是没有接住我，让我受伤了，我就去妈面前告状。"

陈陆南连话都懒得应了，就这么看着她。

颜秋枳摸了摸鼻子，小声嘀咕："我就是有点儿害怕，不是故意找碴。"

陈陆南听着她难有的柔软声音，喉结滚了滚，也少有地温和了点："会接住你，不会摔跤。"

颜秋枳定定地和他对视了几秒，这才慢慢摸索着往下爬。

爬到没有能手扶的位置时，她才往下跳。

没有预想中的痛感，只有一个带着冷冽味道的怀抱。

她脚落地面，深呼吸了一口，说道："谢谢。"

陈陆南把她放开，应了一声："去那边吧。"

"好。"

颜秋枳这会儿乖乖的，为报答陈陆南的"救命之恩"，她也不和陈陆南抬杠了。

走到另一边，颜秋枳摘了点娇艳欲滴的草莓，还顺手摘了冬枣，这才满载而归。

颜秋枳提着自己的两篮子水果去清洗。清洗完后，她打算找陈陆南问问他吃不吃，结果一转身就碰到了博钰。

她想也没想，主动递了过去："博老师，吃草莓吗？"

博钰拿了一颗，尝了一口说："很甜，颜颜果然会摘。"

颜秋枳："……"

这博钰的彩虹屁到底是找谁进修的？

她不好意思地笑了笑："博老师夸张了。"

"不夸张。"

博钰吃着颜秋枳洗的草莓，回头得意地朝陈陆南示意："陈陆南，快来试试你老婆亲手洗的草莓。"

颜秋枳看着陈陆南走过来，眼神里多了点期盼。

"你尝一尝吗？"

陈陆南伸手拿了一颗看上去格外好的，在颜秋枳和博钰的注视下，他尝了一口，然后皱眉说："很酸。"

颜秋枳"啊"了一声，狐疑地看了一眼博钰，自言自语地说："真的吗？博老师说很甜。"

陈陆南面无表情道："嗯。"

博钰轻笑了一声，把草莓丢进嘴巴里吃完："那当然。"

他一点不客气地从颜秋枳手里拿过草莓往嘴里塞，一边塞，一边含糊不清道："有的人心里是酸的，吃什么都是酸的。"

说着，他转身离开了。

颜秋枳听得不清不楚，皱了皱眉看向陈陆南："他说什么？"

陈陆南面不改色，把草莓吃完后，接过篮子："不知道。"

"……"

中午，两人在这边吃的饭。

菜是果园主人自己种的，这大片的土地都是他承包下来的，除了青菜之外，他还养了鸡鸭。

颜秋枳喝了碗鸡汤，和陈陆南嘀咕了一声："鸡汤好喝。"

陈陆南瞥了她一眼，没出声。

两人这会儿的关系还算不差，实际上，只要陈陆南不惹她生气，颜秋枳还是很好说话的。

她有时候话会比较多，会控制不了自己话痨的属性。

"你没觉得吗？"颜秋枳小声说，"比你炖的好喝。"

陈陆南拿着筷子的手一顿，斜了她一眼。

倒是旁边的博钰听到了两人的对话，惊讶地问："颜颜，陈陆南还会炖鸡汤？"

颜秋枳愣了一下，下意识地转头看了一眼陈陆南。

这该不该承认呢？

博钰感慨了一声："我怎么不知道陈陆南会做饭？"

颜秋枳含糊不清道："嗯。"

博钰接受着陈陆南的眼神，自觉无趣，也不再捣乱了。

吃过午饭，颜秋枳和关导坐了一会儿，但也没怎么聊天，甚至从头到尾，关导都没有提过和电影有关的事情。

颜秋枳虽然好奇，可也能按捺住自己的好奇心。

关导既然当着陈陆南和自己的面都没说，估摸着是觉得她不行，看过后就直接否决了。

这样想着，虽然有点失落，但颜秋枳倒是还能接受。

继续努力就好。

当天晚上，颜秋枳和陈陆南出现在机场。

两人订的是同一航班，但为了不让粉丝发现，位置虽然是在一起的，可两人不是同一时间抵达的。

上了飞机后，颜秋枳也装作不认识陈陆南的模样，这方面的伪装，她比任何人都要熟练。

因为夜晚的缘故，机场人并不是很多。

颜秋枳把自己包裹得严严实实，和陈陆南一前一后地上了同一辆车。

上车后，她还有点不安："没有记者吧？"

王康回头看着她笑了笑，安抚道："颜小姐放心，你们的行程没有泄漏，机场今晚没有记者。"闻言，颜秋枳放下心来了。

她侧目，透着车窗看了一眼陈陆南。

陈陆南这会儿正在看手机，对她的问话没有表示任何异议，甚至可以说不太关心。

颜秋枳撇撇嘴，收回目光转向窗外。

冬日的风刮过，是刺骨的凉。

颜秋枳吹了会儿风，觉得脑子清醒了些许，这才把窗户关上。

她给沈慕晴发了个"回来了"的消息，便靠在椅背上睡了过去。

玩了一天，有点累了。

她就这么迷迷糊糊地睡着了，还做了个梦。

她梦到了自己小时候的很多事情，她妈妈很漂亮很漂亮，喜欢在院子里跳舞，她身段好，每次跳舞的时候，颜秋枳都喜欢搬着小板凳在旁边看着，然后鼓掌。

除了跳舞的画面，还有妈妈带她去果园里摘果子的很多画面。

印象最深的一次，是她和今天一样爬树，枇杷树很大很大，颜秋枳也不知道怎么爬上去的，然后就下不来了。

当时妈妈不在家，颜秋枳一个人蹭着树下来，摔了一跤，手脚都蹭破皮了。

妈妈回来的时候，她正坐在树下哇哇大哭。

妈妈哄了她好半天，最后才和她商量，说以后没有她在，没有能给她安全感的人在的时候，不可以再爬树。

因为没有人会接住她，会让她不受伤。

那次过后，颜秋枳只要上树，都会有妈妈陪在身边。

再之后，那个会抱着她上树，在树下接着调皮的她的人走了，颜秋枳就再也没爬过树了。

直到今天，她再次涌起了冲动。

颜秋枳醒来的时候，看到的是陈陆南放大的一张脸。

她愣了一下，一脸惊悚道："你要做什么？"

陈陆南看她一眼："醒了就下车，司机要回去了。"

颜秋枳转头，对上了司机和王康尴尬的目光。她有点不好意思，脸上爬了红晕:"抱歉。"

王康摆摆手:"没事,颜小姐,陆哥喊了你好几声你都没醒,还以为你太累了。"

颜秋枳想着陈陆南刚刚的举动,点了点头:"你们注意安全,早点休息。"

"好的。"

颜秋枳跟着陈陆南下车进屋,看着陈陆南那挺拔宽阔的背影,她伸手揉了揉耳朵,搞不懂自己在车里怎么会睡得那么沉。

一定是因为那个梦。

颜秋枳停下脚步,索性站在门口看了一眼天空。

今晚,有星星。

陈陆南不经意回头,顺着她的视线看了一眼天空,敲了敲门提醒。颜秋枳回过神来,跟着走了进去。

她没管陈陆南,进屋后便先霸占了主卧的浴室泡澡。

在外面拍戏,颜秋枳最渴望的就是家里的浴缸,她太喜欢泡澡了,泡澡也确实容易让人放松。

颜秋枳泡了大半个小时才出来,这时,陈陆南已经半躺在床上了。

她掀开被子上床,规规矩矩地躺着。

陈陆南把其他灯关了,只留下了一盏台灯,然后躺下。

颜秋枳感受着房间里氛围的变化,在被子下用脚碰了一下旁边的男人。

陈陆南没反应。

颜秋枳也不在乎,安静了一会儿后,她侧了侧身子往陈陆南那边靠了过去,轻声道:"谢谢。"

陈陆南眼皮动了动,没出声,但在她主动贴过来的时候,手伸了出去,把她揽入怀中。

……

一夜好梦。

翌日,颜秋枳醒来的时候已经不早了。

她看了一眼床头柜上的闹钟,已经十点了。

颜秋枳掀开被子下床,洗漱后才精神十足地下楼。

到楼下的时候,陈陆南正好在泡咖啡。这人明明是陈家的大少爷,却偏偏乐于自己泡咖啡。

颜秋枳闻着厨房里飘散的咖啡香味,突然也有点嘴馋。

"我也要一杯。"

陈陆南看了她一眼。

颜秋枳主动把杯子递了过去："要甜一点的。"

陈陆南没拒绝她，没一会儿还真给颜秋枳弄了一杯甜一点的咖啡。

颜秋枳抿了一口，眼睛都跟着亮了起来："好喝。"

陈陆南看她神采飞扬的模样，收回目光。

"今天有工作？"

颜秋枳摇头："今天休息，明天有工作。"

她明天有个杂志封面要拍摄。

陈陆南了然。

颜秋枳突然对陈陆南的行程有了点兴趣，主动问："你呢？"

陈陆南道："晚点有个采访。"

"什么采访？"

陈陆南言简意赅道："橘子台的。"

颜秋枳眨了眨眼，想着橘子台的采访都是什么类型，惊讶地问："直播？"

"嗯。"

陈陆南回国有段时间了，行程虽然低调，但一直都有各种邀约送过来。

该参加的他会参加，但采访确确实实是头一回，很多平台都想拿到第一手资料，给出了很多不一样的条件。

颜秋枳休息，沈慕晴的进组也推迟了，索性来她家里聚会。

原本是打算在外面的，但陈陆南不在家，颜秋枳索性让她过来了。

"陈陆南今天有什么工作吗？"

颜秋枳点头道："人家有个采访。"

沈慕晴瞅着她，哭笑不得："你怎么不跟着去？"

"我为什么要跟着去？"颜秋枳翻了个白眼，"我们两人不能长时间相处，会吵架的。"

沈慕晴耸肩："你可以不和他吵。"

"那我忍不住，谁让他那么闷。"

沈慕晴："……"

她搞不懂这对夫妻的乐趣。

颜秋枳摆摆手："过来，我给你带了我亲手从果园摘的草莓和橘子，尝尝吗？"

沈慕晴挑眉。

这必须要尝一尝，不尝不是好姐妹。

两人凑在一起聊天，话题很是随性。

聊着聊着，颜秋枳突然把手机打开。

"你干吗？"

"看橘子台。"

沈慕晴意味不明地笑了笑："看陈陆南？"

颜秋枳点头："我要看看记者要采访他什么。"

沈慕晴看着她这淡然的模样，也不知道是该同情陈陆南还是该同情她。

她摇摇头，跟着一起看了起来。

陈陆南是橘子台的贵客，一出现便有上层领导亲自迎接。抵达后台后，化妆师给陈陆南化妆，工作人员送了一份采访稿过来："陈老师，先看看这份稿子是不是还有需要修改的地方。"

对待陈陆南这种咖位的艺人，他们格外的尊重和重视。

王康先粗略地看了一眼，挑了几个敏感问题出来后才递给陈陆南。

陈陆南敛眸扫了两眼，视线停在了感情问题上。

他点了点，看向工作人员："这个问题去掉。"

工作人员一愣，想了想说："陈老师……这个问题是大家都好奇的，都想知道的。"

她低声道："能不能在这一次回答一下？"

陈陆南声音低沉，直接拒绝："不能。"

"……"

工作人员没辙，低声说："那陈老师我们晚点可能会有一个粉丝互动，会随机选取粉丝的三个问题回答，这个可以吗？"

陈陆南思忖了一会儿，点了下头："可以。"

正式采访的时候，是全网直播的。

陈陆南还没出现，粉丝的弹幕已经在大屏幕上飘过，特别特别多。

都是对陈陆南回来后的第一个直播采访表示欢迎。

【啊啊啊我最心仪的男人终于出现了。】

【哥哥一年多不营业还是那个哥哥啊！】

【为什么感觉陈陆南越来越有魅力了。】

……

颜秋枳瞅着弹幕，面无表情地看着，这才把视线转到了陈陆南身上。

他今天打扮得确实好，穿了一件白衬衫和牛仔裤，整个人看起来年轻了许多，气质也很干净。

当然，陈陆南日常也是干净的。

颜秋枳盯着看，沈慕晴凑在她耳边说："其实你能拿下陈陆南，也是让全网羡慕的。"

颜秋枳睨了她一眼。

最初都是一些比较正经的采访，没什么意思。

到后面随机抽取问题的时候，才变得有了点乐趣。

第一二个问题都是问陈陆南的事业规划，而第三个，选到了私人问题。

颜秋枳竖起耳朵听。

主持人问："陈老师有没有遇到过让你记忆深刻的同龄女性？"

陈陆南稍稍一顿，沉默了半晌道："有。"

话音刚落，主持人和弹幕都停顿了几秒，紧跟着，弹幕开始飞快地刷了起来。

【是谁是谁！】

【是林媛吧？没记错的话，两人好像曾经有过一段？之前媒体不是也一直说吗，陈陆南和林媛两边的团队都没有否认过。】

【林媛吧！陈陆南以前不是还接受过采访吗，说和林媛合作很舒服。】

【啊啊啊啊啊啊我嗑的银幕CP（情侣）终于要甜甜甜了吗？】

【感觉看到了曙光！"南辕"冲呀！】

……

颜秋枳看着那飞快闪过的弹幕，眼睛抽了抽。

林媛？？

其实颜秋枳是知道有林媛这号人物存在的，她又不是真的不问世事，对什么都不关心的人。

相反，颜秋枳也和大多数女人一样，爱八卦。

其中，陈陆南的八卦，是真的一点都不少。

关于林媛这一号人物，颜秋枳对她最深的印象除了是知名影后之外，便是陈陆南的绯闻对象。

两人有没有交往过她不清楚，她没问过陈陆南，但两人有CP粉，且媒体也喜欢把两人评价为最般配的金童玉女。

颜值相当，实力相当，最"门当户对"。

两人一起合作拍过一部经典电影，那电影到现在还有很多人夸，也有很多人陷在电影的角色里，比当事人还入戏，无比期盼两人能在一起。

再加上林媛之前在国内接受采访的时候，还不经意地透露过自己对陈陆南的欣赏，这样一来，他们之间更是有点说不清道不明的暧昧关系，至于什么时候说破，粉丝还在等。

颜秋枳目不转睛地盯着大屏幕看，也不知道自己到底是什么心理。

要说她生气吧，好像也还好。

她没觉得陈陆南说的是自己，就算是自己，"记忆深刻"这四个字也代表了很多层意思，有千万种可能。

沈慕晴瞅着她的小表情，戳了戳她的脸："吃醋了？"

颜秋枳白了她一眼，那意思很明显——我是会因为林媛吃醋的人？

沈慕晴耸肩，还真猜不透。

她道："我觉得陈陆南说的不是林媛。"

颜秋枳"哦"了一声，语气淡淡的："谁知道他，说谁都跟我没关系。"

沈慕晴上下打量了她一眼："口是心非。"

"……"

颜秋枳刚要说话，大屏幕上的主持人也跟着反应过来："陈老师，这个人是圈内朋友吗，可以透露一下吗？"

陈陆南神色淡漠，毫不留情道："不能。"

主持人："……"

直播间的粉丝："……"

陈陆南不愧是陈陆南，多回答一个问题都不行，可真是一个有原则的艺人。

采访结束后，主持人连带着工作人员也不敢对陈陆南态度不好。

一离开镜头，陈陆南的脸色便沉了几分。

王康瞅着，有点不安。

"陆哥。"

"嗯。"

陈陆南低头，走廊的灯光落在他头顶，勾勒着他线条流畅的侧脸，他鼻梁很挺，五官属于黄金比例分配，格外完美。

王康看着，走了下神，这才压着声音道："需要我去跟负责人沟通吗？"

第三个问题，明显是故意选出来的。

最开始的采访稿，其中有两个问题就是来打探陈陆南的私生活的，问他喜欢什么类型的女人，会考虑交圈内女朋友吗之类的。

他毫不留情地划掉，电视台也不敢不给面子，但八卦还是要八卦，只是换个方式而已。

陈陆南思忖了几秒，淡声说："算了。"

他吩咐王康："看看网上评论，不好的删了。"

"是。"

直播采访结束后，不少吃瓜群众还在网上热议。

两人安静了一段时间的 CP 粉也开始躁动起来，热搜上还挂着"#陈陆南采访#"的话题，最初，一点进去看到的便是陈陆南关于记忆深刻的女人的回答。

半小时后，再点进去看，大多数都是关于陈陆南未来职业规划，以及国外进修的一些回答，他侃侃而谈的模样，让不少人心动。

颜秋枳刷了会儿微博，明显看到和某些人有关的话题热度在直线下跌。

沈慕晴自然也看到了。

她蹭了蹭颜秋枳的手臂，说："陈陆南这点还是做得挺好的。"

颜秋枳："指不定是人家想要低调。"

沈慕晴噎住："难道你就不相信陈陆南？"

"……"

这个问题，说实话颜秋枳能爽快回答。

她相信。

至于为什么相信，她不知道。可能是因为她还算是了解陈陆南，知道他不是那种会婚内出轨的男人。

说他光明磊落也不是，就是……陈陆南没必要做这种事。

他如果真的想和林媛在一起，当初也不会和自己结婚。

而婚后他要出轨，也不用等到现在。

所以最后得出的结论是——他不会。

至于为什么不会，大概是因为懒，也可能是其他那些乱七八糟的原因。

颜秋枳不想去深究。

想了想，颜秋枳瘫倒在沙发上玩手机："相信是一回事。"

有点不开心又是另一回事。

她就算和陈陆南没感情，也不想因为这些绯闻女友的事情让自己烦心。

沈慕晴也算是了解她的性子，和她凑在一起躺着道："你说的也对，林媛前段时间是不是回来了？"

"好像是。"

"怎么都没听到她的消息？"

"不知道，"颜秋枳懒洋洋地说，"可能是在筹备什么大项目吧。"

沈慕晴"嗯"了一声，摸了摸她的脑袋："她要真做了什么，我帮你骂回去。"

颜秋枳扑哧一笑，唇角弯了弯，轻快道："好啊。"

两人在家里闹腾着，中午还有阿姨过来给她们做饭。

吃过饭后，颜秋枳和沈慕晴出门做美容，两人躺在店里按摩、护肤。

颜秋枳觉得自己就像重新活过来了一样，已经很久没这么舒服了。

"对了。"

"嗯？"

沈慕晴道："我听说最近有个综艺还不错，你有没有想法？"

颜秋枳半睁开眼看她："什么综艺？"

沈慕晴阖着眼睛想了想:"记不得名字了,等回去后给你找找看。"
"嗯。"
两人从美容院出来后,颜秋枳觉得自己整个人都容光焕发,跟改头换面了一样。

她对着镜子照了照,不由感慨:"我真好看。"

沈慕晴:"……"

她无语,一把将颜秋枳的镜子给抢了过来,哭笑不得:"你够了啊。"

颜秋枳睨了她一眼:"你就是嫉妒我的容颜。"

沈慕晴:"是是是,我还嫉妒陈陆南呢。"

颜秋枳噎住。

话音刚落,她的手机振动了一下。

是陈陆南发来的消息,问她在哪儿。

沈慕晴神神秘秘地笑着,眨了眨眼说:"快给他回复,说我们去商场购物。"

"……"

沈慕晴催促:"快,让他买单。"

颜秋枳不缺钱,但一想到上午看到的那个采访,又觉得沈慕晴说得有点道理。

她点了点头:"你说的对。"

她手指碰到屏幕,刚要打字,就想起了一个重点。

"不对,陈陆南有卡在我手里。"

还是无限额的那种。

沈慕晴瞬间沉默了。

她"哦"了一声,还有点丧气:"这怎么剥削陈陆南啊?"

颜秋枳眨了眨眼:"待会儿努力刷他的卡。"

"也行。"

她低头一笑,给陈陆南回了个:【在商场逛街,找我有事?】

陈陆南:【妈让我们回家吃饭。】

颜秋枳手指一顿:【今天?】

陈陆南:【嗯。】

颜秋枳抬眸,和沈慕晴对视了一眼。

"他说什么了?"

颜秋枳呆滞了几秒,深呼吸道:"他妈喊我们回去吃饭。"

"去吗?"

颜秋枳点头:"拒绝不了,陈陆南都愿意,我肯定得去。"

沈慕晴"嗯"了一声,拍了拍她的肩膀:"去吧去吧,你也确实太久没回去了,陈阿姨对你还是很好的。"

这点颜秋枳自然也知道。

陈陆南过来接她的时候,看着司机把她大包小包的东西放上车,便问了一声:"买什么了?"

颜秋枳道:"很多。"

"……"

两人一路沉默地到了陈家。

陈家住的地方其实不算偏僻,但处于半山腰位置,据悉那一片都是陈家的地盘。

颜秋枳依稀记得自己第一次来的时候,跟刘姥姥进大观园一样,对什么都新奇,仿佛是一个小土包子。

想着,颜秋枳忍不住偏头看了一眼窗外,唇角往上牵了牵。

两人一下车,便有人迎了出来。

陈母是第一个出来的,看到陈陆南后,她激动地点了点头:"回来了。"

陈陆南冷冷淡淡地"嗯"了一声。

颜秋枳看着陈母脸上的失落,连忙挽着她的手撒娇:"妈,今天刘姨给我们做了什么好吃的啊?"

陈母忍俊不禁,点了点她的鼻子道:"都是你爱吃的。"

颜秋枳眼睛亮了起来,神采飞扬道:"真的吗?那我要多吃两碗饭。"

陈母含笑点头:"好好好,吃多少都行。"

"对了对了,妈,我和陆南给你们带了礼物,你看看喜欢不喜欢。"

陈母脸上绽放着笑,连连道:"喜欢喜欢。"

颜秋枳拉着陈母去拿礼物,陈母那被亲儿子伤害到的弱小心灵瞬间被治愈了。

颜秋枳属于很会看人脸色行事的人,她嫁入陈家后,没人不喜欢她。

陈陆南听着耳侧叽叽喳喳的声音,突然有了片刻的放松。

……

吃过饭后,几个人凑在一起聊天。

颜秋枳被拉入了女人堆里,陈家有个比她小几岁的堂妹陈曦,和颜秋枳关系不错,两人经常凑在一起聊娱乐圈八卦。

这会儿,堂妹自然是没放过一丝一毫打探八卦的机会。

"小嫂子。"

"嗯?"颜秋枳转头看她,伸手拍了拍她的脑袋,"最近怎么样?"

陈曦喜笑颜开:"我非常好。"

她凑在颜秋枳耳边嘀咕着:"你呢?我看你电视剧已经杀青了。"
她小声抱怨:"我还想去给你探班呢。"
颜秋枳瞥了她一眼,忍俊不禁:"去给我探班,然后呢?"
陈曦理直气壮地说:"去看林竟啊。"
颜秋枳脸上的笑一僵:"啊?"
陈曦重复了一遍:"去看林竟,我很喜欢他啊。"
"……"
颜秋枳哽了几秒,狐疑地看着她:"我怎么不知道你喜欢林竟?"
陈曦眨了眨眼,惊讶地说:"我没告诉你吗?"
"没有。"
陈曦愣了一下,抱着她的手臂撒娇:"那一定是我忘记了,林竟是我最近的偶像!"
听着她这骄傲的语气,颜秋枳一时间还真不知道该说点什么。
她摸了摸鼻尖:"要不我们换个偶像?"
"为什么?"
颜秋枳也不知道为什么,她只是觉得,要是让陈陆南知道自己堂妹的偶像是林竟,那陈曦可能这辈子都不能和自己的偶像见面了。
"就是……你为什么不追星,而是追导演?"
闻言,陈曦理直气壮地说:"林竟很有文化啊,学识高,而且很有想法。"
她可不是一个看外表的人,她看的是内在。
颜秋枳点了点头,表示了然。
"你哥其实也——"
话还没说完,陈曦就凑在颜秋枳耳边小声嘀咕:"我哥不行,我哥是你的,我不能追他。"
颜秋枳:"……"
她哭笑不得,捏了捏她的脸:"这都哪儿学的?"
陈曦嘻嘻一笑:"我说的是实话。"
安静了一会儿,她主动道:"小嫂子,那个……我今天看了我哥的采访。"
颜秋枳点头:"然后呢?"
陈曦不解道:"网友们也太乱来了吧,我哥说的明明是你,他们偏偏要往林媛身上扯。"
颜秋枳脸上挂着笑,没说话。
陈曦刚要说话,恰好陈陆南路过,她喊了一声:"哥,你过来一下。"
她比较调皮,一点也不怕闷葫芦陈陆南。
陈陆南脚步微微一顿,还真往这边走了过来。

他一过来，陈曦就抱着颜秋枳的手臂道："哥，我要对你进行审问，希望你能如实回答，你要是不如实回答，今晚我就不把你老婆还给你了。"

颜秋枳："……"

陈陆南掀了掀眼皮，云淡风轻地看着她："问什么？"

陈曦打了两秒退堂鼓，但还是硬着头皮上了。

"你今天直播采访里说的人，是谁啊？"她问，"网友都在猜林媛，是她吗？"

陈陆南没出声，但把目光转到了颜秋枳脸上。

颜秋枳感受着他打量的目光，想着自己看到的那些弹幕，硬气道："你看我干吗？"

陈陆南顿了一下："想知道？"

"不能吗？"她小声说，"我可是你老婆，我应该也有权利知道吧。"

陈陆南似乎是笑了一下："可以。"

末了，他回答之前的那个问题："不是。"

听到这个回答后，颜秋枳好像松了口气，放下心来。

虽然她也不知道为什么。

她顿了一下，和陈陆南无声地对视了一眼。

陈陆南看着她，低声说："晚点回家。"

"嗯。"

没一会儿，两人便先走了。

陈母一番挽留，但奈何陈陆南不想留宿，没人能强求。

临走前，陈母还往颜秋枳怀里塞了不少东西，她本想拒绝，但转念一想，又全都收下了。

两人到家后，陈陆南主动把她从陈母那边拿的东西提进了屋。

颜秋枳头一回觉得，陈陆南还挺上道的。

她跟在后面慢吞吞地进了屋，此时，一楼已经没人了。

颜秋枳看了一眼放在桌上的东西，也不着急找人，盘腿坐在地毯上开始拆盒子。

陈母送给颜秋枳一套首饰，是一套墨绿色的珠宝，一打开便有光折射出来。

她盯着面前这套饰品，努力地从脑海里搜刮记忆。

这套珠宝，为什么那么眼熟？

颜秋枳目光灼灼地看着，想了半天也没想出来到底在哪儿见过。

她把珠宝推到旁边，继续拆其他的。

除了珠宝之外，陈母还给两人送了点补品，大概是怕他们工作太忙，忘了补身体。

但看到上面的几个字后，颜秋枳沉默了。

陈陆南洗完澡下楼，看到的是颜秋枳撑着下巴在桌上发呆的画面。

她卸下了身上的盔甲，整个人看起来柔软又家居了很多。

他顿了两秒，刚要往厨房走，颜秋枳便喊了一声："陈陆南。"

陈陆南"嗯"了一声，进了厨房倒水："怎么？"

颜秋枳瞥了他一眼："你妈送给你的礼物。"

说着，她把手里的东西推了过去。

换作是往常，陈陆南可能连一个眼神都不会给桌上的那些东西，但颜秋枳的表情实在是太诡异了，她耳朵泛着红，脸颊也染上了红晕，像是很不好意思的模样。

他一顿，低头看了一眼。

鹿茸。

陈母给陈陆南送的礼物是——鹿茸，经典补肾佳品。

除了鹿茸之外，陈陆南看了一眼其他盒子装着的东西，还有西洋参、雪蛤、人参等，准备得可谓是齐全。

一时间，屋子内寂静无声。

颜秋枳受不了这种氛围，小声嘀咕："看来，你平时给你妈的印象不太好啊，你妈都已经让你补身体了，你说她是不是觉得你——"

话说到一半，颜秋枳及时刹车了。

她在说什么？！

她低着头，也不敢去看陈陆南此刻的脸色是什么样的。

她抿了抿唇，心虚地缩了缩脑袋："那个……你把这些放好吧，让阿姨多给你补补。"

陈陆南也不吭声，就这么看着她。

"之前那句话。"

"什么？"

"怎么不说完？"

颜秋枳语气凶凶的，眼神胡乱瞟向别处："什么说完？"

她从地毯上站起来，佯装失忆一样："我刚刚说什么了，我怎么都不记得了？"

说着，她转身想往楼梯那边走，可是手腕却被男人给握住了。

陈陆南把另一只手里的杯子放下，少有地勾了一下嘴角，意味深长道："是吗？"

"那我帮你好好回忆一下。"

"……"

颜秋枳恨不得回到五分钟前的时刻，把自己的话全部收回来。

她为什么要嘲笑陈陆南？

她是疯了吗？

陈陆南身体怎么样，她的小身板最清楚了，不是吗？

深夜，浴室里的氤氲飘散着暧昧气息。

颜秋枳觉得自己可能要死在这里了，这一次的陈陆南，比前几天更过分。

他这完完全全是报复。

为了证明自己身体没问题，一个劲儿地折腾她。

颜秋枳的脚趾头蜷缩在一起，有点受不住他这样。

可奇怪的是，她又有点儿享受。

她其实很喜欢陈陆南亲自己，甚至很喜欢他沉溺于自己时的神情。

仿佛只有这个时候，她才有种真的被需要的感觉。

浴室里的几次后，颜秋枳是真的不行了。

她难得跟陈陆南撒娇，抱着他的脖颈求饶："不行了……"

陈陆南低头，在她耳侧落下一个吻，嗓音喑哑道："谁不行？"

颜秋枳："……"

"我……"她嗓音带着哭腔，让人难以抵抗，"我不行。"

这时候，命比较重要，尊严什么的，随意吧。

可明显，这话好像也并未取悦到陈陆南。

他动作是温柔了点，但还是把颜秋枳翻来覆去折腾了好几回。

从浴室回到床上后，颜秋枳抱着被子瑟瑟发抖。

总算是捡回了一条命，她保证以后再也不嘲笑陈陆南了。

狗男人真的太记仇了。

特别是在这种事情上。

颜秋枳睡前想着，明天早上起来，就把陈母送的那些补品全部塞进杂物间，再也别让她看见了。

翌日清晨，陈陆南在沙发上接王康的电话，看到颜秋枳从楼上飞奔下来，抱着昨晚没来得及收拾的那堆补品，丢进了一楼某个鲜少会打开的房门。

丢进去后，颜秋枳还直接给上了锁，这才松了口气。

做完这一系列后，她也不去看陈陆南，撩撩头发继续回房间睡觉。

……

"陆哥？"王康在另一边喊着，"陆哥，刚刚跟你说的听到了吗？"

"嗯，"陈陆南揉了揉眼睛，低低应了一声，"继续说。"

"杂志社那边有个拍摄邀约，你看看去不去。"王康道，"接下来还有几个颁奖典礼活动，你去年虽然没有在国内，但主办方那边想邀请你作为颁奖嘉宾出席。"

陈陆南的人气摆在这儿，主办方也都是人精，知道请他过来会有热度，所以都铆足劲儿在想办法让陈陆南同意。

他沉思了一会儿："都有什么？"

王康说了两个："电视剧和电影的都有，还有慈善晚会。"

陈陆南敲了敲桌面思索，还没出声，王康便快速道："对了，颜小姐应该也会参加。"

他看着手里整理的一份资料，低声说："颜小姐去年有两部作品入围了。"

说完，王康停顿了几秒，打探道："陆哥，要去主办方那边打声招呼吗？"

其实颁奖典礼什么的，有时候也会有人行使特殊权利。

例如，两个人旗鼓相当，成绩相差不是太远，如果一方比较有势力，后台较硬的话，主办方会优先考虑给有后台的那一方。

所有的投票，都不是真正清白、公正的。

"不用，"陈陆南道，"不用打招呼，把时间定下来告诉我。"

"是，"王康了然，继续说，"对了陆哥，还有一个综艺节目发来了邀请。"

他道："是徐松前辈的那个综艺节目，近期正在录制。"

徐松是圈内很多人都尊重的一位前辈，近年来他自己做了一个慢综艺节目，很受欢迎。

每一期的录制都有艺人去参加，偶尔是三两个，有时候是一群人。

去年最初录制的时候，他就打电话问过陈陆南，陈陆南当时正在忙出国的事情，拒绝了。

这刚回来不久，电话又来了。

陈陆南应了一声："什么时间？"

"一周后。"

陈陆南颔首："没有其他安排就接下。"

"好。"

刚说完工作，陈陆南一抬头便发现颜秋枳气鼓鼓地瞪了他一眼，然后蹬蹬蹬往楼下跑。

"陈陆南你还是个人吗？"

颜秋枳攥着自己的睡衣，简直要被他气到吐血。

"我昨晚不就是嘲笑了你一下吗，你为什么要在我身上留这么多痕迹？"

她今天还有杂志拍摄呢。

"……"

陈陆南看着她张牙舞爪的模样,也不知道为何,心情突然放松了下来。

他把手机放到一旁,好整以暇地看着她。

"什么痕迹?"

颜秋枳的脑子宕机了几秒,对着陈陆南那深沉的眸子,昨夜情到浓时的一些旖旎画面全部涌入了脑海。

她张了张嘴,脸"轰"的一下红了起来。

"你明知故问。"

陈陆南稍顿,看了她一眼:"哪儿有。"

颜秋枳刚想给他看,手刚碰到衣服,突然反应过来。

这要是给陈陆南看了,不又被他占了便宜吗?

"心机男。"

陈陆南:"……"

颜秋枳瞪了他一眼:"你过来。"

陈陆南没动。

颜秋枳生气道:"我要去拍杂志,你过来把我背上的痕迹压一压。"

她有点破罐子破摔,都被陈陆南占了那么多便宜,也不差这点了。

她首先得保证去拍杂志时不被人发现身上的那些痕迹。

陈陆南对这种事没抗拒。

他跟着起身,回了房间。

颜秋枳皮肤白,稍微有一点痕迹就格外显眼。

陈陆南跟着回到房间的时候,颜秋枳正好把后背露了出来。

那上面,有明显的痕迹。

陈陆南眼神一滞,停在她仿若白瓷的肌肤上。灯光下,那肌肤更是透亮得诱人。

似乎是没听到声音,颜秋枳催促着:"陈陆南,你快点,我要迟到了。"

陈陆南脚步顿了顿,径直走了过去。

颜秋枳也不跟他客气,把遮瑕膏塞进他手里,指挥着:"把这个抹上去,抹均匀点。"

陈陆南的喉结滚了一下,低低地应了一声。

颜秋枳一开始还没觉得有什么不合适,直到他那粗糙的指腹碰到她后背细腻的肌肤,引起她肌肤轻颤的时候,她才后知后觉反应过来。

好像……这种事情,不太适合叫陈陆南来做。

颜秋枳的睫毛轻颤了一下,身子紧绷了起来。

下一秒,陈陆南的手指不经意间刮过她后颈的肌肤,她立马从椅子上跳了起来。

两人面面相觑，颜秋枳结结巴巴地说了句："……陈陆南你注意点，别老碰我，我怕痒。"

"……"

陈陆南大概知道她在想什么，喉结滚了一下："嗯。"

"……"

明明只有几分钟的时间，颜秋枳却有种恍若隔世的错觉。

过了一会儿，陈陆南说："好了。"

颜秋枳咬着唇，低着头从他手里拿回遮瑕膏，为了防止自己情绪外露，她佯装生气地警告了陈陆南。

"以后你再这样，我就跟你没完。"

陈陆南看着她红透了的耳朵，听着她这娇纵的语调，并未多言。

颜秋枳慌乱地收拾好自己的东西，确定身上的痕迹已经不明显后，这才换了条裙子出来。

房间里多了个明艳动人的人，陈陆南打量了几眼。

他不得不承认，网友的眼光确实是雪亮的。

颜秋枳忽视掉陈陆南的目光，快速地收拾好自己后，丢下一句："我去拍杂志了，晚上不回家吃饭。"

"嗯。"

颜秋枳狐疑地看了他一眼："你今天又在家？"

陈陆南颔首。

颜秋枳哽了一下，小声嘀咕："你该不会是出国进修回来接不到工作了吧？"

陈陆南斜了她一眼。

颜秋枳"哼"了一声，扬着脖颈，像个漂亮的小天鹅一样："谁让你太闲。"

她道："我走了。"

说完，也不等陈陆南反应，提着自己的戴妃小包包，优雅下楼。

一上车，珠珠看到她就开始夸。

"颜颜姐，两天不见你又好看了。"

颜秋枳盈盈一笑："还是我们珠珠会说话。"

她懒懒散散地靠在车窗边上："过去要多久？"

珠珠看了一眼时间："不会很久，四十分钟。"

颜秋枳今天要拍的杂志封面还挺有名的，是十大刊之一。

很早之前便定了下来，这一期她做封面主角，主题其实并不适合颜秋枳，但她不懂为什么会邀请她来。

之前她还和沈慕晴讨论过，这期主题是情人节，要等到情人节那天才放出来，她不太懂对外是单身的自己，为什么会被邀请。

用沈慕晴的话解释，大概是为了——安慰那些单身女性。

连颜秋枳这种长相、身材、学识都完美的女人都单身，大家还有什么可难过的呢？

有那么一瞬间，颜秋枳还真被她给说服了，深深觉得可能是这个原因。

但现在想想，她觉得自己疯了。

抵达杂志社的时候，时间还早。

颜秋枳之前给这个杂志社拍过一次封面，大家也算是老熟人了，交流得还挺顺利。

打过招呼后，化妆师给颜秋枳化妆做造型，然后换衣服。

造型有好几套，今天不一定能全部拍完。颜秋枳看了一眼面前挂着的衣服，和摄影师沟通着。

这次给颜秋枳掌镜的是圈内很有名的一位摄影师，她每一次的作品都让人惊叹称赞。

在她的镜头之下，每一位艺人都挑不出毛病。

摄影师叫黎安，一个长得很漂亮的女人。

黎安和颜秋枳打过招呼后，低声道："秋枳，前段时间我看了你的照片。"

颜秋枳微微一笑："微博的吗？"

黎安点头，低声道："制服的。"

她说："之前我一直在想，这一次给你的设定，除了烈焰红唇，还想要点不一样的风格，那天看到后就决定了，你觉得如何？"

"没问题。"

在工作上，颜秋枳向来配合。

两人一拍即合，立马定了下来。

黎安给颜秋枳安排的第一套，竟然是她上次出席活动时穿的那条暗红亮色吊带裙。

她倏然一笑，挑了挑眉。

"这是粉丝呼声最高的，"黎安偏头看着颜秋枳，"再试试？"

上次颜秋枳因为来不及的缘故，都没请摄影师拍照，粉丝们格外遗憾。

这一次，黎安在选衣服的时候就想让她再穿一次，给她拍一组惊艳的照片出来。

"好。"

颜秋枳换了裙子出来才化妆,她脸型完美,无论怎么折腾,都是漂亮的。

为了配合这条裙子,在黎安的灵感之下,化妆师把颜秋枳眼角下方那个不明显的泪痣加重了些许,配上大波浪卷发,让她整个人更添妩媚。

化好妆之后,颜秋枳把身上披着的围巾拿开,随之站了起来。

她一转头,魅惑众生。

太漂亮了。

裙子把她身材的曲线完美地凸显出来,露出精致的锁骨,再往下,是一双没有任何赘肉的小腿,白皙勾人。

她转身,蝴蝶背和肩颈线都堪称一绝。

她太适合这种吊带裙了。

黎安看着她的红唇和大波浪,再上下打量了一眼她此刻的造型,说了两个字:"绝美。"

其他工作人员更是看呆了。

他们知道颜秋枳好看,也知道她身材好,可今天这一看,才真真实实感觉出来,颜秋枳是绝美的。

黎安让工作人员摆好道具,颜秋枳看了一眼:"坐椅子上?"

"嗯。"

黎安点头,看着她说:"先来一张眯眼的侧照。"

"好。"

颜秋枳镜头感很足,镜头对她也格外友好,每一帧都格外的完美。

黎安看着,也乐意给颜秋枳拍照。

"再换个姿势,"黎安盯着她的腿看了半天,道,"来个妩媚点的吧,躺地上侧身。"

"……"

黎安最了解网友粉丝想要什么,一整个下午,她给颜秋枳出了一个又一个主意。

每一个动作,每一个画面,都让在场的工作人员惊叹。

这杂志出来了,他们都要冲着去抢。

太绝了,颜秋枳这个女人简直是让女人都折服了。

结束后,时间已经不早了。

黎安看着她,脸上堆满了笑:"很愉快的一次合作。"

颜秋枳笑了笑:"谢谢黎安姐。"

黎安看着她,道:"我很久没拍照拍得这么快乐了。"

她对着颜秋枳眨了眨眼,俏皮地说:"上一个还是陈陆南,你不愧是和陈陆南齐名的女人。"

颜秋枳:"……"

她觉得,要是没有后面一句话,她其实会更开心。

"我还差得远。"

"没有,"黎安真诚道,"我敢保证,这期杂志一出,你的位置更稳了。"

颜秋枳笑。

杂志拍摄之后,还另外安排了一个采访。

全部结束后,颜秋枳和珠珠上车回去。

颜秋枳到家的时候,陈陆南正好在书房。

他和程湛正在视频聊工作,陈陆南看似只是一个演员,知名影帝,但旗下的公司却一点也不少。

他投资眼光好,好几家圈内有名的公司都有他的股份。

至于程湛,更是国内最大娱乐公司的老板,两人经常有合作,而且不只是娱乐圈里的合作,还有其他投资,颜秋枳知道的一些新科技项目和金融项目等,就有他们两人的投资。

用颜秋枳的话说,这两人凑到一起,就有人要倒霉了。

两人正商量着,书房门被敲响了。

陈陆南松了松衣领,抬起头,颜秋枳扒着门,露出一张精致的脸。

"你吃饭了吗?"

陈陆南"嗯"了一声。

颜秋枳眨了眨眼,摸了摸自己一下午没进食的平坦小腹,小心翼翼地问:"那你现在饿吗?想吃消夜吗?"

陈陆南:"……不饿。"

颜秋枳撇嘴,脸上的笑瞬间垮了下来:"好吧,那你继续忙。"

她还是吃苹果去吧。

门再次被关上,陈陆南收回目光,刚要继续说话,程湛笑了一声:"颜颜是不是想让你去给她做饭?"

陈陆南不冷不淡地瞥了他一眼。

程湛耸肩:"是你们对话太大声我才听见的。"

他轻笑,看着不为所动的人:"你不去给颜颜做饭?"

陈陆南没吭声。

程湛道:"工作下次再谈,你先去做煮夫吧,我听说颜颜下午拍了不错的照片,你有没有兴趣,我提前要几张过来发你?"

陈陆南斜了他一眼。

程湛开了玩笑,快速把视频给挂了。

陈陆南下楼时，颜秋枳正蹲在厨房削苹果，她虽然是在偏僻的乡下长大的，可颜母把她当作大小姐一样宠着，做饭、削果皮等一切小事从不让颜秋枳插手。

因此，她拥有了一双柔软、细腻、白皙的手，同时也变成了一个厨房小废物。

陈陆南看着那被她削去了一小半的苹果，伸手拿了过来。

颜秋枳一愣，抬眸看了他一眼，转而把目光落在陈陆南手上。

他手指修长，骨节分明，看着很是吸引人。

他削苹果的模样和颜秋枳不一样，脸上挂着漫不经心的神情，手上的动作却细致认真，一串苹果皮连在一起，掉了下去。

没一会儿，陈陆南把苹果递给她。

颜秋枳双手接过，眼睛弯弯地望着他："尝一口吗？"

两人只要不吵架，其实相处得非常好。

陈陆南扫了一眼："不用。"

他把刀洗干净，低声问："没吃饭？"

"嗯，"颜秋枳靠在厨房门口，边啃苹果边看着陈陆南，"你今天真的一天没出门啊？"

"没有。"

陈陆南还是有出去的。

颜秋枳"哦"了一声，继续啃苹果，也不问他去了哪里。

这个话题超出了塑料夫妻的范围。

吃完苹果后，颜秋枳为了不让自己贪嘴，快速回房间洗漱，有气无力地躺在床上和沈慕晴视频聊天。

"对了，你知不知道最近迪家在选代言人？"

颜秋枳敷着面膜点头，含糊不清道："知道，然后呢？"

沈慕晴道："我今天和姜臣出去吃饭的时候听到的八卦，据说关荷和迪家在中国区的总监见面了。"

颜秋枳挑了下眉。

"她这么厉害？"

沈慕晴："她要是把这代言都拿下来了，你可能又要被打压了，你能不能让陈陆南给你走个后门，夫妻携手把代言拿下？"

颜秋枳冷淡道："不能。"

沈慕晴噎住。

颜秋枳想了想，安慰她："别担心，关荷拿不下迪家的。"

"为什么？"

颜秋枳瞥了她一眼："不知道，总而言之，迪家那种代言她还拿不下。"

沈慕晴也不知道为什么，听颜秋枳这么一说，还真放下心来了。

让关荷去舞吧，反正也翻不出什么风浪。

"啊，"沈慕晴喊了她一声，"你周末是不是没事？"

颜秋枳瞥了她一眼："有什么要我帮忙的？"

沈慕晴点头。

"那天跟你说有个综艺邀请我，本来是没问题的，但我之前的戏开机不是推迟了吗？一推迟，两边的档期就撞上了，我和对方说了，但对方问我有没有推荐的人选，我把你推荐过去？"

颜秋枳思忖了会儿："我这性格……不适合上综艺吧？"

沈慕晴摆摆手："你就该让大家看到你生活中的一面，免得他们总说你是娇小姐。"

颜秋枳其实还挺认可"娇小姐"这个称呼的。

"管它呢，我觉得'娇小姐'是在夸我。"

沈慕晴白了她一眼："你觉得怎么样？"

"什么综艺？"

"慢生活综艺，就徐松老师的那个。"

颜秋枳的眼睛亮了亮，还挺有兴趣的："好啊，那我是不是可以吃到徐松老师做的菜了？"

她日常会追这个综艺，每次追的时候，颜秋枳都恨不得钻进镜头里，把徐松老师做的所有菜都品尝一遍。

从镜头外看，真的色香味俱全，对一个吃货来说，看一次饿一次。

但徐松老师近年来比较少拍戏，颜秋枳想去认识一下也没机会。

沈慕晴对她这点追求很是鄙视："是，去吗？"

"去啊。"

颜秋枳说："但那个综艺要做家务活，我临时学来得及吗？"

沈慕晴瞅着她："你和谁学？"

颜秋枳想也不想："陈陆南啊，他最近好像失业了，正好我可以请他教我做饭。"

"……"

沈慕晴安静了几秒，看着她问："你和陈陆南还玩这种角色扮演？"

颜秋枳："……"

"挺有情趣的啊。"

次日，颜秋枳便收到了消息，她去参加慢生活综艺的录制定下来了。

对此，颜秋枳还挺兴奋的。

她其实很怀念到池塘里抓鱼，到小溪里洗脚捉螃蟹的日子。

那种乡村生活，是她童年最美好的记忆。

上次陈陆南只是带她去了一次果园，就让颜秋枳对他好脸相对这么久，就足够证明她的喜欢了。

只是——

综艺是定下来了，但颜秋枳和陈陆南的厨房角色互换倒是一直没能顺利进行。

陈陆南这两天早出晚归的，颜秋枳醒来时他已经不见了，晚上她睡觉了，这狗男人还没回来。

要不是从那个深夜热聊群知道陈陆南最近在和程湛谈项目，颜秋枳差点都要怀疑他在外面养女人了。

这渣男的作态太让人怀疑了。

距离去录制综艺只剩三天了，这天晚上，颜秋枳觉得自己一定得等到陈陆南回来才行。

她其实已经跟做饭的阿姨学过两次了，每次学完，阿姨都语重心长地对她说——太太，你去外面坐着吧，我来就好。

那略带嫌弃的语调，让颜秋枳自信心受创，无比难受。

陈陆南和程湛今晚刚谈下一个项目投资，结束出来后，就遇到了熟悉的导演正好在聚餐，陈陆南被拉去喝了几杯。

再出来的时候，头还有点晕。

他吹了吹风，抽了根烟，醒酒后才上了车。

司机回头看了他一眼，把窗户开了一条小缝隙，让自然风吹进来。

陈陆南揉了揉太阳穴，他酒量其实一般，也不太喜欢喝酒，所以这会儿心情算不上很好。

正揉着，手机叮咚了一声。

陈陆南低头看了一眼，倒是有点意外。

颜秋枳：【你今天几点回来？】

大约是酒醉人，抑或是人醉酒，陈陆南的心情好像放松了些许。

陈陆南：【现在。】

等陈陆南下车的时候，大门从里面被人打开了。

他一抬眼便看到了那站在玄关处的人。玄关处的灯光是暖色调，落在她身上，勾勒出雪肤花貌，削肩细腰。

她身上穿着简单的家居服，没有多么精致的妆容，但却头一回让陈陆南有了种不一样的感觉。

颜秋枳看到陈陆南的时候，略微兴奋："你今天忙——"话还没说完，她便闻到了陈陆南身上的酒味。

颜秋枳皱了皱眉："你喝酒了？"

"嗯。"

颜秋枳顿了一下，伸手戳了戳他的脸："喝醉了吗？"

陈陆南目光深邃地斜了她一眼。

颜秋枳并不觉得自己是明知故问，小声道："问清楚比较好。"

"没有，"陈陆南看她，"找我有事？"

一般情况下，颜秋枳是不会打探自己行踪的，更不会这么热情地在门口迎接自己。

"有。"

颜秋枳把自己接下来要参加的综艺说了下，末了道："你教我做下饭？"

总不能什么都不会，那样去上节目，肯定会被网友们骂死。

一想到那个可能性，颜秋枳便不由自主地打了个冷战。

陈陆南反应迟钝了片刻，才明白过来颜秋枳的意思。

他目光往下，落在她那双纤细白嫩的手上，那双手柔软无骨，并不适合做厨房里的那些"粗活"。

"现在？"

颜秋枳眨巴着眼睛点头："对啊，你今晚回来得早，谁知道你明天几点回来啊。"

她打了个哈欠，泪水都出来了。

陈陆南听着她无心的抱怨，喉结滚了滚说："今晚做了饭谁吃？"

颜秋枳瞪大眼，不敢置信地问："你觉得我头一回做的饭能吃？"

做好了肯定是倒垃圾桶的啊。

"……"

陈陆南头一回被她怼得哑口无言。

他安静了片刻，突然道："教你做点别的。"

"什么？"颜秋枳亦步亦趋地跟着他进了厨房，好奇心极重。

陈陆南打开柜子拿出茶叶，声线低沉暗哑："醒酒茶。"

夜幕漆黑，有荧荧灯火照亮。

颜秋枳站在厨房里看了一眼窗外，转回视线，落在了不远处的男人身上。

厨房里，暖色灯光下，男人的整个身影好像被调了色一样，明明那么清冷，却让她有种不一样的错觉。

仿佛陈陆南是一个温柔的人。

她的目光停滞在他手上,"手好看"这三个字颜秋枳已经说累了,就是赏心悦目。

她知道这是一双多好看的手,甚至知道这双手多厉害。

正想着,男人声音落下:"看懂了吗?"

颜秋枳:"……"

她抬眸,看着那已经变成半成品的醒酒茶,和陈陆南四目相对。

陈陆南一看她的表情,就知道她没认真听,他伸手,松了松衣领。

因为谈合作的缘故,陈陆南今天穿了正装,西装在进厨房之前便丢在了沙发上,但里面是一件黑色的衬衫,衬得他越发的清冷孤寂,有种说不出来的寂寥感。

颜秋枳的目光随着他的手指移动着,停在他的脖子处,看着陈陆南的动作。

明明是不经意间的举动,但她就是觉得……好像还挺帅的。

脑海里刚冒出这个念头,颜秋枳就努力把它压了下去。

疯了吗?

为什么要觉得陈陆南很帅?就算是很帅,你也不能看到走神。

她拍了拍脸,清醒了一下,深深觉得自己是太困了才会产生这样的错觉。

颜秋枳把注意力放回醒酒茶上:"去那边录制,难不成还有人会喝酒?"

"嗯。"

颜秋枳一愣,惊讶地看他:"真的?"

陈陆南颔首。

颜秋枳眨了眨眼,反应过来:"你怎么知道他们会喝酒?"

他又没去录过这种综艺。

正确来说,陈陆南任何综艺都没有参加过。

陈陆南也不理会她找茬,声音低沉道:"我和徐松老师是旧识。"

颜秋枳怔了片刻,突然想了起来,陈陆南刚进圈子没多久的时候拍了一部电影,是文艺片,当时算不上很火,票房相对一般,但口碑很好。

陈陆南在里面和徐松搭过戏,他当时演徐松的儿子。

"想起来了,"颜秋枳靠在墙边说,"父子关系。"

"……"

厨房内安静了片刻,陈陆南把手上的动作停了下来:"过来。"

颜秋枳看了他一眼,这才走了过去。

醒酒茶其实不难做,有时候直接喝蜂蜜水都能解酒,这点常识颜秋枳还是有的。

但陈陆南好像是在锻炼她的开火能力,弄了最复杂版本的醒酒茶,加了茶叶、山楂等材料，让她煮。

在陈陆南的监督和教导下，醒酒茶没一会儿便煮好了，颜秋枳还自己动手给盛了出来。

她转头，眼睛明亮地看着他："我是不是成功了？"

陈陆南："不知道。"

颜秋枳："那你尝一尝。"她捧着那碗醒酒茶来到陈陆南面前，瞳眸里透露着些许渴望。

"要是成功了，你明天教我做饭。"

陈陆南低头，看着她认真的模样："到时候再说。"

"不行，"颜秋枳想也不想地反驳，"不能到时候，就要现在确定。"

她强词夺理地说："我都给你煮了醒酒茶，你还不教我做饭，你觉得说得过去吗？"

"……"

陈陆南看她这样，其实挺想提醒她，这醒酒茶貌似除了让她加了点水，然后等待煮开之外，其他好像全是自己做的。

但陈陆南向来不会在这种小事上和她计较。

他顿了一下，喉结滚动："嗯。"

颜秋枳眼睛一亮："真的？你明天不用出门了吗？"

"不用。"

瞬间，颜秋枳把手里捧着的碗塞进陈陆南手里，催促着："你喝，你快喝了。"

喝了就得教自己做饭。

陈陆南："……"

*

喝完醒酒茶后，陈陆南回房间洗澡，等他出来后，颜秋枳还没睡。

原本困得眼皮在打架的她，这会儿还在看手机。

从陈陆南答应教她做饭后，颜秋枳就开始在搜索，搜索什么菜是家常菜，且最容易学会。

她很有自知之明，复杂的肯定不行，学点简单的就好。

看了一圈下来，颜秋枳发现炒青菜最简单，但她最讨厌吃炒青菜了。

纠结了几秒，她抬头看向陈陆南："你觉得什么菜最简单易学又好吃啊？"

陈陆南被她噎住："你想学什么？"

颜秋枳趴在枕头上叹气："我心比天高，想学的都是复杂的，但我肯定学不会，学点简单的就好。"

陈陆南:"明天再说。"

颜秋枳撇撇嘴,也只能作罢。

她拉着被子盖住自己,许愿道:"希望我上综艺不被骂。"

说完,侧了侧身,背对着陈陆南睡了过去。

……

翌日中午,颜秋枳醒来后就找陈陆南。

她靠在书房门口,也不说话,就这么看着陈陆南,意思格外明显——教我做饭。

陈陆南瞥了一眼时间,十一点半,还挺准时。

他看着视频里还在汇报工作的助理,低声道:"下午再说。"

公司助理:"啊?"

陈陆南低头整理袖口,往上折叠,不疾不徐道:"中午先休息,两点继续。"

说完,他直接把视频挂了。

颜秋枳听着陈陆南的话,等他走出来后,像小尾巴一样亦步亦趋地跟在他身后。

答应她的事,陈陆南好像都会做到。

"你刚刚在忙?"

"嗯。"

颜秋枳好奇:"公司的事还是工作室的?"

陈陆南有自己单独的工作室,但如果是公司的话,应该是他其他的公司。

"公司。"

闻言,颜秋枳也不再多问。

她估摸着陈陆南并不是在忙急事,否则他昨晚不会松口答应教自己,在陈陆南那里,什么都比不上他工作重要。

因为要教做饭的缘故,陈陆南让阿姨今天不用过来了。

两人进了厨房,颜秋枳主动把冰箱门打开。

陈陆南感受着她这谄媚的动作,抬了抬眼看过去:"想学什么?"

颜秋枳瞅着冰箱里的菜看了会儿:"西红柿鸡蛋汤吧……这个好像最容易。"

"……"

西红柿鸡蛋汤确确实实容易,但教下来,西红柿是陈陆南切的,鸡蛋是陈陆南打的,连油也是陈陆南放的……颜秋枳唯一的作用便是等他放了水,盖上盖子后,弱小又无助地蹲在旁边等汤熟,然后呼喊回到客厅的陈陆南再回到厨房把汤盛出来。

哦,颜秋枳还做了点撒葱段的工作。

她不吃葱,但又喜欢葱的香味,所以做菜时会把葱切成葱段,方便挑出来。

听颜秋枳说完她学做菜的过程后,沈慕晴笑得眼泪都出来了。

她哈哈大笑,抹着眼角的眼泪问:"你怎么不直接让陈陆南全部做完啊?"

颜秋枳气鼓鼓地瞪她:"再笑就绝交。"

沈慕晴"哈哈哈"了几声:"好好好,我不笑了。"

她看着视频里的人,哭笑不得:"陈陆南没嘲笑你吗?"

"话语间没有。"但陈陆南看自己的眼神,就跟看智障一样,他可能从没想过有人会手笨到这种地步。

一想到陈陆南在厨房里看自己的眼神,颜秋枳就有点无地自容。

她漂亮一世,就不该去自寻死路的。

结果英明毁于一旦。

沈慕晴笑:"那陈陆南对你还挺好的。"

颜秋枳剜了她一眼:"是挺好的,最后把我赶出了厨房,能不好吗?"

沈慕晴:"哈哈哈哈哈哈哈!"

她笑了一会儿,也正色了起来:"其实没事,不会做饭就不会做饭,到时候去录制的肯定不止你一个人。"

她认真道:"实在不行,你就跟着大家做点洗碗啊洗菜之类的活儿就好了,这你总会吧?"

颜秋枳点头。

担心也没用,反正她临时学也学不会。

她是个懂得知难而退的人,学不会就放弃,没必要死磕。

*

一眨眼,便到了综艺录制这天。

颜秋枳和珠珠飞往C市,这综艺名字就叫《慢生活》,很简单又能概括。

录制地点在C市一个风景优美的小村庄,有山有水,还有一群留守在家的可爱人,不是旅游胜地,但胜在淳朴和特别。

颜秋枳这一次的录制不是第一期,是中间阶段。

下了飞机后,节目组便有车过来接她。

两台车,从机场开始,她就和珠珠分开了。

上车后,颜秋枳收到了任务,让她对着镜头说说话,稍微活跃一下气氛。

颜秋枳笑，抬头看了一眼旁边的摄影机。

"这是在录制了吗？"

她自言自语说："这里温度好低啊，感觉比 A 市要冷很多。"

她转头，指着窗外的景色道："但风景很美，空气也特别清新。"

......

综艺是剪辑播出的，自言自语一会儿后，颜秋枳问坐在副驾驶的摄影师："我可以了吗？"

摄影师笑："可以了。"

颜秋枳松了口气："我能打探一下这一期录制的除了我还有谁吗？"

"不能。"

摄影师看着她失落的表情，补充道："有四位艺人，我只能告诉你其中两位。"

颜秋枳挑眉："哪两位？"

"穆欣和邵越。"

颜秋枳认识邵越，两人去年还一起合作拍了一部电视剧，她演的是痴情女配，苦恋男主，这个男主就是邵越。当时还有不少粉丝希望两人有个 Happy Ending（美好的结局），到现在还能看到 CP 粉在哀号，想要看到两人同框，太久没看到两人在一起了。

颜秋枳没想到节目组这么厉害，把他们这一对 Bad Ending（悲剧结局）的男主和女配一起邀请来了。

这个节目配置果然高。

至于穆欣，颜秋枳不了解，她摸出手机搜索了一下，穆欣是国内一个女团的成员，走俏皮可爱风，是很多宅男的女神。

车子绕过盘旋山路，大约是九曲十八弯，越过了很多漂亮风景，终于抵达。

车子只能停在村口，颜秋枳提着行李下车，询问过路人后便往里走。

《慢生活》在这儿有一个装修得很漂亮的木屋，还有庭院。

为了不影响当地人的正常生活，建得稍微偏僻了点。

颜秋枳走了十几分钟才到，她远远看着，敲了敲门才进去。

一进去，颜秋枳便看到了早到了的穆欣和邵越。

几个人友好地打招呼，互相介绍。

颜秋枳穿得很保守，用羽绒服把自己包裹得严严实实，一点也没有上节目的样子。

穆欣看着她，嘴巴特别甜地喊着："秋枳姐，你一个人过来的吗？"

颜秋枳点头："嗯，你们一起来的？"

邵越"嗯"了一声说："我们是同一个航班。"

机票是节目组咨询过后定的，颜秋枳了然。

"刚刚我听摄影老师说还有一位艺人会来，到了吗？"

"没有，"穆欣道："我们也在等。"

颜秋枳和常驻嘉宾认识介绍，大家其实也提前知道了对方会来，但镜头在，也就表现得客套和惊讶了些许。

认识过后，大家凑在一起聊天。

徐松老师看着几个人笑了笑："都吃午饭了吗？"

"没有。"

三个人异口同声。

徐松："……"

他慈祥地笑了笑："想吃什么？我给大家做点。"

"想吃粉！"

"对对对，老师我们吃粉吃面都行。"

"都可以的。"

除了徐松之外，还有三位常驻嘉宾，一个是徐松的妻子，纪录片导演童淑宁，现在也退下来了。

另外两位，一位是前辈主持人徐开实，另一位是圈内小有名气的演员，实力派，叫余味。

在大家的喊声之下，徐松和妻子去给他们做面条。

颜秋枳开始还不怎么饿，闻到从厨房传来的香味后，肚子咕噜咕噜叫了起来。

几个人想去厨房帮忙，被赶了出来。

颜秋枳被带去放行李，穆欣道："秋枳姐，你今晚要和我睡了。"

颜秋枳点头："好啊。"

两人刚把东西放好，颜秋枳在二楼转了一圈，还没来得及下去，便听到已经下楼了的穆欣的尖叫声。

她正好在走廊上，下意识地低头往楼下看过去。

一看，颜秋枳便懂了穆欣的激动从何而来。

"陈老师！最后一个嘉宾是你吗？"

陈陆南穿着和颜秋枳同款的羽绒服站在院子里，气质出尘，对着大家的尖叫笑了笑，微微颔首："是我。"

他道："大家好，我来晚了吗？"

穆欣尖叫连连，捧着红了的脸激动不已："没有没有。"

天知道，她最喜欢的男演员就是陈陆南了，没想到有一天她能和陈陆南一起录节目,这是什么美梦成真的故事啊。

连带着邵越也都惊奇:"还真没想到陈老师会来。"

他伸出手,跟陈陆南轻轻握了一下。

陈陆南一笑,刚想要说话,穆欣便想到了什么,转头对着走廊里的颜秋枳喊了声:"秋枳姐!陈陆南老师来了!你快下来啊!"

"……"

颜秋枳没来得及躲开,在穆欣话音落下的时候,便和抬眼看过来的陈陆南四目相对。

两人无声地对视了一眼,还没等颜秋枳把目光转开,陈陆南就先收回视线了。

镜头落在两人身上,无形中有点说不出的诡异。

冬日冷风刮过,冻醒了打结的大脑,穆欣没有察觉到两人之间的气氛,很不过脑地喊了声:"天呐!秋枳姐你和陈老师还穿的情侣装!"

"……"

很好,更尴尬了。

颜秋枳没吭声。

陈陆南反倒是笑了下,虽然很浅也很短暂,但依旧被摄影机捕捉到了。

他声音低沉,带着点笑意:"很巧。"

穆欣点头:"嗯嗯。"

邵越咳了一声,打破这个尴尬:"陈老师,我们先进去吧,徐松老师在给我们做面条。"

陈陆南颔首。

颜秋枳想不通,这狗男人为什么会来录制节目,且一点风声都不透露给自己?

她想着自己刚刚那错愕又吃惊的神色,想回到几分钟之前把自己的微笑给调整调整,不该走神的,免得以后还要被陈陆南嘲笑。

正想着,穆欣大概是压不住自己那见到偶像的激动心情,从楼下蹬蹬地跑上来,气喘吁吁道:"秋枳姐,你为什么还不下去啊?"

颜秋枳不经意地看了眼镜头:"还有点东西没收拾好。"

她看着穆欣:"怎么上来了?"

穆欣在屋子里走着,激动又兴奋道:"我我我有点激动,得找个人分享一下。"

她看着颜秋枳:"秋枳姐,陈老师来参加综艺了诶!还是跟我一期。"

颜秋枳听着她这话,没忍住笑了出来:"嗯。"

她含笑看着穆欣:"你很喜欢他?"

"非常！"穆欣毫不犹豫地说，"我进娱乐圈之前的偶像就是他，喜欢了好多年了。"

闻言，颜秋枳也不意外。

陈陆南在很多人心中，都是喜欢了、崇拜了很多年的偶像。

这人的人格魅力就有那么大，即便作品产出少，也让人时时刻刻惦记着，无法忘怀。

他无论是进修一年多还是两年，或者是更久才回来，这圈子里总有他的位置，无人能取代。

颜秋枳和穆欣下楼的时候，陈陆南和徐松等人已经聊上了。

正好葱油面也出锅了，颜秋枳闻着香味，饥肠辘辘的。

她刚想起身去端，男艺人就先行动了。

邵越和陈陆南一前一后各端着两碗面走了过来，中午的时候，大家都想边晒着太阳边在院子里吃。

"终于来了，"穆欣活跃热情道，"徐松老师和师母辛苦了。"

徐松一笑，眉目祥和地看着他们："先尝尝看喜欢不喜欢。"

穆欣："肯定喜欢的。"

颜秋枳也跟着点头。

邵越把其中一份递给她，看了她一眼说："不要葱对吧？这是徐松老师特意给做的。"

颜秋枳一怔，看了一眼面前没加任何葱料的不正宗的葱油面，笑了笑，浅声道："谢谢。"

她不爱吃葱，但上节目的缘故，颜秋枳也没想提要求，反正自己能挑出来，不是大问题。

穆欣惊讶了一下，转头看她："秋枳姐，你不吃葱啊？"

"嗯，"颜秋枳不好意思道，"挑食，大家别跟我学啊。"

不远处的工作人员跟着笑了起来。

陈陆南走在后面，把其中一份递给穆欣。

穆欣激动得脸都红了，连忙说："谢谢陈老师。"

陈陆南领首，神色平淡。

其他常驻嘉宾也都跟了出来，徐松老师自然而然地坐在了旁边，看着他们这一群"年轻人"吃面。

"怎么样，味道还好吗？"

"很好。"

"谢谢徐松老师。"

颜秋枳得承认，味道是真的好。她太喜欢葱油面了，但自己做不出，家里阿姨做的也一般般,且经常会忘记她不吃葱这件事,把葱切得碎碎的,然后丢下去,煮出来后,颜秋枳基本无从入口。

*

吃过面后,徐松给大家安排了工作。

录制这种节目,一般也是要体验一下生活的,节目组在录制前期就在院子周围租了土地,用来种菜、养鱼等。

很多自己种植出来的食物,大萝卜和大白菜什么的,还挺多的。

"待会儿要做什么?"

余味道:"问问小徐老师。"

因为两人都姓徐,又都是好朋友,为了分辨他们,都是大徐小徐这样喊。

没一会儿,徐开实便走了出来,看着众人:"我们去拔萝卜吧,然后拿回家来切萝卜条晒干。"

大家齐声答应着。

颜秋枳穿得还挺适合下地干活的,她把羽绒服外套脱下,换了件套头卫衣。

其他人也都纷纷轻装上阵。

萝卜地在比较远的一座小山丘上,需要走大概半小时才到。

穆欣和颜秋枳说话,偶尔会带上邵越和陈陆南,其他嘉宾也一样,都会考虑到每个人的感受,不会因为陈陆南人气高就把所有镜头都给他。

这也是很多人喜欢这个节目的原因。

颜秋枳其实话不多,她有点慢热,融入环境稍微有点难。

她最开始就和沈慕晴说过,她其实并不适合录综艺。

没一会儿,穆欣就和余味聊上了。

颜秋枳走在中间,前面是陈陆南,后面是邵越。

走着走着,几个人到了宽敞的路面。

邵越主动和颜秋枳搭话:"感觉怎么样?"

颜秋枳淡淡一笑:"还挺好的,舒服。"

邵越也表示认可:"确实如此,这里的空气太好了,都有点想留在这里不走的冲动。"

颜秋枳扑哧一笑:"你可以跟徐老师申请。"

邵越耸肩,逗趣道:"那观众可能会说我破坏了这一家四口的生活。"

四位常驻嘉宾一直被网友们戏称为——四口之家。

颜秋枳没忍住笑。

一群人看着，热热闹闹的，氛围格外好。

陈陆南也在跟徐开实聊天，他声音低沉，断断续续地从前边传过来，听着很舒服。

到了萝卜地后，余味热情地教大家拔萝卜。

邵越和颜秋枳走在一起，他笑了笑说："这个我会，我来教你吧。"

话音刚落，颜秋枳就拔了一个萝卜出来。

邵越脸上的笑一僵。

颜秋枳对着不远处的镜头笑了笑，声音轻快道："这个我小时候做过。"

好歹也是家里有果园的人，拔萝卜什么的不在话下。

穆欣和余味对视一眼，扑哧一笑："秋枳姐，你也太厉害了。"

颜秋枳"嗯"了一声："只是会一点点。"

徐开实和陈陆南在另一侧，听到这边动静后，抬眸看了一眼，笑着说："秋枳感觉不错。"

陈陆南看了一眼那边，阳光下，眼睛被刺得有些酸痛，他半眯了眯眼，才低声道："嗯。"

徐开实看他不感兴趣的模样，也不和他聊女艺人了，开始说起了工作。

"年后有时间吗？"

还有不到一星期就要过年了。

陈陆南思忖了会儿："看什么时间。"

他对徐开实还是很尊敬的，笑着问："找我有事？"

徐开实点头："年后的综艺开播，想请你来做一次嘉宾如何？"

徐开实有自己主持的节目，每周播出的那种，每半个月录制两次，都会请圈内的艺人参加，宣传电影、电视剧，或者综艺，抑或只是露个脸，老朋友见面聚一聚。

节目做得很好，口碑和热度共存。

陈陆南颔首："没问题。"

徐开实点头，微微一笑："得开个好头，请你来镇镇场。"

陈陆南轻笑了一声。

*

拔完萝卜后，一行人扛着萝卜回去洗，然后在太阳下摊开切。

颜秋枳刚想去拿刀，就被陈陆南看了一眼。

也不知道为什么，两人明明没有任何交流，但她就是能从陈陆南的那个眼神里看出他要表达的意思。

带着点嘲讽，然后问她——你要去拿刀？别忘了你前几天切的西红柿是什么样。

颜秋枳脚步一顿,停了下来。

邵越狐疑地看她:"秋枳,怎么不走了?"

颜秋枳摸了摸鼻子,走到一旁道:"我觉得我不适合拿刀。"

她不好意思道:"我不会做菜,我去那边和穆欣一起洗萝卜吧。"

邵越:"……"

女生负责洗刷,反倒是男艺人在切菜。

镜头扫过的时候,徐开实主动带动话题,看了一眼邵越,点评道:"切得一般,一看就是不怎么做菜的,会做菜吗?"

邵越道:"不太会。"

徐开实笑:"我们余味也不会,想做应该也没时间。"

邵越点头。

说完,徐开实转头去看陈陆南,在看到陈陆南面前摆放的萝卜条后,他惊呆了。

"天呐,阿南这一看就是会做饭的,切得也太工整了吧?"

旁边几个人探头看了过去。

"陆哥你太强了吧。"

"陈老师真会做饭啊?"

陈陆南"嗯"了一声,语气平淡,宠辱不惊的样子:"有时间会做。"

徐开实笑:"粉丝肯定不知道你还会做饭,我们这期节目播出后,粉丝喜欢你的理由又要多一个了,现在会做饭的男人少,得好好珍惜。"

穆欣侧耳倾听,忍不住小声和颜秋枳讨论:"陈老师竟然还会做饭啊。"

"嗯。"

穆欣没察觉到有什么不对,继续说:"也不知道陈老师做饭好不好吃。"

颜秋枳正走神,想也不想地回了句:"还行。"

要不是因为陈陆南做饭好吃,两人的夫妻生活可能还得再差点。

人活一张嘴,颜秋枳就败在了爱吃和嘴馋上,总是会不由自主地向美食低头。

"什么?"穆欣瞪大眼,拔高了音量,"秋枳姐,你怎么会知道陈老师做饭好吃?"

她大概是被颜秋枳给惊到了,声音一点也没控制,就这么传到了另一边。

瞬间,大家都抬头往颜秋枳这边看了过来。

陈陆南也掀起眼皮给了她一个眼神。

颜秋枳一愣,后知后觉反应过来自己说了什么话,对着镜头和这么多双眼,她张了张嘴,有些无力地解释:"我猜的啊。"

她理直气壮地说:"大家都知道,陈老师做什么都要做到最好,我相信做饭也一样。"

这个解释,大家勉强同意。

更何况——

几个人的目光在两人身上打转,也没看出点什么。

颜秋枳不可能和陈陆南有关系,如果真的有,这一下午都过去了,他们也不可能看不出来。

再之后,颜秋枳也不敢走神了,穆欣和她聊的每一个话题,她都打起了十二分精神,唯恐自己嘴快再翻车,到时候就真的有口难辩了。

干完活,大家也都休息了。

临近晚饭时间,大家分配着去菜园子里摘菜的摘菜,下水捞鱼的捞鱼。

考虑到女性冬天下水不太好,穆欣和颜秋枳被安排跟着徐开实去菜园子,其余三人去捞鱼。

这样的分配最合理,但颜秋枳其实有点想去捞鱼。

太久没有这样的生活了,她有点渴望。

但这是徐开实分配的,没人会反驳。

除了一个人。

想着,她径直往那个人看了过去。

徐开实正在和陈陆南说话,感受到一道灼热的目光后,陈陆南顿了一下,岔开目光。

"池塘里的水很冷,待会儿注意点别感冒了。"

陈陆南颔首,沉吟了半晌道:"不碰水的话怎么样?"

徐开实想了想:"那应该还好,总之注意就行。"

"嗯。"

颜秋枳听着陈陆南和徐开实的对话,心在滴血。

陈陆南好像并不是很愿意帮她。

颜秋枳收回目光,往一旁坐了过去,脸上的情绪虽然没太外露,但熟悉的人都知道她这会儿是不开心了。

陈陆南皱了皱眉,看向徐开实:"徐老师。"

"啊?怎么了?"

陈陆南道:"给女艺人也准备两套防水服吧。"

徐开实怔了几秒,一转头就看到了穆欣眼睛里的渴望。

他一愣,倏然一笑:"穆欣也想去捞鱼?"

穆欣狂点头:"非常想!"

但她不敢说。

"秋枳呢？"

颜秋枳应了一声："好。"

*

换上衣服后，一行人去池塘捞鱼。

池塘的水真的有点凉，踩下去就能感觉到。

颜秋枳打了个冷战，但内心是激动兴奋的。

她好多年都没下过水了，小时候经常到河里摸鱼，真是久违的感觉。

颜秋枳手里拿着一个渔网，没注意到其他。

她一个人在角落里玩着，好像其他都和她无关一样，她目不转睛地看着水下的鱼，刚把网放下去，一条跳动的小鱼便落网了。

她眼睛亮了起来，格外兴奋："我——啊——"

颜秋枳一转身，和穆欣不小心碰上，人没站稳，直直地往后倒。

"秋枳。"

"秋枳姐！"

激起一片片水花，陈陆南距离颜秋枳是最远的，但奇怪的是，他比任何人过来得都快。

他伸手，一把将颜秋枳从池塘里捞了起来，声音沉沉："哪儿受伤了？"

颜秋枳摇头，头一回觉得在陈陆南心里，她这个漂亮老婆还是有点分量的。

她指了指自己的嘴巴，刚刚喝了点池塘里的脏水进去。

陈陆南皱眉，把渔网丢给了穆欣："我先带她回去吧。"

徐开实连忙点头："快去快去，这里有我们就够了。"

陈陆南颔首。

"能起来吗？"

颜秋枳点头，抓着陈陆南的手爬上岸。

看着两人的背影，穆欣眼睛都红了："对不起，我不是故意的。"

邵越安慰她："没事没事，秋枳肯定知道你不是故意的。"

穆欣还是自责。

徐开实道："真没事，秋枳没受伤就好，陈老师已经送她回去了。"

余味也跟着点头："陈老师速度太快了，他肯定会照顾好秋枳的。"

穆欣"嗯嗯"了两声说："陈老师太温柔了。"

邵越听着这话，隐约觉得哪里不对，但一时间又想不出原因。

两人急匆匆地回到了院子。

徐松妻子，也就是童淑宁听到声响后看了过来，紧张地问："这是怎么了?"

"掉池塘里了,"陈陆南道,"童老师,有热水吗?"

"有有有,"童淑宁道,"来,我带你先去浴室。"

颜秋枳进浴室后,第一时间漱口。

她要难受死了!

其他的都不是重点,重点是她嘴巴里全是池塘水的味道,又脏又腥。

她自己都嫌弃自己。

刷了好几次牙之后,颜秋枳才终于给了自己一点心理安慰。

她看着镜子里妆容全毁、头发又湿又脏的自己,无比后悔。

她就不该嘚瑟!

没一会儿,童淑宁给颜秋枳找了她的衣服过来,她的衣服都整理成一包一包的,倒是好找。

颜秋枳接了过来,童淑宁催促着:"快洗澡,别感冒了。"

"好,谢谢童老师。"

童淑宁一笑,道:"没事。"

颜秋枳足足在浴室里待了快一个小时才出来,她真觉得自己全身都脏。

主要是池塘里养了鱼,腥味很重。

闻了闻自己身上味道没那么重之后,颜秋枳才出来。

她刚出来,便看到了站在门口的穆欣。

"秋枳姐,对不起对不起,我不是故意的。"穆欣抓着她的手道歉,眼眶都红了。

颜秋枳一愣,错愕不已:"没事没事。"

她安慰着穆欣:"没关系的,是我没站稳。"

"真的吗?"

"真的。"

颜秋枳拍了拍她的脑袋说:"我还借机提前洗澡了呢,这是我的福利。"

穆欣瘪嘴。

把穆欣安慰好后,颜秋枳回房间去换衣服。

她刚进房间把镜头给挡住,门外便传来了敲门声。

她一愣,直接开门。

"穆——"她惊讶地看着面前的男人,见他身上没麦,也就大胆了点,"你怎么过来了?"

陈陆南微垂着眼看她,见她的脸干干净净的,还泛着红晕,穿着柔软的家居服,脖颈上红了一大片。

他皱了下眉:"脖子怎么了?"

颜秋枳低头一看，"啊"了一声说："腥味太大了，我搓的。"
"……"
陈陆南头疼，把手里的东西递给她："姜茶，喝了。"
颜秋枳撇嘴："谢谢。"
她当着陈陆南的面喝完，把碗还给他。
但陈陆南站在门口没走，颜秋枳狐疑地看他："还有什么事？"
她对着陈陆南眨了眨眼，暗示意味十足——她可不想在节目里曝光两人的关系。
陈陆南自然能看懂她的眼神暗示，他顿了一下，上下打量她一眼："确定没受伤？"
"没有。"
颜秋枳点头。
她盯着陈陆南看了一眼，瞳眸里有少许的笑："怎么，你是不是怕我受伤了你回家不好交代？"
陈陆南没说话，盯着她看了两眼："穿好衣服下楼。"
"……"
颜秋枳撇嘴，不太开心地说："我感觉我嘴巴里全是那个池塘水的味道，好难闻。"
陈陆南顿了一下，听着她这娇娇软软的嗓音，喉结滚了滚。
"然后呢？"
颜秋枳眼珠子转了转，瞅着他看："想要点别的。"
陈陆南刚想说话，楼梯口响起了脚步声，他敛眸，还没来得及说话，颜秋枳便先往后退了两步，手扶着门把，一脸认真道："谢谢陈老师的姜茶，我换了衣服就下来。"
陈陆南看着她表演。
邵越在楼梯口，喊了声："秋枳没事吧？"
"没事。"颜秋枳说完，喷嚏就出来了。
两人对视一眼，陈陆南眉头紧锁，语气重了两分："去穿衣服。"
"哦。"
颜秋枳小声念叨："感冒了也不会传染给你，你那么嫌弃干吗？"
她踹了一下陈陆南的脚，继续道："我感觉我肚子里全是池塘的水，不舒服。"
陈陆南："……"
等颜秋枳换好衣服再下楼的时候，菜已经煮得差不多了。
大家纷纷关心她的情况，颜秋枳安慰大家说没事，这才到一旁坐下。

坐下后，颜秋枳还是不太放心。

她摸出手机搜索了一下，然后发给陈陆南。

陈陆南正在厨房帮忙，手机振动的时候，徐松还特意看了他一眼："你的手机怎么一直在振动，是有什么着急的事情吗？"

陈陆南大概知道是怎么回事，声音低沉："我看看。"

他看了一眼收到的消息，是颜秋枳发来的几个截图，关于喝了池塘水的后果，还问会不会有寄生虫之类的。

除了截图外，还有颜秋枳大哭的表情包。

陈陆南转头，从窗口往外看了一眼，恰好对上颜秋枳那可怜兮兮的眼神。

难得，他心念一动。

陈陆南顿了一下，给颜秋枳发消息：【要什么？】

颜秋枳：【奶茶和蛋糕，只有奶茶和蛋糕才能把我嘴巴里的味道消散，让我的嘴巴变得甜甜软软的。】

陈陆南：【。】

颜秋枳看到陈陆南不回消息，委屈又可怜。也不知道今天还能不能喝到奶茶。

她想着，默默往嘴巴里灌水。

继续给陈陆南发消息：【你是不是不管你老婆的死活了？我就知道你嫌弃我，是不是看我掉池塘里脏了，然后想要去抱其他香香美美的小姑娘了？】

颜秋枳：【我早就看透你了，你就是这样无情无义的男人。】

颜秋枳：【大哭大哭大哭大哭大哭……】

十分钟后，颜秋枳收到冷漠男人的回复：【把麦关了，来楼上。】

第 4 章
镜头下的你来我往

颜秋枳顿了一下,诧异了几秒,她从未想过陈陆南会发这种消息给她。

但转念一想,又觉得他可能是被自己烦着了。

就像上次拿外卖一样,陈陆南偶尔还是会给予她一些纵容的。

纠结了几秒,颜秋枳从椅子上站了起来。

她瞥了一眼镜头,思索自己要怎么不动声色地回到楼上,还要避开镜头,把麦给关了。

在这个院子和屋里的时候,是不会有摄影师跟着的,这点相对较好。

她面上淡定,刚要进屋,邵越便从里面出来了。

"秋枳,去哪儿?"

颜秋枳脚步一顿,看向他:"回楼上拿点东西,怎么了?"

邵越"啊"了一声:"没事没事,你去吧。"

他的篮子里装着一些四季豆。

颜秋枳看了一眼:"是不是要择菜?我可以晚点再去。"

邵越点头:"不影响吗?"

"不会。"

颜秋枳想也不想地说。

邵越一笑,指着外面说:"那去那边择菜吧,有小板凳。"

"……好。"

两人找了小板凳坐着,四季豆不少,颜秋枳其实不太会择,她瞥了一眼邵越,这才跟着做了起来。

她动作快,像是在赶什么着急事一样。

正低头弄着,邵越和她说话。

"没想到我们还能在节目里遇见。"

颜秋枳微微一笑:"嗯。挺巧的。"

邵越隐约觉得这话有点耳熟,他看着颜秋枳的动作,她的手指很细很修长,娇嫩白皙,指甲没有涂抹任何颜色,只保留着最原本的淡粉色,格外的漂亮。

他敛了敛眸,目光落在她脸上。

颜秋枳洗过澡之后,只涂了点护肤品,其他的全都没弄,但她天生丽质,近距离看着香娇玉嫩,会让人不由自主地把目光停在她脸上。

莫名其妙的,邵越怔了片刻。

蓦地,颜秋枳问了声:"除了四季豆还有什么吗?"

邵越回过神来,声音里带着点笑,温和道:"应该没有了,我去问问徐老师他们。"

"好。"

颜秋枳继续择剩下的十几根豆角,择着择着,突然感觉有点不对,好像有人在看她一样。

她下意识地抬了下头。

一抬头,便对上了一双浅色瞳仁。

那双漂亮的眸子里没有太多的情绪外露,隔得太远,颜秋枳也看不到他眼底有什么情绪。

但莫名其妙的,她有片刻的紧张。

这狗男人看了多久了?

他该不会是看到自己和邵越说话了吧?不对,说话也没事啊,她又没和邵越做什么暧昧的事情。

她为什么要紧张?

正想着,徐开实喊了句:"阿南,电话打完了吗?"

陈陆南低低应了一声:"嗯。"

他没在楼上多停留,径直下楼了。

颜秋枳低下头,垂着眼继续择菜。

择好后,穆欣提议说:"厨房我们帮不上忙,秋枳姐我们要不要来打羽毛球?"

院子很大,足够她们发挥。

颜秋枳扑哧一笑,点头答应:"好啊。"

穆欣兴高采烈地去拿羽毛球拍出来,两人在镜头下慢悠悠地打着。

*

徐松在窗户边看着,和旁边的陈陆南讨论。

"年轻真好。"

陈陆南看了一眼。

徐松笑看他:"你也是年轻人,要不你别在厨房给我帮忙了,也去打球吧。"

"不用。"

陈陆南声音低沉道:"我跟您学习学习。"

徐松一笑,调侃道:"学了你也没时间做。"

陈陆南笑了一下。

徐松看了他一会儿,突然说:"你和之前有点不一样了。"

陈陆南挑眉。

徐松和他唠着嗑:"不知道怎么评价,但你现在这状态比之前好了点。"

他"嗯"了一声:"徐老师谬赞。"

"不是谬赞。"

徐松道:"你问粉丝,应该也会有这个感觉。"

他沉思了会儿,总算想到了陈陆南是哪儿不一样了。

"你现在好像多了点平凡人的感觉,不是贬义词。"

以前的陈陆南太清冷孤傲了,他永远笑不达眼底,脸上挂着冷淡疏离的微笑,无论是对谁,他都像是一个没有感情的机器一样,几乎没有事情可以让他情绪有波动。

现在虽然也不多,但至少徐松感觉他偶尔会有。

两人在屋子里聊着,徐松瞅了外面好几眼,道:"穆欣挺可爱的。"

陈陆南没吭声。

徐松一一点评,说到颜秋枳的时候,他看了一眼陈陆南,道:"我感觉秋枳和你有点像。"

陈陆南稍稍一顿:"怎么说?"

徐松看人向来很准,他盯着颜秋枳看了会儿:"她和你是一类人,对什么都不是很在乎,随性,但实际上又应该是在乎的。"

更准确来说是孤僻,这两人都是表面上能和所有人融入在一起,其实别人走不进他们的内心,但他们又渴望得到关注。

这大概就是两人都会选择做公众人物的原因。

陈陆南没吭声,侧目看了一眼在外面打球的人,活跃、年轻、漂亮、性感,是大家给她的评价。

他敛了敛眸,收回目光。

"徐老师可以改行了。"

徐松轻笑:"大概可以。"

打了会儿球后,厨房里飘出阵阵香味。

颜秋枳摸了摸自己发出饥饿声音的肚子，和穆欣商量着休息。

两人放下羽毛球拍，转而去厨房帮忙端菜。

一盘又一盘的，每一份看着都色香味俱全，香味浓郁，把人的食欲都给勾了出来。

颜秋枳激动不已。

她之前看综艺，隔着屏幕都能看饿，更别说是现在。

一行人坐下，感谢徐松，凑在一起边吃边聊，氛围很是热闹。

客人的位置都安排在中间，陈陆南是最中间的，旁边一侧是颜秋枳，另一侧是邵越和穆欣。

颜秋枳和陈陆南除了那几条信息之外，基本上没有其他的交流。

到这会儿坐下，才算是真正的有了触碰。

两人位置靠得很近，抬抬手都能碰到旁边的人。

颜秋枳低头吃饭，陈陆南偶尔会被点到说话，他声音低低沉沉的，沙哑又性感。

颜秋枳坐在旁边听了会儿，不得不感慨——陈陆南除了性格怪之外，其他都是完美的。

如果他不惹自己生气，就这个声音、这张脸，还有这身材……颜秋枳也愿意一直对他和颜悦色。

甚至还愿意和他生活在一起。

她正听得入神，猛然间听到了自己的名字。

"秋枳。"

"啊？"

颜秋枳抬眸，看向徐松："徐老师，怎么了？"

徐松温和地笑笑，看她："菜还合胃口吗？"

颜秋枳猛地点头："非常好吃。"

她有点不好意思地说："我之前在家也会看我们节目，每次都被徐老师您做的菜馋得饥肠辘辘。"

周围人了然一笑。

徐开实问："那会点外卖吗？"

"偶尔会，但是少，"颜秋枳说，"吃了会长胖，上镜不好看。"

"怎么会？"邵越道，"秋枳太瘦了，应该多吃点。"

穆欣连忙放下手里的东西："秋枳姐是完美身材，该有的都有。"

她委屈巴巴道："不像我。"

大家哄然大笑。

颜秋枳的脸瞬间红了，她张了张嘴，不知道该说点什么。

想着，她碰了一下陈陆南的腿，发去求救的目光。

陈陆南佯装没看见，自顾自地吃饭。

颜秋枳欲哭无泪，还好童淑宁拯救了她。

"大家都有大家的好，秋枳和欣欣走的路线不一样，"童淑宁看着颜秋枳说，"秋枳最近在拍什么戏吗？"

颜秋枳摇头："刚杀青没多久。"

童淑宁点头，看了她一会儿说："我对你特别感兴趣。"

"什么？"

徐松帮自己的老婆解释说："她最近在筹备一部个人纪录片，看到感兴趣的人都想了解了解，秋枳要是有意向，可以和她多聊聊。"

颜秋枳呆呆愣愣的，点了点头："好，谢谢两位老师。"

吃过晚饭后，大家凑在一起玩游戏。

节目里的游戏都是很有意思的，颜秋枳因为看过很多次，所以大部分游戏都能第一时间猜出来。

她参与感不是很强，大多数时候都安安静静地坐在旁边，只有点到她，她才会出声说话。

玩到十二点的时候，徐松和童淑宁熬不住了，要先去睡觉。

颜秋枳其实也有点困了，她感觉自己不是很舒服，眼皮在打架。

正想着，穆欣热情道："我们来打牌吧。谁输了往谁脸上画东西，怎么样？"

颜秋枳感觉这游戏估计得玩到两三点。

想着，她从桌子下戳了戳陈陆南的腰。

几个人都盘腿坐在长方形的茶几周围，颜秋枳和陈陆南隔着点距离，但也是在旁边。

一下，陈陆南没反应。

两下，还是没反应。

颜秋枳听着周围答应的声音，开始着急地在他身上写字。

陈陆南动了下眼皮，手往下放，在没人注意的时候一把抓住了颜秋枳那乱动的手。

"不了。"

穆欣正说得起劲，突然听到一个拒绝的声音，她一愣，错愕地看了过去。

陈陆南不紧不慢地从位置上站了起来，声音低沉："太晚了，早点休息吧。"

他看了一眼徐开实："徐老师已经在打瞌睡了。"

众人扭头一看，还真是。

徐开实为了陪他们，这会儿已经撑着头睡着了。

穆欣点了点头，连忙道："抱歉抱歉，现在几点了啊？"

"十二点半了。"

邵越："那睡觉吧，下午也辛苦半天了。"

"对对对。"

没一会儿，大家便都回了房间休息。

颜秋枳换了睡衣，楼下的摄影师也全都撤走了。

她打了个哈欠，躲在被子里想了想，给陈陆南发了个消息。

颜秋枳：【谢啦。】

陈陆南：【嗯。】

颜秋枳看着自己和陈陆南的冷淡对话，正想着是关手机睡觉，还是再说一句什么，手机又是一振。

陈陆南：【明天早点起。】

颜秋枳：【？】

颜秋枳：【要做什么？】

陈陆南：【奶茶。】

颜秋枳眼睛亮了起来，刚想再说点什么，陈陆南已经催促她睡觉了。

她放下手机，唇角往上翘了翘。

穆欣从洗手间回来，迷迷糊糊地问了句："秋枳姐你睡了吗？"

"打算睡了。"

穆欣抱着被子蹭了蹭，软声说："晚安。"

"晚安。"

一夜好梦。

颜秋枳做了个梦，梦里也是在一个节目里，陈陆南和她一起。

两人躲开了摄影师的镜头，藏在一个柜子里。

莫名其妙地，两人亲到了一起。

梦里的陈陆南，比现实里的温柔很多，他吻着自己的唇角，把她往他怀里带。

逼仄的空间里，两人气息交错着，缠绵在一起。

他口腔里的味道清冽，让她喜欢。颜秋枳很喜欢和他接吻，总觉得这个时候，他是不一样的。

外面传来了摄影师的叫喊醒，在呼唤他们两人。

陈陆南一手拉着柜子门，一手扣着她的腰肢亲着，在她唇上流连忘返，辗转厮磨。

……

正当两人还要进一步的时候，颜秋枳放在枕头下的手机一振。

她猛地睁开眼。

手忙脚乱地把手机调成静音后，颜秋枳撑起被子躲了进去。

她疯了吗，为什么会做这种梦？

而且还是在录节目，和陈陆南躲在柜子里……

颜秋枳看了一眼时间，才不到八点。

手机里有陈陆南发过来的消息。

颜秋枳蹑手蹑脚地起床，然后下楼。

到了楼下，陈陆南一个人在厨房里，外面有摄影师，但没有进屋。

她素颜出镜，往厨房走了过去。

"其他人呢？"

"两位老师出去散步了，其他人还在睡。"

颜秋枳看他："那我们——"

陈陆南看她一眼："有没有不舒服？"

"一点点。"

她大概是没睡好，头有点痛。

陈陆南"嗯"了一声，没在镜头前做什么特别的举动，"想不想出去走走？"

颜秋枳想了想，看了一眼镜头："要等其他人吗？"

"不用。"

颜秋枳还想说点什么，陈陆南道："我们先去。"

"……"

换了一套休闲服出来后，两人往外面走。

颜秋枳走了一段，才后知后觉地发现了点什么："摄影师没跟过来？"

"嗯。"

颜秋枳惊讶地看他。

陈陆南淡淡道："沟通过。"

颜秋枳还想多问，陈陆南已经继续往前走了。她扬扬眉，突然觉得嫁给陈陆南这种有权势的人还是有好处的，这都能沟通下来，虽然不知道他是怎么说服的。

两人往村庄外面走，颜秋枳看着陈陆南的架势，愣了一下："我们要出去？"

陈陆南："不是要喝奶茶？"

颜秋枳一怔。

他打开车门上车,道:"村里没有,也没材料。"

颜秋枳听着他这不冷不热的语调,却突然感受到了一丝丝不一样的感觉。

好像……是偏宠。

"这么早去买会开门吗?"

陈陆南看她一眼:"徐老师说镇上今天很热闹,去看看。"

"……哦。"

颜秋枳有点儿心虚,又有点儿窃喜。

她压了压自己那要上扬的唇角,看向他说:"那我就原谅你昨天嫌弃我的事了。"

陈陆南顿了一下,声音沉沉道:"谢谢。"

到镇上后,颜秋枳看着热闹的街道,还挺好奇的。

镇上人很多,特别是早晨的时候,路边还有很多卖蔬果的爷爷奶奶叔叔阿姨,菜和水果看着特别新鲜。

街边的早餐店也飘来了香味,她又饿了。

颜秋枳转头看了两眼,街边很多小店都开着,让她有种熟悉又陌生的感觉。

她正走着神,没听见陈陆南和她说了什么。

等颜秋枳回过神来的时候,陈陆南已经不见了。

她愣了一下,站在原地张望着。

两人都是公众人物,颜秋枳不可能直呼他的名字,她早上迷迷糊糊的还忘了带手机。

她皱了皱眉,下意识地往前走。

人来人往的街道,颜秋枳看到的每一张脸都是陌生的。

她紧锁着眉头,随着人流往前走。

走了好一会儿后,手腕突然被人握住。

颜秋枳惊恐地抬头,对上了陈陆南的眸子,那里多了点别样情绪。

他看了一眼颜秋枳,像是松了口气,低声道:"跟紧我。"

颜秋枳:"……嗯。"

两人去买了材料,其实只有奶油和炼奶,茶叶和牛奶院子里有。

颜秋枳喜欢珍珠奶茶,总觉得没有珍珠的奶茶是没有灵魂的。

买好后,两人本打算回去的,但鼻息间的香味真的太浓了。

颜秋枳想了想,拉了一下陈陆南的衣服。

陈陆南低头。

颜秋枳眼睛里全是渴望,问:"我们要是吃了早餐再回去,是不是有点过分?"

陈陆南一般不会回答这种问题,他问:"要吃什么?"

颜秋枳:"牛肉粉。"

两人在外面转悠了一个多小时才回去,其他人依旧没起。

徐松和他妻子在院子里喝茶看书。

看到两人回来后,徐松笑了笑问:"买到了?"

陈陆南颔首。

徐松道:"阿南会做吗?"

"不会,"陈陆南看他,"需要徐老师指导。"

徐松和妻子对视一眼,含笑说:"行。"

四个人在厨房折腾着,陆陆续续有人起来了。

穆欣惊喜不已,看着煮出来的奶茶惊呼:"天呐,是谁提的要求喝奶茶?这也太幸福了吧。"

"你们年轻人肯定喜欢,"童淑宁一笑,"我们没做过,正好尝试尝试。"

穆欣点头:"那我们也太幸运了。"

颜秋枳捧着珍珠奶茶喝着,口腔里全是浓郁的奶香味,喝了小半杯后,颜秋枳觉得自己肚子里那些池塘水全被奶茶给稀释了,也不担心寄生虫之类的了。

一行人是中午离开的。

离开之际,多有不舍。

颜秋枳还挺想留在这儿住一段时间的,但不太可能。

一行人抵达机场,回程的航班都一样,四个人一起,还挺引人注目的。

颜秋枳和穆欣聊了会儿,偶尔和邵越说两句,但和陈陆南说得少之又少。

她刻意在避嫌,至于陈陆南……本身就冷漠,和谁都没话说。

上了飞机后,颜秋枳觉得自己的头好像更晕了。

大概是睡得晚起得早的缘故,她伸手揉了揉太阳穴,戴上眼罩睡觉。

一路睡到下飞机,珠珠昨天临时有事提前回来了。

邵越看向颜秋枳:"秋枳,有人过来接你吗?"

颜秋枳点了点头:"有的。"

邵越一笑,浅声道:"那我先走了,下次见。"

"好。"

没一会儿,穆欣公司也有人过来了。

人走后,这边就只剩下颜秋枳和陈陆南,外面粉丝多,他们是走VIP通道出来的。

颜秋枳正张望着，手机铃声响起。

她看了一眼，接通："喂，萌姐。"

"我在机场，出来了？"

颜秋枳应了一声，看向陈陆南："萌姐来了，我先走了。"

陈陆南"嗯"了一声。

颜秋枳顿了一下，转头看他："王康应该来接你吧？"

陈陆南点头。

颜秋枳看了一眼，没再管他。

上车后，萌姐转头看她。

"感觉怎么样？"

"挺好的，"颜秋枳靠在车窗上说，"就是遇到了点特别的事。"

"什么？"

颜秋枳道："我在池塘里摔了一跤，好丢脸啊。"

萌姐："……"

颜秋枳阖着眼道："萌姐，你来接我有什么事吗？"

萌姐转头看她："有。"

"什么？"

萌姐一笑，递给她一份合同。

"看看这个，有没有兴趣。"

颜秋枳低头一看，是一份代言合同。

她怔了几秒，错愕地看着萌姐："迪家的？"

"当然，"萌姐道："那边前段时间就跟我交涉过，要了你的资料，但一直没定下来，现在总算是选出来了。"

她看着颜秋枳说："今晚一起去吃个饭见个面，顺便把合同签下来。"

颜秋枳晃了晃手里的合同："现在这份不算？"

"还没签字就不算，"萌姐说，"人家有这个意向，我看上面有些内容不是很合适，晚上再去谈谈。"

"好。"

萌姐看着她，难得夸了句："没想到迪家会找你。"

她说："虽然我知道你向来运气不错，但迪家的分量，是其他品牌不能比的。"

就拿上次的安家来说，这两个品牌完全不在一个档次。

安家只能算是轻奢，而迪家却是真真正正有几百年历史的奢侈品牌，更重要的是，口碑也很好。

拿下这个代言，颜秋枳的身价以及以后接广告的价位也都会水涨船高。

晚上，颜秋枳回家后吃了点药，休息了一两个小时，才忍着头疼洗漱一番，换了套衣服出门。

萌姐亲自过来接她，两人一同过去，见面吃饭的地方在一家私人会所，这家会所在A市小有名气，私密性极好，能来这里的人也都非富即贵。

最重要的一点是，这里从不担心遇见狗仔。

颜秋枳来过这里，对这里并不是很陌生。

她抬眸看了一眼会所，从外面看，一如既往的热闹，且有种金碧辉煌的奢靡感。

两人说明来意后，侍应生领着两人过去。

颜秋枳今晚穿的是一条高腰长裙，无袖款，外头搭了一件深色大衣。

她身形好，什么衣服都能驾驭。

她一进包厢，不少人的目光便落在了她身上。

互相介绍认识后，颜秋枳和萌姐坐下，没一会儿，迪家的总监也过来了。

众人起身，一抬眼，颜秋枳便看到了一张熟悉的脸。

她怔了几秒，快速稳住了思绪。

席间，迪家的负责人对颜秋枳态度颇好，算不上热情，但也彬彬有礼。

言语间，都颇有"大家风范"。

合作谈得顺利，没一会儿，合同便签了下来。

颜秋枳抬眸看向他们："谢谢，合作愉快。"

对方一笑，握了握她的手："合作愉快。"

……

后续的席间，颜秋枳也不知道是头疼还是什么原因，有点心不在焉。

吃得差不多后，她借机去洗手间。刚从洗手间出来，颜秋枳便碰上了迪家其中一位负责人。

两人对视一眼，颜秋枳先笑了出来。

"姜定哥。"

姜定倏然一笑，伸手拍了下她的脑袋："我们颜颜厉害了。"

颜秋枳扑哧一笑，看着他："我开始还以为自己看错了。"

一开始，看到姜定的时候，她怀疑过自己是不是认错了，但一想到前段时间姜定给她打的电话，颜秋枳瞬间就确定了下来。

没有认错，过来和她谈合作的人之一，就是姜定，是她小时候在乡下的那个表哥。

姜定的妈妈和颜秋枳的妈妈是姐妹，虽然不是同父同母，但也的确是有血缘关系。

她和姜定自然也是有血缘关系的兄妹。

她十几岁的时候被接回颜家，从此再没有和姜定见过面。

现在，两人都已长大成人了。

"怎么会，"姜定一笑，"之前一直没和你见面，是怕不太好。"

颜秋枳想了想，瞬间懂了。

她看着姜定，小声问："这是你给我走的后门吗？"

"不是，"姜定摊手，"你哥还没这个能力，这就是投票选出来的，"他开玩笑说，"要说我给你走后门，那大概也是一张票而已。"

颜秋枳被他逗笑。

"过几天有时间吗？"

颜秋枳看他。

姜定说："快过年了，陪你哥吃个饭？"

"好啊。"

颜秋枳接下来只有后天有一个颁奖典礼，结束后就等过年后才开始工作了。

两人约好后，一前一后回了包厢，直到饭局结束，都没有多余的交流，他们得避嫌。

等迪家的人走后，颜秋枳刚要和萌姐离开，手机突然响了起来。

她低头一看，愣了一下。

萌姐看她："怎么了？谁的电话，不接吗？"

"朋友的。"

颜秋枳接了起来："喂？"

陈陆南的声音低低沉沉："要不要上来？"

"啊？"

陈陆南道："我和姜臣他们在楼上，他们问你要不要过来。"

颜秋枳的嗓子有点哑，直接拒绝："不了，我让萌姐送我回去了。"

下午到家的时候，颜秋枳就收到了陈陆南的消息，说有公事，大概要晚上才回去。

她没在意，只是没想到陈陆南也会在这家会所。

拒绝陈陆南后，颜秋枳看向萌姐，打消了她打探消息的念想："我一个朋友，正好在这边谈事。"

萌姐看她不愿意多说的样子，倒是没多言。

姜臣瞅着陈陆南挂断电话的模样，轻笑了一声："颜颜拒绝你了？"

陈陆南瞥了他一眼。

姜臣耸肩："我看你的表情就知道。"

程湛在旁边抽烟，掸了掸烟灰，揶揄道："姜臣，你怎么回事？阿南被他老婆拒绝又不是一次两次了，有什么好调侃的？"

姜臣睨了他一眼，嗤了一声。

他们都半斤八两。

陈陆南懒得和这几个人废话，懒散地坐在旁边沉默不语。他们几个人还真有合作要谈，聊着聊着，程湛转头看向陈陆南："你们那电影怎么样了？"

陈陆南掀了掀眼皮："快了。"

程湛点头："女主定了？"

"没有。"

程湛一笑，半眯着眼说："给你提个醒，有人想要女主角色，找到我这儿来了。"

闻言，陈陆南低低一哂。

他坐了会儿，突然起身："先走了。"

"怎么？"姜臣看他，"这么早回去干吗？颜颜都拒绝你了。"

陈陆南淡漠地看他一眼，起身离开。

他到家的时候，屋子里黑漆漆的。

陈陆南皱了皱眉，刚开灯就看到了躺在沙发上的人，整个人蜷缩起来，跟小婴儿一样的姿势。

他顿了一下，走近。

刚弯腰靠近，他的衣服就被颜秋枳给攥住了，低喃声随之落下："妈妈，不要……不要走……"

颜秋枳到家后，头好像更痛了。

她拖着沉重的步伐，衣服也没换就往沙发上躺。

她伸手摸了摸额头，思忖了几秒，拿起手机想给陈陆南发消息。

但打了几个字后，又放下了。

她口渴，想去喝水，可又懒洋洋的，连抬起手的力气都没有。

大约是太久没有发烧感冒了，这一下有种气势汹汹的感觉，直接把她击倒了。

半梦半醒间，颜秋枳的眼前浮现出很多人，有妈妈，还有小时候的邻居，还有以前家里养的小猫，还有很多很多熟悉的不熟悉的人……到最后，竟然还有陈陆南。

颜秋枳皱了皱眉，不能理解自己为什么又梦到陈陆南了。

明明这人之前从没有出现在自己梦里，最近怎么来得这么频繁？烦人。

颜秋枳伸出手，下意识地想把梦里的这人给挥开，她不要陈陆南，她要妈妈。

……

陈陆南低头,听着她在耳畔的低喃,眉心紧锁。

他稍稍一顿,刚想把她抱起来,颜秋枳却再次伸手,直接抱住了他,还往怀里蹭了蹭。

屋内的灯光从明亮的白炽灯调换成了昏暗的暖色调,是最适合入眠的那种,让人的神色隐蔽于夜色之下。

他顺势到旁边坐下,并没有拉开颜秋枳的手。

陈陆南伸手,摸了下她的额头。

在发烫。

他没改变姿势,直接打了个电话。

"在哪儿?"

傅言致嗓音清冽,即便是在夜晚,也一如既往的清醒。

"怎么?"

"颜颜发烧了,"陈陆南道,"你过来看看。"

闻言,傅言致冷淡道:"发烧了你应该送她去急诊。"

陈陆南这边的气压低了些许,他不耐烦地说:"快点。"

傅言致一笑:"多少度?"

"很烫。"

傅言致顿了一下:"先量体温,我现在过来。"

"嗯。"

傅言致到的时候,颜秋枳已经烧到快39℃了,他看了一眼,低声问:"怎么回事?"

陈陆南:"录综艺落水了。"

"就这几天?"

"嗯。"

傅言致皱了下眉:"你没去?"

陈陆南没吭声。

他也不多说,把自己从楼下买的药递给他:"先给她吃下,今晚看看情况。"

"嗯。"

"有事给我打电话。"

陈陆南看他:"你不是单身?"

……?

傅言致觉得大概是深夜了,他的脑子竟然一瞬间没转过来。

几秒后,他指了指道:"你的意思是让我睡客房,等颜颜没事了才准我这个外科医生离开？"

陈陆南没说话，但意思很明显。

他是这样打算的。

傅言致难得看他这样，沉默了几秒道："勉为其难帮你这个忙。"

"谢了。"

傅言致"嗯"了一声，往一楼客房走去："有什么事直接喊我。"

"知道。"

等傅言致进了客房后，陈陆南弯腰把颜秋枳抱上楼，放到床上后，他才起身下楼接水，顺便把药也拿了上来。但颜秋枳吃药不怎么配合，她怕苦，更何况是在生病，还有点任性。

陈陆南扶着她起来吃药，颜秋枳的唇碰到他的掌心好几次，就是不肯把退烧药吃下去。

"颜颜，"陈陆南声音低沉，"把药吃了。"

"不要，"颜秋枳这会儿也清醒了些许，挪开脸道，"不想吃药。"

她跟陈陆南撒娇："我睡一觉就好了，我不吃药。"

陈陆南心念一动，有句话到了嘴边，又压了回去。

"吃了才会好。"他低声哄着。

"好苦，"颜秋枳瘪嘴，和小孩子无异，"我不要。"

陈陆南从没想过生病的颜秋枳会这样，他耐着性子，低声说："不会苦，吃完药，有甜的东西给你。"

"什么甜的？"

陈陆南哑口，低头亲了亲她的唇角，刚要说话，颜秋枳便问："是蛋糕吗？"

"嗯。"

陈陆南道："吃完药有蛋糕。"

"好。"

颜秋枳张嘴，把药吞了下去，眉头全都皱了起来。

陈陆南给她灌了点水，她才舒服了点，但傅言致丢给他的除了退烧药之外，还有一包感冒冲剂。

"把这个喝了。"

颜秋枳半睁开眼看着黑乎乎的东西，想也不想地拒绝："不喝。"

说着，她慢慢往下缩，整个人要躲进被子里去。

陈陆南耐心告急，扣着她的后脑勺把药直接灌了下去。

颜秋枳咳了两声，刚想骂人，嘴里就被塞了一颗糖。她眼皮一动，还没来得及反应，陈陆南又低头亲了一下她。

有那么几分钟，颜秋枳有点分不清这是梦还是现实了。

她那点小脾气瞬间被压了下去，下意识地往陈陆南怀里钻了过去。

……

翌日，颜秋枳醒来时头已经没那么痛了。

她翻了个身，刚想要动，便发现自己整个人都蜷缩在陈陆南怀里。

她怔了几秒，小心翼翼地把脚和手从陈陆南身上挪开，拉着被子往里缩了缩。

昨晚的记忆钻入脑海，颜秋枳记得并不是很清楚。

但她隐约感觉到，昨夜好像一直都有一个温暖的怀抱，把她圈得严严实实的，偶尔半梦半醒之间，还有一双手贴着自己的额头。她总觉得那是温柔的陈陆南，但想了想，颜秋枳又觉得那应该是自己的错觉。

陈陆南怎么可能那么温柔。

她纠结了几秒，刚想掀开被子起来，旁边的陈陆南却先动了。

颜秋枳身子一僵，转头看他："你醒了？"

陈陆南看她一眼："嗯。"

颜秋枳感受着他早起的冷漠，深深认为自己想的没错——昨夜温柔的肯定不是陈陆南，应该是医生，或者是他被人附身了。

她正想着，耳畔传来一句："感觉怎么样？"

颜秋枳一愣，连忙说："挺好的，头好像没那么痛了。"

陈陆南点头，进了浴室。

两人洗漱后下楼，颜秋枳看到桌上放着不少药。

她瞥了一眼就把目光挪开了，往厨房看："阿姨今天又请假了吗？"

"没有。"

颜秋枳刚想问，陈陆南便进了厨房。

她跟过去看了一眼，锅里煮了粥。

颜秋枳眨了眨眼，看着陈陆南拿着碗盛粥。

两碗小米粥上桌。

她张望了一下，看着桌上清清淡淡的两碗粥："我们今天只喝粥？"

陈陆南掀起眼皮看她："你不能吃其他的。"

"……"

颜秋枳噎住，刚想反驳，陈陆南便说："傅言致说的。"

瞬间，颜秋枳到嘴边的话被压了回去。

"他过来了？"

"嗯。"

颜秋枳有一点点印象，但记忆并不深。

她回忆了一下，问："你怎么不喊家庭医生过来？"

"太麻烦。"

颜秋枳听着，没忍住踹了他一脚："所以你就让傅言致这个外科医生来给我开感冒发烧的药？"

陈陆南没否认。

"傅言致现在住哪里啊？"

颜秋枳喝着自己嫌弃的小米粥，问了一声。

陈陆南说了个地方。

颜秋枳扬扬眉："还挺近的，是不是就在我们隔壁的隔壁那个小区？"

"嗯。"

颜秋枳"哦"了一声，没往深处想。

这一片都算是豪华小区，无论是别墅群还是高层，都挺高档的，傅言致看着也像是有钱的主，住那里也正常。

喝了小米粥后，颜秋枳懒洋洋地爬回沙发上休息，半躺着开始看电视。

她今天没工作，只有明天晚上有一个颁奖典礼。

颜秋枳半躺在沙发上和沈慕晴哭诉。

颜秋枳：【发烧了。】

沈慕晴：【让你老公亲亲就好，找我没用。】

颜秋枳：【……】

沈慕晴：【哈哈哈哈哈哈我还不知道你吗，找我干什么，想要我给你送啥？】

颜秋枳：【我早上只喝了一碗小米粥，陈陆南太抠门了，小笼包都不给我准备。】

沈慕晴：【嗯！然后呢？】

颜秋枳：【我现在躺在沙发上，眼前全是蛋糕、奶茶、火锅和烤肉，还有我们上次去吃的那个小龙虾……】

……

沈慕晴都要服了这个人。

她瞅着颜秋枳的信息，用脚趾头想也知道她是什么意思。

但很无奈，沈慕晴这会儿不在 A 市，她正在剧组拍戏。

思忖了会儿，沈慕晴继续给她发消息：【我在剧组拍戏，你来探班我带你去吃？】

颜秋枳：【太远了，我去了就不想回来。】

沈慕晴：【……你够了，我让人给你送？】

颜秋枳：【可以，找个能送到我家的人，这样陈陆南才不会把人赶

出去。】

　　沈慕晴：【你怎么不自己找人送？】

　　颜秋枳：【……陈陆南会骂我。】

　　沈慕晴要是相信她这个鬼话，她就不姓沈了。

　　话虽如此，为了给颜秋枳解嘴馋，沈慕晴还是很给力地给姜臣打了个电话，安排妥当后给她回了消息。

　　瞬间，颜秋枳开心了。她拿过一旁的遥控器，随便找综艺看着。

　　陈陆南从楼上下来，看到的便是颜秋枳半躺在沙发上看电视的画面。

　　他瞥了一眼不远处的电视机，是一个选秀节目，一晃眼的工夫，出现了大概五六个男生。

　　颜秋枳看得很是开心，她半躺着笑，眼睛弯弯。

　　大概是生病还没好彻底的缘故，她脸色还有点白，精神不济。

　　加上她本来就是冷白肤色，整个人看着病恹恹的，跟病美人一样。

　　"你吃药了？"

　　颜秋枳一愣，转头看他："……没有。"

　　陈陆南皱眉。

　　颜秋枳看向他："你帮我拿一下可以吗？"

　　"不可以。"

　　陈陆南毫不留情地拒绝。

　　颜秋枳哽住，也不生气："哦，那等我看完这一小段再去。"

　　她正在看小鲜肉呢，谁也别想把她的目光转开。

　　看着看着，颜秋枳问："对了，这个小帅哥是你们公司的？"

　　她看向陈陆南："你能不能帮我要个签名照？"

　　她挺看好这小鲜肉的，长得帅，会唱歌又会跳舞，虽然话少，但绝对能成为新一代男神。

　　陈陆南转头，把目光放在电视上出现的那张大脸上，沉默了几秒："不能。"

　　"……"

　　"为什么？"颜秋枳不明所以。

　　她瞅着陈陆南，有点不开心道："你也太小气了吧，我好歹也是你老婆，要个签名都不行吗？"

　　她小声念叨："我那天录节目的时候听到童老师说她以前很看好你，徐松老师还安排你们见面吃饭呢，我都没要求你带我去见他，就要个签名而已你都拒绝。"

　　颜秋枳躺在沙发上感慨："我果然不是你——"

话还没说完，面前落下一道人影，把颜秋枫的视线全都挡住了。

她皱眉："你干吗？"

茶几上放了一杯水和药，陈陆南脸色沉得吓人，嗓音低沉："把药吃了。"

颜秋枫："……"

她对着陈陆南目光，戾了两秒："哦。"

她弱弱地把药吃了，一张脸皱在一起。

"好苦，"颜秋枫艰难地吞咽下去，不太开心地说，"我怀疑你是蓄意谋杀。"

陈陆南："……"

他有时候是真不太懂颜秋枫的脑回路。

颜秋枫瞅着他："傅言致有没有说我什么时候可以吃重口味的东西？"

"一周后。"

颜秋枫叹了口气，趴在桌上道："他是不是帮着你报复我？"

陈陆南没说话。

颜秋枫在旁边碎碎念："那小蛋糕呢，什么时候可以吃？"

"太甜。"

陈陆南不紧不慢地说："影响药效。"

颜秋枫哽住，然后"哦"了一声："我搜索搜索。"

搜索完之后，颜秋枫默默放下了手机。

什么破说法，竟然说发烧期间吃蛋糕会加重胃肠道的负担，不利于疾病的康复。

颜秋枫有气无力地躺在沙发上，感觉生活没有了盼头。

她瞥了一眼电视，小鲜肉帅哥好像也对她没有吸引力了。

正丧气着，门铃声响起。

陈陆南看她一眼，起身去开门。

姜臣提着蛋糕出现在门口，热情地和他俩打招呼："颜颜，我来给你送蛋糕了。"

陈陆南低头，看到姜臣手里拿着的蛋糕后，毫不犹豫地把门关上了。

……

颜秋枫看着陈陆南，猛地眨了下眼："……你为什么要把他关在外面？"

话音刚落，门外响起了敲门声。

敲门声并不小，还有姜臣的声音传进来。

"陈陆南！"

"你为什么要把我关在门外？我不是来找你的，我是来找颜颜的。"

"快点给我开门！"

从这音调上，颜秋枳大概能听出姜臣的愤怒。

她转头看了一眼窗外，突然觉得阳光好像没那么刺眼了。

陈陆南没理会外面的声音，径直往沙发这边走过来。

他们家客厅很大，他走得不紧不慢，一脸淡定。

颜秋枳想，还好他们住的是别墅，姜臣怎么喊都不会有邻居投诉，不然这……大概要上社会新闻了。

她想着，没忍住笑了一声。

陈陆南的目光落在她脸上，颜秋枳笑起来很好看，特别是被逗笑的时候，她瞳仁里漾开着笑，眼睛弯弯，唇角上翘着，有点小得意的模样，简直就是一只小狐狸。

漂亮的小狐狸。

陈陆南敛眸，收回目光。

"你让他来的？"

颜秋枳一脸谨慎："怎么会？"

她收住脸上的笑："我一直都在这儿看综艺，我没给他发信息。"

她想着刚刚姜臣手里拿着的蛋糕，舔了舔唇道："我觉得应该是姜臣知道我生病了，特意过来看我的吧。"

说完，颜秋枳眼睛明亮地看向他："你去把人放进来，不然下次你有什么需要帮助的，他肯定不帮你。"

她道："而且他还带了水果呢，我们家冰箱没水果了，你也不让人送。"

"我想吃水果了。"

也不知道是哪句话戳中了陈陆南，不到一分钟，姜臣就进屋了。

他不是第一次来他们这边，陈陆南出国之前，姜臣和程湛几个人都来过一次。

他环视了一圈，总觉得这一次相较于上一次，屋子里好像多了点不一样的感觉。

但装饰应该是没有添加的，可就是比上回来让人觉得多了点温度。

"你为什么把我拦在外面？"

姜臣一进来就质问。

陈陆南面不改色，淡漠道："哦，手滑。"

姜臣："？？？"

颜秋枳在旁边憋着笑。

姜臣转头看向她："颜颜！"

"啊？"

颜秋枳看他。

姜臣道:"我好心来给你送蛋糕,你老公竟然这样对我,他是不是太不是人了?"

换作是其他时候,颜秋枳会很爽快地回答"是",但这会儿对着陈陆南的目光,昨晚他照顾自己的些许画面浮现在脑海中,她还是很懂得感激的。

她想了想,主动岔开话题:"你给我带了什么呀?"

"蛋糕,"姜臣道,"晴晴让我送的。"

颜秋枳喜笑颜开:"还有呢?"

姜臣瞅着她那双眼,傲娇道:"我听说你生病了,给你带了你喜欢的水果。"

闻言,颜秋枳眼睛亮了。

"谢谢,"颜秋枳主动上前,"我可以现在拆吗?"

"让你老公去给你洗。"

颜秋枳:"……"

没一会儿,颜秋枳坐在沙发上盘腿吃着水果,边把目光挪到蛋糕上。

她暂时不能吃,姜臣为了不浪费,自己吃了起来。

边吃,还不忘记问:"颜颜,要不要尝一口?"

颜秋枳眼睛里满是渴望:"……要。"

陈陆南:"……"

颜秋枳偷偷地瞥了一眼陈陆南,小声说:"吃一点应该没事的。"

陈陆南没吭声。

换作是其他事情,陈陆南如果不让颜秋枳做,她肯定会和他唱反调,越是不让越要做。

但在这件事情上,颜秋枳也不知道该怎么说——她就是觉得自己吃了有点对不起陈陆南,虽然不知道这种情绪到底是哪儿来的。

她眼巴巴地望着,是真的嘴馋。

人越是不准吃某些东西,就越是渴望。

其实平时她能控制住自己,但现在……看着那像是棉花糖一样的奶油,颜秋枳很想尝一口,一口就好。

客厅内安静了一会儿,陈陆南应了一声:"别吃太多。"

颜秋枳的眼睛亮了起来:"知道。"

她和姜臣坐在桌子两边开始吃,边吃还不忘记给沈慕晴发照片,报告进度。

陈陆南一开始在客厅坐着,后来王康打了个电话过来,他就接电话去了。

颜秋枳最初真的只想尝两口的,但陈陆南没在旁边看着,她就一次又一次地伸出恶魔之手，等发现的时候，她已经不知不觉地吃了两大块了。

……

"什么事？"

陈陆南到阳台处接电话。

王康道："陆哥，明天晚上的颁奖典礼，主办方那边想安排您给最佳男女主角颁奖，您觉得怎么样？"

陈陆南沉默了片刻，声音低沉："选出来了？"

"没有。"

王康道："只是那边需要先安排。"

陈陆南对这种事情没什么意见："随意。"

"好。"

王康继续汇报："还有一件事情，主办方那边问您明天能不能带个人一起走红毯？"

陈陆南："不能。"

王康噎住，哽了一下才说："是一位前辈，不是女艺人。"

他知道陈陆南的规矩，除非是同电影的主演，必须要整个剧组一起走红毯，否则不带女演员。

陈陆南"嗯"了一声："可以。"

王康："……"

这也是够善变的。

挂了电话回到客厅的时候，陈陆南皱起了眉头。

他看了一眼那差不多被吃完的蛋糕，目光转到颜秋枳身上。

颜秋枳的小心脏抖了抖，心虚道："我就吃了一块，其他都是姜臣吃完的。"

姜臣："没错，是我。"

陈陆南的神色冷了几分，并未理会两人的话。

他直接上了楼，颜秋枳和姜臣对视一眼。

"他是不是生气了？"

颜秋枳问。

姜臣想着陈陆南那脸色："……你看不出来？"

"看得出来啊。"

颜秋枳说："但我不懂他生气的点在哪里。"

"……"

姜臣瞅着颜秋枳半响，突然开始同情陈陆南了。

颜秋枳反应迟钝得让他都有点想敲开她的脑袋看看里面都装了些什

么了。

颜秋枳上楼的时候，姜臣已经走了。

他和陈陆南这熟悉的关系，也不需要特意打招呼，更何况他其实就是跑腿来看颜秋枳的。

颜秋枳往书房看了一眼，没人。

她又回卧室转了一圈，依旧没人。

她挑了挑眉，往楼梯口看了过去，陈陆南该不会是在三楼晒太阳吧？

她纠结了两秒，往楼梯口走去。

到三楼的时候，她还真看到了站在斜对面的人，陈陆南是个天之骄子，鲜少会有颓然的神色。

但不知道为什么，看着不远处的那个背影，颜秋枳头一回觉得他有点孤独。

说不上来那种感觉，总而言之，很怪很怪。

明明"孤独"两个字和陈陆南这种众星捧月的人一点都没关系才对。

冬日里的阳光很温暖，虽然有点刺眼，但照在身上特别舒服。

颜秋枳用手挡了挡阳光，喊了一声："陈陆南，你在干吗呢？"

陈陆南转头。

他在抽烟。

看到颜秋枳后，他皱了下眉，把手里的烟摁灭。

"你怎么上来了？"

"看看你呗，"颜秋枳说，"我还以为你气到离家出走了。"

"……"

陈陆南掀了掀眼皮看她。

"别过来。"

"为什么？"

颜秋枳脚步一顿，停在原地："……这也是我家。"

陈陆南的喉结滚了一下，嗓音低沉道："想吸二手烟？"

"……"

她抬起来的脚放下，顿了一下说："哦，那我离你远点。"

楼上有椅子，但颜秋枳刚吃饱，打算走两圈消化消化。

两人安安静静的，也不说话。

颜秋枳边走边刷微博，在热搜上看到了电视剧颁奖典礼参加的人员名单，还有节目单。

她抬眸看向陈陆南："你明天要参加颁奖典礼？"

"嗯。"

颜秋枳继续刷微博,她往下看,还看到了另一个熟悉的名字,林媛。
"你一个人走红毯吗?"
"不是。"
颜秋枳点点头,盯着"林媛"两个字看了会儿,其实这两个字很美,读起来有种书卷气和高贵典雅的感觉,但她怎么就喜欢不起来呢?
她直接略过,继续往下翻。
很巧。
关荷也参加。
她瞥了一眼,无聊的网友们又开始把她和关荷凑在一起进行比拼了。
上次红毯,颜秋枳完胜,这一回所有人都在猜测关荷可能会放大招,毕竟是安家的代言人了,身价跟着上涨,礼服应该也不会差。
恰在此时,颜秋枳刷到了网友的新爆料。
说关荷借到了迪家的礼服,有可能会和迪家合作了。
网友们大惊。
但也有理智的网友认为,只是一件礼服而已,迪家本就是奢侈品牌,每一次红毯晚会都会出借很多礼服,没什么好意外的。
颜秋枳也没太当回事,继续往下刷。
她看了两圈后,没看到自己感兴趣的爆料,刚要退出微博,手机振动了一下。
是珠珠发来的消息,一个截图。
颜秋枳点开一看,是关荷在一分钟之前发的。
【@关荷V:今天是开心的一天,得到了一个很棒很棒的好消息,还收到了我最喜欢品牌的礼服,明天穿给大家看,希望你们能喜欢。】
这微博一出来,不少粉丝开始在下面热情留言。
【啊啊啊啊啊啊我们姐姐最棒啦!】
【刚刚看了爆料,姐姐真的要代言迪家了啊?这也太棒了!姐姐太给力了。】
【哈哈哈哈哈哈关荷拿下迪家代言之后,我就想看看颜秋枳的粉丝怎么说自家正主高贵的,高贵到连丢几个代言,真是笑死人!】
……
颜秋枳看了会儿,微微一笑。
陈陆南转头看她:"笑什么?"
"看到一件好笑的事,"她转头看向陈陆南,"问你一个问题。"
陈陆南用眼神示意。
颜秋枳道:"别人欺负你老婆了,你帮我还回去呗?"

"……"

陈陆南顿了一下，挑眉问："怎么说？"

颜秋枳把手机塞给他看："关荷啊。"

她说："她不是每天拉踩我、欺负我吗？"

陈陆南看着那条微博，转头看向她："我没记错的话，后天迪家就官宣了。"

他说："代言人是你，还要我怎么还回去？"

颜秋枳一愣，惊讶地看他："你怎么知道？"

"程湛说的。"

"嗯？"

陈陆南言简意赅地解释："程湛和迪家关系不错，他昨晚顺口提的。"

颜秋枳："……"

她"哦"了一声，嘀咕着："没劲，还打算让你给我撑腰呢。"

陈陆南安静了须臾，问："还有什么？"

"啊？"

"不是要我给你撑腰？"陈陆南云淡风轻道，"还有哪方面需要帮忙？"

次日，头一天就炒得沸沸扬扬的颁奖典礼终于要开始了。

颜秋枳的公司本来给她借了一条礼服，但她说不用了，自己有准备。

抵达化妆工作室的时候，珠珠看了她一眼："颜颜姐，你的礼服呢？"

颜秋枳笑了笑："待会儿应该就会送过来。"

珠珠好奇地看她："你自己出马借的吗？"

"不是。"

"啊？"珠珠好奇，"买的呀？"

颜秋枳挑了挑眉，脸上挂着笑："也不是。"

珠珠不懂了，趴在一旁道："我想看看是什么样子的呢，关荷那边肯定一会儿就发照片了。"

颜秋枳想了想："不用怕，你要相信你颜颜姐好吗？不会被碾压的。"

她虽然也还没看到礼服，但她相信陈陆南的眼光。

昨天要陈陆南撑腰，颜秋枳其实没想好要他怎么帮忙，结果陈陆南拿着她的手机看了她两眼，突然问她关于礼服的事情。

公司给颜秋枳借的礼服其实也不差，只是看着相对累赘一点。

她个人不是很喜欢。

陈陆南听完后，安静了几秒，让她跟公司说退了，他让人送一条过来。

颜秋枳自然不会拒绝。

更何况是送礼服,她和普通人一样,喜欢漂亮裙子。陈陆南送过来的,必定会比公司借的好。

没一会儿,便有人过来了。

珠珠回头看了一眼,那人道:"颜老师。"

颜秋枳点了点头。

那人递给她们两个盒子:"这是有人托我们送过来的。"

"谢谢,"接过后,珠珠激动道,"是不是礼服?是不是?"

"应该吧。"

颜秋枳让珠珠拆开,自己坐在椅子上,任由化妆师在她脸上折腾。

突然,耳侧传来了珠珠的尖叫声。

"哇!"

"颜颜姐,你看!"

颜秋枳转头,先看到的是一套珠宝。

珠宝是珍珠款,项链和耳环是配套,晶莹剔透,圆润又光滑,有种说不出的质感。

很漂亮,很精致。

她愣了一下,还没来得及反应,化妆师问了句:"这不会是Polaris家出的春季新款吧?"

Polaris珠宝,也称为北极星珠宝公司,是国际知名的珠宝企业,很多豪门太太和小姐都喜爱这个牌子。

它每个季度都会出不同年龄段的新款,设计永远让人耳目一新,走在潮流前端,加上品质高,属于重金难求的那种。

颜秋枳之前也戴过他们家的珠宝,但都是以公司的名义借的。

Polaris其实很少出借珠宝给艺人,只有顶流,例如陈陆南那种人,才有可能借到。

那次,颜秋枳大概是运气好,借到了一对耳环。

当时还被网友夸上了天。

珠珠看了一眼:"就是啊,颜颜姐。"

她惊讶地看着颜秋枳:"这是借来的吗?"

颜秋枳想了想:"大概是吧,朋友借的。"

她收回思绪:"裙子呢?"

"超好看,"珠珠说,"是一条深V长裙,特别漂亮。"

颜秋枳看了一眼,也格外喜欢。

不得不承认,陈陆南的眼光是真的好。

颜秋枳努力拉回思绪,继续化妆。

趁着化妆师和珠珠没注意,她给陈陆南发了个消息。

颜秋枳:【裙子和项链都收到了,你借的?】

陈陆南:【不是。】

颜秋枳:【?】

陈陆南:【买的。】

颜秋枳:【……】

她看着陈陆南的消息噎住了半晌,只能在心里叹气,行吧,有钱的是大爷。

下午,关荷团队发的照片上了热搜。

她今天穿的是一条黑色主打的礼服,很有设计感,上半身搭配银色小亮片,事业线格外瞩目,再往下是露腰设计,展露出腰部曲线,再往下是半开的裙摆,大长腿若隐若现,性感撩人。

照片也拍得很是漂亮妩媚,格外吸睛。

颜秋枳从珠珠手里拿过手机看了一眼,下面的评论已经要破万了。

【我爱美女!!】

【天呐,我头一回知道什么叫"波涛汹涌",这上半身也太绝了吧。】

【啊啊啊啊啊关荷现在真的是越看越撩人了,我"死"了。】

【姐姐今天完胜,性感女王非你莫属了。】

【……为什么又买热搜?除了夸身材,团队是不是没什么好夸的了?】

颜秋枳把手机还给珠珠。

珠珠瞅着她的神色,小声问:"颜颜姐,害怕吗?"

颜秋枳睨了她一眼。

珠珠道:"她今天的礼服好看。"

"我赞同,"颜秋枳道,"好看是好看,但我是全世界最好看的。"

珠珠:"……"

此刻她也不知道该怎么夸自己这自恋的老板了。

一小时后,颜秋枳换好了礼服,化好了妆,珠珠看到的时候,瞬间想把之前在心底说她颜颜姐自恋的话全部收回去。

她颜颜姐真不是自恋,她真就是全世界最好看的。

颜秋枳抬了抬眼,微微一笑,看着她:"谁好看?"

珠珠:"……你。"

她激动不已:"我颜颜姐是全世界最好看的。"

颜秋枳跟孩子吃到糖一样弯了下唇角:"谢谢。"

她是真不怕关荷。

颜秋枳转头看向一旁的镜子,看到镜子里那张熟悉的脸后,她眼里闪过一丝淡淡的笑。

时间来得及,团队也有请专门的摄影师来拍照。

拍完照修过后,工作室也第一时间发了微博。

此时,颜秋枳已经坐在车里前往红毯现场了。

蹲守颜秋枳照片的网友刷到了工作室发出的照片,不少人都被惊艳到了。

【天啊!!这个女人来要我命了。】

【啊啊啊颜秋枳怎么可以这么美?!】

【我"死"了,我"死"了,这也太好看了吧!】

【啊啊啊啊啊期待红毯,我想看姐姐的生图。】

……

颜秋枳没去看工作室的微博,一路睡到了现场。

车刚停下,周围粉丝的注意力便转了过来。

颜秋枳出现后,闪光灯不断,尖叫声更是没有停歇过。

就连在直播平台看现场直播的粉丝,也都被她迷倒了。

她今夜穿了一条渐变长裙,背带深V领,但没有露出太多事业线,反而有种欲语还休的感觉。

裙子是晕染的色调,从上到下都有不同的色彩变化,看起来充满了幻想色彩。

而且裙子上布满了星星闪片,在灯光下折射出金色光影,波光粼粼,漂亮夺目。

她的珍珠耳环和项链,和她白皙的肌肤相互映衬着,更显得她今晚优雅又性感,像是城堡里走出来的公主。

一举一动都引人注目。

【啊啊啊啊啊我宣布今晚的盛典女王是颜秋枳!】

【啊啊啊啊颜秋枳真的太有气质了。】

【天呐,颜秋枳的动图和生图都能超过摄影师的精修了,太绝了。】

【妈妈呀,我想和这个女人谈恋爱。】

【和颜秋枳一比,刚刚过去的关荷一点胜算都没有。】

……

颜秋枳顺利走完红毯,好巧不巧,她被安排的位置旁边的旁边是关荷,两人中间隔了一位男明星。

这男明星是今年刚红起来的小鲜肉,一下子被两大美女包围着,还有点不安。

"秋枳姐，"他喊完，转而去看关荷，"荷姐。"

关荷从颜秋枳刚出现的时候脸色就不太好，但因为现场到处都是镜头，她努力压了压自己的脾气。

她上下打量了一眼颜秋枳，主动打招呼："秋枳，你今天好漂亮啊。"

"嗯，"颜秋枳转头瞥了一眼关荷，"你也是。"

关荷一笑，佯装和她很熟络的样子："哪有，你今晚太让人惊艳了。"

她挺了挺胸："和你相比，我差得远了。"

她看着颜秋枳身上的礼服问："这礼服是谁家的？"

艺人们参加盛典、晚宴之类的礼服大多是品牌方赞助的，大家偶尔也会互相讨论一下——谁家当季的礼服最好看。

颜秋枳："不知道。"

关荷愣了一下："怎么会不知道呢？"

颜秋枳"嗯"了一声，云淡风轻地说："别人送的。"

她当然不知道了。

关荷："……"

她眼里闪过一丝妒意，微微一笑说："礼服很漂亮，耳环也特别好看，我最近也喜欢珍珠的，感觉特别有气质。"

"谢谢。"

关荷脸上的笑僵住了，她顿了顿，主动介绍道："我的是迪家的。"

"……"

颜秋枳转头，认真打量了她一眼，点了点头："很漂亮。"

听着她这样的夸赞，关荷脸上的笑更深了些。

"我也觉得不错，迪家春季的新款特别好，他们这一回说给我赞助，我还意外了一下。"

颜秋枳假装没听懂她的话外之音，点了点头，收回目光继续沉默。

而夹在中间听完两人对话的小鲜肉瑟瑟发抖——女明星的竞争也太可怕了吧。

关荷看颜秋枳满不在乎的模样，想继续说话，却听到了惊呼声。

她抬头，往一旁直播红毯的大屏幕看了过去。

这一看，关荷就把颜秋枳给忘了。

陈陆南来了。

他这一次不是一个人走红毯，他身旁是一位在圈内备受尊敬、德高望重的前辈。

他一如既往地穿着正装，明明是很寻常的打扮，可这个男人的气质和气场就是和其他人不同，仅仅一个小举动、一个眼神，就足以让现场粉丝为他尖叫，为他心动。

关荷压着眼睛里的喜色，她在这个圈子里，最喜欢也最想得到的人便是陈陆南。

一想到这儿，她便恶狠狠地瞪了一眼颜秋枳。

如果不是颜秋枳……想着，她更坚定了信念，要把颜秋枳给比下去。

颜秋枳并不知道关荷心里在想什么，她撩起眼皮看了一眼大屏幕上出现的男人，眸子里的情绪很淡。

她昨天就问过——陈陆南今晚是来做颁奖嘉宾的，至于是颁什么类型的奖，她没打探。

陈陆南和前辈同行，他的位置在第一排中间，和前辈在一起。

刚坐下，旁边便有人过来了。

陈陆南最初并未注意，直到那人喊了他的名字，他才侧目看了一眼。

林媛穿着一袭白色长裙，温柔似水，脸上的妆容也清清淡淡的，并不像其他艺人那么浓。

她的五官是寡淡的类型，清淡的妆容最得体也最合适。

"好久不见。"

陈陆南微微颔首，并未言语。

不知道主办方是为了热度还是什么，把林媛的位置定在了陈陆南旁边。

林媛一坐下来，看直播的网友们瞬间就转换了态度，从最开始的讨论哪位女明星穿得最漂亮，转到了陈陆南和林媛的八卦上。

颜秋枳自然也看到了，林媛出现的那一刻，关荷就喊了她一声。

大概是想告诉她——你这个贴上陈陆南的女人别嘚瑟，林媛来了，她才是"正主"。

颜秋枳的位置其实和陈陆南很近，她在陈陆南后面的旁边，林媛的后面。

周围的环境嘈杂、混乱，但她还是听到了林媛的那句话。

她的表情没有太大的变化，就这么笔直地坐着，一副高贵冷艳的模样。关荷越过小鲜肉继续和颜秋枳聊天："秋枳，你最近在忙什么呢？"

颜秋枳冷冷地看她一眼："你不是知道吗？"

关荷脸上的笑一僵："我怎么会知道？"

闻言，颜秋枳连应付都不想应付她，直言道："恐怕连我中午吃了什么你都会找人来打探，怎么会不知道我最近在忙什么？"

"……"

陈陆南掩唇咳了一声，林媛听着，低声问："怎么了？"

他顿了一下，往前辈那边靠了些许，声音低沉："没事。"

颜秋枳没敢明目张胆地去瞪陈陆南，周围都是镜头，但她隐约觉得——陈陆南刚刚的咳嗽是因为自己。

她说话的声音不大不小，碰巧被听见了也正常。

林媛看着他的神色，大概也想到了什么，压着声音道："后面的艺人还挺有意思的。"

陈陆南"嗯"了一声，态度冷漠。

林媛习惯了他这性格，倒是没觉得有什么。

她还想说话，但陈陆南已经转头和那位前辈聊了起来。

林媛咬了咬唇，只能作罢。

两人其实没说什么，但对乐于找糖吃的情侣粉来说，这两人同框低语，是十足的糖啊，是狗粮啊。

弹幕里的粉丝大多都嗑疯了。

这是"有生之年"系列，"南媛"CP真的太幸福了。

颁奖典礼活动向来都很盛大，毕竟是一年作品的汇总。

这一次的颜秋枳也不同于上一回，相对要认真一点，她没把太多注意力放在林媛和陈陆南身上，反而是专注地欣赏起表演来。

关荷将这一幕看在眼里，心里却觉得有了胜算。

颜秋枳算什么？大概也只是陈陆南男人劣根性的一笔账而已，一想到这儿，她对颜秋枳的态度都热情了几分。

颜秋枳去年有几部不错的作品，女主角的演绎也相当出色，只是相较于其他艺人来说，可能还是差了点感觉。

她也有自知之明。

最佳女主角是拿不下了，颜秋枳是冲着最佳女配角来的。

正想着，台上正好在宣布本年度入围的最佳女配的作品和名字。

她一抬眼，便看到了自己的镜头。

作品是一部古装片，颜秋枳饰演的是一个痴情女配，角色设定很悲惨，为了男主"上刀山下火海"，可她爱的人不爱她，并且她身上还背负着血海家仇。

在她的演绎下，整个人物被渲染得很惨烈，会让人产生共鸣和同情。

她最后落泪的镜头，完全是仙女落泪，泪珠盈睫，缓缓流下。

当时，最后一幕还引起了观众的共鸣，不少人都被她虐哭了。

画面停滞在此，现场响起热烈的掌声。

林媛也跟着抬眼看了几秒，刚要收回目光，便发现陈陆南正在看着。

她顺着看了一眼，稍稍一顿道："这女演员演技还不错。"

陈陆南收回目光，冷淡地应了句："还好。"

闻言，林媛眼睛亮了。

她看陈陆南对这种话题感兴趣，继续道："但其实四个人看下来，我觉得另一个胜算更大一点，题材更讨喜吧？"

陈陆南沉默了须臾，道："不一定。"

"怎么说？"

陈陆南起身，不冷不热地说："演技说话。"

林媛："……"

她还想要说什么，陈陆南已经和旁边的前辈说话去了。

恰在此时，主持人请出了颁奖嘉宾。

一般来说，颁奖嘉宾都是圈内有人气、有名气的人，有时候还会请来投资商、老总什么的。

最佳男配角和女配角的颁奖嘉宾是两位前辈。

两人登台后，没多啰唆，直接宣布获奖艺人。

"让我们恭喜获得年度最佳女配角的演员——"

停顿了一下，那人看向颜秋枳和关荷这边。

关荷挺直了后背，她也入围了，她去年的作品不错，应该有挺大胜算的。

她对着镜头微笑，脸上满是自信。

"颜秋枳。"

话音刚落，关荷愣了一下，直到全场掌声雷动，她才回过神来，不可置信地转头看向颜秋枳。

怎么会？

颜秋枳虽然有点信心，但心里还是忐忑的。

她微微一笑，朝大家鞠躬后才缓缓上台，最佳男配角在另一边，好巧不巧，是邵越。

他在等颜秋枳。

这两人同框，网友瞬间更热情了。

【啊啊啊啊啊啊啊我嗑的CP要有大结局了吗？】

【天呐天呐！！我"死"了我"死"了！！邵越也拿了最佳配角奖啊，我还以为他是冲着男主角来的。】

【啊啊啊啊他去年也有配角作品很出色的。】

【我感觉我嗑的CP要有前路光芒了。】

……

两人上台，颜秋枳刚接过奖，往下看的时候，猝不及防地对上了陈陆南的目光。

阴沉沉的,仿佛她给他戴了绿帽子一样。

群星璀璨,领奖无非是说些感人肺腑之言。
每个艺人来参加之前,无论有没有希望领奖,都会提前背一些领奖感言。颜秋枳也一样。
邵越尽显绅士风度,示意颜秋枳先说。
周围都是摄影机,颜秋枳没和他客气,也没必要客气。
她今天的妆容不用说,是所有人都夸赞的,只一个动图便魅惑众生。站在领奖台上的时候,颜秋枳瞳眸里漾开着笑,很真诚地说了一段感恩言论,对导演,对台前幕后的工作人员,还有支持她的粉丝。
她说完,无意识地扬了扬下巴,有点像是翘起了小尾巴的小猫,在张扬着。
可她这种张扬,偏偏不会惹人厌烦,反倒让人想要宠爱她。
观众和网友们看着,几乎都沦陷在她这个狡黠得意的笑容里。
太漂亮了,让人不由自主地沉沦。
【颜秋枳真的太好看了啊啊啊啊啊啊。】
【我宣布!颜秋枳成为我新一任女神了!】
【颜秋枳的气质绝了呀,优雅又性感,俏皮又率真,矛盾的结合体啊!】
【恭喜恭喜!】
……
下台后,颜秋枳回到自己的位置上。
旁边的小鲜肉看向她,说了句:"秋枳姐,恭喜。"
颜秋枳低眸一笑:"谢谢。"
关荷的脸色并不好看,对颜秋枳没再进行任何夸赞。颜秋枳也不在意,专心等下面的流程。
各类奖项一个又一个地颁布了,最后宣布的是最佳男女主角,颜秋枳同样入围了,但她没获奖。
获奖的是圈内的两位前辈,前一年出演了一部家庭剧,很经典,虽说讲的都是家长里短,但因为演技好、剧情好,让人在看电视的时候会有种在看自己生活写照的感觉,代入感很强,也引起了不少人的共鸣。
这部电视剧收视率很高,颜秋枳这种不怎么看家庭伦理剧的人,也跟着看完了。
其中一位获奖演员,颜秋枳还挺喜欢的。
她正看着,突然听到主持人请颁奖嘉宾出来。
颜秋枳还没来得及拉回思绪,便听到了从两旁传来的粉丝尖叫声。

果然，一抬眼，她便看到了陈陆南。

这男人无论什么时候都能引起骚动，让粉丝尖叫连连。

颜秋枳撑着下巴看了会儿，默默转开了目光。

没啥好看的，她又不是没过。

可尖叫声实在太刺耳了，颜秋枳又弱弱地把目光转了回去。

这是她老公，别人都能白看，她为什么不能？

颜秋枳就这么理直气壮地看了过去，也不知道摄影师是为了满足自己的心愿还是什么，竟然"强行"让两人同框了。

镜头落在陈陆南身上后，又转到了台下的颜秋枳身上。

两人的视线莫名其妙地对上，镜头也恰巧转到了颜秋枳脸上，她没多想，对着镜头盈盈一笑，这笑落在观众眼里，味道就不一样了。

两人都是大家最想要在一起的人，虽说是一男一女，但并不妨碍他们齐名。

【啊啊啊啊啊我的天！！！世纪大同框啊。】

【我的妈呀，就颜秋枳的那个笑和陈陆南的那个眼神，我要溺死在这里面了。】

【啊啊啊啊啊啊没有人想要嗑这两个人的CP吗？？】

【我有个奇怪的念头……既然大家都得不到他们，那不如……】

【前面的姐妹，我们是一样的想法吗！】

颜秋枳并不知道大家为什么尖叫，陈陆南下台后，她敛了敛眸，收回了目光。

颁奖典礼结束后，她还接受了记者采访，然后才离开现场。

到家的时候，沈慕晴恰好给她转了一个链接过来。

颜秋枳点开一看，是网上大面积的黑料，说她是走后门拿下的最佳女配角。

大多数时候，谁拿奖了，一定会有人黑。

颜秋枳预料到了这种情况，她还挺淡定的，慢吞吞地脱下鞋走到沙发前，懒洋洋地躺下后，才刷起手机。

刚拿完奖，已经有很多人骂她了。

每个人都有每个人的看法，他们觉得颜秋枳比其他几位提名的差，当然也有人觉得她好。

网友们争吵不休。

很多污言秽语入眼，颜秋枳皱了下眉。

这时，沈慕晴又发来一个链接。一点开，是粉丝吹的彩虹屁。其实也不算是彩虹屁，只是单纯夸她拿下今晚的最佳女配角是实至名归。

这位粉丝从各方面分析颜秋枳为什么能拿奖,她的演技到底有多棒,多能带动观众的情绪。

分析得很到位,即便是没看过她演的那部电视剧的人,也觉得分析得很有条理。

颜秋枳正看得起劲,萌姐发来了一条信息。

萌姐:【记得发个微博。】

颜秋枳:【好。】

颜秋枳退出链接,看向不远处的奖杯,这是她拿下的第一个奖项,她内心还是有点开心的。

想着,颜秋枳拿过奖杯看了一眼,刚打算自拍,萌姐的信息又来了:【别自拍,你是不是还没换礼服?拿着奖杯拍个全身照吧,你自拍技术不好。】

颜秋枳:【……】

她刚想说自己一个人在家,找谁拍全身照啊,门外便传来了声音。

颜秋枳一顿,把目光转向了声音那边。

颁奖典礼后,陈陆南被不少人拉着寒暄。

上次时尚活动,他走得快,很多人也并不知道他回来了,再之后他行踪不定,想找他叙旧也不太可能。

所以这一次,熟悉的不熟悉的都涌了过来。

陈陆南无论对谁,态度都差不多,少有热情,但也不会不搭理。

当然,也有例外。

如果不是因为太晚,陈陆南用要回家的理由委婉拒绝了不少人的夜间活动邀请,这会儿估计他还在外面。

可即便如此,陈陆南还是被拉着聊了许久。

到家的时候,时间已经不早了。

他看了一眼丢在门口的高跟鞋,转头看了一眼半躺在沙发上的人。颜秋枳身上的礼服还没换,因为是陈陆南送的,她直接穿回了家。

裙子的裙摆很大,这会儿摊开在沙发上,像是一朵盛开的花,娇艳欲滴,引人垂涎。

陈陆南顿了一下,刚想去倒水,颜秋枳便热情地朝他这边跑了过来。

他皱了下眉,手刚要抬起来,颜秋枳便把手机塞进他手里。

"给我拍个照。"

陈陆南:"……"

颜秋枳看着他疑惑的眼神,愣了一下,问道:"你觉得是一楼光线好还是二楼光线好?"

她环视了一圈说:"萌姐说让我拍个拿着奖杯的全身照发微博。"

说完后，客厅里静了一会儿。

颜秋枳狐疑地看他："你为什么不说话？"

陈陆南敛了敛眸，低头瞥了她一眼："随你。"

"我就是选不出来啊，"颜秋枳说，"我要是选得出来，肯定不问你。"

她有点选择困难症，选不出来哪儿更好。

陈陆南哽了一下，颇为无力。

他看了一眼面前漂亮的人，喉结滚了滚，嗓音低沉："去三楼琴房。"

颜秋枳一愣，这才想起三楼还有个空置的琴房。

琴房是当时装修的时候弄的，颜秋枳起初还挺想学钢琴的，她也断断续续学过，但时间不长，只能弹一首《小星星》，再复杂一点的就不会了。

装修房子的时候，设计师问过她想要什么，她其实没有太多需要的，她就想要院子里种些花，有攀藤的绿植，还有在墙上盛开的牵牛花。

下雨天的时候，雨滴打在花瓣上，花朵摇摇欲坠，一定特别漂亮。

她还想要电影房和琴房。

当时，她信誓旦旦地想要苦学，结果有了琴房后，颜秋枳忙碌了起来，就把这件事给搁置了。

再后来，陈陆南出国，她更是把学琴这件事忘得一干二净。

两人进了琴房。

琴房很干净，很敞亮，果然是适合拍照凹造型的地方。

颜秋枳一进去便看到了摆放在窗边的钢琴，黑白琴键吸引了她的目光。

她瞅了好几眼，看向陈陆南："怎么拍？"

陈陆南环视了一圈："要全身？"

"对，"颜秋枳看了看，"我到落地窗那边站着吧？"

"嗯。"

颜秋枳站过去之后，和陈陆南对视一眼，突然笑出了声。

"好傻啊，"颜秋枳自我吐槽，"我为什么要在这里摆这种傻乎乎的造型拍照？"

"……"

自拍就够了，还要在陈陆南面前凹造型，真的让颜秋枳有种说不出的感觉。

不是不好意思，就是……就是她连笑都不会了。

陈陆南看她一眼，低声道："不会笑你。"

"我又不是怕你笑我，"颜秋枳碎碎念，"我就是觉得有点儿傻。"

陈陆南："……"

傻是傻，但她还是认命地拍了几张照片出来。

颜秋枳拿过手机看了一眼,很是满意:"我真好看。"

陈陆南:"……"

颜秋枳低眸一笑,把目光转向不远处的钢琴上:"我想弹钢琴了。"

她问:"会扰民吗?"

陈陆南:"会。"

颜秋枳噎住,瞪了一眼旁边的男人,给自己找台阶下:"我又没问你。"

"……"

她往钢琴旁边走去:"扰民就扰民,扰民也丢给你去应付。"

她道:"我今晚就要弹琴。"

陈陆南看着她这架势,倒是没说什么。

颜秋枳把奖杯放在一旁,坐到钢琴前。

她看着面前的琴键有点儿蒙,眨了眨眼,目光转到陈陆南身上。

两人无声地对视一眼,颜秋枳抿了抿唇,再次站了起来。

"算了,不弹了。"

一年多没复习,连《小星星》都忘了。

她生气,拿过奖杯往外走。还没走出去,手腕便被男人给握住了。

"坐下。"

颜秋枳挑眉,眼珠子转了转,瞳眸里闪烁着狡黠的光芒:"你教我吗?"

陈陆南是会弹钢琴的,颜秋枳依稀记得,她第一次见到陈陆南,是在陈家的一间玻璃屋里。

玻璃屋距离前厅比较远,颜秋枳是懵懵懂懂地走到那边的。

她过去的时候,陈陆南正在里面弹琴。

那会儿颜秋枳其实还小,十几岁的模样,当时对陈陆南的印象就是大哥哥,一个长得比阿黄哥哥还漂亮的人。

阿黄是一条狗,但它的哥哥是个人。

颜秋枳很喜欢和阿黄玩,那时她总是往阿黄家跑,偶尔还听到和她一起玩的小伙伴讨论,说阿黄哥哥是他们村子里最好看的人。

颜秋枳虽然觉得自己更好看,但也并不否认,阿黄哥哥确实还可以。

比其他人要好看一点。

村子里人不是很多,帅气的哥哥更少。除了阿黄哥哥之外,颜秋枳也不怎么和其他男生打交道。

所以,在看到比阿黄哥哥更帅气的哥哥后,颜秋枳就没能挪动步伐了。

她趴在玻璃屋外面看了好一会儿,他眉眼专注,修长的手指正在黑白琴键上跳舞,一幕一幕都让人印象深刻。

似乎是察觉到了视线,他侧目往颜秋枳这边看了过来。

两人隔着厚玻璃相望着，颜秋枳那会儿还有点怯生生的，弱弱地举起手和陈陆南打了个招呼，没等人出来就跑了。

但也是从那时候开始，她就知道陈陆南是会弹钢琴的。

虽然弹的次数少之又少。

陈陆南看着她那跟琉璃珠一样漂亮的眼睛，"嗯"了一声。

颜秋枳的眼睛瞬间亮了起来，惊喜不已："真的啊？真教我？"

陈陆南往钢琴那边走过去。

颜秋枳唇角上翘着，毫不犹豫地坐在了他旁边。

《小星星》不难，旋律比较简单，一下就能学会。

陈陆南很久没弹琴，但并没有像颜秋枳一样把所有都忘光了。

他敛了敛眸，给颜秋枳弹了一遍。

颜秋枳学得很认真，等把《小星星》学会后，她转头看向陈陆南："怎么样，还行吗？"

陈陆南点了下头："有个音错了。"

颜秋枳："……哪儿？"

陈陆南看她一眼，低头给她演示。

起初，颜秋枳看得很认真，但渐渐地，思绪就有点飘了，她说不上什么感觉，只是觉得陈陆南弹琴的时候比其他时候更有魅力，更吸引她。

明明是同一个人，可他垂下的睫毛，和他留给颜秋枳的侧脸，都透露着不一样的味道。

让她看着看着便走神了。

陈陆南说完，一转头便对上了颜秋枳直勾勾的目光。

她的眼神赤裸裸的，一点都不加掩饰。

猝不及防之下，颜秋枳也不知道是脑抽了还是怎么的，她戳了戳陈陆南的手背，问道："裙子和耳环真送我了？"

陈陆南应了一声。

颜秋枳沉默了一下，在他耳侧暗示意味十足地说："要回礼吗？"

陈陆南的视线落在她漂亮的红唇上，喉结滚了滚："要。"

颜秋枳："……要什么回礼？"

陈陆南低低笑了一声，不太愿意回答她这种问题。他伸手抱起她，放在钢琴上，寻着她的唇，低头吻了下去，嗓音喑哑："你觉得呢？"

夜深了，别墅群这边的房子互相隔得很远，他们两人的这间屋子更是位于最偏僻的位置。

无论颜秋枳怎么弹琴怎么闹，都不会扰民。

琴房的空间很大，有一大片落地窗，另一侧还摆放着一些乐器。

虽然她并不知道那些乐器是什么时候放在琴房的。

颜秋枳最开始被放在钢琴上亲吻着，渐渐地，两人的姿势就变了。

坐着不舒服，颜秋枳被陈陆南强行抱在了怀里。

她眼尾湿润，脸颊泛红，脖颈也染上了红晕。

礼服有点碍事，陈陆南低头从她修长的脖颈吻过，一路往下。他的掌心炙热，隔着衣裳灼热着她的肌肤。

颜秋枳被他掌心的温热烫得身子颤了颤。

礼服被丢开在一旁，颜秋枳还没来得及心疼，陈陆南便转开了她的思绪。

她的身子紧绷着，咬着唇，压抑着声音。

陈陆南的眼底有翻滚的情欲，此刻一点也没掩饰。颜秋枳不经意间撞上他的眼神，就被他牵着走了。

她嘤咛了一声，声音低吟婉转，悦耳动人。

陈陆南掐着她的腰，用了些力。

颜秋枳垂落的腿绷直，脚趾头蜷缩着，呼吸也跟着急促了几分。

她脸颊泛着红，肌肤白皙透红，在夜色下勾人深入。

不经意间抬起头，颜秋枳还看到了落地窗上折射出来的影子，是她和陈陆南的。两人坐在钢琴前的椅子上，看似正常，可实际上……

她还没来得及思考，陈陆南大概是察觉到她走神了，吮了她的耳垂一口，颜秋枳的身子便是一阵轻颤。

有那么一瞬间，颜秋枳好像还听到了他心脏跳动的声音。

这跳动，仿佛是因为她。

……

*

之后，颜秋枳是怎么回到房间的，她没有太多印象了。

她最后的记忆停留在两人从钢琴前的椅子上站起来，然后……好像去了她最开始拍照的落地窗那边？

颜秋枳醒来的时候，陈陆南已经不在房间里了。

她揉了揉疲倦的眼睛和酸痛的身躯，拿过手机看了一眼，快到十二点了。

萌姐发来了十几条消息，颜秋枳直接往上翻，看到消息内容后，她才后知后觉反应过来，自己昨晚忘了发微博。

萌姐除了给她发消息之外，还打了电话，但都被无声地挂断了。

颜秋枳刷着她的消息，小心脏怦怦怦狂跳，她觉得自己要完蛋了。

再往下一刷，她看到了萌姐的最后两条消息。

萌姐：【你什么时候这么高冷了？】

萌姐：【你照片是不是修都没修就发出去了？】

颜秋枳愣了一会儿，这才点开微博登录上去。

一点开自己的主页，她就看到了昨晚"自己"发的营业微博。一张漂亮美人拿着奖杯的照片，璀璨又亮眼。

即便没有修图，也依旧漂亮。

她把视线从照片上挪开，落在了文字上。

很简洁的四个字。

【@颜秋枳V：谢谢大家（照片）。】

她看了一眼时间，是凌晨两点发的。

颜秋枳哽了一下，评论已经好几万了，有老粉，也有昨晚被颜秋枳的颜值圈粉过来的，即便在深夜也无比热情。

【啊啊啊啊啊漂亮姐姐太厉害啦。】

【漂亮姐姐也太好看了，这个身材我真的是服气，这张脸也一样啊。】

【啊啊啊今晚只为漂亮姐姐尖叫！】

【颜秋枳厉害！实至名归！】

【拍照的地方好好看啊！我怎么好像还看到了影子？】

……

颜秋枳瞪大眼，一阵惊恐。

她把照片放大，一点蛛丝马迹也没放过，全方位地观察了照片。

有影子，但不是很明显。

至少网友们绝对看不出那是陈陆南，颜秋枳松了口气，但又好像……也没有很高兴。

她看着"自己"发出来的这条微博，一时间心情复杂。

这时，那个害她没能及时发微博的人来了。

颜秋枳昨晚睡前强迫陈陆南给自己套了件睡裙，睡裙是丝缎款，还是V领的。睡了一晚后，已经被颜秋枳折腾得不像样了。

刚刚醒来的时候，她根本没注意到自己领口大开。

陈陆南进来的时候，正好看到了她胸前的一大片肌肤，白皙诱人，再往下，还有半露的酥胸。

如果不是陈陆南知道她向来不拘小节，他大概会合理怀疑——颜秋枳在勾引他。

他眸色沉了两分，还没来得及说话，颜秋枳先问了句："你帮我发的微博？"

"嗯。"

颜秋枳瞅着他,眼睛里的意思很明显——你为什么要帮我发微博?

陈陆南看得懂,解释了一句:"你昨晚要求的。"

颜秋枳和他对上眼神,愣了一下,没反应过来。

蓦地,脑海里炸开了烟火,昨夜的某些记忆涌入进来。

好像在某个关键时刻,她想制止陈陆南的举动,说想要手机,她还没发微博,再之后,陈陆南在她耳边低语承诺,他晚点给她找手机。

手机早就不知道被放在哪里了,在那种情况下,没有人会把心思放在找手机上。

……

"轰"一下,颜秋枳脸红了。

她张了张嘴,结结巴巴道:"……哦。"

她抿了下唇:"那你也不能只发四个字啊。"

陈陆南微微一顿:"还要说什么?"

颜秋枳被他看着,半天也没能憋出一个字:"……行吧,这样也可以。"

"……"

*

颜秋枳磨蹭着下楼的时候,正好到午饭时间。

陈陆南没工作的时候,家里一般不需要阿姨,他会做饭。在这一点上,颜秋枳无比佩服。

这人就算是再忙,好像也会空出时间让自己享受生活。

她踮着脚瞥了一眼厨房里的背影,想了想,走了进去:"有什么需要帮忙的吗?"

大概是昨晚过得很"愉悦",加上陈陆南表现不错,颜秋枳"吃人嘴短",对他的态度也好了几分,能温柔的时候就尽量温柔。

陈陆南转头看了她一眼,顿了几秒,这才道:"没有。"

颜秋枳:"……"

行吧,又热脸贴冷屁股了。

她摸了摸鼻子,转身往客厅走。

颜秋枳觉得无聊,只能玩手机了。

正好沈慕晴也在休息,给她发来了消息。

沈慕晴这次是作为女主角进组的,戏份紧张不说,任务也很重,一般只有空闲时间才能找颜秋枳。

她昨晚拍夜戏,拍了一整夜,连颜秋枳拿奖也忘了恭喜。

她四五点才收工回到酒店,这会儿刚醒来,便给颜秋枳发来了祝贺消息。

沈慕晴：【醒了没？】

颜秋枳：【醒着的。】

下一秒，沈慕晴直接拨了视频电话过来。

颜秋枳瞥了一眼镜头里的人，扬了扬眉："你刚醒？"

"嗯，"沈慕晴打了个哈欠说，"我四点多才收工，回来洗完澡就睡了，累死我了。"

颜秋枳轻笑了一声："今天几点开工？"

"待会儿啊，"沈慕晴叹气，"待会儿吃完饭就开工了，"她看着颜秋枳笑，"你吃饭了没？"

颜秋枳小声说："我给你看个背影。"

沈慕晴挑了下眉。

镜头一转，颜秋枳偷偷给沈慕晴看了一下陈陆南的背影。

沈慕晴一脸抱怨："为什么你大中午的有帅哥老公做饭，而我只能在酒店吃外卖？"

颜秋枳耸肩："因为你魅力不够。"

沈慕晴噎住，半晌后怼她："你要点脸行吗？"

她摸着下巴道："昨晚献身了？"

颜秋枳满脸震惊。

沈慕晴哼哼笑了几声："只有在你献身之后的一天，你们俩才会相处比较融洽。"

在这一点上，沈慕晴还是很了解她的。

颜秋枳被她说得哑口无言，无力反驳。

安静了片刻，沈慕晴道："来，给我报报你们夫妻今天吃什么。"

"不知道。"

沈慕晴无语："对了，还没恭喜你昨晚拿奖了。"

颜秋枳倏然一笑："谢谢啊，我不要口头上的恭喜。"

"……"

沈慕晴盯着她看了半晌："知道知道，下次给你送实质上的恭喜礼物。"

"谢啦。"

两人聊了一会儿，等陈陆南出来后，颜秋枳自觉地挂了电话。

刚挂了没两分钟，沈慕晴发来了一张截图，是关荷发的微博。

沈慕晴：【？？？关荷哪来的这么大脸？】

颜秋枳点开，上面是关荷两分钟之前发出来的微博，安慰她"失落"了一晚上的粉丝。

从颜秋枳拿奖开始，关荷的粉丝就在大面积地造谣抹黑她。

但颜秋枳的路人缘其实不错，她虽然多次怼过投资商、品牌方，但在微博上的态度还是挺好的，鲜少会有乱七八糟的骚操作。

不少粉丝也是因为她还算好看，所以对她态度不错。

昨晚拿奖后，贴吧、微博等都出现了不少说她靠潜规则上位的消息，甚至还有各种不堪入目的照片。

总之，各种污言秽语都落在了她头上。

有人给她辩驳、帮衬。

即便如此，颜秋枳也被黑得挺惨的。

一夜过后，其实很多网友也差不多要被颜秋枳的粉丝给说服了。

那些成绩，还有演技，都不会撒谎的。

那是颜秋枳实实在在的能力。

结果就在这个时候，关荷发了这么一条暗示意味十足的微博。

【@关荷V：睡了一觉醒来看到很多朋友发来的关切消息，其实没有关系，努力总有一天会被大家看见，昨晚没有拿奖确实有点失落，但我相信努力不会白费的，大家都有眼睛看得见，从经纪人那里听到了一个不错的好消息，晚点给大家分享呀，爱你们哦！】

【呜呜呜是我们最善良的小仙女啊。】

【啊啊啊啊啊辛苦了，你的努力我们都看见了。】

【是什么好消息啊！太需要了。】

【我来我来爆料，好像是迪家的代言，我没记错的话应该是今天官宣，我打探到的内部消息。】

【你是最棒的，你的努力大家都看到了。】

……

一瞬间，那条微博下的评论有安慰关荷的，还有恭喜她拿下迪家代言的。

颜秋枳瞅着，一时间还真不知道该说点什么好。

沈慕晴：【看了吗！】

颜秋枳：【看了。】

沈慕晴：【气不气？】

颜秋枳：【还好，我蹲着看看她这微博会不会删掉。】

沈慕晴：【？】

颜秋枳：【忘了告诉你，我和迪家签约了，一年的。】

沈慕晴：【？？？】

正当关荷的粉丝疯狂夸她业务能力强，还去迪家官博下面留言说代言要好好拍的时候，迪家官博终于有了动静。

【@迪家V：坚持信念，坚持喜欢。高奢选择，唯独有你。她是漂亮又性感的实力演员。作为品牌新代言人@颜秋枳，迪家将和她一起度过新的一年。感谢我们的双向选择，让我们越来越好。（照片）】

迪家发出的照片，是颜秋枳出席某次品牌活动拍的，正好穿戴都是迪家的。

因为过年的缘故，宣传片和视频都没来得及发，便定下了这张照片。

这会儿一发出来，全网爆炸。

关荷的粉丝傻眼了，颜秋枳的粉丝雀跃了。

不少路人也跟着震惊了。

这是什么？

颜秋枳拿下了迪家代言？？！

一个直接跳过轻奢拿下高奢代言的艺人？她也太强大了吧！

颜秋枳没忍住，得意地偷笑起来。

她就是这么实诚，开心就是开心，没什么好掩饰的。

陈陆南恰好从厨房出来，看到了她的笑："怎么？"

颜秋枳摆摆手："没事。"

她说："我高兴。"

陈陆南："……"

她没理会陈陆南，第一时间转发了微博。

【@颜秋枳V：很荣幸。】

她的微博一发出来，粉丝和路人便呼啦啦地跟了过来。

【天啊！！我们的颜颜也太棒了吧！】

【啊啊啊啊啊和颜颜一起，热爱迪家热爱生活啊。】

【呜呜呜姐姐我要赚钱买姐姐同款。】

【哈哈哈哈哈哈为什么迪家的官宣来得这么及时啊，有种打脸的感觉，就是不知道某家有没有这种感觉。】

【啊啊啊啊啊啊啊我们颜颜太有出息了，昨晚的最佳女配角，今天的迪家代言人！也太棒了吧。】

除了颜秋枳的粉丝之外，不少路人也纷纷表示佩服和祝贺。

相比关荷，很多路人更喜欢颜秋枳一些。

颜秋枳发完微博后，陈陆南就喊她吃饭了。

吃饭时，她没怎么看手机，一边晃悠着小腿一边吃着，格外喜悦。

喝了两口鸡汤，颜秋栀主动和陈陆南聊天。

"这个鸡汤口感比之前的好。"

"嗯。"

颜秋栀也不在意陈陆南态度冷淡，细细品味了一下，道："特别好喝，你怎么熬的？"

闻言，陈陆南深深地看她一眼。

颜秋栀觉得自己现在变聪明了，越来越能从陈陆南的眼神里读懂他要表达的意思。

此刻的这个眼神说的大概是——你问这个做什么？你又学不会。

一想到这个意思，颜秋栀就有点心肌梗死。

她怎么就在厨艺上败给了陈陆南呢？太不甘心了。

颜秋栀讪讪道："我就随口一问。"

陈陆南声音低沉："我知道。"

"……"

两人沉默了会儿，颜秋栀说："……迪家官宣了。"

陈陆南点头。

颜秋栀说："年后我要去欧洲拍代言广告。"

因为马上就要过年了，时间稍微有点来不及，经商量，拍摄被推后了。

陈陆南颔首。

颜秋栀在对面碎碎念了一会儿，问了声："过年我们要回家吗？"

陈陆南拿着筷子的手一顿，抬眸看向她："不想回去？"

颜秋栀抿唇，没说话。

她确确实实不想回去，陈陆南家还好，颜秋栀和陈家人相处得其实挺好的，但另一边，她不想。

屋子里静了一会儿，陈陆南低声道："先吃饭。"

"哦。"

颜秋栀面无表情地吃饭，觉得迪家官宣的那点高兴突然就被压住了，让她有点喘不过气来。

偏偏话题又是她提起来的。

吃过饭后，颜秋栀为转移注意力，继续拿起手机刷微博。

从迪家官宣开始，她就上了热搜。

不少人觉得她代言挺好的，虽然意外，但也能接受。

也有很多人觉得颜秋栀还不够资格，毕竟只是一个拿了女配角奖的人，迪家这种奢侈品牌她还撑不起吧。

有人提出质疑，粉丝便反驳。

说实话，颜秋枳气质好，长得好，无论什么类型的衣服都能撑得起来。可想而知，那一张一张的照片丢出来，不少人在疯狂舔屏。

颜秋枳真的是一点都不差。

即便如此，关荷那边也并不安分。

关荷正高兴着，看着网友对颜秋枳进行辱骂，结果手机一振，她小号对迪家的特关消息来了。

点开一看，关荷脸上的笑僵住。

她刷新自己微博下面的留言，恭喜的言论瞬间变了，多了无数问她丢不丢脸、打不打脸的话语。

至于热评的那几条恭喜，猜测她拿下了迪家代言的消息文字更是刺眼到了极点，仿佛是在嘲笑她。

……

颜秋枳刷着微博，沈慕晴中午给她发完消息后就化妆拍戏去了，也没第一时间看到官宣。

这会儿，沈慕晴刚拍完两场戏休息，看到了官宣，又翻了一遍微博留言。

沈慕晴：【你觉得关荷会善罢甘休吗？】

颜秋枳：【不会。】

沈慕晴：【为什么？】

颜秋枳沉思了会儿，郑重其事地打字：【因为我觉得她智商不够。】

沈慕晴：【。】

行吧，论打击人，其实颜秋枳最厉害，大概是跟陈陆南在一起久了，总能一击即中，戳到人的内心。

果然，颜秋枳一点也没猜错。

如果关荷有脑子的话，就不应该在这个时间点再跳出来，但偏偏她没有。她除了长相和身材还不错之外，其他的几乎为零。

当颜秋枳懒洋洋地躺在沙发上看小鲜肉的时候，关荷发微博了，和早上的那一条相呼应。

【@关荷V：是我不够好。】

就这么简简单单的五个字，仿佛说了很多一样。

知情的粉丝瞬间冲过去留言安慰，对关荷表示心疼。

【呜呜呜呜不是你不够好。】

【怎么回事啊？什么叫是你不够好，你很好了啊。】

【我来给大家解释一下！我们小荷好像被人抢走代言了。】

【我得到的内部消息，据说迪家最开始是要和我们小荷签约的，结果某

家临插一脚,直接把代言给抢走了。】

【???某家还要不要脸?】

瞬间,关荷粉丝的战斗力全部转向了颜秋枳和迪家官博这边。

他们骂迪家没诚信,既然都想选择关荷了,为什么要临时换代言人?

好在颜秋枳和迪家官博都有自己的粉丝在控评,没有造成混乱局面。

但在贴吧等地方,颜秋枳却再次被黑得很惨。

甚至还有人说她用了特殊手段把代言抢走。

颜秋枳不是圣人,看到这些消息自然是有点生气的。

她瞥了一眼电视上的小鲜肉,这会儿连小鲜肉也安抚不了她的情绪了。

想着,她狠狠地往旁边踢了一脚。

刚踢过去,颜秋枳便愣住了。

她看向坐在另一边的男人,眨了眨眼:"你什么时候过来的?"

她刚刚那一脚……好像踢到陈陆南了。

颜秋枳瞥了一眼自己的脚丫子,讪讪地收了回去。

陈陆南看了她一眼:"十分钟之前。"

"啊?"颜秋枳问,"那我为什么不知道?"

说完后,她想了想——哦,十分钟之前她正在刷微博,被关荷的粉丝气到吐血,又怎么会注意到陈陆南呢?

她咬了下唇,小声道:"抱歉。不是故意踢你的。"

陈陆南没吭声。

安静了些许后,颜秋枳刚想收回目光,他问:"出什么事了?"

颜秋枳和他对视一眼,眼珠子骨碌一转:"出大事了。"

她哭唧唧地从沙发上坐起来,凑到陈陆南旁边道:"你老婆被骂了。"

陈陆南:"……"

颜秋枳继续说:"不仅是你老婆被骂,还有你。"

"嗯?"

"嗯什么,我在说实话,"颜秋枳愤慨道,"你知不知道现在的网友有多过分,骂我就算了,他们是连带着我的家人都骂,祖宗十八代都被他们问候了一遍,太令人生气了,"她在陈陆南耳边碎碎念,"要只是骂我,我肯定不会这么生气,但是他们还骂你啊。"

陈陆南安静了须臾,淡声问:"骂我你更生气?"

颜秋枳的脑子没及时转过弯来,对陈陆南狂吹:"是啊是啊,你这么优秀,怎么能被骂呢?你可是全网最受欢迎的男明星,有口碑,有实力,有颜值,你在我心里可是完美男神,他们怎么能连着你一起骂呢对不对?"

"……"

狂吹了一通后，颜秋枳其实有点后悔。

她好像太谄媚了？

但她又懒得对付那些没有脑子，只会拿钱黑她的网友。

她和关荷有竞争关系，所以对付关荷，她还有点激情，但她是真没有激情对付这些黑粉。

还不如让陈陆南帮忙。

颜秋枳知道，陈陆南手下有不少人，他的经纪人和助理都是强者，公关应对这些事情，更是信手拈来。

想着，她戳了戳陈陆南的手臂："你听清楚我刚刚说的话了吗？"

"嗯。"

颜秋枳看他。

陈陆南侧目，掀起眼皮道："想让我帮忙？"

颜秋枳点头，眨巴着一双真诚又漂亮的大眼睛看着她，就差没把自己要表达的意思写在脸上了。

她的眼睛好看，陈陆南不是第一天知道。

看着近在咫尺的这双眼，有些说不清道不明的画面浮现在脑海中，陈陆南的喉结滚了滚，声音沉沉道："怎么帮？"

闻言，颜秋枳倏然一笑说："随你呀，我都可以。"

陈陆南"嗯"了一声，拿过一旁的手机给王康发信息。

颜秋枳凑近看了两眼，等他发完后，快速收回了目光："谢谢。"

当天下午，那些黑颜秋枳的帖子消失了不少，紧跟着，迪家还出了新说明。

大概是网上争议太大了。

迪家又发了与颜秋枳相关的照片出来，文案上只有四个字。

【@迪家V：独一无二（照片）。】

这微博一发出来，更是赤裸裸地告诉了某些人迪家要表达的意思。

独一无二。

这就代表着迪家的选择只有颜秋枳一个，没有第二个备选。

网友都是人精，稍微动动脑子便猜了出来。

一瞬间，关荷又被网友嘲讽了，最后，她不得不把自己上午的那条长微博删除了。

但"不够好"那条，却依旧留着。

颜秋枳没再去看，这场代言风波大概也要落幕了。

至于其他粉丝的群嘲，她管不着。只要关荷不再来主动招惹，颜秋枳想，她应该不会在意这类人。

吃过晚饭后，颜秋枳一个人坐在沙发上看剧本。

萌姐给她发了好几个剧本过来，艺人的"工作空窗期"不能太长，太久不营业，即便你是一线艺人，也会被忘记，至少热度会渐渐降下去。

陈陆南在书房，两人在家大多数时候都是互不干扰的状态。

她安静，陈陆南比她更安静。

突然，旁边的手机振动了一下。

颜秋枳低头看了一眼，当看到陌生又熟悉的名字发来的消息时，她下意识地咬了下唇。

她的手指顿了一下，没及时回复，把剧本放下后，上楼找陈陆南。

陈陆南还挺忙的，虽说两天后就是新年，但他的工作并不少。

出国回来后，他娱乐圈的工作不多，但公司事情多。

他虽然只是挂名，大多数事情都是交给其他人处理，但重要决策，陈陆南还是要参与的。

他正跟下面的经理开会，颜秋枳探出头，有种暗中观察的意思。

他稍稍一顿，抬眸看向她。

颜秋枳放轻脚步进来，当看到陈陆南正在开视频会议后，她也没出声打扰。

她拉了个椅子在陈陆南对面坐下，从他手底下抽走一个笔记本，再把他的钢笔拿了过来，在上面写字。

——你会议几点结束？

陈陆南看了一眼，视线落回她的脸上。

颜秋枳抬了抬下巴，无声问：几点啊？

陈陆南皱了下眉，把对面正在汇报的经理给吓着了。

"陈总？"

陈陆南掀起眼皮，目光冷淡地看了一眼。

那人惴惴不安道："是哪里有什么不对吗？"

"继续说。"

陈陆南冷漠道。

经理的小心脏颤了颤，瞅着陈陆南那严肃的表情，断断续续地说了下去。

陈陆南边听边给颜秋枳写下回答。

他的字好看，遒劲有力，力透纸背，很有自己的特点，一看就是小时候练过书法。

颜秋枳接过来一看。

——什么事？

颜秋枳瞅着那三个字看了会儿，趴在桌上有气无力地写着——有人给你打电话了吗?

这个"有人"说得如此含蓄,那就一定是颜秋枳不想碰到的人。

陈陆南怔了片刻,和她玩着你来我往的传纸条游戏。

——谁?
——你自己知道。
——你爸给我打了电话。
——???跟你说什么了?是不是让我们回家?你拒绝了吗?
——没有。

颜秋枳看着递过来的两个字,直接从椅子上站了起来:"你为什么不拒绝?"

她完全忽略了陈陆南在开会这件事情。

陡然间出现了女声,经理刚汇报完工作正要坐下,就被这声音吓得不敢动了。

瞬间,视讯会议里的所有人都面面相觑,再一致地把目光转向了陈陆南这边。

劲爆新闻啊。

他们老板金屋藏娇了!!

陈陆南听着视频里传出来的声音,刚要说话,颜秋枳便道:"抱歉,你继续,我去楼下。"

他还没来得及阻止,人就先走了。

陈陆南皱了皱眉,看向视频里的众人:"说完了?"

那经理点头:"是。"

陈陆南"嗯"了一声,冷淡道:"我做个总结,刚刚的问题再重申一遍……"他不紧不慢,仿佛一点都不着急。

全部说完后,陈陆南把电脑关了,在椅子上坐了片刻,伸手松了松衣领,这才走了出去。

颜秋枳没下楼,也不在房间。

陈陆南看了一圈,听到楼上传来琴声,是颜秋枳昨晚刚学会的那一首。

他脚步一顿,径直走了上去。

颜秋枳这会儿是真有点不开心,到楼下转了一圈后,她没找到任何可以发泄的东西,最后干脆上楼了。

她感觉这会儿只能拿钢琴出气。

也不能说是出气,她就是想找一个发泄的地方。

陈陆南站在门口看了一眼,在颜秋枳弹错音的时候提醒道:"刚刚那句错了。"

颜秋枳："……"

她转头，怒瞪着陈陆南："错了就错了，我就爱弹错的不行吗？"

他还是个人吗？明明知道她在生气，还能这么云淡风轻。

颜秋枳深深觉得……以陈陆南这冷漠态度，她已经快要和这个狗男人过不下去了。

陈陆南没和她计较，慢条斯理地走到她旁边。

"重新来一遍。"

"我不要，"颜秋枳脾气很大，"你说重新就重新？"

陈陆南也不生气，微微弯腰靠了过去，他把手放在颜秋枳的手背上，想要手把手教她重新来过。

颜秋枳挣扎着，不小心，一巴掌打在了他的手背上。

瞬间，琴房安静了。

她看着陈陆南的手背，瞥了一眼他的神色，有点心虚，但又生气，理直气壮道："是你自己找打，不怪我。"

"嗯。"

颜秋枳张了张嘴，突然发现她对这样的陈陆南发不出脾气。

两人保持这个姿势缄默了一会儿，陈陆南的手覆在她的手背上，坚持带着她重新弹了一遍，然后问："什么时候脾气能改改？"

"……"

这一下，又踩到颜秋枳的地雷了。

"我脾气就这样，你想要温柔的你去娶别人呗，"颜秋枳脾气一上来，就会口不择言，"林媛就挺温柔的，你去找她吧。"

陈陆南："……"

他顿了一下，盯着颜秋枳看了半晌，问："你这是——"

话还没完，颜秋枳瞪了他一眼："我什么我，我就这脾气。"

"……"

有那么几秒，陈陆南觉得自己不该和颜秋枳讲道理。

颜秋枳说完，也知道自己好像说错话了，反应过激了。

她抿了抿唇，但说出去的话已经收不回来了。

她也没勇气去看陈陆南的脸色有多难看，便坐在钢琴前，胡乱弹了一通。

蓦地，她听到了陈陆南的解释："你爸亲自来的电话，我不好拒绝。"

颜秋枳和她父亲关系不好，她可以随性拒绝，但陈陆南作为一个女婿，在新年之际，于情于理他都拒绝不了。

颜秋枳就这么看着他。

陈陆南沉默了半晌后，往她面前走近两步，低声说："放心。"
颜秋枳没吭声。
陈陆南其实不太会安慰人，即便这个人是自己的妻子，他也鲜少会有情绪波动。
他伸手揉了揉颜秋枳的头发，像是哄小孩一样，难得温柔："我会在。"
莫名其妙的，颜秋枳的情绪被安抚了下来。
明明陈陆南什么都没做，每次也只有说服自己回家的时候，他才会变得温柔一点，才会变得不那么"陈陆南"，但颜秋枳就是很吃这一套。
她抱着膝盖坐在沙发上良久，才小声说："我不想见他。"
陈陆南："我知道。"
颜秋枳埋头在膝盖处，抱怨道："他对我不好。"
听着她小声的抱怨，陈陆南心底仿佛有一处在渐渐地塌陷，慢慢地，有点脱出自己的掌控了。
颜秋枳觉得自己一定是不舒服的缘故，才会如此情绪反常。
换作平时，她绝对不会和陈陆南说这种话。
但此刻，她就是想找个人分享。
"他一点都不爱我。"
陈陆南举起手又放下，在家庭关系这个敏感的话题上，两个人其实有点共鸣。
或者说是共同经历。
颜秋枳说了那句后就不吭声了，陈陆南同样没出声，只是安安静静地坐在旁边。
好一会儿后，他喊了声："颜颜。"
颜秋枳没反应。
陈陆南刚想再喊一声，颜秋枳身子一歪，往陈陆南这边倒了过来。
她睡着了。
陈陆南看着她脸上挂着的泪痕，也不知道是松了口气还是怎么的。
他顿了顿，一把将人抱了起来。
刚抱起来，颜秋枳便自觉地在他怀里找了个舒服的位置，继续睡。
陈陆南看着她，脚步放慢了些许，这才把人放到床上去。
颜秋枳难受的时候基本就是这个状态，迷迷糊糊的，几分钟就能入睡，和平时不太一样。
陈陆南把她放到床上后，思忖了良久，掏出手机发了个信息。
翌日，颜秋枳醒来，房间里已经没人了。
她拿过一旁的手机看了一眼，不由自主地点开了微信，昨晚收到的那个消息还没来得及回复。

她盯着看了会儿,手指微微停滞在上面片刻,最后直接删除,眼不见为净。

沈慕晴打来电话的时候,颜秋枳正好刷完牙在洗脸。

她瞥了一眼,点了接听。

"在做什么?"

颜秋枳边洗脸边回答:"洗脸,你这么早找我干吗?"

沈慕晴笑了一声,抬眸看着片场的大太阳说:"找你聊天啊,我在等其他演员拍戏,好无聊哦。"

颜秋枳翻了个白眼:"有话就说。"

沈慕晴笑:"什么时候来给我探班啊?"

她沉默了几秒,道:"这两天你也要放假了吧?等明年。"

"哦。"

"那等我回去了去找你。"

颜秋枳一顿,看着镜子里的那个人,她眼睛明亮,昨夜的颓然已经完全不见了。她眨了眨眼,睫毛轻颤,把上面挂着的盈盈水珠给荡漾下来。

她看着自己的表情变化,低眸一笑:"好啊。"

沈慕晴"嗯"了一声,抿了抿唇问:"你们是今天还是明天回去?"

颜秋枳的手一顿,低声道:"今天回颜家。"

"给你打电话了?"

"没有,给陈陆南打了,"颜秋枳和她抱怨,"他竟然答应了,还说不好意思拒绝,你说他是个人吗?"

"不是。"

沈慕晴想也没想,和颜秋枳一起疯狂辱骂陈陆南。

骂了一会儿后,她说:"别怕,我和陈陆南都是你的后盾!要是不舒服,你直接来我家就行。"

颜秋枳一笑,哑声答应着:"好。"

两人闲扯了几句,这才挂断电话。

沈慕晴盯着手机看了半晌,戳了好几个人的信息,这才收起手机叹气。

助理刚走过来就听见了,狐疑地看她:"晴晴姐,你怎么叹气了啊?"

沈慕晴摇头,转头看着助理感慨:"就是突然觉得……家家有本难念的经。"

助理:"……"

而她好友家的这本经更难念。

十二岁之前,沈慕晴是不知道颜秋枳这号人物的,她在十二岁那年才被接回颜家,然后,他们这一小圈子人才认识了她。

当然,这不是什么私生女的故事,颜秋枳是正儿八经、名副其实的颜家小公主。

但颜父和颜母并不是豪门圈子的商业联姻,相反,是自由恋爱。

其他的事情,沈慕晴也不是很清楚,她只听说颜父追了颜母很久才追到,然后两人结婚,当时在豪门圈子里,这也是一段佳话。

毕竟颜母只是普普通通的女孩,而颜家却不一样,是几代传承下来的豪门家庭。

结婚几年后,颜母突然和颜父离婚,闹得沸沸扬扬,但其中的缘由没有人知道。

就算是知道,也并不清楚。

再之后,颜母带着颜秋枳离开了,一直没有消息。

沈慕晴最早认识的颜家同辈人,不是颜秋枳,而是颜秋枳的同父异母弟弟,颜嘉池。

他是颜父后来娶的门当户对的妻子生下的儿子,比颜秋枳小几岁,现在还在念高二。

颜秋枳刚回家的时候,两人水火不容。

沈慕晴也是因为偶然遇见了和弟弟吵架而离家出走的颜秋枳,才和她认识然后熟悉起来的。

……

想着,沈慕晴又叹了口气。

"好难啊。"

助理无奈,小声提醒:"晴晴姐,别难了,你该去拍戏了。"

"哦。"

颜秋枳并不知道沈慕晴在感慨自己的"曲折"成长之路。

她挂了电话后就下楼了,陈陆南和阿姨都在。

颜秋枳愣了一下,阿姨喊了声:"太太早。"

她抿着唇点了点头:"阿姨早。"

她顺势坐到餐桌前。

两人安静地吃完早餐,也没什么特别的交流,跟一对相敬如宾的夫妻一样。

吃过东西后,阿姨收拾好便先离开了。

走之前,颜秋枳还看到陈陆南拿了一个红包出来。

颜秋枳挑了挑眉。

阿姨推搡着说不要。

陈陆南说了句:"阿姨,新年快乐。"

他淡淡一笑:"谢谢你的照顾,这是我和我太太的一点心意。"

最后,阿姨还是收了下来,看着两人道:"先生太太新年快乐,谢谢你们。"

……

等阿姨走后,陈陆南一转身,便对上了颜秋枳打量的目光,她的眼睛里有好奇和惊讶。

两人对视了一眼,颜秋枳张了张嘴说:"……你什么时候准备的红包?"她都把这件事给忘了。

陈陆南:"昨天。"

颜秋枳:"……"

这样一对比,她怎么感觉自己那么不懂人情世故呢。

陈陆南瞥了她两眼,低声道:"都一样。"

"……哦。"

颜秋枳没深想这句话的另一层含义。

阿姨走后不久,两人收拾东西准备回家。

颜家和陈家不在一片区域,属于一南一北两个方向。

睡了一觉后,颜秋枳也不挣扎了。

她和陈陆南就是回去吃一顿饭,没什么好不开心的。

礼物什么的全是陈陆南准备的,颜秋枳什么也没做。

上车后,颜秋枳便懒洋洋地趴在车窗上看着外面,因为过年的缘故,这座城市空了不少,相比平时寂寥了些许。

路上的行人、车辆都走得很顺畅。

道路两旁干枯的树枝,看起来一点都不漂亮,没有她家果园里那种郁郁葱葱、生机勃勃的感觉。

"外面的树好丑啊。"

陈陆南陡然间听到耳边传来的声音,瞥了一眼过去:"嗯。"

颜秋枳撇撇嘴:"你就不能多说两个字?"

"……可以。"

颜秋枳翻了个白眼。

陈陆南顿了一下,低声道:"冬天都这样。"

"哪有?"颜秋枳反驳,"我小时候住的地方冬天就不这样,那里冬天也是一片绿色。"

陈陆南敛了敛眸,安静了须臾后问:"想回去了?"

"……"

"没有，"颜秋枳安静了片刻说，"我只是随便感慨一句。"

两人没再说话，一路沉默地抵达了颜家。

颜家也在半山腰处，是一座独栋大别墅，周围一大片区域全是颜家的。这边鲜少有出租车出现，基本都是豪车私家车。

车停下后，颜秋枳赖在车里几秒没动。

陈陆南也没催促她，打开车门下车。陈嫂走了出来，帮忙提东西，还热情地喊了声："陈总过来了。"

颜秋枳听着陈嫂对陈陆南的称呼，撇了撇嘴。

在颜家，陈陆南不是颜家的姑爷，而是陈总。

陈嫂把东西提了进去，陈陆南走到副驾驶这边敲了敲车门，从外面把门打开。

两人猝不及防地四目相对。

他声音低沉，手搭在门上，骨节分明："下来。"

颜秋枳："……"

两人一进去，杜冰便含笑看了过来："颜颜和阿南回来了。"

颜秋枳没吭声。

陈陆南微微颔首，喊了声："杜阿姨。"

杜冰是颜秋枳父亲的妻子，她的后妈。

杜冰看着两人，连忙说："快坐下。"

她走到颜秋枳面前，抓着她的手道："秋枳都好久没回来了，感觉都瘦了。"

颜秋枳皮笑肉不笑地应了声："谢谢杜阿姨关心。"

杜冰也不生气，看向两人说："你们坐，我去把嘉池爸爸叫下来。"

颜嘉池，颜秋枳同父异母的弟弟。

颜峰下来的时候，颜秋枳和陈陆南正端坐在一起。

他长得很英俊，即便身上有了岁月的痕迹，也依旧能看出年轻时是英俊帅气的。

要不是如此，颜秋枳的妈妈也不会嫁给他。

颜峰穿着一套黑色的中山装，看着有点特别的味道。他看了一眼颜秋枳，又把目光转到了陈陆南身上。

"阿南来了。"

陈陆南喊了声："爸。"

颜峰一笑，点了点头说："快坐下，最近感觉怎么样？"

"还好，"陈陆南主动说，"前段时间太忙，没过来看爸，很抱歉。"

颜峰摆摆手，并不在意："没事没事，你们年轻人有自己的事业要忙，很正常。"

两人在旁边交流着,颜峰对陈陆南的态度比对颜秋枳好太多。

没办法,谁让陈陆南家更有钱有势呢。

颜秋枳被屋子里的空气压得有点喘不过气来,她环视了一圈,道:"我出去转转。"

杜冰看她:"外面冷,待会儿回来吃饭啊。"

"好。"

颜秋枳没看陈陆南,径直往外跑。

她觉得自己要是再在那屋子里待着,可能要得抑郁症了。

走出大门后,颜秋枳也不知道自己该往哪儿去。

她低着头走着,不小心撞到了蹲在路边的人。

两人一高一低地对视着,颜秋枳那道歉的话刚到嘴边,又收了回去。

颜嘉池皱了皱眉看她:"你怎么一个人在外面?"

"要你管?"

颜秋枳这会儿是逮着谁都能怼两句,烦躁道:"你为什么也在外面?"

颜嘉池直接退出了手机游戏,道:"我为什么要在里面?"

"……"

颜秋枳张了张嘴:"那我为什么要在里面?"

颜嘉池抿着唇不说话。

他长得很像颜父,有一种清隽的少年感,十七岁的小青年,瘦瘦高高的,气质也很干净。

和成年人的感觉不一样。

两人安静了一会儿。

颜秋枳看了一眼颜嘉池待着的地方,离家不远,却正好在风口处,他正蹲在路边玩游戏,身上穿着一件长款的黑色羽绒服,头发很短,被风吹得乱糟糟的,唇色还有点泛白,大概是冻着了。

她顿了一下,索性也跟着蹲了下去。

"屋子里太闷,我出来透透气。"

"哦。"

颜嘉池的手指在手机屏幕上乱划着,有点漫不经心。

"你呢?"

颜嘉池顿了一下,烦躁地说:"我在家玩游戏,爸总要念叨我,很烦。"

"活该,"颜秋枳哼笑了一声,"你这个年纪本来就不应该多玩游戏。"

颜嘉池手一顿,把刚点亮的手机屏幕再次摁灭。

姐弟俩蹲在一处。

过了会儿，颜嘉池没忍住问："你为什么不回我消息？"

"回什么？"颜秋枳说，"你问我会不会回来，我这不是回来了吗？有什么好回消息的。"

颜嘉池："……"

这个逻辑似乎有点不太对，但又好像无法反驳。

他紧抿着唇角，不耐烦地"哦"了一声："知道了。"

两人蹲在马路边上，吹了会儿冷风后，颜秋枳问："考试怎么样？"

颜嘉池："……你怎么和他们一样？过年最忌讳问成绩了好吗。"

"哦。"

过了会儿，颜嘉池问："你和那个女明星怎么回事？你怎么那么弱，总是被人欺负。"

颜秋枳想也不想地怼他："我就是这么弱啊，要不然以前能被你欺负到离家出走？"

"……"

话音刚落，风都静了。

颜秋枳后悔了。

对过去的很多事情，她大多数时候都是缄口不提的，但每次回来，她都像是背了炸药一样，谁来都能点燃。

颜嘉池垂下眼睑，看着脚尖半晌，刚想说话，一旁传来了熟悉又陌生的声音。

"颜颜。"

两人抬头看了过去。

陈陆南站在不远处，说了句："走了，我们回家。"

第 5 章
我们回家（他的温柔）

不远处的人身形挺拔，长身玉立，明明什么都没做，脸上也一如既往是那个冷冷淡淡的神情，却偏偏给颜秋枳一种温柔的错觉。

中午的阳光勾勒着他的眉眼，显得英隽又立体。

颜秋枳一怔，惊讶地看着陈陆南："回家？"

陈陆南颔首，淡淡地说："我临时有事，跟爸说了，不在这吃饭。"

颜秋枳眼睛一亮，刚想要欢呼，大喊"陈陆南今天做人了"之类的话，一旁传来幽幽的一声："那你自己走不就好了吗？"

颜嘉池很不满地看向陈陆南，瞳眸里多了点嫌弃。

"……"

陈陆南瞥了他一眼。

颜秋枳接收到陈陆南的眼神，想也不想地说："那不行。"

"为什么？"

颜嘉池不满地问，傲娇又臭屁。

颜秋枳微微一笑，朝陈陆南跑了过去，很自然地挽住他的手说："我们是夫妻呀，当然要同进同出。"

颜嘉池："……"

三人回到家，陈陆南提前打了招呼，颜峰倒也没勉强。

在颜家，陈陆南说的话没有人反驳。

倒是杜冰，先是皱眉看了一眼颜嘉池，训斥着："嘉池，秋枳和你姐夫都回来了，你跑哪儿去了？"

颜嘉池还没说话，杜冰继续道："总是不待在自己家，老往外面跑怎么回事？你冷不冷？"

颜嘉池避开杜冰的手，眉心蹙起："不冷。"

杜冰看了他一眼，这才看向颜秋枳："秋枳，阿南公司有事，你要不留在家里吃饭？晚点我让司机送你回去吧。"

她含笑说："你爸爸前段时间还念叨你呢。"

颜秋枳眼里闪过一丝讥讽，但面上却和陈陆南一样淡漠，甚至还带了点笑："不用了杜阿姨，我陪陈陆南去公司一起吃。"

颜峰皱了一下眉，看了她一眼："不吃就不吃，初二记得回来。别总是跟个不懂事的小孩一样，你现在已经是成年人了。"

颜秋枳面无表情地听着，没吭声。

颜峰继续道："还有网上那些乱七八糟的事，早就跟你说过别进娱乐圈，好好当……"

"爸。"

陈陆南把颜秋枳那紧握着的拳头给掰开，和颜峰平视。

"什么？"

颜峰听到陈陆南的声音，第一时间收了声看向他。

陈陆南低眸一笑，浅声说："我和颜颜初二再回来看您，到时候陪您喝酒。"

颜峰笑了笑，爽快答应着："那我等你们回来，那天不会再有工作了吧？"

"不会。"陈陆南承诺着，"就算有工作，也一定陪您喝尽兴了再走。"

颜峰满意地点了点头。

陈陆南这个女婿，向来是颜峰最引以为傲的。

因为陈陆南的打岔，颜峰对颜秋枳没再多训斥。

只是最后说了句："到陈家过年懂事点，别给我丢脸。"

从屋子里走出去，颜秋枳没管还在寒暄的人，径直拉开车门上车。

她深呼吸了一下，压着自己的脾气，刚把安全带扣上，车窗便被敲了敲。

颜秋枳转头，看着颜嘉池放大的脸："你要干吗？"

颜嘉池看着她红了的眼眶，张了张嘴说："对不起。"

"你跟我道歉干吗？"

颜秋枳低头在自己包里找东西。

颜嘉池也不知道自己为什么要道歉，但他就是想这样做。

沉默了会儿，颜嘉池刚想要说话，手里被塞了个东西。

他低头一看，是一个红包。

颜秋枳冷冷地丢下一句："新年快乐。"

颜嘉池摸着手里的红包，还想要说点什么，却好像不知道该从何说起。

陈陆南恰好上车，转头看了一眼姐弟俩。

"好了？"

颜秋枳点头："走了。"

车窗缓缓地摇上,把风声和话语声全部都隔绝在外,像是筑起了城墙一样,没有任何人可以走进。

车内安静。

陈陆南开车的时候很专注,除了颜秋枳说话他会回答几句之外,其余时间他都不说话。

颜秋枳这会儿也没心情活跃气氛,塞着耳机看着窗外,很是安静。

熟悉的街景渐渐过去了,出现在眼前的是越来越陌生的街道。

就像那年她来到这里的时候一样,周围的一切都是陌生的,无论是人还是物。

颜秋枳十二岁之前的童年生活,虽然没有父亲,没有太多的亲人,可她有邻居的爷爷奶奶,还有很多叔叔伯伯哥哥姐姐,还有陪着她长大的阿黄和小猫咪。

她也好奇过,为什么其他人都有爸爸,只有她没有。

那时候,妈妈很温柔地跟她解释,因为一些特殊原因,她们和爸爸分开了,但她的爸爸是爱她的。

颜秋枳深信不疑,在上小学的时候,同学嘲笑她没有爸爸,是被爸爸抛弃的小朋友,她爸爸肯定很讨厌她,因为不喜欢她才会不要她。

颜秋枳和同学据理力争,甚至还打了起来。

她铿锵有力地捏着小拳头告诉那个调皮的男同学,不是的,她爸爸是爱她的,她的爸爸和妈妈只是暂时分开了。

说到最后,她眼泪汪汪地坚持着自己的信念——她爸爸爱她。

这是妈妈说的。

她相信妈妈不会骗她。

因为颜秋枳"一战成名",再没有人当着她的面嘲笑她是没有爸爸的孩子。

但是从那之后,颜秋枳期盼了一年又一年,想要爸爸出现,然后牵着爸爸的手去学校,告诉那些背地里说她的人,这是她爸爸,她是有爸爸疼爱的。

后来,颜峰确确实实出现了。

在她母亲的葬礼上,之后,她被接回了颜家。

只是那一切,都和她想象的不一样。她爸爸还有一个妻子,刚到的时候,那个人很温柔地对她,摸着她的脑袋让她喊妈妈,颜秋枳不愿意。

除此之外,那个家里还有一个比她小了几岁的男生,长得很好看,她想要和他好好相处。

以前她总羡慕隔壁的阿黄哥哥有个弟弟,现在她也有了,其实她是开心的。

只是弟弟，好像并不喜欢她。

他每天都用警惕的眼神看着她，唯恐她抢走他的东西。

碰到了他的玩具他要哭，不小心坐了他专属的位置他要告状……他不喜欢颜秋枳，他说她是陌生人，不是他的姐姐。

……

车子不知道什么时候停了下来，颜秋枳怔了几秒，这才反应迟钝地把自己的思绪给拉了回来。

她转头，陈陆南正好戴着口罩和帽子。

俩人对视了一眼，陈陆南问："想不想下车？"

她沉默了两秒："下车去哪儿？"

她把注意力转到外面，隐约觉得这个地方有点熟悉。

"工作室。"

"你的工作室？"

"嗯，"陈陆南低头注视着她，"要不要上去看看？"

颜秋枳纠结了两秒："不要。"

她说："这会儿工作室还有人在吧？"

"有。"

颜秋枳点头："那你去吧，我在车里等你。"

陈陆南定定地看了她半晌，嗓音沙哑道："很快。"

"哦。"

颜秋枳这会儿只想要自己一个人静一静，无论陈陆南回来得快不快，对她都没有什么特别的影响。

陈陆南来工作室确实有点事，但并不是今天一定要过来。

他压着帽檐下车。陈陆南虽然还是属于某公司的艺人，但很早之前就有了自己单独的工作室。

他到的时候，王康正好在楼下。

"陆哥。"

"嗯。"

"都弄好了？"

"差不多了，就等你过来。"王康道，"本来说视频会议也行，但宇哥说你亲自来更好，还有点事情和你商量。"

宇哥是陈陆南的经纪人。

陈陆南颔首，表示了然。

进去后，一圈人坐在会议室里，就等着陈陆南过来。

陈陆南环视了一圈，声音低沉："长话短说。"

众人："……"

宇哥瞥了他一眼："你还有事？"

"嗯。"

大家了然，紧急开会。

其实是对年后的工作安排，陈陆南回国了，有很多规划要做。

他这样级别的艺人，不能懈怠。

今天让他过来，除了开会之外，还想要陈陆南抽奖。

年底了，工作室也有年会和抽奖活动，但陈陆南向来不喜欢参加年会，大家一般只要求他在抽奖的时候露个脸，让大家见见。

有陈陆南最先的一句话，会议进行得很快，没多久便结束了。

结束后，陈陆南去抽奖那边说了几句场面话，把一等奖和特等奖给抽了出来，这才离开。

离开之前，陈陆南去了一趟洗手间。

刚从里面出来，便听到工作室的两个员工在聊天。

"楼下是不是有一家新开的甜品？"

"是啊，Lady M，他们家的千层真的好好吃！"

"那待会儿我们下去买吧。"

陈陆南低头洗手，他微微敛了敛眸，看向旁边的两位女生："打扰一下。"

两人一愣，听到陈陆南的问话后，热情又积极地把他想知道的转达了。

陈陆南出来后，宇哥把几份剧本递给他："找你的。"

他看了一眼："拒绝了。"

"不再看看？"

"嗯。"

宇哥无言，有点儿头疼："就打算等博钰的剧本出来？"

陈陆南颔首，声线沉沉地说："答应关导了。"

"行吧。"宇哥也没辙，他瞅了眼陈陆南表情，问，"你这是怎么了，看着心情不是很好。"

陈陆南顿了一下，看向他问："你知道……怎么哄人吗？"

"啊？"

颜秋枳在车里待了一会儿。陈陆南把钥匙留给她了。她看着外面形形色色的人，突然有点无聊。

有什么好伤感的，她又不是那个十几岁的小孩子了。

这么想着，颜秋枳把帽子戴上，戴着口罩下车了。

陈陆南的工作室所处的位置在市中心，周围热热闹闹的，商场也有很多。

她下车抬头，看到的是陈陆南的一个广告。

颜秋枳撇撇嘴，低头往对面的商场走。

她今天穿的很低调，深色系的羽绒服和牛仔裤，但因为人瘦、气质好的缘故，即便是打扮成这样，也有不少路人回头看她。

颜秋枳看了一眼很多人排队的奶茶店，想也没想就走了过去。

她正排队，手机振动了一下。

陈陆南：【在哪儿？】

颜秋枳：【买奶茶，你要不要。】

陈陆南：【不用，哪家店。】

颜秋枳直接给发了个位置给他，转而问：【你要过来？】

陈陆南：【不方便？】

颜秋枳努努嘴，继续打字：【也不是不方便，就是你太惹眼了，会被认出来吧？你还是别过来了。】

发完消息后，正好轮到颜秋枳。

她要了一杯奶茶，买单后往回走。还没走到车里，她便看到了站在不远处的男人。

陈陆南今天穿了一件深色风衣，英俊又潇洒。等人的时候，他的姿态也一如既往地放松，一点也不害怕被人认出来。

颜秋枳脚步顿了顿，迟疑了几秒后才走过去。

"不是让你别来吗？"

陈陆南看了她一眼："还有什么要买的？"

"没有了，"颜秋枳说，"不太方便。"

"嗯。"

两人回到车里，一打开车门，颜秋枳便看到了放在中控台上的盒子。

她愣了一下，眼睛亮了起来。

"这是……"

陈陆南淡淡地说："给你买的。"

颜秋枳错愕地看着他，有点儿不敢相信："你怎么突然去买这个了？"

陈陆南扣好安全带，不疾不徐地说："没有突然。"

想买就买了。

颜秋枳也没和他客气，直接打开吃。

她喜欢吃这家店的千层，除了贵之外，没有别的毛病。

颜秋枳小口小口地吃着，转头看向陈陆南："你要尝一口吗？"

陈陆南的目光停滞在她脸上片刻。她很会隐藏情绪，眼底的那些伤感此刻全然消失不见了，只有笑。

他顿了一下，喉结滚了滚："好。"

颜秋枳看了一眼他这会儿的动作，不适合自己动手吃。她也没扭捏，用叉子弄起一小块，往陈陆南嘴里送了过去。

看着陈陆南吃下后，她有点儿兴奋地问："怎么样，是不是超好吃？"

甜品这种东西对陈陆南来说，只有腻，没有"好吃"这两个字。

但这会儿，他却违心地应了句："还不错。"

颜秋枳笑了。

"那当然了，我超喜欢他们家的，肯定好吃，我的口味一定不会出错。"

陈陆南听着耳畔叽叽喳喳的声音，唇角下意识地往上扬了扬。

他自己都未曾察觉。

颜秋枳吃了一会儿后，突然想起来问："对了，你去公司做什么？"

陈陆南道："谈了点年后的安排，给员工抽奖。"

"啊？"颜秋枳想了想，"你们不弄年会吗？"

陈陆南点头："今年安排他们出去旅游。"

"去哪儿啊？"颜秋枳耷拉着嘴角说，"我也好久没去旅游了。"

她说这话的时候绝对没有暗示陈陆南的意思，就是纯粹的感慨。

因为工作的缘故，颜秋枳确实很久没放松了。

陈陆南顿了一下，突然想到了一个事情。

"想出去玩？"

"想啊，"颜秋枳懒洋洋地喝了口奶茶说，"但没时间，我初四就要出国。"

陈陆南"嗯"了一声，道："姜臣前段时间投资了一个新娱乐的地方，想不想去？"

颜秋枳的眼睛亮了起来。

"什么娱乐项目？"

"在山里度假，真人 CS 之类的。"

姜臣没事就喜欢折腾这些，吃的喝的玩的，他都有所涉足。

颜秋枳有兴趣。

但刚扬起唇角，便耷拉了下去："但明天就是大年三十了，我们想去也没时间。"

"有。"

颜秋枳转头看他："哪儿有？"

陈陆南道："明天去，今晚在家吃饭，我们去山里过年。"

颜秋枳怔了几秒，惊讶地看着他："不在家里过年？"

她问："爸妈他们不会……说吗？"

其实她内心是想去外面过年的，无论是颜家还是陈家，她都会有种不适应的感觉。

陈家人对颜秋枳很好，但也只是因为她是陈陆南的妻子才这样，他们的那种好，她有点承受不起。

颜秋枳不是会说话的人，之前表现出来的，大多数都是伪装，努力地迎合，但实际上很累。

"不会，"陈陆南看了她一眼，"想去就去，不用想太多。"

"哦，"颜秋枳压了压上翘的嘴角，瞳眸里漾开笑容，"那就去吧，就我们两个吗？还是其他人也去？"

"你问问。"

颜秋枳一行人是有一个大群的，她直接在群里问了一声，姜臣等人全都冒了出来，喊着要去。

没一会儿，小队伍便组织了起来。

组织完之后，颜秋枳看着陈陆南半晌，欲言又止。

陈陆南偏头，看了她一眼："怎么了？"

颜秋枳张了张嘴，忽地看到了两人所在的位置："这是哪儿？"

陈陆南瞥了眼，淡淡道："游乐园。"

颜秋枳："……"

她知道这是游乐园，但问题是，陈陆南为什么要带自己来游乐园这种地方？

她还没张口问，陈陆南已经下车了。

顺便还不忘叮嘱她一声："戴好口罩和帽子。"

"……"

颜秋枳觉得自己一定是被风吹得把脑子给冻住了，不然为什么会看不懂陈陆南这一下午的行为。

"我们不是要回家吗？"

"不着急，晚饭前到就好。"

颜秋枳："……"

她的重点不在这儿。

陈陆南看了她一眼，低声问："有什么想吃的？"

颜秋枳的思绪被岔开了，她看了一眼，不远处有卖热狗的，香味四溢，从那边飘过来。

她吞咽了一下口水道："想吃热狗。"

陈陆南看了她一眼："在这儿等我。"

颜秋枳看着他往那家小店走去的背影，心控制不住地跳动着。

和平常的心跳不一样，这一次心脏跳动好像比往常快了几分。

她正走神想着，陈陆南已经买好热狗回来了。

"吃吧。"

颜秋枳接了过来，抬眸看向他："……你今天怎么想带我来这儿了？"

陈陆南应了一声："之前不是说想来？"

"什么时候？"

颜秋枳对着陈陆南那双浅色的瞳仁，努力回忆了一下自己说的话。

昨天晚上……她迷迷糊糊和陈陆南抱怨了很多。

说颜峰不爱她，说他对她不好，好像还举了例子……刚被接回颜家不久的时候，颜秋枳看到了颜嘉池给她炫耀的照片。

很多一家三口的照片，有他们去旅游的，去海边的，去国外的，还有去迪士尼乐园的，很多很多。

颜秋枳那会儿有过嫉妒和羡慕。

她甚至对颜峰提出了请求，在刚回家的第一个生日的时候，想让颜峰也带她去迪士尼乐园。

她没去过。

颜峰答应了，但到她生日的那天，他却忘得一干二净。

……

想着，颜秋枳抬眸看向陈陆南："……你今天这是打算哄老婆开心吗？"

陈陆南没否认，问了句："有用吗？"

颜秋枳稍稍一顿："有。"

她指着不远处的气球："你要是去给老婆买个气球，会更有用。"

"……"

陈陆南垂眸看她半晌，走了过去。

颜秋枳一怔，看着他离自己越来越远的背影，忽地笑了。

她突然觉得嫁给陆南好像真挺好的。

游乐园里人算不上很多，大概是过年的缘故，很多人都已经回家了。

颜秋枳手里绑着一个小丸子气球，很是可爱，和她整体的打扮并不搭，但她很喜欢。

她压了压帽檐，侧目看向旁边的男人："我们这么正大光明地出现在这里，不会被拍吗？"

陈陆南"嗯"了一声："不至于。"

两人都打扮得低调，还戴着帽子和口罩。在游乐园里，大家都玩得很"疯"，鲜少有人会去注意旁人。

即便是注意到了,就他们两个这身装扮,也不可能一下子认出来。

听陈陆南这么说,颜秋枳放心了。

她环视了一圈,游乐园能玩的项目不少,她想着,戳了戳陈陆南的手臂:"你想玩什么?"

"看你。"

颜秋枳转头看向不远处,指着说:"要不就过山车吧。"

陈陆南:"……"

过山车,大摆锤,海盗船……因为排队的人不多的缘故,颜秋枳拉着陈陆南全都玩了一通。

她口罩下的唇角上扬着,露出来的眼睛弯弯,一点也没掩饰里面的耀眼。

陈陆南很淡定,除了面色有点发白之外,其他的和往常无异,好像游乐园里的这些刺激项目并不能让他"花容失色"。

颜秋枳偷偷地瞥了他一眼,觉得有种说不出的挫败感。

这人的情绪和表情就不能有点波动?

正想着,陈陆南低头看了一眼腕表:"还有什么要玩的?"

颜秋枳环视了一圈:"没什么了,我们该回家了吧?"

"好。"

"……"

虽然只是短暂的几个小时,但上车后,颜秋枳还是觉得挺满足的。

她转头看向离自己越来越远的游乐园,低头看着自己拍出来的照片,轻笑了一声。

"陈陆南,我刚刚拍了一张你的照片。"

陈陆南:"丑的?"

颜秋枳哽了一下,睨了他一眼:"你还有好看的照片?"

她口是心非地怼着。

陈陆南瞥了她一眼,不和她计较这翻脸不认人的态度。

回家的一路上,颜秋枳都喜滋滋地刷着照片,很是开心。

*

两人到家的时候,正好是六点。

陈母看着两人,喜笑颜开:"颜颜和阿南回来了。"

颜秋枳笑,伸手抱了抱陈母:"妈,好久不见。"

陈母扑哧一笑,拍了拍她的手背:"冷不冷啊?手怎么这么冰?"

"不冷不冷,"颜秋枳含笑说,"挺暖和的。"

两人说笑着进屋，陈父也在家。

他比陈陆南等人都要严肃很多，颜秋枳看了他一眼，立马规规矩矩地喊了一声："爸。"

陈父颔首，面容严肃："回来了。"

"嗯。"

颜秋枳默默地往陈陆南身边移动，她害怕。

说不上来的原因，她对陈父有种恐惧感，总觉得他不太喜欢自己，自己的那点表面功夫，都能被他看穿。

他作为一个成功的商人，比陈陆南厉害得多。

陈陆南看着她的小动作，淡淡应了一声："我和颜颜先回房休息会儿。"

陈母刚想让父子俩聊一会儿，便听到了这话。

她也没反对，应了一声："好，你们先上楼吧，待会儿让阿姨喊你们吃饭。"

"谢谢妈。"

上楼后，颜秋枳才松了口气。

陈陆南瞅了她一眼，微微一哂。

"你是不是在嘲笑我？"

颜秋枳瞪大眼看着他，她听到了那一点讥讽的笑。

"没有。"

陈陆南并不承认。

颜秋枳撇撇嘴："你就是有。"

"嗯。"

颜秋枳无语了一会儿，没忍住踢了一下他的脚尖，碎碎念说："你爸太严肃了，我害怕。"

这是真的，颜秋枳从最开始到陈家到现在，最害怕的不是陈陆南，是陈父。

陈陆南虽然冷淡，但他对颜秋枳还可以，至少丈夫这个角色做得勉强及格。

但陈父不同。

之前她就听说过很多和陈父有关的事情，对他是打心底有畏惧感。

两人进房间待了一会儿，阿姨便过来喊人了。

因为没到大年三十的缘故，吃饭的就是他们这一家四口。

安安静静的，颜秋枳连吃饭都变得优雅缓慢了。

她坐得笔直，没怎么敢乱动。

陈陆南亦是。

吃过饭后,陈母拉着颜秋枳去外面散步,她没拒绝。

她大概知道陈母是想要给里面那对父子一点空间。

"颜颜,最近工作怎么样?"

"挺好的。"颜秋枳挽着她的手,"妈,你和爸呢,最近身体还好吗?"

陈母笑笑:"还好,你和阿南都一样,工作固然重要,但身体也重要,还是要注意休息。"

"好。"

两人慢悠悠地走着,还遇到了跑过来的陈曦。

陈曦家就在隔壁的隔壁,知道颜秋枳和陈陆南回来后,很是按捺不住。

"小嫂子!"

颜秋枳扑哧一笑,招了招手:"在这儿。"

陈母也跟着笑,忍不住说:"小曦会不会闹你?"

"不会。"颜秋枳笑着说,"我很喜欢她。"

陈母看着陈曦跑过来的身影,颇为感慨:"确实是,小曦是我们家的开心果。"

她道:"当然,以后你和阿南的孩子肯定也会是开心果。"

她现在呀,没别的所求,就希望抱个孙子或孙女,颐养晚年。

颜秋枳身子一僵,不太懂为什么突然聊到了这个话题。

她尴尬地应了一声:"嗯,会的。"

陈母看着她,刚想要问"你们打算什么时候要孩子",陈曦已经过来了。

颜秋枳松了口气,决定待会儿一定要好好奖励一下陈曦,简直是救她于水火啊。

"大伯母,小嫂子,我哥呢?"

颜秋枳指了指:"在家里呢,你找他?"

陈曦连忙摆摆手:"不是不是,我找你啊。"

她笑嘻嘻地挽着颜秋枳的手臂:"我哥一个人在家啊?"

颜秋枳瞥了她一眼:"不是,和你大伯一起。"

陈曦:"……"

那保重吧。

客厅内安静了些许。

陈父把目光转到陈陆南身上,声线沉沉:"打算什么时候回公司?"

陈陆南眼皮都没动,淡淡地说:"没打算。"

陈父看着他回话的模样,就压不住自己的怒气:"你在外面多久了?!难不成你真打算一辈子都做一个……"

"做一个什么?"

陈陆南掀了掀眼皮,云淡风轻地问。

陈父一下子就被他给激怒了:"做什么你自己不清楚?堂堂呈盛的大少爷,跑去拍戏,任由千万人观赏,你不觉得丢脸吗?"

"没觉得,"陈陆南语气淡漠,"无论是拍戏还是其他,都是一份职业,值得被尊重。"

他看向陈父:"你不应该对这个职业有歧视。"

无论是什么职业,都一样。不分高低贵贱,没有说做什么的就更高尚一点,只要无愧于心,那就够了。

陈父刚想要发怒,陈陆南便道:"如果你只是想跟我谈这个,大可不必让我妈她们离开。"

陈父皱眉。

"你现在是……"

"翅膀硬了,"陈陆南淡淡地问,"除了这句,还有其他说辞吗?"

阿姨听着两人争吵,想着陈母出门前的叮嘱,连忙给两人倒茶,打断了这即将要激发的战火。

有了阿姨的打断,这个话题也暂时搁置了。

陈陆南面色冷漠,低头看了一眼手机,是姜臣在群里发的消息。

他顿了一下,看向陈父:"我明天和颜颜不在家过年。"

陈父刚想发怒,陈陆南继续道:"我带她出门两天。"

陈父抬眸看向斜对面的人,沉默了须臾问:"不再抗议了?"

他说教道:"既然已经结婚了,无论你对秋枳有没有感情,你都应该要尽到丈夫的职责。"

陈陆南没吭声。

陈父继续说:"秋枳是个好姑娘,好好对她。"

陈陆南冷笑回应。

这回应落在陈父的耳里,有了不一样的味道。

他又多说了句:"你们打算什么时候要孩子?"

"没打算。"陈陆南毫不犹豫地说,说完后他又觉得这话会让人误会,刚想要解释一句,外面传来了说话的声音。

"小嫂子!我看到姜臣哥哥说你们明天要去深山里玩真人CS是不是?能不能把我也带上啊?"

"那你要问你哥。"

陈曦:"那万一我哥不答应呢。"

颜秋枳想了想:"那你找姜臣哥哥。"

"也对哦。"

三个人进屋。
陈曦活跃，热情地喊着两人。
陈父看着她笑了笑："小曦来了，吃饭了吗？"
"吃了，"陈曦道，"大伯晚上好啊，半个月没见，大伯你又变年轻了。"
陈父被她逗笑："还是我们小曦会说话。"
陈曦一来，家里的氛围瞬间热闹了。
她吹了吹两位长辈的彩虹屁，这才坐在颜秋枳旁边和她聊天。
"小嫂子，明天几点啊？"
颜秋枳看向陈陆南。
陈陆南皱了皱眉："你也要去？"
陈曦点点头，一脸乖巧："可以吗？"
"……"
两人拒绝不了她，自然是答应的。
再说了，就算是颜秋枳和陈陆南拒绝了，陈曦也能从姜臣那边过去。

*

晚上睡觉，颜秋枳看着从浴室出来的男人。
他的头发还在滴水，顺着精致的侧脸往下滴落，看上去无比的性感。
陈陆南是优越的，无论从哪方面来看，都比常人要更优秀一些。
他是生来的天之骄子。
颜秋枳把目光从手机上挪开，落在他脸上又收回，反反复复好几次后，陈陆南抓住了她偷窥的目光。
两人对视一眼，颜秋枳清了清嗓："……你心情还好吗？"
"嗯。"
颜秋枳"哦"了一声，也没再多问。
还好就行。
陈陆南吹干头发，掀开被子上床。
两人都许久没有在家里睡觉，一时间还有点不适应。
颜秋枳拉着被子躺了好一会儿，实在是没忍住，伸手戳了戳旁边男人的手臂。
陈陆南闭着眼，精准无误地抓着她乱动的手。
"怎么了？"
颜秋枳侧躺着，贴近在他耳边说："要抱一下吗？"
陈陆南没动。
颜秋枳尴尬两秒，给自己找台阶下："仅限于今晚我主动投怀送抱……

啊……"

话还没说完,她被拉入了一个温暖的怀抱。

他身躯发烫,在冬日夜里也一样能灼热着她。

两人紧密地贴合在一起,明明没有更亲密的举动了,只是相拥在一起,还隔着衣服,可颜秋枳却好像听见了自己的心跳声。

很重也很快。

隐隐约约地,她还感受到了陈陆南的心跳,和自己的像是无异。

一样的跳,是超越平常的那种速度,稍微有那么一丁点不正常。

房间内灯光昏暗,陈陆南这边亮了一盏床头灯,光线很暗,是特意调整过的。

她看着面前的脖颈,没忍住伸手碰了一下,声音很轻,还带着点说不上来的别扭。

"好了吗?"她小声说,"抱我是要收费的,我只愿意免费三分钟啊。"

陈陆南没动。

颜秋枳埋头,在他脖颈处蹭了蹭,闻着他身上的雪松味,睫毛颤了颤:"陈陆南,你是不是睡着了?"

陈陆南的手动了一下,哑声答应着:"没有。"

颜秋枳"哦"了一声,道:"那你把我放开,不然我真收费了啊。"

"收多少。"

颜秋枳一愣,诧异看他:"什么收多少?"

陈陆南瞥了她一眼:"抱一下不是要收费?收多少?"

颜秋枳张了张嘴,没有客气:"一分钟一万块。"

"嗯。"

陈陆南把她抱得更紧了些,嗓音沙哑道:"一晚上多少分钟?"

"……???"

这一晚上,颜秋枳以一种别扭的姿势被陈陆南抱在怀里,好像一直都没有分开过。

到半夜她迷迷糊糊醒来的时候,她还在陈陆南怀里。

怀抱很温暖很温暖,在寒冷的冬日里,暖了人心。

颜秋枳借着灯光看了他一会儿,又阖着眼往他怀里靠着睡了过去。

算了,今晚就不收费了。

翌日中午,一行人浩浩荡荡出发进山。

去的都是熟人,姜臣、程湛、沈慕晴和陈曦,还有几个颜秋枳和陈陆南都认识的朋友。虽然不是一个圈子的,但都是从小认识,知根知底的人。

除了有两个女生她不认识，其他的都见过。

陈曦和颜秋枳坐在车里，陈陆南在前排开车。

一上车，陈曦便捧着手机靠在颜秋枳的肩膀上开始说八卦。

"小嫂子，昨晚的八卦你看了吗？"

颜秋枳一愣："昨晚有什么八卦？我昨晚睡得比较早，没看。"

陈曦"哦"了一声，小声说："林竟的啊。"

颜秋枳身子一僵。

陈曦继续在旁边碎碎念说："我偶像昨天出席了一个活动，还被问到了择偶标准。"

颜秋枳眼皮一跳，尴尬一笑，想岔开这个话题。

"这不是媒体记者很喜欢问的问题吗？很正常，这有什么好上热搜的？"

陈曦瞪大眼："有的啊。"

她说："林竟说他有喜欢的人了，而且还说了自己喜欢的人的优点。"

"……？？？"

陈曦完全没注意到颜秋枳的脸色不好看，她自顾自地说："我觉得我没希望了。"

她叹气："我偶像喜欢大美女，还说是身材很好的那种，还说他喜欢的对象性格也很可爱。"

说着说着，陈曦更生气了。

"小嫂子你知道吗？"

"啊？"颜秋枳惊恐地应了一声，"知道什么？"

陈曦道："最过分的是，我偶像说完这些后，网友们竟然猜测说他喜欢的人是关荷，他暗恋关荷，还说那些条件关荷都符合。"

颜秋枳："……"

莫名其妙松了口气是怎么回事？

她想着，瞥了眼前面开车的男人，好巧不巧，陈陆南正好抬起眼。

两人猝不及防隔着后视镜对视了一眼，颜秋枳心虚地收回目光，含糊地应着陈曦。

在颜秋枳的打断下，陈曦总算是把这个话题给打住了。

但她还是觉得伤心又难过。

*

从市区去附近的山里要点时间，开车两个多小时。

几个人抵达的时候，正好是中午吃饭的时间。

这一片开发得已经很好了，除了颜秋枳等人之外，还有不少过来游玩的人。

考虑到颜秋枳和陈陆南的特殊身份,姜臣特意让人清了一大片空地出来,不让人靠近。

山里雾气萦绕,即便是到中午阳光出来的时候,也朦朦胧胧的,让人看不太清。

周围树木清香,不好闻,但也不难闻。

下车后,几个人安排了住所,但晚上住不住是另一回事。

毕竟姜臣等人已经嚷嚷着要搭帐篷过夜了,绝对是不一样的体验。

颜秋枳有点想要在帐篷里过夜,看到她眼睛里的渴望后,姜臣第一个找靠山。

"颜颜!你是不是也想在帐篷里过夜?"

颜秋枳"嗯"了一声:"会冷吗?"

"应该不会吧,"姜臣道,"他们不愿意的话,颜颜我们两个睡帐篷吧?"

话音刚落,程湛踹了姜臣一脚。

姜臣:"你干吗踹我?"

沈慕晴无语地翻了个白眼:"你要和我们颜颜睡帐篷?你把陈陆南置于何地?"

姜臣:"……"

他很无力地解释:"我的意思是一个人一个帐篷。"

他看着面前这群人:"你们想哪里去了?"

众人:"一人一个也不行。"

"……"

颜秋枳在旁边笑,乐不可支。

到晚上,一行人开始弄吃的,她和沈慕晴陈曦等几个女生在旁边聊天,完全不插手。

沈慕晴含笑问:"现在开心了?"

颜秋枳看她:"什么叫现在开心了?"

"昨天不是心情不好吗?"

颜秋枳笑,往她肩膀上靠:"还行吧,现在心情挺好的。"

"那就好。"正说着,沈慕晴扬了扬下巴说,"看那边,你老公是不是又被人惦记上了?"

颜秋枳顺着看了过去,还真是。

和他们一起来的其中一个女生这会儿正往陈陆南身边走了过去。

她长得很漂亮,身形也很好。

下午玩真人CS的时候,她就挺喜欢往陈陆南身边凑的。

最开始见面，没人介绍陈陆南和颜秋枳是夫妻，他们自己知情就好，没必要让别人知道。

颜秋枳撑着下巴看着，漫不经心的模样。

沈慕晴转头看她："不过去阻止一下？"

"为什么要去？"

沈慕晴哽住，想了想说："那是你老公啊。"

颜秋枳"哦"了一声："管不住，我老公太叛逆。"

"……"

陈陆南正好在做烧烤，他弄得还不错，没让人帮忙。

他正做着，一旁有人走了过来。

"陈老师，你的手艺好好啊。"

陈陆南神色淡淡应了一声："一般。"

女人没觉得有什么尴尬或者不好意思的，继续吹捧："看上去卖相特别好。"

陈陆南没吭声。

女人盯着他的侧脸看，再接再厉。

在来之前，她根本没想过陈陆南会在这里。在看到他出现的那一刻，她别提有多欢喜了。

是陈陆南呢。

一个娱乐圈很多女明星都接触不到的人，是多少人的偶像，没想到她能遇见，还一起吃饭。

女人盯着陈陆南看了会儿，低声问："陈老师以前弄过吗？"

陈陆南皱了下眉。

他很讨厌叽叽喳喳的人。

女人没察觉到他的表情变化，含笑问："陈老师我可以尝一尝吗？"

说着，她伸手过去，想要拿那一串刚刚烤好的玉米。

手刚伸出去，还没碰到，那串玉米就被陈陆南给拿了起来。

他眼神冷冰冰地看了眼她，并未多言。

陈陆南抬眸，一眼便看到了对面看戏的人。

她把脑袋搭在缩起来的膝盖上，目不转睛地看着这边，也不阻止。

陈陆南皱了下眉，喊了一声："颜颜。"

颜秋枳"啊"了一声，冷冷淡淡地："干吗？"

陈陆南睨了她一眼："过来。"

颜秋枳顿了一下，其实没想要动，但接触到陈陆南那双带着点别的意思的眼神后，她还是很听话地站了起来。

"叫我过来干吗?"

说着,颜秋枳转头和旁边的女生打了声招呼:"哈喽。"

女生笑笑,看着她:"秋枳,你和陈老师?"

颜秋枳"啊"了一声,装傻问:"我和陈老师怎么了?"

她看向陈陆南:"叫我干什么?"

陈陆南把玉米塞给她。

颜秋枳看着面前香味浓郁、烤得很完美的玉米问:"给我的?"

"嗯。"

颜秋枳看了一眼,索性不走了。

"我还想要鸡柳。"

陈陆南:"……"

他照做。

颜秋枳开心极了,她唇角上翘着,继续在旁边碎碎念:"还要那个,你给我烤点肉,我要吃肉。"

"不怕长胖了?"

"我才不怕,过年不胖三斤对得起过年吗?"

陈陆南无言。

两人旁若无人地斗嘴,虽然大多数时间是颜秋枳说,陈陆南无奈应着。

可这样的互动落在旁人眼里,却还是有不一样味道。

陌生女人看着两人这样,张了张嘴想要打断,陈曦不知道从哪儿冒了出来,甜甜地喊了一声:"姐姐,快过来这边玩,我们去玩那个。"

女人笑了笑,看着热情的陈曦:"好。"

她走后,颜秋枳吃着玉米,戳了一下陈陆南的手臂:"怎么感谢我?"

"感谢?"

颜秋枳"哼"了一声,看着他:"我是不是救你了?"

陈陆南慢条斯理地问:"这不是你应该做的?"

颜秋枳:"……"

也没那么应该吧?

两人安静了会儿,没多久陈陆南便烤了她要的鸡柳和五花肉等东西出来。

颜秋枳瞬间被转走了注意力,只顾大快朵颐。

不得不说,陈陆南这个人还真有点完美,连烤肉都能弄得这么好吃。

吃人的嘴短,颜秋枳被食物堵住了嘴,也就不啰唆了。

一晚上都围着陈陆南转,就为了那一口吃的。

　　　　　　　　　＊

　　吃过东西后，大家开始玩仙女棒。
　　因为是在山里的缘故，其他的不允许玩，只能在门口玩一点不会引起火花的东西。
　　陈曦开始和颜秋枳凑一起玩，玩了一会儿，她便跑了。
　　沈慕晴也不知道跑哪儿去了。
　　颜秋枳环视了一圈，陈陆南不知道什么时候走了过来。
　　"还要玩？"
　　颜秋枳没挣扎，毫不犹豫地点头："要。"
　　她明眸皓齿，在夜色下，一双眼睛灿若星辰，比山里夜空中的星星还要好看。
　　陈陆南微微一顿，把手里的东西递给她。
　　点燃后，仙女棒闪着火光。
　　不是很亮，但吱吱的声音让人听着很熟悉。颜秋枳唇角上翘，突然找到了小时候的那种感觉。
　　她一直在玩，陈陆南时不时给她送一点。
　　玩了大概半个小时后，颜秋枳还有点意犹未尽："还有吗？"
　　"没了。"
　　颜秋枳撇嘴，有点丧气地说："怎么就没有了啊？还没玩够。"
　　陈陆南无言："外面太冷，去里面待一会儿。"
　　"哦。"
　　颜秋枳跟着进去。
　　到屋子里暖了一会儿，颜秋枳的手机振动了一下。是颜嘉池发来的消息，一个红包。
　　她没点开。
　　但给他回了一句"新年快乐"。
　　周围热热闹闹的，大家的手机也跟着响动了起来。
　　新年了，各种祝福接踵而至，很是热闹欢腾。
　　大家玩闹了许久，等到凌晨的时候，颜秋枳还特意发了个微博。
　　新年了，又该营业了。
　　她发的是刚刚在外面玩仙女棒的照片，她让沈慕晴拍的，侧脸精致，格外的漂亮，脸上挂着笑，就跟仙女一样。
　　【@颜秋枳V：新年快乐，平安喜乐（照片）。】
　　微博刚发出去，便有很多粉丝热情留言，祝福她。

颜秋枳刷得很是开心，正刷着，新出来的留言却让她脸上的笑僵住了。

颜秋枳盯着那留言看了良久，转头看向陈陆南："你也发微博了？"

"嗯。"

陈陆南看她一眼，收起手机："怎么？"

颜秋枳顿了一下，给他看留言："网友说我们两个的照片像是在一个地方。"

陈陆南："……"

好在没一会儿，那条留言就被其他热评给压下去了。

颜秋枳好奇陈陆南发的什么，去刷新看了一眼。

他发的也是这里的照片，不过没有人物，仅仅是山里的夜景，拍得很有意境，让人看着格外有感觉。

颜秋枳的手动了动，戳了一下陈陆南的肩膀："我想要这几张照片，原图。"

陈陆南低头，把她要的发给她。

一群人玩到两三点后，也疲倦了，都嚷嚷着要休息。

颜秋枳对外面的帐篷有点儿跃跃欲试："你说明天早上会有日出吗？"

"不一定。"

"为什么？"

陈陆南说："看会不会下雨。"

颜秋枳想看日出，她转头盯着夜空看了一会儿，说："应该不会吧，我今晚想去住帐篷可以吗？"

"不可以。"

陈陆南想也不想地拒绝。

颜秋枳哽了一下，小声说："我又没邀请你一起去，我可以和陈曦或者晴晴一起。"

陈陆南定定地看着她。

到最后，还是颜秋枳先败下阵来。

她有点不开心地"哦"了一声："我都没住过帐篷。"

"夏天再来。"

颜秋枳撇嘴："谁知道夏天有没有空啊？"

这种口头承诺，她从来就不信。

陈陆南也没多做解释。

被陈陆南拒绝后，颜秋枳不开心地回了房间洗漱休息。新年第一天，怎么就被陈陆南破坏气氛了呢？

洗完澡出来后，陈陆南在其他房间洗完澡回来了。

颜秋枳没管他，躺在床上给陈曦发了个红包。

陈曦：【谢谢嫂子！我哥刚刚也给啦！小嫂子祝你们百年好合早生贵子啊！】

颜秋枳：【……好好说话。】

陈曦：【谢谢嫂子，新年大火！】

颜秋枳：【这还差不多。】

*

两人正聊着，颜秋枳面前突然出现了一个红色的东西。

她低头一看，又抬眸看向旁边正在上床的男人："这是什么？"

陈陆南瞥了她一眼。

颜秋枳拿着面前放着的东西，不太相信地看向他："你给我红包干什么？"

"压岁钱。"

颜秋枳眨了眨眼，摸着手里厚重的红包，又惊讶又有点说不出来的情绪。

很久很久没有人给她过年送红包了。

以前妈妈还在的时候，每年都会给她压岁钱，除了三十晚上的压岁钱之外，还有早上起来的新年红包。

每年颜母都会告诉她，希望她新一年平安又快乐。

后来颜母去世，颜秋枳回到颜家后，再没有人给她红包了。

颜家并不流行红包来往。

颜秋枳安静了一会儿，睫毛轻颤："谢谢。"

陈陆南"嗯"了一声，低声道："新年快乐。"

"新年快乐。"

两人躺下休息。

房间内格外安静，颜秋枳怀里抱着刚刚的那个红包，她想了想，转头看向陈陆南："你怎么会突然想给我红包？"

陈陆南睁开眼看她："其他人都有。"

颜秋枳一怔，低眸一笑："所以就临时给我准备了吗？"

"不是临时。"

颜秋枳听懂了他的话外之音。

是之前就准备好的，无论别人有没有，颜秋枳今晚都会收到红包。

她看向陈陆南："但我没给你准备。"

陈陆南"嗯"了一声，并不介意："不用。"

"真的？"颜秋枳看他，"一点都不介意吗？礼物也没有哦。"

她是真的没准备。

陈陆南定定地看了她一眼，突然道："其他的也可以。"

颜秋枳佯装听不懂一样。

她和陈陆南谈条件："我想去睡帐篷。"

陈陆南微微一顿："下次。"

"但我就想……"

话还没说完，她便被陈陆南扣住了后颈，堵住了唇。

颜秋枳下意识地张嘴，任由他深入。

她的脸跟着热了起来，小声抗议："想睡帐篷。"

"晚点去。"

陈陆南嗓音沙哑地应着。

"嗯？"

颜秋枳迷迷糊糊地："为什么？"

陈陆南低头，吻着她的唇角一路往下，嗓音喑哑道："帐篷隔音不好。"

"……"

山里空气清新，夜色寂寥。

原本静谧的夜晚，却因为一些二人故事而变得有所不同。

小半夜，房间内的声音未有停歇。

女人的低吟和男人的喘息声缠绵在一起，让人听着面红耳赤。

颜秋枳开始还勉为其难能回应他一下，到后面，她整个思绪已经被男人牵着走了。

夜色旖旎，船行未停。

卧室里有光透进来，陈陆南的手被压得发麻。他眼皮动了动，这才缓缓睁开。

一睁开眼，他便看到了怀里的人。

颜秋枳蜷缩在他怀里，睡得正香。黑色的长卷发凌乱地落在她脸上，和白皙的肌肤相衬，更显得诱人。

大约是有点不舒服，她胡乱地用手给撇开了，往陈陆南怀里不自觉地蹭了蹭。

被子往下滑落，露出她的大半截手臂。

因为是艺人的缘故，颜秋枳的身材一直都保养得很好，手臂线条流畅瘦弱，骨肉均匀，肌肉玉雪。

她脖颈上还有少许的痕迹，是昨夜留下来的。

陈陆南眸色暗了暗，手臂的酥麻感渐渐传来。颜秋枳一整晚都枕在他的手臂上。

他顿了一下，刚想要起身，颜秋枳便小声嘟囔了一句："好亮。"

陈陆南抬眸看了一眼，昨夜没太注意，窗帘有一条缝没完全拉上。

他手一顿，拿过一旁的遥控器把窗帘紧密贴合在一起。

颜秋枳翻了个身，又睡了过去。

……

颜秋枳再醒来的时候，时间已经不早了。

她错过了新年第一天的日出，还错过了睡帐篷的机会。

她到阳台上看的时候，楼下原本搭建好的帐篷全收了起来。

颜秋枳撇撇嘴，有点不开心。

她跑回房间洗漱，不经意地瞥到了床头柜上的红色物品。

颜秋枳一怔，下意识地走了过去。

床头柜上，放着一个红包，还有一个盒子和卡片。

她低头一看，卡片上是她熟悉的字迹，陈陆南的。

【新年快乐，万事顺意——陈陆南】

她一怔，有点恍惚。

她伸手在字迹上摩擦了片刻，开始在房间里找笔和卡片。

有点可惜的是，她找了半天也没能找到卡片，最后只能作罢。

"颜颜，还没起来吗？"

门外传来了沈慕晴的声音。

"起来了。"

颜秋枳含糊地应了一声："我找点东西呢。"

她拉开门，看向沈慕晴："你去楼下帮我问问有没有卡片之类的好吗？"

沈慕晴挑眉看着她，盯着她气色红润的脸看了会儿："好。"

她刚想要转身走，又跑了回来，伸手抱了抱颜秋枳说："新年快乐啊我的好朋友，祝你新年快乐，平安喜乐。"

颜秋枳一笑："你也是。"

没一会儿，沈慕晴便拿着好几张卡片回来。

"你要干吗？"

颜秋枳瞥了她一眼："不告诉你，你找我干吗？"

"该吃饭了。"沈慕晴揶揄道，"原本陈陆南要回来喊你的，结果姜臣不让，说是他回来喊你，你们可能今天下午都不能出门了。"

"……"

她看着颜秋枳的脸越来越红，没忍住笑了起来。

颜秋枳瞪她一眼："我马上下来，你们先吃。"

"OK。"

等沈慕晴走后,颜秋枳在卡片上写了几个大字。

她的字也挺好看的,娟秀刚劲。写好后,颜秋枳纠结了几秒,思忖着是今天给还是什么时候。

她环视了一圈,看到了陈陆南放在角落里的一个箱子。

那是他出门时带的,牌子是曾经代言过的,每个季度出了新款赞助商都会送他。

她顿了一下,把陈陆南的箱子打开,把卡片给塞了进去。

塞进去后,颜秋枳怕晚点陈陆南收拾东西发现,还特意藏了藏。

做好一切后,她深呼吸了一下,总算是放心了。

颜秋枳下楼的时候,几个人齐刷刷地转头看向她。

她顿了一下,心跳下意识快了几分,但面上依旧淡定:"你们看我做什么?"

陈曦抿唇笑:"小嫂子,你怎么起来的这么晚啊?"

颜秋枳面不改色说:"新年第一天要睡饱一点,不然这一年都睡不好。"

众人:"……"

这鬼扯的理由,谁会信?

颜秋枳不管大家信不信,走到唯有的空位置坐下。

她伸出脚,踢了欧下陈陆南。

陈陆南低头,和她对视着。

颜秋枳用眼神表达自己的愤怒:"你为什么不喊我?"

陈陆南挑了下眉头:"没喊醒。"

颜秋枳:"……"

两人在大家的注视下眉目传情,姜臣忍不住打破:"待会儿吃了饭想去哪里?"

"这边还有什么玩的?"

"那可多了。"

"那就再去转转。"

几个人约定着,吃了饭后又在山里转了一圈,玩了点有意思的东西。

颜秋枳昨晚是真的睡太晚了,身心疲倦,强撑到上车,歪着头睡了过去。

陈曦和陈陆南正说着话,陈陆南看她一眼:"后面有条毯子。"

"啊?"陈曦一愣,"要毯子干什么?"

陈陆南透过后视镜看了一眼颜秋枳那边。

陈曦瞬间了然。

她小心翼翼拿过毯子给颜秋枳盖好,说了句:"哥,你现在和小嫂子相处得挺好的啊。"

陈陆南没吭声。

陈曦转头看了一眼窗外,又没忍住说:"哥,你现在还怨他们吗?"

陈陆南放在方向盘上的手紧了紧。

"安静点。"

陈曦撇撇嘴,转头看了一眼颜秋枳的睡颜,没忍住说:"其实小嫂子真的很好。"

陈陆南微垂着眼睑,没做回应。

他没有觉得颜秋枳不好。

陈曦还是忍不住说:"你要好好对她啊。"

"虽然你之前说对小嫂子没有……"

"陈曦。"

陈陆南警告地看了她一眼,稍稍停顿了一下,压着声音道:"我们之间的事不用外人插手,你好好念你的书。"

陈曦张了张嘴,半天没能说出一个字来。

她听着陈陆南这话,有说不出的难受和委屈,但偏偏……这又确确实实是他们之间的事。

只是陈曦有点心疼颜秋枳,看不得她受委屈,想要叮嘱两句而已。

她扭头看向窗外,把到嘴边的话全部给收了回去,没再出声。

车厢内静了下来,颜秋枳的呼吸平稳均匀,一看就是沉睡的状态。

从山里回去的路程并不远,傍晚时候才回去,日暮夕阳格外的漂亮。

陈曦发了会儿闷气后便低头玩游戏,越玩越生气。

"这是什么破游戏啊,"陈曦小声抱怨着,"不玩了。"

陈陆南没理会她的话。

陈曦转头看了眼颜秋枳,她被毯子包围着,只有一个侧脸留给她。半路休息的时候,陈曦主动上了副驾驶,让颜秋枳一个人在后排睡觉。

后排空荡荡的,颜秋枳半梦半醒间好像睁开过眼一次,但很快便又沉沉地睡了过去。

再醒来时,车子正好停下。

"小嫂子,我回去啦,"陈曦喜笑颜开地望着她,"新年快乐。"

颜秋枳摸了摸她的脑袋:"新年快乐。"

两人跟着回了家。

颜秋枳和陈母聊了会儿天,晚上一大家子凑在一起吃饭,热热闹闹的,和平常无异。

第二天,陈陆南履行承诺,带着颜秋枳回了颜家,陪颜峰喝酒。

初二过后，两人回了他们的大别墅。

一进屋，颜秋枳便转头看向陈陆南："我明天晚上的飞机。"

陈陆南手一顿，目光落在她脸上："飞哪儿？"

"欧洲。"

"注意安全，有什么事打电话。"

颜秋枳点了点头："知道。"

她回房间收拾东西，把全部衣物搬出来后，颜秋枳有点儿蒙。

她完全不知道该带什么。

想着，颜秋枳给珠珠发了个视频。

她的小助理在某些时候是非常给力的，搭配化妆什么的都会。

"颜颜姐，新年好。"

颜秋枳笑，回了句："我要带什么衣服啊？你给我选一选吧。"

"好。"

颜秋枳在衣帽间忙碌着，很快便收拾了两大箱子的东西出来。

她有专门的团队，更何况这一次还有迪家的工作人员一起，完全不用担心太多。

次日，陈陆南醒来的时候颜秋枳正好在化妆。

她的动作并不轻，甚至有点像是故意发出的声响。

陈陆南皱了一下眉，抬眸看向那背对着自己的身影。

她身上还穿着吊带睡裙，露出了性感的后背。她人瘦，肩胛骨均匀凸显，是性感的蝴蝶背。

因为皮肤白皙的缘故，光是后背便足够吸引人。

陈陆南看了两眼，低声问："今天要出门？"

颜秋枳慢悠悠地回头瞥了他一眼："我跟人约了一起吃饭。"

因为去山里过年的缘故，颜秋枳把和姜定的饭给推迟了。

定在了今天。

陈陆南颔首，没再多问。

颜秋枳化完妆后，进衣帽间换了套衣服出来。

看到她身上的衣服后，陈陆南的眼神顿了一下，缓缓地收了回去。

颜秋枳根本没看他，撩了撩头发，踩着高跟鞋噔噔噔地出门了。

门"砰"的一声被关上，陈陆南轻扯了下唇，有点头疼。

……

颜秋枳到的时候，姜定已经在包厢里等着了。

他看着颜秋枳的打扮，点评道："今天搭配不错。"

颜秋枳今天穿的其实并不是性感路线，相反是很简洁的类型。格子西装搭配牛仔裤，里面是一件白色的衬衫，整个人看上去干练又帅气。

颜秋枳一笑，忍俊不禁说："哥，你就别打趣我了。"

姜定认认真真打量了她两眼，含笑说："是真的，没夸张。"

两人点好食物，颜秋枳边吃边问："这次拍广告你也会跟着过去吗？"

姜定点头："正好要过去开会。"

他看了一眼颜秋枳："那边还有个春展，到时候一起过去看看。"

"好。"

吃好后，姜定看了她几眼。

颜秋枳不明所以："你这样看我干吗？"

姜定莞尔："你是真的长大了。"

颜秋枳笑："我都二十四岁了，还不应该长大吗？"

姜定摇了摇头。

他收回落在颜秋枳身上的目光，点评说："你心情不好？"

颜秋枳愣了一下，抿了口水说："没有。"

姜定低低一笑："虽然我们兄妹很久没见，但你的性格一直这样，不太懂得掩饰不开心。"

很容易让熟悉的人一眼便看出来。

颜秋枳张了张嘴，转头看着窗外半响，轻声问："你说，这个世界上真的有相爱到老的人吗？"

姜定诧异地看着她。

他还没来得及回答，颜秋枳先岔开了话题："我有什么需要注意的吗？"

姜定失笑，定定看着她："没什么，保持好你现在的状态就行。"

"好。"

晚上，颜秋枳回家拿行李的时候陈陆南不在家，她下意识松了口气。

颜秋枳没打算和他说什么，她拿着行李便走了。

当天晚上，微博上还有她的热搜照片。

出发去欧洲看时装展的一个照片，依旧是白天的那身西装。

照片一发去微博，便有很多粉丝夸赞。

【啊啊啊啊啊啊姐姐今天好飒啊。】

【姐姐新年快乐啊！！去欧洲也要开心哦！】

【啊啊啊啊啊啊我们的颜颜要时刻记得更新微博照片可以吗？】

【呜呜呜呜我又可以了，漂亮姐姐我真的又行了！】

……

颜秋枳坐在机场候机，刷着粉丝的言论哭笑不得。

珠珠瞅她一眼，小声说："终于笑了。"

"什么？"

珠珠道："颜颜姐你今天是不是心情不好？"

颜秋枳摸了摸自己的脸，挑眉问："哪儿看出来的？我今天明明心情很好。"

珠珠："你能骗别人，但骗我不行。"

她认真道："我跟在你身边这么久，知道你什么时候是真开心，什么时候不是。"

她傍晚时接到颜秋枳。

虽然颜秋枳的脸上一直挂着笑，无论是对自己团队的人还是对迪家那边过来的，都喜笑颜开。但笑未达眼底，那只是她的伪装笑意，冷淡疏离，让人打从心底有距离感。

颜秋枳怔了几秒，伸手捏了捏珠珠的脸："我们的珠珠越来越聪明了。"

珠珠看她："谁惹你生气了？"

"没谁，"颜秋枳说，"就是突然间觉得什么都不如工作重要，想通了点事情而已。"

珠珠似懂非懂地答应着："是吗？"

"当然。"

颜秋枳扬了扬下巴，从包里掏出资料说："我看看剧本，萌姐让我选剧本，估计等回来后就能进组拍戏了。"

原本，颜秋枳打算等一等关导，但后来想想，她其实不一定能等得起。

她演员的身份和地位还没有稳住，不能好高骛远，应该把"基本功"练得更扎实才行。

手里的剧本是萌姐年前给过来的，不少剧组从她拿下最佳女配、提名最佳女主后便抛出了橄榄枝。

颜秋枳原本想拒绝，但现在她觉得……如果有兴趣的话，可以先考虑。

珠珠："……"

她看着认真专注的颜秋枳，一时间也不知道该说什么。

抵达欧洲的时候，正好是清晨。

晨光熹微，微风拂面，格外的舒服。

颜秋枳在飞机上睡了一夜，这会儿精神还不错。

一行人转去酒店，酒店是迪家提前定好的，因为是代言人的缘故，颜秋枳的房间特别好，又大又奢侈。

她刚把行李放下，手机便振动了一下，是陈陆南发来的消息。

陈陆南：【到了？】

颜秋枳看了一眼：【嗯。】

陈陆南没再回话,他向来如此,话少之又少。

而颜秋枳,不知道是在跟自己怄气还是跟谁怄气,也跟着冷淡了下来。

她其实不太懂自己这种情绪变化,但就是不爽,不开心,还有点委屈,像是压了某些怒气在爆发的边缘一样。

但爆发的话,又好像很无厘头,她只能努力往下压。

好在工作忙,颜秋枳没时间去思考那些乱七八糟的事情。

睡了一上午,颜秋枳被邀请去迪家的工厂转了一圈。

次日,早早便出门开始拍摄广告。

迪家是高奢品牌,要什么有什么,颜秋枳所有的装饰,全是迪家准备的。

她换了一条又一条高定裙出门,每一次出现,都让大家惊艳。

姜定和珠珠都夸她,觉得她气质和气场上了一个台阶,是很多都无法比拟的。

早起晚睡地拍广告,录视频,参加各类活动。

虽然累,但颜秋枳收获颇多。

认识了不少人不说,还交了几个不错的朋友,不少人也对她刮目相看。

甚至还有导演看上她,想邀请她出演某一角色。

如果不是颜秋枳后期有工作安排了,她肯定答应了。

她时不时会发发朋友圈,微博上也全是她的照片。

迪家有钱,给颜秋枳买热搜做宣传,一点也不抠门。

陈陆南少有上网,这日正好和博钰、关导见面,谈剧本的事情。

中途休息的时候,陈陆南和关导聊天,博钰玩了会儿手机,笑了一声:"阿南,你老婆最近势头很猛。"

陈陆南掀了掀眼皮。

博钰一点也不怕他,还给关导看:"关导你看,颜颜是不是表现不错?这裙子穿她身上,还真挺有感觉的,还有这张,真是从头发丝到脚跟都透露着——老娘全世界最美,谁也别跟我来比。"

关导没忍住笑,点评说:"还真不错。"

他说:"秋枳现在是越来越漂亮了。"

"那必须的,"博钰念叨着,"网友评论更有意思。"

"我看看。"关导念了两句,"姐姐太漂亮了,我这辈子一定要得到姐姐。"

……

关导咂巴了一下嘴,皱了皱眉说:"太露骨了,现在的网友都这样?"

博钰:"这还是含蓄的。"

他含笑道:"还有更露骨的。"

两人在旁边讨论着,博钰看着陈陆南:"阿南最近脾气不太好,你老婆这些照片你看了没有？"

关导："他肯定没看，他都不上网。"

关导："秋枳旁边站着的这个男人不错，是圈内演员吗？"

博钰看了一眼："阿南，你认识吗？"

陈陆南看着递到自己面前的手机，映入眼帘的是颜秋枳穿着一条黑色裙子的照片，她正侧着脸和一个长相英俊的男人聊天，唇角上翘着，眼睛弯弯，美艳动人。

两人这个姿势，举止亲昵，格外刺眼。

他面无表情地看了一眼博钰。

"你很闲？"

博钰耸肩："现在中途休息。你要是不认识的话，帮忙问问颜颜啊？我觉得这男人长相不错，来我们剧组做男配应该可以。"

关导："我看行。"

两人催促着陈陆南给颜秋枳发消息。

陈陆南的手机就在不远处放着，博钰一点也没和他客气，直接扫脸解开。

"快点问问，这人形象真不错。"

陈陆南顿了顿，看着面前的手机，还真点开了和颜秋枳的聊天界面。

其实两人有段时间没聊天了，颜秋枳不给他发消息，陈陆南也很少找她。

他的喉结滚了滚，鬼使神差地发了个消息过去。

陈陆南：【在做什么？】

颜秋枳：【？】

陈陆南：【吃饭了吗？】

颜秋枳：【吃了，有事？】

陈陆南：【……】

博钰在旁边看着两人的对话，没忍住笑了。

他拍了拍陈陆南表示同情："阿南，你老婆对你这么冷淡。你是不是不行啊？"

陈陆南的信息来的时候，颜秋枳正在一个宴会上参加活动。

觥筹交错，推杯换盏，轻柔的交谈声不绝于耳，周遭环境奢靡，灯光大亮，每一位参加活动的人都衣装得体，不显山水。

能受邀参加活动的，都是业内名人，有名的设计师、模特，以及一些富商。至于颜秋枳，一个是因为迪家新代言人，活动主人给面子，另一个便是在时装周的时候新认识了一位朋友，邀请她过来参加的。

这位朋友也是中国人，是国外长大的模特，比颜秋枳还小两岁，但却是时尚周刊受宠的宠儿，亚瑟。

颜秋枳在场内转了一圈，高跟鞋穿着有点累，这才到一旁休息。

手机振动，她拿过来看了一眼，勉为其难给陈陆南回了两句。

问过是否有事之后，手机许久都没消息。

她顿了一下，刚要收起手机，一旁便传来了亚瑟的喊声。

"颜颜。"他的普通话并不标准，叫颜颜两个字时候，会让人觉得有点儿逗趣。

颜秋枳转头，看着亚瑟。

这个弟弟长得很高，接近一米九的身高，人很瘦，中外混血，五官精致，鼻梁高挺，和纯正血统的中国人还是有点不同。

他长得太好看了，皮肤甚至比颜秋枳的还要白，也难怪会受宠。

"这里。"

颜秋枳微笑，答应了一声。

她今天穿的是一条黑色的礼服，妆容精致，眉眼明亮，即便是低调地坐在一旁也引人注目。

一出声，便有不少人把目光放在了她身上。

亚瑟到她旁边坐下，声音低沉道："我以为你走了。"

"没有。"

颜秋枳含笑和他聊天："刚刚看你在那边忙，我过来休息一会儿。"

亚瑟盯着颜秋枳的侧脸看了一会儿，低声道："你明天有时间吗？"

颜秋枳一怔，惊讶地看着他："应该有半天时间。"

后天回国，明天特意给她放假了。

亚瑟提出邀约："明天我有个杂志拍摄，女伴临时有事，能否邀请你做我的女伴？"

颜秋枳一愣，惊呆了。

她没记错的话，自己来的时候看到了姜定发给她的消息，告诉她亚瑟在这边受欢迎的程度是什么样子的。

姜定甚至还拿陈陆南做比较。

说他在国外是可以和陈陆南在国内齐名的那种，颜秋枳觉得姜定说错了，亚瑟比陈陆南受欢迎多了。

至于他要拍摄的杂志，自然也不会是籍籍无名的那种，一定是中上层，甚至是顶级的。

她抿了抿唇，礼貌拒绝："会不会不太合适？"

"不会，"亚瑟看着她，夸赞道，"你的美貌和我搭配在一起，是绝配。"

颜秋枳没忍住笑了。

亚瑟的中文比较一般，有时候用词说话会让人觉得别别扭扭的。

她思忖了一会儿，说要询问一下团队。

亚瑟礼貌地给她时间询问，明天早上给答复就好。

从晚宴离开后，颜秋枳有了不少人的名片和联系方式。

上车后，珠珠转头看着她："颜颜姐，感觉怎么样？"

颜秋枳想了想，认真道："还不错。"

她说："就是灯光太亮了，晃得我眼花。"

珠珠哭笑不得说："那我把车里的灯光调暗一点。"

她看向颜秋枳，低声说："中午的时候，我们的时装周上热搜了，你的粉丝多了好多。"

颜秋枳挑眉，诧异地看着她："是吗？"

"对啊。"

珠珠道："还有很多人好奇你和姜定的关系呢。"

两人曝光的那张照片，有姜定。姜定是迪家中国区的总监，偶尔和颜秋枳在一起很正常，更何况他们还有另一层亲戚关系。

颜秋枳点开微博，果然看到了自己的热搜。

她瞅着上万条评论，没忍住点开了。

一点开，映入眼帘的便是夸她漂亮之类的言论，粉丝的尖叫是永远也不会改变的。

颜秋枳靠在车窗边，喜滋滋地刷着微博。

刷了会儿，手机一振。

她淡淡地瞥了一眼，还是陈陆南发来的消息。

陈陆南：【没什么事，随便问问。】

颜秋枳看了一眼时间，隔了一个多小时才回消息，还真是厉害。

这真是全方位表达了他对颜秋枳的不重视——一个可有可无的妻子。

……

在这一点上，颜秋枳还真冤枉了陈陆南。

他刚被博钰调侃完，还没来得及发消息，陈母便给他打了电话。

陈父出了车祸，被送进医院了。

父子俩的关系虽然很一般，甚至于见面就要争吵，但终归是父子。

陈陆南赶到医院后，手续其实办得差不多了，人正在手术中。

陈母正坐在椅子上，双手握着拳，脸色煞白。

陈陆南一路跑过来，脸色并不是很好看。他深呼吸了一下，这才缓缓走了过去。

"妈,现在情况怎么样?"

陈母一看到他,一直压着的眼泪便出来了。

她抓着陈陆南的手,眼眶红红的:"阿南,你说要是你爸真出什么事,该怎么办啊?"

"不会。"

陈陆南来的路上已经询问清楚了,陈父中午和司机助理一起出行,拐弯的时候,旁边一辆车冲了过来。因为那边是红灯的原因,司机没及时避开,这才造成了车祸。

他伸手拍了拍陈母的肩膀安慰道:"妈,放松一点,爸不会有事的。"

他环视了一圈,周遭环境倒是不错。

因为是私立医院的缘故,陈父送过来的时候,保镖便把这一层楼都给围住了,不会出现任何失误。

他堪堪松了口气。

没多久,手术室的灯灭了。

两人立马起身。

给陈父做手术的是家里熟悉的一位医生,傅言致的父亲,傅正。

他看着两人这样,轻轻笑了一声:"放轻松,没大问题。"

他看向陈陆南:"只是骨折,其他的无碍。"

他说:"不过人上了年纪,冲撞后有点脑震荡,估计得休息一阵子,明天再检查检查。"

陈陆南颔首:"谢谢傅叔叔。"

傅正拍了拍他的肩膀,格外温和:"待会儿来我办公室一趟。"

"好。"

傅正走后,陈陆南把这边的事情安排妥当,恰好陈曦的母亲,也就是陈陆南的二婶也到了,他把陈母交给她,这才去了傅正的办公室。

再出来的时候,陈陆南有片刻的疲倦。

他手机一震,是王康发来的消息。

刚刚从那边过来的时候,不小心被媒体给拍到了,现在网上渐渐有人开始爆料,说他出现在医院之类的言论,问要不要压下去。

陈陆南回了他一句,目光往上挪动了一下,看到了颜秋枳的那条消息。

他手指一顿,思忖了几秒后,还是没把车祸的事告诉她。

颜秋枳看完陈陆南的消息后,便关了手机。

既然没什么事,她也没必要回复。

她伸手想要揉眼睛,但一想到自己还画着眼妆,便作罢了。

"珠珠,我睡一会儿,到了叫我。"

"好。"

这几天颜秋枳奔波着,除了广告和视频拍摄之外,活动转场更是多得数不胜数。

她的知名度打开了一个小口,但也累。

珠珠在旁边看着都觉得累,想要做一个成功艺人,是真的不容易。

这会儿,网上已经全是关于陈陆南出现在某私立医院的消息。

有人还拍到了照片,说他步履匆匆,神色慌张,像是出了什么大事一样。

王康试图压下去,但陈陆南的粉丝力量过于强大,他就算是压,也不能完全奏效。

王康皱了皱眉,给宇哥打电话。

工作室出面,却效果甚微。

即便是把热搜降下去了,依旧有另一个话题冒出来。

颜秋枳到酒店后已经很累了,连澡都没洗,便躺在床上休息了。

她拿过一旁的手机看了一眼,眼睛半眯着。

刚拿起手机,颜秋枳便发现沈慕晴给她发了很多消息。

她一顿,立马从床上坐了起来。

一点开,有语音也有文字。看完后,颜秋枳第一时间给陈陆南打了电话。

"喂。"

陈陆南的嗓音沙哑,透着电流的窸窣声传过来,酥麻入耳。

很久没听到他的声音,颜秋枳一时间还有点恍惚。

"颜颜?"

陈陆南喊了一声。

颜秋枳微垂着眼睛,低声问:"爸出车祸了?"

"嗯,"陈陆南道,"没什么大碍,不用担心。"

颜秋枳皱了皱眉:"什么时候出的车祸,你怎么都不告诉我?"

陈陆南听着她这指责的话,有点莫名:"他没事。"

"没事就不用告诉我吗?"

颜秋枳这会儿像是吃了枪药一样:"陈陆南,你到底有没有把我当作是你的妻子?"

陈陆南还没来得及说话,颜秋枳便道:"我们是没有感情,但至少我还算是陈家的儿媳妇,你连爸出车祸都不告诉我,是不是觉得我连这种事都不配知道?"

"我不是这个意思。"

陈陆南解释。

但颜秋枳这会儿完全听不进去,她只觉得自己连陈父出车祸都不配知道,还需要从网上和好朋友那儿才能得到消息。

和陈陆南家有关的消息。

她停顿了一下,冷静了半晌:"算了,就这样吧。"

她没等陈陆南说话,直接把电话挂断,手机再次一振,是珠珠发来的消息。

珠珠的偶像是陈陆南,但她并不知道颜秋枳和他结婚的事情。

她是一个乐于跟人分享的助理,这会儿大概是看到了微博消息,没人可以对话,才给颜秋枳发消息。

至少以珠珠对颜秋枳的了解,她觉得颜秋枳对陈陆南挺关心的。

虽然颜秋枳没说过陈陆南是她的偶像,可珠珠不经意提到陈陆南的时候,她会冒出一两句和陈陆南有关的事情,例如喜欢的不喜欢的东西。

一般只有特别关注的粉丝才知道。

所以珠珠觉得颜秋枳是一个隐藏起来的小粉丝。

她回到酒店后便一直在刷陈陆南的消息,看了一个又一个的爆料。

但她决定有确切消息后才和颜秋枳分享,好巧不巧,确切消息是等到了,但不是陈陆南工作室发的。

而是林媛。

林媛今天正好在医院附近,陈陆南出现在医院后,她便得到了消息。

从而第一时间跟了过去。

所以在网上闹得沸沸扬扬,猜测颇多的时候,她发了条微博。

【@林媛V:给关心陈老师的粉丝打听了一下,陈老师没事,是家里人出了点小问题,大家放心吧,你们陈老师还是很好的。(照片)】

她的照片拍得朦朦胧胧的,光影落下,走廊里陈陆南的背影入镜,很有意境,引人遐想连连。

微博评论更是活跃。

【啊啊啊啊啊啊啊陈老师没事就好,家人也要没事!】

【天呐天呐,没事就好,我现在更关心的是林媛和陈老师的关系??我们南媛CP真的要Happy Ending(好结局)了吗!!!】

【啊啊啊啊啊林媛姐姐太给力了,第一时间给我们发了消息,谢谢你!】

【……只有我想问他们到底什么关系吗?竟然可以第一时间来辟谣。】

【这两人关系也太好了吧!】

【啊啊啊啊啊啊啊啊我有预感,这对CP一定要Happy Ending啦!掌声响起来。】

【我的天呐,这两人要是真在一起了,我死也足矣!】

……

颜秋枳看着珠珠发来的这些截图，太阳穴突突地跳了起来。

起起伏伏，让她根本无法压住自己的情绪。

她闭了闭眼，深呼吸了一下，直接退出微博，找到陈陆南的号码再次拨了过去。

但这一次，是无人接听。

颜秋枳讥讽一笑，把手机关机丢在了一旁。

好像也没必要再说了。

电话刚挂断，陈陆南便想回过去，还没来得及，程湛的电话先过来了。

"网上的事情给你撤了？"

"嗯，"陈陆南嗓音低哑，"工作室那边有消息发出去，其他的全部撤下来。"

"OK。"

挂了电话后，陈陆南拿出手机想给颜秋枳回电话，背后传来了不算熟悉的声音。

"阿南。"

陈陆南侧身，看到了站在不远处的人。

林媛今天穿得依旧温柔，柔柔弱弱的，但气质却极好。她向来懂得利用自己所长，把自己最完美的一面展示出来。

保镖注意到陈陆南和林媛认识后，才侧了侧身，允许林媛走近。

"我来医院有点事，正好听说了你在医院的消息，"她轻声道，"伯父没事吧？"

陈陆南眼神冷淡，看了放人的保镖一眼，淡漠说："没事。"

林媛不在意他的冷淡，含笑说："那就好。"

她道："你的粉丝都在担心，我安慰了一下他们。"

陈陆南没细听这句话的另一层意思，掀了掀眼皮道："还有事？"

林媛脸上的笑一僵，浅声说："也没什么事，就是过来看看你，没事的话那我就先走了。"

在这方面，她太懂得循序渐进了。

关心也要有分寸，不能逼得太紧。

陈陆南连个眼神都没给她，低头给颜秋枳打电话。

这一次再打，手机是关机的。

陈陆南不是那种有耐心解释哄人的性格，他给颜秋枳反反复复拨了几次都是关机的状态后，也作罢了。

事实上，陈陆南没觉得自己的做法有什么问题。

他之所以不告诉颜秋枳，是觉得她在国外工作，说了无非是让她担心，起不到任何作用。

更何况人没事，回不回来都一样。

男人的思维和女人的思维是不一样的。

他觉得这样是最好的办法，但颜秋枳并不这样认为。

颜秋枳只觉得，当一个男人什么事都不愿意告诉你，不愿意和你分享的时候，完完全全说明了一个问题。

你不重要。

在他的生命中，你不是那个可以分享喜怒哀乐，分担痛苦和喜悦的人。

颜秋枳把手机关机后，一个人坐在阳台上半天。

国外的夜景并没有很漂亮，至少和国内相比来说，相差甚远。

她所在的地方夜里更是安静，楼下没有三两成群的人相约去烧烤玩乐。

她抱着膝盖看了会儿，脑海里突然出现了前几天陈陆南和陈曦的对话。

虽然陈曦那句话没说完就被陈陆南给打断了，但她知道是什么意思。

陈曦也清楚两个人之间的感情，甚至还比颜秋枳更了解——他们之前是没有感情的。

陈陆南以前就说过这样的话，他会娶颜秋枳，是因为别的原因。

她低低一笑，这笑声里包含了什么苦涩内容，只有她自己知道。

颜秋枳仰头看了会儿夜空，夜空里什么都没有，连弯弯的月亮都没有。

想来，应该也没人想她。

她把目光转向丢在地毯上的手机，安静地看了半天后，起身拿了起来开机。

一开机，便看到了陈陆南和沈慕晴几个人打来的电话。

她手指一顿，给沈慕晴先回了消息，至于陈陆南的，她直接当没看见。

次日，颜秋枳把亚瑟的邀请推了，提前一天回国。

她没回别墅。她让珠珠把自己的东西放去自己公寓那边，低调去了医院。

沈慕晴在医院门口等她，看到她来后，松了口气。

"累不累？"

颜秋枳摇了摇头，嗓音有点儿沙哑，像是感冒了一样。

"还好，"她道，"我在飞机上睡了挺久的，你去看了吗？"

"我去里面转了一圈，陈伯伯没什么大事，人醒过来了，就是骨折了。"她说，"公司的事情暂时没人接手，好像你老公接手了，现在也不在医院。"

颜秋枳神色自若："嗯。"

她看着沈慕晴："谢谢。"

沈慕晴拍了一下她的肩膀，睨了她一眼："再说这种客套话，我要揍你了啊。"

两人进去的时候，陈母正好在照顾陈父。

看到颜秋枳之后，陈母下意识放松了一下："颜颜回来了。"

颜秋枳问："爸，现在感觉怎么样？"

陈父对颜秋枳不错，虽然看着严肃，但那是他久居高位使然，不会让人觉得不舒服。

"没事，"他笑了笑，"让颜颜看笑话了。"

颜秋枳道："爸没事才好，正好趁着这段时间好好休息休息。"

陈父颔首："听你们的。"

颜秋枳在房间里陪了一会儿，因为陈父要睡觉的缘故，她陪着陈母到楼下散步。

走了两圈后，陈母道："阿南去公司了，你跟他说了吗？"

颜秋枳顿了顿，摇头："还没来得及。"

陈母拍了拍她的后背，浅声问："你和阿南是不是吵架了？"

颜秋枳一怔，诧异地看她："妈，你说什么呢？我和陈陆南有什么好吵的？他那个闷葫芦，想吵也吵不起来的。"

陈母叹气摇头，浅声说："阿南以前其实也不这样。"

颜秋枳抿了抿唇，并未多言。

陈母道："他要是有什么做得不好的地方，妈代替他向你赔罪。"

"没有的事，"颜秋枳安慰她，"妈你别担心，我和他挺好的。"

……

从医院出来后，沈慕晴转头看她："现在去哪儿？"

颜秋枳想了想："回家休息。"

沈慕晴："我送你，我开车来的。"

"好。"

上车后，沈慕晴诧异地看着她："……你不回别墅那边？"

"嗯，"颜秋枳阖着眼，很是疲倦，"不想回去。"

沈慕晴盯着她看了会儿，问："你昨晚是不是哭过了？"

颜秋枳身子一僵，笑了笑："说谁哭过了，我怎么可能会哭？"

她坚强道："我可是最顽强的颜秋枳。"

沈慕晴张了张嘴，有点不知道该怎么安慰她了。

车内安静了半晌，颜秋枳突然说："晴晴，我不想再这样下去了。"

"什么意思？"

颜秋枳转头看向她，第一次把这段时间压着的某个想法给说了出来："我打算和陈陆南离婚。"

第6章

不小心爱上他

沈慕晴心里大惊。

她下意识转头看她,颜秋枳提醒了一句:"认真开车。"

"……"

沈慕晴这会儿是真没心情开车,她深呼吸了一下,把自己的注意力给拉了回来。

勉为其难开到小区后,她停好车转头看向她:"你知道自己刚刚在说什么吗?"

沈慕晴的心跳都差点停了。

离婚?!

颜秋枳要和陈陆南离婚?!

虽然这段婚姻来得确确实实不如两人所愿,至少最开始的时候如此,但这一年多以来,两人的变化看得见。

颜秋枳嘴里一直说不喜欢陈陆南,说她和陈陆南是塑料夫妻,但实际上,外人看得最清楚。

两人看似是塑料夫妻,可并非如此。

哪有塑料夫妻是他们这样相处的?要真是塑料夫妻,可能早就各自出轨,各玩各的了。

但他们不是。

陈陆南对颜秋枳如何,他们也知道。

他确实话少,但该护着颜秋枳的时候,陈陆南是很护着的。

当然,感情的事情外人也说不明白。

……

颜秋枳云淡风轻地对着沈慕晴惊诧的目光,淡淡道:"当然。"

沈慕晴张了张嘴:"怎么突然有这个想法了?"

"不是突然。"

颜秋枳转头看着窗外。许久没回来,小区里的绿化好像又好了点,冬天要过去了,满园春色入眼,郁郁葱葱,生机勃勃。

她很喜欢春天,总觉得每到春天,万物生长,一切都可以重来。

她盯着看了会儿,轻声说:"之前就有这个想法。"

只是想法不强烈而已。

沈慕晴皱了皱眉,轻声问:"真的决定了?"

颜秋枳沉默了会儿,轻飘飘道:"大概吧。"

如果没有意外。

"你打算什么时候跟陈陆南说?"

颜秋枳歪着头想了想:"再等等吧,等爸出院后就说,现在不刺激他们比较好。"

沈慕晴盯着她看了会儿,建议说:"我虽然不知道你和陈陆南发生了什么,但我建议再相处一段时间看看,如果真到了无法相处下去的地步,再提也不迟。"

颜秋枳点头:"我知道,放心吧。"

沈慕晴伸手,抱着她一笑,轻声道:"当然,无论你做任何决定,我都支持你。"

颜秋枳笑:"好,谢谢。"

沈慕晴跟着一起上了楼,但颜秋枳兴致不高。

把颜秋枳赶去休息后,沈慕晴一个人在客厅待了一会儿,幸好她这几天休息没去剧组。

沈慕晴打开冰箱看了两眼,拿着手机下了个订单,等东西到了后,她才放轻脚步离开。

颜秋枳很累,回房间后也没管沈慕晴。两人太熟了,沈慕晴随便怎么走动都可以。

她直接睡了过去。

再醒来的时候,颜秋枳的手机里收到了好几条陈陆南发来的消息,还有未接电话。

她手指顿了顿,点开看了一眼,没回复。

陈陆南接到陈母的电话后才知道她回来了,还去了医院。

他处理完公司的事情再过去的时候,颜秋枳已经不在那儿了。

陈陆南转而回了家,但家里冷冷清清的,他这才意识到颜秋枳没回这边。

陈陆南给她打电话,并未接听。

他思忖了一会儿，给沈慕晴打了个电话。

一般情况下，颜秋枳有什么事都会跟沈慕晴分享。

陈陆南说不上自己现在是什么感觉，他隐约觉得，有些事要发生改变了。

但这种改变，不是他喜欢的。

"喂。"

沈慕晴没收到过陈陆南的电话，这是头一回。

陈陆南声音冷静："颜颜回公寓那边了？"

"对，"沈慕晴道，"怎么？"

陈陆南伸手，松了松领带，低头往厨房那边走："她怎么样？"

沈慕晴微微一怔，还有点意外。

"你还关心这个？"

陈陆南："我打了她电话没接。"

"哦。"

沈慕晴因为颜秋枳的事情，对陈陆南也冷淡了下来："没接很正常，她不想接你的电话。"

她作为两人的朋友，说话向来直白。

安静了须臾，沈慕晴觉得有些事情陈陆南应该知道。

她想了想，问："你和林媛怎么回事？"

"什么意思？"

沈慕晴："你不知道？"

陈陆南淡淡问："我应该知道什么？"

他这几天忙得脚不沾地，根本没时间顾及其他。

沈慕晴沉默了会儿，道："你自己去看吧。"

她提醒："你再不改变一下，颜颜的性格你自己也清楚，她不是一个会让自己一直受委屈的人。"

她说："你有什么最好告诉她，和她商量，别总用你们男人的思维来考虑事情。"

"你觉得你是为她好，那是你觉得，你们男人可真是……"她找了半天，找了个形容词出来，"自以为是。"

看着被挂断的电话，陈陆南把手里拿着的冰水喝了下去，这才点开微博。

他把事情全权交给王康和经纪人去处理，自己忙呈盛的事情去了。

陈父出了车祸，这种事情在公司里根本压不住，没办法，为了稳定市场，陈陆南亲自出面，坐镇公司。

外界紧跟着有所传闻，陈家继承人接手，是一位雷厉风行的大少爷，军心算是暂时稳住了。

陈陆南没关注林媛，他直接搜索名字出来，点开进去，便看到了沈慕晴说的那条微博。

陈陆南皱了皱眉，拿起手机给王康打电话。

"陆哥，怎么了？"

陈陆南捏着发疼的太阳穴道："林媛的微博怎么回事？"

王康一愣，惊讶道："陆哥你不知道？"

他回忆着陈陆南刚刚说话的语调，连忙解释："陆哥，抱歉。我以为林媛那天在医院见了你，你会知道，所以没把这件事情特意转达到你这边，是我的错。"

他其实没多想。虽然林媛那条微博暗示的意思很明显，但他想陈陆南和林媛是合作伙伴，发一条报平安的微博好像也在情理之中。

并没有去想另一个人的感受。

陈陆南压着怒气："联系她的团队，让她把微博删了。"

王康有点儿为难："如果林小姐不愿意呢？"

他说："那毕竟是林小姐的微博。"

发什么内容，其他人管不着才对。

陈陆南冷笑了一声："那她就试试。"

他是一个无情的人，不仅表现在其他方面，在对女人这方面，更是如此。

以前给林媛一个正常脸色，是因为曾经有过合作，也都是圈子里的人，但今天，陈陆南莫名其妙压不住自己的斤斤计较了。

挂了电话后，陈陆南放下杯子，往颜秋枳住的公寓去了。

他低调驱车离开，没任何人注意。

因为上次来过的缘故，陈陆南进出小区已经畅通无阻，他紧抿着唇角，把车停好后上去。

门铃声响起的时候，颜秋枳正在厨房做晚饭。

沈慕晴给她买了不少东西，全都能用。

但她厨艺有限，做出来的东西不适合入嘴，不是太咸就是没味道，面条糊糊的，看着就吃不了。

她刚把糊糊的面条端上桌，门铃声响起。

颜秋枳手一顿，看了眼旁边还在静音的手机，她思忖了几秒，走到门口看了一眼，不意外，是陈陆南。

其实陈陆南有公寓的密码，但现在，他却颇有耐心地在等。

透着屏幕往外看，颜秋枳能看到站在外边的男人。

他神色自若，至少从表面上看，不像是有太大的情绪波动。

当然，忽略掉他抿着的嘴角之外。

陈陆南像是察觉到了什么，抬头往门口的监控看了一眼。

颜秋枳一顿，隔着监控和他对上了目光。

紧跟着，她放在桌面的手机再次振动了起来。

颜秋枳怔了两秒，把门打开。

两人四目相对。她身上穿着家居服，脸上没有任何妆容，和时装周那个精致的仙女不一样，但陈陆南却觉得这样的她更让人觉得舒服。

"你怎么来了？"

颜秋枳先发制人。

陈陆南低头看了她半晌，嗓音沙哑道："怎么没回去？"

"不想回去。"颜秋枳淡淡说，"你来就为了问这个？"

"不是，"陈陆南道，"看到网上的消息了？"

颜秋枳没说话。

陈陆南耐心道："林媛的那条微博，我刚刚才知道。爸出车祸那天，我并不知道她也在医院。"

陈陆南是个不善于表达的人，也很少向其他人解释什么，但现在他做了。

他隐约觉得，如果再不解释，事情的预期绝对会超出他的想象。

颜秋枳上下打量了一下陈陆南。

这个人，好像无论何时何地都是这样，干干净净整整齐齐，即便是现在，也没见他有过慌乱。

无论是情绪，亦或是其他外在的东西。

颜秋枳听着，面无表情地点了点头。

"知道了，"她语气冷冷淡淡的，看了一眼陈陆南，"还有事？"

她在下逐客令。

陈陆南的目光停滞在她脸上片刻，喉结滚了滚问："吃饭了吗？"

"如果你不来的话，现在应该吃好了。"

陈陆南："……"

两人无声对视了片刻，陈陆南问："点的外卖？"

"没有，"颜秋枳道，"自己做的。"

陈陆南颇为诧异地看向她。

颜秋枳的手扶着门把，淡声道："虽然没有你做的好吃，但能入口，不会毒死人就足够了。"

她稍稍一顿，突然鼓起了勇气："陈陆南。"

陈陆南眼皮一跳，直觉告诉他接下来的话他不想听。

他"嗯"了一声:"你说。"

颜秋枳转头看着斜对面,灯火通明,夜色朦胧,让人看得见摸不着。

她不喜欢这种感觉。

她停顿了一下,轻声说:"我们暂时分开一段时间吧。"

陈陆南的手紧了紧,垂落在两侧:"什么意思?"

颜秋枳笑着看他:"你这么聪明,会听不懂我这话什么意思吗?"

她道:"字面上的意思,我们暂时分开一段时间,至于离婚,等爸身体好了,我亲自跟他说。"

"我不允许。"

陈陆南一字一句地说。

颜秋枳和他对视着,轻飘飘地问:"那又如何?"

她说:"你不允许那是你的事,不是我的事。"

她稍稍一顿说:"奶奶已经去世一年多了,你该做的都做到了,爸也不会再强压着你回公司,所有的一切都如你所愿,你还有什么不满?"

当初颜秋枳和陈陆南结婚,其实理由挺可笑的。

颜峰的公司出了点事,需要找人帮忙。他没别的,只有一个养得还不错的女儿,至少长相和身材来说,非常合格。

当时陈陆南的奶奶病重,陈奶奶最后的心愿就是看着陈陆南结婚。

陈陆南最初并不答应,也没有想法要结婚。

最后,是陈父给他施压,陈母也每天劝说,奶奶躺在病床上,拉着他的手说自己最遗憾的事情。

陈奶奶很喜欢颜秋枳,从她刚被接回来的时候就喜欢,颜秋枳也时不时会去医院看她。

在颜秋枳这里,陈奶奶就和乡下那些给自己送糖果的奶奶一样,对自己特别特别好,让她找到了家的感觉。

一日,陈母和陈陆南在病房里提起结婚的事,颜秋枳正好去看陈奶奶,当下两人也不知道怎么想的,突然问她,愿不愿意嫁给陈陆南。

其实颜秋枳和陈陆南的交情不深。陈陆南比她大了六岁,上学不在一处,加上他在娱乐圈的缘故,别说是她,就是陈奶奶和陈阿姨想要见他一面,也难上加难。

猝不及防提出来的时候,颜秋枳下意识把目光看向了陈陆南。

她看过陈陆南的电影,也知道他多厉害。颜秋枳很崇拜,甚至于有点仰慕他,单纯对他演技、实力和长相的仰慕。

但要说结婚,她是不愿意的。

她还没来得及拒绝,颜峰的电话来了,说是给她安排了一个饭局,让她过去吃饭。

颜秋枳没法拒绝，她去了。

那时候她才知道，颜峰打算把她卖了，卖给愿意给他投资的人。

甚至都不问对方到底是什么品行的人。

他之所以养着颜秋枳，就为了这一天。

颜秋枳当时便闹了，给颜峰打了个电话，在路边哭得稀里哗啦。

再之后，她被强制见了不少人。她不愿意去，颜峰便让人封杀她，娱乐圈的资源基本上没有，直接从十八线跌落到低谷。

后来，她泪眼婆娑地在路边看见了陈陆南。

他给颜秋枳递了纸巾，压着帽檐在街边照顾她。

那个时候的陈陆南，给颜秋枳造成了一种错觉——他是温柔的。

当下，颜秋枳想也没想，抓着他的裤脚问："你愿意娶我吗？"

再之后，陈家让人算了两人的八字，说格外般配，绝对合适。

还说能对陈奶奶的病情有帮助，颜峰和陈家谈了条件，再之后，颜秋枳和陈陆南领证，稀里糊涂便结了婚。

刚结婚的小半年，颜秋枳是不后悔的。

她没得选择。颜峰的手段，她早就见识过。与其反抗，最后落得惨不忍睹，倒不如和他谈条件。

更何况颜秋枳对于婚姻，向来就没有过什么奢望和念想。

而且和陈陆南结婚，她能顺顺利利地在娱乐圈发展，不受任何限制。

虽然是打酱油的十八线，但她却很开心。

陈陆南听着她这番话，有点被压得喘不过气来。

"我没有不满，"陈陆南道，"如果只是因为林媛，我可以解释。"

"不是。"

颜秋枳手扶着门把，眼神平静地说："太累了。"

她道："陈陆南，这段婚姻对你和我来说，都太让人疲倦了。我不想再这样下去，离婚对你我都好。"

"我没有这样觉得。"

"但我有！"颜秋枳抬眸看着他，"无论你答不答应，这都是我的决定。"

她直接下逐客令："我话说完了，你可以走了。"

颜秋枳想要关门，被陈陆南给挡住了。

她抬眸怒瞪着他，陈陆南伸手压着门，压着起起伏伏的情绪道："颜颜，我不同意。"

"那是你的事。"

颜秋枳这会儿太饿了，她看了一眼一直抵着门的人，索性放弃。

"你爱在这里站着就站着,我不会管你。"

她回头,吃自己糊掉的面条去了。

陈陆南站在门口半晌,往屋内走了进去。

他一眼便看到了颜秋枳吃着的面条,下意识地,陈陆南往厨房走。

颜秋枳没拦着,她低头不紧不慢地吃着碗里难吃的东西。

几分钟后,一碗色泽鲜美的西红柿鸡蛋面做了出来。

上面没有葱花,因为她不吃。

颜秋枳的睫毛颤了颤,抬头看向陈陆南。

"吃这碗。"

"不用了,"颜秋枳平静道,"你的手艺确实不错,但对我来说,我只想吃自己愿意吃的。"

"我做的虽然很难吃,但那是我心甘情愿吃的,"她看着陈陆南,"你懂这句话的意思吗?"

两人僵持了良久,陈陆南立在一旁半晌,哑声说:"不要折腾你的胃。"

颜秋枳没理他。

陈陆南松了松衣领,试图让自己的呼吸更顺畅些许。

"如果你不懂这句话的意思,那我说得更直白一点,"颜秋枳冷静道,"我要的不是施舍,觉得愧疚了给我做碗面,下下厨哄我,你是不是觉得我真这么好哄?"

说完后,颜秋枳就后悔了。

她不该这样表达自己的情绪,明明她不愿意示弱的。

她抿了下唇,冷眼看着陈陆南:"我今天不想再看见你,如果你现在不走,我明天就把离婚协议寄给你。"

不知道是哪句话戳中了陈陆南,他停顿了半晌,还真往门口走了过去。

颜秋枳从头到尾都没回头,在餐桌面前坐得笔直。

蓦地,门外传来了男人低沉沙哑的声音:"我不会离婚。"

陈陆南是个责任心很重的男人,从答应和颜秋枳结婚后,他就从未想过要离婚。

即便,最开始确实没有感情。

但他有责任。

他今天说的这番话,已经格外难得了。

只可惜,那不是颜秋枳想要的。

陈陆南走了,客厅里恢复了宁静。

颜秋枳把最后一点面条吃完,至于对面放着的那碗好看又好吃的面条,过了十几分钟后，汤汁被面条吸尽，也变得黏黏糊糊了，看着便让人无从下嘴。

面条是这样，人亦是如此。

以前的时候，颜秋枳其实还挺洒脱的，但近期，她觉得自己越发斤斤计较了。

当天晚上，颜秋枳吃过东西后翻了一部电影出来看。

正看着，手机振动了一下。

她低头一看，是《慢生活》制作组发来的消息，提醒她明天晚上节目开播，不介意的话想让她转发一下微博做宣传。

颜秋枳这才恍然发现，原来距离上次去录制这个综艺，才过了半个月。

明明……好像发生了很多事情一样。

她回了个消息，继续看电影。看累了，颜秋枳开始在房间里做瑜伽，全身舒畅后，回房间泡澡护肤睡觉。

颜秋枳陡然发现，一个人的生活真是有滋有味。

翌日，考虑到她刚回国的原因，萌姐没给她安排工作。

颜秋枳睡到自然醒，刚醒来没多久，便听到了屋外的门铃声。

她稍微有点诧异，在她的记忆里，不可能是陈陆南过来。

走到门口一看，还真不是。

"您好，是颜小姐家吗？"

颜秋枳："……有什么事？"

"我们是陈先生安排过来给颜小姐送餐的。"

颜秋枳："……"

她开门，看向门外站着的人，是某酒店的工作人员。

她低头看了一眼对方手里提着的东西，淡淡说："抱歉，我不需要。"

工作人员有点儿为难，看着她说："颜小姐，陈先生说一定要送到你手上。"

他道："能不能麻烦你签收一下？"

"不能，"颜秋枳毫不犹豫地说，"你提回去，他不会对你有任何惩罚。"

工作人员还想挣扎一下，颜秋枳直接关门了。

陈陆南还没到要和工作人员斤斤计较的地步，在这一点上，颜秋枳莫名了解他。

一想到这一点，颜秋枳更是心生烦躁。

她是疯了吗？为什么要相信那么一个狗男人？

陈陆南听着工作人员抱歉的声音，缓了缓说："没事，不用送了。"

他道："麻烦了。"

挂了电话后，程湛转头看向他："给颜颜送餐？"

"嗯。"

程湛盯着他看了一会儿，问怎么回事？昨晚晴晴在群里疯狂吐槽的男人，是不是指你？"

昨晚莫名其妙地，一个大群的男人都被沈慕晴声讨，也不能说是声讨，就是指桑骂槐，说了很多"男人都不是东西"之类的话。

姜臣不明所以，开始还解释两句，过了一会儿，也只能乖乖地被沈慕晴骂。

当然，沈慕晴的战火没引到程湛等人身上，但姜臣被骂得很惨。

现在想想，沈慕晴的那些话是说给陈陆南听的，在骂他。

陈陆南顿了一下，看向他："你了解女人吗？"

闻言，程湛笑了起来："你竟然会问这种问题？"

他道："我不了解女人，但对颜颜还算了解，你说说你们两人什么情况。"

陈陆南沉默了良久，道："她想离婚。"

办公室内安静了片刻，程湛被陈陆南这话给惊讶到了。他下意识拿过杯子喝了口水，这才问："你出轨了？"

陈陆南："……"

他冷冷地看了一眼程湛。

程湛哭笑不得，被茶烫了嘴，缓了缓说："不是说我为什么这样问，实在是……以颜颜的性格能和你提出离婚，一定是你做了什么十恶不赦的事才会这样。"

他说："颜颜有多能忍，你不是不知道。"

颜秋枳是情绪很敏感的那种人，颜家的人对她怎么样，她心知肚明。

通过一些细微的举动，她就能察觉出来别人对她是喜欢还是不喜欢，是厌恶或是其他。但她能忍，刚回颜家的时候，她就被颜嘉池和杜冰欺负过多次，她把自己的委屈全给吞了下去。

那一次，颜嘉池提到了她的妈妈，她才和颜嘉池吵了一架，离家出走的。在那之后，颜嘉池怎么对她不好，杜冰怎么膈应她，她都忍了下来。

她的朋友少之又少，但每一个交往的人，都对她很好，和她关系也好。

颜秋枳不轻易交朋友，她就像是一个小乌龟一样，你对她好，她才会探出脑袋来试探，悄悄地靠近你，但你只要稍微表现得对她不好，或者是一般，她便会缩回自己的龟壳里。

不会过度表现出来，但绝对不会和你交心，和你亲近。

在这一点上，程湛知道，陈陆南更是了解。

他沉默不语，安静了些许后，道："没有。"

他其实并不是很知道颜秋枳为什么会突然这样。

"不过……"陈陆南想到了那通电话,"我爸出车祸,我没告诉她。"

程湛:"……"

他瞅着陈陆南,幽幽道:"那你活该。"

"……"

他头一回给人做情感分析:"颜颜本就是容易多想的人,这种大事都不告诉她,还让她从其他人口中和新闻媒体上知道,你觉得她在你心里的分量是什么样的?"

陈陆南没吭声。

程湛摇头:"你什么事都清醒,唯独在感情这种事情上,最糊涂。"

陈陆南无力解释。

事情都已经发生了,要做的只有弥补。

但问题是,现在颜秋枳不接受任何的弥补。

程湛看着他黑沉沉的脸,突然有点同情。

他轻笑了一声:"你找个机会和颜颜好好解释一下,她不是不听的人。"

"说了。还是要离婚?"

程湛惊讶了。

陈陆南点头:"嗯。"

程湛哽了一下,思忖了会儿道:"你怎么说的?"

"她说离婚,我不愿意。"

程湛:"……"

他顿了一下:"还有什么?"

他突然想到了昨天的林嫒微博,立马问:"林嫒的微博怎么回事?"

陈陆南:"我不知情。"

程湛冷笑了一声:"你这些烂桃花也是时候解决了,你不知情,但颜颜知情。"

他冷声道:"你不告诉颜颜陈伯伯车祸的事情,这是一个点,紧跟着你还让林嫒发微博向你的粉丝报平安。连颜颜都不知道的事情,她知道,还第一时间去了医院。"

程湛停顿了一下,点评说:"这两件事加一起,你活该被离婚。没有女人能忍受这种挑衅。"

林嫒的所作所为,就是在向颜秋枳挑衅。

即便她不知道颜秋枳和陈陆南是夫妻关系,但她的行为,就像是在昭告所有人——她和陈陆南关系匪浅。

换成是任何一个女人,都要气到吐血才对。

程湛看着陈陆南那完全不能看的脸,不再给他插刀了。

"你自己好好反省吧,颜颜害怕表达,你不喜欢表达,好好聊一聊,说清楚就好。"

"嗯。谈公事吧。"

他过来是谈公事的。

陈陆南"嗯"了一声,收回了思绪。

中午的时候,颜秋枳去了一次医院。

她到的时候,陈母正好在。

"爸,今天感觉怎么样?"

陈父笑呵呵笑道:"挺好的。"

他看着颜秋枳:"颜颜今天没工作?"

"嗯,"颜秋枳颔首,轻声道,"这两天休息。"

陈父点了点头:"工作别太累,偶尔也要给自己放个假。"

"知道。"

病房里安静了一会儿,陈父看着颜秋枳半晌,突然问:"颜颜,你有没有和陈陆南商量过,什么时候要孩子?"

颜秋枳一怔,她看着瞳眸里充满了期待的长辈,一时间有点哑口无言。

她和陈陆南,应该不会有孩子了。

陈父叹了口气说:"你们结婚快两年了,想过这个问题吗?"

颜秋枳稍稍一顿,低垂着眼说:"爸,孩子这种事要讲究缘分。"

陈父眼睛亮了亮,颇为惊喜:"也就是说你是愿意要孩子的?"

颜秋枳没反应过来他的意思。

陈父继续说:"那你帮着劝劝陈陆南,我上次问他,他说你们不打算要孩子,我还以为是因为你工作的原因……"

再后来陈父说了什么,颜秋枳已经没有听进去了。

她脑子里只一直在循环播放一句话——陈陆南不打算和她要孩子。

他从来没有想过。

甚至在长辈提出来的时候,还一口拒绝了。

颜秋枳突然觉得,暂时的分开好像也没必要了,直接离婚会更合适。

一个男人,连孩子都不愿意和你拥有,又何谈其他?

颜秋枳以前觉得,就算是他们这塑料夫妻的关系,可能有一天还是会有个孩子作为枢纽,缓解两人的关系,然后就这么一辈子相敬如宾地过下去。

但现在,好像就短短几天的时间,以前想的全部都化为了灰烬,烟消云散。

沈慕晴找到颜秋枳的时候,她正坐在马路边上,身上穿着深色羽绒服，戴着羊毛帽，脸上还挂着一个口罩，看上去就像是一个无家可归的孩子一样。

她瞬间有点难受了。

这个场景，和很多年前重合了。

那时候，也是大冬天，颜秋枳身上穿着单薄的衣服，趿拉着一双拖鞋，袜子也没穿，边抹着眼泪边往外面走。

哭得鼻涕横流，冻得脸蛋发红。

沈慕晴在家是受宠的小公主，全家人都哄着的那种，猝不及防看到颜秋枳这样，生气又心疼，还有点同情。

她认识这个妹妹，比她小几个月，是颜家刚接回来的女儿。

沈慕晴拉着她回了自己家，把自己的衣服给她穿，还让阿姨给她煮饭。

颜秋枳当时怯生生的，吃东西不发出一丁点声音，吃得很慢很慢。

她在旁边看得着急，颜秋枳便小声解释，她的阿姨说吃太快的人是野孩子，没有人要的。

沈慕晴把衣服给她，她也怕弄脏，只抱在手里，都不敢穿。

那天晚上，沈慕晴拉着颜秋枳陪自己一起睡。

开始的时候，还睡得挺好的。

沈母和沈父当天正好出门参加宴会，十二点多才回家。

每晚到家后，沈母都会去看看沈慕晴。

关于颜秋枳到了自己家的事情，她也知道。

阿姨告诉她两人是一起睡的，还是手牵着手的那种。

只不过她没想到的是，等她到房间去看时，床上只有沈慕晴一个人，颜秋枳正抱着一床被子，睡在床底下。

因为怕孩子着凉的缘故，阿姨给她们准备了两床被子，颜秋枳半夜醒来，大约是觉得这样不合适，一个人抱着被子下床，自己钻了进去。

回到颜家后，她活得太小心翼翼了。后来长大了，性格改变了不少，渐渐大胆了起来，可实际上，她骨子里依旧敏感又自卑。

她害怕自己做得不好，害怕不被人喜欢，从而隐藏起了自己的一些情绪。

进入娱乐圈之后，因为有陈陆南这么一个后台，颜秋枳放肆了些许。

也因此得罪了不少人，但现在……她好像又变成了那个脆弱的、孤零零的小女孩。

沈慕晴想着，深呼吸了一下，压着自己快要涌上来的眼泪，喊了一声："颜颜，怎么一个人坐在这儿？"

颜秋枳转头看向她，往她肩膀上靠了过去，轻声说："就是想出来看看，有点累。"

沈慕晴伸手,拍了拍她脑袋:"怎么累了?"

"我是不是很作啊?"

颜秋枳突然问。

沈慕晴一怔,瞪了她一眼:"你哪里作了?别这样说。"

"有的,"颜秋枳抬眸看着来来往往的人流,不紧不慢地说,"明明说好的,和陈陆南做塑料夫妻,大难临头各自飞,可我现在为什么要和他计较林媛的事,计较车祸不告诉我的事?"

其实颜秋枳很讨厌这样的自己,明明不该去在意的,她为什么要变得如此在意?

装作什么都不知道,睁一只眼闭一只眼难道不好吗?活得多开心啊。

沈慕晴沉默了会儿,低头看着她:"颜颜……你有没有想过和陈陆南敞开心扉地聊一聊?"

她说:"你现在这样……没察觉到自己对陈陆南的感情吗?"

颜秋枳紧抿着嘴角,没说话。

就是因为察觉到了,所以才想在刚有某些奢念的时候断了。

现在断了可能会难受一阵子,但拖得更久再断,颜秋枳害怕自己不能再抽身而退。

她沉默了半响,就在沈慕晴以为她不会回答的时候,她应了句:"有。"

坦诚承认,好像也没什么不好的。

她确确实实喜欢上了陈陆南,至于是什么时候开始的,颜秋枳不知道。

沈慕晴听着,想了想说:"那就再沟通一下。"

她道:"你们两个就是一个不愿意说,一个不爱表达,才会造成现在这样。陈陆南对你到底如何,你比我们都清楚。"

陈陆南是对颜秋枳很好,但那种好,只是责任。

至少从陈父那里得知的,是如此。

她张了张嘴,轻声说:"我刚从医院出来,爸说他过年的时候问过陈陆南,有没有想过要孩子,他说没有。"

沈慕晴:"……"

她眼皮一跳,突然觉得以陈陆南这样的做法,她也拯救不了了。

刚说完,两人的手机同一时间振动了起来。

"谁呀?"

沈慕晴嘟囔着点开,看到的便是新闻推送——陈陆南和林媛恋情曝光,深夜幽会。

看到新闻推送的第一眼,沈慕晴就知道完了。

244

谁也救不了了，真的。

"颜颜……我觉得一定是有什么误会，"沈慕晴努力道，"这个新闻应该是很久以前的了吧？"

"不是，"颜秋枳看着照片里的两人，轻声道，"昨晚的。"

昨晚，陈陆南穿的就是这一身衣服。他很喜欢换手表，对手表格外钟爱，而他昨天戴着的手表，是颜秋枳送的。这手表刚送了没多久，也就是昨天看到陈陆南戴了。

照片里有一张照片露出了手表，和昨晚的一模一样。

她现在只觉得好笑，一个昨晚还强制性跟自己说不会离婚的人，一转头就和其他女人深夜幽会去了。

这算什么？

颜秋枳看完新闻。

那条新闻下面全是对两人约会这一消息的欢呼声，他们乐见其成。

她关了手机，转身看向沈慕晴："陪我去一趟律师事务所？"

"……好。"

陈陆南这边第一时间收到了消息。

和林媛上了热搜。

"把热搜撤下去。尽快。"

王康应着："我明白。"

陈陆南这边的动作很快，上了热搜还没半小时，便已经被撤了下去，工作室也紧跟着出了声明。

称陈陆南和林媛除了是曾经的合作伙伴之外，没有任何其他关系。

两人之所以见面，是为了谈一件私事。

但网友根本不信，一整个下午，王康和宇哥以及工作室的所有人都盯着微博，稍微有点苗头出来，他们便撤。

一刻也不敢耽搁。

陈陆南打电话时候的那个语调，没有人敢懈怠。

陈陆南看着网上消失的热搜，松了口气。

他掏出手机，下意识地给颜秋枳发消息。

陈陆南：【*颜颜，吃饭了吗？*】

颜秋枳没回。

陈陆南跟着打了两个电话，没打通，颜秋枳把他拉黑了。

陈陆南心生烦躁，但偏偏助理过来说："小陈总，该开会了。"

陈陆南压了压自己的躁意，阖着眼眸低低沉沉地应了一声："马上来。"

等会议结束后，陈陆南收到了一个快递。

他这几天都坐镇呈盛,露面的时间却很少,除了陈父的几个助理和高层知道他的身份之外,下面的人瞒得很严,也没人敢议论。

快递到了公司,指明要陈陆南签收,助理也不敢懈怠。

他敲了敲门进去,陈陆南正低头处理文件。男人的侧脸轮廓隐于阳光之下,清隽亮眼。

"什么事?"

助理收回感慨的目光,压着声音道:"小陈总,这里有个快递,指明让您签收。"

按照正常流程来说,是送不到陈陆南这里的,但送快递的人是姜臣的助理,这边的助理也见过,这才代办。

陈陆南皱了皱眉,看着助理送过来的文件。

他低头看了一眼,在看到某个熟悉的字迹后,脸色变了。

"出去。"

助理一惊,忙不迭出去,顺手关上了门。

陈陆南看着放在一旁的快递,手突然有点抖。

他突然不想去看,也不想去面对了。

头一回,陈陆南想逃避。

打开,一点也没意外,陈陆南看到了"离婚协议书"几个字。

最后一页的落款处,她已经潇洒签名了。

颜秋枳把离婚协议寄出去后,整个人轻松多了。

沈慕晴在旁边看着,有点心疼。

"真决定了?"

"嗯。"

颜秋枳扬了扬眉,含笑看着她:"我重新恢复了单身,你不恭喜我吗?"

沈慕晴说不出恭喜的话。

她太难受了。

她伸手,抱了抱颜秋枳:"我明天得去剧组拍戏了,你要不要去那边待一段时间?"

"不用,"颜秋枳说,"我明天有个试镜,顺利的话应该也要进组了。"

沈慕晴点了点头,表示了然:"好吧,那你有什么事给我打电话。"

"行。"

两人在外面吃了饭。为了让颜秋枳开心一点,沈慕晴还拉着她去某有名的奢侈商场逛街,送了一个又一个包包给她。

颜秋枳哭笑不得,知道这是她安慰人的另类方法,没拒绝她,全都收下了。

到了很晚，颜秋枳才提着大包小包回家。

电梯门一打开，她便看到了那个站在家门口的男人。他侧身隐于夜色下，若影若现，手指上还夹着一根烟，猩红入眼。

颜秋枳收住脸上的笑，当作没看到他这个人一样，低头输入密码。

她刚推开门进屋，身后的男人便跟着进来了。

"陈陆南，"颜秋枳提高了音量喊了一声，"你做什么？"

屋子里的灯还没打开，这会儿只有落地窗外的月色照进来，不算明亮。

颜秋枳下意识想去开灯，被陈陆南摁住了手。

她手里的袋子掉落在地上，陈陆南倾身过来，嗓音沙哑道："我和林媛没有任何关系。"

他解释："昨晚是临时有点事，去见了关导，出来的时候正好碰到了她。"

陈陆南和关导商量选角的事情，但他最近忙，所以婉拒了这件事。

关导约他喝酒，陈陆南从颜秋枳这儿离开后，直接过去了。

林媛的那条微博，他让王康联系删除，但林媛并不愿意。

陈陆南让工作室直接起诉，侵犯肖像权，即便是不太合理，但也是完全没问题的，他这边有最王牌的律师，这场官司不会输。

他头一回做得如此之狠，一点情面都没留。

林媛收到了消息，打探到陈陆南在哪儿后，第一时间跟了过去。

她直接把陈陆南拦下："陈老师，你一定要做得这么绝？"

陈陆南连个眼神都没给她，冷声道："林小姐要有自知之明。"

林媛不太懂，怎么她拍个照片，就要被起诉？

"你的粉丝偷拍你的时候少吗？"

陈陆南道："那是我的粉丝，你是什么身份？"

林媛张了张嘴，突然有点不认识这个人了。

"我们至少是合作伙伴。"

闻言，陈陆南冷笑："那又如何？"

他道："林小姐，人要知趣。"

说完，陈陆南转身就走。

林媛认识他这么长时间，还是第一次看陈陆南动怒。而且这个动怒的对象还是自己。

她不太懂，垂死挣扎地问了一声："为什么？"

陈陆南脚步一顿，背对着她说："因为你，让我太太不开心了。"

林媛大惊。

到陈陆南离开后，她也没回过神来。

陈陆南结婚了？什么时候？

他太太又是谁？为什么圈内一点消息都没有？

她震惊又吃惊，看着男人消失的背影，头一回觉得陈陆南好像并不是她所认识的那个男人了。

他不是向来做事都会留几分情面的吗？

林媛突然觉得，她好像从来没有认识过陈陆南。

以前接触到的，只是表面。

夜色朦胧，林媛颤抖着点开微博，深思半晌后，她还是没把那条微博给删除。

她就不信，陈陆南会公开打脸。

屋子里黑乎乎的，男人的气息逼近，粗重的呼吸打落在她脖颈处，颜秋枳挣扎了片刻没能把他推开。

男女力量悬殊。

她听着陈陆南低哑的解释，睫毛颤了颤，冷漠地问："和我有什么关系？"

她语气冷淡地问："你是不是以为我和你离婚是因为林媛？"

陈陆南没吭声。

他确确实实以为是林媛的关系。

"爸车祸的事……"

"不用说了，"颜秋枳语气平静道，"陈陆南，你想错了，我和你离婚并不完全是因为林媛，也不是因为爸。"

陈陆南借着窗外的月光看着她。颜秋枳脸上满是倔强，她抿了抿唇，突然觉得走到这一步，什么都必须说清楚。

她抬眸，看向陈陆南："你是不是觉得我很作很矫情？"

她说："当年让你和我结婚，是因为我觉得嫁给你应该会很快乐，但现在我发现，我好像已经找不回那个快乐的自己了。"

她平静道："和你在一起太让人难受了。"

她不想再要这种患得患失的感觉了。

以前的时候，颜秋枳不喜欢陈陆南，所以没感觉，可现在……她变得贪心了。

她喜欢上了陈陆南，想要更多，想得到更多。

她觉得自己越来越贪心，明明以前陈陆南做顿饭哄自己，她就能开心半天。

看到他和其他女人说话，她也没有特别的感觉，但最近一切都变了。

颜秋枳不想让自己变得太卑微，也不想迷失自我，所以她选择了在还没有泥足深陷的时候抽身离开。

这是对她,对陈陆南最好的解决办法。

陈陆南扣着她的手慢慢松了下来。

她的那句话杀伤力太大了。和他在一起,原来是这么让人难受。

他手一松,颜秋枳的眼泪便掉了下来。

她努力压着,可根本无果。

好像她开心了一年多,又变回了那个没有人要的小孩。

陈陆南看着她的眼泪,突然觉得自己仿佛真做了十恶不赦的坏事。

可明明,他对照片不知情,他更管不住旁人对他的想法。

颜秋枳还在哭,她哭的时候鲜少发出声音,只会像小动物一样呜咽着,眼眶红红的,看上去楚楚可怜。

陈陆南看着她的眼泪,伸手想要给她擦拭,被颜秋枳给推开了。

"你走吧。"

陈陆南没动。

他伸手,一把将她搂在怀里问:"要我怎么做你才能相信我说的?"

颜秋枳没动,也没回答他。

她就这么哭着,陈陆南的手放在她后颈处安抚着。

等颜秋枳哭累了,陈陆南才把她放开。他嗓音沙哑,贴近在她耳边道:"离婚协议我不会签,你想暂时分开就分开,什么时候觉得不难受了,想回来了,随时回来。"

他顿了一下,侧耳亲了一下颜秋枳,压着声音道:"有件事一直没告诉你。"

他的声音像是风,从她耳边拂过:"我好像没有遵守我们商业联姻的约定,擅自喜欢你了。"

……

门关上,陈陆南走后,颜秋枳的身子滑落下去,直接坐在了地板上。

她目不转睛地盯着某一处看着,但又没有焦点。

刚刚哭累了,她怀疑自己产生了幻听。

陈陆南走的时候说什么了?

喜欢?

他喜欢她?

颜秋枳坐在地上半晌,也不知道过了多久,都没能回过神来。

正走着神,掉在地上的手机响了起来。

是沈慕晴的电话。

刚接通,颜秋枳还没来得及说话,沈慕晴激动的声音从另一边传来:

"颜颜！快看微博！！我头一回看到陈陆南这样！我的天呐，他的工作室真的太刚了，他头一回做了件人事。"

颜秋枳猛地回神，挂了电话，她下意识点开了微博。

一点开，#陈陆南工作室起诉林嫒#这个话题已经高高地在话题榜前排挂着了，后面还跟了一个"爆"。

陈陆南工作室动作迅速，除了和林嫒撇清关系之外，还有之前很多没有澄清的绯闻，也都一一出面澄清了。

陈陆南这种级别的艺人，一般情况下是经常被碰瓷的，他的工作室也不可能把所有碰瓷的人都起诉。

有时候在这个圈子里，别人提一下，cue（暗示）一下，发一点似是而非的微博，他真的不会去在意。

粉丝也知道，这就是一些跳梁小丑，他们的偶像连一个眼神都不会愿意给。

身处一个圈子，人家想要点话题和热度，他们是真管不着。

要是每个人都去注意，陈陆南工作室的工作人员估计要累死。

在林嫒这件事情上，如果不是颜秋枳在意，陈陆南基本上也是不会搭理的。

对那种从没放在心上的人，他向来如此，凉薄又冷漠。

从他成名到现在，工作室还是头一回发这种律师函出来。一下子，网友和粉丝都惊呆了。

【我看到了什么？？？】

【陈老师终于要刚起来了吗？！】

【天呐，我们的南嫒CP就这样 Bad Ending（坏结局）了吗？】

【不是……陈陆南也太不是人了吧？林嫒不是帮忙给你粉丝报平安吗，你竟然起诉人家对你肖像侵权？这也太小气了吧，这种男人真是让人无语。】

【心疼林嫒。】

【那些说心疼林嫒的粉丝闭嘴吧，你们难道不知道林嫒那条微博到底是什么意思吗？她到底是为了报平安还是为了炒绯闻，你们自己心里没有点数吗？】

【难道没有人好奇为什么哥哥这一回这么刚吗？之前不是都不管这些的吗？】

粉丝和网友实在是太好奇了，以前这种事情不是没有过，甚至还有更过分的，但陈陆南和工作室都从未搭理过。

这还是头一回，发律师函出来，对象还是曾经的合作伙伴。

一时间，众说纷纭。

粉丝在下面的留言更是数不胜数，好奇到了极点。

甚至还有粉丝好奇，陈陆南会不会因为这件事情而更新微博。

陈陆南是有微博账号的，但他半年一年都不更新一次。

上一次更新，好像还是几年前了，是一个电影的宣传，从那之后，微博就再没有更新动态了。

粉丝盼星星盼月亮，就是没能等到。

颜秋枳怔怔地看着陈陆南工作室那条微博，律师函正规，言语也格外严肃。

大概意思是，以后别再来碰瓷我们老板，老板洁身自好，之前的一些绯闻也在此澄清。

我们老板从未和任何人有过任何不正当的关系，希望广大网友知悉。

再有下一次，就等着接收律师函。

她正怔怔地看着，沈慕晴的电话又来了。

"你看到了吗？"

"嗯。"

她的嗓子沙哑得不像话。

沈慕晴皱眉："你的声音怎么了？是不是哭过了？"

"没事，"颜秋枳深呼吸了一下，从地板上站起来，进了主卧浴室，低声道，"我洗个脸。"

沈慕晴应了一声，快速说："颜颜，其实我一直都觉得陈陆南没有做错什么，他和林嫒被拍到的事也都解释了，全网都知道了，你……有没有什么不一样的感觉？"

她作为两人的好友，虽然无条件站在颜秋枳这边，但她总觉得两人是有感情的，就这么散了，她看着也不忍心。

她内心还是很希望两人能和好的。

颜秋枳顿了一下，道："没有。"

沈慕晴："啊？"

她没忍住问："还是因为孩子的事情吗？其实我觉得，陈陆南可能并不是不想和你有孩子，可能是有其他的误会吧？"

以沈慕晴对陈陆南的了解来说，他不是会和人讨论这种事情的人。

即便那个对象是陈父，他可能也不会告知陈父自己的打算。

在陈陆南这里，陈父是一个可有可无的父亲，他讨厌还来不及，又怎么会愿意告诉他内心想法呢？

颜秋枳拿过一旁的毛巾擦了擦脸，嗓音沙哑地应了一声："嗯。"

沈慕晴眼睛一亮："那你这是……"

"没有，"颜秋枳用毛巾压了压眼睑，低声道，"晴晴，我有点累，想休息了。"

沈慕晴张了张嘴，连忙答应着："行，那我就先不打扰你了，有事给我打电话。"

"好，"颜秋枳停顿了一下说，"刚刚回来的时候，陈陆南来了。"

沈慕晴一愣："啊？"

颜秋枳抿了抿唇，低声道："我们聊了一会儿。"

"这混蛋把你弄哭了啊？"

"不是，"颜秋枳苦笑，"不是他的原因，其实就算是没有林媛，我们也会走到这一步的。"

她轻声说："现在这样暂时分开也挺好的。"

沈慕晴了然："行，那你有什么别闷在心里，及时告诉我。"

"好。"

*

因为陈陆南来的事，颜秋枳还把转发《慢生活》综艺的事情给忘记了。

她洗了个澡出来后，才看到微信收到的消息。

颜秋枳看了一眼时间，其实还早。

刚刚十点半，《慢生活》是十点开始播出的。

她顿了一下，打开了公寓的电视。

说不出是什么原因，就是鬼使神差地想要看一眼。

一打开，正好是她和陈陆南的镜头。

两人站在一起，看上去冷冷淡淡的，没有太熟络的模样，偏偏弹幕把两个人给拉扯到了一起。

【啊啊啊啊啊啊我的天呐！！陈陆南竟然和颜秋枳一起参加了《慢生活》的录制？？只有我现在才知道吗！！】

【前面的姐妹，真的只有你。】

【上周就发预告了！我冲着两个人来的。】

【呜呜呜呜呜这两人颜值也太高了吧，明明什么亲昵举动都没有，但为什么我就觉得两个人好默契啊？】

【完了……我想要站陈颜CP了。】

【姐妹……别站啊，陈陆南工作室现在好刚的，刚刚林媛才被告了呢。】

……

颜秋枳看着那闪过的弹幕，一时间不知道自己是该哭还是该笑了。

《慢生活》走的是温情的综艺路线，有很多感人又搞笑的片段。

一转眼,便到了颜秋枳他们几个人去捞鱼的镜头。

她看着自己憨憨的模样,很是无奈。

紧跟着,颜秋枳不小心摔倒,陈陆南过来。

也是到这会儿,她才恍惚发现,陈陆南好像是在她摔倒的第一时间就从最远的地方过来了。

不仅仅是她,看这个综艺的其他网友也发现了。

【等一下……我真的忍不住了,我真的很想要站这一对了。】

【你们有没有发现,陈陆南其实距离颜秋枳最远,但她一摔跤陈陆南就第一时间过来了。】

【???穆欣不就在旁边吗?为什么不第一时间把颜秋枳给拉住啊?】

【我要被陈陆南一手揪着颜秋枳的帽子给萌死了哈哈哈。】

【颜秋枳被捞起来的时候好傻啊,大美人竟然还有这种表情,大家快截图!】

……

颜秋枳很是无言。

她继续往下看着,她回到小屋换衣服洗澡,还看到了陈陆南和童老师的沟通,让她给自己送衣服。

综艺分两段,这一期到晚上一群人吃饭后,便结束了。

综艺结束后,颜秋枳和陈陆南,以及邵越等人在这个关头冲上了热搜。

很多人被颜秋枳呆萌的模样给吸粉了,他们都没想到原来私底下的颜秋枳是这样的,呆萌又可爱。

至于和邵越的CP感,好像还是存在的。

除此之外,还有她和陈陆南那莫名其妙的默契,也让观众好奇。

总而言之,这一晚上,颜秋枳是最大赢家。

在网友疯狂辱骂林媛的时候,颜秋枳像是一朵盛开的玫瑰一样,被众人追捧和喜爱。

她看了一眼微博上的动态,没有过多的表情,关了电视回房间睡觉。

这一晚上,颜秋枳做了好多个梦。

乱七八糟的梦纠缠不清,让她一整夜都没能睡好,最后她是被陈陆南的一句话给吓醒的。

他好像隔着很近的距离,告诉她:"我之前跟你说的喜欢你,是骗你的。"

他笑着,眼睛里满是戏谑:"你真的太好骗了,这种话你也会相信。"

画面一转,变成了颜峰。他朝颜秋枳伸出手,手掌宽厚温暖,牵着她说:"颜颜,爸爸带你回家好吗?家里特别温暖,还有弟弟和阿姨,他们会喜欢你的。"

颜秋枳跟着他走了，可最后，她不仅没有了家，还丢了最爱的妈妈。
……
颜秋枳被惊醒，从床上坐了起来。
她伸手摸了一下自己的脸，一点也不意外地摸到了麻麻的触感，是泪痕。
梦里哭了的泪痕。
颜秋枳仰头，再次躺了回去。
她觉得自己是魔怔了，为什么连梦里都是这一群人？
颜秋枳看着手机上的时间，还早，才早上五点。
她思忖了会儿，点开了微信。
意外的，她看到了那四个人的深夜热聊群有上百条消息。
颜秋枳手指顿了一下，点开进去。
是昨晚十二点开始的话题，姜臣、沈慕晴，还有程湛都在。
她一路往下看，话题是姜臣提起来的。
姜臣：【照片。】
沈慕晴：【这是什么？】
姜臣：【某人老婆跑了，借酒消愁啊。】
沈慕晴：【活该！】
姜臣：【你说的没错，这人确实是活该，就是苦了我们。】
……
一路往下，程湛偶尔冒出来，汇报一下进度。
颜秋枳盯着照片看了须臾，只觉得他们就是故意的，故意发那些信息到群里。
明明不该去在意，可颜秋枳就是忍不住盯着那几张照片翻来覆去地看了一会儿。
男人侧脸隐于黑暗中，能看出他们是在一个包厢里，周围没有其他人，只有姜臣和程湛，桌面上放着好些酒，昂贵又奢侈。
男人的侧脸线条流畅，犹如雕刻一样。即便是喝酒的姿态，也不会让人有油腻感，反而觉得别有味道。
她看了会儿，伸手拍了拍自己的脸。
颜秋枳你疯了吗？你为什么要觉得这种不能给你安全感的狗男人有味道？！
你又不是没人要。
颜秋枳清醒了一下，起床折腾自己的脸。
她今天有个电视剧试镜，一定要以最好的姿态出现，而不是现在这个邋遢模样。

颜秋枳收拾好自己，慢条斯理地吃了个早餐，这才让珠珠过来接自己。

"颜颜姐，你昨晚看综艺了吗？"珠珠兴奋不已，"你的表现好好啊，大家都超级喜欢你。"

闻言，颜秋枳轻笑了一声："真的吗？"

"真的啊，"珠珠道，"我没想到的是，我偶像的综艺感也那么好，虽然话少，但真的看着好棒啊。"

她道："最重要的是，陈老师还救了你。"

颜秋枳："……"

她敛了敛眸，"嗯"了一声："是啊。"

珠珠兴致勃勃地说："不过有点可惜的是，网友都不敢站你们的CP。"

颜秋枳看着她。

珠珠以为她昨晚没上网，快速把网上的事情给她转述了一遍，最后感慨道："我偶像真的太刚了，以前他都不这样的。"

她小声嘀咕着："我看陈老师的超话，好多人都说他是不是有喜欢的人了，还是藏起来的女朋友生气吃醋了才会这样。"

颜秋枳被呛了一下。

她猛地咳嗽了起来，看向珠珠："什么叫生气吃醋了才会这样？"

珠珠看她一眼，认真分析："陈老师不是那种会斤斤计较的人，他在娱乐圈名利都有，很多时候别人碰瓷他也不会在意，但你看这一次，他竟然起诉林媛诶。"

珠珠说："这绝对不会是自己在意，一定是女朋友或者是喜欢的人生气了，才会做得这么绝吧。"

至少大家都是这样想的。一个男人最开始对这些事情不上心，如果哪天上心了，一定是因为身边的人才会如此。

颜秋枳没吭声。

珠珠继续感慨："不知道陈老师喜欢的人到底是什么样的，竟然这么厉害，让陈老师头一回没做绅士。"

"……"

颜秋枳含糊应着："说不定只是自己不想被碰瓷，根本没喜欢的人呢。"

"那不可能，"珠珠肯定道，"男人的思维和女人不同的，陈老师肯定是因为喜欢人的介意才会这样做。"

颜秋枳看着她，打量了一会儿道："小珠珠，你好像很懂男人？"

珠珠嘿嘿一笑，看着颜秋枳说："也不能说很懂，我就是对陈老师有点了解，毕竟我都喜欢他五六年了。"

忠实粉丝，对自家爱豆还是有点了解的。

颜秋枳打断她:"先不说他,我看会儿剧本。"

珠珠瞬间安静了。

颜秋枳低头看剧本,但思绪总会不由自主地转到刚刚珠珠说的那些话上面。

她努力让自己集中注意力,半晌后才勉为其难看进去,至于某些人,暂时不能出现在她脑海里。

*

陈陆南醒来的时候,头还有点痛。

他很多年没有这样喝酒了。昨晚从颜秋枳那边离开后,烦闷的情绪压得他喘不过气来。恰好姜臣打了电话过来,陈陆南难得没推脱,直接过去了。

他其实一直不知道,为什么他和颜秋枳的这段婚姻会变成现在这样。

他从未想过,对颜秋枳来说,和自己在一起是一件令人难受的事。

陈陆南阖了阖眼,伸手揉了揉发疼的太阳穴。

清醒了半晌后,陈陆南下楼。

因为颜秋枳不在的缘故,阿姨没再过来。

陈陆南到厨房倒了杯水喝下,刚想要给自己做点吃的,一打开冰箱,便看到了颜秋枳喜欢喝的酸奶。

他手指顿了顿,鬼使神差地开了一瓶。

酸奶实在是太酸了。

陈陆南皱着眉头喝下,不懂这种东西为什么颜秋枳会喜欢。

他还没来得及深想,宇哥的电话先来了。

"喂。"

"刚醒?"

"嗯,"陈陆南应了一声,"什么事?"

宇哥无奈说:"林媛公司的领导找过来了,说想要谈谈关于侵权这件事。"

他停顿了一下,低声问:"你是什么想法?"

"不见,"陈陆南淡淡地说,"没什么好谈的。"

宇哥:"真的一点面子都不给?"

陈陆南轻哂了一声:"是。"

宇哥叹气,低声道:"之前没看你做得这么狠,林媛这次是碰到你底线了?"

"嗯。"

宇哥无奈,应着说:"行,那我跟对方谈谈。"

他想了想,叮嘱说:"颜秋枳是不是看到你们的新闻了?"

陈陆南没吭声。

宇哥一笑："行了，我都带了你这么多年，你那点想法我还是知道的。"

他问："你们两人现在怎么回事？"

陈陆南："没怎么回事。"

宇哥"啧啧"两声："确定？"

他道："原本以为你们俩因为这事吵架了，我还打算教你一个哄人的办法的，现在看来应该是不需要。"

陈陆南："……"

他沉默了半晌，憋出一个字："说。"

宇哥闷笑了一声："你改改你那沉闷的性子吧，女人都喜欢听甜言蜜语，多说点，人可能就哄好了。"

陈陆南安静了半晌，说了句："没用。"

"什么意思？"

陈陆南的声音听上去格外疲倦，低沉沉道："哄不好。"

颜秋枳并不知道陈陆南对自己评价这么"高"。

她抵达试镜现场的时候，周遭有不少熟悉或不熟悉的艺人也过来试镜，都为了同一个角色。

她之前从萌姐那边得到了消息，不出意外的话，这个角色是她的。

即便如此，她也没敢懈怠。

在演戏这件事情上，颜秋枳是一个爱较劲的人。

这是一个古装剧，但不是宫斗那种钩心斗角的，而是一部仙侠题材的电视剧。

剧本是小说改编过来的，充满了幻想色彩，让人对这个地方充满了向往。

颜秋枳当时看到的时候就很喜欢。女主最开始只是一个长得比较漂亮的平凡人物，但她天性聪颖，去拜师学艺的时候，阴差阳错地成了某门派弟子。

之后，便是一系列门派故事。

故事曲折，但是又有点儿狗血。

剧本里的很多人对女主都是偏爱和喜欢的，当然，情敌也不少。

颜秋枳看完的第一感觉是：女主是幸运的，但也是不幸的。

因为被太多人偏爱，针对她、陷害她的人也不少。

总而言之，一切好像都是对等的。

……

颜秋枳到的时候，没想到还会遇到一个熟人。

她刚进去，穆欣便从另一侧站了起来，喜笑颜开地和她打招呼："秋枳姐。"

颜秋枳微微一顿，避开那些注视的目光，朝她走了过来。

"好久不见。"

穆欣唇角弯弯地笑着，挽着她的手说："是呀，没想到秋枳姐也会过来试镜。"

颜秋枳点了点头："好巧。"

穆欣道："秋枳姐来了，女主角肯定就是姐姐的。"

她开心道："我只求试镜上一个配角就好。"

颜秋枳笑着打断她："不至于。"

她环视了一圈："大家都有实力，宋导公开选角，肯定是要看实力的，我也不一定能拿下。"

虽然萌姐透了底，说这是公司看好的一部剧，但如果颜秋枳试镜发挥失常，或者是有比她更合适、演技更好的女演员，这个角色也不一定会给她。

当然，要是两人旗鼓相当，考虑到投资商的原因，这个角色会是她。

这都是圈内的一些小规矩，大家都懂。

只是就现在来说，颜秋枳自己也没有百分之百的把握。

穆欣点头，兴奋道："那也没关系，反正我相信秋枳姐你能行。"

"谢谢。"

没多久，颜秋枳等人便试镜结束了。

她出来的时候，萌姐也过来了。

颜秋枳和穆欣等人道别后，这才上车。

萌姐转头看着她，低声问："感觉怎么样？"

"还不错，"颜秋枳笑了笑，浅声道，"不出意外的话应该没问题。"

萌姐颔首："那就好。"

她看着颜秋枳的侧脸，总觉得两天不见，自己这个艺人好像变得成熟了点。

她停顿了一下："公司给你接了两个代言，还有几个综艺也找上来了。"

她哭笑不得地说："你在《慢生活》表现太好，不少人都对你的综艺很感兴趣。"

她说完，特意看了一眼颜秋枳："有兴趣吗？"

颜秋枳沉默了几秒，点头："有。"

她说："看是什么类型的。"

萌姐有点儿意外："你之前不是不喜欢上综艺吗？"

颜秋枳歪着头想了想，认真道："我发现上综艺也挺有意思的，现在来看，也很不错。"

她主要是想让自己忙碌起来，充实一点。

也想让自己的事业更好。颜秋枳之前虽然努力，但总体来说还是有点儿懒散的，这会儿是真打算让自己勤快起来了。

靠什么都不如靠自己。

颜秋枳转头看着窗外的阳光，总觉得太阳越来越大了，照得人有些刺眼。

她伸手揉了揉眼睛，这才收回思绪，低头继续翻看剧本。

一遍又一遍地，不厌其烦。

*

颜秋枳忙了起来，陈陆南也一样。

挂了经纪人的电话后，呈盛的助理便来了电话，让他去公司一趟。

陈陆南赶过去处理完事情后，午饭时间也过去了。

他坐在办公桌后，伸手揉了揉太阳穴。

助理敲了敲门，小心翼翼地进来："小陈总，中午想吃点什么？"

陈陆南的手顿了一下，声音低沉："不用。"

他浅声道："泡杯咖啡过来。"

助理没辙，点了点头："好的，小陈总稍等。"

陈陆南转头，俯瞰楼下的车水马龙，川流不息。午后的阳光炙热，把这座城市也照得明亮了许多。

街道上来来往往的车流都依稀能看清楚，陈陆南盯着看了片刻，脑海里浮现出上午时候经纪人的话。

其实他说颜秋枳哄不好，不是因为不愿意哄。

是他找不到方法。

陈陆南鲜少和女人相处，虽然拍了不少戏，但陈陆南演的那些角色，感情戏少之又少，身边更是没有女人。

除了陈母之外，便只有沈慕晴与颜秋枳和他熟悉点。

沈慕晴和颜秋枳性格不同，陈陆南不需要去和她沟通。两人从小认识，说的话大概都没有陈陆南来公司后和助理说得多。

完全没有参考价值。

至于陈母，那更不能比。

陈母因为逼陈陆南结婚，也因为小时候对他做的一些事情，对待儿子的时候格外小心翼翼。

只要陈陆南稍微多说两句话，多回两次家，陈母便满足了，更用不上他哄。

而颜秋枳……

看似是个小女生,可实际上她决定的事情,九头牛也拉不回来。

她心思敏感,稍微不对劲,陈陆南想挽回,能成功的概率并不高。

他正沉思着,手机铃声响起。

陈陆南瞥了一眼,接通。

"晚上一起吃饭?"

姜臣的声音传出来。

"不了。"

陈陆南冷漠拒绝。

姜臣哼笑了一声:"别呀,一起吃饭吧,我听说你正琢磨着怎么哄颜颜,过来吃饭,我们给你传授点哄人技巧。"

陈陆南眼皮都没抬,冷声道:"不用。"

姜臣也不怕他,继续开着玩笑:"怎么不用了?我特意从沈慕晴那儿打探过来的,颜颜喜欢什么,你肯定不知道。"

他拖长尾音,故意问:"真不用?"

姜臣略微遗憾道:"不用的话那就……"

"算了"两个字还没说出来,姜臣听到对面蹦出两个字:"地址。"

他嗤笑了一声,说了地址和时间,刚说完,电话就被陈陆南给挂断了。

姜臣也不生气,只觉得挺有意思的。

头一回见陈陆南这样,得好好记录一下。

颜秋枳回家后,看了看萌姐发来的剧本和几个综艺,有一两个她有点兴趣,给萌姐一一说了。

中午随便吃了点什么,到下午的时候,颜秋枳接到了姜定的电话。

"喂,"颜秋枳喊了一声,"姜定哥,有什么事吗?"

姜定"嗯"了一声,低声道:"我回了一趟家。"

颜秋枳一怔:"什么?"

姜定笑:"给你带了点东西,晚上出来吃饭?"

"好啊。"

颜秋枳今天正好空闲,想也没想便答应了。

"去哪儿呢?"

"你想去哪?"

颜秋枳思忖了一会儿,没有想去的地方:"不知道。"

姜定思忖了一会儿:"我晚点过来接你,到时候再定。"

"好。"

挂了电话，颜秋枳继续看剧本。

到姜定过来的时候，她才打扮低调地出门。

从上次在国外分开后，两人有段时间没见了。

颜秋枳一上车就问："给我带什么了？"

姜定递给她一个袋子："你小时候最喜欢的。"

他轻笑了一声："我妈做的，她一直念叨着你怎么这么长时间都不回去。"

颜秋枳很喜欢的一种糕点，只有那儿才有，也只有那里的味道最合适。

她没忍住，直接拆开吃了起来。

"过段时间会回去的。"

姜定颔首："你妈妈的忌日要到了？"

"嗯，"颜秋枳低垂着眉眼，轻声道，"我一年回去看她一次。"

多了她不敢，她害怕触景伤情。

姜定并未多言，侧目看了她两眼道："你这心情……看着比上次还差。"

颜秋枳一怔，苦涩一笑："这么明显？"

"非常。"

颜秋枳叹了口气，浅声道："你知道陈陆南吗？"

姜定一顿："嗯。"

颜秋枳转头看着车窗外的夜景。这会儿路边的人不少，正好是下班高峰期，路道上格外拥挤，密密麻麻的人，像是搬家的小蚂蚁一样。

她道："我结婚了，你知道吗？"

姜定点头："我妈跟我说过。"

他道："我还以为你不愿意说。"

去年颜秋枳回去的时候，见了姜定母亲一次。她也只剩下那一个亲人，见到后，颜秋枳把从未和其他人说过的结婚的事告诉了她。

颜秋枳一怔，笑了笑："你怎么不问我？"

姜定："我妈说那是你爸给你选的婚事，你不想让人知道，我就没问。"

他皱了皱眉，反应过来："你的结婚对象是陈陆南？"

颜秋枳点了点头，没错过姜定诧异的神情。

她苦涩一笑，轻声道："不过我们应该要离婚了。"

"他出轨了？"

"没有。"

颜秋枳沉默了一会儿："就是单纯觉得经营一段婚姻太累。"

姜定没出声。

他安静了片刻，这才问："喜欢上陈陆南了？"

颜秋枳看他。

姜定耸肩："太明显，你这个性格，和小时候一样，完全没变化。害怕受伤？"

颜秋枳抿唇。

说害怕受伤也对，但又不对。

事实上她就是觉得自己贪心，不想因为一个男人变得不像自己，可又贪心地想要更多。

追根究底，是她自己性格的原因。

如果她能鼓起勇气，把想要的说出来，可能也不会变成现在这样。

姜定没催促她要答案，他瞥了一眼背对着自己的人，低头在手机上点了几下。

紧跟着，姜定的手机铃声响起。

颜秋枳拉回自己的思绪。

"你还有事吗？"

"没有。"

姜定道："要不哥今晚陪你去酒吧转转？"

颜秋枳一怔，摇头拒绝："我酒量不太好。"

"没事，"姜定说，"还有我在。"

颜秋枳纠结了几秒，还真答应了。

说实话，她是有点想去的，但为了以防万一，她看向姜定道："我再叫个朋友可以吗？"

姜定一笑："当然。"

颜秋枳立马给沈慕晴发了信息。沈慕晴明天飞剧组拍戏，颜秋枳的信息一来，她没顾助理的叮嘱，换了一身衣服出门。

*

抵达酒吧的时候，时间还早。

这会儿刚七点多，酒吧门口的人还不算多。

颜秋枳抬眸看了一眼这个地方，还挺熟悉的。

她以前和陈陆南来过两次，老板好像是姜臣还是谁？想到这点，颜秋枳瞬间放心了。

虽然说和陈陆南要离婚了，但她和姜臣几个人的交情还在，在他的酒吧里，她也不担心出事。

考虑到颜秋枳的身份，姜定要了个包厢。

两人低调进去后，颜秋枳听着楼下传来震耳欲聋的声音，低头看了下去。

大厅里人很多，大家都肆意玩耍着，像是放飞了自我一样。

她盯着看了会儿,还觉得挺有意思的。

"想下去蹦迪?"

颜秋栀点了点头:"有一点点想,但我的身份不合适。"

她和姜定开玩笑:"我要是下去蹦迪了,晚点可能会有我的新闻。"

她歪着头想了想:"新闻标题可能会写——颜秋栀受了情伤,深夜酒吧买醉。"

姜定没忍住,被她给逗笑了。

"有点意思。"

"国内媒体就这样,"颜秋栀笑了笑,"有时候挺有趣的,有时候也很烦人。"

姜定瞥了她一眼:"感情也一样。"

他道:"你就是不爱说,如果性格活泼点,说不定现在也不会这么不开心。"

颜秋栀撇撇嘴。

姜定道:"我虽然对陈陆南了解不多,但我们都是劝和不劝离,如果可以的话,好好谈一谈。"

颜秋栀点头:"知道了。"

她道:"过段时间吧,我静一静。"

沈慕晴没一会儿便过来了,颜秋栀给两人介绍之后,她狐疑地看了一眼姜定,再看了一眼颜秋栀。

想了想,她把颜秋栀往洗手间拉:"你怎么回事,这不是刚分开吗?你怎么就有男人了?"

颜秋栀翻了个白眼给她:"那是和我有血缘关系的哥!"

沈慕晴:"真的?"

颜秋栀无语:"我看着像是三心二意的人吗?"

"不像啊,"沈慕晴理直气壮地说,"我这不是怕你受了情伤一时间想不开吗?"

颜秋栀:"……"

两人在洗手间折腾了一会儿,再回去,沈慕晴瞬间对姜定和颜悦色了起来。

"你和这间酒吧的老板一个姓。"沈慕晴笑着说,"不知道的还以为你们是兄弟呢。"

姜定挑眉:"这么巧?"

"对啊。"

沈慕晴笑笑。

颜秋枳听着两人的对话，觉得有点儿无聊。

她对下面有点渴望，想了想说："我去下面转一圈。"

两人都没意见。

楼下人多，灯红酒绿，灯光也酷炫，一时间还真看不出谁是谁。

颜秋枳还戴了一顶帽子，在酒吧这种打扮风格各异的地方，并不惹眼。一下来，她便感受到了酒吧的热闹氛围。

酒吧是一个容易让人放松的地方，颜秋枳开始还有点儿烦躁，但这会儿完全没了。

她看着台上跳舞的那些小鲜肉，觉得生活真美好。

她要了一杯没什么度数的酒，边抿着边看着台上，没注意到周围有不少人在看她。

她的身段好，即便是脸看不太清楚，但光是气质和身材，便惹得不少人注意。

开始的时候，大家还只是安静欣赏，没人上前，渐渐地，有人按捺不住了。

"小冯总，你去吧。"另一边一群纨绔子弟道，"小冯总出马，肯定没问题。"

冯茂转头盯着颜秋枳看，笑了笑："等着。"

他拿了两杯酒过去，站在颜秋枳旁边。

"小姐，喝一杯吗？"

颜秋枳看着面前递过来的透明酒杯，杯子里的酒还有点泡泡，看上去挺吸引人。

她淡淡道："不用，谢谢。"

冯茂一怔，盯着她的侧脸道："我怎么看着你有点儿眼熟。"

颜秋枳"嗯"了一声，并未抬头："还好。"

冯茂哽了一下，没想到过来搭讪会踢到铁板。

他回头，看看另一边看热闹的兄弟，咳了一声道："小姐给个面子？这酒是干净的。"

"我酒量不太好。"

颜秋枳平静拒绝。

来来回回几次后，冯茂的那点耐心被磨灭了。

他忍了忍，压着声音道："别敬酒不吃吃罚酒。"

闻言，颜秋枳突然笑了。

这话怎么那么耳熟？她抬眼，刚想要说话，一旁伸出来一只手，一把将她给拉到身后。

颜秋枳微微一怔，鼻息间全是男人身上熟悉的味道。

陈陆南抬了抬眼，语气冷漠："你想让谁喝酒？"

冯茂一愣，看着突然出现的人："陈陆南？"

他错愕地看着他："你怎么在这？"

姜臣从旁边冒了出来，挡住后边那些人的视线，笑了笑："小冯总，你说呢？"

冯茂看着这几个人，把目光重新放在颜秋枳身上，倏然一笑："抱歉，不知道是小陈总的人，多有冒犯。"

他认识陈陆南，除了是一个大明星之外，还是呈盛的唯一继承人。

只不过陈陆南生来叛逆，据说曾放话不会接手呈盛，但近期他父亲出事，他便坐镇了。

如果陈陆南只是一个明星，冯茂还是不怕的，但加了呈盛大少爷这个身份，他得罪不起。

他赔上笑："小陈总别介意。"

陈陆南连个眼神都没给他，冷声道："滚。"

冯茂走后，颜秋枳把自己的手从陈陆南的掌心挣脱开。

她抿着唇角，没吭声。

姜臣看着两人，笑了笑："颜颜，怎么一个人在这儿？"

"不是一个人，"她道，"我和朋友一起来的。"

姜臣一愣，有点意外："上去坐？这儿人太多了。"

"嗯。"

颜秋枳没拒绝姜臣的好意。

上去的时候，姜臣一点不意外地看到了沈慕晴，转而把目光放在了旁边的男人身上。

"怎么这么快就上来了？"

姜定先问了一声。

颜秋枳"嗯"了一声，浅声道："下面无聊。"

姜定盯着她看了一会儿，抬头看向陈陆南。

两人视线撞上，沈慕晴在旁边站着，总觉得待会儿颜秋枳要是做点什么，这两个人可能会打起来。

但她很坏，没打算让陈陆南知道这人是颜秋枳的表哥。

她清了清嗓子，给几个人介绍："这位是姜定，是颜颜的朋友，迪家中国区的总监，这两位是陈陆南、程湛，这是酒吧老板，姜臣。"

姜定微微颔首："久仰。"

程湛一笑，伸出手碰了一下："你好。"

几个人站在走廊上,格外引人注目。

沈慕晴看了一眼,笑着说:"大家既然遇见了,要不一起喝酒?"

姜臣瞥了她一眼:"好啊。"

*

重新换了个包厢。这个包厢是姜臣专属,他们一群人过来只会在这一间。

包厢设备齐全,和其他包厢相比,这里简直就是一个玩乐场所,除了能喝酒之外,还有桌球等游戏设备,玩闹也都合适。

颜秋枳进去后,没和陈陆南说话。

她安静地坐在旁边,一侧有人坐了过来,那人身上的味道熟悉,不用看也知道是谁。

颜秋枳的手机振动了一下,是沈慕晴发来的消息。

沈慕晴:【你看看陈陆南,脸色真的太难看了,你别告诉陈陆南姜定是你表哥啊,我觉得他肯定不知道,让他吃吃醋。】

颜秋枳:【……你好无聊。】

沈慕晴:【我这是给你出气!】

颜秋枳:【哦。】

她正低头回着消息,一旁传来男人低沉的嗓音:"晚上吃了什么?"

颜秋枳手一顿:"不记得了。"

陈陆南:"……"

他侧目看着颜秋枳。其实来酒吧前她没特意打扮,只是上了点淡妆,穿了一条深色裙子,把完美身型给勾勒出来。

没有多余的标签,可依旧漂亮得让人无法忽视。

他沉默了会儿,低声问:"怎么一个人来酒吧了。"

"我不是一个人来的,"颜秋枳道,"我和姜定一起来的。"

"……"

话音一落,颜秋枳能感觉到周遭的空气好像都冷了点。

她抬头看向姜臣:"姜臣,包厢里的空调太冷了,你调高一点。"

姜臣:"好。"

没一会儿,暖气袭来,颜秋枳这才觉得好了几分。

陈陆南嘴角紧抿着,沉默了一会儿说:"没有质问你的意思。"

"哦。"

两人冷言冷语地聊着,大多数时候都是陈陆南在努力找话题,颜秋枳基本上属于爱答不理的状态。

说到最后,陈陆南感受到了某种挫败感。

颜秋枳不开心的时候，是真皮不起来。

安静了须臾，陈陆南继续说："我听说你去试镜了宋导的新戏？"

颜秋枳稍稍有点诧异。

陈陆南竟然还会关心自己的工作安排。

她"嗯"了一声："上午去的。"

陈陆南了然，低声道："宋导有点吹毛求疵，不太喜欢技巧性的表演，你把最自然的状态呈现出来就好。"

颜秋枳张了张嘴，本想说不用你教，但转念一想，又把话给收了回去。

太伤人了。

她说不出口。

更何况陈陆南说的有道理，也确实是为她好。

她应了声："知道了。"

"有什么问题随时找我。"

颜秋枳："哦。"

又安静了须臾，陈陆南的脑海里突然蹦出了来时姜臣和程湛的对话。

他稍稍一顿，低声道："我来酒吧的次数不多。"

"……？？？"

颜秋枳蒙了几秒。

陈陆南不紧不慢地说："今晚是姜臣说有事商量，就来了。"

颜秋枳觉得自己的脑袋一定是打结了，不然为什么会听不懂陈陆南这话呢？

这人，是在跟自己解释出现在酒吧的原因吗？

她低垂着眼，盯着大腿上的手看了会儿，有点局促不安地对了对手指道："你跟我说是什么意思？"

陈陆南缓声道："没别的意思，就是告诉你一声。"

"……"

两人别别扭扭地坐在角落里。

陈陆南也没想就这么就能把人哄好，但总要做出改变，要有实际行动。

坐了一会儿后，颜秋枳转头看向桌面上摆着的花花绿绿的酒瓶子，还有点好奇。

"哪瓶度数比较低？"

陈陆南看了一眼，低声道："没有。"

"啊？"

陈陆南侧目看她："想喝酒？"

颜秋枳抬眸，对着男人深邃的目光，一时间还真不知道自己是该选择喝还是不喝。

她沉默了会儿，点了下头："嗯。"

陈陆南颔首，低声道："我去给你拿一杯。"

陈陆南走后，颜秋枳还觉得自己在做梦。

就一天的工夫，为什么陈陆南像换了个人一样？

其实陈陆南不是换了个人，只是单纯地被灌输了不少知识。

他以前是不在意，所以从未想过要对人特别。

后来发现自己对颜秋枳有感觉后，内心不是很愿意承认，可有时候行动上又会不经意流露出来。

只可惜颜秋枳是个反应迟钝的人，她根本就没在意那些小细节。

再到昨晚的表白，陈陆南把自己的内心剥开，完完整整坦坦荡荡地告诉她后，好像也没有遮遮掩掩的必要了。

今天做的这一系列行为，无非是承认过后的连锁反应。

没有刻意为之，只是没再逃避。

当然，也有学习。

无论是经纪人还是姜臣，都给陈陆南灌输了哄人秘籍。对颜秋枳这种没什么安全感的人，首先要给予她足够的安全感，不能太冷漠，要改改性格。

颜秋枳就是一个小女生，和大多数女生一样，渴望被保护，被宠爱。

这一点毋庸置疑。

没一会儿，陈陆南便拿着一杯看上去很漂亮的果酒回来了。

他递给颜秋枳，嗓音低沉："尝尝看。"

颜秋枳双手接过："谢谢。"

颜秋枳低头抿了一口，味道其实挺不错，里面有她喜欢的橘子味道，但又多了点别的东西。

她低头喝着，没有和陈陆南对话。

包厢里其他人玩得倒是很开。

玩到十一点后，沈慕晴嚷嚷着不行了，要回家了。

她还得去拍戏。

颜秋枳第一个同意。

一行人从酒吧离开，走到外边后，依稀还能听见里面热闹的声音。

沈慕晴让姜臣送自己回去，她转而看向颜秋枳："颜颜，你怎么回？"

陈陆南刚想要说他送，颜秋枳便道："姜定送我吧。"

陈陆南的脸瞬间就黑了，但很快，他又忍住了。

他看了一眼姜定，沉声道："把她安全送回去。"

姜定虽然不知道这两人卖的什么关子，但还是很配合："放心吧陈老师，颜颜的安全对我来说是非常重要的，就算是我不安全，颜颜也会是安全的。"

这话说的，陈陆南的脸色更难看了。

要不是他那点绅士风度还在，又害怕颜秋枳会生气，他可能会直接上手抢人。

没一会儿，代驾便过来了。

颜秋枳和姜定上车，她看着还站在旁边的男人，淡淡说了句："我先回去了。"

陈陆南点头。

姜臣和程湛拍了拍他的肩膀，表示惋惜。

"兄弟，加油。"

陈陆南："……"

车里，姜定转头看她："怎么不让他送？"

颜秋枳含糊地应了一声，轻声说："不知道和他说什么。"

姜定一笑："你们在包厢聊得挺好的。"

颜秋枳无言："你确定吗？"

两个人半天也蹦不出一句话。

姜定一笑，刚想要说点什么，突然吹了声口哨。

"他还真不放心。"

颜秋枳顺着看了过去，看到了后面跟着的熟悉车辆。

她张了张嘴，"哦"了一声："不管他。"

车子一路畅行无阻地到了小区门口，姜定没多停留，对颜秋枳叮嘱了两句后便走了。

颜秋枳站在原地片刻，瞥了一眼不远处开过来的车，转身进了小区。

司机看了一眼，回头看向沉默不语的人："少爷，要进去吗？"

陈陆南顿了一下，低声道："开进去。"

"是。"

车子停在颜秋枳住的那栋楼下面，陈陆南看向司机："你先回去。"

司机愣了一下，点了点头："好，少爷我先走了。"

"嗯。"

司机走后，陈陆南下车。

他站在车旁抬头看了两眼，没一会儿，颜秋枳那一层的灯光便亮了起来。

他顿了一下，拿出手机打了个电话。

……

颜秋枳上楼后，走到落地窗旁看了一眼。

从她的位置往下看，恰好能看到楼下的人，模样看不清楚，但莫名其妙地，颜秋枳就知道那个人是陈陆南。

他站在车旁，双腿交叠，姿态慵懒，也不害怕被人认出来，就这么露出了脸。

他的指尖夹着一根烟，有点猩红。

颜秋枳不喜欢人抽烟，但莫名其妙的，陈陆南抽烟时候的姿势却不会让她有油腻感，反而觉得有点斯文败类的感觉，坏坏的，让她不由自主地喜欢。

正想着，颜秋枳敲了敲自己的脑袋。

想什么呢，你为什么要想"喜欢他"这件事？

颜秋枳快速收回目光，也不知道陈陆南会不会上来。

她把窗帘拉上，回房间洗漱。

刚洗完澡出来，门铃声响起。

颜秋枳顿了一下，看到了站在门口的陌生人。她皱了皱眉，问了一声："你好，有什么事吗？"

"是颜小姐吗？"

"是。"

那人道："我是过来给您送餐的。"

颜秋枳一顿，把门打开。

小哥看着她笑了笑，浅声道："祝您用餐愉快。"

颜秋枳沉思了几秒，没为难对方，她伸手接过："谢谢。"

人走后，颜秋枳看着放在桌面上的袋子。

她抿了抿唇，把袋子打开，里面有一碗粥和一张卡片，再往下，还有一朵玫瑰花。

【喝点粥再睡，晚安。】

颜秋枳胃不好，不太能吃刺激性的食物，但偏偏又很喜欢。

她深呼吸了一下，看着面前的粥半晌，还是拆开了。

她不是因为送粥的人是陈陆南才吃的，仅仅是因为要为自己的身材着想，晚上没吃什么东西，反倒是喝了一大杯酒。

颜秋枳不能病倒，接下来还有不少工作。

她慢吞吞地喝着，把目光转向了那朵玫瑰花上。大晚上的，不知道陈陆南是找了谁要来的花。

看上去还挺新鲜，颜秋枳用手碰了一下。

正摸着，手机振动了一下，是陈陆南发来的消息。

她点开看了一眼。

陈陆南:【粥味道还好吗？】
颜秋枳:【一般。】
陈陆南:【太晚了，你喜欢的那家店关门了，将就一下。】
颜秋枳:【哦。】
陈陆南那边显示"正在输入"，好几分钟后，又来了条消息。
陈陆南:【花喜欢吗？】
颜秋枳:【一般。】
陈陆南:【喜欢哪种？】
颜秋枳垂眸半晌，回了句:【自己想。】

大抵是睡前那一小碗热粥的缘故，这一夜颜秋枳睡得不错。
她醒来后，珠珠恰好过来了。
"颜颜姐，我给你买了早餐。"
"谢谢。"
颜秋枳打了个哈欠，睡眼惺忪道。
珠珠进屋，不经意地看到了放在桌面上的花。颜秋枳的家里没有花瓶，为了让那朵花活过来，她用一个透明的杯子插着。
经过一夜后，花有点儿蔫蔫的，看上去不太新鲜了。
"颜颜姐，你就买了一朵花吗？"
颜秋枳刚在餐桌旁坐下，猝不及防听到这么一句，还有点儿蒙。
她一怔，转头看向放在旁边的花，云淡风轻道:"别人送的。"
珠珠一愣，眼睛亮了起来。
"谁呀？"
颜秋枳把她给推开，神色自若:"不告诉你。"
珠珠看着她的模样，撑着手腕说:"迟早要知道的，不过颜颜姐，你现在看着心情不错。"
颜秋枳:"……"
她咬了一口珠珠带来的小笼包，瞥了她一眼:"珠珠，你现在越来越皮了啊。"
珠珠立马警醒，连忙摆手:"我不说话了，颜颜姐，我给你收拾一下房间。"
吃过早餐，颜秋枳看着枯萎的花几秒，还是没给它换水。
枯了就枯了。
她今天有个商演活动，是之前代言的一个护肤品牌的宣传。
颜秋枳化好妆之后，和珠珠以及其他工作人员一起过去。

＊

活动现场是在一个有名的商场，好巧不巧，是上次陈陆南参加手表活动的地方。

颜秋枳抵达后，让化妆师给化了个淡妆。

她皮肤好，肤若白瓷，脸上没有什么瑕疵。皮肤透亮红润，五官组合在一起，更是让人惊艳。

当然最让大家喜欢的，是颜秋枳的眼睛，又大又亮，有点桃花眼的味道，但又不是真正的桃花眼。杏眸澄澈，像是一汪山泉水，清纯，可时不时流露出来的味道，却又娇嗔妩媚，风情万种。

化妆师给她化妆，被她看了一眼，都觉得心里麻麻的。

"颜颜，今天给你上个眼妆？"

颜秋枳眉眼弯了弯："好啊，别太浓。"

"不会，"化妆师和她是老熟人了，轻声道，"我给你在眼睛周围点缀细小的星星，待会儿能闪闪发光。"

颜秋枳含笑应着："好。"

商场周围来了不少粉丝，全是为颜秋枳而来的。

她的粉丝群其实很庞大，只不过自家爱豆太刚了，他们常常没有用武之地。

这一回久违的活动，应援多到可怕。

商场被他围得水泄不通。

化好妆后，颜秋枳便从后台出去了。

时间差不多，主持人也已经上台了，正在和大家互动。

颜秋枳在后面等待着，只等着主持人 cue 自己，然后出现。

后台等待有点儿无聊，颜秋枳从珠珠那儿拿了自己的手机，刚打开，便看到了陈陆南发过来的几条消息。

颜秋枳微怔，对陈陆南这种改变是真觉得惊奇。

以前话都没有的男人，现在竟然主动发消息了。

她点开看，是半小时前来的。

陈陆南：【今天有活动？】

陈陆南：【上午爸做检查，我可能赶不过去。】

陈陆南：【看了粉丝宣传，很漂亮，照片。】

颜秋枳一怔，点开他发来的照片。是商场外的宣传照，粉丝发在微博上的，她的很多照片拼在一起，璀璨亮眼，漂亮又夺目。

她没料到陈陆南会去微博搜和自己有关的消息。

颜秋枳怔了几秒，猝不及防听到了自己的名字。

她的手指顿了一下，快速回了一句：【我觉得我真人比较漂亮。】

她没有那么上镜，是被网友和粉丝夸赞生图比过精修图的人。

她的动图更好看一些，眼波流转间，整个人显得尤为生动勾人。

发完后，颜秋枳把手机塞给珠珠，提着裙子上台。

为了配合护肤的主题，颜秋枳今天穿的裙子，是一条白色长裙。她鲜少穿这么清纯的颜色，猝不及防出现，整个人身上好像多了点温婉的气质。

眼睛下方的星星钻点缀，犹如画龙点睛，特别的美。

她侧对着大家上台，人一出现，现场和直播间的粉丝便疯狂了起来。

【啊啊啊啊啊啊啊姐姐今天走淑女风吗？！】

【姐姐杀我啊。】

【天呐，姐姐求看我这边！！】

……

颜秋枳听着震耳欲聋的尖叫声，侧目对着现场的粉丝笑了一下。

她抿着嘴角，被大家夸得有点不好意思。

这一笑，更是杀人了。

上台后，她从主持人手里拿过话筒。

"大家上午好，"颜秋枳脸上挂着笑，浅声道，"我是颜秋枳。"

"啊啊啊啊啊啊姐姐！！"

"姐姐今天好美！"

颜秋枳没忍住，被大家的热闹给逗笑了。

主持人在旁边继续点火："今天的秋枳漂亮吗？"

粉丝异口同声："漂亮。"

主持人捂着小心脏说："秋枳今天真的太好看了，我一个女人都要抵抗不了了。"

颜秋枳轻笑了一声："没有。"

主持人很会接话，连忙说："这倒是，我们秋枳是一如既往这么美。"

她笑着说："很少见秋枳穿白色的裙子，没想到这么让人惊艳。"

颜秋枳听着，浅笑盈盈道："谢谢。"

"老师夸张了，"她浅声说，"我比较少穿白色，是因为总觉得白色不是很亮眼。"

她道："不过现在我觉得自己之前的观念是错的，白色才是最经典、最让我喜欢的。"

"怎么说？"

颜秋枳笑："这就像是我们'纯'品牌一样，看似什么都没有，但实际上会让人很惊艳。"

她直接cue到了自己代言的品牌，认真地说："'纯'也一样，最开始用好像什么感觉都没有，清清淡淡的，淡雅又不吸睛，但用久了会发现，完全离不开它，它才是最合适最百搭的。"

……

颜秋枳和主持人互动着，周围的粉丝只管尖叫。

反正对她们来说，爱豆说什么都是对的，爱豆说要买，那就买。

有时候追星的快乐，好像就是这么简单。

冗长的介绍过后，品牌活动也进入了后期。

后期基本上是和粉丝的互动，主持人含笑看着颜秋枳说："秋枳，我们今天有三个和粉丝的小互动。"

颜秋枳配合："好呀，是什么？"

主持人笑着说："这里有十个选项，看你想选什么。"

颜秋枳转身，看到了工作人员摆出来的转盘。她看了一眼，回头看向粉丝："你们想选什么？"

粉丝："快问快答！"

"想听颜颜唱歌！"

……

"啊啊啊啊啊想看秋枳现场卸妆！！"

听到最后一个呐喊声后，颜秋枳没忍住问："你们是魔鬼吗？"

粉丝："是！"

"……"

全场哄笑。

最后，颜秋枳不得不选了三个。

第一个和第二个还算正常，第三个是真满足了粉丝的愿望，现场卸妆。

*

她的话音刚落，瞬间就上了热搜。

#颜秋枳直播卸妆#这是一个多么有看点和话题的事情啊，不少没进去直播间的网友也纷纷进来了。

至于在现场的粉丝，就更不用多说，尖叫声都能把商场的屋顶给掀开了。

颜秋枳笑着说："先做前面两个，卸妆要留在最后。"

她玩笑道："免得待会儿我卸妆之后太丑，大家都跑了，这就划不来了。"

她这话说得太逗趣了，不少刚进来的粉丝也被她这种自损的话给吸引了。

第一个比较简单，卖萌五连拍。

第二个任务是要回答粉丝的三个问题，颜秋枳抬了抬头，看向粉丝："这个是怎么玩的？我随便点好吗？"

"好。"

颜秋枳话音一落，台下便有很多粉丝举手。

她环视了一圈，看到台下瞪大眼睛看着自己的粉丝："这位穿黄色衣服的小姑娘。"

小姑娘被她一叫，脸都红了。

她激动不已地大声询问："姐姐，我想知道你是怎么保持好现在这样的身材的？"

颜秋枳扑哧一笑。

周围的粉丝大失所望，这是什么问题啊？没八卦。

颜秋枳一一回答，到第三个的时候，总算有粉丝开始探讨八卦了。

"颜颜你长得这么漂亮，对择偶标准有什么要求吗？"

颜秋枳微怔，听到这个问题的时候，她的脑海里浮现了一个身影。

她沉默了一会儿，看着大家好奇的目光，无奈一笑，她道："这个问题啊，其实没有固定答案。"

她含笑抬了抬下巴，露出修长的脖颈，脸上挂着明媚的笑："但要说的话，一定要长得帅，我是颜控。"

大家笑。

主持人道："这太笼统了，有没有别的要求？"

她一顿，眼神掠过台下的粉丝，刚想要说话，不经意地撞上了一双眼。

隔着密密麻麻的人群，眼睛的主人匆匆赶来。他穿着一身低调的休闲服，脸上挂着口罩，戴着鸭舌帽，除了露出了一双深邃的瞳眸之外，再没半点暴露身份的东西。

他身形挺括，气质独特。

即便是站在人群中，也属于能让人一眼便注意到的类型。

颜秋枳怔了几秒，和他无声地对视了半晌，在大家察觉之前快速挪开了目光，浅笑回答："要喜欢我。"

主持人和粉丝一愣。

这是什么回答？

颜秋枳笑看着镜头，一字一句说："我喜欢的人，一定要喜欢我，我才会喜欢和选择他。"

275

众人哗然。

这答案，让人有点无厘头，但又好像很有道理。

她性格如此，不愿意先喜欢上别人，一定要喜欢的人先确定喜欢她之后，她才会去表露自己的喜欢，从而选择。

*

活动结束后，颜秋枳和珠珠一同离开。

她今天就这一个活动，和粉丝道别后，颜秋枳和珠珠以及其他工作人员去了停车场。

她的手机一振，是陈陆南发来的消息。

陈陆南：【我送你回去？】

颜秋枳盯着手机看了半晌，一时间不知道该不该答应。

答应好像太容易了，但不答应，人家从医院赶过来，又有点说不过去。

正想着，珠珠和工作人员看向她："颜颜姐，上车了。"

颜秋枳"嗯"了一声，看向几人："你们先回去吧。"

她晃了晃手机说："我有朋友过来了，外面的粉丝也多，我跟朋友的车走。"

珠珠一想，倒也是。

外头全是等着她们车的粉丝，有些粉丝很克制，但有的粉丝会跟车。

为以防万一，她觉得颜秋枳说得不错。

"颜颜姐，我送你去朋友那边？"

"不用，"颜秋枳道，"你们先走，朋友已经到停车场了。"

珠珠拗不过她，叮嘱道："那你注意安全。"

"知道。"

看着珠珠他们的车开走后，颜秋枳低头想给陈陆南回消息，还没来得及，一辆车停在了她旁边。

她一怔，车窗摇下，男人那张完美的侧脸露了出来。

他声音低沉："颜颜，上车。"

上车后，颜秋枳低头扣好安全带，咬了咬唇。

她有点受不了自己的心软，其实应该拒绝陈陆南的。

她向四周看了一眼，没看到可疑人物，低声问："你不是说没时间赶不过来吗？"

"嗯。"

陈陆南应了一声。

颜秋枳顿了一下，低声说："那怎么还来了？"

"看你，"陈陆南不疾不徐地说，"想看漂亮的真人，把事情暂时推开了。"

"轰"的一下，颜秋枳的脸红了。她从没想过陈陆南会说这样的话，这简直是……

这种甜言蜜语从他嘴里说出来，一点都不真实。

她张了张嘴，半晌才冷淡地"哦"了一声。

车内安静了须臾，良久后，陈陆南说了一句："我证明是真的。"

"什么？"

猝不及防听到一句，颜秋枳下意识应了。

陈陆南低低一笑，勾着她的耳朵，借着红灯的时间转头打量她。他的眼神炙热，瞳眸里像是有光一样："真人更漂亮。"

他的声音偏低，笑声酥酥麻麻地入耳，让她有片刻沦陷。

这人，太懂得利用自己的优势了。

颜秋枳佯装淡定，揭穿他乱吹的彩虹屁："我现在是素颜。"

陈陆南："嗯，素颜更好看。"

这是实话，颜秋枳的素颜并不差，甚至还带着点小女孩的清纯和懵懂，让人不由自主地沉迷喜欢。

颜秋枳哽了一下，不太懂为什么才过了一夜，陈陆南跟变了个人似的。

她张了张嘴，半天才勉为其难憋出一句："你别以为我会信你。"

陈陆南："你可以上网看看。"

颜秋枳的眼睛瞬间明亮了起来，刚刚被这人的信息给转走了注意力，她都忘了要看热搜了。

刚刚现场卸完妆下台的时候，珠珠就告诉她，她上热搜了。

颜秋枳点开微博。

她现场卸妆的话题在热搜前排，甚至还有猛速上升的架势。

一点开，最上面的是直播她卸妆的动作。

她一点也不避讳，直接在镜头前拿过卸妆棉和卸妆水，开始往自己脸上擦拭。

一遍过后，颜秋枳还用品牌的洗面奶给大家展示最佳使用方法，洗了个脸。

她洗完的时候，一张脸透亮净白，和化过妆没有太大区别，睫毛上还沾着摇欲坠的水珠。她轻轻一眨眼，水珠便滑落了下来。

一张完整的素颜出现后，所有人都惊诧——她卸妆之后甚至比卸妆前更白，更年轻了。

至于肌肤，更是像是剥了壳的鸡蛋一样娇嫩，让人想要上前咬一口。

下面全是粉丝的评论。

【这种素颜是真实存在的吗？！】

【我上完妆都没有颜秋枳这种皮肤，她保养得也太好了吧！！说好的总是带妆皮肤会不好呢？】

【我酸了我酸了，长得好看就算了，为什么颜秋枳的皮肤还这么好啊？】

【啊啊啊姐姐简直是杀我啊，化妆后风情万种，卸妆后就是清纯女大学生！】

【太喜欢啦！我什么时候才能拥有漂亮姐姐啊？！】

……

颜秋枳被粉丝的评论给逗笑了。

蓦地，一旁传来了低沉的男声："我没有说谎。"

颜秋枳脸上的笑一僵，瞥了他一眼，没再说话。

"一起吃饭吗？"

恰好到中午了。

颜秋枳想也不想地拒绝："我要回家休息。"

陈陆南没辙，只能送她回去。

车子到了小区门口，颜秋枳制止住要给自己开车门的人："你别下来。"

她戴着口罩，低声道："大白天的，小区人多。"

陈陆南："……"

颜秋枳顿了一下，丢下一句："今天……不代表什么。我先回去了，你注意安全。谢谢。"

"颜颜。"

陈陆南喊了一声。

颜秋枳的脚步停顿了一下，回头看向他。

陈陆南一手搭在方向盘上，露出了半张脸给她，不疾不徐地说："我听到了。"

"什么？"

她一愣，一瞬间没反应过来。

在对上他瞳眸里的深意后，颜秋枳后知后觉地反应了过来他听到的是什么，她在台上说的那几句话他也听见了。

她的睫毛轻颤了一下，压着那跳动过快的心脏，冷冷淡淡地说："然后呢？"

你听到就听到，特意告诉我做什么？！

陈陆南注视着她，瞳眸深邃，里面只倒映着她一个人的模样，低声道："没事，就是告诉你一声，我知道了。"

他顿了一下，补充一句："很抱歉之前没让你感受到我的喜欢，希望我现在做这些，还来得及。"

"……"

两人目光相撞，明明距离没有很近，可颜秋枳就是能感受到他眼神的炙热。

除此之外，她好像还听到了自己的心跳声。

比最初，跳动得要重很多。

他的声音就像是风，"喜欢"二字落下来，让她抓不住，可内在的情感又告诉她那是真的，刚刚真的有风吹过，让平静的湖面都有了波澜。

陈陆南说完后，没催促她要答案。

他目光沉沉地看着颜秋枳，低声道："回去好好休息。"

"嗯，"颜秋枳抿了抿唇，淡定道，"那我走了，你慢点开。"

说完，她加快脚步跑了。

陈陆南看着她远走的背影，盯着她消失的地方看了良久，这才驱车离开。

到家后，颜秋枳压了压自己跳动过快的心脏，拍了拍脸清醒清醒。

"别多想啊，他那话就是随口说出来的，以前半个字都憋不出来，谁知道他最近是找谁上课了呢？"

"男人的甜言蜜语百分之九十都不可信，都是骗小女生的。"

颜秋枳继续给自己催眠："你可不能因为这点就妥协。"

跟自己碎碎念了一会儿后，颜秋枳这才冷静下来。

不是她狠心，就是觉得现在还真的太早。

……

接下来的几天，颜秋枳都没见到陈陆南。

因为上次活动宣传和直播的原因，她的人气上升了不少，萌姐那边也接到了不少代言。

护肤品被占了，美妆来了。除了美妆之外，还有很多产品也都找了过来。

她的带货能力太强了，品牌方看实看好，价格也往上抬了不少。

颜秋枳签了几个不错的，紧跟着便收到了宋导那边的消息。

她试镜通过了，成了宋导新剧的女主角。

收到消息后，颜秋枳同时拿到了剧本。她没停歇，闭关看剧本。

颜秋枳闭关看剧本的时候，陈陆南在忙。

他暂时还没接戏，但工作却不少。

偶尔有些邀请根本无法拒绝，加上陈父和公司的事情，让他忙得脚不沾地，晕头转向，整个人晕乎乎的，还有点感冒。

刚停下来，又有新的工作来了。

这晚,陈陆南从公司离开,特意去了一趟医院。

陈父差不多能回家休息了,虽然行动还不是很方便,但已经没大碍了。他到的时候,陈母正好出去洗水果。

陈陆南顺势到一旁坐下。

"公司怎么样?"

陈父的声音硬邦邦的,听着就不像是会说软话的人。

陈陆南低头,给颜秋枳发消息。

"还好。"

陈父看了他几眼,又问了几个和公司相关的问题,陈陆南都一一回答。

末了,陈父问了一声:"你是不是和颜颜吵架了?"

陈陆南微怔,抬眸看向他:"谁跟您说的?"

陈父冷笑了一声,瞥了他一眼:"需要别人跟我说?"

他道:"上次颜颜过来,我就觉得她脸色不太对劲,你们怎么回事?"

陈陆南收起手机,淡淡地说:"没怎么回事,您不用太操心。"

陈父听着他这话,气不打一处来:"什么叫我不用太操心?我要是不操心,这儿媳妇什么时候跑了都不知道。"

陈陆南抿唇。

陈父继续训斥着:"颜颜多好的一个媳妇,你要是把人给气走了,看你怎么办。"

他问:"你和那个林嫒怎么回事?"

陈陆南皱眉:"没关系。"

陈父剜他一眼:"你们这个圈子就这样,关系混乱,早跟你说过别去这种大染缸里,你偏偏不听。就你现在这样,能赚多少钱?就算是能赚钱,别人还不是看不起你,就是一个戏……"

陈陆南没吭声,就这么静静地看着他。

良久后,病房内安静了下来。

陈陆南沉默了须臾,才道:"是您的误解太深,每一个圈子都有好有坏,您不能以偏概全。"

他起身,双手插兜道:"您不认可,我也不强求。"

他丢下一句:"我还有事,先走了。"

从医院出来后,陈陆南压着帽子在路边站了片刻。

司机没敢催促,他一个人站在路边抽烟。

周围有人路过,似乎是觉得他气质特别,多看了几眼,小声议论着。

"他有点像陈陆南啊。"

"说什么呢,陈陆南怎么可能会在这儿抽烟?"

"说的也是。"

……

声音越来越远后，陈陆南自嘲一笑。

他把烟蒂丢进垃圾桶，上了车。

司机回头看了他一眼，低声问："少爷，现在回去吗？"

陈陆南顿了一下，看向他："刘叔，你先回去，我自己来开。"

刘叔思忖了一会儿，低声道："少爷，您好像不太舒服，我去给您买点药？"

"没事。"

陈陆南声线沉沉的，带着点说不清的沙哑。

"我没什么问题。"

刘叔没辙，只能叮嘱说："少爷您多注意。"

"好。"

陈陆南直接把车给开走了。

不知不觉地，车子停在了某高档小区门口。

保安大叔认识陈陆南这辆车的车牌号，看着他停在门口好半天，没忍住过来敲了敲窗。

"你好。"

陈陆南摇下车窗。

保安看着他这张熟悉的脸，笑了笑问："陈先生要进去吗？"

陈陆南的手指顿了一下，侧目看着面前熟悉的小区，低声道："不用了，我就在这儿停一会儿，有影响吗？"

保安笑笑："没事没事，停一晚上都行。"

他没再多问。

小区门口有临时的停车位，并不影响居民出入，所以不会有太大问题。

等保安走后，陈陆南思忖了须臾，拿过手机给颜秋枳发了条消息。

陈陆南的信息来的时候，颜秋枳在外面。

她的厨艺不行，看了一圈外卖也没找到想吃的，便拿着手机和帽子出门了。

夜色宁静，颜秋枳也不怕被人看见。

反正只有她一个人。

不过她没想到的是，会见到颜嘉池。

颜秋枳刚走到一个煎饼果子摊前面，点了一份，旁边一个人不小心碰了她一下。

她稍微侧了侧身，不经意地看了眼，这一看，颜秋枳便没忍住眯起了眼。

她伸手,一把将那人的书包给拽住。

那人回头。

两人站在小摊前无声地对视了一眼,颜秋枳看着他身上有点脏兮兮的校服和书包,皱了皱眉:"你怎么在这儿?"

颜嘉池的小嘴紧抿着:"逛逛。"

颜秋枳:"……我的意思是你怎么在这儿逛?"

她拧眉看着他:"没记错的话,颜家和这儿是相反方向吧?"

东边和西边。

颜嘉池看着卖家的动作,别扭道:"不要你管。"

颜秋枳:"你以为我想管你啊?"

"那你问我。"

"我就是随口一问。"颜秋枳无语道,"你要吃什么?"

颜嘉池闻着面前的食物香味,硬邦邦道:"我自己买。"

她"呵呵"一笑,睨了他一眼:"行啊,顺便把我的也买了。"

颜嘉池:"……你自己没钱吗?"

"有啊,我喜欢别人请我吃。"

"……"

姐弟俩旁若无人地斗嘴。

颜秋枳觉得自己突然幼稚起来了,她气鼓鼓地从老板那儿拿了自己要的杂粮煎饼,提着走了。

走了两步后,她回头看了一眼落后点距离的颜嘉池:"跟上。"

颜嘉池:"……哦。"

他默默地跟上。

手机一震,颜秋枳看了一眼。

陈陆南:【吃饭了吗?没吃的话陪我吃个饭?】

颜秋枳:【……你就这么找不到人吃饭?】

怎么每次都问自己要不要吃饭?在陈陆南的印象里,她是头猪吗?

陈陆南:【找不到。】

颜秋枳看着他的消息,很是无语。

她低着头领着颜嘉池往小区门口走,一句话还没打出去,保安便看着她笑了笑说:"颜小姐,陈先生是过来找你的吧?"

高档小区的保安素质好,从来不会乱说话。

这也是颜秋枳为什么放心住在这儿的原因。猝不及防听到这么一句,她还有点儿蒙:"什么?"

保安指了指。

颜秋枳转头,看到了藏在夜色下的黑色轿车。

她微微一顿,转身朝那边走了过去。

陈陆南正低头看手机,没注意到她回来了。

车窗响起声音,他抬了抬眼。

颜秋枳低头看着他:"你什么时候来的?"

陈陆南一怔,目光扫过她的脸,落在了她手里的煎饼上:"刚刚。"

颜秋枳抿唇:"来了怎么也不说一声?"

陈陆南:"怕被你拒绝。"

"那你还不是问了我要不要一起吃饭。"

陈陆南点头,坦荡荡地说:"嗯,隔着手机,没那么丢脸。"

颜秋枳:"……"

她对陈陆南的逻辑表示无言以对。

她沉默了几秒,低声道:"我不能陪你吃饭。"

陈陆南怔了须臾,了然道:"好。"

颜秋枳看着他落寞的神情,突然有点不忍心了。她抿了抿唇,说了句:"颜嘉池来了,我觉得他应该是遇到了什么事,我得问问他。"

言下之意,她是没时间陪陈陆南吃饭。

陈陆南顺着她指着的地方看了过去,不意外地看到了还穿着校服的颜嘉池。

他微微颔首,表示了然,沉沉注视她:"去吧,我待会儿就走。"

颜秋枳转身,往颜嘉池那边走,快要到的时候,她又停下了脚步。

她回头,趁着陈陆南的车窗还没关上的时候快速丢下一句:"我觉得我和颜嘉池沟通上有问题,如果你不介意的话,可以上来帮我和他谈谈。"

说完,她又别扭地说了句:"当然,你要是介意的话……"

话还没说完,陈陆南便打断了。

"不介意,"他看着颜秋枳,声音低沉,不疾不徐说,"这是我的荣幸。"

时星草

著

千万种心动

A thousand heartbeats 下

四川文艺出版社

第 7 章
在想你

电梯里,颜秋枳站在中间,旁边是两尊大佛。她总感觉有点说不清道不明的火在燃烧,稍有不慎可能烧到自己身上。

透过电梯的反光,颜秋枳瞥了一眼陈陆南,再看了看颜嘉池。

颜嘉池嘴角紧抿,眼皮耷拉,校服也松松垮垮地穿着,看上去格外不开心。

她转头看了一眼,不经意地看到了他脖颈上的红痕。

"你的脖子怎么回事?"颜秋枳出声,"跟谁打架了?"

颜嘉池:"没有。"

颜秋枳没忍住,直接上手:"我都看到了,你还说没有。"

说着,她想去拉颜嘉池的衣服,还没碰到,被陈陆南给制止了。

"还在电梯里。"

颜秋枳的手一顿,默默地收了回去。

好在电梯很快,没一会儿便到了她住的楼层。

这公寓陈陆南来过很多次,但颜嘉池却是第一次来。他看着陈陆南熟门熟路的姿态,嘟囔着问:"他怎么那么熟?"

颜秋枳:"……"

要不是她和陈陆南这会儿还处于别扭的状态,她真想告诉颜嘉池,那是她老公,对老婆的公寓为什么不能熟?

颜秋枳咳了一声,低声道:"人家聪明,一眼就能看穿公寓格局。"

颜嘉池看了她一眼,那眼神里赤裸裸地写着:"你是觉得我是傻子吗?"

颜秋枳踢了他一下:"去沙发上给我坐好,看看你的伤。"

"……"

颜嘉池在某些时候,是拗不过颜秋枳的,只能乖乖地坐好,还在她的强迫下,把校服外套给脱了下来。

他高高瘦瘦的,模样也好。颜家的外貌基因不错,无论是颜秋枳还是颜嘉池,都长得好看。

外套脱下来后,里面穿着一件短袖 T 恤。他皮肤很白,脖颈处的抓痕清晰入眼。

应该是被人不小心用指甲给抠到了,一条长长的抓痕,看上去有点狰狞。她皱了皱眉,低声问:"你跟人打架了?"

"嗯。"

"女同学?"

颜嘉池错愕地看着她。

颜秋枳撇撇嘴:"只有女同学打架才挠人,你们男生打架也用指甲挠人的?"

颜嘉池:"……"

他突然觉得跟颜秋枳上来是一件大错特错的事。

陈陆南刚进屋就接了个电话,挂了电话过来,听到的便是这么一句。

他对颜秋枳天马行空的想法表示无力,走过去问:"还有哪儿受伤了?"

颜嘉池不吭声。

颜秋枳瞪他一眼:"跟你说话呢,还有哪儿受伤了?"

"没有。"

"你确定?"颜秋枳完全不信,她顿了一下,指着他说,"你把 T 恤也给我脱下来。"

"……"

颜秋枳看着他,皱了皱眉:"快点,我让你脱衣服呢。"

"我十七岁了。"

"十七岁怎么了?我还二十四呢。"

颜秋枳是真没想太多。她和颜嘉池是姐弟,看看他身上有没有伤口怎么了?完全正常。

姐弟俩无声对视了一眼,颜嘉池别扭道:"我不脱。"

"为什么?"

"我都长大了。"

颜秋枳:"……"

她看着颜嘉池红了的脖颈,后知后觉反应过来了点什么。她忍不住吐槽道:"你以为我想看啊?让陈陆南给你看。"

说完,颜秋枳转头看着陈陆南,叮嘱道:"你帮我看看,要是敢瞒着我,我把你们俩记黑名单。"

两人:"……"

颜嘉池看着她小跑着进房间的背影，没忍住说了一句："幼稚。"

"谁幼稚？"陈陆南抬了抬眼，神色淡淡地看他。

颜嘉池哽了一下，道："我没有其他地方受伤。"

"听你姐的，我看了她才放心。"

颜嘉池不喜欢陈陆南，但这会儿不得不听他的话。

他伸手把衣服脱了下来，其实后背有被人打伤的痕迹，一大片青紫，看上去有些吓人。

"你别告诉我姐。"

陈陆南拧眉看了一眼，低声问："和同学打架？"

"不是。"

"确定？"

闻言，颜嘉池不耐烦道："说了不是就不是，我没什么大事，你别告诉我姐。"

"为什么不能告诉她？"

颜嘉池被陈陆南的话噎住，凶巴巴地瞪了他一眼道："你受伤了会告诉我姐吗？"

陈陆南轻笑了一声，给他检查了一下说："既然不想让你姐知道，那今天来这边做什么？"

瞬间，颜嘉池的脸更红了。他就像是一个小心思被人戳穿了的孩子一样，感到羞耻和不安。

他瞪着陈陆南，半天才憋出一句："要你管？"

陈陆南神色淡淡，也不生气，淡声道："如果你不是颜颜的弟弟，我也不会管。"

两人正对峙的时候，房间里传来颜秋枳的喊声："好了没有？"

房子隔音不错，他们两人的对话颜秋枳根本听不见。

陈陆南垂眸看了他半晌，声线低沉："把衣服穿上。"

"哦。"颜嘉池快速把衣服套上。

陈陆南走到房间门口敲了敲，颜秋枳探出脑袋："好了？"

"嗯。"

"有受伤吗？"

"一点轻伤，"陈陆南低头注视着她，"我下去给他买点药上来。"

"我去就行，"颜秋枳道，"你在这儿帮我沟通一下。"

她停顿了一下，看着陈陆南："待会儿上完药你也该回去忙了。"

陈陆南笑笑："太晚了，我去买。"

陈陆南走后，屋子里静了下来。颜嘉池坐在沙发上，规规矩矩的。

他看了一眼颜秋枳，直接问："陈陆南今晚不住这儿？"

颜秋枳狐疑地看着他。

"你们是不是吵架了？"

颜秋枳瞅着他，很是无语："你那么八卦干吗？"

颜嘉池："我就随便问问。"

颜秋枳没理会他这个问题，坐在一旁说："你跟爸妈说了没有，今晚几点回家？"

"我不回去。"

颜秋枳不敢相信地抬头向他，"不回去你住哪儿？"

颜嘉池理直气壮地说："你这个公寓这么多房间，就不能给我一间客房？"

颜秋枳瞥了他一眼，嫌弃道："住可以，我要收费。"

"多少钱一晚？"

"一千块。"

"你怎么不去抢？"

颜秋枳耸肩，乐此不疲地和他斗嘴："我就抢你的。"

安静了半晌，颜嘉池压着声音道："那就一千块一晚吧。"

颜秋枳怔了几秒，起身往厨房走去："算了，你爱住就住，前提是你跟他们说清楚，我不想和他们解释。"

陈陆南从药店回来给颜嘉池上好药后，看到了桌面上放着的两碗泡面。

接触到他的眼神后，颜秋枳道："家里没吃的，只有泡面。"

她看了一眼陈陆南："不想吃的话也没事。"

颜嘉池直接坐在餐桌上，打开其中一份："我喜欢。"

陈陆南："……"

颜嘉池转头看向陈陆南，道："他肯定不吃，姐你是不是忘了？你们艺人可是要保持好身材的。"

颜秋枳："……"

她都懒得把"幼稚"两个字送给颜嘉池了。

陈陆南深深瞥了两人一眼，沉声道："确实有段时间没吃了。"

说完，他也跟着坐了过去。

吃过泡面，颜嘉池没动。

他抬眸看向陈陆南，当起小主人："你该走了。"

陈陆南慢条斯理地看他一眼："你该回家了。"

颜嘉池微微一笑，得意道："我姐说我今晚可以住这里，但你不行。"

闻言，陈陆南诧异地看了一眼沙发上的人。

接收到陈陆南的目光后，颜秋枳点了点头："你先回去吧，颜嘉池今晚住这儿。"

陈陆南半响没说话，他定定地看了颜秋枳半响，又把目光转道颜嘉池那张得意的脸上。

深呼吸了一下，陈陆南保持着自己的绅士风度："早点休息。"

"嗯。"

等陈陆南走后，颜秋枳没忍住，伸手拍了一下颜嘉池的脑袋："你什么时候还能代替我赶人了？"

颜嘉池捂着自己被打痛的后脑勺，喊："姐，你不是不想看到他吗？"

颜秋枳下意识想反驳，话到了嘴边，又收了回去。

颜嘉池盯着她看了半响，低声问："姐，我都看到他的那些新闻了。"

"……然后呢？"

颜嘉池抿了抿唇，片刻才道："他要是对你不好，你就别要他了。"

颜秋枳沉默了片刻，笑："知道了。"

她抬眸看着颜嘉池："我去给你找套睡衣出来，去洗澡睡觉了。"

"嗯，"颜嘉池看着她逃走的背影，说了句，"我会站在你这边的。"

颜秋枳扶着门把的手一顿："知道了，小屁孩。"

翌日上午，颜秋枳醒来的时候已经不早了。

她今天有个活动要参加，电视剧的男女主角都定下来了，晚上要去和导演等人一起吃个饭，然后开始安排围读剧本。

她打开房门走出去的时候，客厅里静悄悄的。

颜秋枳转头往客房看，门是开着的。

她怔了几秒，敲了敲门，喊了一声："颜嘉池？"

没有人回应。颜秋枳进去，看到昨晚给他的衣服叠得整整齐齐放在床上。

她脚步微微一顿，看到了旁边的一张纸条。

颜秋枳看了一眼，转身往厨房去。

厨房里正热着小米粥，还有煮熟的鸡蛋。她微微一怔，有种说不清道不明的情绪在胸腔里充斥着。

良久，颜秋枳盛着小米粥上桌，给颜嘉池发了个信息。

盯着面前的粥看了半响，没忍住拍照发了个微博。

颜秋枳很少分享日常生活，这猝不及防的分享，让粉丝惊喜又意外。

她的微博发出去的时候，陈陆南正好在车里听助理汇报一个项目流程。

他手机一震，是微博提醒。陈陆南点开一看，半响没说话。

助理正说得起劲，好一会儿没听到回应后，下意识转头看了一眼："小陈总？"

他瞅着小陈总的脸色……怎么有点不对。

"是我哪里说错了吗？"

陈陆南声线冷冷的："没有，继续。"

"是。"

助理看他没放下手机，有点好奇他在看什么，但终归是没胆子问。

陈陆南给颜秋枳发了个消息，这才收起手机。

车内只能听见助理战战兢兢汇报进度的声音，大气也不敢出。

陈陆南从头到尾，只偶尔低低地答应两句，声线沉稳，言简意赅。

之前助理见他，大多数是在荧幕上，猝不及防在生活里接触，他发现小陈总严肃起来比陈总更让人觉得害怕。他神色淡漠，用一双眼看着你的时候，会让人打从心底觉得恐惧。

颜秋枳没回陈陆南消息，她看了一眼便把手机给丢开了。

晚上，她去会所和导演等人见面。

颜秋枳之前便得到了消息，男主角定的是她的一位老熟人，邵越。

只不过她没想到，穆欣也在。

她到的时候，邵越和穆欣已经在里面了。她微微一笑，喊了一声："抱歉，我是不是来晚了？"

穆欣脸上堆满了笑，一看到她便激动道："秋枳姐，一点也不晚，我和邵越哥也刚到。"

颜秋枳点了点头。邵越抬眸看向她，"好久不见。"

"好久不见。"

没一会儿，导演和制片人以及编剧全都过来了。一行人在一起吃饭，讨论剧本。

颜秋枳的手机振动了一下，她低头把手机调成了静音模式。

邵越在旁边看着，低低问了一声："不回消息吗？"

颜秋枳莞尔："不着急。"

邵越没再多问。

吃过饭后，一行人散场。

因为有导演等人的缘故，颜秋枳喝了一小杯酒。她喝一两杯不至于醉，但脸会很明显的红。

从包厢里出来后，颜秋枳想打电话让珠珠过来接自己，珠珠的电话先来了。

"颜颜姐，我朋友这边出了点事，可能不能去接你。"

颜秋枳一愣，浅声道："好，你先照顾朋友，我打车回去。"

挂了电话，穆欣和邵越转头看向她："秋枳姐，要不让邵越哥送你回去吧？"

邵越跟着点头："你住哪儿？"

颜秋枳含笑拒绝："不用，我打车就好。"

邵越看着她，顿了顿问："怎么，害怕被媒体记者拍到？"

颜秋枳坦荡荡地点头："以防万一。"

她笑了笑说："我打车吧。"

邵越看着她这样，沉默了半晌道："就这么介意？"

他含笑说："好歹也是合作伙伴，送你回家应该没什么事。"

说着，他抬了抬下巴看向穆欣："顺便送小欣一起，我的司机过来了。"

话都说到这个份上了，又有穆欣在，颜秋枳要是再拒绝也不好收尾了。

未来毕竟还有几个月要合作，她点了点头，顺势道："那麻烦邵老师了。"

邵越轻笑了一声："应该的。"

上车后，颜秋枳才发现陈陆南给她发了好几条消息，向她汇报了自己晚上的工作安排。

陈陆南今晚要陪一个合作商吃饭，提前给颜秋枳汇报了下。

颜秋枳看着他的消息，回了句：【知道了。】

陈陆南：【聚餐结束了？】

颜秋枳：【嗯。】

陈陆南：【回家好好休息。】

颜秋枳看了两眼，没再回。穆欣转头看着她："秋枳姐，你在跟谁聊天呀？"

"一个朋友。"颜秋枳转头看着她，"明天晚上要进组了，感觉怎么样？"

穆欣笑："还要秋枳姐和邵越哥多多照顾才行，我的演技特别不好。"

颜秋枳莞尔："好。"

穆欣家比较近，送完她之后，才送颜秋枳。

车内很安静，司机专注开车，邵越回头看了她几眼，有点儿恍惚。

他微微一顿，问了一声："剧本看得怎么样？"

颜秋枳在专业上很认真："看了几遍。"

邵越道："你在这方面一直都认真。"

颜秋枳笑了笑。她的态度冷冷淡淡的，说不上好也说不上不好。车子停在小区门口后，颜秋枳下车。她没料到的是，邵越也跟着下来了。

"多谢。"

邵越看着她，无奈地问："一定要这么客气？"

颜秋枳点头："这是应该的。"

她没和邵越多说，打了招呼后便转身进了小区。夜色朦胧，她的影子被月光拉得很长很长。

颜秋枳到家后，揉了揉发疼的太阳穴，直接进了房间。

她刚刚完全是强撑着回来的，没料到自己的酒量已经差到这个地步。

颜秋枳勉为其难地给自己倒了一杯水喝下，才觉得自己清醒了不少。

她拿着睡衣进浴室洗漱，不知道就那么一会儿的工夫，她还能被人拍到。

等颜秋枳洗完澡出来的时候，不经意瞥了一眼手机，看到十多个未接来电。

有陈陆南的，有萌姐的，还有珠珠和沈慕晴的。

她怔了几秒，手机再次震动时候，快速接了起来。

"喂，"颜秋枳皱眉，"珠珠，怎么给我打……"

她话还没说完，那边传来了珠珠着急的声音："颜颜姐，你和邵越上热搜了！"

颜秋枳："……啊？"

珠珠快速说："媒体拍到了你们一起吃饭，一起回家的照片，还说你们共回爱巢，现在热搜已经爆了。"

颜秋枳："？？？"

媒体向来懂得怎么取标题吸引眼球。在艺人有绯闻曝光的时候，一直都是怎么夸张怎么来，就为了第一时间增加点击量和阅读量。

颜秋枳登上微博的时候，她和邵越已经空降热搜第一了。

什么共回爱巢，什么深夜幽会，回家后难舍难分，这一系列文字让人光是看着就能联想出无数个道不清说不明的故事。

颜秋枳点开进去，看到了九宫格的动图。

有她和邵越在会所门口的，还有两人在小区门口的，看上去举止亲昵。因为拍摄角度的问题，有几个动图看着还像是拥抱在一起。

她深呼吸了一下。媒体甚至还夸大其词说两人接下来的合作，大概是情侣档。

至于下面的评论，已经完全爆了。有乐见其成的，也有反对的，总而言之，各种言论颇多。颜秋枳刷了一下评论，眉头紧蹙。她退出微博，直接给萌姐打电话。

"萌姐。"

萌姐这会儿正好在公司，让公关拯救这乱糟糟的局面。

"看到微博了？"

"是，"颜秋枳道，"我今晚和宋导他们吃饭，你也知道，我和邵越没什么关系,直接让工作室澄清吧。"

萌姐那边安静了会儿,低声说:"我刚刚接到了邵越经纪人的电话。"

"什么?"

萌姐直言:"你们接下来要合作,又是男女主角,那边的意思是……炒一炒绯闻也没关系,这个料暂时没必要澄清,能给你们的电视剧带一波热度。"

大家都是为了利益,艺人炒绯闻,很多粉丝嘴里嚷嚷着不要,但实际上也爱看。

吃瓜消磨时间,很正常。

更何况颜秋枳和邵越本身就有一小批CP粉,两人这个绯闻只要炒起来了,热度不会低,对他们的事业有帮助,对接下来的电视剧也是。

作为一个经纪人,萌姐觉得这个方法可行。

但颜秋枳从签约的时候就和她提过,不要乱给她炒绯闻,如果炒作过度了,即便是付高额违约金,她也会解约。在这一点上,萌姐还是尊重颜秋枳意见的。

"不,"颜秋枳想也没想,直言道,"我拒绝。"

她垂着眼看着窗外。她住的楼层高,又靠近市中心,从落地窗这边看过去,这座城市的景色全部映入眼帘,五光十色,格外璀璨亮眼。

她声音很轻,但却无比坚定。

"我不需要这样的绯闻来增加热度,至于电视剧,靠热度是扛不起收视率的,作品能大卖,要靠演技和故事本身。"

萌姐有点儿无奈,低声道:"但其他艺人都会时不时炒炒绯闻。"

颜秋枳一笑:"嗯,我不需要。"

她说:"我家里人不允许。"

萌姐眼皮一跳,想到了一些事情:"你老实告诉我,你是不是某个豪门的千金?娱乐圈没混好就要回家继承家业的那种。"

其实她之前就好奇,刚签约颜秋枳的时候,小姑娘的气质特别好。当时萌姐问了她一下,她没说。

再之后,她有了颜秋枳的公寓地址。这个公寓有购买条件,不是光有钱就能买的。

她问过颜秋枳,但颜秋枳没说,只说是家里人送的。

她那会儿就觉得,自己可能带了一个祖宗,这也是为什么这两年颜秋枳各种任性,她也随她去的原因。

她隐约觉得,颜秋枳一旦有点什么事,会有人出面解决。事实证明,确实如此。

颜秋枳没忍住笑,浅声道:"继承家业倒是不行,但衣食无忧应该没问题。"

萌姐："……"

颜秋枳催促她："萌姐你快点，待会儿我家里人看到热搜，我会完蛋的。"

"……行，我马上让公关处理。"

*

挂了电话，颜秋枳看着手机几秒，思索着要不要给陈陆南解释一句，但又觉得自己这样是不是太主动了。

两人现在可是待离婚的关系，主动去解释……好像过于谄媚了？

可不解释的话，颜秋枳又怕有误会。

她和陈陆南的感情出现了问题，但不是因为第三者。

她抿了抿唇，戳开他的微信想发消息，刚打了一个字，他的电话便来了。

颜秋枳的手一顿，深呼吸了一下才接通。

"喂。"

"到家了？"陈陆南的声音听上去格外正常，除了比平时听起来更沙哑之外，好像没有任何不对劲。

颜秋枳的睫毛颤了颤，应了一声："到了，你给我打电话就问这个？"

陈陆南捏着手机，仰头看了一眼还亮着灯的房间，低声问："明天进组？"

"对，要去围读剧本，顺便熟悉一下那边的环境。"

这是之前便安排好的。说完后，话筒两边的人安静了许久。

颜秋枳听着那边的呼吸声，抿了抿唇说："对了，我跟你说件事。"

"你说。"

颜秋枳道："我刚刚和邵越上热搜了。"

"嗯。"

颜秋枳一愣："你知道？"

陈陆南嗓音低沉："知道。"

颜秋枳张了张嘴，好一会儿才憋出一句："你知道怎么不问我？"

陈陆南低低一笑，笑声里好像裹着些许的苦涩，沙哑道："问什么？"

颜秋枳怔了几秒，总觉得他有点不对劲。

她深呼吸了一下，道："想问什么都可以。"

陈陆南："我知道你和他没什么关系。"

对颜秋枳，陈陆南这点信任还是有的。更何况，他了解自己的太太是个什么样的人，她要是真和邵越有点什么，不会瞒着任何人。

邵越不是她会喜欢的类型，陈陆南在这方面的自信还是很强烈的。

只不过，自信归自信，但看着自己的老婆和其他男人上热搜，还看到了"共回爱巢"之类的字眼，是个男人都会不爽。

更别说这事还是陈陆南从其他人口中得知的。

大约一小时前,陈陆南还在陪客户吃饭。

这个客户是公司一直争取的,合作项目大。这是对方第一次来这边,原本应该是陈父接待,但现在他还没有痊愈,这个任务自然而然落在了陈陆南肩上。

吃完,一行人从店内离开。

刚到门口,陈陆南便听到了陌生人的尖叫:"天呐,你快看热搜,颜秋枳和邵越恋情曝光了。"

陈陆南当下有瞬间的恍惚,他怀疑自己的耳朵出现了幻听。

他微微一顿,下意识拿出了手机,刚拿出来,王康的电话便先过来了。

"陆哥,颜小姐……"

陈陆南的眼皮跳了跳,心往下坠:"直说。"

王康快速说:"颜小姐今晚和邵越出门聚餐,被人拍到了,现在两人上了热搜,照片看上去……举止还挺亲昵的。"

陈陆南沉默了几秒,这才道:"控制一下她那边的评论,看到不好的直接找人删除压下去,至于热搜……"

他道:"她那边的公司会处理。"

王康了然:"明白,我把对颜小姐不好的言论删了。"

陈陆南声线低沉:"有什么事随时给我电话。"

挂了电话,陈陆南给颜秋枳打了两个电话,但一直都是无人接听的状态。

可偏偏那会儿他走不开,等他忙完来到颜秋枳楼下,看着那亮着灯的屋子,突然没了勇气上去。

他相信颜秋枳,但又好像有点不安。

他不知道该怎么来形容内心交织的情感,也不知道该说点什么。

索性便在楼下抽了半小时烟,才没忍住又给她打了电话。

……

颜秋枳听着陈陆南的声音,总觉得他的语调里多了点委屈和难受。

虽然她也不知道自己为什么会有这种错觉。

她抿了抿唇,头抵着玻璃窗"嗯"了一声:"回来的时候珠珠有事没办法去接我,我又喝了点酒,所以他说顺路送的时候我就上车了。"

她没一刻停顿,快速解释完:"其实邵越不只送了我一个人,穆欣也在。"

陈陆南应了一声:"知道了。"

颜秋枳张了张嘴,想说点什么,但半天也没发出声音。

安静了一会儿,她听见陈陆南的声音:"晚上我收到消息的时候,给你打了两个电话。"

他道:"我知道你和邵越没什么,但看到微博照片的时候,有点不舒服。"他坦然承认。

颜秋枳抿了抿唇:"我和他又没什么。"

陈陆南的声音淡淡的:"我看到你对他笑了,我吃醋。"

在颜秋枳的记忆里,陈陆南一直都是天之骄子。无论是家世长相还是学历或是能力,他都是佼佼者,是所有人都仰慕佩服的对象。他很少会示弱,无论做什么,他都是能做到极致的那种人。

即便是之前颜秋枳提出和他离婚,他也没说过什么特别的话,除了那一句"喜欢"。

可现在,他却因为颜秋枳和其他人的绯闻,头一回这么坦然承认,告诉她——他吃醋了。

他也会吃醋。

和颜秋枳一样,和其他人一样,看到自己喜欢的人和其他人在一起时会不爽,会心里发酸,会不安,会醋意横生。

至于吃醋的原因,颜秋枳不用问也知道。只有喜欢和在乎,才会有这些让人发酸的情感。这一刻,她好像有点确定了。陈陆南对她的喜欢,是真真实实存在的。

她的心跳跟着快了几分,有一丝丝说不出的惊喜和意外。她觉得整个人像是飘在云层中,找不到落脚点一样。

但心情是喜悦的。

但是很快,颜秋枳就把自己那跳动过快的心脏给压了压,告诉自己冷静一点。

男人嘴里说着吃醋而已,也不知道是不是真的,说不定这就是他的苦肉计。

颜秋枳咬了一下嘴唇,让自己清醒过来。

她回忆了一下陈陆南的控诉,小声说:"那只是职业微笑,人家送我回来,我总不能板着脸对人吧?"

"也不是不可以。"

颜秋枳她哭笑不得:"你回家了没?"

"没有。"

"还在陪客户?"

"没有。"

"在路上?"

"不是。"

她听着陈陆南的声音,走神了两秒之后,突然想到了什么。

颜秋枳起身，往阳台上那边走。

她一低头，便看到了楼下模糊的身影。

颜秋枳一怔，抓着手机问："你在楼下？"

"嗯。"

她张了张嘴，颇有点无力："你……什么时候到的？"

"有一会儿了。"

陈陆南把手里的烟蒂丢进垃圾桶里，嗓音沙哑道："不用下来，我过来看看，现在回去。"

颜秋枳沉默了几秒，小声反驳："我也没想要下去。"

"你是不是感冒了？"

她之前就觉得陈陆南的声音有点不对劲，到这会儿才后知后觉想起来问。

"没事，"陈陆南道，"一点小毛病。"

颜秋枳靠着墙安静了一会儿，说："你要是不介意，我把客房给你睡，就一天。"

她重点强调："我明天要进组了。"

陈陆南低低一笑，声音酥酥麻麻入耳："好。"

感激还来不及，他怎么可能会介意。

*

陈陆南上来的时候，门是敞开的。她在客厅沙发上坐着，手里拿着手机。听到声音后，她抬起眼看了过来。大概是因为见客户的原因，陈陆南今天穿的是正装，西装外套被他脱下来放在臂弯处，领带也松松垮垮的，衬衫的扣子解开了两粒。整个人看上去有点颓然，但又有点别样的味道。他身型挺括，脸上带着丝丝倦意，可即便如此，那双眼睛依旧是亮的。瞳眸深邃，像是旋涡一样，吸引着她进去。

两人无声地对视了一眼，颜秋枳收回目光："你的衣服放在客房了，先去洗澡吧。"

陈陆南笑了一下："好。"

他换了鞋，真的转身进了客房。

就算颜秋枳不催，他也会先去洗澡。晚上抽了几根烟，身上的味道太大。颜秋枳不喜欢烟味，陈陆南抽烟后一般都会洗澡，免得让她闻见。

看着陈陆南进客房后，颜秋枳伸长脖子看了两眼，很快收回了目光。她把注意力拉回到微博上。就在一分钟之前，颜秋枳的工作室发了微博澄清，晚上是剧组聚餐，两人没有什么暧昧关系，只是同行间的交流。至于邵越送她回家，送的不仅是她一个，还有穆欣。工作室的澄清写得清清楚楚明明白白，如果还有再造谣的，庭上见。颜秋枳这边的工作室发了微博后，粉丝瞬间放下心来。工作室发了微博后不久，邵越那边也跟着澄清了。

粉丝期盼的故事瞬间破裂，但不少人觉得奇怪，为什么要这么快澄清？有时候暧昧一下，不是更让人觉得好奇吗？

颜秋枳没看邵越工作室的澄清内容，她刚退出微博，便收到了他发来的信息。

邵越：【秋枳，抱歉，我并不知道有狗仔跟踪。】

颜秋枳：【没事，现在澄清就好，希望没给你带来困扰。】

邵越：【我当然没有，主要是怕你受影响。其实我的经纪人一开始想让我们炒绯闻。】

颜秋枳：【嗯，我拒绝了。】

邵越看着手机里收到的消息，有点诧异。

想要问点什么，手机再次一振，颜秋枳的信息过来了。

颜秋枳：【我有喜欢的人，绯闻之类的，还是希望能避免就尽量避免。工作是工作，生活是生活，我一直都希望分开，希望邵老师理解。】

话都说到这份上了，邵越再笨也知道颜秋枳的意思。

邵越：【好，早点休息吧，晚安。】

颜秋枳看了一眼，没回。

她戳开沈慕晴的微信：【出来。】

沈慕晴：【有事小晴晴，没事滚滚滚。】

颜秋枳扑哧一笑：【我刚刚让陈陆南进屋了。】

沈慕晴：【为什么？】

颜秋枳：【一时心软。】

沈慕晴：【哦，那今晚打算发生点什么吗？】

颜秋枳：【你先把脑子里的黄色思想给我去掉，我们两个现在这样，能发生什么？我纯粹是看他感冒了才让他进来的。】

沈慕晴：【是是是，你绝对不是想见他。】

颜秋枳：【……】

沈慕晴：【别太快原谅他啊，男人都这样，太容易得到的不会珍惜。你好好吊他一下，起码吊一个月。】

颜秋枳看着她的消息，刚想要回，便听到了男人的脚步声。

下意识地，颜秋枳抬起了头。

陈陆南洗完澡出来，头发还在滴水。他把目光转向颜秋枳这边，低声问："有吹风机吗？"

"……有。"

颜秋枳把手机丢在一旁，起身进房间给他拿了出来。

没一会儿，嗡嗡嗡的声音传出来，颜秋枳突然有点心不在焉了。

她捡起手机，给沈慕晴回了个表情包，这才关了手机。

没一会儿，陈陆南又走了出来。

他的头发不长也不短，因为是艺人的缘故，要经常做造型，所以头发不能乱动。

这会儿他的头发乱糟糟的，有种睡美男那样的美，就像颜秋枳之前在网上看到的那种——大帅哥躺在白色的大床上，露出脖颈和脑袋。那种慵懒性感的模样，让无数女人看了都尖叫。

陈陆南现在，莫名有点那种味道。

她下意识抿了一下嘴唇："你的头发好像有点长了。"

陈陆南倒水的动作一顿，抬眸看她："有吗？"

"……有的吧。"

陈陆南想了想她这话的意思，低声问："不喜欢？"

颜秋枳眼神闪躲了一下，碎碎念："和我喜欢不喜欢有什么关系？"

我喜欢，难道你就不剪头发了吗？

陈陆南听着她小声吐槽，低低一笑说："嗯，有关系。"

颜秋枳抬眸看着他。

陈陆南说："姜臣说我性格太差，只剩这张脸能留人。"

"……"

颜秋枳听懂了他话里的意思。

言下之意是，陈陆南想要挽回她，真的只能靠这张脸。要是脸她都不喜欢了，他就真的没胜算了。

所以……外表这方面，要按照颜秋枳的喜好来。

她不喜欢，明天陈陆南可能就找老师给自己做专属造型了。

颜秋枳噎住了半天，目光不由自主地落在了他那张精致英隽的脸上。他正站在中岛台的位置，顶上灯光明亮，落在他的身上，勾勒着他的轮廓，显得深邃又勾人。

她盯着他看了两眼，对上陈陆南看过来的眸子后，颜秋枳摸了摸鼻子说："你还挺有自知之明的。"

陈陆南笑而不语。颜秋枳觉得周边的空气好像都暧昧了几分，为了让自己不那么快崩盘，她起身站了起来，扬了扬下巴，瞥了他一眼："我去睡觉了，电视柜下面有感冒药。"

"晚安。"

看着那快速关上的门，陈陆南低低地笑了起来。生病的感觉好像还不错。

颜秋枳说不管他，便是真的不管他了。

她侧耳倾听了一下屋外的动静，没听到特别的声音。掀开被子上床后，颜秋枳的手机振动了一下，是黎安发来的信息。

黎安：【我把上次发给你的照片做了最后修改，要看看吗？明天就是情人节了，你想好这次的杂志要怎么被夸了吗？】

颜秋枳一怔，下意识点开了日历查看。

明天还真是情人节，难怪今晚微博上那些粉丝激动得不同寻常，好像很快便接受了两人是在一起这个事实，虽然是假的。

情人节临近，换作是任何一个人有这种想法，好像也是正常的。

颜秋枳无奈一笑，低头给黎安回复：【不看了，我相信你的能力。】

黎安：【明天中午正式发行，早上会有预告出来，你记得转发一下。】

颜秋枳：【好。】

这一期的拍摄冬天就完成了，只是一直捂着到这会儿才发。

颜秋枳的不少粉丝也知道情况，宣传力度还是够的，只是她这段时间太忙，疏忽了。

和黎安聊了几句后，颜秋枳便放下了手机。她拉了拉被子，让自己安稳入睡。窗外的风轻轻吹着，掀起了窗帘一角。她好几天没能睡好了，这一夜，好眠无梦。

陈陆南吃过药后，便规规矩矩地进了客房。

他进去后看了一眼手机，姜臣几个人已经就热搜的事在群里发表言论。

姜臣：【哎，我们阿南真苦。】

程湛：【那是他活该。】

姜臣：【话也不能这样说，他现在绿帽子太重了，我们要嘴下留情。】

程湛：【哦。】

程湛：【对了@陈陆南阿南，明天情人节，你给你老婆准备什么惊喜没有？】

姜臣：【？？？又情人节了？！】

……

陈陆南垂眸，盯着两人的对话看了半晌，退出了微信，转而点开了百度。陈陆南其实不过这种节日，他不是一个有仪式感的人，但现在看来，仪式感其实很重要。夜色浓浓，陈陆南看了半天，给王康打了个电话。王康大半夜起来给老板准备惊喜，也是着实不容易。他作为一个单身狗，真的太难了。

翌日清晨，颜秋枳要赶十点的飞机。

她得提前出门，醒来的时候，意外的是陈陆南还没走。

"醒了？"

陈陆南侧身看着她，嗓音低沉："洗漱完过来吃早餐。"

颜秋枳看他在中岛台忙碌的身影半晌，张了张嘴说："……我好像没把厨房借给你。"

陈陆南："……"

两人无声对视了片刻，颜秋枳后知后觉反应过来自己说了什么。

她摆摆手，佯装随意道："算了，你爱用就用。"

她转身，匆匆忙忙回了房间。行李早就收拾好了，颜秋枳洗漱完化好妆后才坐下吃早餐。

她看着面前的面条，抬眸看了一眼对面的人："这算是报酬吗？"

陈陆南无奈一笑，嗓音低沉道："不是。"

他说："住房的报酬另外给。"

"哦。"

颜秋枳闻着香味，还真有点儿饿了。她这段时间吃得很一般，不是外卖就是在外打包回来，虽说食物也不差，但味道总归是差了点。

她低头吃面，安安静静的模样。

陈陆南抬眸盯着她，看了半晌，低声问："几点的飞机？"

"十点。"

"我送你去机场？"

颜秋枳愣了一下，诧异地看了他一眼，连忙拒绝："不用，珠珠会过来接我。"

陈陆南目光平静，没表露出太多情绪。

"好。"

颜秋枳张了张嘴，也不知道该说什么，只能安静吃东西。

吃完东西后，珠珠给她发消息说到楼下了。

颜秋枳看向陈陆南："我先走了，你……记得关门。"

"嗯。"

颜秋枳抿了抿唇，推着两个大箱子从房间里出来。

陈陆南接了过去，等电梯的间隙，两人都分外安静。颜秋枳直勾勾地盯着电梯显示的楼层，有点儿漫不经心。

至于陈陆南，单手插兜站在旁边，完全看不出在想什么。

颜秋枳仰头眨了眨眼，看着快要到自己这一层的电梯，刚想要说话，耳畔传来男人低沉的声音。

"颜颜。"

"嗯？"

颜秋枳转头，下意识答应了一句。

她转头，对上了陈陆南深邃的眸子。他眸子里好像有跳跃的火花，时时刻刻能点燃一样。颜秋枳看着他半响，他也没说出一句话。

当下，她不知道怎么回事，有点恼怒道："你喊我要说什么？"

陈陆南深深地注视着她，低声道："如果我现在对你做点什么，会扣分吗？"

"什么？"

颜秋枳眼眸一闪，恰好电梯"叮"的声音响起，她下意识推着行李进去，手腕突然被人给抓住。

颜秋枳还没来得及反应，陈陆南便低头吻了下来。他压着她柔软的唇瓣，吮了一口。

颜秋枳心搏骤停，但在这会儿，她甚至还有心思去关心即将要关上的电梯门。

她张嘴，刚想提醒陈陆南门要合上了，他便先一步挤开门，一手扣着她的后颈，一手揽着她的腰肢跟着进了电梯。后背贴着冰凉的电梯墙壁，颜秋枳下意识打了个冷战。陈陆南伸手，把手抵在了墙上，让她和墙壁隔开一丁点距离。他没停下自己的动作，大概是因为颜秋枳没拒绝，陈陆南便得寸进尺了起来。他迫使她张开嘴，承受着他的亲吻。这一次的吻，和之前的每一次好像都不同。他温柔，但又不克制，一下一下地，牵引着她的所有情感。

好一会儿后，电梯再次"叮"一声的时候，颜秋枳总算从这个温柔的吻中回过神来。她狠狠地踩了他一脚。

"你疯了，这是……"

话还没说完，面前的男人侧了侧头，温柔地亲了一下她的耳垂，嗓音喑哑道："情人节快乐。"

陈陆南的手撑在两侧，把她整个人都圈在了角落里，呈保护的姿势。

听到这话的时候，颜秋枳的心脏重重一跳。

她没想过陈陆南会知道今天是情人节，甚至还在这种时候……做这种事。

她喘着气，瞪着他："所以这就是你……"

话还没说完，电梯门打开。

珠珠转头，觉得这应该是颜颜姐乘的电梯，还没来得及迈开脚步去拿行李，便先看到了里面的场景。

她熟悉的颜颜姐，和她喜欢了好多年的偶像……正在上演电梯之吻？？！！

珠珠目瞪口呆地看着，眼睛瞪得像铜铃，忘了反应。

颜秋枳自然也看到了她，她看着面前还拦着自己的人，想也不想狠狠地推了他一把。

陈陆南不知道是没站稳还是准备不足，被她推得跟跄了一下，撞到了后面的电梯墙。

颜秋枳紧张了两秒，很快便恢复了面无表情得模样。

她看向还站在门口傻愣着的人，喊了一声："珠珠，把行李拿出去。"

珠珠呆愣愣地说："……好的颜颜姐。"

她偷偷瞅了一眼安静的陈陆南，有点不敢相信自己的眼睛。

她刚碰到行李，陈陆南便提了起来，低声道："我来。"

珠珠愣了一下，看向颜秋枳。

颜秋枳直接忽略掉两人上了车，把车门关得砰砰响。

把行李放上车后，珠珠看向面前的偶像。

"那个……谢谢陈老师。"

她一时间也捉摸不定两人的关系。

陈陆南的唇上还有颜秋枳的口红，他没太在意，淡淡地点了点头道："照顾好她。"

珠珠脸一红，连忙点头："好的。"

陈陆南还想要多说点什么，车内传出颜秋枳的声音："珠珠，走了。"

珠珠一个机灵，连忙应着："陈老师我们先走了，再见。"

陈陆南看着车走后，才漫不经心地用手指擦了一下唇角的口红。看着手指上嫣红的口红颜色，他的眸子里漾开了笑。虽然被咬了又被踩了，但值得。他站在原地半响，回楼上公寓拿起手机给颜秋枳发了条消息。

陈陆南：【到机场还有时间的话，看看广告屏。】

上车后，颜秋枳气得想要当场暴打陈陆南一顿。

这是什么意思？因为是情人节，所以他就这么肆无忌惮地亲自己吗？有没有得到自己同意啊？！颜秋枳完全没去想刚刚那个吻，其实她也挺享受的。她现在只想打爆陈陆南的狗头。她气呼呼地扯过纸巾把因为亲吻而弄花的口红擦掉，刚擦干净，她便对上了珠珠好奇又震撼的目光。

那眼神里……多的是欲言又止。

颜秋枳瞥了她一眼，收回目光。

"颜颜姐……"珠珠小心翼翼地说。

颜秋枳掀了掀眼皮看着她："别问，等我气消了再告诉你。"

珠珠："……好的。"

话音一落，颜秋枳的手机振动了一下。她点开一看，是陈陆南的信息。

看完后,颜秋枳想也没想,直接把他拉黑了。

看什么广告牌,是要显示自己的那张帅脸吗?颜秋枳没记错的话,机场有个很大的广告屏,上面常年挂着的都是陈陆南的各种广告。

也只有他,能让人这么舍得砸钱。

到机场后,颜秋枳看到了不少过来送自己的粉丝。她笑了笑,和粉丝打招呼。

正聊着,珠珠的行李托运也办好了。

颜秋枳刚要和粉丝道别,便听到了粉丝的惊呼声。

"我的天!"

"啊啊啊啊啊啊是颜颜吗?"

"颜颜你快看。"

颜秋枳下意识抬起了头。

机场最大的广告屏,是在一个很大很大的大厅里。无论是候机的乘客,或是接机的粉丝,全部都能看到。

而现在,那个最大的广告屏上播放了颜秋枳的照片。

一张一张,漂亮得让人移不开眼。

它们慢动作播放着,静止的照片过后,还有动态的。她参加活动时的那些唯美画面,大多被找出来放了上去。

颜秋枳怔着,有点不知道该如何反应。

粉丝这会儿已经完全陷入疯魔状态,尖叫连连。

耳畔除了粉丝的尖叫声,便是路人的惊叹。颜秋枳听见好几个路人感慨:"这是谁?长得好漂亮啊。"

她就像是站在了一条星光大道上,周遭全是热闹的掌声和鲜花。

他们在给她鼓励,他们喜欢她。

她不是孤零零的一个人,她有很多朋友,有很多粉丝,她们在给她加油呐喊。她走在了一条鲜花盛开的道路上,路的尽头还是路,她一往无前地走下去,一直都有人陪伴左右。

播放到最后的时候,屏幕上的一行大字,清晰地出现在现场所有人的瞳眸里。

【这是送给全世界最漂亮的人的特别礼物,祝最漂亮的颜秋枳小姐情人节快乐。】

紧跟着,广告屏再一次从头循环播放。

颜秋枳眼睛里全是那一行字,全是刚刚看到的那些画面。

耳侧粉丝的议论声不绝于耳。

"我的天呐,这是粉丝做的吗?"

"啊我'死'了我'死'了!!这个粉丝也太会了吧?在情人节做这种广告投屏,肯定是喜欢我们颜颜的。"

颜秋枳猛地回神,看向后面激动的粉丝,努力压着自己情绪:"我到登机时间了,你们回去注意安全。"

她深呼吸了一下,笑着说:"我先走了,大家下次见。"

说完,在粉丝还没反应过来的时候,颜秋枳和珠珠先跑了。

直到进入VIP休息室后,颜秋枳那怦怦跳动的心好像还没停下来。

她深呼吸了一下,想要把那即将冲破胸腔的情感给压下去,可好像很无力。她做不到。

VIP休息室里,除了颜秋枳之外,其他人也都看到了刚刚那一幕。

不少人看着颜秋枳,议论纷纷,眼睛里满是羡慕。

珠珠在颜秋枳耳边小声嘀咕着:"我的天呐,颜颜姐,那是粉丝做的吗?"

她碎碎念:"这粉丝也太有钱了吧。"

颜秋枳没说话。

此时此刻她的脑海里,全是刚刚的那些画面,一幕一幕在她眼前循环播放。

还有……那一条信息。

她虽然只冷淡看了一眼便把他给拉黑了,可那句话却深深刻在了她的脑海里。

"看机场广告屏。"

她就算是反应再迟钝,也知道投放这个广告的人是谁。

心里有答案,可颜秋枳又不太敢相信,陈陆南不像是会做这种事的人。

正想着,珠珠惊呼了一声:"天呐,颜颜姐,你的杂志预告出来了。"

颜秋枳低头一看,看到了某杂志发出的微博,设定在了这一天的13点14分正式预售。

杂志官博放了几张预告照片,照片一出来,粉丝便疯了。太绝了!!

这一次的颜秋枳,虽然依旧走性感路线,但比之前好像多了点不可言说的韵味,她眉梢的笑,勾人魂魄。

一举一动,一颦一笑都勾得人心向往之。

用风情万种来形容她,一点也不为过。

预告一出来,粉丝乃至不少路人都激情转发。纷纷表示要抢。

这是很多人过孤独情人节的安慰!有颜秋枳这么一个大美女陪着,值了。

颜秋枳拿起自己的手机点开微博,直接转发宣传。发完后,粉丝的留言快速增长,纷纷赞她。与此同时,机场的广告屏也跟着上了热搜。

网友们都极度好奇,这广告屏到底是谁投放的?为什么颜秋枳的粉丝会这么有钱?

别家的粉丝也都羡慕了起来。

颜秋枳刷着粉丝的评论,有种不可言说的情绪。

她不知道自己该怎么去表达,但不可否认,在看到的那一刻,她好像再一次心动了。

十点,颜秋枳的飞机起飞,她关了手机。

这一次拍摄的地方很偏僻,在一个山清水秀的地方,剧本围读也在附近的酒店,方便让他们更快入戏。

飞机得飞四个多小时,颜秋枳会完美地错过杂志预售。

虽然有点遗憾,但也并不是很难过。

邵越和她在同一个航班,但因为有昨晚的事情,两人只点头打了个招呼。

颜秋枳上了飞机就睡了,暂时把自己那些激动的情绪给努力压了下去。

冷静冷静,只是一个广告投屏而已,有什么好激动的?你又不是没有被粉丝送过这样的大礼。

她还真是有。不过不是在机场,是在一栋一栋的大楼上。颜秋枳当时激动得一整晚没睡着。是真的很感动。

颜秋枳在飞机上断了讯号的时候,某个俗气的时间一到,杂志预售。

粉丝争先恐后地抢,一本两本几十本上百本,甚至还有上千上万……

少有女艺人的杂志能这样畅销,销售额甚至超过了前段时间某个爆火的男艺人的销量。

半小时后,销售额突破了八百万。

最后,销售总额突破 1314 万,为情人节预售做了完美的收场。

这是国内首位杂志销售突破千万的女艺人,连不少顶流都没这能力。

颜秋枳刚下飞机,把手机从飞行模式调回正常后,手机便一直震动着。

趁着等行李的时间,她点开一看,全是恭喜的言论。

颜秋枳看着,怔了几秒后,快速登上微博。

杂志预售已经停止了,大概是为了迎合主题,杂志原本就打算印那么多。

预售本就是想看看效果,销量好的话杂志肯定愿意多做,如果不好就会适当减少,这样能节约成本。

结果颜秋枳这一下,直接打破了纪录。虽然粉丝们还有可能再买,但为了让人有意犹未尽的感觉,杂志社领导一致决定,停在这个数字就好。

颜秋枳看着"售罄"的字眼,完全不敢相信。

她从来没有想过,自己的杂志有一天会销售得如此之快,销售额大大超出了她的预期。

珠珠自然也看到了,在旁边捧着手机激动不已。

"啊啊啊啊啊颜颜姐你好棒啊。"

拿上行李,剧组的工作人员过来接他们。

甚至开了两辆车过来,大概是为了避免颜秋枳和邵越的绯闻。

上车后,颜秋枳才压住激动的心情,低头给那些祝贺自己的人回消息。

——回了之后,颜秋枳靠在车窗上眺望着窗外。

情人节这一天,虽然要自己一个人度过,但她收到的惊喜,却比前二十几年的还要多。她是惊喜的,可在惊喜激动之余,又隐约有点不安。

害怕这一切都只是昙花一现,很快便又消失了。

颜秋枳正走神地想着,珠珠再一次激动道:"颜颜姐,我刚刚看到微博有人爆料说,你这次杂志预售,有一个人买了五万多本。"

"……"

颜秋枳扭头看着她:"真的假的?"

"真的,爆料者说得很真实。"

颜秋枳:"……这位粉丝是家里有矿吗?"

"还有一个买的更多。"

颜秋枳眼皮一跳,问:"多少?"

"好像是十几万。"

"……"

颜秋枳张了张嘴,不敢置信地问:"我的粉丝都是家里有矿的吗?"

珠珠懵懂地摇摇头。

买几千本的粉丝常有,但买几万本甚至几十万本的……真的是少之又少。

买那么多,家里也没地方放啊,除非有一个地下室来堆放。

两人无声地对视一眼,颜秋枳想了想道:"算了,晚点让萌姐办个抽奖吧,感觉粉丝要破产了。"

珠珠:"……好。"

颜秋枳给萌姐打了个电话,萌姐除了恭贺她突破纪录之外,还给她提了点要求。

"今天情人节,你反正是一个人,要不给粉丝点福利?"

颜秋枳问:"什么福利?"

萌姐道:"杂志销量突破了记录,总要给大家点甜头,你好像没直播过,今晚直播陪大家过情人节吧?"

颜秋枳:"……我还想自己过呢。"

"一个人有什么好过的,还不是孤独。"

珠珠在旁边听着,很想回答。

颜颜姐可不是一个人,颜颜姐家里还藏了个男人!!!

想着早上电梯里的那一幕,珠珠瞅着颜秋枳的眼睛在放光。

她无声喊了句:"颜颜姐。"

颜秋枳睨了她一眼,咳了一声:"好吧,但我担心粉丝们都过情人节去了。"

萌姐道:"晚上吧,七八点直播,大家应该还没休息。"

颜秋枳无言以对,无法拒绝。

挂了电话,萌姐让工作室负责人发了一条微博,说颜秋枳今晚直播陪大家过情人节。

这微博一出,颜秋枳骑虎难下。

到酒店后,颜秋枳等人办理好入住便上去了。

"我休息会儿,晚上再来喊我。"

今天刚到,先休息一天,明天正式开始工作。

珠珠点头答应着:"好。"

她想了想,忍不住问:"颜颜姐,可以说说你和我偶像的事了吗?"

颜秋枳刚想说不行,门铃声响起。

两人对视一眼,珠珠快速跑过去开门。

门打开,一个小哥捧着一束花站在门口:"您好,哪位是颜秋枳小姐?"

颜秋枳一愣,走了过去。

"我是。"

小哥看着她一笑,低声道:"这是送给您的花,请查收。"

颜秋枳怔怔地看着面前的红色蔷薇花,愣了好一会儿才低头签字,把花给抱了进去。是她熟悉的味道。

颜秋枳小时候,院子里种满了蔷薇花,每到盛开的季节,蔷薇蔓藤便悄悄爬上了墙,探着脑袋出去,然后盛开。

让路过的人都忍不住回头,把目光停驻在此处。

她不喜欢玫瑰,相对来说,她更爱蔷薇。那是她小时候的记忆。

颜秋枳抱着花关门。门一关上,珠珠便忍不住问:"颜颜姐……这该不会是我偶像送的吧?"

她吞咽了一下口水,难以置信地问:"是吗是吗?"

说实话,颜秋枳也不确定。她低头,看到了花里面的卡片。当着珠珠的面,颜秋枳打开了。

"抱歉,在电梯里没忍住,这是道歉礼物。"

珠珠看完,整个人都要晕过去了。

"啊啊啊啊啊啊颜颜姐！！！陈老师竟然这么会的吗？你们是不是在谈恋爱啊？"

颜秋枳看着手里的卡片，瞥了她一眼说："谈恋爱接吻要道歉？"

珠珠瞬间卡壳。

她瞪大眼睛看着颜秋枳："那……这是……什么意思啊？"

颜秋枳冷哼了一声："这是你的偶像没做人的意思。"

珠珠："……"

颜秋枳没理会珠珠的问题，把她给赶了出去。

珠珠一走，她的手机紧跟着振动了一下，大概是发现微信被拉黑了，陈陆南给她发的短信。

陈陆南：【花收到了吗？】

颜秋枳：【明知故问。】

陈陆南：【还在生气？】

颜秋枳也不知道在想什么，回了句：【陈老师这个道歉，没看出任何诚意。】

发完后，颜秋枳把手机充电，卸妆休息。她有点累，是撑不住了。颜秋枳这一觉，直接睡到了闹钟响起。八点的直播，她调了七点的闹钟。

闹钟刚响，颜秋枳便快速爬了起来，给珠珠发了个消息让她上来。发完后，颜秋枳起床洗漱，纠结要不要化妆，纠结之际，先往脸上糊了面膜。

刚涂上，门铃声响起。

颜秋枳想着对珠珠的叮嘱，直接走过去开门。

门一打开，颜秋枳便转身了。

"珠珠，你帮把我后面那堆东西收拾一下，待会儿在哪儿直播比较好啊？"颜秋枳低声询问。后面好一会儿都没有回应。

她诧异地转过头："珠珠，你怎么不……"说到一半，颜秋枳剩下的话全卡在了喉咙里。

她怔怔地看着陡然间出现的男人，怀疑自己出现了幻觉。

两人目光撞上，陈陆南的手臂上还搭着一件风衣，身上是一件黑色的衬衫和黑色长裤，整个人看上去丰神俊朗，虽然脸上还带着些许的倦意，可依旧是帅气的。

他身上的那种气质，让人完全无法忽视。

此刻他就站在门口，目光沉沉地注视着她。

颜秋枳张了张嘴，错愕地看向他："……你怎么来了？"

陈陆南微微一顿，伸手把她的门给关上，嗓音低沉道："嗯。"

颜秋枳挑眉："嗯？"

陈陆南低低一笑，看着她脸上的面膜，俯身靠近在她耳侧说："我亲自过来道歉，能原谅吗？"

你说我送花诚意不够，那我亲自来了。

他的呼吸打落在耳后，让颜秋枳的身子紧绷了起来。她低头，看着陈陆南现在这样，突然觉得自己可能坚持不了多久。

她从来不知道，陈陆南在说了喜欢后，行动力会这么强，和之前完全是天壤之别。

这样的陈陆南，颜秋枳根本就招架不住，她道行太浅。

她长长的睫毛颤了颤，压着跳动过快的心脏，好半天才憋出一句话："你公司没事？"

陈陆南一顿，低低一笑："嗯，处理好了。"

其实收到她的信息的时候，陈陆南便已经在机场了。

原本他打算上午和她在飞机上偶遇的，奈何有一个会议排不开，陈陆南不得不先去了一趟公司，把紧急文件处理好后才去了机场。

至于其他烦琐的事情，他向助理交代，处理不了的直接去家里找另一位陈总。那位已经出院回家休养了，想来也挺闲的。

助理无言，只能含泪看着小陈总丢下工作就跑。

颜秋枳听着，有点说不清自己内心深处到底是什么感觉。

她心跳如雷，可偏偏理智又还存在。

理智和感性好像在打架，某种压抑着的情感要冲出来了一般，正当交锋激烈的时候，门铃声打断了萦绕在两人之间的暧昧。

颜秋枳立马从陈陆南刚刚的温柔里回神，道："珠珠来了。"

她侧目看了一眼陈陆南，意思明显。

陈陆南挑眉，手里的外套还没放开，身子慢慢地直了起来，光影落在她身上。

"我要躲起来？"

颜秋枳莫名其妙地从他这话里听出了些许的怨念。

她抿了抿唇，瞅着陈陆南的神情，突然觉得他千里迢迢来道歉，她还让人藏起来，确实好像不是人做的事。

思忖了半晌，颜秋枳走到门口看了一眼，丢下一句："随你。"

说完，她把门打开。

"颜颜姐，我来啦。"

珠珠兴奋道："我还给你带了……"

看到房间里的男人后，"吃的"两个字卡在了她的喉咙里。

珠珠不敢置信地瞪大眼,望着陡然间出现在这里的男人。

"陈……陈老师?"

陈陆南转头看向珠珠,目光深邃,微微颔首:"你好。"

珠珠张开嘴,激动地看看他,再看看颜秋枳,好半天才憋出一句:"颜颜姐……"

颜秋枳看了她一眼,淡淡问:"给我买了什么吃的?"

珠珠:"……沙拉。"

她晚上不能吃太多,没工作的时候还能稍微放纵一下,现在要开始拍戏了,体重一定要控制得特别好。

颜秋枳点了点头,淡淡地说:"给我吧。"

珠珠递给她,又瞅了一眼陈陆南:"陈老师吃饭了吗?"

陈陆南瞥了一眼往餐桌边走去的颜秋枳,笑了笑:"没有。"

珠珠怔了两秒,连忙问:"陈老师要吃什么?我去给你买吧。"

好不容易有机会为偶像服务,珠珠是一点儿也不介意跑腿的。

"不用,"陈陆南低声道,"我暂时不吃。"

珠珠看了一眼颜秋枳,再看看陈陆南,似懂非懂地点了点头。

房间里安静了一会儿,珠珠觉得自己在这儿就是一个大电灯泡,偏偏这里的氛围还有点诡异。

她低着头纠结了几秒,正思索着自己该何去何从的时候,颜秋枳喊了一声:"珠珠,你吃饭了吗?"

"吃了。"

"那你帮我把待会儿的直播弄一下。"

"好,"珠珠连忙答应着,"颜颜姐,你想要在哪儿直播啊?"

颜秋枳环视了一圈,只有梳妆台那边合适:"在梳妆台附近吧,看看灯光的角度。"

"明白。"

珠珠安静如鸡地去做事,努力把自己当作隐形人,不发出一丁点声音。

颜秋枳到餐桌旁坐下没多久,陈陆南便跟着在对面坐下了。

她拿着叉子的手一顿,叉着小番茄往嘴巴里送。

小番茄特别酸,吃下去的时候酸溜溜的,让颜秋枳的眉头都皱了起来。

她没说话,陈陆南更没有。

他就这么坐在对面看着她,那眼神,让颜秋枳分外不安。

她往嘴里塞了两个小番茄之后,把沙拉往陈陆南那边推了过去,语气硬邦邦的:"别说我虐待你,我今晚只有这个。"

陈陆南低头,看着面前只动了一角的沙拉,抬起眼看向她。

接触到陈陆南的眼神后，颜秋枳瞪了他一眼："怎么，你还嫌弃？"

"没有。"

陈陆南怎么敢，他看着颜秋枳拿在手里的叉子，声音低沉："没有餐具。"

"……"

颜秋枳和他无声地对视了几秒，"蹭"的一下从椅子上站了起来，佯装恼怒地把叉子"丢"在沙拉盒里，气呼呼道："你不知道自己想办法吗？用别人用过的，你也不嫌脏。"

说好的洁癖呢？

陈陆南目光沉沉地盯着她看了会儿，淡声说："我什么时候嫌弃过你脏？"

颜秋枳："……"

这话太有歧义了，颜秋枳一时间找不到话来反击。

她一句话到嘴边转了好几圈，只能气呼呼丢下一句："我怎么知道？"

说完，她往珠珠那边跑。

珠珠听着两人的对话，耳朵都竖起来了。

这是什么劲爆的消息啊？！她真的好想知道所有内幕啊。

"好了吗？"

"颜颜姐，你先看看镜头。"

"嗯。"

颜秋枳试了试，"好像还不错。"

珠珠道："想好待会儿要直播什么了吗？"

颜秋枳之前没直播过，这会儿更是有点儿蒙，她轻轻地眨了眨眼："直播不就是跟粉丝聊天吗？"

"可能还需要点别的内容吧？"

颜秋枳：

"例如……"

"有什么特长之类的。"珠珠认真地说，"我看有的人直播唱歌画画，还有弹琴什么的，颜颜姐……你会什么？"

说实话，珠珠跟了她这么长时间，还真不太知道颜秋枳到底会什么才艺。

她在大家面前除了演戏之外，鲜少表现出其他的爱好。

颜秋枳噎住，她沉思了一会儿，摇头说："什么都不会。"

她就是个小废物。

珠珠："……"

没一会儿，时间便来到了七点五十。

珠珠帮颜秋枳把一切都弄好后，压着声音说："颜颜姐，那我就先回去了。"

颜秋枳看了她一眼，再看了一眼还坐在餐桌旁玩手机的那尊大佛，点了点头："早点休息。"

"我在房间看你直播。"

"好，有什么不对立刻告诉我。"

珠珠走后，房间内安静了一会儿。颜秋枳看了一眼餐桌旁的人。那份沙拉被陈陆南全吃完了，盒子收拾得整整齐齐放在旁边。他坐在那里，姿态懒散，手上拿着手机在看着，也不知道在看什么。

"我要直播了。"

陈陆南抬起眼看她："嗯，需要我帮忙？"

"不用。"颜秋枳看着他道，"你要是不走……待会儿别出声。"

她可不想再上热搜了。

陈陆南莞尔："好。"

粉丝等颜秋枳直播等了一个世纪，总算是等到了。八点一到，颜秋枳的直播刚开始，粉丝便热情地涌了进来，疯狂地给颜秋枳打招呼刷礼物。

【啊啊啊啊啊来了来了！】

【颜颜晚上好啊，情人节快乐哦。】

……

颜秋枳看着镜头和大家打招呼："大家晚上好，先祝大家有情人没情人都要情人节快乐。"

她含笑道："我第一次直播有点紧张，待会儿要是有什么问题，大家记得提醒我哦。"

粉丝：【好！】

颜秋枳看了一眼："不用给我刷礼物，我们就简单聊聊天好了，大家有什么想问的也可以问。"

【呜呜呜颜颜现在是素颜吗？皮肤真的太好了。】

颜秋枳笑："对，现在是素颜，我下飞机后睡了一觉，刚睡醒吃了点东西。"

她看着弹幕："吃的什么啊？就吃了一点沙拉，没吃饱。过几天要开机了，得减减肥。"

她很坦诚，也不立吃货人设。有人确确实实吃多少都不会胖，颜秋枳虽然也不是易胖体质，但吃多了还是会有明显变化。相对来说，她比较懂得控制自己。

粉丝喜欢的，也是她这种真性情。

很多艺人立吃货人设，说什么能吃下一整个蛋糕，能吃一大份麻辣香锅，吃火锅什么的也从来不忌口，总会有翻车的时候。

怎么可能一直胡吃海塞都不胖？一万个人里大概也少有那么一个，更何况是艺人，即便是吃不胖也不会任由自己控制不住嘴。

颜秋枳和粉丝聊着天，光影落在她的脸上，勾勒出她的温柔眉眼。

在面对镜头的这一刻，她整个人都是生动又有活力的，一颦一笑都惹人注目。

大概是注意到旁边的目光了，颜秋枳不动声色地瞥了陈陆南一眼。

陈陆南莫名其妙从这一眼里看出了警告。

大意是："你再看我，信不信待会儿我把你赶出去？"

他无声地弯了一下唇角，收回目光。

手机振动了一下，是姜臣几个人在群里发的消息。

姜臣：【@陈陆南追到老婆了没有？】

程湛：【他老婆在开直播，你觉得他追到了没有？】

姜臣：【啧啧啧，太可怜了！情人节老婆陪粉丝过，不陪他过，也太辛酸了吧，还不如和我们一群单身狗一起过呢。】

程湛：【这你就不懂了，还没到晚上，不着急。】

姜臣：【？？？】

傅言致：【程湛的主意没起效果？】

程湛：【这不能怪我，我觉得是陈陆南自己的问题，他要是在机场广告屏上直接告白，肯定会比祝颜颜情人节快乐好。】

……

陈陆南微垂着眼，看着几个人在群里热聊，直接把群聊设置成免打扰模式，转而点开了直播。

他调成了静音，耳边是颜秋枳的声音，但在屏幕上能直观地看到她那张脸。

不少粉丝给她送礼物，陈陆南进去的时候还看到不少人表白。

有一个粉丝给颜秋枳送了一个火箭，两个飞机，还有一个游艇。

这几个礼物砸出来的时候，粉丝热情地刷着弹幕。

【啊啊啊啊啊这是要给颜颜表白吗？】

【呜呜呜呜这也太有钱了吧。】

陈陆南看着礼物排行，神色淡然，转而给王康发了个信息。王康收到老板的信息后，苦不堪言。没一会儿，陈陆南的账号上有钱了。

颜秋枳正和大家聊着，突然被粉丝刷屏给吸引住了，她定睛一看，有人给她送了五百二十个游艇。

【天呐！！这是什么隐形土豪？？】

【我的妈呀，几十万的礼物？就这么砸给我们颜颜了？】

【啊啊啊啊啊啊这位粉丝也太强大了吧。】

【呜呜呜呜这粉丝好像是刚刚注册不久的,大家快去围观。】

……

颜秋枳看着粉丝的弹幕,皱了皱眉:"这位粉丝是刷错了吗?"

她问完后,万众瞩目下,那位粉丝回复了一句:【没有。】

颜秋枳:"太破费了,几十万的礼物我收不下,待会儿直播后您记得联系一下我的工作室,这笔钱我会让工作人员退给你。"

979725667:【不用,送给你的情人节礼物。】

颜秋枳:"不合适。"

她没再理会送礼物的人,继续和粉丝互动着:"好像直播的差不多了,大家还有什么要问的吗?"

粉丝:【颜颜你和邵越有希望吗?】

颜秋枳一怔,看着那个问题笑了笑说:"关于这个绯闻,我的工作室已经回应过了,但是大家好奇,我就再提一下。"

颜秋枳道:"我和邵老师只是同行和朋友,不会再有别的更亲密的关系。"

【颜颜颜颜,今天情人节你打算一个人过吗?】

【呜呜呜呜颜颜要不要抽一个粉丝陪你一起过情人节啊?我们都愿意的。】

【啊啊啊啊啊颜颜!要不就抽那位送了五百二十个游艇的粉丝吧,你觉得怎么样呢?】

颜秋枳哭笑不得,忍不住说:"就算是我想抽那位粉丝陪我,粉丝应该也是不愿意的。"

她含笑说:"我们要为粉丝的清白考……咳……"说到一半,颜秋枳突然咳嗽了一下,好像被自己的口水给呛到了。

在直播镜头面前,颜秋枳走不开。

她努力想要压下去,咳嗽过后又开始打嗝。颜秋枳皱了皱眉,还没来得及反应,一旁便有人影落下,陈陆南递了一杯水过来。

颜秋枳看着,没客气地喝了起来。

陈陆南没有出镜,只是站在了她旁边,但房间里只要开了灯,便会有影子。这一下,粉丝便发现了看点。

【天啊!你们快看,颜颜背后的地板上有一道修长的影子。】

【那是助理吗?还是……颜颜的什么人啊?】

【妈呀!!姐妹的眼睛可以啊。】

颜秋枳刚举起杯子喝下一口水,还在嘴巴里没吞下去,便看到了这样的弹幕,她瞬间被呛得更厉害了。

陈陆南举起手想要给她拍一拍,被颜秋枳狠狠地瞪了一眼,那意思很明显……你快点给我走开。她边咳边瞪着他,一时气急,呛得更厉害了。

陈陆南皱了一下眉,看着她整张脸爆红的模样,实在是没能忍住自己的脾气。

就在粉丝惊呼有劲爆消息时候,他们看见了一只手从镜头前快速飘过,下一秒……镜头黑了。

颜秋枳的直播被关了。

粉丝:【????】

"你……咳……在做什么?"

颜秋枳错愕地看着陈陆南,忍不住训斥道:"我的直……"

话还没说完,陈陆南的手落在她的后背,顺着往下拍,帮她缓解了一下,另一只手拿过她放下的杯子,往她嘴里喂水。

颜秋枳被迫张开嘴,小口小口地喝了好几口,这才平复下来。

刚平复下来,颜秋枳便没忍住踢了他一脚。

"你疯了吗?我刚刚在直播。"

陈陆南神色淡漠:"直播重要还是命重要?"

颜秋枳哽了一下:"我只是打嗝,又不会要命。"

"这个世界上,被呛死噎死的不少。"

颜秋枳瞬间无力反驳了,刚刚那一会儿,她确确实实很难受。

"可是……"她忍不住说,"你现在这样,让我怎么面对粉丝?"

她说:"我估计经纪人马上就会打电话……"话还没说完,萌姐的电话已经来了。

颜秋枳看着桌上放着的手机,面无表情。

陈陆南低头看了一眼:"我接?"

"不要。"颜秋枳警告地看了他一眼,"待会儿不准说话,你要是再说话,现在就给我出去。"

陈陆南看着她真生气的模样,微微一顿,低低答应了一声:"嗯。"

"萌姐。"

"颜秋枳!"萌姐收到消息便暴怒了,"你的房间里有谁?你什么时候交男朋友了?"

她问:"你是不是想公然违约?"

签约的时候明确说过,签约后不可以随便交男朋友。

颜秋枳沉默了一会儿,摸着自己的眉毛说:"萌姐,那不是我男朋友。"

"不是你男朋友是什么?"

萌姐看着网上飞快爆出来的新闻,压着自己的怒气道:"那影子一看就是男人的,还有那只手,网友已经截图了,现在正在拿全娱乐圈男明星的手做对比。"

颜秋枳；"……"

这速度是不是有点儿快？

她深呼吸了一下，安慰着萌姐："萌姐，那真不是男朋友。"

她抿了一下嘴唇，低声问："我们工作室要是说那是助理，应该也可以吧？"

萌姐："你说什么？我什么时候给你找男助理了？"

她提高了音量，忍不住道："你说不是男朋友，难不成找了个什么？"

"……"

这脑洞，颜秋枳服气。

她刚想要说话，手机被人从后面拿走了。

颜秋枳一愣，下意识想去抢回来，陈陆南用一只手抓着她的手腕，深深地看她一眼："交给我。"

莫名其妙地，颜秋枳看着他护在自己身后的姿态，突然就放手了。

算了，反正也瞒了这么久，珠珠都知道了，萌姐迟早也会知道。

萌姐一听到男人的声音，眼皮紧跟着跳了起来。她刚想要训人，便听到那边传来了低沉的男声："李萌，我是陈陆南。"

萌姐的眼睛瞬间瞪大，转头看了一眼自己拨通的电话号码，不敢置信地问："你是谁？"

陈陆南声线低沉："陈陆南。"

他说："今天的事怪我，和颜颜没太大关系。"

他道："如果你要责骂，直接对着我比较好。"

萌姐："……"

她也要敢哦。

陈陆南继续说："网上的事情不会发酵太久，网友只会知道颜颜房间里有个人，身份不会被扒出来，至于那些绯闻和黑料，我会让王康那边稍加控制，舆论不会有问题。"

只要背后有人操控，颜秋枳就不会被黑。更何况都是成年人，交男朋友怎么了？房间里有人怎么了？她一没出轨二没当小三，只是谈个恋爱而已，每个人都有权利。

李萌无奈，这会儿也只能这样了。

她沉默了一会儿："行吧，暂时也只能这样了。"

她顿了一下，低声问："你和颜颜是什么关系？"

陈陆南看了一眼颜秋枳，不疾不徐道："追求者和被追求者的关系。"

他一点也不心虚道："我在追颜颜。"

李萌倒吸一口气。她带的是什么艺人？竟然能让陈陆南这座娱乐圈撼不动的大山都放下身段追她？！

颜秋枳听着陈陆南这话，心怦怦狂跳。

她其实能感觉出来陈陆南这一系列行为是为什么，可这和她亲耳听到他承认，又是不一样的感觉。

她不知道该怎么形容自己此刻的心情，她就是觉得不真实，需要点东西来证明。这么想着，她伸手掐了一下自己的手臂。

痛。

陈陆南说的是真的。

陈陆南看着她的动作，不明所以。

他和李萌交代了几句后，快速把电话挂断："刚刚在做什么？"

颜秋枳抬眸看着他，嗓音沙哑地问："你刚刚和萌姐说什么？"

陈陆南不明所以地看着她："嗯？"

"刚刚那两句话，你重复一遍。"

陈陆南盯着她澄澈的瞳眸看了半响，低低一笑："还想听？"

"轰"的一下，颜秋枳的脸红了。

她没去和陈陆南对视，但从他这话里，她听出了揶揄。

颜秋枳狠狠地踩了他一脚："你爱说不……"

"我追你好不好？"

话还没说完，陈陆南的声音在耳畔拂过，带着点无奈，和不可言说的宠溺。

他问："刚刚没问你的意见，现在问问。"

他目光灼灼地注视着颜秋枳："我们重新开始好不好？我追你。"

他认真道："之前没给你的，现在我们重新试试好吗？"

这是陈陆南这段时间深思熟虑过的答案，别人有的，他的人也要有。

颜秋枳一直以来的问题是缺乏安全感，他太清楚了。所以陈陆南能做的，便是给她足够的安全感。

他们跳过了相识、暧昧、恋爱的步骤直接结婚，现在想来，本身就有问题。所以他想，把之前错失的一切弥补给她。

颜秋枳感受着他灼热的目光，心如擂鼓。

她低头看着两人的脚，靠得很近很近，只需要再往前一步，她就能碰到他了。

颜秋枳不知道自己等这句话等了多久，陡然间听到，她有点无法形容自己的心情。

屋子里安静了半响,陈陆南才听到她问:"有什么好追的?"

陈陆南知道这是松口的意思。

他心里紧绷着的那根弦松了,低眸一笑:"有。"

他举着颜秋枳刚刚掐自己的那只手,在那个位置落下一个吻。

"别人有的,我们颜颜也要有。"

颜秋枳的睫毛一颤,心重重一跳。

陈陆南的这个吻,比之前任何一个吻给她的冲击力都要大,都要来得更深,瞬间撩拨起了她的悸动。

她的心好像跟着他的动作被拉了起来,悬在了半空中,找不到着落点,只有他靠近,才能落在他身上。

她抿了抿唇,低声道:"这是你自己说的,不是我刁难你的。"

"嗯,"陈陆南看着她,"困了吗?"

"……没有。"

陈陆南低低一笑,侧目看着她:"我能有幸请你出去转转吗?"

颜秋枳低眸半响:"去哪儿啊,不会被发现吗?"

"不会。"

"那走吧。"颜秋枳勉勉强强地回答。

陈陆南看着她这架势,笑着说:"等等。"

"什么?"

下一秒,颜秋枳看到陈陆南从风衣里拿出了一个盒子。她怔着,呆愣愣地站在原地。

陈陆南拿出了盒子里的东西。

颜秋枳看了一眼,张了张嘴:"这是什么?"

"礼物。"

"不是……已经送过了吗?"颜秋枳指的是机场的广告屏。

陈陆南"嗯"了一声,淡淡道:"礼物哪有嫌多的?"

"可是……"

"没有可是。"陈陆南看着她修长的脖颈,低声问,"我给你戴上?"

是一条项链。颜秋枳没看错的话,这条项链应该是定制的,虽然牌子她很熟,但这个款式的设计,明显不是市面上售卖的。

她顿了一下,点了点头:"嗯,谢谢。"

陈陆南站在她身后,俯身给她戴项链。他的手不经意碰到她的肌肤,引起颜秋枳的轻颤。她低头看着地面,两人的影子叠合在一起,就像是一对缠绵恩爱的夫妻一样,暧昧不已。

戴上后,颜秋枳伸手摸了一下,看向他:"我没有礼物送你。"

陈陆南牵着她的手，低声道："已经送了。"

"什么？"

陈陆南低低一笑，在她额间落下一个吻："我要了。"

"……"

额头温热，余温久久不曾散去。

颜秋枳想要让自己淡定一点，想要告诉自己这没什么，只是一个吻而已，有什么好激动的？可心跳就是慢不下来。

她从来不知道，陈陆南还会举一反三。她的睫毛颤了颤，脸颊绯红。

陈陆南吻过之后，转身拿过一旁的帽子和口罩给她戴上，他的手指不经意刮到她的脸颊，被柔软的触感给惊了一下。

他低头，眉眼含笑地望着她："怎么不说话？"

猛地一下，颜秋枳那压下去的心跳再一次热烈起来，她咬了咬唇，半天才憋出一句："哪有人像你这样追人的？"

"嗯？"

陈陆南不懂。

颜秋枳娇嗔地瞪了他一眼，气急败坏地说："人还没追到你就开始偷亲，你觉得是不是有点快？"

陈陆南挑眉："快？"

"……"

话题的走向莫名其妙偏移了，颜秋枳对着陈陆南那幽深的眸子，半天没能憋出一个字。

到最后，她只能佯装生气地把人给推开："好了，走了。"

陈陆南看着她气冲冲的背影，笑了起来。

这样最好。

他喜欢颜秋枳表达出自己最真实的性格，即便是娇纵任性，那又如何？他会护着。

*

从酒店出来后，两人分外低调。

情人节的夜晚，外面的人说多不多，说少也不少。就如同萌姐说的那样，情人节嘛，有情人的都该水到渠成睡酒店了，不会在外面浪。

一想到这儿，颜秋枳便忍不住咳了一声。打住。你满脑子什么思想呢？

她转头看着窗外，这地方有点儿偏僻，是正经的乡下，夜晚寂静，只有蝉鸣和鸟叫。

颜秋枳看着窗外掠过的风景，转头看向一旁的男人。

"我们去哪儿？"

陈陆南低头看了她一眼，声线低沉："明天几点集合？"

颜秋枳想了想："大概是十点。"

暂时只是剧本围读，不会太早。

陈陆南微微颔首，低声道："好。"

颜秋枳眨了眨眼，听着这一声"好"莫名其妙。她明明是问去哪儿。

陈陆南看了她一眼，看懂了她眼底的疑惑，无奈一笑："让我保留点神秘感？"

颜秋枳勉为其难答应："行吧。"

反正待会儿也会知道。

她没再问，看着陈陆南走的路越来越偏僻，像是要去深山老林里把她……"杀人灭口"了一样。

她被自己的想法给逗笑了，刚笑了一下，沈慕晴的信息来了。

沈慕晴：【你是不是和陈陆南在一起？！你们什么时候和好了也不告诉我？】

颜秋枳看着手机里收到的消息，很是无奈。

颜秋枳：【哪有和好……】

沈慕晴：【没和好他去你酒店房间干什么？你别骗我说是其他男人啊，真是这样的话，陈陆南现在已经在提刀来的路上吧？还有，网上的消息你不打算回应一下吗？你直播的那条微博下面评论已经爆了。】

颜秋枳有点心虚。

从直播出了状况之后她就没上微博，更没去看网上到底闹成什么样了。

她就是纯粹地想装死。

骗粉丝良心过不去，不骗粉丝吧，她又不想说和陈陆南的事。

至少现在还不想。万一哪天再出点什么状况，颜秋枳害怕自己真的没有了后路。

之前和陈陆南约定两人的关系不能曝光，是因为这个原因，现在还是因为这个原因。

虽说她现在不怕什么，没有后路也是路。

可现在她就想把自己的这个小秘密藏好，藏在一个糖罐子里，只有自己知晓。不开心了就拆开糖罐闻一闻，或者是拆开里面放着的糖果吃一颗，那种甜滋滋的味道，她只想自己偷偷品尝。

这种想法可能比较自私，但颜秋枳却真是这样想的。

她想把她的宝藏藏起来，不让任何人找到。她更希望有一天自己的宝藏被人发现的时候,宝藏已经完完全全属于她了,她有信心把宝藏牢牢抱在怀里,告知大家。

那是专属于她一人的珍宝。

……

沈慕晴:【怎么不回我消息呢?你该不会是要和陈陆南过二人夜晚了吧?既然如此,我就不打扰你们了。】

颜秋枳翻了个白眼:【过什么二人夜晚?那个人是陈陆南,但我们不是你想的那样。】

沈慕晴:【那是哪样?】

颜秋枳抿了抿唇,低头一字一句地敲上去:【他说他想和我重新开始,我们走一遍婚前流程。】

沈慕晴:【?】

颜秋枳:【他说要重新追我,再谈恋爱。】

沈慕晴:【我的天!!陈陆南开窍了?】

颜秋枳没忍住,眸子里漾开了笑。

*

两人闲扯着,直到车子停下,颜秋枳才收起手机。

"到了?"

陈陆南深深地看她一眼,解开安全带下去。

颜秋枳刚想要推开车门,陈陆南已经绕过车头,把她这边的车门打开,还伸出一只手给她,绅士风度十足。

她微微一顿,没矫情地把手递给他。

"这是哪儿?"

陈陆南笑着看她,声音低沉:"来之前没做攻略?"

颜秋枳一怔,下意识张望了一下。今晚月色很好,浅色的月光穿透云层,落在地面,令人十分舒服。借着月色,颜秋枳看着周围的景色。很熟悉,应该是她曾经在网上看到过的地方。蓦地,颜秋枳的视线落在了一块大石头上。石头背对着两人,如果不是有光根本看不清。她的眼睛瞬间亮了,张着嘴不可置信地转头看向旁边的人。

"这是那个……上过几次热搜的景点?"

"嗯。"

颜秋枳猛地眨眨眼。她来之前做了这边的攻略。毕竟拍的是仙侠剧,宋导为了让画面有真实感,决定百分之九十都在实地取景。

开机定在这边,也是因为这个地方合适。这个地方虽然偏僻,但其实很火。

网络上曾经有过一些很火的照片。站在她刚刚看到的那块石头正对面,能看到最完整也最漂亮的日出。

这个地方甚至还有一个传说———一起在这儿看日出的情侣或夫妻,能一辈子白头偕老。虽说有夸张的成分,但迷信的人真不少。除此之外,周围的景色也分外宜人。这一片属于还未开发的自然景观,来的人不多。夏日里相对多一点,这个时候基本没人。颜秋枳之前便做了打算,拍戏时如果有空的话,要来这边看看。单纯地看看日出,一个人,或者是把珠珠带上。但她没想到陈陆南会带自己过来。颜秋枳正看着,突然有灯亮了起来。

她下意识惊呼了一声,去找旁边的人,手刚伸出去就被陈陆南握住了。他掌心温热,捏着她雪白的手心,低声道:"别怕。"

颜秋枳的眼眸闪了闪,听到他说"别怕"后,抬头看了过去。

入眼的是挂在两旁草丛上的灯,它们被放置在两人旁边,正闪闪发光。

所有灯像是被用心地串在了一起,有迹可循地绕成了一个圈,把他们包围住。

再往前看,颜秋枳看到了一个小烧烤台和搭建好的帐篷。

她的瞳眸里满是意外,不可置信地看着旁边的人。

颜秋枳张了张嘴,半天没能发出声音。

陈陆南走到她旁边,观察着她的表情:"不喜欢?"

"不是。"颜秋枳仰头看着他,"……你准备的?"

"不是。"

颜秋枳下意识地松了口气,她就知道不会是陈陆南,他怎么可能会准备这种惊喜?

刚放松了一下,陈陆南道:"我让王康他们准备的。"

颜秋枳:"……"

陈陆南莞尔,倏然一笑说:"我没时间过来。"

所有的一切都交给了工作室的助理。

"不是这个意思……"颜秋枳有点不知所措,也不知道该说什么。

她望着陈陆南:"我的意思是……你怎么会让人准备这个?"

"上次答应你的。"

"什么?"

陈陆南提醒:"你不是说没睡过帐篷?"

颜秋枳尘封的记忆涌现,那天晚上和陈陆南的对话还历历在目。

可是……

还是意外，非常的意外。

"但是……"

"什么但是？"

陈陆南低声问："不喜欢吗？"

颜秋枳脱口而出说："喜欢。"

她只觉得自己的胸口充斥着一股说不上来的热流，在沸腾，在激动地翻滚，有些压抑不住的情感要倾泻而出了一般。

她从未想过陈陆南会给自己这样的惊喜。她不知道该怎么形容内心的那些情感，可就是……让她鼻酸。从小到大，愿意给她这样的惊喜，无条件满足她任何渴望和要求的人，除了妈妈之外，便只有现在这个人。明明是不太可能的事情。至少在这里，想要弄成现在这样，一定要花很多功夫。可偏偏，他在这一天做到了。没有失约很久，答应了颜秋枳的，他都做到了。

陈陆南心里打鼓，听她说完"喜欢"后，半天没说话。他头一回有些不安，这些东西陈陆南以前其实没想过，也没花过心思。

他向来不会哄人，这是真的。但昨晚群里说着情人节时候，他莫名其妙想了很多。

为了让计划方便实行，他还特意找了几个工作人员飞到这边跟当地人沟通，把这里布置成这样，想让她喜欢，让她开心自信一点。

可现在颜秋枳不说话，陈陆南有点捉摸不透她心里在想什么。

他顿了一下，刚想要说话，颜秋枳突然转身抱了过来。她撞进了他的怀里，手紧紧地环在他颈后，缓缓地收紧，像是要把自己融进他的血液里一样。

陈陆南一怔，莫名紧张了起来。

他伸出手，轻轻地拍着颜秋枳的后背，声音颤抖了几分："怎么了？"

他问："是不是哪儿不喜欢？"

颜秋枳不说话，埋头在他脖颈处摇头。

"颜颜。"

陈陆南的声音很紧张，分外无措。

"说话。"

颜秋枳闷了好一会儿，埋头在他脖颈处蹭了蹭，嗓音沙哑地问："你是故意的吗？"

"什么？"

颜秋枳佯装生气地捶了他的肩膀一下："为什么要费尽心思弄这些？"

闻言，陈陆南紧绷的神经瞬间松了下来。

他偏头，在她耳边落下一个吻："你喜欢，不是吗？"

费尽心思，跋山涉水又如何？只要你喜欢，便足矣。

第8章
特别的惊喜

颜秋枳没说话。她觉得陈陆南太犯规了，一次一次的，她根本就招架不住。

两人站在原地抱着，陈陆南轻拍着她的后背安抚着。

过了一会儿，陈陆南低声问："不想过去看看？"

"想。"

颜秋枳眨了眨眼，努力把自己翻涌出来的情感给压下去，声音含含糊糊地："你带我过去，我想看看那些灯。"

陈陆南松了口气："好。"

两侧的灯是网上流行的星星月亮灯，很漂亮，全部连接在一起，像是璀璨星河一样，亮眼夺目。

她循着那些星月灯往里面走，除了有搭好的帐篷和整理好的烧烤台之外，旁边还放着一束花。

颜秋枳回头看向陈陆南。

陈陆南一笑，走过去拿了起来，递给她："下午送过了，但那不是我亲手给的。"

他想再亲自送一次。

看着面前娇艳欲滴的鲜花，颜秋枳伸手接了过来："谢谢。"

谢谢这一晚上的感动。

陈陆南伸出手，捏了捏她的脸："饿不饿？"

"饿。"

陈陆南低低一笑，低头整理袖口，把袖子折到小臂处，露出了流畅的手臂线条，开始点火弄烧烤。

颜秋枳站在旁边看着，只觉得这个人真的哪哪都让她喜欢。

无论是长相还是性格，好像都变成了她最爱的模样。

她盯着他的侧脸看着，走了神。

陈陆南做事专注，因为本身的性格原因，做什么都能做到完美。

他手上的动作很快，给颜秋枳烤肉吃。

周围的星星灯亮着，和月色叠合，勾勒着男人的清隽眉眼，真是让人沉沦的美色。

他的睫毛很长，和颜秋枳有得一拼。他微垂着眼的时候，睫毛下方有一小片阴影，看上去别有味道。

颜秋枳直勾勾地看着，半天没能挪开眼。

猝不及防地，陈陆南抬头看了过来。

她被抓了现行，心脏在疯狂地跳动，声音"咚咚"地在耳边响着。

突然很想，过去亲他。

这个念头刚冒出来，陈陆南便先开口说话了。

"再等一等。"

"我还好，没有很饿。"

颜秋枳晚上虽然只吃了点沙拉，但也不是很饿。

陈陆南无声地弯了下唇。

没一会儿，陈陆南的烧烤便全都弄好了。王康他们准备的东西不多，都是按陈陆南的要求弄的。

烤好后，一旁还有一张摊开的毯子，像是特意给他们野炊准备的。

颜秋枳看向陈陆南："这也是你吩咐的？"

陈陆南笑了一下："这个不是，应该是王康他们自己弄的。"

颜秋枳挑眉。

她环视了一圈："王康他们现在去哪了？"

"应该在山脚下住。"

颜秋枳转头看他："怎么不去酒店？"

"有点远。"

颜秋枳想了想，倒也是。他们过来就花了蛮久。

她张了张嘴，小口小口地吃着面前的食物："王康他们有几个？"

陈陆南算了一下："应该有三四个人。"

颜秋枳她错愕地看着陈陆南："你工作室的员工都知道我们……"

"没有，"陈陆南道，"只是让他们布置，他们不知道是你。"

不过估计也能猜到。

陈陆南看着颜秋枳，低声问："很介意？"

颜秋枳摇摇头:"没有,我就是问问。"

其实已经不介意了,她都对萌姐和珠珠说了,再多几个身边人知道也无妨。

她沉默了一会儿,小声说:"你让王康来做这些,他没抗议吗?"

闻言,陈陆南低低一笑:"我是他老板。"

颜秋枳撇嘴,小声嘀咕一句:"资本家就是过分。"

陈陆南听着,并不反驳。

老板要追老婆,作为助理,理应出一份力。

这份工作安排,非常合理且自然。

*

吃过烧烤,颜秋枳看见旁边有水和洗漱用品。不得不说,王康他们真的很细心。

收拾好自己之后,颜秋枳转头看向陈陆南。

陈陆南看着她,低声问:"困了?"

"有一点,"颜秋枳仰头看着夜空,"但又想看星星。"

"三四点的时候比较好看。"

"啊?"

陈陆南补充:"他们问了当地人,说是三四点的时候星星比较多,现在先睡觉。"

他不疾不徐地说:"到时候我叫你。"

颜秋枳眼睛一亮,目光灼灼地望着他:"真的?"

"嗯。"

"那你要记得。"颜秋枳叮嘱,"我不想错过。"

陈陆南无奈一笑,颔首答应。

颜秋枳打开帐篷进去,把外套脱下放在一旁,躺下几分钟后,没听到任何声音。颜秋枳怔了几秒,又爬了起来。她掀开帐篷,看向还坐在原地的人。

"你……不睡觉?"

陈陆南回头看着她,眸子里漾开笑意:"我也去里面睡?"

颜秋枳莫名其妙听懂了他的揶揄。刚刚在酒店,她说陈陆南不像是追人的,还没追到就开始亲她,太得寸进尺了。

结果这一下,陈陆南把她的话还给了她。

颜秋枳噎了噎,恼羞成怒地瞪了他一眼:"你爱睡不睡。"

她才不管。

陈陆南看着她钻回去的时候露出的绯红色的耳朵,低低笑了起来,声音低沉酥麻,隔着不远不近的距离灼热着她,让颜秋枳不由自主地红了脸。

没一会儿,陈陆南掀开帐篷进来了。

他伸手,让埋在被子里的脸露了出来,低声道:"我在外面给你守夜,安心睡。"

颜秋枳怔怔地看着他:"还要守夜?"

"以防万一。"陈陆南解释,"这附近没有其他人,但也担心有意外。"

他伸手揉了揉她的脑袋,声音低沉:"安心睡吧,我在旁边。"

颜秋枳想了想,道:"那我睡两个小时,你叫我,我跟你换着睡。"

陈陆南笑了一下,捏着她的脸说:"安心睡。"

"……哦。"

颜秋枳开始还能和陈陆南闲扯几句,后面倦意袭来,不知不觉就睡了过去。

睡着后,颜秋枳有点感觉,好像有人一直在旁边看着她。夜色浓浓,月色美好。这所有的一切,都好得让她惊喜又意外。

*

四点,颜秋枳被陈陆南叫起来看星星。一大片的星河压下,闪闪发光,全部映入眼帘,仿佛他们一伸手就能碰到。

颜秋枳眼睛不眨地看着,轻声问:"你说她会在看我吗?"

"会。"

陈陆南拍了拍她的脑袋安抚道:"她肯定在看着你。"

闻言,颜秋枳弯了弯唇:"那就好。"

她仰头看着星星,在心里轻声说:"妈妈,我现在过得很好,你一定要放心。"

看完星星,颜秋枳让陈陆南睡了一小时。五点多的时候,两人一起看日出。

看着看着,颜秋枳转头看向陈陆南:"你过来。"

陈陆南不明所以地看着她。

颜秋枳没忍住,一把抓着他的衣领往自己这边压,在太阳完全出现的时候凑上去亲了一口,然后把陈陆南像烫手山芋一样推开,自己跟着站了起来:"好了,看完日出了。"

她连忙道:"我们该回去了。"

陈陆南看着她落荒而逃的背影,伸手碰了一下刚刚被她亲过的地方,眸色渐深。

清晨的山里,颜秋枳惊呼了一声,被后面追上来的男人扣住了头,重重地吻了下来。

他手臂收紧,把她直接抱了起来,压在怀里亲。

一阵凉飕飕的风吹过,依旧没能减低两人的体温。身体在发烫,灼热着对方。

良久后,陈陆南压着她入怀,平息着两人的呼吸声。

他哑声道歉:"抱歉,没忍住,又提前要了福利。"

"……"

颜秋枳整张脸爆红,埋在他的脖颈处没敢抬头。

回到车上后,她没敢再看陈陆南,只顾低着头装死。

到酒店楼下的时候,陈陆南偏头看着她:"上去吧。"

颜秋枳一怔,惊讶地看着他:"你呢?"

陈陆南淡淡一笑,伸手揉了揉她的头发:"早上的飞机,公司还有事。"

他能挤出一天过来,实属不易。

颜秋枳错愕了半晌,心里突然空落落的。

早知道他现在就要走,在山里那会儿,她就……颜秋枳晃了晃脑袋,咬着唇道:"你一晚上没睡。"

陈陆南"嗯"了一声:"没事,在飞机上睡。"

"好。"

颜秋枳推开车门下去,回头看了他一眼:"我上去了,你回去了给我发个信息。"

"知道。"

颜秋枳转身往电梯里走,走了两步后,她没忍住回头看了一眼陈陆南。

陈陆南还没走,开着车窗正望着她。

颜秋枳眼睛发酸,突然分外舍不得。明明昨天还没有很想看到他。

蓦地,手机一震。

她低头一看,是陈陆南发来的消息。

陈陆南:【回去再睡一会儿,过段时间再来给你探班。】

颜秋枳深呼吸了一下:【好。】

*

这一天的剧本围读,颜秋枳整个人都不在状态。

珠珠觉得她有点难过,但又好像有点开心。

围读结束后,晚上大家要一起吃饭。

吃过饭后,几个人跟着回酒店,颜秋枳正在和沈慕晴聊天,对昨晚两人后续的事情,沈慕晴可好奇了,缠着颜秋枳一直问。

她漫不经心地回着,穆欣在耳边说话。

"秋枳姐,我昨晚看了你的直播,好漂亮啊。"

颜秋枳手指一顿,笑了笑:"谢谢。"

穆欣忍不住好奇:"秋枳姐,昨晚你房间里的是男朋友吗?"

邵越正好也在电梯里,闻言看了她一眼。

颜秋枳坦荡荡,收起手机莞尔一笑说:"不是。"

"啊?"

颜秋枳不紧不慢,突然释怀了。

她轻声说:"追求者。"

穆欣完全没想到会是这个答案,她瞪大眼睛,掩唇惊呼了一声:"真的啊?"

"嗯。"

穆欣激动不已,看向邵越说:"我就知道秋枳姐长得这么漂亮,追求者肯定很多。"

她激动着,自言自语道:"我什么时候才有追求者啊?"

颜秋枳安慰她:"很快了。"

没一会儿,电梯到了。三个人住在同一层,颜秋枳率先走了出去,跟两人说了一句后便回了房间。

她掏出手机一看,沈慕晴又在号叫为什么不理她。

颜秋枳哭笑不得,拨了个视频电话过去。

"刚刚在电梯里信号不好。"

沈慕晴瞅着她:"我觉得你就是故意吊我胃口。"

颜秋枳无辜地看着她:"我冤枉。"

沈慕晴"哼"了一声,傲娇说:"快告诉我你们昨晚都做什么了?嘿嘿嘿。"

她猥琐地笑着。

颜秋枳翻了个白眼:"真该让你的粉丝看看你现在这副模样。"

沈慕晴瞥她一眼。

"快说。"

颜秋枳没辙,只能简单地把昨晚陈陆南做的事给描述了一下。

说完,她便看到沈慕晴凑在镜头前直勾勾地看着她。

颜秋枳把手机拿远一点:"你干吗?"

"你说的那些,是陈陆南做的?"

"嗯。"

"千真万确?"

颜秋枳:"……是不是觉得不像?"

"岂止是不像。"沈慕晴激情道,"我都怀疑是你做的梦!"

"……"

她激动道:"真是陈陆南那个半天憋不出一句话的闷骚男搞的?他什么时候变得这么会撩妹了,这还是陈陆南吗?"

颜秋枳听着她的碎碎念,哭笑不得。

说实话,她也觉得那很不陈陆南,但偏偏,那又是陈陆南。

沈慕晴摇摇头,瞅着她说:"小狐狸惨了。"

颜秋枳瞥了她一眼。

沈慕晴继续说:"小狐狸就是小狐狸,永远玩不过老狐狸。"

这话精辟,颜秋枳也赞同。

陈陆南一旦有点想法,没人能招架得住。

"你现在是什么想法?"

"什么什么想法?"颜秋枳笑了笑说,"反正我进组拍戏他也忙,暂时这样呗。"

沈慕晴打了个响指:"没错,就要好好折腾一下他,让他知道你不是能让人随随便便吃到的小狐狸。"

颜秋枳:"……"

两人胡扯了一个小时,颜秋枳才挂了电话。

刚挂了没一会儿,陈陆南的电话来了。

颜秋枳的眼珠子转了转,懒洋洋地靠在旁边:"喂。"

"在做什么?"

男人低沉喑哑的声音从另一边传来,透过电流的窸窣声,仿佛在她耳边一样,温热的气息流淌而过,暖洋洋的。

颜秋枳的睫毛轻颤了一下,含糊道:"刚刚跟晴晴打电话。"

陈陆南"嗯"了一声,表示了然。

安静了一会儿,颜秋枳听着他那边的声音不太对劲,低声问:"你在公司?"

"还有点事。"

陈陆南言简意赅地说。

实际上事情太多了,管理公司没想象的那么轻松,再加上陈陆南对呈盛算不上熟悉,只是临时接手,他就算是再聪明,也总会有困扰。

更别说在最重要的时候还缺席了一天,陈父除了签了几份重要文件之外,其余的全都没管,等着陈陆南回来处理。

他把签过名的文件递给助理，助理又重新放了几份在桌面上，看陈陆南在打电话，他特意压低了声音："小陈总，这是明天开会的策划案，您先看看。"

陈陆南颔首，把手机拿远了一点，声音低沉："嗯，还有其他的吗？"

助理道："暂时没有。"

陈陆南点了点头，看向他："你先下班吧。"

"好的小陈总。"

等助理出去后，陈陆南又重新喊了她一句："颜颜。"

"啊？"

颜秋枳拉回自己的思绪，微垂着眼看着摊开在面前的剧本："你忙的话，先挂电话？"

闻言，陈陆南笑了一下，低声问："无聊？"

"不是，"颜秋枳努努嘴说，"你不是还要看策划案吗？"

"不影响。"

颜秋枳张了张嘴，想了想道："你确定不走神？"

陈陆南顿了顿，翻开手里的策划案。

策划案是关于近期的一个项目的，呈盛很看重，也是新年准备启动的第一个大项目。

他沉默了须臾，回答颜秋枳的问题："会走神。"

颜秋枳："那不就……"她的话没说完，陈陆南的下一句话让她彻底安静了。

"我想听听你的声音。"

很奇怪，陈陆南以前没有这种爱好。但近期他隐约感觉到，颜秋枳的声音能缓解他的一些情绪，疲倦的时候听到，能瞬间消散他的倦意，甚至让他很舒服。

颜秋枳张了张嘴，听着陈陆南自然而然地说出这种从前绝不会说的话，闭嘴了。

她捏了捏有点发烫的耳朵，勉为其难道："那行吧，我也不出声，看会儿剧本。"

"好。"

两人一个看策划案一个看剧本，隔着遥远的距离，只有一根线把他们紧紧地连接在一起。耳畔除了浅浅的呼吸声，便是纸张翻动的声音。明明没有多么缱绻暧昧，却有种不一样的温馨感觉，让人打从心底觉得舒适。后来的几天，颜秋枳和陈陆南每天都会通话，偶尔也会在手机上聊聊天。剧本围读的时间不久，选了一个良辰吉日，剧组便开机了。开机这天，不出意外地上了热搜。

从上次直播后,颜秋枳便没什么消息,工作室对直播间的男人也没有回应,粉丝用放大镜显微镜都看了,就是没认出那个男人到底是谁。

有人说是身边的工作人员,也有人说是男朋友。总而言之,各种猜测都有。

开机的时候有远道而来的媒体记者,虽然在偏僻的山窝窝里,但剧组要宣传,记者也要吃饭,所以还是有人赶来了。

开机仪式过后,媒体记者一般都会有采访。

颜秋枳和邵越、导演等人站在一起,接受着媒体的拍照和采访。

最开始的时候,话题一直都在导演那儿,渐渐地,开始偏移到颜秋枳身上了。

"秋枳。"

颜秋枳抬眸,看向记者微微一笑:"你好。"

记者含笑问:"开机了,秋枳对这部剧有什么期待吗?"

颜秋枳唇角带笑,淡淡道:"希望能一切顺利,开机顺利,拍摄顺利,杀青顺利。"

她这话把其他人都给逗笑了。

导演也连忙说:"秋枳说的就是我的愿望。"

记者紧跟着问了她好几个关于角色的问题,颜秋枳一一回答后,记者开始问私人问题了。

不少人今天过来,就等着这一刻。

颜秋枳直播"翻车"是全网皆知的一件事,但团队和个人都没有回应,大家使劲深扒她,也没发现任何可疑的人,最后,大家不得不把目光锁定在邵越身上。虽然颜秋枳明确说了自己和邵越只是朋友,但娱乐圈的艺人在恋情要曝光的时候,说辞都一样。只要被拍到和男人在一起,即便是恋人,如果没有拍到接吻之类的,他们都会说"只是朋友"。这一点,大家都心知肚明。

记者吞咽了一下口水,看着颜秋枳漂亮的脸说:"前几天秋枳的直播我们都看了。"

颜秋枳一笑:"谢谢关注。"

记者:"网友们对帮你关直播的人特别感兴趣,请问秋枳,那是工作人员吗?"

颜秋枳抬了抬眼,莞尔一笑,看着记者:"是网友们感兴趣,还是你们感兴趣呀?"

记者顿了顿道:"我们也感兴趣,毕竟秋枳是所有人心中最性感的女神,性格也有趣,我们想知道,是谁把我们的秋枳给抢走了。"

"没有。"

颜秋枳看着镜头,头一次给出回应。

她淡淡一笑说:"给我关直播的是十几岁就认识的一位哥哥,我们从小就认识。"

记者眼睛一亮,像是挖到了大爆料一样:"那你们……"

颜秋枳微笑,看向导演。

宋导连忙道:"行了行了,今天是我的剧开机,一切私人问题等私人采访时再问。"

众人:"……"

开机仪式结束后,颜秋枳一点不意外地上了热搜。

这是她首次回应关于直播间的男人的事,虽然只是简单的一句,但却能让粉丝和网友们编出无数个不同版本的故事。

趁着休息,颜秋枳特意点开微博看了一眼。她回答问题的视频在热搜上,评论已经破万了。至于她那勉强算是青梅竹马的竹马,更是大家讨论的对象。

甚至……还给他们编了一个爱恨交加的故事出来。

颜秋枳看着,觉得挺有意思的。

【天呐!!小时候认识的哥哥??这是青梅竹马的意思吗?】

【不知道为什么,我的脑海里已经有了无数个故事。两人从小一起长大,青梅竹马,小青梅热爱娱乐圈,进圈闯荡,竹马则一路奋斗,只为了有能力护她一生周全。】

【这个故事有点甜啊!快点写续集!】

……

颜秋枳看着,扑哧一笑。

珠珠在旁边有点头疼。

她压着声音道:"颜颜姐,你和陈老师真是小时候就认识?"

颜秋枳一笑,点了点头:"嗯。"

她第一次去陈家就见到了陈陆南,那会儿真是十几岁。

珠珠瞪大了眼,低声说:"我开始还以为你是骗记者的。"

"没有,"颜秋枳笑着说,"总要说点什么,他们才会停下来。"

珠珠了然,忍不住好奇:"那你们……"

颜秋枳敲了敲她的脑袋,道:"就是萌姐跟你说的那个意思,其他的暂时不好说。"

正说着,她的手机一震,是陈陆南发来的消息。

陈陆南:【竹马哥哥？】

颜秋枳:【……那是网友说的，不是我。】

陈陆南:【嗯。】

颜秋枳挑眉，不太明白这人什么意思。下一秒，他的信息又来了。

陈陆南:【下次见面记得喊人。】

颜秋枳看懂了他这条信息的意思，脸有点红。这人怎么回事？那是她应付媒体说的，他还真想当自己的哥哥啊？

真有点……不要脸。

颜秋枳给陈陆南回了一个句号，收起了手机。

下午，颜秋枳等人一起拍了定妆照。

她的模样长得好，穿着浅色长袍出来的时候，整个人素净又漂亮，雪白的肌肤让人艳羡，精致的五官更是让人无法忽视。

她一出现，不少工作人员都惊呼了一声。

"秋枳也太好看了吧。"

"秋枳是不是还没化妆啊？"

"素颜呢。"

"天呐，这素颜绝了。"

颜秋枳一笑，弯了弯唇："大家夸张了。"

宋导盯着她看了一会儿，点头赞许："不错。"

他看向化妆师："秋枳化淡妆就好，浓妆反而丢了点味道。"

"明白。"

颜秋枳化好妆之后，自觉走了过去

她的镜头感好，导演要的那种感觉全都有，没一会儿便拍好了。

"颜老师太配合了。"摄影师笑着说，"特别好。"

颜秋枳一笑："是老师的技术好。"

话音一落，穆欣不知道什么时候出来了，跟在旁边道："秋枳姐真的好好看啊。"

她惊呼着："这样的脸和身材，我一个女人都羡慕。"

颜秋枳微笑："谢谢。"

因为是女主角的缘故，颜秋枳的衣服还挺多的，一共拍了三套定妆照。

拍完之后，她往摄影师那边走去："我可以看看照片吗？"

摄影师一笑："当然，颜老师太好看了。"

颜秋枳抿唇一笑："谢谢。"

她低头看着，还真有点好看。颜秋枳是第一次拍仙侠剧，这种造型也是第一次，刚刚在镜子里看见自己的时候就分外喜欢。自恋地觉得还挺漂亮的。她盯着看了一会儿,脑海里冒出了一个念头。

"老师,能不能提前发几张照片给我?"

摄影师了然:"当然没问题。"

宋导在旁边听着,幽幽道:"秋枳,不能比官博更快发出去啊。"

颜秋枳笑:"我自己留着,不发出去。"

"那就行。"

颜秋枳收到了摄影师发来的照片,刚保存好,萌姐的电话便来了。

"萌姐。"

萌姐应了一声,低声问:"你的那个回应,是不是代表什么意思?"

颜秋枳"嗯"了一声,问:"会有很大影响吗?"

萌姐没吭声。

颜秋枳低声说:"我是觉得迟早可能会发现,与其一下子曝光,不如先给大家打个预防针。"

萌姐沉默了一会儿,点头认可:"这个我赞同,今天的回答可以,就先按照这个发展吧。"

"好。"

"现在在做什么?"

"拍定妆照。"

萌姐了然:"我过两天去看你,最近给你谈了个不错的综艺,应该就快定下来了。"

颜秋枳一笑:"好。"

挂了电话,颜秋枳等着和男主角一起拍两个不一样的定妆照。

拍完后,导演想有个好的起点,组织大家进行拍摄。

一般来说,第一场戏不会太困难,毕竟有好的起点才会有更好的发展,导演也是挺迷信的。

颜秋枳的演技不错,邵越也一样。在娱乐圈摸爬滚打了这么多年,不单单是靠脸留下来的,实力自然也不容小觑。

后续的几天,拍摄进行得分外顺利。

这天,倒是遇到了点小问题。颜秋枳和邵越的一段感情戏,她一直入不了戏。

要么是她的问题,要么是邵越眼神不对,两人拍了好几场,到最后都有点小情绪了。

宋导更是,他看了一眼两人,沉声道:"先休息一会儿,秋枳和邵越对对戏,找找感觉。"

颜秋枳点头:"抱歉。"

两人休息的时候，珠珠把保温杯递给她，轻声问："颜颜姐，心情不好吗？"

"不是。"颜秋枳道，"就是感觉有点不对。"

不知道是不是因为前段时间绯闻的问题，她有点带入现实的情绪了，看向邵越的时候眼睛里没有一点喜欢。

表演仅限于浮夸的表面。

珠珠无言，低声说："再看看剧本找找感觉。"

"嗯。"

刚回答完，邵越便过来了。

"秋枳，对对戏吧。"

颜秋枳点头："好。"

两人对了一会儿，感觉还是一般，宋导已经先安排其他演员拍摄了，颜秋枳也不着急，安静地靠在一旁等着。

正走着神，手机猛地一震。

陈陆南：【在做什么？】

颜秋枳的眼睛亮了亮，低头回答：【在休息，刚刚有场戏情绪不对，拍了好几次都没过。】

发完，她又补充了一句：【宋导让我找看到喜欢的人的感觉，找不出来。】

陈陆南：【是吗，和邵越一起拍？】

不知道为什么，颜秋枳莫名从那几个字上面闻到了醋味。

她没忍住笑，反问：【我是女主他是男主，不和他一起拍和谁一起拍呀？难不成安排我喜欢其他人？】

陈陆南：【也不是不可以。】

颜秋枳：【……宋导和书粉追杀你。】

陈陆南：【入不了戏？】

颜秋枳：【嗯。】

陈陆南：【我帮你。】

颜秋枳挑眉：【你怎么帮我？】

两人在微信上聊着天，珠珠在旁边看着，只觉得惊叹。

哎，她的偶像太厉害了，竟然能把她的颜颜姐逗得这么开心。

颜秋枳等着陈陆南的回答，她直勾勾盯着"正在输入中"那几个字看着。

突然，手机一震。

她低头，第一时间去看。

陈陆南：【来外面停车场，我告诉你怎么入戏。】

猝不及防地，珠珠看到颜秋枳从椅子上猛地站了起来。

她愣了一下，眨了眨眼看着颜秋枳："颜颜姐，你怎么了？"

她怎么感觉颜秋枳脸上的表情有点不对啊，好像是开心，又好像是惊喜？很多表情混杂在一起的。

颜秋枳深呼吸了一下，抓着手机道："珠珠，我出去买点东西。"

珠珠："啊？"

她愣了一下道："你要买什么，我去给你买就好了。"

"不用不用。"颜秋枳摆摆手说，"我自己去就行，我去去就回来，不耽误拍摄。"

说完，她也不管珠珠，直接往外面走。珠珠看着她的背影，摇了摇头。颜颜姐一惊一乍的，这喜怒不定的样子还真像是陷入热恋中的人一样。情绪起起伏伏，波动颇大。颜秋枳并不知道珠珠在想什么，她拿着手机往外走。走了两步后又慢了下来，她不能表现得太积极热情，显得她好像很想陈陆南一样。颜秋枳在心里给自己洗脑了一下，不紧不慢地往外边走。剧组偏僻，说是停车场，其实就是一大片空地，剧组的车也停在那儿。颜秋枳走出去后，抬头张望了一下。车不多，全是剧组的。她看了一会儿，才看到陈陆南跟她说的那一辆，在最后边的角落里。颜秋枳深呼吸了一下，缓缓走了过去。她敲了敲车窗，车窗缓缓地降下来，陈陆南转头看着她。

小半个月没见，陈陆南目光深邃地望着她。

下午的阳光炙热，到春天了，天气明媚了许多，蓝天白云很是清澈漂亮。

颜秋枳穿着一身浅蓝色戏服，勾着她的完美身形；腰间别着一条同色系的绸缎腰带，衬出她的盈盈细腰。再往上，她模样精致，脸上的妆容很干净，不浓不艳，有点像是素颜时候的样子，让人有眼前一亮的感觉。这个人站在他面前，什么也不做，像是不食人间烟火的仙女。仙女明艳动人，让人倾心深爱。

陈陆南稍稍一顿，看着她："上来。"

颜秋枳瞅着他，没忍住问："你刚刚是不是看我走神了？"

陈陆南低眸一笑："是。"

他坦荡荡地承认，低声道："服装不错。"

颜秋枳"嗯"了一声，眉梢眼角都是得意："我也喜欢，剧组给女主角的配置特别好。"

陈陆南笑而不语。

上车后，车窗关上。

颜秋枳转头看着他："你怎么来了？"

陈陆南"嗯"了一声，伸手捏了捏她的脸，低头看着指腹上的粉："来看你。"

听到这种直白的回答,颜秋枳一时间真有点不知道该怎么回应。

她"哦"了一声,低头看着两人的距离。

陈陆南转头看着她,同样也没出声。

过了一会儿,颜秋枳瞥了他一眼:"你干吗一直看着我?"

陈陆南勾了一下唇角:"漂亮。"

颜秋枳:"……"

这话说的,她反驳都反驳不了。

颜秋枳哽了一下,瞥了他一眼,刚要说话,陈陆南便问:"今天的戏份多吗?"

"有点,"颜秋枳说,"我不能在外面待太久。"

她看着陈陆南说:"待会儿还有戏要拍。"

陈陆南安静了须臾,低声问:"和邵越的?"

颜秋枳哭笑不得:"是。"

"感情戏?"

"对。"

陈陆南的喉结滚了滚,深深地看着她:"来,我给你对对戏。"

颜秋枳明知故问:"对什么啊?"

"对你和其他男人的感情戏。"陈陆南酸溜溜地捏了捏她脸,"对吗?"

他的手放在颜秋枳的下巴处,把她的鹅蛋脸都捏成了小圆脸,像是一个小包子,可可爱爱的模样。

颜秋枳想要把他给拍开,拍了他好几下,陈陆南也没放开。

她无言,忍不住抬脚踢了他一下:"什么叫我和其他男人的感情戏?我们那是在拍戏!"

陈陆南沉沉地应了一声:"我知道。"

颜秋枳瞥了他一眼。

陈陆南看着她这样,没忍住低头亲了一口,他没敢乱来,怕弄花她的妆,只轻轻碰了一下,便退开了。

蜻蜓点水一样。

颜秋枳微微一顿,抿了一下唇:"来吧。"

"什么?"

"对戏。"

颜秋枳睨了他一眼:"但我没剧本,简单给你说一下?"

陈陆南点头。

这场戏是整部戏里很关键的一场戏。颜秋枳发现对邵越这个角色很喜欢，后来再见面，两人都对对方有了感情，但那时候的感情是含蓄的，不会那么明显。两人的互动需要用眼神表达出来，多一分不行，少一点没味道。就是要让观众看到两人眼神碰撞的时候，有那种面红耳赤心跳加速的感觉，能让他们代入看到自己喜欢的人时的样子。不得不说，陈陆南就算是沉寂了一年多没演戏，也能第一时间把颜秋枳给代入进去。两人的视线交汇在一起，她眼睛里的喜欢跑了出来，有想要藏起来的念想，可还是会倾泻出来。喜欢一个人的时候，嘴巴不说，但眼睛会代替。

　　她怔怔地看着陈陆南，一时间分不清自己是入戏了还是……现有的情感出来了。

　　好一会儿后，听到陈陆南说台词，她才回过神来。

　　磕磕绊绊对完，陈陆南看着她："有感觉了？"

　　"嗯。"

　　颜秋枳舔了一下嘴唇，突然紧张了起来。

　　她深呼吸了一下："现在有了。"

　　陈陆南颔首，表示了然。

　　他工作的时候向来认真，特意给颜秋枳说了一下她的问题："拍戏的时候尽量代入自己，无论对面的人是谁，无论男女，你都要把自己的情感和剧中人融合。"

　　颜秋枳似懂非懂地点头，轻声道："我知道了。"

　　她看着陈陆南英隽的侧脸轮廓，低声道："那我先回去了？"

　　陈陆南直勾勾地看着她："就这样？"

　　颜秋枳："……什么？"

　　陈陆南的嘴角噙着笑，瞳眸里倒映着她紧张的模样，笑着问："没有点报酬？"

　　"……"

　　颜秋枳睨了他一眼，忍不住说："你要什么报酬？"

　　陈陆南突然笑了起来："你上次对媒体说，我是你的什么？"

　　颜秋枳："……"

　　她噎住，瞪着陈陆南："你不觉得你这样……人设有点崩吗？"

　　怎么还要流氓了呢？

　　陈陆南不觉得，他淡淡道："对你，一直都没有人设。"

　　无论是冷漠还是淡然，在她身上，会全然消失。陈陆南偶尔也像是一个毛头小子一样，会紧张会吃醋会焦虑，甚至听到她说和其他男人拍感情戏的时候，还会分外不爽。

这些情感，以前真的没有。但现在，有了喜欢的人之后，这些情感都渐渐地激发了出来。

激发这一切的人，便是她。

颜秋枳心脏重重一跳，呼吸猛地一滞。陈陆南太直白了，直白到让她这个小狐狸根本接不住招。

车内萦绕着暧昧的气氛，从他说完那句话之后，颜秋枳便没再说话。

陈陆南看着她渐渐红了的耳朵，低低一笑："颜颜。"

颜秋枳回过神，起来想去开门，但很可惜……门被锁住了。

她错愕地看向陈陆南："……陈陆南，你把门打开。"

陈陆南真不是故意锁门的，但现在看着她炸毛的模样，忍不住起了逗弄的心思。

他笑得无赖，眸子里满是揶揄，扬扬眉说："叫声哥哥，我就放你走。"

周围的风都静了。

陈陆南说完那句无赖的话后，颜秋枳足足震惊了十秒。

真的有十秒。

她从来没想过陈陆南原来还有这么一面，和之前的他完全是两个模样，但偏偏这样的他又让人讨厌不起来。

甚至……还特别喜欢。

这样的陈陆南只有颜秋枳能看见，也只有她会见到他的这一面。

转念一想，又有些窃喜。这是只属于她一个人的陈陆南，其他人都不知道，也想象不到，更不会被陈陆南这样对待。

颜秋枳的脸上慢慢染上红晕，咬着唇看着他。

陈陆南一只手搭在方向盘上，侧目望着她，他那深邃的眸子就像是一个旋涡吸引着她进去。

车厢内无限安静，陈陆南有点痞气地勾了一下唇角，诱哄着她："颜颜。"

颜秋枳的心脏怦怦狂跳，下意识吞咽了一下口水。

陈陆南看着她红了的耳朵，低低一笑："好了，不逗……"

"你"这个字还没说出口，颜秋枳突然往他边靠了过来，伸手戳了戳陈陆南的脸，目光灼灼看着他："真的？"

"嗯？"

陈陆南一顿，声线紧了两分。

颜秋枳明知故问，这会儿也不怕他做什么。她的眼底藏着狡黠，凑在他面前说："我喊了，就放我走？"

陈陆南的眸色沉了沉，低头注视她："嗯。"

颜秋枳笑着，低头看着他的大腿，伸出手指在上面刮了刮，让陈陆南有种酥酥麻麻的感觉。

她的手指碰过来的时候，陈陆南的喉结滚了滚，身子也跟着紧绷了起来。

"哥哥，你怎么这么紧张呀？"

颜秋枳抬头望着他，眼睛里满是坏笑。

论撩人技术，她其实一点都不比陈陆南差，好歹也是演了这么多戏的人。更何况颜秋枳算是比较了解陈陆南的人，当然懂得怎么捏住陈陆南的软肋。

陈陆南的身子一僵，眼皮猛地一跳，太阳穴更是跳动不停，仿佛有股电流从尾椎骨传来，酥酥麻麻的，让他无法控制。

还没来得及有下一步行动，颜秋枳突然探过身子，唇角擦过他的脸颊，点燃了陈陆南一直压着的"火"。

下一秒，陈陆南捏着她的后颈，修长的手指在上面按着，让颜秋枳的身子也有了些许反应。

陈陆南低头吻下来，与此同时，颜秋枳的手也碰到了他这边的车门锁。

亲吻的声音和开锁的声音同时响起，陈陆南没管，颜秋枳被迫承受着他的亲吻。

他像是憋了一股火气，撬开她的贝齿，像是要把她就地正法。

颜秋枳仰着头，呜咽了一声，想把他给推开，但她那点力气对陈陆南来说，就是蚍蜉撼大树。

好一会儿后，陈陆南才把她放开。

他的眸色暗得吓人，一手捧着她的脸，指腹擦过她的唇角，把她花了的口红抹去。

颜秋枳的眸子湿漉漉的，一看就是被蹂躏过的模样。

陈陆南看着心念一动，努力压了压自己的欲望，嗓音喑哑道："还皮？"

颜秋枳用湿漉漉的眸子瞪了他一眼，没忍住拍了一下他的肩膀："我还要拍戏。"

陈陆南没出声。

他低头注视着她，情绪都写在了眼睛里。

他看着颜秋枳这样，没忍住还想要再亲一亲，这一次还没碰到人，颜秋枳便反手把车门给打开了。

他错愕了一瞬，颜秋枳手忙脚乱地跳了下去，张牙舞爪地看着他。

"流氓。"

陈陆南低低一笑。

颜秋枳举起手擦了擦自己的脸，看到陈陆南那深沉的眸子后，她觉得自己没占到便宜，扶着车门不怕死地调侃了他一句。

"陈陆南，原来你喜欢玩这种玩法啊。"

陈陆南的太阳穴重重一跳。

颜秋枳眉梢眼角都压着笑，上扬着唇角说："叫声'哥哥'就不行了，你也太没有自制力了吧？"

"……"

陈陆南没吭声，就这么直勾勾地看着她："不想回去拍戏了？"

颜秋枳："……懒得理你。"

她红着脸说完，慌乱地跑了。

陈陆南坐在车里没动，他抬眸看着那惊慌失措逃走的背影，眸里藏着笑。有点意味不明的感觉。

颜秋枳回到片场的时候，脸颊坨红，娇艳欲滴，眉梢眼角都压着说不出的艳色，既张扬又好像有点害羞。

珠珠不知道该怎么形容，只觉得她整个人散发出来的感觉完全不同了。

她瞅着颜秋枳空荡荡的手，压着声音问："颜颜姐，你不是去买东西了吗？东西呢？"

颜秋枳瞪大眼看着她："啊？"

珠珠就这么目不转睛地看着她。

颜秋枳哽了一下，瞬间心虚，她四处张望了一下，含含糊糊道："吃下去了啊。"

珠珠好奇地问："这附近有商店？"

"有。"

"我怎么没发现？"珠珠自言自语地说。

这个地方很偏僻，就算是有商店，也起码要走个十分钟的样子，一来一回估计要半小时。

她的颜颜姐出去了十几分钟就回来了，有这么快吗？

颜秋枳沉默了几秒，表情略带严肃地说："移动商店。"

珠珠她挑了挑眉，不可置信地问："这么偏僻的地方还有移动商店？"

"是啊。"

颜秋枳一点也不心虚地回答，陈陆南不就是她的移动商店吗？

两人安静了一会儿，珠珠看着她绯红的脸颊，还有瞳眸里荡漾开的明媚，有些迟疑："……颜颜姐，你为什么吃个东西脸也这么红？"

颜秋枳噎住。

"太热了吧。"她环视了一圈，岔开话题，"那边还没结束，我先去个洗手间。"

珠珠："……哦。"

她迷迷糊糊地看着颜秋枳跑走的背影，总觉得哪儿不对劲。颜颜姐现在这样，犹如惊弓之鸟，肯定干了什么坏事。

在洗手间平复了一下呼吸，简单用水拍了拍脸后，颜秋枳才觉得自己冷静了下来。都怪陈陆南，要不是他有事没事撩人，她也不至于像现在这样。颜秋枳深呼吸了一下，抿了抿唇角。她总觉得陈陆南的温热触感还留在唇上，让人有些许的贪恋。正想着，穆欣从外面进来。

"颜颜姐。"

颜秋枳笑了笑："拍完了？"

"嗯。"

刚刚那场戏是穆欣和另一位男演员的。

穆欣转头看着她，眼睛里满是好奇："颜颜姐你呢，调整得怎么样？"

颜秋枳浅声答应着："还好，希望能顺利过。"

"一定可以的，"穆欣笑着说，"颜颜姐的演技一直都好。"

颜秋枳笑而不语。

从洗手间出来后，颜秋枳遇到了邵越。

宋导看着两人，喊了一声："化妆师给他们补补妆，待会儿继续，找到感觉了没有？"

化妆师过来给颜秋枳补妆，颜秋枳"嗯"了一声，低声道："还好。"

邵越也连忙应着："努力不让宋导失望。"

大概是刚刚和陈陆南对了戏，或是被点通了，颜秋枳现在和邵越拍戏，就把他当作是剧中人，自己最喜欢的那个人。她现在也不是颜秋枳，而是剧中的那个小徒弟。

没一会儿，这场戏还真的过了。

宋导惊喜地看着颜秋枳，点头赞许："秋枳不错，感觉一下就对了。"

他开玩笑说："去哪儿取经了？"

颜秋枳一笑，看着好奇的众人："四处转了转，重新想了想这个角色对每个人的感觉。"

宋导点头："是对的，准备一下，下一场继续。"

接下来的几个小时，颜秋枳都在忙碌着，连抽空给陈陆南发消息的时间都没有。好在折腾几个小时之后，成果不错。好不容易休息换人的时候，颜秋枳从珠珠那儿拿过手机。

"有人给我发消息吗？"

珠珠瞅着她，小声说："有的。"

颜秋枳的唇角弯了弯,到一旁坐下。

珠珠看着她这样,完全没半点办法。

颜秋枳刚点开,陈陆南的信息便显示了出来。

是她刚跑回来不久收到的。

他给颜秋枳发了个房间号,是和她同一家酒店,不同的是陈陆南住顶楼豪华套房,颜秋枳他们住的只是普普通通的小房间。

她撇撇嘴,不得不感慨资本家就是奢侈。

颜秋枳低头回复:【你不忙吗?待多久走?】

陈陆南:【明天走。】

颜秋枳怔了几秒:【那你来干吗?】

就一天的时间。

陈陆南:【看你。】

颜秋枳看着他的信息,没忍住弯了弯唇。她思忖了一会儿,低头回复:【你现在在做什么?】

陈陆南:【开会。】

颜秋枳哽了一下,不太懂这人为什么开会还能回消息这么及时。

她扬扬眉,刚想要再回复的时候,邵越过来了。

"秋枳,我们对对晚上要拍的戏吧。"

颜秋枳一愣,收起手机:"好。"

两人旁若无人地对戏,分外认真。

邵越对待工作是认真的,也不太爱开玩笑,相比较而言,颜秋枳是很喜欢和他一起拍戏的。

另一边,陈陆南瞥了一眼久久没回应的手机,抬眼看向视频里出现的众人,声线低沉:"徐经理的提议不错,但还有待探究。"

徐经理点了点头,表示了然。

陈陆南看似有点漫不经心,心思不全在呈盛的项目上,但他的一些决定却比之前的陈总做得还要好。

这也是为什么只上任了一个月,大家就已经离不开他,甚至希望他永久留下来的原因。

处理好后,陈陆南关了视频。

他伸手揉了揉太阳穴,喉咙还有点干。王康敲了敲门进来,送上一杯咖啡。

"陆哥,明天什么时候走?"他低声道,"明天的活动定在早上十点。"

陈陆南明天还有个活动,是在距离这儿不远的一个城市,其实可以从A城直飞,但陈陆南却偏偏要来这边一趟。王康作为助理,自然知道老板是什么心思。

陈陆南稍稍一顿,低声问:"有什么时间的航班?"

王康一一给他介绍:"今晚十一点、十二点都有。"

陈陆南皱眉:"就这些?"

王康无奈道:"两点五十还有一趟。"

闻言,陈陆南半点没犹豫,吩咐说:"定两点五十的。"

其实在说出来的时候,王康就想到了,陈陆南一定会选凌晨的那个。

晚上十一二点,他绝对舍不得离开。

到这会儿,王康才不得不感慨,即便是陈陆南这样的男人,也会为情所困,也会为了一个人妥协屈就,改变自己。

王康领命,顺手把一份资料放在陈陆南桌上。

"这是什么?"

王康面无表情,按照宇哥的吩咐说:"一档综艺。"

陈陆南想也不想,立马要拒绝。

王康按住他道:"陆哥,你回国很久了知道吗?"

他说:"现在粉丝都怀疑你是不是打算退圈了,不少粉丝喊着再不见到你就要脱粉了。"

陈陆南一点也不在意粉丝脱粉。

他皱了皱眉,王康快速道:"宇哥的意思是,博钰老师的剧本不知道什么时候能写完,关导的电影不知道什么时候才能开机,最快起码也要五六月份。电影拍摄周期长,制作周期更长,你又不拍电视剧,总归是需要点热度的。现在综艺盛行,这两个综艺是他千挑万选出来的,绝对适合你,你应该先拍一个综艺过渡一下。"

一口气说完,王康惴惴不安地等着陈陆南回复。

就算是有这么多理由,他还是担心陈陆南会拒绝。陈陆南向来不喜欢上综艺,上次去徐松老师的节目已经是个例外了。

陈陆南沉默了须臾,翻看了一下面前的资料。

王康看着,眼睛亮了亮,有希望。

他咳了一声,继续说:"一个是旅游综艺,宇哥说可以让你放松一下,还有一个是做饭综艺,就是到乡下度假的那种,体验生活,和《慢生活》有点儿类似,但又不完全一样,地点是会变化的。"

陈陆南颔首,他翻开看了看,在看到拍摄地点的时候,明显有了些许变化。

"有一个拍摄地点在安城的小镇?"

王康一愣,看了一眼,点头道:"对,有什么问题吗?"

陈陆南沉默了一会儿，低声道："去问问，具体是哪个小镇。"

王康："……"

他看着陈陆南的神情，蒙了几秒："是。"

王康出去后，陈陆南翻看了一下综艺剧本。

剧本确实就是王康所说的那样，一个简单的小镇生活综艺，所有人周末住在一起，体验生活。每一周都去不同的地点，为了体验不同地方的风土人情，总体来说，还算是有意思。节目总共录制六次，然后剪辑成十二期播出。现在大城市里的生活节奏太快，很多人对慢下来体验生活很感兴趣，在周末的夜晚看，能体会到不一样的温暖。总而言之，主题就是温馨，找回丢失的童年时光。

没一会儿，王康便回来了。

他告诉陈陆南："是折星小镇。"

他瞅着陈陆南的神色，继续道："据说导演曾经看过那儿的一幢带花园的房子，挺不错的，那边的风土人情也特别好。"

"知道了。"

陈陆南把综艺剧本合上，看向他："让宇哥跟那边谈，如果确定能在折星小镇拍，就签。"

王康莫名其妙地看着陈陆南："什么？"

陈陆南睨了他一眼："没听懂？"

"不是。"王康眨了眨眼说，"我听懂了，但是陆哥，你对这个地方有执念？"

陈陆南"嗯"了一声："不算执念，你跟宇哥说就好。"

"行。"

交代好之后，陈陆南给颜秋枳发了条信息，这才低调出门。

……

颜秋枳晚上还有一场戏，是和邵越的。

由于下午对戏了的缘故，两人的拍摄很是顺利，基本上一场过。

虽然颜秋枳前段的时间表现也不错，但今天算是突飞猛进了。

宋导朝她竖起大拇指："秋枳今天的表现非常不错，明天再接再厉。"

颜秋枳一笑："谢谢宋导，那我先走了，大家辛苦。"

晚上还有其他演员的戏要拍，颜秋枳提前收工。换了衣服，颜秋枳和珠珠往外面走。她低头看了一眼手机，是王康发来的信息。

王康：【颜小姐，我在外面停车场等你们。】

颜秋枳一笑，对珠珠吩咐了两句，没让剧组的车送他们回去。

"颜颜姐，谁送我们啊？"

颜秋枳瞥了她一眼，含笑说："晚点就知道了。"
珠珠点头跟着她往外走。
看到王康后，珠珠愣住了。
"这……"
王康微微一笑，格外绅士道："你好，我是王康，陈老师的助理。"
珠珠呆愣愣地点头："你好，我是珠珠。"
王康一笑："我知道，先上车吧。"
他看向颜秋枳："颜小姐上车。"
"谢谢。"上车后，颜秋枳看了一眼问，"陈陆南在忙吗？"
王康颔首："嗯。"
颜秋枳了然，没再多问。
反倒是珠珠，瞪大眼看着颜秋枳，压着声音问："颜颜姐，陈老师什么时候来的啊？"
颜秋枳给她一个眼神。
珠珠恍然大悟："你下午出去，就是因为陈老师来了？"
颜秋枳摸了摸发烫的耳朵，心虚道："嗯。"
珠珠："……"
都怪她太单纯，信了颜颜姐的鬼话。
难怪那会儿她觉得颜秋枳脸红得不像话，嘴唇更是红得诱人，像是被人亲过一样，可是她没多想啊！
珠珠后悔莫及。
颜秋枳努力避开她目光，低头戳着手机玩。
拍摄地点距离酒店半个多小时的样子，下车后，颜秋枳把珠珠甩在了后面，走得飞快。
珠珠无言，也没打算去追她，只默默地给她发了个信息。
珠珠：【颜颜姐，明天要早起拍戏啊，晚上早点睡。】
颜秋枳看着珠珠的信息半响，一时无语。
门铃响起的时候，陈陆南正在厨房忙碌。
他住的房间所有东西都一应俱全，至于厨房里的用具，比家里还要来得完整。一层楼就这一个房间，香味飘散出来，也没人察觉。
颜秋枳其实知道密码，但她特意按了门铃。
门打开，两人四目相对。
颜秋枳的目光停滞在他身上的围裙上半响，紧跟着便闻到了浓郁的香味，她的眼睛瞬间亮了。
"你在做饭？"

"嗯。"

颜秋枳惊喜道:"做了什么?"

陈陆南看着她的模样,勾了一下唇角:"想吃什么?"

"想喝鸡汤,想吃小龙虾,还想吃火锅和串串,你做了什么呀?"

她眨巴着眼望着他。

陈陆南垂眸看着她,低声道:"大概只有鸡汤是你想要的。"

颜秋枳"哦"了一声,有点不好意思:"那……也行吧,我好久没喝了。"

外面的鸡汤不是她想要的味道,就算是喝,也只是喝一口就会放下。不知道怎么回事,大抵是对陈陆南熬出来的鸡汤太过喜欢,让她再也喝不惯其他人弄的。人好像也是这样。

从偷偷喜欢上陈陆南之后,颜秋枳的眼睛里便再也看不见其他人,心也被这个人完完全全地塞满,一点余地也没剩。

陈陆南听着她的话,笑了笑没说什么。

他应了一声:"多谢理解。"

颜秋枳瞥了他一眼:"做好了吗?"

"还有一个菜。"

颜秋枳跟着他进了厨房,不得不感慨有钱就好,连酒店也像家里一样,甚至比家里还豪华。

陈陆南亲自去买的菜,回酒店给她熬了鸡汤,做了她喜欢的酸辣土豆丝,以及她爱吃的红烧肉和酸菜鱼。

虽然只有两个人,菜却极为丰盛。

颜秋枳晚上吃了点东西,但会儿闻到这些食物的味道,食欲瞬间被激发了。

没一会儿,菜全部上桌。

颜秋枳看着,忍不住道:"我拍个照。"

拍好后,两人面对面坐着吃饭。

陈陆南吃饭很安静,颜秋枳倒是叽叽喳喳地说个不停。

以前他不怎么会回应,但现在……陈陆南时不时还能发表点意见。

"宋导说我下午表现特别好。"

陈陆南一笑:"是你领悟得好。"

颜秋枳唇角弯了弯:"是你教得好。"

陈陆南稍稍一顿,看向她:"主要是学生聪明。"

颜秋枳听到这话,拿着筷子的手一顿,抬头看向他:"陈陆南。"

"嗯?"

陈陆南挑眉,手里正在给她挑鱼刺。把鱼刺挑出来后,他把鲜美的鱼肉放在她的碗里。

颜秋枳看着他这一系列熟练的动作，胸腔发热，心里暖乎乎的。

她咬着筷子，眨巴着眼看着陈陆南："我发现你有点恶趣味。"

陈陆南抬眼看着她，不明所以。

颜秋枳低头扒饭，小声嘟囔着："你现在竟然还说我们是老师和学生，你是陷入角色扮演无法自拔了吗？"

"……"

陈陆南沉默了须臾，一手放松地搭在桌面上，垂眸看着她，笑了一下："嗯。"

他顿了一下，声线低沉，不疾不徐地问："你配合吗？"

颜秋枳："……"

如果这儿是自己的房间，陈陆南可能已经被赶走了。

颜秋枳话到嘴边转了个圈，对着男人深沉的目光半响，耳尖发烫，脸颊泛热，到最后也只能咬牙切齿地骂："你能不能稍微维持一下你的人设？"

陈陆南盯着她红了的耳朵，低低笑了起来。

颜秋枳以为他在笑自己，没忍住在桌下踹了他一脚，用眼神警告："你笑什么？"

陈陆南垂眸，促狭地望着她："害羞了？"

颜秋枳懒得理他。

陈陆南笑了一声，低声道："这不是你想的吗？"

师生角色扮演。

陈陆南说的时候，真没往那个方向想，如果不是颜秋枳提醒了，他根本就没注意。

颜秋枳："……"

所以是她思想不健康咯？

她瞥了一眼陈陆南，不理他了。

颜秋枳低头喝汤，慢吞吞的模样，看上去格外舒服。

陈陆南吃得快，早早放下筷子在对面坐着等她。

吃过后，颜秋枳不得不感慨："明天珠珠可能会跟萌姐告状。"

陈陆南："说什么？"

"我吃胖了。"

颜秋枳摸了摸自己的肚子，明显感觉到自己吃多了。

陈陆南一回头，看到的便是这一幕。他顿了顿，低声道："那走一会儿，那边有跑步机。"

"……哦。"颜秋枳轻飘飘地看了一眼,"待会儿吧。"

陈陆南也不催她,起身把餐桌给收拾干净。颜秋枳看不过去,跟着问:"我来洗碗?"

"不用。"陈陆南回头看着她,"你去休息一会儿。"

颜秋枳讪讪地"嗯"了一声:"那好吧。"

她好像是有点碍事。

其实两人的碗筷不洗也没问题,但陈陆南有洁癖,不能忍受那些放在厨房里,等明天工作人员再来打扫。

颜秋枳盯着他的背影看了一会儿,没再管。

*

她往另一侧的健身房走去,所谓健身房只是一个狭小的空间,放着跑步机和瑜伽垫。

颜秋枳靠墙站着,打算消化一会儿后再去做个瑜伽。

她边站边看手机。颜嘉池十几分钟前给她发了个消息。

上次颜嘉池打架的事情,颜秋枳过后没再问。他们两人很少会主动聊天,除非是有什么特别紧急的事情。

两人别别扭扭的,比情侣间闹矛盾还不对劲。

颜嘉池:【你是不是在D市拍戏?】

颜秋枳扬扬眉:【怎么?】

颜嘉池:【就是问问。】

颜秋枳:【嗯。】

她瞅着手机半晌,盯着"正在输入中"几个字看了半天,颜嘉池也没发过来一句话。

颜秋枳扯了扯唇,没在意。

她戳开自己的相册,还没来得及欣赏自己的完美照片,萌姐的信息先来了。

萌姐:【颜颜,你好歹经营一下你的微博吧!】

她晚上去看颜秋枳的微博数据时候发现,无论是超话还是微博下的评论,全部都在呼唤她发照片。做她的粉丝真的太难了。偶像明明拥有盛世美颜,也同样是个年轻人,却偏偏不爱发微博。不发照片就算了,连日常小事也不爱分享。每次要看新照片或者是什么有趣的事情,大家还需要去她朋友的微博里找,委屈巴巴可怜兮兮地找点粮。这一回,距离颜秋枳上次发微博,又过了一个月了。

上一次发微博,还是转发剧组的官宣,只写了一句话:【请多多指教。】

颜秋枳看着萌姐的信息,哭笑不得:【我现在就发一个。】

萌姐:【??这么听话?】

颜秋枳的唇角压着笑:【嗯,有一点内容分享。】

萌姐:【行。】

五分钟后,一直盼望着爱豆发微博的粉丝们看见,爱豆真的发微博了!!!普天同庆啊!!

【@颜秋枳:分享今日份晚餐,你们吃饭了咩,吃多了别忘记运动哦!我准备做个瑜伽然后睡觉,照片。】

她发的照片是刚刚在餐桌旁边拍的,色香味俱全。

陈陆南做菜很讲究美感,是个有要求的"厨师"。

照片一出来,粉丝便"疯了"。

【报告大家!!!颜秋枳终于听到了我们的呼唤,发微博了!!!】

【所有粉丝快来!!!今天四月飘雪了!!颜秋枳发微博了。】

【姐姐多吃点!】

【呜呜呜呜呜姐姐是什么有自制力的美少女啊!!吃多了还要运动啊呜呜呜呜呜,我吃饱了根本就不想动。】

【等等啊姐妹们!你们没发现盲点吗?我们颜颜吃的是家常菜,谁做的啊?】

……

颜秋枳看到粉丝开始深扒是谁给她做的饭的时候,眼皮猛地一跳。她仔仔细细把照片给放大看了一眼,还好,没有陈陆南的影子,应该没什么问题。她不可能会曝光的。当然,如果真曝光了,也就这样了。颜秋枳也不知道自己什么时候想通了,对自己和陈陆南的这段关系,渐渐地,她已经不害怕被旁人知道了。

陈陆南从厨房出来,看到的便是她捧着手机发呆的一幕。

他低头,拿过一旁的纸巾擦手。

听到声音后,颜秋枳转头看着他。

陈陆南慢条斯理地擦手,白色的纸巾和他的肌肤形成了对比。他不紧不慢地用纸巾擦拭着自己手指,一根一根的。他手指修长,骨节分明,就这样看着都分外赏心悦目。

莫名其妙地,颜秋枳看走神了。

陈陆南把纸巾丢进垃圾桶往她这边走来,把手在她眼前晃了晃,她才回过神来。

"看什么?"

颜秋枳没和他害羞,指了指他的手说:"看你的手。"

陈陆南顿了一下："喜欢？"

她没吭声，低头看着。他的手指修长，而且保养得好，看上去跟弹钢琴的手一样，特别漂亮。

不对，他本来就会弹钢琴。

颜秋枳看着，脑海里突然出现了一丁点不太健康的思想。

她之前在网上看到过，有网友评价说陈陆南这双手……要是有女朋友，他女朋友一定会幸福死。

一想到这儿，颜秋枳慌乱地飘开自己的眼睛，清了清嗓子以示清白。

"……还好吧，圈子里很多人的手都很好看。"

闻言，陈陆南看着她，声线突然冷了两分："都观察过？"

颜秋枳："……"

她从陈陆南这话里听出了点不一样的味道。

两人无声地对视了一会儿，颜秋枳伸手戳了戳他的脸："……陈老师，你这是在吃醋吗？"

陈陆南抓着她的手，侧着脸亲了一下："没有。"

手指连心，他温热的唇瓣贴过去的时候，颜秋枳的心跳快了几分。

她的睫毛颤了颤，把自己的手从他掌心挣脱开，红着脸道："你别忘了，你现在还只是一个追求者。"

陈陆南："……"

看着颜秋枳往另一边走去的背影，他无声地勾了一下唇角，声音低沉道："没忘。"

如果不是还记得这件事，这会儿两人的活动场地就不应该是这里。

*

颜秋枳没再管他，自顾自地摊开瑜伽垫开始做瑜伽。想要保持好身材，运动必不可少。颜秋枳虽然懒，但在这方面还是勤快的，毕竟她爱美。

陈陆南在旁边看了她一会儿，最后被她给赶走了。

"你别看我行不行？"颜秋枳抬眸瞪着他，"你去跑步吧。"

陈陆南看着她红了的耳朵，无奈一笑："好。"

两人各自运动，也没什么交流，但却有种异样的温馨。

颜秋枳甚至很喜欢她和陈陆南这样相处。

"我先回去了。"

做完瑜伽后，颜秋枳看了一眼时间，自己差不多该回去休息了。

陈陆南拿过毛巾擦汗。汗从他的脸颊往下滑，顺着下颚线条流入衣服内，看上去有点说不出的性感。

男性荷尔蒙瞬间便被激发出来了。

颜秋枳看着有点儿口干舌燥,她默默别开眼,避开陈陆南那沉沉的目光:"你早点休息。"

陈陆南看着她良久,低声道:"我明天早上的飞机。"

"啊?"

颜秋枳怔了两秒,莫名懂了他的意思。

她张了张嘴,突然觉得他千里迢迢过来看自己,如果自己就这样走了,好像是一个渣女。

沉默了几秒,颜秋枳小声嘟囔:"我下去洗个澡,待会儿找你对戏。"

陈陆南低低一笑,声音酥酥麻麻地说:"好。"

颜秋枳瞪了他一眼,知道这人的"诡计"得逞了。

都怪她太心软,就应该坚定一点说自己要早睡早起,明天要拍戏。

回到自己的房间后,颜秋枳还有点说不出的别扭。她打开衣柜看了半响,一时间有点拿不定主意。她是应该穿保守一点上去呢,还是应该……不用那么保守,和往常一样就好?往常睡觉时,颜秋枳都是穿吊带裙,特别好脱。她看了一会儿,闭着眼睛从里面拿了一套出来。点兵点将,点到谁就是谁。

……

颜秋枳在楼下洗漱,陈陆南没催促她。

她洗澡慢,还洗了个头,还做了护肤。虽然颜秋枳也不知道自己为什么要做,她明明是要回来睡觉的,睡前再做不是更好吗?

这个问题……她没有答案。

颜秋枳再上去的时候,门是敞开的。

她盯着看了会儿,对陈陆南表示佩服,这人就不怕其他人进来吗?

"你为什么打开门?"

陈陆南抬眸看着她,颜秋枳穿的睡衣不算保守,也不算暴露,就是普通的那种类型,外面还套了一件大衣,估计是走上来冷的缘故。

但因为刚洗过澡的缘故,从她一进门,屋子里便飘散着她身上的味道,像是橘子味,特别好闻。

会让人入迷的那种。

陈陆南眸色沉了两分,低声道:"嗯,等你上来。"

颜秋枳张了张嘴,瞥了他一眼说:"你就不担心其他人进来投怀送抱吗?"

陈陆南笑:"不会。"

他说:"来这儿需要密码,密码只有你知道。"

颜秋枳:"……"

好吧,她忘了这个重点。她低头,和坐在沙发上的男人对视。

陈陆南穿着睡衣坐在那儿，莫名其妙给了颜秋枳一种错觉……好像这人在那坐着，就等着她去投怀送抱。
两人无声对视了一眼，陈陆南似笑非笑地看着她："担心了？"
颜秋枳剜了他眼："我担心什么？"
她淡淡地说："我一点都不担心。"
要是能被人投怀送抱，陈陆南也不值得她喜欢。
陈陆南像是知道她的想法一样，轻笑了一声。
颜秋枳瞥着他瞳眸里的笑，抿了抿唇压下一些念想，把剧本丢了过去："陪我对对戏吧。"
陈陆南哑然失笑："好。"
他低头翻看着颜秋枳的剧本。之前颜秋枳接这部戏的时候，陈陆南便了解了那么一点。作品本身的号召力不错，只要编剧不胡乱改编，不会有太大问题。他知道编剧是谁后，这种担心也没了。宋导不会让自己的剧毁掉，演员更不会。这部剧只要不出现什么大的差池，陈陆南甚至觉得有可能会大爆。他翻看了一会儿，和颜秋枳对戏。陈陆南是一个有魔力的男人，对戏分外认真又专注，明明是陪颜秋枳，但他就是会让人有种感觉，仿佛他就是角色中的人一样。颜秋枳对得津津有味，越来越精神。
两小时后，陈陆南低头看着她："你不困？"
颜秋枳眨眼："你困？"
陈陆南稍稍一顿："还好。"
"那继续吧。"颜秋枳兴致勃勃地说，"我找到感觉了，接下来这几场戏应该会比较顺利。"
陈陆南神色淡淡地"嗯"了一声："把自己代入进去就好。"
"我知道。"
颜秋枳看着他的动作，伸手戳了戳他的手臂："你干吗把我的剧本合上？"
陈陆南把剧本丢开，深呼吸了一下说："不对了。"
"嗯？"
颜秋枳挑眉，不明所以看着他。
陈陆南侧目注视着她，嗓音低沉道："做点别的。"
颜秋枳有一瞬间没反应过来，开口问："做什么……啊！"
她的话还没说完，陈陆南突然伸手抱起她放在自己的腿上。
颜秋枳下意识攥紧了他的衣服，错愕不已："你……"
她和男人对视，陈陆南扬眉："我想做什么？"
颜秋枳抿唇。
陈陆南伸出手，捧着她的脸说："想亲你。"

他吻上了她的唇。这个吻比颜秋枳想象的要温柔缱绻。他含着她的唇,手指捏着她的后颈,让颜秋枳放轻松。颜秋枳呜咽了一声,陈陆南撬开她的贝齿,长驱直入,勾着她的舌尖纠缠着。他咬着她的唇,渐渐地,最开始的那点温柔好像消失殆尽了。颜秋枳坐在他身上,能明显感觉到他身体的变化。宽敞的房间里,暧昧在滋生蔓延,灼热着,让人根本没办法从缱绻里回神。最开始的时候,颜秋枳还勉强能回应他,到后面,她所有的思想都被陈陆南给牵着走。她能感受到他的手在自己的身上移动,能感受到隔着衣服发热的掌心……还能感受到他的需要。良久后,就在颜秋枳以为要发生点什么的时候,陈陆南突然把她给放开了。

她一怔,睁开眼看着他,眼神迷离,看上去像是一只迷路的小鹿,让人想要多亲亲,想要把她抱进怀里揉一揉。

陈陆南眸色沉沉地,低头吻了她一下。

颜秋枳的心口猛地一跳,跟着他的动作,心脏的跳动好像快了许多。

紧跟着,她被拉入怀里,被男人紧紧地抱着。颜秋枳靠在他的肩膀上好一会儿,忍不住道:"你这个追求者也太大胆了。"

这会儿她只能用调侃的语气来说话。

陈陆南沉沉应了一声:"我的错。"

话虽如此,颜秋枳却没听出他认真道歉的意思。

安静了一会儿,颜秋枳埋头在他脖颈处良久,低声问:"几点的飞机?"

"三点。"

颜秋枳一怔,下意识抬头:"早上三点?"

"嗯。"

颜秋枳转头去看时间。

这会儿已经十点多了,她瞪大眼看着陈陆南半晌,伸手捶他一下:"你怎么不早说啊?"

她一直以为陈陆南要早上八九点才走。

陈陆南低低一笑,抓着她的手说:"现在说也不迟。"

他低头看着颜秋枳:"困了吗?"

"困了。"

"今晚睡这儿?"

颜秋枳抿了一下唇,没立马答应。

两人无声对视了一会儿,陈陆南道:"没什么事的话,陪我睡几个小时?"

"……"

虽然颜秋枳内心觉得陈陆南这话不可信,但她真有点拒绝不了陈陆南。

原因是什么,她也不知道。

大概是这人现在变得温柔了起来，或是心疼他千里迢迢来看自己，还给自己做了一桌子菜。

甚至是，刚刚上来的时候就留了这样一个念想。

颜秋枳垂眸看了他一会儿："睡哪儿？"

陈陆南一笑，直接抱着她过去。

两人很久没有睡在一起了，躺下后，陈陆南什么都没做，只是抱着她。

颜秋枳最开始脑子里还有很多乱七八糟的思想，到后面大概是真的累了，或是陈陆南给她的感觉太好了，没一会儿她便沉沉地睡了过去。

陈陆南听着耳畔均匀的呼吸声，窗外的月色照进来，落在了他温柔的眉眼上。

他低头，亲了亲颜秋枳的脸颊，才跟着睡了过去。

陈陆南没睡多久。从这儿去机场要一段时间，他十二点便起来了。

颜秋枳睡得很香。

陈陆南小心翼翼地把自己的手从她枕下抽出来，换了衣服。

他做得无声无息，回头看着床上的人半晌，拿过一旁的卡片，给她留了两句话才离开。

……

王康已经在楼下等着了。

看到陈陆南出来，他喊了一声："陆哥。"

陈陆南颔首，低声道："辛苦。"

王康笑了笑："应该的。"

陈陆南上车，伸手捏了捏疲倦的眼睛，低声道："到了喊我。"

凌晨的机场没什么人，陈陆南把行程瞒得很好，没被任何人发现。

落地的时候正好是早上六点多，晨光熹微，一切都刚刚好。

他低头看了一眼手机，给颜秋枳发了个消息过去，这才抓紧时间去活动现场，洗漱化妆。

颜秋枳是五点多醒过来的，她伸手往旁边碰了一下，旁边冷冰冰的。

瞬间，她便清醒了。

颜秋枳抱着被子坐了起来，盯着旁边的空位看了良久，这才揉了揉眼睛拿起手机。

陈陆南没给她留信息。

她侧身，想把手机放回去，不经意间看到了床头柜上放着的一张卡片。

颜秋枳一愣，下意识拿了起来。

在看到陈陆南那熟悉的字迹后，她的瞳眸里多了点不一样的色彩。

颜秋枳把卡片上的话反反复复念了两遍后，再次躺了回去。

没多久，颜秋枳又喜悦地睡了过去。

他走了，让她有点失落，但那颗心还是被填得很满很满。

陈陆南参加的活动，来看的粉丝自然很多。

颜秋枳在片场休息的时候，看了站姐发的照片。不得不说，这个男人就算是疲倦，只睡了几个小时，看上去也是格外的英隽精神，没受半点影响。

颜秋枳反反复复看了好几遍，没注意旁边有人过来。

她正看得有意思的时候，穆欣在旁边笑了起来。

"秋枳姐，你也喜欢陈老师啊？"

颜秋枳一顿，抬头看向她："应该没有人不喜欢陈老师吧？"

她淡淡回答。

穆欣点头，表示认可。

"这倒是，陈老师真是娱乐圈的少女收割机，我们秋枳姐也喜欢。"

颜秋枳听着这话，总觉得哪儿不太对劲。

她微微一笑，点头说："很正常，陈老师的演技好，很多人都崇拜。"

"我也是。"穆欣道，"不过邵越哥的演技也好。"

邵越刚过来便听到了这句话，笑了笑问："你这是真心实意夸我呢，还是因为我过来了随便说的？"

穆欣扬扬眉，格外认真道："当然是真心实意夸了，不信你问秋枳姐。"

颜秋枳微微一笑，和邵越对视了一眼。

"对了，"穆欣说，"秋枳姐，我刚刚听导演说，我们这部剧安排了粉丝和媒体探班。"

颜秋枳"嗯"了一声："什么时候？"

"好像是过几天吧，到时候我们都要接受采访。"

颜秋枳点点头，没太大反应。

大部分剧拍摄的时候都会安排媒体或者粉丝探班，拍摄一下现场，还会对每个演员进行一下特别采访。

有的会在当日播出，还会留一部分等剧播出的时候再发微博，总而言之，一切都是为了宣传。

三天后，媒体到了。

到的时候颜秋枳正在拍摄，一场戏结束后她才知道。

没一会儿，便有一位工作人员过来递给她话筒，笑着说："秋枳，我们采访一下吧。"

颜秋枳笑了笑："好啊。"

工作人员看着她，忍不住感慨说："你真的好漂亮。"

"谢谢。"颜秋枳有点不好意思,"我要和大家打个招呼吗?"

"可以呀。"工作人员含笑说,"这部戏拍得累吗?"

"累,但也很快乐。"颜秋枳侃侃而谈,"挺有意思的,希望未来播出的时候大家会喜欢,这部戏大家都花了不少精力来磨,导演特别认真,演员也一样,都非常努力,工作人员更是,每天来得比我们早,收工比我们晚。"

工作人员听着她的话,忍俊不禁:"怎么一直夸工作人员?"

颜秋枳俏皮一笑:"因为没有他们就没有这部戏的呈现啊,他们是最重要的人之一。"

最后,颜秋枳还说了一下自己对角色的见解,聊了一下目前为止比较有趣的几场戏。聊完,工作人找下一位演员开始聊天。

颜秋枳本以为,采访到这就结束了。

她没想到的是还有后续,大家的采访都结束后,导演突然喊他们:"待会儿那边的媒体想做个直播,你们几位主要演员去打个招呼吧,也算是为我们的剧做宣传。"

这部剧从开始拍摄就备受大家关注,网友和书粉都特别关心拍摄进展和剧本的改编,奈何剧组开放探班,而且拍摄地点太偏僻了,来这边不安全,所以大家只能在微博上望眼欲穿。

众人了然。

没一会儿,几个人便凑在了一起。

颜秋枳看了一眼工作人员的摄影机,她对着镜头道:"大家下午好,看看我们在哪里啊?"

因为有提前宣传的缘故,这会儿不少粉丝都跑了过来。

【天哪!!看到穆欣了。】

【呜呜呜呜看到我们颜颜姐了,颜颜姐也太好看了吧,她的腰真的好细啊。】

"来,让我们的演员和大家打个招呼吧。"

邵越看向颜秋枳:"女士优先。"

颜秋枳没含糊,直接道:"大家下午好,我是颜秋枳。"

几个人纷纷打了招呼后,工作人员开始采访。粉丝最好奇的,就是演员在片场私底下会做什么。他们好奇艺人的日常,这是很普遍的一个现象。

工作人员笑问:"我们来采访一下邵越,在片场除了拍戏和看剧本之外,偶尔无聊时候会做什么打发时间?"

邵越扬了扬眉,浅声道:"会睡觉,玩玩游戏,看看剧。"

这个回答滴水不漏。

那人转头看向颜秋枳:"秋枳呢?"

颜秋枳一笑："跟朋友聊天，看剧，偶尔也会刷刷微博，看点有意思的东西。"

闻言，工作人员笑道："秋枳特别不爱发微博，粉丝还以为你不常看呢。"

"没有的。"颜秋枳不好意思地说，"我会看。"

工作人员一顿，低声问："是用小号吗？"

"是啊。"颜秋枳坦荡荡说，"用大号担心会手滑什么的，我也爱看热闹，所以有小号，但别深扒啊，我的小号只有一点小日常，没什么别的内容。"

工作人员笑问："平日里都看什么？"

颜秋枳还没来得及回答，穆欣便笑着说："这个我要爆料。"

众人把目光转向她。

穆欣调侃说："秋枳姐前几天在片场看陈老师的活动视频，看得津津有味的。"

这话一出，直播间的粉丝愣住了。

几秒后，大家开始疯狂询问。

【陈老师？？？是我知道的那个陈老师吗？】

【是陈陆南吗？我最爱的两个人终于要有话题了吗？】

【不好意思地说……其实我一直都是这两个人的CP粉……粉丝别打我啊。】

工作人员也皆是一愣，问出了粉丝的心声："是陈陆南老师吗？"

穆欣笑："不然还有哪个陈老师。"

工作人员诧异地看向颜秋枳，"秋枳喜欢陈老师啊？"

颜秋枳看着镜头，一脸坦荡："喜欢啊。"

她淡淡一笑说："圈内圈外应该很少有人不喜欢他吧？"

众人："……"

我们明明不是那个意思！！！

颜秋枳不疾不徐道："陈老师的演技好，我一直都很欣赏。"

邵越开始打圆场："这倒是，其实我也喜欢陈老师。"

……

直播没多久，半小时不到便结束了。

结束后，穆欣跑过来："秋枳姐，我刚刚好像嘴快了，会不会有什么影响啊？"

颜秋枳微微一笑："不会。"

她淡淡地说："不这样说也没有话题。"

穆欣看她不计较的模样，松了口气。

"抱歉啊秋枳姐。"

"没事。"

颜秋枳走开后，珠珠凑到她旁边说："颜颜姐……她是故意的吧？"

颜秋枳瞥了她一眼："没证据的话先别说，反正也没太大影响。"

"但你肯定会上热搜。"

"没事。"

颜秋枳刚说完，陈陆南的信息来了。

陈陆南：【喜欢我？】

颜秋枳：【……】

陈陆南：【我看了直播。】

颜秋枳：【你没看后面吗？只是喜欢你演戏而已！因为陈老师演技好。】

陈陆南：【没看。】

言下之意可太明显了。

他就看到了颜秋枳说"喜欢"，至于其他的解释，陈陆南不想看也不想听。

颜秋枳无言了半响，有点被陈陆南给气笑了。

这人什么时候变得脸皮这么厚啊？

颜秋枳：【……你的粉丝可能要骂我蹭你热度了。】

陈陆南：【不会。】

刚收到他的消息，颜秋枳还没来得及回复，珠珠就在旁边说："颜颜姐，你真的上热搜了。"

"连带着陈老师一起，粉丝说你蹭他热度。"

"……"

这会儿网上已经闹开了，两个原本没什么交集的人，莫名其妙被拉扯到了一起。

也有粉丝表示，其实从《慢生活》综艺里就能看出来，颜秋枳是对陈陆南有点感觉的。两人的上下期播完的时候，有CP粉渐渐冒了出来，只可惜当时因为有其他绯闻的原因，热度并不高。

之后，两人的微博上和生活里没有任何互动，粉丝自然而然就没把两人硬生生拉在一起。

可现在不一样了。

颜秋枳当面回应喜欢陈陆南，粉丝怎么可能会放过这么大的绯闻？纷纷攘攘着要吃瓜。

从进入娱乐圈以来，颜秋枳身上的绯闻就不少，从林竟到邵越，还有其他合作过的演员。不过团队澄清得及时，每次大家都还不知道瓜芯的时候，就已经出正式通知了。导致网友们没在她这儿吃过连续剧一样的瓜。

这会儿一下子被爆出来，网友又震惊又兴奋，突然就开始深扒了。

也有人觉得颜秋枳最近热度不高,想要蹭陈陆南的热度。毕竟圈内的女明星算来算去,没蹭过陈陆南热度的大概只有的很少几个人,颜秋枳就是其中之一。

直播刚结束半小时,#颜秋枳喜欢陈陆南#这个话题就上了热搜。

粉丝看完后,纷纷在下面热情又激动地留言。

颜秋枳登上微博,点开了最上面一条微博的评论区。

一点开,各种各样的留言入眼。

【天啊!!!颜秋枳喜欢陈陆南?!!这是什么惊天大爆料啊?】

【姐妹们,不说别的,这两人的CP名我都想好了,就叫橙汁CP吧!】

【前面的姐妹,偷偷地告诉你,这两人已经有CP名了,只不过没敢在网上公开而已!!】

【我们哥哥工作室上次的警告失效了?又来了!简直无语。】

【虽然我喜欢秋枳,但今天这个蹭热度真的太明显了吧。】

……

颜秋枳看着下面的评论,很是无奈。

珠珠在旁边看看,小声说:"网友也太过分了,什么叫颜颜姐喜欢陈老师啊,你喜欢的明明是他演戏好吗?这些人好会断章取义啊。"

她小声嘟囔:"而且要说喜欢,明明是陈老师喜欢你。"

她可是知情人。

珠珠可没忘记之前陈老师压着她的颜颜姐在电梯里亲的场景。

一想到那个画面,她的少女心都复苏了。

颜秋枳低眸一笑,也不怎么生气。

她不紧不慢地往下刷,轻声道:"其实好像也没说错。"

确实是喜欢的,只是有些粉丝说话太偏激了,让人难有好感。

珠珠瞅着颜秋枳脸上的笑,一时真不知道该说什么了。

"我让萌姐处理一下吗?"

"不用,"颜秋枳退出微博,侧目看向她说,"就这样吧,以后迟早会曝光的。"

既然有人给了这么一次机会,就趁机预热一下。

珠珠瞬间懂了她的意思。

"好,我知道了。"她笑着说,"她肯定没想到自己帮颜颜姐推进计划了。"

颜秋枳敲了敲她的脑袋:"我去里面换衣服,待会儿拍我的戏。"

颜秋枳把手机塞给了珠珠,坦荡荡地换衣服去了,没在意网上的绯闻。

她走后,粉丝开始给她澄清那段直播。她说的是喜欢陈陆南拍的戏,是对偶像的那种崇拜,不是男女之间的喜欢。

大家也是有眼睛有耳朵的人，粉丝大面积刷屏澄清后，热度稍微低了一点。说她蹭热度的粉丝依旧有，但偏激辱骂的却并不多。

但是后来突然有营销号发文，说她其实一直都在暗戳戳地蹭陈陆南的热度，甚至还做了一个断章取义的分析，例如活动偶遇，以及综艺里的一些互动，都暗示着颜秋枳没有大家想得那么清白。她不是不蹭热度的那种人，只不过是大家没发现而已。

这个营销号的微博一出，不少人跟着转发。

紧跟着，辱骂声突然多了起来。

珠珠看完后，简直是气到吐血。

颜秋枳换了衣服补完妆出来，看到的便是她气鼓鼓的一张脸。她一怔，稍微有点惊讶：“怎么了？”

"颜颜姐，你看。"珠珠生气道，"这些人开始污蔑你了，甚至把你之前的一些采访都给翻了出来，说你其实特别爱蹭知名艺人的热度。"

颜秋枳愣了一下，下意识伸手接了过来。

看完营销号发的内容和下面的评论后，她眉头紧锁，完全不知道怎么就变成了现在这样。

"我给萌姐打个电话吧。"珠珠说，"这些人说话都不经过大脑，颜颜姐你别看了。"

颜秋枳"嗯"了一声，低声说："我翻一下。"

刚说完，宋导便在另一边喊她。

"秋枳，过来走走戏。"

颜秋枳连忙答应着："好，马上过来。"

她把手机塞给珠珠，低声道："先看看，我去拍戏，待会儿过来说。"

"好。"

颜秋枳走开后，珠珠帮忙盯着网上的动态，还给萌姐发了消息。

萌姐那边有工作室，会删除一些不堪入目的内容，控评一下。

只不过还没等萌姐开始行动，有人先行动了。

珠珠时时刻刻看着微博，就在大家骂颜秋枳骂得最热闹，有人意有所指的时候，许久没上网的陈陆南，突然点赞了一条消息。

珠珠看到的时候，差点怀疑自己的眼睛出了问题。

她揉了揉眼睛，定睛一看，她没有出现幻觉，陈陆南真的点赞了一条营销号发的微博，是"颜秋枳喜欢陈陆南"那条微博，下面还附带了直播的视频。

珠珠看到了，网上冲浪的网友们自然也看到了。

一时间，大家都蒙了。几分钟后，有稍微正面一点的营销号出来带节奏了。
#陈陆南点赞颜秋枳喜欢自己的微博#
这话题一出来，粉丝都疯了！！
【哥哥你什么意思？？？】
【啊啊啊啊啊啊啊有生之年系列，哥哥原来还记得自己微博账号啊？！】
【等一下啊真爱粉们，你们难道不震惊哥哥的点赞吗？这个点赞到底是什么意思啊？】
【我震惊！怎么可能不震惊，哥哥是手滑了吗？】
【我有了一个不太好的猜想……我们哥哥和颜秋枳？？大家懂我的意思吗？】
【不管怎么说，哥哥点赞了，大家停手，不准再骂颜秋枳！是不是蹭热度我们另说，先去谢谢姐姐的喜欢就好，其他的暂时不重要。】
……

陈陆南有一群老粉，特别有组织。可能是因为陈陆南实力太强的缘故，他家的粉丝都不爱和人撕，偶尔有人蹭蹭陈陆南的热度，粉丝也是睁一只眼闭一只眼，和偶像一样。

但是一旦有人惹上门了，他家的粉丝能把人撕出圈。

而且是正面的那种，绝不污蔑人，全部用事实说话。这种粉丝团队在圈内太少见了，有礼貌有思想不乱来，是其他家都无比羡慕的。

这会儿通过陈陆南点赞，大粉分析后，大部分粉丝都冷静了下来，纷纷在颜秋枳和各路营销号的微博下面留言，全部都是"谢谢姐姐喜欢我们哥哥，特别荣幸""谢谢秋枳喜欢陈陆南，我们粉丝也非常喜欢，大家就不用断章取义了"之类的言论。

半小时不到，风向全变了。

珠珠看着微博的动态，叹为观止。这就是顶流，这就是实力，这就是不可撼动的王者地位。

因为陈陆南的点赞，颜秋枳的微博粉丝数量暴增，半小时就增加了六位数，甚至还有继续增长的趋势。

珠珠看着，深呼吸了一下，突然想采访采访自己的偶像了。

这到底是一种多么神奇的力量？

陈陆南刚点完赞，宇哥的电话便来了。

他还在办公室，今天就打算正式把手里的工作交出去。陈陆南没想要继承呈盛，至少目前是不想的。

和助理交代了两句后，他便接通了电话。

"喂。"

陈陆南的声线偏低，让人听着很舒服。

宇哥听着他淡定的声音，有点儿头疼："你微博点赞怎么回事？"

陈陆南笑了一声，不疾不徐地说："字面意思。"

宇哥："……你就不能提前跟我商量一下？"

他说："虽然我是个可有可无的经纪人，但毕竟还是一个经纪人吧？你能不能稍微尊重我一下？"

闻言，陈陆南淡淡道："如果不尊重你，我刚刚就不会只点赞。"

宇哥气到吐血。

陈陆南瞥了一眼旁边想偷听的助理，摆了摆手："你先出去。"

助理看着他，不得不感慨陈陆南的气质真的是绝佳，这种身份的转换能力太强了。

他点了点头，道："小陈总有事随时叫我。"

陈陆南"嗯"了一声。

门关上，宇哥那边才继续说话："现在要我做什么？"

"引导一下风向。"陈陆南道，"那些骂得过分的能删就删，不能删也要压下去。"

宇哥："我知道。"他刷着微博界面，突然嗤笑了一声，"可能用不上我了。"

陈陆南挑眉。

宇哥感慨说："你的粉丝力量太强大了，理智粉偏多，你的点赞一出来，粉丝就有组织纪律了。"

陈陆南正好点开了微博界面，看到颜秋枳微博下的评论区被重新刷新了一遍，笑了一声："嗯。"

宇哥顿了一下，突然问了个很敏感的问题："你怕不怕……你已婚的身份曝光后，她们会脱粉？"

其实这种事情不知道该怎么评价。

从艺人的角度考虑，他们做的是正确的。毕竟每个人都有私生活，没必要把自己的全部都告诉粉丝。演员和明星只是一个职业，把所有热情贡献给这个职业，但不代表要把私密的生活告知所有人。

可站在粉丝的角度出发，艺人这就是欺骗。你都结婚了，还说自己单身。你有喜欢的人，也要说没有，甚至说什么"还没遇到"之类的话，这不就是在欺骗粉丝的感情吗？所以这个东西，很难去衡量和判定。

宇哥想了很久，一直没想明白未来该如何处理，不过有一点好的是，陈陆南从没有过什么单身的人设，也从未回答过任何感情方面的问题。

陈陆南沉默了须臾，低声道："不怕。"

他说："我只是一个演员，她们喜欢的无非是我表演出来的角色。我一直都告诉大家，追剧就好，对我这个人不用喜欢。"

宇哥："……"

这倒是事实，陈陆南每次接受采访都这样说。他现在所拥有的一切，是角色给予他的，而不是他自己。

他每次都告诉粉丝，追剧就好，现实中的他其实和大多数人一样，没有那么完美，也是一个有七情六欲的人，很普通。

宇哥叹气："倒也是。"

他觉得有点好笑的是，每次媒体都会问陈陆南有没有喜欢的人，而不是问他有没有女朋友。以前他很清楚，陈陆南对颜秋枳没什么感情，但最近有感情了，媒体反而不问了。

大概是以前陈陆南说没有的次数太多，媒体现在都懒得问陈陆南的感情问题了。

粉丝们都怀疑陈陆南要孤独终老。

宇哥偶尔刷超话的时候能看到粉丝发微博呼唤，希望陈陆南老师能拥有自己的生活，演戏的同时也谈谈恋爱吧，已经是三十岁的老男人了。

他很是哭笑不得。其他家的粉丝都巴不得自己的爱豆一辈子不谈恋爱，他家的倒好，嫌弃他不谈恋爱没人要。

陈陆南"嗯"了一声："综艺拍摄定在什么时候？"

宇哥一愣，低声道："你迫不及待了？"

陈陆南笑而不语。

宇哥道："问了，半个月后就差不多了，还有个女演员没定下来，具体是谁我没问。"

"嗯。"

两人聊了一会儿，宇哥盯着网上动态去了，挂了电话。

陈陆南看着手机半晌，给颜秋枳发了个消息。

颜秋枳拍完两场戏后，整个人累瘫了。身心疲惫，从拍摄现场下来，人还有点儿恍惚的感觉。大概是前一晚没吃东西的缘故。

"颜颜姐，还好吗？"

"还好。"

颜秋枳侧目看着她："第一场戏结束的时候看到你喊我，有什么事吗？"

那会儿宋导拉着她说话，没时间过来。

珠珠点头："开始有，但后来没有了。"

她拉着颜秋枳往角落里走，低声说："你刚去拍戏，有人带节奏说你喜欢蹭热度什么的，然后好多人骂你。"

颜秋枳挑眉："然后呢？"

珠珠抓着她的手，兴奋不已说："然后你知道怎么了吗？"

"怎么？"

颜秋枳笑着看她。

珠珠压着要上翘的嘴角，低声道："陈老师给你点赞了！"

她说："他点赞了说你喜欢他的那个微博。"

颜秋枳愣了一下，怀疑自己出现了幻听："你说谁点赞？我知道的那个陈老师？"

"对！"珠珠道，"陈老师好护着你啊。"

能让一个不爱上微博的人出面回应，虽然只是暗戳戳的，但越是这种暧昧举动，越容易让人觉得刺激！

珠珠作为一个旁观者，可太兴奋了。

颜秋枳不敢相信地看着珠珠递过来的手机，上面是陈陆南的微博界面，能看见他点赞过的微博。

她吞咽了一下口水，难以置信地问："他疯了？"

珠珠："陈老师就是想护着你，舍不得你被人骂。"

颜秋枳瞥了一眼珠珠，忍俊不禁："你怎么那么会帮偶像说话呀？"

珠珠抱着她撒娇："我这都是为了颜颜姐呀。"

颜秋枳小声"哼"了一下，倒是不和她计较。

今天的戏拍完了，颜秋枳道："我去换衣服，我们回酒店。"

颜秋枳去换衣服的时候，穆欣正好从里面出来，两人打了个照面。她没做什么，穆欣看了她一眼，突然就走了。

那个眼神让颜秋枳……有点莫名其妙。

颜秋枳摇摇头，进去换了衣服出来，恰好听到了外面工作人员的议论声。都在说陈陆南给她点赞的事。

颜秋枳没做回应，径直走了。

有些事情，回应了容易造成误会，还是以后再说比较好。

刚上车，颜秋枳就看到了陈陆南发来的消息。

陈陆南：【今天几点结束？】

颜秋枳低眸一笑，回复道：【刚准备回酒店，你回家了吗？】

陈陆南回得很快：【嗯，今天回家吃饭。】

颜秋枳：【你吃完饭我给你打电话。】

这会儿陈陆南正和陈父坐在车里，两人分坐在两边，他的手机振动着，陈父皱了皱眉，不太赞许地看向他："怎么一直在玩手机？"

陈陆南淡淡说了句："颜颜的消息。"

陈父瞬间闭嘴。

从上次医院的争吵之后,父子俩的关系虽然没彻底闹崩,陈陆南也一直都是那种不冷不淡的态度,但陈父觉得……儿子和他们之间的距离,越来越远了。

虽然他并不觉得自己做错或者说错了什么。

陈陆南话不多,基本只有几个字蹦出来。他现在除了在颜秋枳面前话多点之外,在其他人面前,还是之前冷漠疏离的样子。一点都没变。

安静了一会儿,陈父问:"颜颜现在在拍戏?"

"嗯。"

陈父应了一声,道:"前几天和她爸一起吃了个饭。"

陈陆南挑眉。

陈父道:"颜嘉池现在好像在和家里闹矛盾,在学校挺叛逆的,叫了好几次家长。"

陈陆南没出声。

陈父看了他一眼:"我听颜颜爸爸的意思是,颜嘉池好像不想和他们生活在一起了。"

陈陆南淡声道:"不太清楚。"

陈父瞥了他一眼:"好歹是颜颜的弟弟,你稍微关心一下。"

"知道。"

陈父:"……"

颜秋枳并不清楚颜嘉池这段时间来的叛逆,回到酒店后,她给萌姐打了个电话。

上次谈的综艺,萌姐终于和导演定下来了。因为是半个月后才录制,导演也了解艺人需要热度,同意颜秋枳请假出去,前提是不耽误电视剧的拍摄。

萌姐道:"那我直接签了。"

"好,"颜秋枳道,"其实还挺想去的。"

萌姐失笑:"这半个月宋导应该会给你加工作。"

"没事,"颜秋枳懒洋洋地说,"我能行。"

"对了,今天网上的事情我还没来得及回应,陈陆南就点赞了。"

颜秋枳应了一声:"我知道,珠珠跟我说了。"

萌姐问:"你们是不是打算公开了?"

颜秋枳想了想:"顺其自然吧,他还在追我呢。"

萌姐:"……搞不懂你们夫妻间的情趣。"

上次那个电话之后,颜秋枳就跟萌姐和珠珠坦白了。她和陈陆南隐婚,只不过之前是没感情的那种,随时都会分崩离析,所以没告诉任何人。

珠珠只觉得刺激,至于萌姐,想了想颜秋枳签的合约,衡量了一通后发现……颜秋枳和陈陆南结婚,好像不会影响她的任何事业,甚至还可能给她添砖加瓦,于是也作罢了。

至于公司高层,不知道是不是陈陆南打了招呼,知道这个消息后,竟然没有任何反应,只事让萌姐该怎么安排就怎么安排,其他的不用担心。

颜秋枳不做解释。

萌姐道:"那就暂时这样安排,半个月后综艺开始录制,你准备准备,我晚点把文件发给你。"

挂了电话,颜秋枳看了好一会儿剧本,陈陆南的视频电话才过来。

两人现在的交流全靠一根网线。

陈陆南盯着她看了一会儿,低声问:"在做什么?"

"看剧本。"颜秋枳已经洗完澡,换上了睡衣,这会儿接通陈陆南的电话后也没太注意,趴在床上对着镜头和他聊天。从陈陆南这边看,眸子里全是她那白嫩的肌肤,隔着屏幕,他好像都能知道上面的触感。再往下,是更诱人的画面。

陈陆南清了清嗓:"不冷?"

颜秋枳莫名其妙地看着他,瞅了一眼房间里的空调:"屋里三十度,我冷什么?"

陈陆南:"……"

颜秋枳好奇地看了他一眼,突然想起了点什么,她低头一看,脸瞬间热了。

她伸手把一旁的枕头拿了过来,把胸前的风光挡住,娇嗔地瞪了一眼视频另一边的人,小声嘟囔着:"你是流氓吗?"

陈陆南哭笑不得:"我光明正大。"

颜秋枳哽住。"那是我的错?"

陈陆南这会儿分外有求生欲,低声道:"不是。"

他说:"是我的眼睛不听话。"

颜秋枳:"……"

她听着男人低沉的声音,突然有点不知道如何回应了。

两人无声对视了片刻,颜秋枳含含糊糊道:"接下来打算做什么?"

陈陆南扬眉,低声道:"安排了几个采访和代言,估计要忙一段时间。"

"你的电影还没定什么时候开机?"

"大概还要两个月。"

颜秋枳:"那很快了。"

两个月时间一晃就过去了。

她看着陈陆南,小心翼翼地问:"女主角定了吗?"

陈陆南勾了一下唇角:"没定。"

"还没定?"颜秋枳吐槽,"关导这速度也太慢了吧。"

陈陆南的眸子里藏着笑，盯着她看了一会儿说："嗯，是挺慢的。"

颜秋枳不经意地撞进他的瞳眸里，有些迟疑："……你笑什么？"

陈陆南顿了一下，低声道："关导在等女主角。"

颜秋枳诧异地问："有选好的了吗？"

"差不多。"

颜秋枳瞪大眼睛，直勾勾地望着陈陆南："是谁呀，能提前透露一下吗？"

陈陆南看着她好奇的神情，不紧不慢地说："不能。"

颜秋枳："……为什么？"

陈陆南挑挑眉："签了保密协议。"

"我也不行吗？"

陈陆南看着她，低声问："如果你用我老婆的身份问，就不保密，如果是以演员的身份问，就保密。"

这话一出，颜秋枳瞬间炸毛。她是一个有骨气的人，狠狠地剜了陈陆南一眼，气急败坏地说："行，你没老婆了。"

陈陆南："……"

他看着颜秋枳气鼓鼓的模样，有点想笑。这种生动的模样，他最是喜欢，会让他不由自主地想到一些久违的画面。

陈陆南咳了一声，眸色暗了几分。

颜秋枳闹完小脾气后，趴在床上道："陪我对戏？"

"好。"

陈陆南配合她，到快要挂电话的时候，还莫名其妙地说了句："有时间看看关导之前的电影和网上的点评。"

颜秋枳狐疑地看着他，突然间明白了点什么。

陈陆南点到为止："关导会公开选角。"

颜秋枳压了压上翘的嘴角，笑着道："知道了。"

"早点休息，晚安。"

"晚安。"

后边的十几天，颜秋枳都加班加点地拍戏，就为了挤出三四天时间去录综艺。

网上渐渐有了综艺的风声，只不过还没正式官宣。

甚至有人爆料，有重量嘉宾加盟，是一个顶级大佬，夸张到颜秋枳都有点好奇这位重量嘉宾是谁。

到正式录制的前一晚，她飞到另一个城市，在机场候机的时候，珠珠尖叫了一声："啊啊啊啊啊颜颜姐，综艺发微博了，陈老师也签了这个综艺，原来之前说的重量级嘉宾是他啊！"

第9章
甜蜜互动，全是糖

颜秋枳低头一看，综艺官方微博写得清清楚楚。

【@一起度假吧V：欢迎大家来到一起度假吧，让我们跟随着他们一起，体验不一样的度假生活，找回曾丢失的记忆。@庄子昂 @林竟 @颜秋枳 @向月明 @关荷 @陈陆南，感谢六位老师的参与，让我们一起期待他们最佳的度假生活。】

颜秋枳不敢置信地看着这个班底，最开始的时候，她是真的没问具体参加的艺人都有谁。

其实这个综艺萌姐没有非常建议她来，萌姐更希望她去的是另一个节目，但颜秋枳在看到某个地方的时候，就只想要来这一个。想当然的，她自然而然就来了。

后来签完合同后，她忙着拍戏，也没问其他艺人是谁。她虽然看了网上的爆料，但说实话……和现在公开的非常不一样。

颜秋枳正走着神，珠珠已经控制不住惊呼了："关荷怎么也来了？"

她压着声音道："还有那个林导为什么也会参加啊？"

珠珠难以置信。

颜秋枳也很好奇。从上次电视剧杀青后，她和林竟就没怎么联系过，除了偶尔会说点角色的东西，私人话题基本没有聊过。就算是林竟发了消息，她也基本上不做回应。

至于关荷……在颜秋枳这里，她已经很久没有出现了。

关荷前段时间拍了一部戏，关于她的话题什么的也少了许多，而且颜秋枳知道她得罪了不少圈内人，资源渐渐地少了很多，所以她是真没想到关荷会参加这个综艺。

不仅仅是颜秋枳意外，连带着网友们也非常的震惊又意外。

这个阵容搭配，真的太少见了。

官博一出来，不少收到消息的粉丝便纷纷热情又激动地转发。

最震惊的，莫过于陈陆南的粉丝了。

【我看到了什么？！！我们家哥哥要常驻综艺了？？】

【等一下！这是什么魔鬼阵容？？？颜秋枳和林竟有过绯闻，还和陈陆南有过绯闻，颜秋枳和关荷还曾经是竞争对手……关荷和庄子昂好像有过关系？那么问题来了，向月明是哪儿冒出来的？】

【天呐噜！这个阵容还没录制我就开始期待了是怎么回事？】

……

颜秋枳深呼吸了一下，看着下面的微博评论半响，这才点了转发。

转发完的第一时间，颜秋枳给陈陆南发了个消息。

颜秋枳：【……你什么时候签约的？】

陈陆南：【应该比你早一点。】

颜秋枳：【你已经到需要参加综艺的地步了吗？】

陈陆南一本正经：【宇哥说我再不参加综艺，粉丝已经把我忘光了。】

颜秋枳无言以对。

粉丝就算是把大多数人忘光了，也不可能把他忘记。之前一年没有热度，回来还不是一样掀起了热潮？顶流就是顶流，无可撼动。

但这会儿，颜秋枳突然就不想拆穿他了。她盯着手机看了会儿，唇角无意识地往上翘了翘。

说实话，她还挺想和陈陆南一起参加一个综艺的，至少能有个特别的回忆。

陈陆南：【生气了？】

颜秋枳：【没，我要上飞机了，你们什么时候到？】

陈陆南：【我明天早上过去，晚点到了给我发信息。】

颜秋枳：【好。】

所有人都先到酒店集合，紧跟着再出发去综艺录制现场。

这个综艺是录制后再播出的，但为了热度考虑，在每一期录制之前有接近一小时的直播内容。

颜秋枳上了飞机，直接把手机关机，也没去看网上的那些讨论。她只知道，对这个综艺，她是期待的。

*

官博宣布后，所有艺人都进入了网友的视线里，颜秋枳的航班信息都有人知道了。

她刚下飞机，便看到了蹲守在机场的粉丝和记者。

已经是凌晨三点了,颜秋枳也舍不得大家在这儿等,跟珠珠吩咐了两句后,直接过去接受采访,还顺便叮嘱粉丝回去注意安全,这才离开。

颜秋枳有工作人员负责接送,直接入住当地酒店。但他们的综艺不是在这儿录制的。

颜秋枳也没去多想,到酒店后直接卸妆睡觉,这一觉睡到了第二天上午十一点多才醒过来。

她醒过来的时候,手机里收到了好几条信息。

有陈陆南的,珠珠的,还有工作人员的。他们今天所有人在这儿集合,明天早上才从酒店出发,去往录制地点。

但晚上要一起聚个餐,算是互相认识认识。

颜秋枳伸手揉了揉眼睛,给珠珠回了信息后,给陈陆南打了个电话。

陈陆南声音低低沉沉地:"醒了?"

颜秋枳懒洋洋躺在床上,阖着眼睛问:"你到了吗?"

陈陆南抬眸瞥了一眼导演,压着声音说了句:"抱歉。"

导演摆摆手。

走出房间后,陈陆南边走边低声答应着:"到了。"

他往楼下走,身形挺拔,分外专注,以至于连旁边房间有人打开门和他打招呼,也都忽略了。

关荷就这么看着陈陆南从自己面前走过,她手扬在半空中,没有得到任何回应。这男人连一个眼神都没给她。

她看着陈陆南的背影,在看到他直接走楼梯往下去的时候,眼里闪过一丝恨意。

陈陆南是去找颜秋枳的。不知道为什么,她心里就是有这个肯定的念头。

刚刚进酒店的时候她就知道,颜秋枳住在楼下一层,昨晚半夜入住的。

关荷站在原地半响,终归是没再跟上去。

她没忘记那个人给她的警告:这是她最后一个资源,如果再搞砸了,她不会再得到任何帮助,只能自生自灭。

她停在原地半响,收回了脚。

……

颜秋枳听着陈陆南的喘气声,伸手揉了揉耳朵:"你在做什么?"

"走路。"

颜秋枳:"哦……"

她往被子里钻,低声道:"你喘气声还挺大的。"

陈陆南稍稍一顿,挑了下眉:"嗯?"

颜秋枳受不了他压着尾音说话,觉得半边耳朵都酥酥麻麻的,她含含糊糊道:"你吃饭了吗?"

"没有。"

颜秋枳:"哦。"她趴在床上说,"我想吃火锅了。晚上聚餐吃什么呀?"

"不清楚。"

颜秋枳撇撇嘴,低声说:"你说我能不能去外面逛一逛?反正晚上才聚餐。"

"应该可以。"

颜秋枳听着陈陆南那不冷不淡的声调,邀请的话就是憋不出来。

好一会儿,她闷闷不乐地问:"陈陆南,你追人秘籍是不是没看完?"

陈陆南看着面前的房门号,低低一笑:"怎么说?"

颜秋枳翻了个身,不太开心地说:"我都这么说了,你难道不说陪我的吗?"

陈陆南笑:"来开门。"

"什么?"颜秋枳一个仰卧起坐从床上爬了起来。

陈陆南按了门铃,像是贴着手机对着她说话一样,一字一句地说:"陪你去吃火锅。"

*

门打开。两人四目相对。

陈陆南低头看着她身上的睡衣,不紧不慢收起了手机。

颜秋枳昨晚洗澡后只穿了一条吊带睡裙,这会儿一大半肌肤都裸露在外。她人瘦,但身材却不是平板的那种,反倒是前凸后翘,该有的都有,甚至比一般人的身材都要好。

两条细胳膊十分瘦削,锁骨精致,天鹅颈线条漂亮。脸上没有任何妆容,白白净净的,眼睛还带着点迷茫的惊喜,就这么仰头望着他。

陈陆南顿了一下,反手把门给关上。

颜秋枳眼皮一跳,看着他的动作。

"你……"下一秒,她被抱到一旁的桌子上。

说是桌子也不是,只是一个放东西的地方,上面放着茶壶啊杯子之类的东西,是瓷砖的。颜秋枳坐上去时候,感受到了极度的冰冷。

她下意识打了个冷战,不明所以地看向陈陆南:"好冷!你干吗?"

陈陆南一顿,看了她一眼:"哪儿冷?"

颜秋枳:"……"

她怀疑陈陆南是故意的,她张了张嘴,有点不知道该怎么说。

陈陆南目光沉沉地望着她。

以前没太大感觉，那是因为感情不够。但有了感情后，和喜欢的人，只要在一起，没人不会想那些二人世界的事。

陈陆南会想，颜秋枳也会。

有些滋味他们已经品尝过了，再想忘记丢掉，真的很难。

窗外的阳光透过层层叠叠的窗帘照进来，有些许的光亮。

颜秋枳没开灯，但两人也能看清楚对方的神情。莫名其妙的，她还有点紧张。颜秋枳吞咽了下口水，刚想要动一下屁股，陈陆南便一手把她给提了起来。提起又放下。

下一秒，她还坐在门口的小台子上，可下面传递过来的温度，却不再是冰冰凉凉的，而是热的……

隔着单薄的睡裙，温度源源不断地传递过来，惊得她身子一颤，差点没坐稳，从上面摔下来。

"你……"

颜秋枳的脸红得不像话，娇艳欲滴，像是盛开的玫瑰，任人采摘。

陈陆南"嗯"了一声："我什么？"

他一只手给颜秋枳垫着，另一只手扣着她的腰肢，往她这边挤了过来，整个人站在了颜秋枳两腿中间，让她想要躲开都没办法。

颜秋枳受不了他这样，脸和脖子都跟着红了起来："你能不能把我放下来？"

她不太舒服地动了下身子："我想去那边。"

"不能。"

随着她动，陈陆南的手跟着收紧，他占了点便宜，嗓音喑哑道："待会儿还想出去吃火锅就别乱动。"

颜秋枳看着他，气得想要踹人。

"陈陆南！"她忍不住道，"你现在能不能做做人？"

陈陆南低眸注视她，不紧不慢地说："如果我不做人，现在你应该在床上。"

颜秋枳错愕地看着陈陆南，完全无法相信这种话是从他口里说出来的。

陈陆南坦荡荡地和她对视，瞳眸里没有一点心虚和不好意思。

他低头，亲了亲颜秋枳的嘴角。

颜秋枳没拒绝，主动回应了他一下。不回应还好，陈陆南懂得收敛，这一回应，他就控制不住了。

下一秒，颜秋枳直接被抱了起来，整个人挂在他身上，被他压在门后亲。

这个吻……后来颜秋枳回忆了一下，好像吻出了缠绵的感觉。舍不得分开。

陈陆南抱着她亲下来的时候,手臂的力量源源不断地传了过来。

颜秋枳嘤咛着,张嘴任由他乱来。她背后是冰冷的门,前面是炙热的身躯,整个人处在水深火热之中。陈陆南亲得很凶,像是要把她给生吞活剥一样。

颜秋枳根本就承受不来。

良久,陈陆南稍加克制地偏了偏头,往她脸颊和耳后亲去。他的喘息声明显,落在她耳畔。

颜秋枳听着,睫毛轻颤。

陈陆南感受到她身体的变化,嗓音沉了沉,吮着她的耳垂问:"刚刚喘气声很大?"

颜秋枳:"……"

她伸手,拍了下陈陆南:"我没那个意思。"她刚刚真的只是说他走路的呼吸声比较重。陈陆南低低一笑,咬了下她的耳朵:"刚刚不大。"他声线喑哑,贴在她耳边说:"现在才算。"颜秋枳受不了陈陆南这样的撩拨,一颗心都要被他攻陷了。根本就无法拒绝,也没办法抵挡。这人要认真起来,十个颜秋枳都不是他的对手。

好一会儿后,两人的呼吸都稍微平稳了些,陈陆南才把她抱进浴室。

"还没洗漱?"

颜秋枳瞪大眼看他,这才想起来:"我没刷牙。"

她狠狠地踹了陈陆南一脚:"都怪你。"

陈陆南喜欢她对自己乱发脾气,轻笑了一声说:"嗯,怪我。"

他低头,又亲了下她:"不嫌弃你。"

颜秋枳:"我嫌弃我自己。"

她睨了一眼陈陆南,把他给推开:"我自己来,我又不是残废。"

陈陆南:"……"

他也没走开,就站在旁边看着颜秋枳刷牙洗脸。

刚开始颜秋枳还觉得有点别扭,不太适应旁边有个人一直盯着自己看,但渐渐地又好像习惯了。

她刚把牙刷和杯子放下,一旁便有毛巾递了过来。

颜秋枳一顿,不知道为什么,就觉得现在的陈陆南比刚刚还让她心动。

陈陆南侧目看她,看着她拿着毛巾发呆的模样:"怎么了?"

他伸手,从颜秋枳那把毛巾拿回来,直接敷在她脸上,顺势给她洗了把脸。

洗漱后,颜秋枳看了一眼陈陆南:"我们两个人出去吗?会不会被人看到？"

"不是想吃火锅？"陈陆南看她，"出去吧，顺便逛逛。"

"好。"

这个城市颜秋枳之前没来过，这是第一次。

她化妆，陈陆南抽空出去了一趟，再回来的时候，颜秋枳已经化好妆换好衣服了。

"导演他们是不是也到了？"

"嗯。"

陈陆南看她："不用去打招呼，晚上会一起吃饭。"

颜秋枳点了点头："行吧，那走了。"

两人低调出门，为防止被拍，颜秋枳还赶着陈陆南先走，自己一个人走在了后面。

陈陆南拗不过她，只能是随她去。

*

两人偷偷摸摸出去，到地下停车场后，颜秋枳惊讶地问："你怎么到哪儿都有车？"

陈陆南解释："王康借的。"

颜秋枳："……"

也是服了。

"想去哪儿吃？"

颜秋枳扣着安全带，低声说："我先看看。"

"好。"

到最后，颜秋枳选了个当地最有名的火锅店，让陈陆南带她过去。

抵达商场楼下后，她不让陈陆南和自己一起走，先进了店要了个包厢，这才让他上来。

其实一般的店内员工都相对会保密，他们不太会乱说话，怕有什么万一。

所以颜秋枳不怕店员知道，她就害怕路人看见。

虽然也渐渐有心理准备了，但总体来说，能瞒着还是尽量瞒着，现在才有一点苗头出来，给粉丝们丢个炸弹的话，她怕粉丝们承受不住。

陈陆南进来的时候，服务员眼里闪过一丝惊讶，但很快又淡定了下来。

他们这些员工，最会做的便是保守秘密。

颜秋枳好久没吃火锅了，这会儿吃得分外开心。

"这个好吃，"颜秋枳指着说，"这个墨鱼仔超好吃。"

她眼睛亮亮地看着陈陆南："尝一口吗？"

陈陆南主动转头看她。

颜秋枳:"……我喂你?"

"嗯。"

颜秋枳没别扭,给他塞了一个,看着陈陆南吃下后,兴致勃勃道:"是不是超好吃?"

陈陆南一笑:"还不错。"

陈陆南低头给她夹菜,低声道:"慢点吃,不着急。"

"待会儿想去转转,附近的景点。"

颜秋枳说:"我听说这城市有几个景点值得去。"

陈陆南颔首:"吃完去。"

"好。"

吃了火锅后,两人低调离开。

当天下午,还下了雨。

颜秋枳和陈陆南买了把雨伞,把两人给挡住,大概是下雨的缘故,景点人都不是很多。

两人倒是悠闲地享受了一下午的二人世界。

颜秋枳拉着陈陆南去了当地的一个景点坐船,她直接把船给包了下来,船上就他们两个人。

颜秋枳玩得开心,陈陆南基本上不会过多阻止。她正玩着,突然转头看向旁边的男人。"你过来一点。"

陈陆南挑眉看她。

颜秋枳顿了顿,看着放在旁边的伞。

小船能挡雨,但挡得不多。

颜秋枳稍稍一顿,刚想要弯腰去拿伞,陈陆南先把伞给撑开了。

他转头看她:"想做什么?"

颜秋枳没回答他的问题,直接上手。她把陈陆南手里的伞往下压,盖在两人头顶,她往陈陆南身上一靠,直接亲了上去。

一把伞,挡住了外面所有视线。伞下的两人,坐在船上,亲得难舍难分。暧昧在无限滋生蔓延,让人远远看着,都觉得是一幅美好的画面,撩得少女心慢慢。

船开了多久,颜秋枳和陈陆南便亲了多久。

一直在船头没说话的船夫说"到岸"的时候,颜秋枳才抿了抿红润的唇,压着伞拉着陈陆南快速离开,仿佛后面有人在追他们一样。

船夫看着两人的背影,感慨了一句:"小年轻的恋爱啊。"

颜秋枳并不知道自己还被船夫给点评了一番,下了船之后,她就被陈陆南给拉走了。

颜秋枳还没反应过来,陈陆南便拉着她靠在角落里亲,把刚刚在船上没做完的事情继续了下去。

虽然……最后也还是没做完。

但至少短时间内满足了。

*

颜秋枳和陈陆南回到酒店,两人便心照不宣地分开了。

她刚回房间,珠珠便过来了。

"颜颜姐!"珠珠兴奋道,"我刚刚刷微博看到了一个好漂亮的画面啊,真的好想去那边看看啊。"

颜秋枳看她:"什么画面?"

"一对情侣接吻的,"她举着手机说,"你看,下雨天两个人在伞下接吻,还是靠在假山下面,太刺激了吧。"

珠珠是在微博刷到的热门话题,是一位路人的投稿,说一个人雨天漫步的时候遇到了一对情侣,特别浪漫又刺激,竟然在雨伞下接吻,起码亲了半小时。

她发了几张图片出来,看不见脸,但从这一男一女的身形来看,两人的气质身材都非常不错。

这投稿一出来,不少人纷纷表示杀人了。为什么下雨天还有这种爱情!!!太虐狗了。

大概是下雨天大家都闲得无聊,话题瞬间就上来了,不少人还好奇这俩人到底是谁,只可惜谁也没见到他们的正脸,根本无从深扒。

颜秋枳看完之后,下意识地舔了下唇。

她心虚地瞥了一眼珠珠,努力往后退,想把自己出去时穿的衣服藏起来。刚刚珠珠进来的时候,没注意到她穿的是什么衣服。

这会儿颜秋枳不说话,珠珠抬头看了她一眼:"颜颜姐,你怎么都不……"

话说到一半,珠珠卡壳了。

她瞪大眼睛看着颜秋枳的打扮,再低头看着自己的手机界面:"颜颜姐……你……"

珠珠深呼吸了一下,指了指她,再指了指手机:"你和这照片里的女生穿的裤子和衣服都一样啊。"

颜秋枳尴尬一笑。

珠珠突然尖叫了起来:"颜颜姐!!!你和陈老师怎么可以偷偷去干这

种事啊,你们应该把我叫上给你们拍照啊!我不怕被你们虐的,我就想看现场。"

"……"

珠珠促狭地看着颜秋枳:"颜颜姐,接受采访吗?"

"什么采访?"

珠珠问:"和陈老师接吻是什么感觉啊?"

颜秋枳:"……"

她瞅着珠珠那好奇的眼神,一时间还真回答不上来。

和喜欢的人接吻是什么感觉?大概是开心激动又害羞的感觉,时时刻刻想亲一亲他,想要和他黏在一起。

以前颜秋枳会觉得腻歪,但现在……她发现其实不会。

一旦喜欢上了某个人,满心满眼都是他,怎么可能会觉得腻歪,就算是时时刻刻黏在一起,亲在一起,都不会厌烦的。

她安静了一会儿,轻声说:"就是想和他在一起的感觉。"

珠珠没吭声,静静地看着她半晌,突然感慨了一句:"我也好想找男朋友啊!"

颜秋枳:"……"

珠珠没问太多,颜秋枳在房间休息一会儿后,几个人便喊着聚餐吃饭。

其实大多数人都见过,也都认识。

不过颜秋枳和向月明是第一次见。她看着向月明,总觉得她有点眼熟,但一时间又说不上来到底是哪儿熟悉。

她长得很漂亮,和颜秋枳不是同一种类型。颜秋枳的长相相对偏明艳一点,但向月明看上去冷冷清清的,不食人间烟火一样。

她应该是学跳舞的,身形特别好,有种仙气飘飘的感觉。

颜秋枳没忍住,盯着看了好几眼。

向月明转头看向她这边,眼睛里还带着点不熟悉的那种羞涩,和清冷的外表又不太相符。

她对着颜秋枳笑了笑。

莫名其妙地,颜秋枳还有点喜欢她了。大概是仙女总会招人惦记,即便她是个女的,也会喜欢向月明这种长相的女生。漂亮,干净,遗世独立一样。

"你好,颜秋枳。"

向月明点了点头,声音还有点奶:"向月明。"

颜秋枳一笑,转头看她:"你长得很漂亮。"

"谢谢。"

两人坐在一起,女人们在一边,男人们在另一边,导演和其他几位工作人员也都在。

颜秋枳和其他人打过招呼后，便自顾自地吃了起来。

就是一个简单的聚餐，给明天的录制开个好头而已，以免尴尬。

她低头吃饭，其间没怎么说话。

偶尔玩玩手机，导演也不在意，导演大多数时间是在和陈陆南他们喝酒聊天。

颜秋枳玩了会儿手机，侧目看旁边的女生："会喝酒吗？"

"会。"向月明说。

颜秋枳一笑，低声说："以后别人问你要说不会。"

向月明错愕看她。

颜秋枳压着声音说："不然他们总想要给你灌酒。"

向月明眨了眨眼，点头答应着："好。"

两人聊了两句，关荷没怎么和颜秋枳说话，她这一晚上都很安静，不过偶尔看颜秋枳的眼神，稍微有点不太对劲。

颜秋枳没去细想，总而言之，她不觉得关荷会弄出什么大事来。

吃过饭后，考虑到第二天的拍摄，大家散场回酒店。

回酒店之前，导演喊住几人："明天早上会有个直播，以后每期录制都会有半个小时到一个小时的直播，大家准备好啊。"

众人了然。

颜秋枳和向月明一起走，关荷落在后面。

等电梯时候，向月明的手机响了起来，颜秋枳下意识转头看了一眼，只看见她低头接通电话，垂眸很轻地应了一声："喂？"

那边传来了一个有点熟悉的男声，颜秋枳还没来得及细想，向月明便道："要进电梯了，我先挂了。"

挂了电话，她下意识地去看颜秋枳。

颜秋枳这会儿收到了陈陆南的消息，也没注意到她的眼神。

她唇角压着笑，不紧不慢地给那男人回消息。

陈陆南：【今晚几点睡？】

颜秋枳：【？】

陈陆南：【我跟导演聊两句，晚点过来。】

颜秋枳明知故问：【你过来干吗？】

陈陆南：【睡觉。】

颜秋枳：【……确定只是睡觉？】

陈陆南：【如果允许的话，也可以做点别的。】

说得好像还挺委屈的样子。

颜秋枳噎住,毫不犹豫打击他:【……你想都别想。】

陈陆南没立刻回消息过来,大概是没空看手机。

她回了房间,没一会儿门铃声便响了起来。颜秋枳下意识打开门,脸上挂着笑,只不过在看到来人后,她脸上的笑僵住了。

林竟站在门口,低头看着她,笑了笑说:"这么明显?"

颜秋枳扶着门把手,没太懂他的意思:"什么明显?"

林竟没解释,他低声问:"你在等人?"

"嗯。"对林竟,颜秋枳没什么好隐瞒的。她就算是说了,林竟也不会去公开。

林竟一顿,低声问:"等陈陆南?"

颜秋枳诧异地看着他。

林竟苦涩一笑,不急不缓地说:"早该猜到的,之前你拍戏的时候陈陆南频繁出现在酒店就不对劲了。"

颜秋枳没吭声。

林竟也没多说,他看着颜秋枳一笑,说:"找你有事,不打算邀请我进去坐坐?"

"不打算,"颜秋枳直白地道,"不太合适,你在这儿说。"

林竟:"……"

对颜秋枳的这种防备,他有点无力又觉得好笑。

林竟找她是说工作的事情,他有一个看中的剧本,觉得颜秋枳来演会比较合适。但这会儿在酒店,不好多交流。

颜秋枳点点头表示了然:"我考虑一下再给你回复。"

"行。"

林竟也不拖泥带水,转身便要走。

一转身,便看到了从电梯里出来的陈陆南。

两人隔着不远不近的距离对看了一眼,陈陆南的目光偏了一下,落在颜秋枳身上。

颜秋枳很是无语,她不知道自己这到底是什么运气,每次和林竟说点什么,都能被陈陆南撞见。

她摸了摸鼻尖,没看两人,缩回了脑袋进屋,但门是开着的。

陈陆南看了一眼林竟,微微颔首。

林竟从他旁边走过,还是没忍住说了句:"上次关导去探班,是你要去的?"

陈陆南"嗯"了一声:"是。"

林竟:"该猜到的。"

陈陆南没多说,淡淡道:"以前的照顾,多谢。"

林竟扯了一下嘴唇,淡漠道:"又不是给你的。"

陈陆南一点也不在意:"嗯,她受了的,我来谢。"

林竟:"……"

没一会儿,颜秋枳听到关门声,回头瞥了一眼进来的人,低声问:"你就真不怕被发现?"

陈陆南捏了捏她的脸,咬牙切齿地说:"我就走开了十分钟。"

颜秋枳一脸无辜:"我怎么知道他会来。"

说着,她戳了戳陈陆南的脸:"你们在外面说什么了?"

"没说什么。"

"真的?"

颜秋枳明显不信,凑在他面前目光灼灼地看他。

陈陆南"嗯"了一声,瞅着她问:"这么好奇?"

"好奇啊,"颜秋枳笑看着他,"难得看你吃醋,怎么能不好奇。"

陈陆南一顿,一把将她揽入怀里。

他埋头在颜秋枳脖颈处深呼吸了一下,声音低沉道:"没有难得。"

"什么叫没有难得?"

颜秋枳一时间没反应过来。

好几秒后,她才后知后觉反应过来。

颜秋枳没忍住,弯了弯唇角笑道:"都吃了谁的醋?我来数数?"

陈陆南盯着她看了会儿,捏着她的下巴咬了上去,嗓音沙哑道:"故意招惹我?"

"……"

陈陆南没和颜秋枳计较林竟的事,他在颜秋枳这边没待多久便走了。

次日有综艺录制,陈陆南有分寸。

*

翌日清晨,早上八点,《一起度假吧》综艺首次直播。

颜秋枳早早便醒来了,洗漱过后便和大家集合一起吃早餐,直播也是这会儿才开始的。

大家集合出现的时候,直播间的粉丝便热闹了起来。

【啊啊啊啊啊啊来了来了!!】

【哥哥好帅啊!!】

【啊啊啊啊啊啊颜秋枳好漂亮啊。】

……

直播间里，粉丝热情又激动。

颜秋枳凑过去看了一眼，含笑问："现在有人在看了吗？"

工作人员点头："有的，秋枳要不要和大家打个招呼？"

"好啊，"颜秋枳一点也不扭捏，"大家早上好，我们要吃早餐了，你们吃了吗？"

她回头看了一眼："我要介绍一下吗？"

陈陆南原本坐在一旁，闻言回了一句："你推荐。"

颜秋枳看了他一眼。

两人这个对视，明明是很普通的那种，但对于开始倾向嗑他们CP的粉丝来说，这就跟主动发糖一样。疯狂得不得了。

【啊啊啊啊啊陈陆南看颜秋枳的那个眼神，我"死"了！！】

【哥哥我不准你用那种眼神看其他女人！】

颜秋枳没拒绝，真给粉丝介绍了一番。

直播的内容其实不多，只是看着大家吃早餐，偶尔聊天什么的，可因为是看自己的偶像直播，所以他们即便只是做很无聊的事，大家也觉得是有趣的。

颜秋枳和向月明坐一起，偶尔还压着声音交流。

吃过早餐后，一行人上车，出发去真正的录制地点。车上还能直播，想聊天就聊天，不想聊天的话，睡觉也没关系。

颜秋枳和向月明正凑在一起玩游戏。两人低垂着头，玩得很是自在。

其他几个人相对安静一点，庄子昂会找话题和林竟、关荷说话，偶尔还能cue到陈陆南，让直播间的粉丝不觉得那么无聊。

突然间，颜秋枳也被点到了。

她正玩得起劲，不经意听到自己名字的时候还愣了一下："啊？你说什么？"

庄子昂笑着看她："秋枳平时也喜欢玩游戏吗？"

"会玩，但比较少。"

颜秋枳目不转睛地看着手机屏幕。

庄子昂："我们在说对录制地点的期待，秋枳觉得会是怎么样的？"

颜秋枳想也没想便说："不会太好，第一期节目组肯定要给我们一个下马威的。"

众人："……"

导演："……"

猜得太准了。

一局游戏结束，颜秋枳把话题抛给向月明。向月明跟着说了两句，也算是有了镜头。

她安静，话也不多，但是这种气质让人无法忽视。两人坐在一起，镜头扫过来的时候，无比的养眼。

粉丝发着弹幕：【说真的，颜秋枳和向月明什么都不做，就一直低头玩游戏，我也能看一天！漂亮姐姐和妹妹真的太吸引人了！】

【陈陆南在做什么啊！也在低头玩手机，说好的老干部呢？】

【呜呜呜呜有预感这个综艺会很精彩。】

陈陆南确实不玩游戏，但他会骚扰人。

颜秋枳刚退出游戏，便看到了刚收到的好几条信息，全是坐在她后排的人发来的。

颜秋枳：【你干吗？】

陈陆南：【没做什么。】

颜秋枳：【……那你给我发那么多消息？】

陈陆南：【嗯。】

颜秋枳看着陈陆南的消息，很是无语。她低头戳了戳手机屏幕，猛地想到了点什么，瞪大眼回头看着陈陆南。

向月明察觉到她的变化，低声问："怎么了？"

"没事。"

颜秋枳快速收回自己的目光，含糊地说："我就是看看后面车多不多。"

众人："……"

骗鬼呢。

颜秋枳笑了笑道："睡一会儿吧，待会儿直播要结束了对不对？"

"是的。"

颜秋枳说睡就睡，一点也没含糊。她把眼罩戴上，歪着头睡了过去，连直播什么时候结束的都不知道。再醒过来的时候，差不多已经到地方了。车子慢了下来。

*

第一站录制的地方，是一座海滨城市的一个小村。这村子沿海，风景特别好。

颜秋枳等人到的时候，入眼的便是一大片漂亮的景色，不过因为位置偏僻的缘故，人不是很多。

下车后，一行人推着行李进去。

《一起度假吧》是慢生活综艺，所以难度不会很大，就是一群人在一起的度假生活，偶尔会给大家加点任务，增加度假难度。

例如，他们度假是没钱的。

不远处有一栋低矮的小平房，看上去干干净净的，这便是颜秋枳等人要住的地方。

分男嘉宾和女嘉宾的住所，只不过男女各有两间房，就意味着两个人要同住一个房间。

分房间很简单，抽签决定。

颜秋枳没想到她会那么幸运，和关荷抽中了一个房间。

看到结果的时候，两人互相看了一眼对方，又默默地移开眼。至于另一组，也是奇妙，陈陆南和林竟抽到一起了。

颜秋枳觉得……这一期播出的时候，粉丝应该会很激动。这种顶级修罗场，谁能不爱呢？

分好房间后，各自放行李。

向月明看向她，低声问："颜颜姐，需要我和你换个房间吗？"

"不用，"颜秋枳笑着说，"我们按规矩来。"

向月明点了点头，清清冷冷道："需要随时说。"

"好。"

颜秋枳和关荷的房间不是很大，只有两张小床。

进去后，关荷看了她一眼："你要哪个床？"

"我随意。"

闻言，关荷一点也没和她客气："那我要窗边的。"

放好东西后，关荷进浴室换衣服，颜秋枳收拾了一下自己的东西，便直接下楼了。

导演宣布了游戏规则：这三天两夜，他们除了要一起睡之外，还要考虑一日三餐的饮食。节目组不会给他们钱，想要什么自己想办法。

这是海边城市，可以去海里钓鱼，也可以在当地帮村民做事赚钱，反正就是……很朴素的度假生活。

听完导演安排后，众人在心底抗议。

"导演，这还算什么度假啊？"

导演理直气壮："不一样的度假啊，不是告诉你们了吗？"

众人："……"

竟然无言以对！

导演笑着说："给你们安排了任务，下海捕鱼和上树摘椰子，看你们怎么选择。"

话音一落，大家都面面相觑地看着对方，真不知道要怎么选择。

"抽签吧，"林竟道，"这样公平。"

众人点头。

最后的结果是，颜秋枳和向月明、林竟去摘椰子，陈陆南、关荷和庄子昂下海捕鱼。

抽签结果出来后，有人欢喜有人愁。

颜秋枳倒是没太大感觉，反正就是录制综艺而已，到处都是镜头，她感觉不大。

但她能感受到有人的目光落在她脸上。

颜秋枳没去管，拿过节目组安排好的工具后，便出发去摘椰子了。

"陈老师。"

庄子昂喊了好几声。

陈陆南回过神，声线低沉："什么事？"

庄子昂道："我们现在也去下海吧？"

"嗯。"

两队分组进行。

颜秋枳和向月明分在一起还挺开心的，她看着向月明，低声问："你今年刚二十岁？"

"嗯，"向月明不好意思笑了笑，"刚签约。"

"难怪，"颜秋枳说，"签的是哪家公司？"

"晨星。"

颜秋枳一愣，多问了一句："哪儿？"

向月明看着她："晨星。"

闻言，颜秋枳眨了眨眼说："……陈老师之前的经纪公司？"

"对。"

陈陆南最开始就是晨星出来的，当然现在也还算是晨星的人，只不过有专门的工作室，所以很多人把他和晨星区分开来了。

但大家都知道，晨星是圈内有名的经纪公司，签约的艺人大多数都会大红大紫。

这家公司有实力有资源，但他们签约的要求高，很多人挤破头想进去都不行，也正因为此，成了业内的香饽饽。

当然……颜秋枳还知道点内幕。这家公司，是程湛和陈陆南之前玩投资玩出来的。

程湛算是最大的股东，也是现在的管理者。

她盯着向月明看了一眼，倏然一笑："加油。"

向月明："谢谢颜颜姐。"

颜秋枳拍了拍她的肩膀,笑而不语。她的笑是善意的,除了带着点说不出的味道之外,好像其他都是正常的,不会让人觉得不舒服。

抵达椰子树下之后,林竟有点惆怅。

"这个要怎么弄?"

颜秋枳看了一眼:"上树吧。"

林竟错愕地看着她:"上树?"

颜秋枳:"对啊,不然怎么弄?"

她回头看向后面一大排录制的工作人员,低声问:"你们有梯子借给我们吗?"

众人摇头。

颜秋枳无言,和林竟对视了一眼:"跟当地村民借?"

林竟点头:"我去借,你们在这等着吧。"

林竟走后,颜秋枳绕着椰子树走了两圈。

她深呼吸了一下,看着镜头说:"先说好啊,待会儿看到我的举动,粉丝们别脱粉啊!我也是万不得已才做这种事情的。"

摄影师们:"???"

就在大家错愕之余,颜秋枳和向月明嘀咕了两句。向月明瞪大了眼睛,懵懵懂懂地走到椰子树下,和颜秋枳对视一眼。

紧跟着,颜秋枳开始爬树。椰子树不好爬,太滑了,要不是颜秋枳的"童子功"还在,估计爬不上去。

"颜颜姐,你注意安全,"向月明道,"不行就下来吧。"

"我可以,"颜秋枳道,"我应该没问题。"

二十分钟后,等林竟空手而归的时候,颜秋枳已经在树上了。

其实节目组找的椰子树并不高,是给他们留了机会能爬上去的。

林竟不敢相信地看着树上的人,差点怀疑自己的眼睛。

"秋枳?"

"啊?"颜秋枳低头看他,"林导帮忙把那个东西给我吧,这个椰子晃不下去。"

林竟:"……"

一个多小时后,颜秋枳等人的椰子弄得差不多了,能卖几个,还有几个可以吃。

但问题来了——颜秋枳下不来了。她抱着树枝,可怜兮兮地蹲在上面。

林竟仰头看她:"秋枳,可以下来了。"

颜秋枳:"……我知道,但我不敢下来。"

上树一时爽,下树想老公,此刻就是她的真实写照。看着树下的工作人员，颜秋枳是真不敢乱动。没一会儿，向月明找了扶梯过来。但扶梯不是很高，颜秋枳觉得不安全。她深呼吸了一下，脚颤巍巍地伸出去，刚碰到扶梯，一阵海风刮过，她又快速地缩了回去。

林竟有点苦恼地看着她："敢下来吗？"

"……敢的吧。"颜秋枳看看下面的人，"你们稍微让一让，我怕不小心摔下去。"

众人："……"

十几分钟后，颜秋枳还在原地。

恰好这会儿，陈陆南等人下海捞鱼回来了。他们今天只负责把网给撒下去，要明天凌晨才去弄上来。

看到树上的颜秋枳后，庄子昂惊呼了一声："秋枳？你怎么上去的？"

颜秋枳："……靠脚上来的。"

关荷不敢置信地看着她，似乎是想知道椰子树到底要怎么靠脚上去。

陈陆南和大家的反应都不同，他皱了皱眉，径直走了过去。

"怕高了？"

"不是，"颜秋枳低头看着他，"就是风有点大。"

陈陆南皱眉，看向一旁的扶梯："林竟，你们帮忙扶一下扶梯，我上去。"

林竟一愣，自己怎么就没想到这点。

几个人连忙答应着："好。"

陈陆南踩着扶梯来到半空中，仰头看着蹲在树上的人，颇有点无奈地伸出手："过来。"

颜秋枳把手给他，低声问："我们会摔跤吗？"

"不会。"

"那万一不小心呢？"

陈陆南这会儿分外有耐心，低声道："放心，不会让你摔着。"

他看着颜秋枳的眼睛，低声说："我给你垫着。"

颜秋枳眼眸一闪，心突然就定下来了。

她伸手，在众目睽睽之下，直接圈住了陈陆南的脖颈，让他抱着自己慢慢往下爬。

周围的众人都蒙了，导演算是知道点内幕的，但摄影师等人以及其他嘉宾，此刻都是一头雾水。

颜秋枳和陈陆南？这两个人的对话是不是太暧昧了？还有，陈陆南什么时候对女艺人这么温柔了？这还是他们认识的陈陆南吗？

众人心照不宣地对视一眼，都在各自眼底看到了震惊的神色。

但偏偏，他们签了保密协议，有些东西就算是看到了听到了，也得烂在肚子里。

落地的那一刻，颜秋枳感受到了真实。

陈陆南看着她白了的一张脸，训斥的话到了嘴边也没说出来。"吓着了？"

"倒是没有，"颜秋枳说，"刚刚要下来的时候，一阵风吹过，我感觉自己要被吹下来了，所以就没敢动。"

陈陆南哭笑不得，压着声音道："太瘦了。"

颜秋枳睨了他一眼。

林竟在旁边咳了一声，看向两人："下来就好，秋枳快感谢陈老师上去拯救你。"

颜秋枳："……谢谢陈老师。"

她后知后觉反应了过来。

陈陆南瞥了她一眼，收敛住脸上的笑："应该的。"

向月明也听懂了点什么，喊道："颜颜姐，你的战利品好多啊，今天真的太棒了。"

颜秋枳扑哧一笑："不，是我太逞强了。"

"哪有，你不上去，我们今天可能什么都没有。"

"那现在怎么办？"

"去卖椰子换钱，买菜回去做饭。"

"行。"

摄影师只能跟着他们往前走。

但有了刚刚那一下之后，大家都不由自主把注意力放在了颜秋枳和陈陆南身上。

这两个人……是在交往吗？还是怎么回事？

总而言之，陈陆南和颜秋枳从重点关注对象，变成了重重重重点关注对象。

除了跟拍摄影师和编导，其他人也都时时刻刻把注意力放在他们身上。

*

颜秋枳等人卖了几个椰子换钱，买了点菜回去。

这一折腾，午饭变成下午两三点的加餐了。

颜秋枳特别饿，不过谁做饭又是一大难事。

"做饭怎么安排？"

几个人互相看了一眼，有人说："分工合作吧。"

"一日三餐怎么样？两两搭配？"

"好啊。"

最后，莫名其妙的，颜秋枳和陈陆南，向月明和林竟，庄子昂和关荷各自搭档。

"中午谁先来？"

陈陆南看了一眼："我来。"

众人眼睛一亮，真是喜闻乐见。说实话，他们也想看陈陆南做饭。

颜秋枳跟在旁边："我给你洗菜？"

"好。"

两人搭配着，其他人在旁边看着。

看着看着，庄子昂不由发自内心地感慨了一句："秋枳和陈老师好默契啊。"

众人："……"

他们也看出来了。

这是真的默契，陈陆南需要什么，颜秋枳一眼就能看出来。虽然她打下手打得不怎么样，但和陈陆南搭配却非常好。没一会儿，陈陆南的午餐就做出来了。很简单的家常菜。导演抠门地给了他们一块肉，算是加餐。

看着做好的菜，大家纷纷感慨："陈老师的手艺真好啊。"

"陈老师也太会了吧。"

"闻着就很香啊。"

陈陆南低眸一笑，淡淡说："尝尝看。"

众人答应着。

突然，向月明说了句："陈老师的葱切得好长啊。"

陈陆南面不改色地"嗯"了一声："方便。"

向月明没多想。

倒是林竟，特别看了一眼颜秋枳。

颜秋枳低头吃饭，夹到葱后低调地挑了出去。

开始还没人注意，庄子昂不经意看了一眼，没忍住问："秋枳不吃葱啊？"

瞬间，所有人的注意力都在她这了。

颜秋枳拿着筷子的手一顿，无奈点头："……对，不吃。"

庄子昂没察觉到什么，自言自语道："我们这个蛋汤里的葱好挑，方便了秋枳。"

颜秋枳："……嗯。"

众人："……"

他们一言难尽地看着庄子昂，非常非常无力。他是金鱼脑子吗？还是怎么回事？庄子昂不经意抬头，看到的便是几个人别扭的目光。他一愣，下意识地问："怎么了？"

众人:"……没事。"
关荷没忍住,说了句:"你多吃点鱼吧。"
"为什么?"
"补脑。"
庄子昂:"……"

一顿说不清道不明的饭吃完,下午大家休息,打算到傍晚的时候再出门活动。
这个节目真的是很简单很日常的一个度假,颜秋枳回房间的时候关荷在打电话,她便在外面晒了会儿太阳,才到客厅休息。
客厅静悄悄的,没有人在,颜秋枳玩了会儿手机,不知不觉就睡了过去。
陈陆南去了一趟导演那边,叮嘱了两句出来的时候,看到的便是颜秋枳睡在客厅沙发上的画面。
他稍稍一顿,看了一眼后面的跟拍摄影师。
摄影师收到了消息,默默地低下头,但镜头还在拍。
陈陆南往颜秋枳身侧走近,顺势拿过毯子给她盖上,刚盖上去,颜秋枳便醒了。
她睡眼惺忪地看着陈陆南,含糊不清地问:"现在几点了?"
"还早。"
陈陆南低头看她:"怎么?"
颜秋枳摇头:"你去哪儿了?"
陈陆南笑了笑,揉了揉她的头发说:"去了导演那边,你还睡吗?"
"不睡了。"
颜秋枳起来,突然看到了不远处的人。"你……"
她张了张嘴,半天没能憋出一句话。
陈陆南顺着她的视线看了一眼,低声道:"不用担心,我和导演说过。"
颜秋枳:"……"
她愣了几秒,"哦"了一声,还是默默地往旁边挪动了一下身子。
话虽如此,该避一下还是要避开一下的。
陈陆南看着她的举动,扬了扬眉,倒是没多说什么。
颜秋枳摸了摸鼻子,有点说不出的心虚。总觉得等这个综艺结束后,就算是后期有剪辑,她和陈陆南的关系应该也瞒不住了。
安静了一会儿,陈陆南看着她:"想不想出去走走?"
颜秋枳眨了眨眼:"他们呢?"
陈陆南声线低沉:"不等他们,就我们去。"

说实话，颜秋枳是有点心动的。她抿了抿唇："会不会不太好？"
陈陆南思忖了一会儿："不会，我们不出去，他们也没东西拍。"
摄影师："……"
导演："……"
出去拍的也不能播好吗！！
颜秋枳虽然担心，但按捺不住自己的渴望，跟着陈陆南屁颠屁颠地跑了。
摄影师跟在后面，只觉得两人现在这种暧昧的阶段是真不错，粉红泡泡满地都是。

*

两个人走出去。这边渐渐在开发，偶尔能遇见旅游度假的人。
走了一会儿后，颜秋枳渴了。
她还没说，陈陆南看她抿唇的模样便问："渴了？"
"嗯，"颜秋枳有点诧异地看他，"你怎么知道？"
陈陆南笑而不语。"想喝什么？"
颜秋枳眨了眨眼，突然想到了点什么："我们不是没钱了？"
陈陆南一笑，点了下头。"嗯。"
闻言，颜秋枳有点遗憾："那我们回去喝水吧。"
陈陆南看着她对一旁饮料店望眼欲穿的眼神，低低一笑："不努力一下？"
颜秋枳怔了几秒，转头看他，眼睛亮了亮说："那行，陈老师你去吧。"
陈陆南："……"
颜秋枳笑着，眸子里满是狡黠："陈老师快去刷脸，这儿肯定有人认识你，你刷脸要两杯饮料肯定没问题的。"
"……"
陈陆南看她，低声问："就这么把我给送出去了？"
颜秋枳理直气壮地说："这怎么能叫送呢？我只是让你去刷个脸。"
陈陆南听着她的歪理，很是无奈。
他笑，刚想要去刷脸时候，颜秋枳的眼睛里出现了一个熟悉的身影。
她想也没想，也没顾忌着镜头，抓着他的手腕激动道："陈陆南你快看！那是不是程湛？"
陈陆南下意识抬起了头。
不远处出现了一个身形挺拔，气质矜贵，模样英隽的男人。
众人顺势看了过去，后面有人惊呼出声："程总怎么来这里了？"
颜秋枳也好奇。
程湛远远便听到了陈陆南和颜秋枳说话的声音，原本他没想过来，但颜秋枳过于热情，他不得不走近。

"阿南。"

他看了一眼陈陆南，再装作冷冷淡淡的模样，和颜秋枳打招呼："你好。"

颜秋枳偷偷地翻了个白眼，喜笑颜开地望着他："程总怎么在这儿啊？"

程湛面不改色说："过来有点事。"

闻言，颜秋枳意味深长地挑了挑眉："是吗？"

她笑着说："程总。"

"什么？"

程湛看着她，总觉得自己现在好像是一块肉饽饽，颜秋枳和陈陆南都想抢着要的那种。

他刚有不太好的念头出来，颜秋枳便热情地说："相逢即是缘是不是？"

程湛很想回答不是。

颜秋枳继续说："程总能不能请我和陈老师喝杯饮料啊？"

程湛眼皮一跳，颇有点无奈："你们沦落到这个地步了？"

"是啊，节目组抠门，不给钱。"

"行。"

程湛也爽快。

颜秋枳立马跑了过去："既然请了我们两个，那不如工作人员和其他嘉宾也请吧？"

程湛："可以。"

颜秋枳眼睛冒光，继续说："那程总今晚要不和我们一起吃饭？"

程湛扭头看她。

颜秋枳一脸认真："我们也没有饭菜，程总这么大方，肯定会愿意请客的对吧？"

程湛："……"

他总算知道自己在两人眼底看到的"肉饽饽"三个字不是错觉，颜秋枳这是把他当小肥羊在宰。

换作是其他人，颜秋枳肯定不这样，但程湛嘛，无所谓的。

后面的工作人员讶异颜秋枳和程湛的关系，但转念一想又觉得好像是合理的。

程湛是陈陆南的朋友，这是圈内人都知道的。颜秋枳和陈陆南现在这关系……可能算不上是男女朋友，但已经非常暧昧了，和暧昧对象的朋友认识，也正常。

指不定以前还一起吃过饭什么。这样一想，大家也就淡定了。

颜秋枳坑了程湛一把，不仅给每个工作人员和嘉宾都要了饮料和下午茶,还顺利让程湛晚上请客吃饭。

程湛答应着,朝后面的工作人员领首道:"还有事先走了,晚上我让助理定地方,大家一起过来就好。"

颜秋枳笑眯眯地点头道:"我们一定准时到。"

程湛领首,领着后面跟着的助理走了。

看着程湛潇洒的背影,颜秋枳偷偷瞥了眼陈陆南。她觉得陈陆南肯定知道程湛是来做什么的,但这会儿人太多,她又不好问。

两人回去时候,其他人也都醒过来了。

看到颜秋枳手里提着的奶茶饮料,向月明分外高兴:"颜颜姐!你和陈老师是刷脸去了吗?"

颜秋枳扑哧一笑:"这倒没有。"

她浅笑盈盈地说:"有人请客。"

"谁啊?"

庄子昂好奇地问:"你们俩出去怎么都不喊我们?"

关荷无语地翻了个白眼,毫不客气地怼他:"他们出去为什么要喊你?"

庄子昂:"……"

众人对庄子昂投去了同情的目光。

颜秋枳笑了笑,浅声解释:"你们都在睡觉,我们就到附近转了转。"

林竞看着他们问:"这是谁来了?"

"程湛。"

颜秋枳也没瞒着大家,直言道:"他请客的,晚上还请我们一起吃饭。"

话音一落,其他人还没说话,庄子昂突然喊了声:"向月,你的奶茶倒出来了。"

众人转头,看到的是向月明手里拿着的奶茶不小心歪了一下,往外流出来的画面。

颜秋枳立马递了纸巾过去,给她擦了擦:"没事吧?"

"没事。"

向月明回过神来,低声道:"走了下神。"

颜秋枳"嗯"了一声,关荷问:"……庄子昂,你为什么要向月明叫向月?"

她差点以为自己记错名字了。

庄子昂:"就……比较顺口啊,叫全名多生疏啊?"

众人:"……"

全名是稍微有点生疏,但……这样叫好像哪里怪怪的不是吗?

林竞在旁边笑了笑,打着圆场说:"待会儿我们要做什么?"

"度假嘛,那就是想做什么做什么了。"

导演组:"……"

很无力,但又不得不说他们想的是对的。

大家都分外无所事事。

但导演还是安排了几个任务。

完成后,程湛的助理来了,说是请大家去吃饭。

导演没辙,也拒绝不了,只能是任由他们去了。好不容易想让他们体验不同的度假生活,到最后好像过得更好了。

程湛一点也不抠门,虽然当地条件有限,但他硬生生给他们找了个最豪华的酒店,请他们吃海鲜。

颜秋枳吃得很是开心,她的位置被安排在陈陆南旁边,忍不住和陈陆南小声聊天说:"要是在每个地方录制都能遇到熟人该多好。"

陈陆南:"……"

他无奈一笑,侧目看她:"还吃吗?"

"想吃虾。"

陈陆南"嗯"了一声,垂眸开始剥虾。

两人这个小互动,有人注意到了,也有人没注意到。

总而言之,注意到的也不会多说,没注意到的是直接忽略。大多数人内心都有心照不宣的想法,只除了一个反应迟钝的。

节目组提前征得了程湛的同意,所以这顿饭是有摄影机拍摄的。

镜头很多,颜秋枳和陈陆南这儿同样也有,只不过为了某些事情考虑,拍到的也不一定会播。

陈陆南的手好看,在灯光下,手指修长,骨节分明。他戴着一次性手套剥虾的时候,垂着眼,光勾勒着他的眉眼,留下一小片阴影,让人看着走神。

颜秋枳走了下神,还没来得及拉回思绪,便听到庄子昂的声音。

"陈老师,你很喜欢吃虾?"

陈陆南手指稍顿,瞥了他一眼:"还好。"

庄子昂点了点头道:"其实海鲜好吃,就是难剥,也就陈老师有这种耐心给自己剥好再吃。"

陈陆南:"其实也没有。"

庄子昂不明所以地看着他。

陈陆南把面前的碗给填满后,才不紧不慢地脱下手套说:"看人。"

庄子昂没太听懂,好奇地问了声:"什么看人?"

周围的人实在是听不下去了,关荷就坐在他旁边,无语地翻了个白眼:"陈老师的意思是,他是看人剥虾!他那是给颜秋枳剥的!"

众人:"……"

没等陈陆南和颜秋枳说话,庄子昂瞪大眼看着陈陆南,一副恍然大悟的模样。

众人觉得他总该懂了,他再次语出惊人:"难怪陈老师那么多人喜欢,这也太绅士了吧!"

关荷:"……"

其他人也没忍住,跟着笑了起来。

向月明无声地弯了弯唇,灯光照在她脸上,把她清冷的气质都衬托得明艳了几分。

桌下有人的手,越了过来。她身子一僵,脸上的笑顿时停住了。

至于两位当事人,陈陆南是没觉得有什么,颜秋枳这会儿已经脸红到不想说话了。

说实话,在下午无聊时候,她搜索过庄子昂的信息,网上对他的评价是——宝藏男孩,一个常年用2G网的艺人,永远都能语出惊人,做出常人不会有的举动,说出一般人不会说出口的话。

颜秋枳下午搜出来时候,还跟着笑了好一会儿。她没想到……这个2G少年谈论的对象,现在变成自己了。

好在后续的饭吃得顺利,庄子昂总算是察觉出了点什么,嘴唇嚅动了一下,倒是没再说什么了。

一顿晚饭吃得很是满足,吃饱后,一行人回到他们的小屋子。

节目嘛,总归是需要热度的。

度假是度假,但也有小任务。吃过饭后,大家嚷嚷着要消化消化,几个人凑在一起玩游戏的玩游戏,健身的健身,很是热闹。

*

录制总共三天时间,第二天节目组给了特别的任务,众人热热闹闹地做着,相处也还算融洽。

颜秋枳和关荷住一起,也没发生什么网友们所期待看到的矛盾。

两人就非常非常的平淡,没有任何火花。

第二天晚上,节目组大概是为了热度,让一行人开始玩真心话大冒险。

"大冒险是什么啊?"

"喝酒啊?"

庄子昂道:"我可以我可以。"

他激动地说:"玩什么游戏啊?"

关荷无语道:"真心话大冒险,你说是什么游戏?"

庄子昂："……"

不知道为什么,大家现在的看点竟然全在关荷和庄子昂身上,两人斗嘴有时候是真的挺好笑的。

以前,颜秋枳没发现关荷是这种性格的女生。

她们之前竞争资源,一见面就处于水火不相容的状态,一山不容二虎。

关荷偶尔用点不正当手段抢资源,还拉踩颜秋枳,所以颜秋枳就非常不喜欢她。

但她现在想想,又觉得其实是可以坦然接受的。

在这个圈子里,为了出名,为了有更好的资源和更进一步的发展,每个人都有不同的手段。

她不会看不起关荷,前提是……关荷别再拉着她就行。

两人就这样和平相处,也挺好的。多一个朋友总比多一个敌人要好。

正当大家吵吵闹闹的时候,游戏终于要开始了。

因为人多的缘故,玩的是扑克牌。

颜秋枳之前和沈慕晴他们玩过很多次,倒是分外熟练。

第一轮下来,输了的是林竟。

"林导选真心话还是大冒险啊?"

林竟淡淡说:"真心话吧。"

庄子昂眼睛亮了亮说:"来来来,抽。"

他们的真心话不是问出来的,是抽出来的。

林竟非常淡定,很自然地抽了一个。庄子昂凑过去看了一眼,笑了出来:"给喜欢的人表白啊。"

他起哄道:"林导快来快来。"

林竟低低一笑,摇了摇头说:"导演这是故意坑我呢?"

"来吧,"庄子昂分外八卦且好奇,"林导现在有喜欢的人吗?"

林竟沉默了会儿,下意识看了一眼斜对面的人,"嗯"了一声,淡淡说:"有的。"

他看向镜头:"对着镜头表白就好了吧?"

"为什么?"

关荷不明所以地问。

林竟淡声说:"她肯定会看我们这个节目,到时候也算是表白了不是吗?"

众人:"……"

这样一想,逻辑好像确确实实实没有任何问题。

游戏继续,颜秋枳和陈陆南很幸运,基本上没怎么输。

她赢的次数多了,就稍微有点儿飘,没一会儿,颜秋枳就输了。还是输在关荷手里。

关荷转头看她:"你玩什么?"

颜秋枳眨了眨眼,瞅着面前的啤酒说:"我喝酒吧。"

关荷噎住,睨着她说:"你怎么这么没胆?"

颜秋枳:"我酒量不好。"

庄子昂凑了过来,下意识地问:"那你喝酒了会说真心话吗?"

林竟跟着笑了一声:"还真有可能。"

关荷眼睛一亮,转头看向摄影师:"老师记得啊,待会儿对准颜秋枳,一个表情一句话都不能漏掉!"

摄影师:"没问题。"

颜秋枳:"……"

她为什么给自己挖坑?

颜秋枳想着,下意识去看陈陆南。

说实话,陈陆南也很久见过她喝醉酒的模样了,此刻心里说不想看是假的,但他又小气,并不是很愿意让其他人看到颜秋枳喝醉酒的模样。

想着,陈陆南压着声音说了句:"确定要喝酒?不考虑一下其他的?"

颜秋枳和他对视一眼,还没来得及改口,关荷便道:"不能反悔,喝吧喝吧,三杯就好。"

颜秋枳:"我怀疑你蓄意报复。"

关荷耸肩:"我就是!"

"……"

颜秋枳没辙,只能默默地喝了三杯啤酒。好在啤酒的度数不高,杯子也没有很大,喝完那会儿,她的脑子还是清醒的。

游戏继续。

颜秋枳觉得自己跟酒一定有仇,从第一次喝了酒之后,她接连输了好几次。

没敢再喝酒,颜秋枳默默地选择真心话。

"抽到的是什么?"

向月明凑在她旁边看了一眼,忍俊不禁。

关荷也跟着看了一眼:"是什么?"

看完后,关荷哽了下说:"好,现在我们来公开颜秋枳老师的初吻是在什么时候。"

她说完,眼睛亮亮地看着颜秋枳:"来,说吧。"

对着面前这一圈人好奇的目光,颜秋枳还真的有点难以启齿。

客厅活动空间很大,大家都是挤在一起聊天。

三男三女正对着坐着。

颜秋枳的对面是陈陆南,这话题一出来的时候,她便下意识地看向对面的男人。

她的初吻,其实是很早之前便丢了的。只不过那会儿,颜秋枳还没来得及感受,那个初吻就结束了。

她想着,下意识抿了抿唇。

"快说快说。"向月明没忍住,和颜秋枳开玩笑,"颜颜姐,你脸红了诶。"

颜秋枳睨了她一眼,强词夺理说:"我哪里脸红了?"

"你有。"

关荷说:"你快说。"

颜秋枳:"……我那是因为喝了酒。"

她也没扭捏,直接道:"初吻很久了,几年前的事情。"

"几年前啊?"众人异口同声。

颜秋枳知晓今天是躲不过去了,无奈道:"两年多以前。"

"和谁和谁?"

大家下意识都去看陈陆南的神色,但有点可惜的是……什么也看不出来。甚至,好像他的瞳眸里还带着点笑。

颜秋枳翻了个白眼:"这是第二个问题了。"

"那你还没说初吻的感受呢?"

颜秋枳:"就不小心亲一起的,哪有什么感受?"

关荷瞪大眼看她:"你偷亲人家?"

颜秋枳:"不是。"

顶着对面陈陆南的目光,颜秋枳硬着头皮道:"好吧,其实也算是。"

但实际上是不小心的。她当时真的只是有点好奇……接吻是什么感觉,所以才会主动亲上去的。

大家打破砂锅问到底,问到最后,颜秋枳的语气带着点遗憾:"其实真没感觉,我都忘记了。"

众人:"……"

陈陆南挑了挑眉,眯着眼看她:"是吗?"

颜秋枳喝了酒,脑袋晕乎乎地:"是啊。"

"……"

到最后,看点足够了,时间也差不多了。大家都喝了不少酒之后,也就散了。

大家不紧不慢地回房间洗漱休息,第二天就得走了。

颜秋枳和关荷一个房间,她没着急回去。

回去了也不能立马洗澡，她所以在客厅坐了会儿。

摄影师全都撤下去了，现在完全就是他们自由活动的时间。

陈陆南看了她一眼，起身去厨房煮了醒酒茶出来。厨房是在外面，需要走两分钟的路才能到。

颜秋枳坐在客厅沙发上一会儿，下意识地想去找陈陆南。

她揉着发疼的脑袋出去，转而进了厨房。

厨房相对简陋，没做得特别好。

她进去的时候，陈陆南侧目看了她一眼："不舒服了？"

颜秋枳点了点头，往他怀里靠了过去："我面前为什么有好几个陈陆南啊？"

陈陆南："……"

他低头，看着她坨红的脸颊，心念一动。

"哪儿有好几个？"

颜秋枳半眯着眼数着："1，2，3……好多啊。"

她闭了闭眼，嘟囔着："都数不清了。"

陈陆南低低一笑，声音酥酥麻麻的："真的？"

"嗯。"

"哪个最喜欢？"

颜秋枳反应迟缓地眨巴了下眼睛，没太懂他意思。

"不知道？"陈陆南低头，蹭了蹭她的鼻尖。

颜秋枳摇头，沉思着。

"好像……都喜欢。"她轻声呢喃着。

陈陆南没听清楚，弯了弯腰靠近她这边："什么？"

颜秋枳伸手，戳了戳他的脸说："是陈陆南就好。"

是陈陆南，那无论什么样她都喜欢。

陈陆南一怔，漆黑的瞳眸望着她，灼灼的，里面像是有跳跃的火花。

颜秋枳没察觉到危险，低声问："你呢？"

她抬头看向他，目光突然落在了陈陆南的唇上。

他的唇形很好看，看上去就像是果冻一样。颜秋枳轻眨了眨眼，刚想要凑过去亲他，便被陈陆南给捏住了下巴。

她皱眉："你干吗？"

陈陆南嗓音偏低，像是贴近在她耳边一样："想做什么？"

颜秋枳喝了酒之后，比平日里要大胆很多。

她看着陈陆南："想亲你。"

陈陆南"嗯"了一声："厨房里有摄影机。"

"啊？"

颜秋枳没听懂，含含糊糊道："那又怎么样？"

闻言，陈陆南低低笑了起来。

颜秋枳双眼迷离地看着他，嘟囔着问："你笑什么？"

陈陆南没说话，手指摸着她的下巴摩擦了几下，声线低沉道："你说得对。"

"嗯？"

"摄影机又如何。"

话音一落，在导演室看着这一幕，听着两人对话的导演和其他工作人员眼皮一跳，瞪大眼目不转睛地看着大屏幕上的两人。

厨房的摄影机还没关。

就在大家以为要看到现场直播时候，面前猛地一黑。

陈陆南顺手把火给关了，还拿过一旁的毛巾把镜头给全部挡住，没让任何人看。

很自然快速地做完这一切后，他抱着颜秋枳坐在旁边椅子的上，声线喑哑道："给你回忆一下。"

"什么？"

"初吻。"

陈陆南说完，低头吻了下来，感受着她抿紧的唇角。他亲着她的唇，嗓音沙哑道："张嘴。"

颜秋枳喝醉酒后和平常大不相同。陈陆南一直以来都知道。鼻息间口腔里全是酒味，头一回，他觉不难闻。

陈陆南低头咬着她的唇，长驱直入。

颜秋枳开始还没太大感觉，渐渐地，也跟着清醒了两秒。

她睫毛一颤，下意识想躲开，陈陆南的手指便捏着她的耳垂，让她不得不张嘴回应着他。

迷迷糊糊间，颜秋枳好像跌进了他温柔的瞳眸里，沉溺在其中，无法自拔。再之后发生了什么，颜秋枳好像就没了记忆。

醒来的时候，颜秋枳的房间里没人。

头痛欲裂，她瘫倒在床上片刻，伸手揉了揉太阳穴，紧跟着低头嗅了嗅身上的味道，全是酒味，特别难闻。

颜秋枳看了一眼时间，这才爬起来进浴室洗漱。等她洗漱出来时候，关荷出现在房间里了。

两人对看了一眼，颜秋枳莫名觉得关荷看自己的眼神……非常非常诡异。

她不明所以,问了声:"你这么看我做什么?"

关荷没吭声,她就这么打量着颜秋枳。

要说之前,关荷其实没觉得自己哪儿比不过颜秋枳,在她的认知里,颜秋枳其实就是运气好,实力也就那样而已。她也有长相和身材,唯一有点差的便是学历。

所以她对颜秋枳很看不起,再加上两人走同样路线,总会有拉踩和竞争的。

之后关荷碰了不少壁,渐渐地好像也想开了。

直到努力争取来这个节目,她不是说有多喜欢颜秋枳,对她改观了,只是为了保住自己现在的一切,收敛了罢了。在她看来,颜秋枳就是和自己一样对陈陆南有那种心思的人,一样想抱大腿。

直到正式录制开始,她隐约感觉到哪不太对劲。

关荷不是傻子,也不是庄子昂那种用2G上网的少年,自然而然清楚一个男人对一个女人那样意味着什么。

只不过,她内心还是不太想去相信,颜秋枳竟然能拿下陈陆南。她觉得……陈陆南只是一时间对她鬼迷心窍,颜秋枳懂得撩而已。

昨晚陈陆南送颜秋枳回房间,关荷那儿没睡。

她亲眼看到陈陆南对颜秋枳多特别。颜秋枳要洗脸,关荷本来想帮忙,被陈陆南阻止了。

他给颜秋枳卸妆,拿着温热的毛巾给她擦脸,喂她喝醒酒茶,甚至帮忙脱衣服脱鞋……这一系列举动,都不是床伴会有的待遇。

更别说她还不经意偷看到了陈陆南看颜秋枳的眼神。那个眼神……关荷回忆了一下,比以前她看过的任何一部电影男主角看女主角的还要深情。他所有的感情,在颜秋枳抱着他撒娇的那一刻,全数倾泻出来,给了她。

那种感觉,把她一个路人都给触动到了。

也是昨晚,关荷才后知后觉地意识到……在陈陆南这里,她输得彻彻底底。

虽然颜秋枳一点都不屑和她比。

……

关荷看着颜秋枳半晌,回过神来:"你昨晚喝醉了。"

"啊,我知道。"

颜秋枳皱了皱眉说:"头有点痛。"

关荷瞅着她一会儿,含糊不清地问:"你知道自己昨晚做什么了吗?"

颜秋枳喝酒后会断片,这会儿还真不知道。她瞥了一眼关荷,好奇地问:"我做什么了?骂你了?"

关荷："……"

她不可置信地看着颜秋枳："原来你还会骂我？"

颜秋枳一脸理直气壮："难道你背后没骂过我？"

"……"

关荷无力反驳。

两人瞪大眼看着对方，好一会儿后，颜秋枳自言自语地说："算了，想不起来了。"

她坐在一旁护肤，打了个哈欠说："待会儿就结束录制了是不是？"

"嗯。"

关荷没告诉她，她昨晚喝醉酒的那些英勇事迹。她还没那么好心去促进两人感情发展。

她在房间里转了一会儿，收拾好自己的东西后，又连忙下楼了。

*

上午的录制相对比较普通一点，大家吃了午餐后，就各自离开了。

这次去了一个地方，下次要换另一个地方录制度假吧。

大家都订了机票离开，有好几个人飞同一城市，还是同一班飞机。

颜秋枳和大家都不是同一城市，她去的是剧组那边。陈陆南也因为有事，没办法和她一起过去。

不过她没想到的是，林竟也去那边。

候机的时候，她和陈陆南等人还是在一起的，两人的航班时间相差半小时。

她看了他一眼："你比我晚半小时啊？"

陈陆南"嗯"了一声，低头看她："头还痛不痛？"

"还好。"

颜秋枳打了个哈欠说："我昨晚是不是做了什么？"

她早上下楼时候，工作人员和其他嘉宾看她的眼神都不太对，但那会儿在录制，颜秋枳也就没问。

陈陆南稍稍一顿，知道她有断片的毛病。

他目光沉沉地看了她一眼，低声道："没做什么。"

"真的？"

颜秋枳明显不是很相信，她拍了拍自己的额头说："总感觉忘了点什么。"

陈陆南看她这样，不疾不徐地说："想不起来就先别想。"

"也是。"

颜秋枳不在意地说:"反正肯定不是什么大事。"

陈陆南:"……"

上飞机后,颜秋枳才发现自己和林竟的位置是在一排的,林竟就坐在她旁边。

按照正常发展来说,其实没什么特别的。

她对林竟没意思,林竟也知道她和陈陆南有关系,想来早就打消了对她的念想。

但好像其他人并不这样想。

在飞机上,颜秋枳遇到了自己粉丝。那人一看到她和林竟坐在一起,热情又激动地跑过来问她能不能给签名。

颜秋枳自然不会拒绝。

给粉丝签名后,粉丝看向林竟:"林导,我也超级喜欢你,可以麻烦你在这儿也签个名吗?"

林竟没拒绝。

两人的名字莫名其妙摆在了一起,看上去还挺登对的样子。

粉丝自然也是这种想法,她眼睛亮亮地望着两人,激动不已:"谢谢秋枳和林导!我好喜欢你们两个啊。"

颜秋枳:"……"

林竟挑了挑眉,也不知道是故意的还是怎么回事,笑着问了声:"我们两个都喜欢啊?"

"对啊。"

粉丝没察觉到哪儿不对,连忙说:"超级喜欢的,我很喜欢你们两个人一起合作。"

闻言,林竟意味不明地笑了。"谢谢,我们争取再多合作。"

粉丝一愣,惊讶地看着他。

颜秋枳觉得这话容易让人误会,连忙解释:"林导的意思是,他可能还想找我拍戏。"

粉丝似懂非懂地点了点头,但明显想歪了。

等粉丝走后,林竟和颜秋枳聊天:"怎么样,上次跟你说的考虑得如何?"

"……"

两人聊天的声音不大不小,周围人正好能听见,虽然听得不是那么真切。

颜秋枳莫名觉得哪儿不太对劲,她顿了一下,看向林竟:"我需要先问问经纪人。"

林竟也不勉强,点了点头:"行。"

颜秋枳看他这样,没忍住问:"……林导您刚刚是故意的吗?"

闻言，林竟轻笑了一声，眸眼深邃地看她："怎么？还不允许我使点特别手段？"

他得意思很明显，就是故意搞事情的。

至于原因，两人都心知肚明。

颜秋枳没想到的是林竟会这么幼稚，她哽了一下，颇为无语。

"没有，林导您随意。"

她云淡风轻地说，但心里在打鼓。就陈陆南那个醋劲，要是知道她和林竟挨在一起，甚至还"交谈甚欢"，颜秋枳觉得她可能会要哄一哄陈陆南。

手机设置成了飞行模式，颜秋枳也不能和陈陆南聊天。

她低头，索性静下心来看剧本，至于其他的，下飞机后再说。

颜秋枳看了会儿剧本，头还有点不舒服，索性阖着眼睡觉，没一会儿便睡着了。

快要落地的时候，颜秋枳被大家说话的声音吵醒。

她看了一眼窗外，正好是傍晚。夕阳西下，透着云层看过去，夕阳特别特别的美，好像离她很近一样。

没一会儿，飞机落地，颜秋枳把手机调回正常模式。

下了飞机后，颜秋枳和林竟一起出去。

其实明明是一个很碰巧的行为，但落在其他人眼里，好像就不是很正常了。更别说颜秋枳之前和林竟还传过绯闻。

有知道颜秋枳航班过来接机的粉丝，在看到两人一起出来时候，瞬间尖叫了起来。

"啊啊啊啊啊是颜颜和林导！"

"我的天哪！这两个人怎么在一起了？"

"他们一起录制节目啊。"

"等一下，就算是两个人一起录制节目，颜颜回这边是拍戏的，也不应该在一起啊，难不成林导是特意送她回来的？"

……

粉丝心里多种猜想，脑补了一万个故事。

颜秋枳看着过来接机的粉丝，很熟练地和大家打招呼，签名然后合照。

做完一切后，她便想走。

还没来得及和大家道别，有粉丝道："颜颜，林导是不是送你回来的？"

颜秋枳："啊？"

"林导也和我们一起拍个照吧？可以吗林导？"

颜秋枳："？？？"

林竟看着颜秋枳僵硬的神色，倏然一笑："好啊。"

颜秋枳："不太合适吧？"
粉丝转头看她，异口同声地问："怎么不合适？"
颜秋枳无奈解释："我和林导就是普通的朋友关系，你们要是想和林导合照，我来给你们拍好不好？"
粉丝摇头拒绝。
"我们想要你们一起！"
颜秋枳无奈，还打算找借口的时候，林竟道："你连这都不敢？"
颜秋枳："……林导不用激我，不是敢不敢的问题。"
她只是不想某些人吃醋。
只不过她拗不过粉丝，大家都是辛辛苦苦跑过来接机的，一个照片而已。
颜秋枳还是答应了，她没和林竟站在一起，反倒是找了个角落站着，同框拍了照片。

*

从机场出去，颜秋枳上了车。
珠珠转头看她，晃了晃手机说："颜颜姐，你完蛋了。"
颜秋枳眼皮一跳："怎么了？"
珠珠说："粉丝把刚刚的合照发微博了，大家都以为你和林导有关系，还有人说在飞机上看到你们坐在一起聊天，感觉是要公开的样子。"
颜秋枳无言以对："太能脑补了吧，我们就说了不到五句话。"
珠珠："粉丝还晒了你们一起签名的照片。"
颜秋枳有口难辩。
她点开微博看了一眼，自己的超话和热搜上，渐渐有点苗头出来了。
大多数粉丝，其实并不太会干涉艺人的感情生活。
虽然嘴里总念叨着不希望他们谈恋爱，但要是真谈恋爱了，他们也会祝福。
颜秋枳的粉丝就这种情况，他们的姐姐也是可以谈恋爱的。
而且她不走宅男女神什么的路线，想做什么都随意。
更何况林竟在他们眼里，还真算是一个不错的人，有颜有才，配颜秋枳刚刚好。
自然而然地，粉丝也就乐见其成希望他们在一起。
颜秋枳刷了会儿微博，很是无奈。
明明澄清过无数次，但大家好像都不怎么相信。
她没辙，思忖了一会儿之后，给陈陆南发了个信息。
按照时间估计，这会儿陈陆南应该下飞机了。

陈陆南刚下飞机，还来不及做什么，便遇到了过来接机的粉丝。

他态度虽然冷淡，但粉丝提出的要求基本上也都会满足。

正签着名，不知道从哪冒出了记者，举着话筒到陈陆南面前问："陈老师，你和秋枳以及林竟导演一起录制综艺，对他们的关系有什么不一样的看法吗？"

陈陆南手上的动作一顿，撩起眼皮看向面前的记者："他们的关系？"

记者愣了愣，点头说："是啊。"

陈陆南声线低沉，不疾不徐问："他们有什么关系？"

记者一愣，这才想起他应该都没上网。

她连忙说："现在网上关系差不多都曝光了，他们应该是男女朋友关系吧？"

大家都在往这个方向猜测。

虽然之前颜秋枳等人澄清过说是朋友，可娱乐圈里被拍到的情侣，不都是这样回答的吗？

只要他们还不想公开，对外的说辞全都是一样的——我们只是朋友。

这是大家都懂的套路，所以真不能怪他们误会。

闻言，陈陆南轻哂了一声："没看法。"

记者和周围的粉丝都诧异地看着他，头一回发现陈陆南的语气不太对劲。

记者一怔，紧跟着问："没看法是不了解吗？"

陈陆南把手里签好名的照片递给粉丝，这才把注意力放在记者身上。

他鹤立鸡群地站在原地，身上穿了一件浅色系的风衣，整个人看上去丰神俊朗，格外英隽。

外头的夕阳照在他身上，勾着男人的完美身形。他眉眼深邃，五官精致，唇角往上翘了下，淡漠道："他们不是男女朋友。"

闻言，记者瞪大眼看着陈陆南："什么？"

陈陆南没再回答记者的问题，给后面的王康递了个眼神，王康便让保镖上来了。

从机场出去后，陈陆南把手机调回正常模式，他还没来得及登录微博，便收到了颜秋枳的信息。

颜秋枳：【你下飞机了吗？】

他轻扯了扯唇，低头回复：【下了。】

颜秋枳：【晚点了呀？】

陈陆南：【没有，遇到粉丝和记者了。】

颜秋枳：【噢，我也遇到了，我还和粉丝拍照了。】

陈陆南边看微博信息，边回她消息：【嗯。】

颜秋枳瞅着陈陆南这冷冷淡淡的信息，一时间还有点捉摸不定。

这人到底是看到微博消息生气了，还是没有呢？

她要不要主动解释一下？虽然颜秋枳觉得她其实没什么必要解释，她和林竟什么关系，陈陆南一清二楚。

纠结了两秒，颜秋枳还是说了：【我回来的时候和林竟坐在一起，然后下飞机后还和林竟和粉丝一起拍了照。你呢？】

陈陆南：【我什么？】

颜秋枳看着陈陆南的消息，心里有了肯定的判断。

这人看到消息了，甚至还……吃醋了，那醋味隔着屏幕她都感受到了。

颜秋枳纠结了两秒，刚思索着要不要给陈陆南打个电话过去，萌姐的电话先来了。

"喂，萌姐。"

萌姐应了一声，有点头疼地问："你和林竟怎么回事？"

颜秋枳无奈地靠在车窗上磕头，低声道："就是不小心碰上的，什么关系都没有！"

"……哦，"萌姐道，"那行吧，这次录制感觉怎么样？"

"挺好的，"颜秋枳想了想，"但我觉得我和陈陆南的关系可能瞒不住了。"

闻言，萌姐眼皮一跳："你们做什么了？"

"就……"颜秋枳舔了下唇。刚刚在飞机上睡觉时候，她的脑子里出现了一段记忆。

是昨晚喝醉酒后在厨房的。她揉了揉自己发烫的耳朵，仿佛这会儿都还能感受到陈陆南灼热的呼吸，和他贴近自己的时候让她张嘴的沙哑嗓音。所有的一切，都撩拨着她那平静的小心脏。

只要一想到这，她的小心脏就控制不住地扑通扑通狂跳。

颜秋枳咬了咬唇，不好意思说："做了点大胆的事。"

萌姐心脏骤停，稳着思绪问："例如。"

颜秋枳抿唇，弱弱地说："在镜头前接了个吻。"

萌姐："……"

挂了电话，珠珠转头看她，眼睛亮亮地，一脸八卦模样："颜颜姐，你和陈老师这么大方的啊？"

颜秋枳噎住。

珠珠是跟着去了的，但录制的时候她在酒店休息，所以现场具体发生了什么，她并不知情。

颜秋枳看她这样，很是无语。"把你脑子里的念想打住，就只是单纯地接了个吻。"

珠珠"哦"了一声,小声说:"周围要是没人,你们可能还会不小心……"话还没说完,被颜秋枳拿过的零食堵住了嘴。

被珠珠和萌姐这么一打岔,颜秋枳也忘了哄人。再给陈陆南发消息过去的时候,那人估计在忙,没有第一时间给她回复。

*

回到剧组,颜秋枳忙着拍摄,没再去管网上那些乱七八糟的事情了。

反正现在澄清大家也不信,随他们脑补去。

不过剧组来打探消息的人倒是不少,其中除了爱八卦的工作人员之外,还有穆欣。

穆欣和颜秋枳一直都保持着不冷不热的关系。她一般不怎么会和穆欣说话,但也不会不搭理。

两人还在同一个剧组,抬头不见低头见。

这会儿,颜秋枳正和沈慕晴聊天说陈陆南的事。上次她和林竟的绯闻出来后,她没怎么和陈陆南解释,陈陆南也没再问。

虽然两人看似没任何不对劲,但颜秋枳隐约觉得陈陆南在憋着气,等着某个点爆发出来。

沈慕晴觉得她分析的很合理,就陈陆南这种闷骚男人来说,指不定心里有什么坏心思,就等着见面后折腾颜秋枳。

沈慕晴:【我觉得陈陆南这个醋劲儿吧……肯定是没消下去的,就等着你松口,然后把你往死里折腾。】

颜秋枳还没来得及回复,沈慕晴继续说:【哦,在床上把你往死里折腾的那种,不是其他地方。】

颜秋枳:【……你怎么满脑子都是这种思想?】

沈慕晴:【你问问陈陆南,他是不是满脑子都这个思想?老婆能看不能吃,估计憋屈很久了。】

颜秋枳:【……】

虽然好像是有点太过于成人话题,但她算了算时间才发现,还真的……"素"了陈陆南很久了。

颜秋枳一想到这,脑海里不自觉地冒出了些许的旖旎画面。

她脸一热,努力地想要把那些画面给赶跑,给沈慕晴发了个"追杀"的表情包后,颜秋枳拿过一旁的冷水喝了一口。

刚喝下,穆欣便过来了。"秋枳姐,在做什么呢?"

颜秋枳看着她,微微一笑说:"和朋友聊天。"

"林导吗?"

颜秋枳的手一顿,把矿泉水放下,淡淡地说:"不是。"她笑着问,"你秋枳姐不至于只有林导一个朋友吧?"

穆欣一愣,听出了她话外的意思,连忙解释说:"颜颜姐,我不是那个意思。"

她说:"我就是随口一问。"

"嗯。"颜秋枳点点头,并不是很在意她到底是什么意思。

穆欣看她这样,好奇地问:"秋枳姐,我能八卦一下吗?"

颜秋枳微笑:"八卦什么?"

"你和林导啊?"

颜秋枳的手机一振,是沈慕晴发来的消息:【哎,说实话,其实我觉得你可以答应陈陆南了。】

颜秋枳看了一眼,面不改色地收了起来。

穆欣探过头想看看,只隐约看到了一个熟悉的名字。她还来不及细想,颜秋枳便抬眸看向了她,笑了笑说:"我和林导没八卦。"

穆欣明显不信。

颜秋枳也不做解释,她起身:"我去个洗手间。"

"啊……好。"

颜秋枳进洗手间后,给沈慕晴回消息。其实她不是不答应陈陆南,她也想答应,但两人现在工作太忙,一时间找不到一个突破口来谈这件事情。

陈陆南最近也不提了,她总不能主动说:"陈陆南,我觉得你追得差不多了,我们还是做一对恩爱夫妻吧。"

这好像有点儿怪吧?

颜秋枳戳了戳手机屏幕,纠结了几秒后,给陈陆南发消息。

颜秋枳:【陈老师,在忙什么呢?】

陈陆南的消息回得很快:【想我了?】

颜秋枳噎住:【……你怎么那么自恋?】

陈陆南:【有事要我帮忙?】

颜秋枳更无语:【我是有事要你帮忙才找你的这种人吗?】

虽然好像也是。

陈陆南:【不是,是想我了。】

颜秋枳翻了个白眼,岔开话题:【你还没说你在忙什么呢,该不会是在和女人聊天吧?话题都不正面回答,一定有鬼。】

发出去后,颜秋枳也不着急。

她从洗手间出来,不小心碰到了邵越。颜秋枳微微点了下头,回到片场。

刚出去,手机便是一振。

陈陆南:【嗯,确实是在和女人聊天。】
颜秋枳:【?】
陈陆南:【在和你聊天。】
莫名其妙地,颜秋枳觉得自己好像被撩了一下。

她摸了摸自己有点烫的脸颊,有种说不出的感觉,心跳好像都跟着快了一点点。

只不过没一会儿,颜秋枳就觉得自己的心跳更快了。当然,不是被男人撩的,是被气的。

她刚走出去,珠珠便一脸紧张地捧着手机跑了过来。

"颜颜姐。"

"怎么了?"

颜秋枳一脸诧异地看她:"出什么事了?"

珠珠点了点头,还没来得及告诉她,颜秋枳的耳畔便传来了其他工作人员的惊呼声:"我的天哪!陈陆南之前在国外和林嫒真的有一段啊。"

颜秋枳:"……"

他们是不是有一段感情,颜秋枳不知道,她只知道自己这会儿挺生气的。听到大家的议论声之后,颜秋枳毫不犹豫拿出了自己的手机。

她点开微博,热搜第一就是某顶流。

他就是有这种实力,无论什么时候,无论是多么小的事情,都能第一时间被送上热搜。

这是其他艺人梦寐以求都没有的事。

媒体的标题取得向来吸睛,更别说是和陈陆南和林嫒有关的。

"#陈陆南林嫒国外幽会,两人曾恩爱有加,现因何反目#"

这话题可真的太长了,但有点值得夸赞的是……这话题一出来,瞬间吸引了大家的注意力。

颜秋枳往下看,是某博主发出的几张照片,上面还写着:【清理相册的时候突然看到了点东西,这是去年拍的了,当时没想发出去,毕竟是偷拍,但今天突然就有点儿好奇了。明明去年两人还恩爱有加,一起参加聚会,怎么到今年就反目了?上次陈陆南甚至直接打脸了林嫒,这是为什么啊?】

下面的照片拍得很清楚,能清清楚楚地看到陈陆南的侧脸和林嫒的正脸。两人像是在说话,靠得还挺近的。

陈陆南穿着笔挺的西装,林嫒穿着小礼服,从照片看上去分外般配,金童玉女一般。

两人都是有颜值和气质的,这照片拍得也有点意境,如果当事人之一不是陈陆南的话，颜秋枳可能还要夸赞一番。

这微博一出来，粉丝都沸腾了。

【啊啊啊这是什么！！我"南媛"CP又看到糖了吗？】

【某人上次的律师函还不够是吗！现在又开始来蹭热度了？】

【呜呜呜呜这是在国外的吧！好想知道两个人现在为什么变成现在这样了，之前明明很好啊！】

……

颜秋枳磨了磨牙，瞅着那几张照片看着，还！真！是！挺！好！的！

*

关导的电影在筹备，博钰的剧本也写出来了，这天好巧不巧约着一起开会谈事。

陈陆南不单单是主要演员，他还是这部电影的制片人。

会议冗长，陈陆南的想法很多，在专业方向，他向来认真又负责。他出国进修并不是玩玩而已，他对一些影片的见解和想法，都颇有说服力。懂行的人一听，便知道他是真的了解。

陈陆南的手机一直都是静音模式，开完会之后，博钰和他还有关导还一起商讨了一下剧本问题。

再做最后的修整。

虽说等正式开拍的时候还会修改，但至少要先定下来一个版本。

正谈着，王康着急地过来敲了敲门。

"陆哥。"

陈陆南抬眸看了一眼："什么事？"

王康脸上的着急显而易见，对着三个人的目光，他深呼吸了一下，低声道："网上有你的绯闻。"

陈陆南接过王康给过来的手机，低头一看，眉头紧锁。"让工作室第一时间澄清。"

王康了然："找公关处理了，但压不下去。"他看着陈陆南说，"压下去了，照片还是会有，旁人的思想没办法左右。"

这是事实，一旦谁和谁传过绯闻了，即便是把热度给压下去了，这段记忆没办法从大家脑海里消除。总而言之，光是澄清可能不够。

陈陆南眯着眼看着照片，沉默了。

博钰好奇地问："照片是什么时候的？"

他瞅着陈陆南难看的脸色，惊讶道："你出国进修的时候不会真的跟林媛……"

"没有。"陈陆南淡淡地说,"那是一个交流会,碰巧遇上的。"

在国外进修时,陈陆南的名气高,除了国内的人认识之外,国外也有不少朋友。

那是一个作品交流会,有几个出色的新锐导演都参加,他们的想法很特别,陈陆南是有点兴趣的。

当时正好有朋友邀请他过去,是一位认识的男性导演。陈陆南那晚恰好没事,便过去了。

他没料到会遇到林媛,两人虽然在同一所学校,但陈陆南基本上属于上课才能看见人,下课后就消失不见的那种类型。

他也不是那种会主动跟人联系的人。

交流会上碰见,陈陆南没想要去打招呼。

林媛主动过来和他聊天,当时场上的国人不多,陈陆南便简单地应付两句。

没有任何亲密的举动,也没聊什么特别的话题,他态度冷淡,林媛说了一会儿后也自觉走开了。

陈陆南没想到的是,就这么一小段会被拍到,甚至还说得如此暧昧不明。

他看了一眼,给王康叮嘱了两句后,拿出自己的手机给颜秋枳发消息。

发了一分钟,没人回。

他看向旁边看戏的两人:"我去打个电话。"

关导摆摆手:"去吧。"

博钰笑:"我觉得颜颜肯定不接。"

"⋯⋯"

不得不说,博钰的乌鸦嘴很灵。

颜秋枳是真的没接。

陈陆南打过去,无人接听。他眉眼间染上了些许不耐烦,继续打,还是无人接听。

陈陆南转而给珠珠打了个电话。

看着来电显示,珠珠心惊胆战地看了一眼在不远处和导演说话的人,这才捧着手机到角落里去了。

"陈老师。"

珠珠小心翼翼地喊着。

陈陆南应了一声,直截了当问:"颜颜呢?"

"在和导演说话,他们要拍戏了。"

陈陆南稍稍一顿,莫名其妙地松了口气:"嗯。她今天上网了吗?"

珠珠："……上了，看了新闻。"

陈陆南安静了须臾，低声问："她现在心情如何？"

"好像生气了，"珠珠说，"我也不清楚，但颜颜姐看着心情不是很好。"她没忍住，小声说了句，"陈老师，你怎么总有那么多绯闻呀？"

这个问题，说实话陈陆南很难回答。

旁人的想法和行为，他不可能去左右，他能做的，便是约束好自己。

说完后，珠珠也意识到自己好像说了不该说的。她抿了抿唇，捂着手机小声说："陈老师先这样啊，我要去颜颜姐那边了。"

"嗯。"陈陆南停顿了两秒："多谢。"挂了电话后，陈陆南给经纪人打了个电话。"处理得如何？"

宇哥无奈："公关部在处理，不会有什么问题，但前提是……颜秋枳那边你打算怎么做？"

陈陆南单手插兜，安静了须臾说："我晚点发个微博。"

"好。"宇哥脱口而出，回答完之后，突然后知后觉意识到陈陆南说了什么。他不可置信地瞪大眼说："你说什么？你要发微博？"

陈陆南挑眉："不行？"

宇哥："……不是不行，而是你要发什么？公开和颜秋枳的关系吗？"

"不会，"陈陆南道，"这个她没同意。"

闻言，宇哥瞬间放心了。

"那微博工作人员今天还是能准时下班的，我也能。"

"……"

安静了会儿，宇哥道："那你打算发什么？"

陈陆南抬眸眺望着远处，漫不经心道："工作室发声明的时候，提一句，我有喜欢的人了。"

宇哥一口气差点没喘上来。"你说什么？"

陈陆南语气平静："你听到了。"

他停顿了一下，低声说："随时做好公关应对。"

宇哥："……"

挂了电话，陈陆南回了房间。里面的两人正刷着手机，博钰看到他出现，还不怕死地说："陈陆南，不得不说你看上去和林嫒还挺般配的。"

话音一落，博钰的椅子被人踹了一下。

陈陆南转头看向关导，声线低沉："关导，我今天先走了。"

关导了然，点了点头说："行。"

陈陆南说了两句，匆匆忙忙地从办公楼离开。

上车后，他给颜秋枳发消息，还是没回。至于电话，也一直处于无人接听状态。

陈陆南转而给颜秋枳的小助理打电话,这一回……连小助理的电话也打不通了。

王康看着陈陆南脸上的郁气,大气都不敢出。

陈陆南很少生气,也很少会把自己的情绪给表露出来,但这一刻,好像所有东西都摆在台面上了。

王康刚想要说话,陈陆南的电话先响起来了。

他低头一看,是陈母的电话。

"喂。"陈陆南声音低沉,透露着些许的疲倦。

陈母今天和小姐妹一起喝下午茶,结果听到了自己儿子的八卦。

她很少上网,近年来也是因为陈陆南和颜秋枳才偶尔会看看和两人有关的消息。

"阿南,"陈母道,"我刚刚看网上新闻说……"

陈陆南言简意赅道:"没有的事。"

闻言,陈母放下心来了。她低声说:"你别辜负颜颜,颜颜是个让人心疼的人,你这乱七八糟的绯闻一连串出来,是个女孩子都承受不住的。"

她皱了皱眉,不太理解地说:"你那个朋友到底是怎么回事?"

陈陆南顿了一下,低声道:"不是朋友。"他说,"合作过一次,上次那是意外。"

陈母:"你稍微避免一下这些意外,颜颜要真生气了,你会后悔的。"

陈陆南沉沉地应了一声:"我知道。"

他看了一眼时间:"妈,我这边还有事,先挂了。"

说完,陈陆南没等陈母说什么,直接挂了电话。他抬眸看向王康,低声道:"送我去机场。"

王康:"……是。"

陈陆南低调地出现在机场时候,工作室的声明也跟着出来了。

【@陈陆南工作室V:针对今天的绯闻,工作室做以下澄清——我们老板和林小姐除了曾经合作过一次之外,并无任何特别关系,无论是以前还是现在,或者是未来,都无任何可能。

至于网上曝光的照片,是老板出国进修参加一个活动遇上的,两人只简单交流了两句,并没有过分亲昵的举动。

谣言止于智者,针对发布照片,以及故意引导营销的账号,我们会给予起诉,敬请周知。

最后老板让我们转告大家——他有喜欢的人了。最近追得还挺辛苦的,希望大家不要给他增加困难,眼看着要成功了,你们这一出,老板今天估计要千里迢迢去哄人了。

最后,谢谢大家对陈陆南先生的关注,我们尽量把更多目光放在他的作品上,其他的私生活,还希望大家给予一定的空间。】

工作室的声明一出来,不仅澄清了和林媛不会有任何关系,甚至还暗示了有人故意带节奏。

当然更更更重要的是,这条微博透露了两个信息。

一,陈陆南有喜欢的人了。

二,他还没追到喜欢的人。

陈陆南竟然主动放下身段追人?!!

这人是神仙吧!竟然能让陈陆南主动追?!

瞬间,粉丝的注意力被带跑了。所有人的注意力,都在"陈陆南有喜欢的人",和"正在追喜欢的人"这几句话上面。

无数粉丝看完后,更是疯了。

【我的妈呀!!!有生之年系列吗?!】

【哈哈哈哈哈哈哈就想问问林媛和粉丝的脸疼不疼,一而再,再而三地来蹭热度,是最近拿不到资源,没有能力了吗?】

【不知道为什么,最后转告大家的那一段话,我隔着屏幕都感受到了宠溺和无奈!!】

【那位被我们陈老师喜欢的姐姐,千万别生气啊,我们陈老师单身三十年了,求求你早点答应他!】

……

陈陆南的粉丝向来可爱。

陈陆南不是"爱豆",也不是他们用钱砸出来的偶像,更何况这么多年,他也从来不立什么单身人设。相比较而言,他的粉丝大多数都是事业粉。

只要他有作品就支持的那种。对于陈陆南的私生活,他们自然也关注,只是不会过多地约束。他要谈恋爱是他的事,他要追人也是他的事。只要他开心就好。大家虽然还是会有失恋的感觉,但总体来说,更多的是祝福。毕竟……他就算不谈恋爱,也不会和自己谈恋爱。

陈陆南的粉丝思想成熟,在这一点上和其他家非常不同。

陈陆南的飞机要等一小时。他坐在 VIP 候机室,因为工作室的声明出来了,不少工作人员都偷偷地打量着他。以前也有,但今天分外的多。

陈陆南看了一眼声明,很清晰明了。

同样的,他还收到了程湛等人幸灾乐祸的信息,还有粉丝发来的私信,问他有没有信心哄好人,现在哄好了吗?

陈陆南无奈地捏了捏眉心。说实话,他没什么信心。颜秋枳的性格其实是软的，但要真的钻牛角尖的时候，旁人是没任何办法的。她性格软，但是固执，这是几年前陈陆南便知道的。

他低头，继续把玩着手机给颜秋枳发消息，只可惜消息石沉大海，完全没动静。

没多久，陈陆南上了飞机，给颜秋枳留了个信息。

*

颜秋枳真不是故意生气或者什么的。她是手机掉水里了。

最开始看到新闻，她是生气的。

但拍完戏下来，整个人又稍微冷静了一点。其实她相信陈陆南，他要真是那种吃着碗里瞧着锅里的男人，她也不会喜欢上他。

在这一点上，颜秋枳看人还是很准的。

下戏后，她从珠珠手里拿过手机，刚想要打开手机回消息，宋导便喊她过去说戏了。

颜秋枳没多纠结，捧着手机走了过去。

他们下午有一场戏是在湖里的，特别在找了一个湖取景，还有竹筏小船。

颜秋枳和穆欣要一起拍戏，她倒是不怕水，只不过看着这脏兮兮的湖水，她的脑海里就不由自主地蹦出了上次捕鱼时喝下的池塘水。

一想到这，颜秋枳打了个冷战。

邵越正好在旁边，看到她这样，好奇地扬了扬眉说："你怕水？"

"没有。"

颜秋枳说："就是觉得这种天气要是掉水里，会很冷吧？"

宋导听到这话，瞥了她一眼说："放心，不会掉水里，安全措施很好。"

闻言，几个演员都没纠结，直接上去了。

颜秋枳和邵越还有穆欣一个小船，其实真的不安全，但下面有工作人员护着，她也没纠结。

在竹筏船上试了一下戏之后，固定了晚点要拍摄的位置，便定下来了。

颜秋枳手里拿着的手机一直在震动。

她瞥了一眼停下来的导演，低头打算回个消息。

一句话还没打完，竹筏突然晃了一下。颜秋枳一个趔趄，被邵越给拉住了，但是手松了，手机在她的注视下，掉进了湖里。

几个人面面相觑地看着对方，颜秋枳哀号："我的手机！"

众人："……"

好在湖不是很深，湖里也有工作人员，第一时间给她捞了上来。

但开机是不行了。

颜秋枳很是无奈，只能等结束后再去修一修。

虽然不太可能修好，但之前的照片什么的，她想要弄出来。

手机开不了机，颜秋枳也就没去管了。

正好宋导催促着大家拍戏，自然而然地，她把更多注意力放在了拍戏上，至于其他的事，晚上回酒店再好好"质问"一下陈陆南。

一整个下午和晚上，颜秋枳都泡在剧组。

她所有注意力都在剧本上，外面稍微有点吵，下戏后她便回了自己的休息室看剧本，把所有声音都给隔绝在外。

到晚上十点，颜秋枳总算是拍完了这一天的戏。

她伸手揉了揉酸痛的脖颈，疲倦不堪。

颜秋枳打了个哈欠，被珠珠催促着去换衣服。

她"嗯"了一声，懒洋洋地说："珠珠，我好累啊。"

珠珠："……换好衣服我们就回酒店休息了。"

颜秋枳靠在椅子上，嘟囔着："但不想动。"

她半睁开眼问："几点了啊？"

珠珠"啊"了一声，想去拿手机看，突然想到了点什么说："我手机充电去了，一直没拿呢，我去看看。"

颜秋枳无奈起身："算了，你去收拾东西，我换衣服，我们回酒店。"

"好。"

颜秋枳回了化妆间换衣服，现场只剩下邵越还在拍最后的两场戏了。

颜秋枳换了自己的衣服，打算回酒店再卸妆。

她打了个哈欠，揉了揉自己酸涩的眼睛往外面走。

刚打开门，颜秋枳便听到了工作人员的惊呼声："陈老师，你怎么来了？"

她脚步一顿，下意识抬起了头。

一抬头，颜秋枳便看到了不远处风尘仆仆出现的男人。他手里拿着一件外套，里面是一件简单的休闲衣服，脸上还有点颓然的神色，倦意很明显。

在夜色下，他身影被拉得很长很长。

陈陆南还没来得及说话，便有了察觉。

他抬头，往颜秋枳这边看了过来，隔着空间和人流，两人的目光交汇在一起。

在看到颜秋枳的那一刻，陈陆南一路紧绷的神经总算是放松了一点。

他松了口气，目光灼灼地望着她。

颜秋枳的手还扶着门把，一时间有点蒙。陈陆南怎么来了？他这样子，是来给自己解释的？？

颜秋枳还没想出来，又听见了其他人的声音。

是宋导的。他也是听到了助理的告知才过来，看到陈陆南的时候，宋导也明显觉得讶异。

"陆南，你怎么过来了？"

陈陆南"嗯"了一声，声线低沉，还带着点沙哑，像是很久没喝水一样的嗓音。

"来找人。"

宋导一愣："找谁？"

陈陆南侧目，看着颜秋枳道："找她。"

宋导顺着看了过去，眼皮一跳："秋枳？"

陈陆南："嗯，我来看她。"

工作人员："？？？"

颜秋枳没上网，并不知道陈陆南来找自己有什么值得让人震惊。

虽然好像也是有点。

但工作人员的反应超出了她预料的程度，好像大家都分外震惊，难以置信的感觉。

紧跟着，看她的眼神还稍微有点不太对。

她蒙了一下，一时间还真不知道做何反应。

宋导和邵越同样也被吓着了。宋导虽然没上网，也不知道那些事情，但他的问题和想法比较直接。

同样的，他也比较八卦。

他看了看颜秋枳，再看了看陈陆南，稍稍八卦了一下："陈老师来找秋枳……是有什么工作上的事吗？"

陈陆南坦荡荡："不是，私事。"

话音一落，几位知道真相的工作人员倒吸一口气。

私事！！！

他们齐刷刷地瞪大眼，他们可没忘记自己刷到的微博，工作室的回应——陈老师要千里迢迢去哄人！！

结果晚上十点多出现在这里，这哄的人是谁，不言而喻啊！

工作人员的眼睛里燃起了八卦的火焰。颜秋枳转头看了两眼，稍稍有点惊讶。

宋导和邵越对视看了一眼，他稍稍一顿，颇为意外："私事？"

陈陆南颔首。

宋导看着两人，说实话也有点想八卦，但他还没来得及，颜秋枳便先说话了。

为防止陈陆南说什么,颜秋枳直接打断:"宋导,我先走了。"

宋导:"……啊,好的。"

他略带遗憾道:"明天的戏在中午,中午再来。"

"好的。"

颜秋枳低声答应着,她对着周围一双双八卦的眼神,抿了抿唇道:"我先走了,大家辛苦。"

"不辛苦。"

大家异口同声道。

颜秋枳被吓得小心脏颤抖了一下,摸了摸鼻尖,有点莫名其妙。

她没给陈陆南眼神,直接往外走。

珠珠小跑跟着,陈陆南唇角上翘了一下,回头看向众人:"抱歉,先走了。"

他还没走出多远,人群中便有人爆发了尖叫。

"啊啊啊啊啊啊是不是我想的那样!"

"就是就是我们想的那样!"

"你们激动什么呢?"宋导看着面前疯了的几个工作人员,皱了皱眉,"发生什么了?"

宋导日常和工作人员相处得不错,这会儿工作人员胆子也大,直接道:"宋导,你下午是不是没上网?"

宋导看向几人:"我太忙了。"

工作人员扑哧一笑道:"那你快上网看看。"说着,那人掏出自己的手机来,"看我的手机吧,宋导你看。"

她直接把手机塞在了宋导眼皮底下。

宋导看完陈陆南工作室的声明,以及听完工作人员从源头讲起的八卦后,沉默了。

他不可置信地问:"所以陈陆南出现在这里,是为了秋枳?"

众人点头:"显而易见。"

宋导继续:"他喜欢的人是秋枳,现在正在追秋枳?"

工作人员:"没理解错误的话,应该是这样。"

宋导:"……"

他转头看了一眼同样诧异的邵越,低声问:"你知道他们两个的事吗?"

邵越摇了摇头:"不清楚。"

宋导点了点头。他沉默了会儿,自言自语说:"秋枳的魅力可以啊。"

众人:"……"

宋导!这不是关键的!关键是我们知道了大八卦!!

宋导自己想了想,想着刚刚看到两人离开时的背影,一前一后的,说实话,看着还真挺般配的。

两个大家最想在一起的人,私下里"勾搭"在一起。内部消化,看着还不错。

宋导琢磨了一下,估计还能给剧组带点热度,不错不错。

他不在意自己剧里的演员恋爱什么的,只要不爆出丑闻,一般不会有太大影响。

更何况宋导稍微有点自傲,他觉得其他事情是影响不了的,只有剧本身和演员的表演,才会让观众有选择。

"宋导?"

邵越看着安静的他,喊了一声。

"啊?"

宋导回过神来,一抬头便对上了面前还留着的几个工作人员。

因为只剩下夜戏的缘故,不是所有工作人员都在片场,只留了一小部分必需的。

他思忖了一会儿,想着陈陆南工作室的声明。虽然说了有喜欢的人,但并没有告诉大家是谁,可能是有其他考量。

沉思了一会儿,宋导叮嘱剧组的知情人士:"关于陈老师来剧组的事情,大家记得保密。"

众人:"……"

宋导道:"估计是还没成功,万一陈老师被人笑话了怎么办?"

他淡淡一笑说:"大家自己知道就好,以后再和朋友分享。"

大家无可奈何地点头。

做他们这一行的,最懂的便是保密。

其实平时在剧组能看到不少八卦消息,但因为职业问题,和保密协议的缘故,大多数都不能乱说。

偶尔有人爆料出去,不查还好,一旦查出来,工作就毁了。

大家知道事情的严重性,所以都比较自觉。

*

从剧组离开后,颜秋枳并不知道大家心里在想些什么。

只是听到尖叫声的时候,她脚一软,差点摔了一下。很快,她便淡定地上车了。

珠珠瞅着她,再看了一眼陈陆南:"陈老师……你坐我们的车还是自己开车?"

陈陆南顿了一下,低声道:"我跟你们后面。"

陈陆南看向等着颜秋枳的司机,叮嘱说:"路不好走,慢点开。"

司机颔首。

颜秋枳看着车窗外的人,有那么一瞬间有冲动想要下车,但又有点儿多此一举。她手扶着车门一会儿,还是没下去。

两辆车一前一后地往酒店开。

他们拍摄的地方偏僻,本身就没多少人,酒店所在的位置虽然热闹,但和一线城市还是有很大距离。

抵达停车场后,颜秋枳和司机说了一声,和珠珠一同去了电梯口。

她看了看眼睛里闪着八卦光芒的珠珠,敲了敲她的脑袋:"你先上去。"

"好。"

珠珠抿了抿唇,小声说:"颜颜姐别生气了。"

颜秋枳一笑:"没生气,去吧。"

"嗯。"

珠珠走后,颜秋枳压着帽檐靠在电梯旁边等了会儿。她有点儿困了,眼皮处于要睁不开的状态。

陈陆南错过了一个绿灯的时间,比颜秋枳稍微晚到了点。

他知道颜秋枳的房间号,所以没给她打电话,停好车之后,陈陆南低调地往负一楼电梯走。

他没想过颜秋枳会等自己。

不是觉得她狠心还是什么,从一下午不接电话这事来看,她应该是还在生气。

颜秋枳最近这段时间显得任性一点,比较无理取闹,但陈陆南却很喜欢她这样。

所以这会儿看到她站在电梯旁边,脑袋还时不时往下低,是犯困的模样,他是意外的。同样的,心也跟着柔软了起来。

陈陆南走近,声音低沉地喊了句:"颜颜。"

颜秋枳迷迷糊糊地应了一声:"嗯。"

她睁开眼看了一眼陈陆南,皱了皱眉:"你怎么那么慢?"

陈陆南看她这样,跟着松了口气。他伸手,隔着帽子摸了摸她的脑袋说:"没跟上来。"

颜秋枳不甚在意,电梯门打开后,径直走了进去。

陈陆南跟在后面。

回到酒店已经十一点多了,这会儿电梯里空荡荡的,除了两人之外,也没其他人。

颜秋枳靠在电梯墙上休息,阖着眼眸养精蓄锐。

陈陆南也不说话。

安静了一会儿后,颜秋枳挪动了一下脚尖,碰了碰陈陆南:"你怎么来了?"

陈陆南垂眸注视着她:"你下午没看手机?"

颜秋枳一愣,"啊"了一声,说:"我手机掉水里了,开不了机。"

她皱了皱眉说:"也不知道能不能修好,里面有好多照片都没备份的。"

说完,她看向陈陆南:"网上又发生了什么吗?"

陈陆南看她这样,总算是确定了一件事情。

"不生气?"

颜秋枳听着这话,毫不犹豫地翻了个白眼:"我生什么气啊,我要是一点小事就生气,那不是成气包了吗?"

她小声碎碎念:"再说了,我就是当时看到有点生气,她怎么一而再,再而三的来碰瓷啊?"

但过后想了想,其实她知道陈陆南的为人,甚至也知道这些事情不是陈陆南可以控制的。

就像是上次她和林竟的绯闻一样,她主动和陈陆南解释了,所以便过了。

陈陆南之前也和她解释过一次林媛的事情,而且就陈陆南最近的表现来说,不值得让颜秋枳生气。

她这点信心还是有的。

当然……心里不舒服肯定有。一个女人,还是个优秀的女人,时时刻刻盯着你老公,时不时搞点事情,是人都会不舒服吧。

本身颜秋枳就有点小气。

在这方面,她非常承认。

陈陆南看着她气鼓鼓的模样,心软得一塌糊涂。

他伸手,摸了摸她的脑袋安抚着,嗓音低哑道:"抱歉,是我没有处理好。"

"也不能全怪你。"颜秋枳说完,电梯正好到了。

两人一前一后地走出去,回了房间。

到房间后,颜秋枳才转头看向他:"你还没说呢,你怎么突然来了?不是说忙剧本吗?"

陈陆南"嗯"了一声,知道她没生气,也没主动提微博上的事。他目光灼灼地看着颜秋枳,低声道:"没怎么。"

颜秋枳狐疑地看着他:"真的?"

"嗯。"

颜秋枳"哦"了一声,没再多问。她懒洋洋道:"你带换洗衣服了吗?"

"没有。"

颜秋枳不可思议地看着他,无奈了。"那现在出去买?"

陈陆南看着她满脸倦意的模样,低声道:"你先去洗澡,我去买就好。"

颜秋枳:"不用我去?"

"不用。"

陈陆南又不是小孩子,他低头,亲了亲她的唇角:"我很快回来。"

颜秋枳抿了抿唇,任由他亲了自己。

她是真的有点累,也没纠结要不要陪陈陆南过去,反正酒店旁边就有个超市。思忖了会儿,她点了点头:"那你去吧。"

"手机呢?"

颜秋枳"啊"了一声:"在包里。"

陈陆南看了一眼:"回去再修?"

"嗯。"

颜秋枳说:"不着急。"

陈陆南看了两眼,没再多说。

*

陈陆南出去后,颜秋枳也没立马去洗澡,她总觉得陈陆南出现在这里太怪了。

她脑海里有个念头,但不敢百分之百确定。

陈陆南该不会只是因为自己没回他信息没打电话,担心她生气了所以跑过来的吧?

在颜秋枳的记忆里,陈陆南不是这么冲动的人,更别说他昨晚和颜秋枳提了一下,说今天要开一天的会,没办法给她打视频电话。

分开的时候,两人都是靠视频电话过日子。

虽然有点苦,但整体来说还不错。

颜秋枳想了想,拿着房卡出门,去了珠珠那儿。

"颜颜姐,你怎么过来了?"

颜秋枳看她:"把手机借我一下。"

珠珠递给她,连忙说:"颜颜姐,我刚刚才发现陈老师工作室下午时候发了微博诶!"

她激动不已:"你快去看看!原来陈老师是专门过来哄你的。"

"什么?"

颜秋枳没等珠珠回答,便已经看到了陈陆南工作室的微博内容。

她敛眸，一目十行地看完了。

看到最后，她反反复复地把那两段给多看了几遍。

良久后，珠珠提醒她才回神。

她刚想把手机还给珠珠，又停了下，点开热搜看。陈陆南现在还挂在热搜上。

一点开，全是粉丝激动的言论。有好奇他追的是谁的，有辱骂林媛碰瓷的，还有各种。

颜秋枳一溜烟看下来，发现竟然没有人骂"自己"。

陈陆南的粉丝无比支持他追人，甚至还有人给他支着儿。

珠珠小心翼翼地看着她："颜颜姐，陈老师好会啊。"

颜秋枳一顿，把手机塞给她，脸还有点红："会什么会，拍了那么多电影，他还没学到男主角的三分之一。"

珠珠："？"

不是，这怎么能比较呢！

她刚想反驳，颜秋枳摆摆手道："我回去睡觉了。"

她看向珠珠："明天不用喊我，晚点去。"

"好的。"

从珠珠房间出来后，颜秋枳直接爬楼上去。

她觉得自己晚上可能吃多了，想走楼梯消化消化。

回到房间后，颜秋枳进了浴室。

她开始卸妆洗脸，不经意抬头，她看到了镜子里的自己，面颊酡红，是粉底都遮掩不住的那种。

耳朵也泛着红晕，有种说不出来的味道。

颜秋枳盯着镜子里的自己看了好一会儿，突然有点烦了。

怎么回事？她又不是没被人撩过，这只是一个工作室发的微博而已，她这面红耳赤，少女心怦怦狂跳是怎么了！

颜秋枳暗骂了一下自己，淡定淡定，冷静一点，那只是陈陆南的一点小手段，千万别被蛊惑了。

颜秋枳催眠了一下自己，这才加快脚步卸妆洗澡。

她洗完澡出来的时候，陈陆南已经买好东西回来了。

他坐在一个小桌子旁，面前摆开了不少东西。

颜秋枳诧异地看了一眼，径直走了过去。

"你在做什么？"

陈陆南抬头看着她，酒店房间的灯光是暖橘色的，看上去温馨又舒服。

他抬眸，入眼的是一大片白皙的肌肤。

颜秋枳生得白，身上稍微折腾一下，还会有很深的印记，这一点陈陆南比任何人都清楚。

因为是夫妻的缘故，颜秋枳也没有矫情。这房间里只有她和陈陆南，她刚进去的时候顺手拿了自己最喜欢最舒服的睡衣。

是一条吊带睡裙。

酒店的空调不错，穿睡裙睡觉也非常合适。这睡裙是烟雾蓝的那种，特别衬肌肤。

颜秋枳身材好，即便是宽松的睡裙，也能穿出不一样的韵味。

她身上还带着点不一样的香味，是柠檬香。沐浴露的味道。

陈陆南盯着她看了会儿，眸色渐渐地深了。

颜秋枳看他不回应自己，顺着他的视线看了一眼，胸口一大片肌肤露了出来。

颜秋枳一哽，拿手挡了一下，红着脸骂他："你就不能……想点别的？"

陈陆南低低一笑，目光沉沉地看着她："想别的什么？你知道我在想什么？"

颜秋枳："……"她瞪了他一眼，"不知道。"

陈陆南一笑，收回目光："修手机。"他把刚买的新手机推给颜秋枳，"先用这个。"

颜秋枳一怔，看着她习惯用的某品牌新手机，走了下神。她抿了抿唇，低声道："谢谢。"

陈陆南没回答她的话。

他低头给她修手机，手上其实没什么工具，是刚在店里买的。

他把颜秋枳之前的手机给拆了，开始折腾。

颜秋枳把新手机开机，App之类的下好之后，打算登微信。

但微信需要验证才可以登录，她看了一眼陈陆南的手机："我用一下你手机。"

陈陆南直接递给她。

颜秋枳："……密码是什么？"

"0529。"

颜秋枳一愣，诧异地看着他："什么？"

陈陆南抬眸："忘了？"

"没有，"颜秋枳道，"就是没想到你会用这个做密码。"

"嗯，"陈陆南淡淡地说，"一直是这个。"

虽然他也不知道为什么要设置这个密码，但自从和颜秋枳结婚后，每次换手机需要设置密码的时候，陈陆南用的都是这个。

这是他们的领证日期。以前的时候，他会觉得是习惯，但现在……陈陆南发现以前的自己可能是在自欺欺人。

颜秋枳敛了敛眸，输入密码登上他的微信。

她瞅了一眼对面正专注修手机的男人，含含糊糊地问："我能看微信吗？会不会有什么秘密？"

闻言，陈陆南放下了手里的东西。

他抬眸看向颜秋枳，不紧不慢地说："想看什么都可以。"

颜秋枳："……我就给晴晴他们发个消息，让他们给我验证一下。"

"嗯。"

颜秋枳给沈慕晴他们发了消息，通过验证后，总算是在新手机上登录了微信。

刚登上去，沈慕晴的信息便叮咚叮咚地来了。

沈慕晴：【天啊！！陈陆南真的哄你去了啊。】

沈慕晴：【陈陆南现在可以啊！】

沈慕晴：【啧啧啧，你们这大半夜的，你还折腾什么手机呢？我作为一个旁观者都为你们着急，陈陆南现在就应该把你摁在床上，然后这样那样！不这样那样都不是男人了！】

……

说实话，从下午陈陆南工作室的声明发出来后，沈慕晴便和姜臣他们讨论了一下，还让他们那一群人好好学习学习。

陈陆南太牛了。这哄老婆的手段，简直是一般人不能学会的。

她也给颜秋枳发了一大串消息，奈何她没回，沈慕晴便只能暂时打消念想。

但现在，她觉得自己忍不住了。

她要鼓励自己的小姐妹赶紧上，这种老公就得好好抓住，好好绑住，可不能让他跑了。

颜秋枳看着沈慕晴那一连串消息，很是无语。

她无言以对了半晌，给她回了个句号，然后偷偷地抬头看了一下陈陆南。

陈陆南做事的时候很专注，他低垂着眼睑，手上的动作没停，真的在帮她把手机里的水给清出去。

都说认真的男人最帅，颜秋枳非常赞同这个说辞。

陈陆南现在这样……就很吸引她，让她有点挪不开眼。

明明很困了，可就是不想去休息。

好一会儿后，陈陆南拎着她的手机进了浴室，用吹风机吹干，又给她全部装了回去。

颜秋枳目瞪口呆地看着这一连串动作："你还学过修手机？"

"没有，"陈陆南说，"看了一下，应该就是水的问题。"

他装了回去，还真的开机了。

颜秋枳："……"

她看着面前"完好无损"的手机，轻轻地眨了眨眼："你也太厉害了吧？"

陈陆南唇角勾了下，看向她："不困了？"

颜秋枳摇头："困的。"

"去睡觉。"

陈陆南起身："我去洗澡。"

"……哦。"

看着他进浴室后，颜秋枳慢吞吞地爬上床。

她钻进被子里，把脑袋也给盖住了，一会儿后，又默默地探出了脑袋。

颜秋枳扭头看向旁边并排放着的三个手机，思忖了一会儿，给沈慕晴发了个消息。

颜秋枳：【我觉得，你说得有点对。】

沈慕晴：【？】

颜秋枳：【今晚别给我发消息了。】

沈慕晴：【OK，我绝对不打扰你们的二人世界，记得调静音。】

颜秋枳：【。】

浴室里的水声连绵不断。

颜秋枳躺在床上听着，眼睛很累，可就是……不想睡。

她挣扎了一会儿，拿过手机刷微博，试图让自己清醒一下。

没多久，陈陆南便从里面出来了。

在看到床头的光，他皱了皱眉："还没睡？"

"嗯。"

颜秋枳口不对心地说："刷了会儿微博，我一下午没看手机，错过了好多消息。"

陈陆南没多想。他掀开被子上去。

颜秋枳突然瞪大眼看着他，陈陆南抓着被子的手稍稍一顿，突然想起了点什么。

他敛眸，看向颜秋枳说："我来得太晚，没订房间。"

颜秋枳："……"

她默默地往旁边挪了点位置："哦。"

陈陆南躺了上去。

不知道为什么，颜秋枳觉得周遭的空气好像都稀薄了一点点。

甚至于她的身体都跟着紧绷了起来，明明不是什么都不懂的少女，但就是……有种说不出的紧张感。

"我关灯了。"

"嗯。"

陈陆南留了一盏台灯。

两人躺在一起，安静了一会儿后，颜秋枳伸手戳了戳陈陆南的脸："我看到了。"

陈陆南抬手，抓着她乱动的手："看到什么了？"

"微博。"

颜秋枳侧了侧身，往陈陆南那边靠了一点。她睁开眼看着面前的男人，看到陈陆南脸上的倦意消散了些许，连带着心情也跟着好了几分。

她直勾勾地盯着他看，抿了抿唇说："你让工作室那样发的吗？"

"嗯。"

陈陆南抓着她手玩着，低声问："以后会尽量避免。"

颜秋枳安静了会儿，道："我也会。"她说，"我和林竟他们没什么关系，那天机场的事，其实我觉得他是开玩笑的。他都知道我们在一起了，录节目也没过分。"

其实颜秋枳觉得，林竟可能是单纯气不过，想气一气陈陆南。

"我知道。"

这一点，陈陆南也清楚。

他阖着眼眸，听着耳畔叽叽喳喳的声音，突然问："不困了？"

颜秋枳对着他目光，"嗯"了一声："好像是不困了。"

她抿唇，正思索着要怎么开口的时候，陈陆南突然翻了个身。

他双手撑在她两侧，声线低沉："那做点别的。"

"嗯？"

"晚点再睡。"

他寻着她的唇，低头吻下来，有点急不可耐的感觉。

第 10 章
哄好了

颜秋枳承认自己其实有点矫情，要不然也不会一直素着陈陆南这么久。

但有时候人钻牛角尖了，是谁也没办法拉回来的。

至于今晚，她觉得自己暗示够了，如果陈陆南还没反应，那她也不会再说，好在……陈陆南是个聪明人。

说实话，他亲下来的时候，颜秋枳还有点恍惚走神。

似乎是察觉到她的不专心，陈陆南张嘴咬了一下她的唇。

颜秋枳吃痛，睁开眼看向他。一抬眸，便跌进了那幽深的瞳眸里，里面有被点燃的火花和撩拨起来的欲望，炙热的让人避无可避。

她稍稍一顿，眼神迷离地和他对视了须臾后，抬了抬手，她主动勾住了陈陆南的脖颈，仰头从他唇上挪开，往喉结的位置亲了过去。

不亲还好，这一亲……便收不住了。

他吻着她的唇，辗转厮磨，等颜秋枳呜咽着喘不过气来的时候，转而往下。

密密麻麻的吻落下，从唇上转到其他地方，脸颊，鼻子，额头，再往一边，是她柔软的耳垂。

他吮了一下，明显感受到颜秋枳的身体微微僵了一下。他低低一笑，贴靠在她耳边："怎么？"

颜秋枳没说话，娇嗔地瞪了他一眼。

陈陆南勾了下唇角，一路往下。

……

身上那条雾霾蓝的睡裙什么时候被丢下床，颜秋枳已经没有感觉了。

她只能感受到陈陆南那炙热的手在肌肤上。

他掌心炙热，因为工作的原因，手掌心其实是粗粝的，并不像是其他人保养得那么好。

他手心游过的地方,惊起了她身子一阵阵的轻颤。

房间里只留了最初的那一盏灯,色调偏暗,不会引起任何的不适应,也不会让人觉得不舒服。时不时地,她还能感受到陈陆南的喘息声,在她耳畔回响着。

窗外的夜色好像更暗了一些。

两人太久没亲密,陈陆南也不知道是怎么回事,大概是为了"惩罚"她,或者是其他的,在这种事情上突然有了更多的耐心。

他极度耐心地取悦好她,才开始了自己的享受。

颜秋枳的脚指头蜷缩在一起,有点受不住他这样。她的手在他后背,刮了一下又一下,陈陆南吃痛地皱了下眉,另一只手捏着她的唇吻了下来,把她所有呜咽的话都给吞了下去。

……

颜秋枳面红耳赤的,身上还有点不舒服。

她抱着陈陆南,他还靠在她脖颈处,呼吸打落在上面。

"我要洗澡。"

颜秋枳的嗓子都哑了。

陈陆南稍稍一顿,嗓音喑哑道:"好。"

颜秋枳以为,说洗澡应该就能睡了。

只不过她好像太天真了。

对于素了那么长时间的男人来说,不一次要回点利息,是永远不会善罢甘休的。

浴室里的水声和男人女人的声音重叠在一起,一时间让人听得不那么的真切。

颜秋枳眼尾泛红,有些承受不住男人这样的折腾。

浴室里的灯光刺眼,颜秋枳闭了闭眼,不经意地擦过了他滚动的喉结。

刚停下来的欲望,再次被点燃。

……

等水声停下来的时候,颜秋枳连脚指头都不想动了。

陈陆南看着她在自己怀里的模样,刚压下去的念想又再次涌了出来。

他深呼吸了一下,刚想要去碰她,被颜秋枳给躲开了。

颜秋枳一把将他的手给拍开,声音沙哑地嘟囔着:"你走开。"

陈陆南的喉咙里溢出笑,声音低沉又性感:"只给你洗澡。"

颜秋枳才不会信他。

刚刚他也说只给自己洗澡,结果呢……墙上摁着来就算了,浴缸里还被折腾了一回。

而且……这人像是有病一样，男人的劣根性一出来，就完全收不住，压抑不住天性。

颜秋枳甚至还在镜子里看到了自己。

她虽然不算是个很害羞的人，但这种事……真的是只有"变态"才干得出来。

一想到刚刚的那个画面，颜秋枳就觉得自己的身体跟着又热了起来。

不行不行。

她要把那些"肮脏"的画面从脑海里剔除出去。

陈陆南看着她摇头的模样，脖颈通红，大概是在浴室里待久了，她的身子泛着红晕，上面还有他留下的痕迹。

一想到这儿，他的眸色又沉了几分。

陈陆南清了清嗓，贴靠在她耳边道："乖。"

他说："真不会来了。"

颜秋枳停下手里动作，抬眸看他："真的？"

"嗯，"陈陆南保证，"我来。"

"……哦。"

颜秋枳这会儿也没什么力气，在陈陆南保证后，还真的随他去了。

等她从浴室里"奄奄一息"地被抱上床的时候，她明白了一个道理。

狗男人的话绝对不可信！！！

一上床，颜秋枳便裹着被子躲在了角落里。

陈陆南看她这样，唇角里压了压笑："你先睡，我收拾一下浴室。"

"……"

颜秋枳一句话都不想跟他说，默默地拉了拉被子，把自己包裹得更严实了点。

太可怕了。

这人是变态吗？

以前怎么不知道他的花样那么多，男人在这种事情上都是无师自通的吗？

颜秋枳深深觉得自己看错了陈陆南，这人就是个闷骚加明骚的结合啊。

谁说他性子寡淡冷漠的。

在这种事情上……他！可！比！谁！都！热！情！啊！

颜秋枳瑟瑟发抖，突然觉得未来自己的小命要保不住了。

明明她体力也很好，但就是承受不住。

过了会儿，陈陆南从浴室出来。

他掀开被子上床，想去抱颜秋枳的时候，颜秋枳往旁边躲了一下："你别过来。"

陈陆南："……"
他没忍住笑了一声，把她给拉入怀里，低头亲了亲："抱歉。"
颜秋枳："你的道歉一点都不诚心。"
"嗯。"
陈陆南承认，他亲了亲她的脸颊，嗓音低沉道："没忍住。"
最后一次，他是没打算做的。
但奈何面前的人太诱人，让他一时间没忍住。
颜秋枳在被子里踹了他一脚，陈陆南受着，低声问："还有力气？"
"……"颜秋枳瑟瑟发抖，"没有。"
陈陆南伸手，拍了拍她的后背："睡吧。"
"嗯。"
颜秋枳也没扭捏，窝在他怀里睡了过去。
虽然说是有点折腾，但好像……其实她也是享受的。
想到这儿，颜秋枳还有点心情复杂。
陈陆南哄着她，没一会儿颜秋枳便睡了过去。
到这会儿，陈陆南才真正地放下心来，松了口气。
他拥着她入怀，低头亲了亲她的眼睛，有种说不出来的满足感。
春日的阳光大好。
昨晚大概五点才睡，应该算是凌晨了。颜秋枳太累了，身心疲倦，一觉睡到了十二点才醒过来。
她今天的戏份在下午，所以不着急过去。
醒来的时候，陈陆南已经不在旁边了。
他在对面坐着，面前还有一台电脑。他身上穿着不知道谁送来的衣服，是白色的衬衫和黑色西裤，看上去很正经。
但只有颜秋枳知道，这人就是个衣冠楚楚的禽兽。
穿上衣服和脱下衣服后，判若两人。
似乎是察觉到了她的目光，陈陆南抬眸往她这边看了过来。
"醒了？"
颜秋枳眨了眨眼，看向他："你怎么那么早？"
为什么狗男人精力那么好？昨晚出力的是他，竟然这么早就起来了，还工作了。
陈陆南起身，走到她床边："现在起来？"
颜秋枳动了动身子，痛。跟被碾轧过一样，全身酸痛。
她拧了拧眉，没吭声。
陈陆南看她这样，亲了一下她的唇角说："再睡一会儿也行，还有时间。"

颜秋枳瞅着他："我几点的戏？"

陈陆南一笑："三点开始。"

"……哦。"

颜秋枳算了算时间："不睡了，我早点过去。"

她一般都会提前一小时到场，除了化妆之外，还会重新过两次剧本，为防止自己出现别的差错。

陈陆南了然，掀开被子一把将她抱了起来。

颜秋枳错愕地看着他："你干吗？"

陈陆南不紧不慢地问："能起来？"

"……"

颜秋枳趴在他肩膀上沉默了一会儿，嘟囔着："我又不是废物。"

她是有点不太舒服，但还是能起来的。

不过既然有人要服务，那就让他服务，好好享受一下也挺好的。

颜秋枳是可软可刚的那种人。

她能给陈陆南撒娇，但她懂得怎么拿捏分寸，不会过度。

陈陆南很受用，也喜欢她撒娇，喜欢她的那点小脾气。

每个人喜欢的点不同，颜秋枳的这些，恰好是陈陆南喜欢的，也正是因为这样，两人才能越发长久。

洗漱过后，陈陆南让酒店送餐过来。

两人直接在屋子里解决了午餐，吃完后，颜秋枳换了衣服打算去剧组。

她看了一眼还坐在客厅里的人，抿了抿唇问："你下午做什么？"

陈陆南看着她："剧组那边，我和宋导说了一声，不会泄露出去。"

颜秋枳"哦"了一声，点了点头说："知道了。"

她顿了一下，低声道："其实曝光也没什么，反正迟早的事。"

陈陆南伸手，捏了捏她的脸："嗯，不着急，循序渐进。"

现在一下子曝光，他没影响，但颜秋枳会有。在这件事情上，陈陆南不想颜秋枳受伤，他要布局，全方位确定之后，才会有下一步动作。

当然，如果有外在因素，他们无法控制的那种，也没办法。但在可能的事情上，陈陆南是一定会保证的。

颜秋枳想了想，点了点头："那随你。"

她看着陈陆南，认真地说："我就是跟你说一声，如果你要公开，我这边也没什么问题。"

"好，"陈陆南低低一笑，"我送你去剧组。"

"……嗯。"

颜秋枳毫不客气地把陈陆南当作司机，但这人还有事，把颜秋枳等人送到剧组后便先走了。

一下车,珠珠便凑了过来。

颜秋枳对着她八卦的目光很是无奈:"看什么?"

珠珠眨了眨眼:"颜颜姐,你用衣服挡一下吧。"

颜秋枳低头一看,很好,脖颈上有吻痕。

"……"

珠珠瞅着她变红的脸,突然想到早上看到的新闻:"对了,我早上看到了一些新闻。"

"什么?"颜秋枳边往里走边问。

珠珠道:"是关于林嫒的。"

颜秋枳一怔:"然后呢?"

其实昨天陈陆南来了之后,她就没再问了,一个是没时间,另一个是觉得没必要。在林嫒这件事情上,她觉得陈陆南会处理好。

再者,陈陆南就算是不处理,林嫒也蹦不出什么花样来。

陈陆南工作室都有了那样的声明,便已经是完完全全彻彻底底地和林嫒划清界限,她如果再厚脸皮凑上来,那大概不需要大家做什么,她也能被人嘲出天际。

珠珠把自己看到的告诉颜秋枳:"我看网上爆料说,昨天陈老师的声明出来之后,林嫒丢掉了好几个正在谈的代言。我早上也看到了爆料,说之前还打算和她续约的一个代言吹了,还有她正在争取的一部电影,好像也在考虑换人。"

颜秋枳微怔,有点意外:"陈陆南做的?"

"网上没说,大概可能是陈老师做的,也有可能是大家在跟着风向走。"

颜秋枳了然,这很正常。

圈内也有圈内的规矩,虽然说陈陆南的身份没怎么曝光,但稍微有点能力的人都知道他到底是谁,真实的身份如何。

之前网上有过爆料,说陈陆南是某集团公子,只不过没有得到证实罢了。

呈盛特意压着新闻,大家就是想爆料出来,也没太大可能。

而且除了呈盛之外,陈陆南本身就是一个重量级的人物,他要是真的表明不喜欢谁,或是看谁不顺眼,不用他出手,自然有人帮忙。

颜秋枳沉思了会儿,看向珠珠:"这都是网上爆料?"

"应该是真的。"

珠珠点头:"那个爆料者之前的新闻也都是真的。"

她看向颜秋枳,低声问:"颜颜姐,你没问陈老师吗?"

"没有,"颜秋枳说,"忘了。"

珠珠："……"

两人进去后，颜秋枳没再和珠珠说这个话题。

她一进去，大家看她的眼神稍微有一丁点不对。颜秋枳抿了抿唇，厚着脸皮进了化妆间。

穆欣也是下午的戏，她到的时候，颜秋枳已经化完妆了，正和工作人员聊天。

她看了一眼，总觉得氛围有点怪。之前工作人员对颜秋枳是好，但好像没到这一步。

她皱了皱眉，看向旁边的工作人员："秋枳姐今天是怎么了吗？"

"啊？"

工作人员没太懂她的意思："什么？"

穆欣说："感觉大家今天对秋枳姐特别照顾。"

闻言，工作人员也一头雾水。她昨晚没留下来，提前走了，所以并不知道后来陈陆南过来的事情。

她回头看了一眼颜秋枳周围，想了想说："好像没有呀，和之前一样吧。"这个工作人员没有时时刻刻注意颜秋枳的动态，所以没感觉到太大差别。

穆欣皱了皱眉，嘟囔了句："是吗？"

"是啊，"工作人员道，"好了。"

穆欣点了点头："嗯。"

她往颜秋枳那边走。颜秋枳旁边这会儿有几个昨晚的工作人员，他们对颜秋枳和陈陆南无比好奇，又不能大张旗鼓地告诉其他人，所以只能凑到颜秋枳这儿来打探八卦了。

其中有两位是陈陆南的影迷，问她陈陆南还会不会拍戏什么的。

颜秋枳哭笑不得，想了想道："会。"

她告诉工作人员："在筹备一部新电影，一定还会看到的。"

工作人员激动不已，小声问："那……秋枳你能不能帮我们要个签名啊？"

颜秋枳颔首："好啊，晚点拍完戏你们把要签名的东西给我，我让他给你们签。"

"好好好，谢谢秋枳姐。"

……

正畅聊着，穆欣过来了。

瞬间，工作人员闭嘴了。

穆欣不明所以："怎么了？在说什么呀秋枳姐？"

颜秋枳笑了笑，还没说话，旁边的工作人员便道："我们在和秋枳姐说她的那个综艺，好像又要录制了是吧？"

颜秋枳点头:"嗯,过两天录制。"

"那什么时候播出啊?"

颜秋枳算了算时间:"大概下周就播了,好像已经定档了。"

几个人在一起热聊,话题很快讨论了起来。

整个下午,颜秋枳都在拍戏。

邵越碰到她好几次,想说点什么,但又忍住了。

后来吃饭的时候,邵越看着她:"人走了?"

颜秋枳正在和沈慕晴聊天,猝不及防听到一句,还有点没反应过来。

她愣了一下:"什么?"

邵越看着她:"他走了?"

颜秋枳摇头:"没有。"

她顿了一下,突然想到了之前的绯闻:"他昨晚住这儿的。"

邵越苦涩一笑,看向颜秋枳:"就这么不留一点机会给其他人?"

他听懂了颜秋枳的意思。

颜秋枳点了点头:"嗯。"

她也不点破,淡淡地说:"除了他,我好像没办法喜欢其他人。"

邵越大惊。在他的印象里,颜秋枳其实不是这么感情用事的人,她看上去是一个不太会表达情感的人。之前有一次活动采访,回答问题也是比较含蓄内敛的那种,像刚刚那样直白地回答还是第一次。

邵越顿了一下,还想要问点什么,穆欣也过来了。

他敛了敛眸,低声说:"知道了。"

颜秋枳没再多言。

吃过晚饭后,颜秋枳接到了萌姐的电话。

她环视了一圈后面的人,躲到角落里接听:"萌姐。"

萌姐问了她现在的情况,直入主题:"关导有一部新电影你知道吗?"

颜秋枳一怔,眼睛亮了起来:"知道。"

"关导公开选角,他那边有人打电话说让你参加,"她道,"你走了后门?"

颜秋枳无语:"我要是走了后门,就应该直接定下来吧?"

萌姐想了想:"倒也是,你准备准备,选角在一周后,我这里收到了一个剧本,晚点发你。"

"好。"

说完公事后,萌姐停顿了几秒说:"说件私事。"

"什么?"

"你是不是让陈陆南对林媛做什么了?"

颜秋枳:"……我又不是红颜祸水,我能让他做什么啊?"

萌姐一笑道："她一姐的位置应该是没了，这次绯闻闹得有点大，合同解约了不少，据说人在国外，正匆匆赶回来。"

颜秋枳愣了一下，沉默了会儿说："自找的吧。"

那照片明眼人都知道是怎么回事，曝光就算了，私人微博发一发其实不会有那么大的动静，但偏偏还联动了不少营销号转发宣传，甚至还把之前两人合作时的一些镜头给翻了出来，就为了暗示大家他们有点什么。

萌姐笑了一下说："再想翻身就难了。"

颜秋枳没吭声。

事实证明，萌姐说得太对了。

陈陆南出手后，林媛丢掉的不仅仅是合同，之前的一些黑料也连带着全都被曝光出来了。

她有温柔善良的人设，属于那种知心大姐姐。可网上的爆料一波接一波，甚至有视频爆出林媛曾经打过助理巴掌，还折腾过工作人员。

她的态度其实非常差，只不过爆料出来之前，没有人相信一面之词罢了。

除此之外，甚至还有人爆出她在国外学习的时候，和国外知名导演睡在一起，就为了拿到一个大电影的配角。

当天晚上，颜秋枳回了酒店洗漱后躺在床上。陈陆南大概是觉得前一晚把她折腾得太惨了，怜香惜玉地没有动她，只抱着她入怀。

颜秋枳捧着手机看微博爆料，整个人都震惊了。

林媛私下里……真的是这样的？

这么想着，她戳了戳陈陆南的手臂："你之前和林媛拍戏，有感觉她是这样的吗？"

陈陆南瞥了一眼她的手机界面，一目十行地看完："有点感觉。"

"怎么说？"

陈陆南看着她。

颜秋枳哽了一下："不会生气也不会吃醋，就是想听八卦。"

陈陆南"嗯"了一声，淡淡说："有次不经意碰到过她砸东西。"

颜秋枳挑眉。

"这么刺激？"

陈陆南捏了捏她的脸："别看微博了。"

"不行，我不看这个看哪个啊？"颜秋枳小声说，"你又不发微博，其他的也没什么意思。"

陈陆南："……"

颜秋枳说完，也没感觉到有哪里不对。

她只是随口一说而已，没注意到陈陆南拿过了另一边的手机，登上了微博。

一登上去,陈陆南看到了不少留言。

他正想发点什么的时候,突然想到工作室下面的那些留言,问他哄人结果怎么样,有没有哄好之类的言论,于是言简意赅地打了几个字发出去。

颜秋枳正用小号刷得开心的时候,特关提醒来了。

【@陈陆南V:哄好了。】

这微博一出来,错愕的不仅仅是颜秋枳,还有陈陆南的粉丝,以及一众网友。

众所周知,他的微博已经一年多接近两年没有营业了,偶尔有点什么事也都是工作室发声明。

最开始的时候,粉丝还总是期盼着他哪天心情好能冒个泡,营业一下,给大家吃点糖什么的。

后来时间越来越长,大家的期盼渐渐没有了。

他们都明白,想要哥哥发微博是不可能的,别想了,老老实实从工作室微博和其他人的微博上找点粮食吧!

结果……他现在不仅发微博了,内容还像是在回应广大粉丝。

更更更重要的是——他!在!秀!恩!爱!

没错。陈陆南竟然在秀恩爱!!哄好了!

哄的人具体是谁他们不知道,可他们知道陈陆南昨晚去做什么了啊!!

和工作室的那条声明联合在一起,用脚趾头想也知道他到底是什么意思。

瞬间,粉丝疯狂了。

【被盗号了吗哥哥?!!】

【啊啊啊哥哥你终于要开始营业了吗?】

【接近两年没发微博,哥哥你一回来就是要虐我们吗?竟然给我们吃狗粮!!!但是我竟然还不生气!我太卑微了!】

【哄好了?!我真的好想知道哥哥哄好了的人是谁啊!到底是谁这么幸运!】

【啊啊啊啊啊啊啊哥哥怎么哄好的呀?!】

……

颜秋枳看着他微博下那猛速增长的评论,回头看了淡定玩手机的人一眼。

"你干吗?"

陈陆南低垂着眼睑看着她,不明所以:"什么?"

颜秋枳:"你怎么突然发微博了?"

陈陆南:"没怎么,就突然想发。"

颜秋枳沉默了几秒，嘀咕着说："我还以为你退出微博界了呢。"

陈陆南一笑，低头亲了亲她的唇角："没有，以前是觉得没什么有意思的。"

颜秋枳挑眉，诧异地看着他："现在遇到有意思的了？"

陈陆南收起手机放在旁边，把她抱入怀里说："嗯。"

这是事实，陈陆南一直都觉得网上有部分网友戾气很重，无论你发什么，他们总能曲解你所要表达的意思。

陈陆南不是个会在意的人，之前会帮忙转发宣传，后来渐渐地不转发了，也不会有人说。

他的人气摆在那里，合作方也不会多说。所以自然而然地，就停下来了。

他也不是一个爱玩手机的人，颜秋枳的吐槽有点到位，他确确实实是过老年生活的那种人。

偶尔喝喝茶看看书，很悠然自得，和大多数年轻人不太一样。

但这也不是说不碰微博，没遇到有趣的以及想和大家分享的事，他确确实实不想发。人懒。

不过今晚是个例外。

颜秋枳靠在他怀里一会儿，打了个哈欠说："但是……"

"什么？"

陈陆南看着她蜷缩在自己怀里时候的模样，特别的动人。他低头，唇角擦过她的脸颊。

明明就是很日常的一个举动，可这会儿不知道为什么，颜秋枳有点被撩到的感觉。

她觉得脸颊那一处在发烫。轻轻地抿了抿唇，颜秋枳侧目看他："哪儿哄好了？"

陈陆南："没哄好？"

他抱着她的手在渐渐收紧，低沉的嗓音在她耳畔响起，像是带着某种暗示："那再哄哄？"

颜秋枳身子一僵，觉得半边耳朵都酥麻了。这人真的……太知道怎么勾引自己了。

她脸颊通红，伸手拍了拍他："不要。"

她娇嗔地瞪了他一眼："我才不要这种哄。"

陈陆南看她这样，低低一笑。

他是真的心情不错，这点让颜秋枳很是意外。

"那要哪种？"

颜秋枳眼珠子转了转，随口道："看你啊，难不成你哄人还要问我吗？"

陈陆南了然，笑了笑说："好，那我想想。"

"……嗯。"

屋子里静了下来，过了好一会儿，颜秋枳才继续问："你发那条微博，真的没事吗？"

"没事。"陈陆南道，"他们本身也知道情况。"

颜秋枳想了想，倒也是。

反正陈陆南不是走"爱豆"路线，也没做出什么偶像失格的事情，他的粉丝应该不会怎么闹。

"困了吗？"

"困了，"颜秋枳打了个哈欠，眼皮都有点儿睁不开了，"你明天几点走啊？"

"陪你吃完早餐就回去。"

"哦，好。"

颜秋枳往他怀里钻。陈陆南伸手，把她严严实实地抱入怀里，声线低沉又温柔地哄着："睡吧，晚安。"

颜秋枳没说话，感受着他的手在自己的后背轻轻拍着，没多久后便沉沉地睡了过去。

翌日，陈陆南陪她吃了早餐后便低调地走了。

颜秋枳到剧组的时候，知情的工作人员看她的眼神，又诡异了几分。

她哭笑不得，把早上逼着陈陆南签名的签名照偷偷送给她们后，连忙跑了。

唯恐这几个小粉丝来问点什么私密事。

因为签名照的缘故，颜秋枳在剧组被这几个工作人员捧着，享受了"顶流"艺人的待遇。

真的，对她太热情了。

热情到珠珠觉得自己要被抢饭碗了。

不过热情没两天，颜秋枳便去参加了综艺录制。

这一次的综艺录制，依旧是在国内。

大家都心照不宣地知道颜秋枳和陈陆南的关系，所以在综艺录制的时候，大家偶尔会调侃两句。

唯独庄子昂，像是个"傻蛋"一样，在陈陆南出现的时候，好奇又八卦地问："陈老师，你微博上哄的人是谁啊。"

颜秋枳："……"

陈陆南："……"

其他人："……"

真的没眼看，庄子昂就弃疗吧。

陈陆南似笑非笑地瞥了一眼斜对面神色僵硬的人，淡淡一笑说："你猜？"

庄子昂无奈地翻了个白眼："这谁能猜出来啊，陈老师你主动告诉我们吧。"

没等陈陆南说话，关荷便道："别把我们和你扯在一起啊。"

庄子昂想也不想便怼她："怎么？关荷，你不好奇吗？"

关荷看着庄子昂半响，张了张嘴，憋出一句："你真的没救了。"

庄子昂："？？？"

他委屈巴巴地看向林竟："林导，关荷她嫌弃我。"

林竟叹了口气，拍了拍他的肩膀说："说实话，我也嫌弃你。"

庄子昂不可置信地瞪大眼，转而又去看向月明："向月……你好奇吗？"

向月明沉默了会儿，点了点头："我知道。"

"什么？"庄子昂惊呼了一声，"你知道？你为什么知道啊？"

向月明："……"

颜秋枳实在是没忍住，笑出声来了。

她以前怎么不知道庄子昂是这种性格的艺人，真的太好玩了。

好在闹过后，庄子昂也不生气。

大家开玩笑闹腾着，没多久便又恢复了正常录制。

这一次录制和上一次差不太多，没什么区别，就是日常的度假。

生活是真的悠闲。

颜秋枳觉得这个综艺其实很舒服很舒服，至少她自己是很喜欢的。

偶尔和陈陆南光明正大在厨房做做饭，虽然不能太表现出来，但好像又还不错。

两人偶尔偷偷摸摸避开摄影师去约个会，刺激又让人欣喜。

到结束录制后想起来，颜秋枳的唇角总是会带着点笑。

是开心和喜悦的。

录制结束后，两人依旧没能如愿。

颜秋枳的这部戏快要结束了，正在加班加点地拍摄，相对于来说要忙一点。

回到剧组后，便全身心投入到拍摄中，对外头的世界基本上不怎么关心。

一眨眼的工夫，便到了综艺播出的这天。

综艺是晚上十点播出的，美其名曰让大家享受一下度假生活，可以躺在床上看，也能点一份夜宵喝着可乐和啤酒看。总而言之，感觉一定是好的。

颜秋枳晚上的戏七点多便结束了，想着要回去看综艺，便匆匆忙忙进了化妆室换衣服。

刚换了衣服出来,她碰到了穆欣。

穆欣看着她,笑了笑:"秋枳姐,怎么这么着急?"

颜秋枳"嗯"了一声,淡淡地说:"有点累了,想回去早点休息,先走了。"

"好的。"

穆欣看着她匆匆离开的背影,站在原地良久,这才进了化妆室。

颜秋枳没在意穆欣问自己的事,她和珠珠回了酒店,便钻进了浴室洗漱,算准了十点的时候一定能坐在电视机前看自己和陈陆南的综艺。

九点五十的时候,颜秋枳刚收拾好自己,陈陆南的视频电话便来了。

"喂?"

"到酒店了?"

陈陆南的声音低沉,透着电流的窸窣声传来,有点说不出的性感。

颜秋枳捏了捏自己的耳朵,轻轻地应了一声:"是啊,我都洗完澡打算看电视了。"

陈陆南低低一笑:"好。"

颜秋枳努努嘴,听着他的声音明显有点不太对劲:"你呢,今天有工作?"

"嗯,"陈陆南伸手揉了揉眉心,"关导和投资商吃饭,我也去了。"

颜秋枳眨了眨眼:"哦。"

她沉默了会儿,轻声说:"那你现在在哪儿?"

"车里。"

窗外风景掠过,夜色浓浓。

这会儿已经进入初夏了,温度越来越高,夜色也变得璀璨了许多。运气好的时候,还能看到一两颗星星。

陈陆南开了一点点窗户,任由风吹进来。

其实刚刚从饭局离开的时候,他还没什么感觉,这会儿听着耳边温柔的声音,陈陆南突然想见她了。

"你们的戏什么时候杀青?"

这话题转得太快,颜秋枳愣了好一会儿才反应过来:"啊?"

她想了想:"还要一个月吧,要换地方了。"

陈陆南沉沉地应了一声:"快了。"

颜秋枳笑了笑:"对啊,我的另一部电视剧也要播出了。"

是去年和林竟拍的那一部,已经定暑假档了。

陈陆南勾了一下唇角,嗓音低沉道:"我知道。"

他偏了偏头,看向窗外的夜色,声音不疾不徐道:"今年期待你的表现。"

颜秋枳喜笑颜开:"嗯。"

她是真的喜欢演戏。

两人聊了会儿,颜秋枳叮嘱了他两句,这才挂了电话。

恰好车子也快要开到家了,陈陆南挂了电话,不经意往外面看了一眼,看到了一个熟悉的背影。

他皱了皱眉,喊了声:"停车。"

车子停下,陈陆南打开车门下去,稍微隔了一点距离喊了一声:"颜嘉池。"

颜嘉池这会儿正在路边走着,听到声音,抬头看向他。

两人对看了一眼,陈陆南看到他脸上的伤,皱了皱眉:"怎么回事?"

"没有。"

"没有是没有什么?"陈陆南走近,借着路灯的光看了一下他脸上的伤口,像是被人打了一巴掌一样。

他顿了顿,低声问:"来找你姐?"

"……嗯。"

陈陆南拧了拧眉,低声道:"你姐在剧组拍戏。"

颜嘉池:"哦。"

他冷冷淡淡地应了一声,再没其他的反应,只是紧抿着嘴角,看上去还有点可怜兮兮的模样。

陈陆南看他这样,突然有种错觉,仿佛看到了高中时那个倔强的颜秋枳。

两人虽然同父异母,但实际上性格特别像。

都是有点倔强,又有点别扭的人。

他看着颜嘉池半晌,轻笑了一声:"不介意的话,今晚和我一起看看你姐的综艺?"

颜嘉池没吭声。

陈陆南不在意他的小孩子脾性:"吃饭了吗?"

"吃了……"话还没说完,他的肚子先叫了起来。

颜嘉池的脸上浮现了些许尴尬,他正想要找借口的时候,陈陆南已经开口了。

"走吧,"他看向颜嘉池,"你这样,你姐会不放心。"

一说到颜秋枳,颜嘉池瞬间动了。

他别别扭扭道:"谢谢。"

"嗯。"

陈陆南让司机回去了,自己和颜嘉池慢吞吞地走了回去。

距离也不远,十分钟便到了。颜嘉池其实没来过这边,但他知道。

进去后,陈陆南给他找了一双鞋子,让他换上。

然后挽起袖子往厨房里走:"想吃什么?"

颜嘉池看了一眼时钟,低声道:"随便。"

陈陆南点了点头,看向他:"客厅有遥控器,你先看看综艺。"

"嗯。"

陈陆南进了厨房,透着玻璃门看了一眼客厅里坐着的少年。

颜嘉池从小被教育得不错,特别规矩,叛逆被藏了起来,表面上的那种富家少爷的气质是有的。

他也不像其他富二代一样叛逆不懂事。

他的那种叛逆,是对父母的。

他坐在沙发上,背脊挺直,两条腿都没分开,很拘束的模样。

穿着校服T恤,高高瘦瘦的模样,少年感很足。

他长得和颜秋枳有一点点像,特别是那双眼睛,看着人的时候,会让人不由自主地跟着柔软起来。

陈陆南思忖了一会儿,暂时没给颜秋枳发信息。

他在厨房煮面,没打算给颜嘉池弄什么大餐。烧水的间隙,他还给颜嘉池找了药出来。

"去上药。"

颜嘉池没动。

陈陆南笑了一声,低声问:"明天是不是周末?"

"嗯。"

陈陆南点了点头,淡声说:"你今晚老老实实上药,我就不把这事告诉你姐。"

颜嘉池:"……"

他沉默了一会儿,拿过了面前的药膏。

综艺开始播出了,颜秋枳没敢吃什么,只能边捧着手机边看。

因为是看电视的缘故,看不到弹幕,她还开了平板,放在旁边一起看。

沈慕晴几个人也在看,偶尔还在群里讨论一下。

这个综艺是万众期待的,毕竟这是陈陆南第一个正正经经的综艺,粉丝必须要捧场。

刚播出,粉丝便全数涌了进来。

颜秋枳看着那刷了满屏的弹幕,眼睛有点酸。弹幕大多数是为了陈陆南来的,偶尔认认真真抠一下,才能找到自己粉丝发的。

颜秋枳可酸了。

这么想着,她戳开陈陆南的微信,发了个照片过去。

颜秋枳:【你能看到我吗?】

陈陆南没立马回复。

看了一小半的时候,陈陆南才给她回了消息。

颜秋枳看了一眼,直接拨了个视频电话过去。

"忙完了?"颜秋枳想也没想就问。

陈陆南点了下头,刚想要说话,又反应过来了什么。他低声道:"我还没上楼。"

颜秋枳瞅着他半晌:"我还以为你洗完澡了呢?"

"没有。"

陈陆南拿着手机,刚要上楼,另一边便传来了颜嘉池的声音:"我没有衣服。"

猝不及防的一个男声冒出来,颜秋枳愣了好几秒,才瞪大眼看着陈陆南。

那眼神里的东西……一时间还真有点让人说不清。

"家里有人?"颜秋枳不敢置信地问,"你还在家里藏了男人啊?"

陈陆南:"……"

他对颜秋枳这个脑回路也是佩服,无奈地把镜头转了下,他问:"看到了吗?"

颜秋枳:"……颜嘉池怎么在我们家?"

陈陆南"嗯"了一声:"要和他说说话吗?"

颜秋枳拧了拧眉,点头说:"好。你把手机给颜嘉池。"

陈陆南递给他,叮嘱一句:"我去楼上给他找衣服,不准生气。"

颜秋枳:"……知道了。"

陈陆南一走,姐弟俩对看了半晌。

颜秋枳盯着他那肿着的半边脸看着,很多话到了嘴边还是没说出来。

她顿了一下:"陈陆南给你做饭吃了吗?"

颜嘉池走了下神:"煮了面条。"

颜秋枳道:"记得谢谢他。"

颜嘉池敛眸:"我知道。"

颜秋枳对着他这张脸,怎么也发不出脾气。

她沉默了会儿,问道:"周末有事吗?"

"没有。"

颜秋枳点头,看向他:"那你打算周末做什么?"

颜嘉池没吭声。

两人相对无言了半晌,没一会儿陈陆南便从楼上下来了。

颜秋枳不知道和他说什么,叮嘱了两句便让他把手机给陈陆南了。

陈陆南接过,看向颜嘉池:"早点休息,有什么需要就喊我。"

颜嘉池应了一声:"谢谢。"

陈陆南没和他说太多,拿着手机上楼。

上楼后,他看向屏幕里的人,修长的手指松了松衣领,低声问:"怎么不说话了?"

颜秋枳回过神,趴在沙发上:"不知道该说什么。"

她问:"颜嘉池脸上的伤,不会是同学打的吧?"

陈陆南看她。

颜秋枳有点烦,抓了抓头发说:"我没猜错的话,应该是他妈打的。"

能打他巴掌的人,绝对不是同学之类的。颜嘉池很会打架,没有人能直接给他这么一巴掌,除了父母。

颜峰虽然不是个好老公,也不是个好爸爸,但他不主动用暴力解决问题,不会动手,更别说那对象是他的宝贝儿子。所以思来想去,也就只有一个人了。

陈陆南稍稍一顿,低头看向她:"难受了?"

"有点,"颜秋枳说,"我以前其实一直都很羡慕颜嘉池,从小有父母陪着,不像我。"

她顿了顿:"但后来我发现好像不是这样的。我虽然从小只有妈妈陪着,但妈妈是爱我的。"

而颜嘉池……她不知道怎么去形容杜冰对颜嘉池的那种爱,是偏执和病态的。

她被接回颜家后,撞见过几次杜冰打人。

杜冰心情不好时候,喜欢拿颜嘉池出气。

也是那时候,颜秋枳突然不讨厌颜嘉池了。

其实他也是没有安全感。

小时候他对自己做的那些事,无非是害怕她把爸爸抢走,因为在颜嘉池那里,妈妈其实并不爱他,甚至他只是妈妈的一个出气筒。

颜秋枳其实很不能理解,为什么杜冰会对颜嘉池那样。她是想不通的。

可她也没想参与进去,只不过撞见几次后,她会悄悄地在外面制造出点动静,让杜冰不能得逞。

再后来,她和颜嘉池就一直保持着别别扭扭的姐弟关系。

不好也不坏。

陈陆南目光灼灼地看着她,没出声。

颜秋枳叹完气,看向陈陆南:"你说这是出什么事了?上次就不回家了,今天又不回去。"

陈陆南摇头："我去问问？"

"还是不要了吧，"颜秋枳说，"颜嘉池自尊心强，我都没直接问过他。"

"嗯。"

两人安静了一会儿，颜秋枳道："你明天有事吗？"

"怎么？"

颜秋枳想了想："你安排颜嘉池来我这边待两天吧，算是散散心。"

颜嘉池和陈陆南应该没什么话聊，还不如来自己这边给他找点事情做。

陈陆南颔首："好，我明天送他去机场。"

"先问问他的意见。"

"知道。"

颜秋枳一直都在叮嘱颜嘉池的事情，陈陆南看了一眼时间，突然打断说："我呢？"

"什么？"颜秋枳猝不及防，没能反应过来。

陈陆南委屈巴巴地看着她，问："说多久颜嘉池了，我呢？"

颜秋枳错愕了一瞬，没忍住笑出声来："你干吗？你还要跟颜嘉池争宠吗？"

陈陆南没说话，就这么直勾勾地看着她。

那眼神……看得让颜秋枳心虚。她哭笑不得道："好了，不说他了。"

她看陈陆南："你陪我看综艺吧，还有半小时呢。"

陈陆南也不着急去洗澡，直接侧坐在沙发上，衣领半松，看上去慵懒又性感。

颜秋枳看着，吞咽了一下口水。

陈陆南不经意抬眸，看到的便是她灼灼的目光。

他顿了一下，弯腰找遥控器，问："看什么？"

"看你啊，"颜秋枳知道这会儿说什么陈陆南都拿她没办法，故意撩拨，"你长得是真的好看。"

陈陆南失笑："就只有好看？"

"还挺性感的，"颜秋枳大言不惭地说，"喉结性感。"

"……"

她说完，继续往下点评："还有嘴巴，鼻子眼睛……"一股脑说了一大堆。

到最后，陈陆南半眯着眼打量着她，嗓音低沉地问："故意的？"

颜秋枳一脸"我就是故意的你能怎么办"的表情，微微一笑说："我哪儿是故意的了？我就是很正经地夸你而已。怎么，不能夸了吗？"

"可以。"

陈陆南不急不慢,把电视打开陪着她一起远程看综艺。

颜秋枳扬了扬眉,一脸得意:"那不就行了。"

"嗯。"

陈陆南稍稍一顿,补充一句:"我明天也没事。"

颜秋枳一怔,卡壳了:"啊?"

陈陆南云淡风轻地看了她一眼,暗示意味十足:"我和颜嘉池一起过去看你。"

她猛地眨了眨眼,小心翼翼地说:"……不用吧,你后天有事,不用来回跑,太累了。"

"不累,"陈陆南淡淡道,"看老婆怎么会累。"

颜秋枳:"……"

她后悔了。呜呜呜呜,刚刚就不该不怕死地撩拨。

颜秋枳苦兮兮地看着他:"你认真的?"

陈陆南低低一笑,看着她:"你觉得呢?"

"我觉得你是开玩笑的,"颜秋枳吹彩虹屁特别响亮,"陈老师果然幽默又风趣。"

陈陆南瞅着她,不说话。

颜秋枳心虚不已,避开他的目光。

"我真觉得你别来,网友得发现我们俩的奸情了。"

陈陆南:"……奸情?"

"你觉得不像吗?"颜秋枳点头,自言自语道,"我总觉得我们俩偷偷摸摸的,好像是在偷情啊。"

闻言,陈陆南勾了下唇角,低头凝视着她。"原来你喜欢这样?"

颜秋枳:"……?"

陈陆南:"下次试试。"

"?"

看着颜秋枳那呆萌的表情,陈陆南低低笑出声来,他故意压着声线问:"怕了?"

颜秋枳睨了他一眼:"我不会被威胁的。"

陈陆南弯了一下唇。

颜秋枳瞥了他一眼,把视线转向电视机那边,浅声道:"网友都在夸你诶。"

陈陆南也跟着看了一眼自己这边,淡淡地说:"他们现在议论的应该是你。"

"……?"

下一秒,颜秋枳看到了自己爬树的画面。

看着屏幕里那个正在爬树的人,她瞬间觉得那个人简直太蠢了。颜秋枳想不通,她当时是疯了吗?为什么会干这种事?!

一时间,颜秋枳很是尴尬。

弹幕更是多的飞起,网友们都被颜秋枳的操作给震惊了。

【???】

【等一下!!这个爬树的人是我女神???】

【颜秋枳在做什么?!!】

【看颜秋枳矫健的身姿……我真没想过有一天会看到一个女明星爬树的一幕,甚至还看得津津有味。】

……

颜秋枳看着弹幕,很是无语。不经意间,她还能看到陈陆南瞳眸里的笑。

沉默了会儿,颜秋枳看向他:"……你笑什么?"

陈陆南:"嗯?"

颜秋枳"哼"了一声,小声嘀咕着:"我仙女的形象是不是就这么没有了"

"不会。"

"真的?"

"嗯,"陈陆南不紧不慢回答她,"在我这儿,一直都是。"

闻言,颜秋枳开心了。

虽然这话听着有点假,但女人嘛,偶尔还是愿意听这种夸自己的假话,虚荣心得到了一定的满足。

两人隔着远距离同步看综艺,颜秋枳喜欢和人讨论,边看边和陈陆南说话。

这时候观看综艺的网友们,弹幕发送没停过,特别是在陈陆南也出现在椰子树下的时候,他们隐约察觉出了些许不对劲。

虽然被剪辑掉了不少,可福尔摩斯粉丝总是能从中抠出一丁点小细节的。

他们总觉得颜秋枳和陈陆南之间的氛围稍微有点怪。

还有,颜秋枳到底是怎么从树上下来的?为什么下来后周围的其他嘉宾神色都诡异了几分?

陈陆南对颜秋枳,好像也稍微有点特别,且特别得有点过分。

当晚,综艺播出结束后。

颜秋枳和陈陆南上了热搜。

不仅如此,还有不少观看了的网友暗戳戳地发微博问:没有人觉得陈陆南和颜秋枳关系有点怪吗?

这问题得到了不少人回复。

颜秋枳等陈陆南洗澡出来的间隙,刷了好几圈微博。

那条微博下面的留言很多,她隐约觉得自己和陈陆南的关系应该是真的藏不住了。

陈陆南洗完澡出来,看到的便是她忧心忡忡的画面。

"怎么了?"

颜秋枳抬眸看向他。他刚洗完澡,头发还没完全吹干,处于半干半湿的、软趴趴的状态,看上去莫名有点奶,有点说不出的柔软。

她盯着看了一会儿,才拉回自己的思绪:"你怎么不吹干头发?"

陈陆南轻笑了一声:"不着急,怎么了?"

颜秋枳扬了扬下巴说:"我感觉网友要发现了。你去看热搜,不少人说感觉剪辑的综艺怪怪的,特别是我们两个之间的氛围。"

闻言,陈陆南扬了扬眉:"嗯。"

他安慰颜秋枳:"别太担心,不会有什么问题的。这边会让宇哥他们盯好。"

"嗯。"

两人聊了会儿,颜秋枳看着时间:"你是不是该睡觉了?"

陈陆南似笑非笑地看着她:"明天几点拍戏?"

"八九点吧。"

陈陆南颔首:"我送颜嘉池去机场,你不用来接,我安排人送他过去。"

颜秋枳下意识地点头,突然一愣:"你不来?"

陈陆南扬眉看她,低声问:"想我了?"

"……"颜秋枳瞪了他一眼,"没有。"

陈陆南不听她这口是心非的话,解释说:"我明晚飞国外,有个活动要参加,之前定下来的。"

听到这话,颜秋枳不知道是有点失落还是怎么回事。

她点了点头:"是电影节吗?"

陈陆南拿起一旁的毛巾擦了擦头发,声线低沉:"是,之前答应出席的。"

闻言,颜秋枳点了点头,浅笑盈盈地说:"那我在网上看。"

陈陆南笑,弯了弯唇:"好。"

他看着颜秋枳,稍稍一顿说:"等空闲下来,我们出门转转。"

"好。"

两人聊了一会儿，颜秋枳不知不觉睡着了。陈陆南听着另一边传来的清浅呼吸声，这才挂了电话。

两位当事人没怎么在意网络上的情况，但完全不知道这会儿福尔摩斯粉丝已经开始找两个人有交集的点了。

翌日上午，颜秋枳刚到剧组，便有工作人员激动地和她说话。

"秋枳姐！你的综艺好好看啊。"

"对啊对啊，我们昨晚都看了。"

闻言，颜秋枳笑："真的吗？"

"真的！"

几个人激动道："中间是不是还剪辑掉了什么啊？"

颜秋枳眨了眨眼："这要去问导演吧。"

众人："……"

明知道她肯定知道内情，但大家还真不太敢问。

和大家开了会儿玩笑后，颜秋枳进化妆间化妆。

她一进去，化妆老师也和她说昨晚的综艺："我发现你们这个综艺的选角真不错。"

颜秋枳笑："真的吗？"

"真的啊，"老师道，"有你，还有陈陆南老师，还有林导，关荷在综艺里也有点可爱，庄子昂也好笑，还有那个小美女，叫什么名字来着？"

"向月明。"

"对对对，长得真漂亮。"

颜秋枳和化妆师聊着，穆欣也到了。

她听到话题后，和两人聊着："秋枳姐，你们的综艺好火啊。"

颜秋枳愣了一下，笑着说："有吗？"

"有的啊，我早上刷微博，还刷到了好多你们的热搜。"穆欣好奇地看向颜秋枳，"秋枳姐，你怎么还会爬树啊，你后来怎么下来的？"

颜秋枳笑了笑，淡淡说："就那样下来的。有人帮忙了，借了扶梯过来。"

穆欣点点头，自言自语说："总感觉那里被剪辑掉了点什么内容。"

颜秋枳："……嗯，可能是导演觉得不合适吧。"

穆欣转头看着她半响，笑了笑："可能是。"

颜秋枳阖着眼睛任由化妆师在自己脸上折腾，也没睁开眼看她的表情。

没多久，颜秋枳便化了妆出去拍戏。

她让珠珠帮忙看着点手机，有电话要及时接。

陈陆南把颜嘉池送到机场，重复叮嘱了两句。

"到那边别惹你姐生气。"

颜嘉池硬邦邦道:"不会。你怎么那么啰唆,我姐不嫌弃你吗?"

陈陆南单手插兜站在一旁,淡淡地说:"那你要问你姐。"

颜嘉池:"……"

陈陆南低头看着颜嘉池这样,难得温柔了几分。

"现在还有时间,饿不饿?"

颜嘉池:"……我刚吃完饭不到两小时。"

陈陆南咳了一声,有点无力:"有什么要的吗?"

"没有。"

两人就这么尴尬地坐了半小时,到时间差不多了,颜嘉池直接走了。

他往前走了两步,又回头看向陈陆南,低声道:"谢了。"

陈陆南伸手拍了拍他的脑袋:"别给你姐惹事,你爸那边我会打电话。"

"嗯。"

看着颜嘉池走后,陈陆南才低调地出了机场。

即便如此,机场还是有不少人看到了陈陆南,甚至还偷偷拍了照片发到网上。

颜秋枳看到消息的时候,颜嘉池已经快要到了。

她跟宋导请了个假,自己去了机场。

穆欣出来的时候,正好看到颜秋枳跑走的背影。

她愣了一下,看向邵越:"秋枳姐下午不是还要拍戏吗?她去哪儿啊?"

邵越看了她一眼,淡淡说:"有点事,下午会回来。"

穆欣应了一声:"她还有点激动的样子,该不会是要去见男朋友吧?"

邵越没吭声。

穆欣说完,也察觉到了些许的尴尬,干笑了一声说:"我就是随便说说。"

邵越"嗯"了一声,淡淡道:"不要随便乱说,剧组人多眼杂。"

穆欣一脸受教的模样:"好的,我知道了。"

邵越看了她一眼,直接走了。

穆欣看着他的背影,努努嘴,这才扯了扯唇,往另一侧走去。

颜秋枳他们剧组的取景地风景是真的好,虽然转移了好几个地方,但也都在这一片拍摄。

距离并不是很远。

颜秋枳和珠珠一起去的机场。

虽说她和颜嘉池关系一般,但他过来了,她再怎么说也是他姐,接人还是有必要的。

颜秋枳打扮低调,在机场等了一会儿后才看到颜嘉池出来。

天气渐渐地热了起来，颜嘉池穿着T恤和浅色牛仔裤，高高瘦瘦的，少年模样十足。

他没带什么东西，手里推着一个小行李箱，看上去有点恣意的感觉。

珠珠凑在颜秋枳耳边小声嘀咕："颜颜姐，你弟弟还有点帅。"

颜秋枳瞥了她一眼，敲了敲她的脑袋说："我弟弟未满十八岁。"

珠珠："……我就是欣赏欣赏，在学校是校草吧？"

颜秋枳扑哧一笑："这是个好问题，我不知道。"

她没去过颜嘉池的学校。

这样一想，好像他们全家对颜嘉池……其实都是忽视的。

她还好，长大了，至少幼年时有母亲宠爱，但颜嘉池不同。

这么想着，颜秋枳决定对颜嘉池稍微好点。

当然，前提是他别叛逆。

她扬了扬手，颜嘉池看到她的时候，还四处张望了一下。

颜秋枳瞪大眼，不敢相信地看着他的动作。

"你刚刚在干什么？"等他走过来后，颜秋枳问。

颜嘉池冷冷淡淡道："看有没有人偷拍。"

颜秋枳剜了他一眼："怎么，有人偷拍你就不打算过来了？"

"嗯。"

颜秋枳："？？？"

她不敢置信地看着颜嘉池："什么？"

颜嘉池冷静地分析："我不想和你上热搜。"

"……"

颜秋枳生气地拉下墨镜白了他一眼："那你现在给我回去。"

颜嘉池紧抿着嘴角。

珠珠在旁边瞅着两人的互动，心惊胆战的。

"冷静冷静，颜颜姐今天过来打扮得超级低调，机场人也不是很多，不会被人拍到的。"

颜秋枳冷哼了一声，嫌弃道："我还不想和你上热搜呢。"

她小声念叨着："等下人家说我包养未成年，我还一身脏水呢。"

颜嘉池："……"

珠珠眨了眨眼，看向颜秋枳："颜颜姐，你可千万别这样说。"

"怎么？"

珠珠提醒她："你忘了吗？你说好事一般都不灵，但诅咒自己的时候，嘴巴特别灵验。"

"……"

不说还好，她这一说，颜秋枳便想到了之前的一个事情。

她确确实实遇见过几次，稍微有点乌鸦嘴的时候。一想到这儿，颜秋枳觉得自己要心肌梗死了。

她摆摆手，随意道："走了走了，别真的被拍了。"

两人："……"

上车后，颜秋枳侧目看向安静的颜嘉池："你想去酒店休息还是跟我去剧组？"

颜嘉池看她："都可以。"

颜秋枳"哦"了一声，想了想说："你在酒店休息吧，我下午还有戏要拍，晚上有空，带你到附近吃饭。"

"嗯。"

对她的安排，颜嘉池一般没什么意见。

把颜嘉池送去酒店，安排好他住在自己房间隔壁后，颜秋枳和珠珠回了片场。

下午的戏份有点重，颜秋枳没去管颜嘉池在做什么。都这么大的人了，应该也不需要有人时时刻刻看着。

拍完戏后，正好到了晚饭时间。

颜秋枳换了衣服出来，邵越看了她一眼："晚上一起吃饭吗？"

"有聚餐？"

邵越点头："我请客，去吗？"

他笑着说："也不是聚餐，就是几个朋友一起。"

颜秋枳想也不想地拒绝："不了，我晚上还有事。"

邵越狐疑地看着她。

颜秋枳笑了笑说："是真的有事，祝你们吃得开心。"

说完，她直接领着珠珠走了。

回到酒店的时候，颜嘉池过来开的门。

"下午休息了吗？"

"嗯。"

颜秋枳看他半响："饿不饿？"

"有点。"

颜秋枳顿了一下，低声道："换衣服，带你出去吃饭。"

颜嘉池换了衣服，姐弟俩出门吃饭，原本颜秋枳还想让珠珠一起的，被珠珠给拒绝了。

看机场那架势，珠珠觉得这两个人时时刻刻能吵起来。

虽然弟弟帅气，但也动摇不了她要窝在酒店的决心！！

夜色浓浓,夏日的夜晚分外凉爽。

酒店周遭的路上,人多了些许,有晚饭后散步的,也有刚下班路过的。

路道上拥堵,车子堵得水泄不通。

颜秋枳和颜嘉池隔着不远不近的距离走着,走了一会儿后,她回头看向他:"想吃什么?"

"都行。"

颜秋枳最烦的就是问别人吃什么时候说"都行"了。

她环视了一圈,给珠珠发了信息询问,这附近哪家店好吃些。

收到珠珠的回复后,她看着颜嘉池:"晚上吃火锅吧。"

颜嘉池点头。

火锅店在一个商场里,很大,是那种出名的连锁火锅店。味道还不错,服务也特别好。

颜秋枳和颜嘉池进去,特意要了个角落的位置。

坐下后,她才取下了口罩和帽子,旁边站着的服务员看了她一眼,稍微有点诧异,但很快便又淡定了下来。

点好菜之后,颜秋枳抬眸看向颜嘉池:"喝点水。"

"嗯。"

姐弟俩分外安静,各玩各的手机。

服务员上菜,颜秋枳看了一眼对面玩手机的人,边下菜边问:"在看什么?"

颜嘉池收起手机,诧异地看了她一眼:"没看什么。"

颜秋枳挑眉:"和同学聊天?"

"没有。"

颜秋枳:"……你们学校帅哥多吗?"

颜嘉池手上的动作一顿,表情微妙地看着她。

接收到颜嘉池的目光后,颜秋枳有口难辩。她哽了一下,无力解释:"我就随口一问,没别的想法。"

颜嘉池:"没有。"

"你们那么大的学校都没有帅哥?"颜秋枳有点儿不敢相信。

颜嘉池:"……嗯。"

闻言,颜秋枳讪讪说:"哎,那未来不是没帅哥了?"

"……"

颜嘉池不想理会她这疯言疯语,埋头苦吃。

颜秋枳瞅着他半晌,问:"那你是不是你们学校最帅的?"

颜嘉池被呛了一下。

"我就是说这么一个话题,你那么激动干吗?"

颜嘉池:"你好好吃饭吧。"

"……"

被嫌弃的颜秋枳很是伤心,只能安静吃饭。

吃过饭后,因为正好在商场的缘故,颜秋枳带着颜嘉池逛了逛。

她没漏掉自己看到的行李,里面估计只有几件衣服。

她拉着颜嘉池往楼下走:"去买两件衣服。"

颜嘉池反抗不了,只能任由她去。

买衣服的间隙,陈陆南来了电话。他要登机了,特意给颜秋枳打了电话过来。

"在做什么?"

"给颜嘉池买衣服。"

闻言,陈陆南挑了挑眉,声线沉了沉:"给他买衣服?"

"对啊,"颜秋枳说,"他都没带什么衣服,看上去太寒酸了。"

陈陆南:"……"

他安静了片刻,淡淡地说:"他现在还是学生。"

"然后呢?"

"穿校服就好了。"

颜秋枳没忍住,唇角上翘:"陈老师你怎么回事,现在连颜嘉池的醋也吃吗?"

陈陆南不否认。

颜秋枳笑,低头看着面前的男装说:"别吃醋啊,我也给你买。"

她笑着说:"那不是因为陈老师只穿高级定制,我就算是想买也没办法买吗?"

"没有。"

"什么没有?"

陈陆南不紧不慢地说:"你买了自然会穿。"

颜秋枳没忍住笑。她笑起来好看,这会儿在店里没太注意形象和周边的人,唇角弯弯的模样,看着就很像是热恋中的人。

周围的服务员看了她一会儿,都觉得惊讶。

颜秋枳哄着他:"好好好,我给你买。"

挂了电话,颜秋枳看向颜嘉池:"选好了吗?"

"没有。"

颜秋枳:"……我给你选?"

颜嘉池点了点头,一点也不拒绝:"好。"

最后，颜秋枳不仅给颜嘉池买了几套衣服和鞋子，还给陈陆南也买了一套。

当然，陈陆南那一套衣服的价格，抵过了颜嘉池的全部。在颜秋枳这里，花钱最多的人最重要。

买完衣服后，颜秋枳还拉着颜嘉池到附近转了转。

其实本意就是让他散散心，别总把一些情绪积压在心里。颜秋枳不太会安慰人，只能用这种方式让这个十几岁的少年开心一点。

两人到周边转了两圈，吹了吹夏日的晚风，心情舒畅后才回了酒店。

回去后，才刚出了电梯，颜峰的电话便来了。

两人对视一眼，不得不一起进了房间。

颜秋枳开了扩音，听着那边颜峰传来的声音。她和颜嘉池都保持着沉默，任由他在那边训斥两人。

电话持续了大半个小时，到颜秋枳都要睡着的时候，这人总算是不说了。

到最后，颜峰无可奈何，丢下一句："你好好看着颜嘉池。"

等他训够了，颜秋枳才懒洋洋地开口："嗯。"

"学校那边我给他请几天假。"

颜秋枳："知道了。"

挂了电话，颜秋枳看向旁边的少年，她伸手，揉了揉他的头发说："还是有人爱你的。"

颜嘉池低头看着她，沉默了半晌后说："对不起。"

颜秋枳一怔，眼眶瞬间热了。

"对不起什么啊？"她笑了笑，拍了下颜嘉池的脑袋，"就让你自由这几天，过几天就给我回去老老实实地上课！明年就高考了你知不知道？！"

"嗯。"

颜秋枳不喜欢这种煽情的画面，她看了一眼买回来的衣服，突发奇想说："去去去，你把这几套衣服都试试看，我来点评点评。"

颜嘉池："……"

等颜秋枳从颜嘉池的房间出来的时候，已经是两小时后了。

她为了和颜嘉池有话题聊，还强行和他玩了两把游戏，最后因为她的游戏玩得实在是太烂了，被颜嘉池嫌弃，只能委屈巴巴地走了。

走到门口，颜秋枳叮嘱他："早点休息。"

"嗯。"

"明天想不想去片场看看？"

"可以吗？"

"可以,"颜秋枳说,"你是我弟弟,为什么不可以。"

说完,她没去注意颜嘉池的目光,低声道:"我回去了。"

颜嘉池盯着门口,门关上后半响,他才伸手揉了揉有些酸涩的眼睛。

回房间后,颜秋枳洗了澡,打算休息。

说真的,陪人玩是真的累,身心疲倦的那种累。

刚洗完澡出来,颜秋枳不经意看了眼手机,发现上面有好些未接电话。

她愣了一下,刚想要点开仔细看看,向月明的电话先来了。

她们虽然交换了联系方式,但都没有打过,这会儿打来,颜秋枳有点儿蒙,是出什么事了吗?

"喂,月……"

话还没说完,那边传来了向月明清冷又有点着急的声音:"颜颜姐,你上热搜了。"

"啊?"颜秋枳一怔,低声问,"什么热搜?"

向月明道:"我刚刚上网看,你和一个男孩子逛街吃饭被偷拍了,而且还有你们一起进酒店的画面,还有你和那人进房间的视频……"

她一股脑地说:"现在你的热搜已经爆了,说你包养未成年。"

颜秋枳:"……"

听到这个消息的第一时间,颜秋枳的脑海里浮现出了她在机场说的那句话。

很好,乌鸦嘴又一次灵验了。

挂了电话,登上微博,她一点都不意外地看到了自己的名字,并且还不止一个热搜话题。

【#颜秋枳恋情曝光#】

【#颜秋枳和少年男友约会,甜蜜过人#】

【#宅男女神颜秋枳钟爱小鲜肉#】

【#颜秋枳男友身份#】

她不是什么寂寂无闻的艺人,相反,颜秋枳在圈内人气很高,男男女女喜欢她的都有不少。

她虽然没有特意走什么单身路线,但也没曝光过什么恋情,之前和林竟以及邵越的绯闻,她都澄清过,也没什么后续。

之前她没被拍到过什么真正的料,可这次不同了。

曝光的那些照片里,颜秋枳的脸清清楚楚,颜嘉池也露了个侧脸出来。

再加上两人偶尔还有亲密互动,虽然没拥抱也没亲吻,但小脑袋凑在一起讨论,颜秋枳的脸上还挂着笑,有种春风得意的感觉。

最重要的是,两人一起回了酒店,还进了同一个房间。

再出来的时候,是两小时后。

最后一点实锤出来,开始不太相信的网友们也渐渐地转了风向。

这一次的曝光,颇有种来势汹汹的感觉,仿佛要直接把颜秋枳给压垮一样。

舆论有时候,还真有这种能力。

颜秋枳看着某狗仔工作室发出的那些照片,以及恋情曝光的言论。她点开那条微博,下面全是辱骂。

甚至还能看到之前在自己微博下夸自己长得好看的昵称也在骂,甚至还喊着要脱粉。

他们没想到颜秋枳竟然是这样的人。

【天啊!颜秋枳太绝了吧,所以这就是她看不上邵越和林竟的原因?原来老阿姨爱小鲜肉啊哈哈哈。】

【不是,她不是单身少女的人设吗?怎么现在还包养起未成年来了?】

【没有真凭实据不要乱说话好吗!颜秋枳和一个男生逛街就是包养未成年吗?】

【楼上的姐妹是颜秋枳的什么,她团队花了多少钱请你啊?之前有人已经爆料了,逛街是颜秋枳全程买单的,几万几十万一件的衣服送人,这难道不是包养?还有他们进酒店房间两小时,你怎么解释?莫非是纯聊天?】

【老阿姨吃嫩草啊,牛啊!】

【姐妹们记得好好保养啊,指不定你男朋友现在还在幼儿园呢。】

除了下面的评论之外,颜秋枳的私信也同样收到了很多辱骂的言论,甚至还有修图的照片,有血淋淋的,还有全裸的那种,用不堪入目的言论辱骂她,甚至还有遗照。

颜秋枳不是没经历过这些,最开始刚有点名气时候,也被这样攻击过。

但好像规模没有那么大。

至少……那时候没有现在这么难受。虽然她也不知道自己为什么要如此难受。

明明她不是那样的人,可就是会觉得心里闷闷的,有口气压在胸口,怎么也散不去。

很多辱骂自己的人,明明前一天还在微博上夸自己长得漂亮,夸自己可爱,说喜欢自己。

怎么才刚过了一天,她们就全都变了?

颜秋枳呆坐在床沿边,头发还在滴水,她也没太注意。她紧紧地抓着手机，手背青筋泛起，咬着唇没让自己掉眼泪。

手机铃声再次响了起来，是沈慕晴打来的电话。

"喂。"

颜秋枳的声线有点沙哑。

沈慕晴听着，皱了皱眉："颜颜，现在回酒店了？"

"嗯。"

沈慕晴抿唇，低声道："我现在去机场。"

颜秋枳怔了片刻，低声道："你去机场做什么？别过来了。"

她深呼吸了一下说："我没事，你好好待在剧组吧，我先给萌姐打个电话，她估计在忙着公关。"

"你真的可以？"

颜秋枳道："可以，萌姐电话来了，我先挂了。"

萌姐在新闻爆发出来的第一时间便收到了消息，那会儿她给颜秋枳打电话，一直都没人接听。

萌姐没辙，只能先控制一下网上的风向，联系公关处理，奈何舆论和热搜就是撤不下来，就像是有人故意为之。

短暂安排好其他同事工作后，这才抽空再次给颜秋枳打电话。

"萌姐，我刚洗澡去了。"

萌姐了然，低声问："看到网上的消息了？"

颜秋枳抿了抿唇说："那是我弟弟。"

萌姐松了口气，低声道："我猜应该也是。"

她知道颜秋枳有个弟弟，但颜秋枳属于那种不爱说家里事情的人，萌姐就算是知道，也从来没见过，连照片也没看到过。

新闻爆发出来的第一时间，她就猜过那应该是颜秋枳的弟弟，可又怕不是。

她的眼睛亮了起来，沉声说："是弟弟就好办了，我这就让公关处理。"

她又问："你觉得如何？"

颜秋枳沉默了半晌，嗓子有点哑道："我问问颜嘉池。"

话音刚落，敲门声响起。

颜秋枳压着声："我去开个门。"

门打开，门口是颜嘉池。

颜秋枳抬眸看着面前的少年，低声问："怎么了？"

颜嘉池皱眉看她，看了一眼她拿着的手机："你经纪人电话？"

颜秋枳看他这样，猜到了他过来的原因："你看到网上的新闻了？"

"看了，"颜嘉池脸色极度难看，"他们是眼瞎吗？我们长得那么像都看不出来。"

"……"

颜秋枳没忍住笑了下:"大概是觉得我这种长相的,找个小鲜肉也正常吧。"

颜嘉池剜了她一眼:"都什么时候了,你还在这开玩笑。"

他扬了扬下巴,像是个大人的模样:"打算怎么处理?"

"估计要曝光我们俩的关系。"颜秋枳淡淡地说,正思忖着该怎么和他说比较好。

话还没说完,颜嘉池便快速道:"那你快点。"

他说:"你团队的动作怎么那么慢?"

颜秋枳:"……这不是要征求你同意吗?"

颜嘉池没吭声,就这么看着她:"你是不是不想让别人知道?"

颜秋枳诧异地看着他:"不想让别人知道什么?知道你是我弟弟?"

她点了点头:"确实如此,这会对你……"在学校有影响这几个字还没说出来,颜嘉池便道:"我就知道。"

他的语气里有点委屈的样子,挠了挠头发,一脸颓然:"你是不是怕我丢你的脸?"

"?"

颜秋枳一脸莫名地看他,她的脑子转了小半天才明白过来他的意思。

一时间,颜秋枳也不知道是该哭还是该笑了,很无奈。

她伸手,拍了一下他的肩膀:"说什么呢,我不是那个意思。"

她睨了他一眼,低声和萌姐说话:"萌姐,就这样处理吧。"

萌姐听着姐弟俩的对话,突然感觉到有点萌。

她笑了一下,无奈地说:"行,我这边知道怎么处理了。"她顿了一下,低声道,"你自己也发个微博吧。"

"好。"

挂了电话,萌姐快速让公关处理。

颜秋枳在等公司声明出来之前,什么也没做。她转头看向颜嘉池半响:"我们拍个合照?"

颜嘉池:"……"

*

在网友们疯狂辱骂颜秋枳之际,沈慕晴发了个微博照片出来。

她在娱乐圈完全是属于混日子的那种,不差钱也不要名气,纯粹是自己玩得开心。

不少人知道她是某集团大小姐,也不愿意得罪她。

一般有剧本,只要她感兴趣的都能给她送,活动邀请也一样。

沈慕晴就算是一个三线小明星,也总能拿到比一线还厉害的资源。在这个圈子里,背景很重要。

不少网友都知道她和颜秋枳是好朋友,以前有人深扒过,说为什么一个豪门千金和一个寂寂无闻的人是好友,得到的结论是两人是高中同学,再多的消息,他们也扒不到了。

总而言之,在网友的印象里,两人就是不对等的好朋友关系。

沈慕晴没听经纪人劝阻,也没听颜秋枳的,反正她这部戏也差不多拍完了,剩下的一点之后再回来补就是。

她出现在了机场,看到微博上那些言论后,实在是忍无可忍了。

她不像颜秋枳那样,考虑得多,还要考虑颜嘉池方不方便。

在她看来,颜嘉池就算是不方便也要方便,谁让他跑去找颜秋枳?

在朋友这方面,沈慕晴比任何人都护短,也比任何人都不讲理。

在她看来,谁被骂都行,但那个人不能是颜秋枳。

她艰难地从相册里找了一张合照出来。

是前几年新年的时候,他们几个人一起拍的。颜嘉池比他们年龄都小,也不爱和他们玩,但那天是个例外。

大大小小的朋友都凑在一起,所以就拉着一起拍了,其中还有陈陆南。当然……以防万一,沈慕晴把角落里的陈陆南给修掉了。

检查了一下后,沈慕晴直接发了微博。

【@沈慕晴V:看到个笑话热搜,我家颜秋枳包养未成年?说实话,那小帅哥确确实实是未成年,何况他巧不巧也姓颜。睁大你们的眼睛看看,这两个人长得那么像,你们难道看不出来吗?】【照片】

沈慕晴发完这条微博,还觉得不太解气。

她直接给姜臣打了个电话过去:"姜臣。"

"怎么了?"

姜臣还没看网上的消息,这会儿正和一个合作商吃饭谈合作,手机基本上没打开。

沈慕晴听着他这话,生气到不行:"你和程湛都不看微博的吗?"

姜臣哽了一下,连忙问:"有人骂你了?"

他说:"我现在看看。"

"不是。"

沈慕晴道:"是颜颜!被人骂上热搜了,我刚发了个微博,发了我们之前过年的时候拍的一个合照,你们都在,我只是把陈陆南给修掉了。"

她道:"你去给我买个热搜,买点水军引导一下。"

姜臣了然,连忙说:"好,你等等,我看看微博。"

沈慕晴气到不行,咬牙切齿地说:"陈陆南去哪了?他老婆都被人骂成这样了,为什么还不出来?"

姜臣一怔,无奈地说:"这你可真冤枉阿南了,他现在应该正在飞机上,估计完全不知道这事。"

沈慕晴:"那你和程湛帮忙处理一下。"

"明白了大小姐。"姜臣安抚她的情绪,"别生气了,我给颜颜打个电话,问问需不需要帮忙。"

挂了电话,沈慕晴戳开自己的微博,刚刚发出去的那条微博,已经有好几千条留言了。

她给颜秋枳发了个信息,颜秋枳自然知道她发了什么。

在沈慕晴的微博发出来后,不少网友的风向就变了。

那些之前不敢帮颜秋枳说话的粉丝开始疯狂转发证明。

【呜呜呜呜,沈慕晴和颜秋枳锁死算了!!!】

【???所以是弟弟吗???】

【呜呜呜呜,晴晴真的太给力了!颜颜的工作室是吃屎的吧?现在还没声明出来。】

【我真的是服气,其实我一开始就在那条微博下留言说感觉他们两个长得有点像,还被骂了,现在打脸了吧?】

【等等!你们震惊颜秋枳和那个帅哥是姐弟之前,能不能先震惊一下这张合照里的人??沈慕晴和姜臣、程湛认识我知道,但是颜秋枳怎么也和他们认识啊?而且还感觉关系很好的样子啊?!】

【细思恐极!突然觉得……颜秋枳的身份是不是也不简单?】

……

颜秋枳看了一圈微博,风向渐渐开始变了。

她之前最热的那个热搜下面,也有人开始科普她和颜嘉池是姐弟,虽然相信的人依旧不多。

恰好这会儿,工作室的声明也跟着出来了。

工作室比任何时候都要刚,第一先是证明了颜秋枳和颜嘉池的关系——亲姐弟,有血缘关系的那种。

第二便是追究曝光照片者,以及在网上故意引导的网友的责任。不仅要求他们给颜秋枳道歉,还发了律师函。这次不是小打小闹,最开始转发的营销号,工作室已经有了统计。

这声明一出来,瞬间安抚了不少粉丝的情绪。

不少路人也觉得这个解决方式太可以了，现在的网络就是这样，大家手里有键盘，自以为说什么都无所谓，但他们并不知道，有时候自己随便跟风说的一句话，会对当事人造成多大的伤害。

声明出来后，无数网友表示赞同和认可。

很是支持。

颜秋枳先是转发了工作室声明，紧跟着又单独发了一条微博。

【@颜秋枳V：正式介绍一下，这是我弟弟，不是我包养的小鲜肉，望周知。】

颜秋枳就这么简短的一句话，却好像透露了很多情绪。

说实话，她很生气，甚至还打算发个长微博出去，可把长微博打出来后，她又觉得没必要了。

算了。

和网友计较什么？没什么好计较的。

发完微博，颜秋枳没再去看，对那些安抚之类的，她一点都不关心。

颜秋枳把自己埋在被子里，深呼吸了一下，紧跟着点开手机看了一眼时间。

才十二点多，陈陆南肯定还没下飞机。

颜秋枳说不难过是假的，在这种时候，她最想要的便是陈陆南在身边。

她伸手戳了戳手机，想给陈陆南发消息，但最后又忍住了。还是算了，她得做一个乖巧懂事的好妻子。

*

颜秋枳不知道的是，在她发完微博后，另一个爆料又来了。

但不是她的，是陈陆南和颜嘉池的。

早上陈陆南出现在机场，是有人看见了的，甚至还拍了照片。

虽然陈陆南打扮得很低调，也戴了口罩和帽子，可在有些粉丝眼里，只要是自己的爱豆，他就算是包裹得再严实，就算是一个背影，也能第一时间认出来。

颜秋枳和颜嘉池的"恋情"曝光时候，那个网友就觉得有点奇怪。

她看着颜嘉池的侧脸，怎么看怎么眼熟，总觉得自己在哪儿见到过。

可一时间又想不起来。

直到颜秋枳和沈慕晴都发了颜嘉池的正面照片后，网友总算是想起来了。

颜嘉池和她手机相册里的人长得一模一样。

想到这儿，她直接在微博上传了几张照片。她是陈陆南的粉丝，日常逛的就是陈陆南超话，互关的朋友虽然只有一万多个，但全是陈陆南粉丝。

【@陈陆南家的小甜甜V：姐妹们！你们快来看看，这个和我们偶像一起在机场的男生，是不是就是颜秋枳……的弟弟啊？】【照片*9】

【？？？】

【同一个人？？？】

【陈老师为什么会和颜秋枳的弟弟一起出现在机场？？？】

【我早上刚拍的也有他们，据说陈老师是送人去机场，然后才走的。所以这个送的人是颜秋枳的弟弟？？那么问题来了——陈老师为什么要亲自送颜秋枳的弟弟去找她？？这俩人是什么关系？】

【？？？这是什么神奇的交集？】

瞬间，网友们开始深扒颜秋枳和陈陆南之间的关系了。

颜秋枳本人一无所知，她已经睡着了。

至于萌姐，自然看到了新闻。她思忖了半晌，让公关稍微引开了点话题，也没做什么其他动作。

迟早都要曝光的，就先让大家猜一猜算了。

这一晚上，打了鸡血的实属颜秋枳和陈陆南的CP粉。

CP粉不多，但很热情，致力于找两个人的糖吃，但偏偏他们的交集太少了，导致他们一直都扣扣索索地嗑着那丁点糖过日子。

这爆料一出来，她们都疯了。

陈陆南送颜秋枳弟弟去机场了！这证明了什么？！

就算两人现在不是男女朋友，至少证明他们非常熟悉，不然陈陆南也不会亲自去送人，颜秋枳也不会麻烦陈陆南去送人！

至于那些黑粉们，还没从被告中回过神来，又发现颜秋枳不仅和姜臣程湛等集团总裁认识，甚至还和陈陆南关系匪浅？

这一下，他们绝望了。

陈陆南工作室是整个圈子里出了名的刚，一旦惹到，不把你告到倾家荡产，他们是不会罢休的。

*

晨光熹微。

陈陆南在飞机上过了一夜，下飞机的时候精神一般。他神色倦倦的，头还有点痛。

王家、宇哥和团队其他人都跟在旁边，一行人匆匆过去拿行李。

"陆哥，你是不是头痛了？要不去旁边休息一下？"

"不用。"

陈陆南拿出手机开机，声线低沉道："待会儿上车缓缓就好。"

宇哥忍不住吐槽他:"你说你这是什么毛病,病美男吗?怎么每次坐长途飞机都要感冒一次?"

陈陆南冷冷地瞥了他一眼。

王康笑了一声,刚想要说话,便看到陈陆南的脸色变了。

他一怔,看着紧盯着手机的陈陆南问了一声:"陆哥,发生什么事了?"

陈陆南连个眼神都没给他,注意力全在手机上。

王康和宇哥对视一眼,直觉不对。

两人立马拿出手机出来,一个看微博,一个看微信。

没一会儿,王康道:"颜小姐昨晚是被人故意陷害了吧?"

宇哥点头:"明显是盯着她很久了。"

"现在的风向是陆哥送颜小姐弟弟去机场,他们是什么关系。"

"怎么回事,怎么就盯着我们在飞机上搞事情?"

两人你一言我一言地说着,宇哥看向陈陆南:"我联系公司?"

陈陆南摇了摇头,直接拨通颜秋枳的电话。

他立在原地没动,机场来来往往的,都是陌生的面孔。在等颜秋枳接通电话的时候,陈陆南有种度日如年的感觉。

他深呼吸了一下,精神绷得更紧了。

王康看着他这样,和宇哥交换了一个眼神,开始联系国内其他同事做事。

国内的舆论暂时是控制住了,至于陈陆南和颜秋枳的关系,众说纷纭。具体的料没人知道,也没人拍到。

一时间,无论是网友还是圈内艺人,都不清楚两人到底是什么关系。

陈陆南给颜秋枳拨了好几个电话,一直都是无人接听的状态。

他也没上车,就一直打。

打到第五个时候,颜秋枳总算是接了。

"喂。"

颜秋枳的声音还有点哑,让陈陆南一时间分不清她是刚睡醒还是刚哭过。

他顿了顿,没说话。

颜秋枳是被铃声给吵醒的,她眼睛都没睁开,整个人还在被子里,嘟囔了一句:"谁呀?"

"还在睡觉?"陈陆南突然问了一声。

颜秋枳一怔,清醒了几秒:"嗯。"

她拿下手机看了一眼时间:"你到了吗?"

"到了。"

陈陆南嗓音低沉,问:"刚下飞机,我刚看到消息。"

他顿了顿，低声道："对不起。"

颜秋枳微怔，轻声问："对不起什么？"

她说："又不是你的问题。更何况萌姐和晴晴还有姜臣他们都给我解决了。"

颜秋枳打了个哈欠说："电影节什么时候开始？"

"下午。"

颜秋枳"哦"了一声，道："国内是晚上，我期待你的表现啊。"

陈陆南没来得及说话，王康从另一边跑了过来，喊着："陆哥，协调好了，我买到了一个空位，一小时后的。"

颜秋枳听着，愣了一下道："你要回来？"

"嗯。"陈陆南突然觉得喉咙里像是有什么东西卡住了一样，连话都说不出来了。

"你回来干吗？"颜秋枳蹭了蹭被子，低声道，"事情都解决了，再说了，我又不是温室里的小花朵。"

她道："你好好去参加你的电影节，我今晚要在网上看到你。"

陈陆南抿唇，没吭声。

颜秋枳拍了拍旁边的沈慕晴，低声道："晴晴过来找我了，我现在已经不需要你了。"

闻言，陈陆南也不生气。

他安静了良久，才问："确定吗？"

"确定。"颜秋枳说："我喜欢在网上看你，你记得今晚穿得帅气一点。"

陈陆南"嗯"了一声，压着声音道："好。"

两人安静了须臾，谁也不说话，就这么听着对方的呼吸声。

莫名其妙地，颜秋枳觉得自己得到了极大的安慰和满足。

她发现自己好像有点疯了，对陈陆南这个男人疯了。他什么都不做，就这么说两句话，听着他清浅的呼吸声，她都觉得舒服，觉得心情好上了几分。

良久后，陈陆南说："有什么事第一时间给我电话，我可以回来。"

"知道了，"颜秋枳说，"我昨晚和晴晴玩了好久游戏，我再睡会儿，导演说让我今天休息。"

"好。"

挂了电话，颜秋枳把手机放在一旁，再次睡了过去。

晚上，陈陆南参加国外某电影节的消息早早便曝光了。

国内有网站可以看全程直播，早早便有网友蹲守在电视前面，期待着陈陆南出现。

陈陆南没有电影入选，近年来也没拍电影，是作为评委被邀请的。

总而言之，咖位很高，荣誉也很高，是一般人无法比拟的。

沈慕晴过来了，颜秋枳索性拉着她一起看。

夏天的小龙虾肥了，两人点了几份小龙虾外卖，又买了可乐和啤酒，打算边看边吃，很是悠哉。

沈慕晴其实不想看，她已经暗戳戳给陈陆南记上一笔账了。

早不出国晚不出国，偏偏这时候出去，老婆出事一点忙都没帮上，真的太过分了。

沈慕晴愤愤地想着，吐槽着："有什么好看的，陈陆南就长那样。"

颜秋枳："……你去网上说？"

沈慕晴噎住。

等了没一会儿，陈陆南便出现了。

穿着深色剪裁有度的西装，整个人看上去分外英隽，模样勾人，站在那里，国外所有的镜头都对上了他。

陈陆南在国外的影响力，一点也不比在国内差。

这可能就是盛世巨星，是所有人都崇拜的对象。

颜秋枳看着大屏幕上出现的男人，沉沦在他的一举一动中。

沈慕晴抽空看了一眼，默默收回自己刚刚说的话。

很好，陈陆南不是"就长得那样"。

这个长相，百分之九十五的人都没有。这才是最令人生气的。她叹气。

陈陆南接受了大家的拍照，镁光灯闪个不停，一刻都没停歇。

等红毯结束后，他才进去。

整个电影节有点冗长，但却不会让人觉得枯燥，有时候看看这些，也能学到不少东西。

颜秋枳和沈慕晴还讨论了一下哪部电影最好看，最值得二刷。

电影节持续了几个小时，结束之后，陈陆南有个专门的采访。

这是网友们提前便知道的，这个采访也是直播播出。

不少人就等着这个采访，想听听陈陆南未来的工作安排。

事实证明，还真的有提到。

正经的工作聊完之后，媒体开始打探八卦，其中也有国内的媒体，掌握第一手消息的那种。

记者和陈陆南算是老朋友了，这会儿忍不住好奇："陈老师今天有看新闻吗？"

她先是试探。

陈陆南笑了笑："有看，想问什么？"

他故意说："随便问，今天都能回答。"

记者的眼睛瞬间亮了,直接道:"陈老师,听说你昨天早上去了一趟机场是吗?"

陈陆南笑了笑,点头:"是。"

"送朋友吗?"

陈陆南顿了一下,抬头看向镜头,他的四周都是摄影机,只要他说一句话,不仅国内的网友会知道,国外的粉丝也会知晓。

这是全球直播。

他笑着摇了摇头:"可以说是朋友,也可以说不是。"

记者像是嗅到了八卦一样:"据说那个小帅哥是颜秋枞的弟弟,陈老师之前知道吗?"

"知道。"

陈陆南莞尔一笑:"我们一起吃过几次饭。"

记者瞪大眼睛看着他。

陈陆南环视了一圈,笑着说:"知道你们想问什么。"

他道:"嗯,颜颜就是我追的人。"

男人站在镜头之下,风光恣意,周遭所有的摄影机都对着他。

他说出的每一句话、每一个字都被收录其中。

不仅是对着国内的粉丝,还有国外的粉丝,甚至国外的艺人和合作伙伴等等。

在陈陆南说完之后,听懂了这话意思的记者瞪大了眼,倒吸一口气看着他,似乎有点不敢相信。

"陈老师,这话……是我们理解的那个意思吗?"

陈陆南偏头一笑,弯了弯唇,瞳眸里漾开着笑:"你们理解的是什么意思?"

记者张了张嘴,半天没憋出一个字。

陈陆南看着镜头,瞅着不远处翻译了自己的话的外国媒体,点了点头,一字一句说:"应该就是大家理解的那个意思。"

他对着所有镜头,公开表白:"我喜欢颜颜,在追她,不是开玩笑的那种。"

说完,陈陆南还故意问面前的记者:"这样说,是不是能理解了?"

……

*

采访还没完全结束,陈陆南的粉丝便疯了。

国内媒体，和不少曾经合作过的对象全是震惊的。

陈陆南喜欢颜秋枳？！

陈陆南竟然在全球直播镜头下公开承认自己爱慕的人是谁？！

这一连串消息一出来，所有人都觉得像是在做梦一样。

他们根本就不敢相信，有一天陈陆南会有这样的举动。

在所有人眼中，陈陆南是一个不喜欢把私生活牵扯到职业里的一个人。他很少分享自己的私生活，连小日常都没有，更别说是这种感情生活。

上次是个意外，那条微博足够让粉丝们大跌眼镜了，结果没想到……陈陆南还有后招在等着大家。

一时间，网上瞬间传开了。

颜秋枳怔怔地看着大屏幕上出现的人。采访已经结束了，弹幕布满了整个屏幕。

大概扫视一眼过去，基本上都是"啊啊啊啊啊啊我疯了"等等之类的言论。

颜秋枳轻轻地眨了眨眼，有点不敢相信自己刚刚看到了什么，听到了什么。

陈陆南做了什么？！

她一时间没回过神来。

蓦地，沈慕晴惊呼了一声，把颜秋枳的思绪给拉了回来。沈慕晴看着电视，另一只手拿着手机刷微博，把网友第一时间剪辑出来的那个表白视频反复看了两遍后，终于确定是真实的了。

沈慕晴惊叹了两声，忍不住说："陈陆南可以啊！都知道对着全球跟你表白了，牛！"

她激动不已，忍不住"啊"了两声："我收回之前给他记的账！这完全可以抵消了！"

"我一直以为他什么都不会，是谈恋爱的小学鸡，结果没想到他是个王者？以后一定要让程湛、姜臣他们好好学学，看他们还嘲不嘲笑陈陆南了。"

"……"

颜秋枳的耳畔全是沈慕晴反反复复的那几句话。她深呼吸了一下，目光真挚地看着她："晴晴。"

"啊？"

沈慕晴诧异看她。

"你掐我一下。"

沈慕晴："？"

她狐疑地看了颜秋枳两眼，噎住了。"你觉得自己在做梦？"

颜秋枳看她："难道你觉得不是吗？"

"……"

沈慕晴无言，虽然说是有点像，但这是真实的啊。她伸手摇了摇颜秋枳的肩膀，试图让她清醒清醒："不是做梦！这是真的！你要不上网看看？网友们已经疯了！"

颜秋枳："……"

她看着沈慕晴塞过来的手机，说实话有点不太敢看。

"我怕……网友们骂我。"

"骂什么？"

沈慕晴点开她的手机微博："你去好好看看！没有人骂你。"

"诶？"

颜秋枳低头看微博，陈陆南和她已经有好几个话题在热搜上挂着了。

而且，一个一个后面都是爆。

【#陈陆南表白#】

【#陈陆南在追颜秋枳#】

【#年度最苏告白新鲜出炉，陈陆南告白颜秋枳#】

颜秋枳深呼吸了一下，做好心理准备点开第一个。

一点开，看到的便是刚刚陈陆南对着镜头说的那几句话。每一个字，都透露着肯定的讯号。

他在很认真地告诉所有人，他在追颜秋枳，他喜欢颜秋枳，不是开玩笑的那种。

昨晚颜秋枳刚刚被骂，刚刚有了乱七八糟的绯闻出现，今天陈陆南便公开给她站台，公开向她表白，这意味着什么，稍微动动脑都能知道。

营销号发出的这条微博，言语夸张，从头到尾都有点浮夸，但会让你觉得……好像这种事就应该用这么夸张的文字来表达激动的心情。

【@娱乐大八卦V：妈呀！！为了看陈陆南给我们争光，我难得看了个直播！结果我看到了什么！！陈陆南竟然对着全球直播的镜头向颜秋枳表白！！原来之前工作室说的他在追人！追的是颜秋枳？！我的妈呀！！！这意味着娱乐圈里大家最想得到的两个人已经背着我们勾搭在一起了？！

最后我想说一句！是谁说陈陆南淡漠寡言的？这比任何一个会撩妹的男人都要苏好吗！！这种全球示爱谁不想要！！我反反复复看了几十遍，已经当场去世了！！好想采访采访颜秋枳——此刻到底是什么心情？！】

这微博一出来，下面的留言刷刷地猛增。

颜秋枳看完，说实话，都感受到了这人激动的心情。

当然，她不想接受采访。

因为她不知道怎么形容自己此刻的心情。

至于看完这个视频的粉丝,和博主一样激动,甚至还有比博主更激动的人。

【妈呀!!!】

【啊啊啊啊啊啊啊啊啊!我"死"了我"死"了我"死"了!!我哥哥竟然这么会???】

【全球表白啊是哥哥疯了还是我疯了?!】

【我看出来了……我们哥哥在护短啊!昨晚大家骂颜秋枳,我们哥哥当时在飞机上没能第一时间护着她,现在这样一定是在打脸某些黑颜秋枳的营销号,他在公开护短啊啊啊啊啊啊!怎么会有这种男人!!男友力太爆表了吧。】

【我就知道!!这两个人有猫腻,难道你们没看《一起度假吧》第一期吗?我那时候就觉得这两个人之间的氛围很怪啊!原来那都是糖!】

……

福尔摩斯粉丝真的不是说说而已,一旦有点什么讯号,他们就能开始深扒。

最开始,只有少部分人往两人身上去联想,所以没能在综艺里抠出点什么有用的东西出来。

但现在不一样了。

在陈陆南公开向颜秋枳表白之后,粉丝开始从综艺里面抠糖了。

每一个对视,偶尔不经意的碰撞,还有一些小细节,全都证明两人早就暗度陈仓,勾搭在一起了。

综艺里全是糖啊!!

陈陆南的粉丝本身就比较理解,早在他工作室那条微博出来的时候便有了心理准备,她们大多数都是事业粉,哥哥有喜欢的人很正常,无论喜欢谁,她都会支持。

这一下爆出颜秋枳,虽然是之前八竿子也打不到的人,可仔细看看两人在一起录综艺时候的一些镜头,以及一起参加的一些活动,大家又觉得……真的太般配了。

这俩人就"活该"在一起啊!

除了他们内部消化之外,换任何一个人的颜值和性格好像都不那么般配。

更别说这两人还是娱乐圈里大家最想得到的男明星和女明星,他们在一起,真的挺好的。

陈陆南的粉丝没意见,颜秋枳的粉丝更是。

她们的姐姐本身也不立什么单身少女人设,向来是想做什么就做什么,而且也不爱营业,大多数时间都是在拍戏和工作。姐姐到年龄了,恋爱就恋爱,没有什么关系。

更别说这个对象是陈陆南,姐姐和陈陆南谈恋爱,简直是给她们长脸啊!偶像太强了,竟然能拿下陈陆南这种级别的男人,真的太牛。

因为这些原因,陈陆南的表白,不仅没让两人陷入困境,反倒是……多了一大批粉丝。

有佩服陈陆南勇气的,有膜拜颜秋枳的,她的微博下面甚至还收到了很多陈陆南粉丝的询问——什么时候答应他们哥哥,什么时候给大家发糖等等。

这一切,都源于陈陆南采访的时候说的一句话。

记者问他,他和颜秋枳现在是什么关系。

陈陆南说,那要看颜秋枳的定义,她说是什么就是什么,他听颜秋枳的,他们之间,颜秋枳做主。

这完完全全告诉了别人——两人之间,颜秋枳才是有发言权的那个人,陈陆南只是一个可怜兮兮的追求者。

追没追到人,要等颜秋枳松口。

……

颜秋枳刷了一小时微博,除了收到很多关注之外,微信上也有很多合作过的伙伴给她发信息,问她和陈陆南的关系。还有之前的合作商,询问她近期有没有时间,有个情侣代言考不考虑。

一时间,颜秋枳真不知道该做点什么了。

至于他们的小群里,姜臣和程湛正在"骂"陈陆南。

陈陆南闷声干大事,简直是给两人挖坑了。他都全球表白了,以后他们怎么办?追女朋友是不是得弄出比他还要大的阵仗才行,不然女朋友攀比怎么办?

至于沈慕晴,则一直在疯狂声讨,让姜臣他们跟着学学,别总是做个大直男。

颜秋枳这看看那看看,那怦怦怦跳动的心就是停不下来,甚至在看到朋友随便发来的一条信息时,都会忍不住想到那个男人。

她看了一眼手机,也不知道陈陆南忙完了没有。

*

陈陆南很忙。

他的表白完全是猝不及防的那种,宇哥和王康之前并不知情。

在他对着镜头说完后，两人其实都没回神，还是旁边的工作人员提醒，才猛地回过神来，但来不及去把人给拉下来了，更来不及堵住陈陆南的嘴。

直播的采访结束后，国内外媒体更是一拥而上，想要打探到更多消息。最后出动了保镖，才让陈陆南顺利从现场离开。

电影节结束后，还有之前定下来的一个晚宴要参加，陈陆南连拿手机的时间都没有，在车里被化妆师补妆，补妆间隙还要被宇哥"骂"。他真的太大胆了，太让人震撼了。

宇哥联系公司公关，有那么一瞬间还真不知道这事要怎么公关才好。

到最后，他只能叹气："你为什么不提前跟我们商量一下？"

陈陆南阖着眼眸说："自然而然说出来的，商量什么？"

宇哥："……"

他咬牙切齿地看着陈陆南："你就不怕粉丝去骂颜秋枳？"

"不会，"陈陆南道，"我相信我的粉丝。"

"……"

宇哥被他怼得哑口无言，他瞅着陈陆南："你就没想过这样会有什么不好的后果？"

陈陆南挑了挑眉："什么后果？"

他声线低沉，不疾不徐地说："无论是什么后果，我都可以承担。"

至于颜秋枳，她只是被表白的那一个，只要陈陆南的粉丝不搞事情，她其实不会受到什么影响。更何况陈陆南之前就想过，他这样做是对颜秋枳好还是不好。

事实证明，他衡量的是对的。

陈陆南这样做，对颜秋枳的好处大于坏处，更何况两人之前就商量过了，也没打算一直瞒下去，有合适的时间和机会告诉大家，也没问题。

总会曝光的，陈陆南今天这样做，无非是加快了脚步。

虽然说给工作人员增加了难度，但在那个当下，他就想这么做。

其实他不是冲动不理智的人，可一想到颜秋枳昨晚受到的那些辱骂，那些不堪入目的话，陈陆南就想给她撑腰。

这也是为什么在记者那样问的时候，他会直白地告诉所有人。

颜秋枳不需要去包养什么小鲜肉，她也不差人追。至少，他在追她，他很喜欢她。

想着，陈陆南心念一动，突然想听听她声音了。

"我手机呢？"

宇哥环视了一圈，找了出来，没好气道："没电了。"

陈陆南："……"

宇哥瞅着他:"别以为我不知道你想做什么。参加完这个晚宴再说,你们俩一打电话就腻歪个不停。"

"……"

陈陆南失笑,明白宇哥是真生气了。

他这会儿也不跟宇哥反着来,想了想晚宴时间也不长,忍了。

"行吧,那晚点再打。"

宇哥翻了个白眼。

受不了。

*

颜秋枳收到陈陆南的视频电话的时候,正在和沈慕晴玩游戏。

为了分散一下自己的注意力,她努力融入游戏里。

电话一来,颜秋枳瞬间下了线。

她瞅着沈慕晴:"我去接电话。"

沈慕晴:"我去客厅。"

"别,我去就行。"

颜秋枳跑到客厅沙发上,接通电话。

"喂。"

她声音很轻,像是故意为之。

陈陆南听着电流的窸窣声,沉默了须臾,没说话。

颜秋枳扬了扬眉,又喊了一声:"陈陆南?"

"在,"陈陆南伸手捏了捏眉骨,低声问,"在做什么?"

颜秋枳想了想,低声道:"和晴晴在打游戏。"

闻言,陈陆南皱了皱眉说:"沈慕晴还在你那儿?"

"……对啊,怎么了?"

"她跟你睡?"

颜秋枳:"……是啊。"

她哭笑不得地说:"你干吗?现在连晴晴的醋也吃?"

陈陆南不吭声。

颜秋枳没忍住,趴在沙发上笑了起来。

她翻了个身,懒洋洋地躺在沙发上,抬头看着酒店客厅的灯。灯光是可调节的那种,因为两人都进了房间的缘故,外面的灯光调到了偏暗的暖色调,不会刺眼。

颜秋枳盯着看了一会,这才问:"你忙完了吗?"

"嗯,"陈陆南坐在车内,松了松衣领,稍稍有点疲倦道,"今天做什么了？"

"睡到下午才起，晚上和晴晴一起吃了外卖，然后……看电影节直播。"

陈陆南稍稍一顿，低声问："吃了什么？"

"小龙虾。"

闻言，陈陆南挑眉："你不是不爱剥虾吗？"

"我用牙齿咬的，"颜秋枳侧了侧身和他撒娇，"吃得好累，吃了点就放下了。"

陈陆南懂她的意思，敛眸一笑说："等我回来给你剥。"

"好。"

颜秋枳的眼睛弯了弯，听着他的声音莫名觉得舒服。

安静了好一会儿，她一手捧着脸，含糊不清地问："你今天为什么……"

"什么？"

颜秋枳直接道："你对媒体那样说，不会有影响吗？"

陈陆南低声道："没什么影响。"

颜秋枳听着，拖长了尾音："哦，宇哥生气了吗？"

"不用管他。"

颜秋枳扑哧一笑，咬了咬唇说："那还是要管的吧。"

她晚上还接到了萌姐的电话，不过萌姐那边都是好消息，除了收到很多合作商的信息之外，粉丝也没脱粉，甚至还涨了几十万的粉，而且网上很多网友对她都是一致好评。

她和陈陆南互动的视频被大家剪辑出来，粉红泡泡明显，大家嗑得乐不可支，简直是痴迷！

陈陆南听着她的声音，低低一笑问："不难过了？"

颜秋枳一怔，抿了抿唇问："我什么时候难过了？"

陈陆南笑了笑，声音酥酥麻麻入耳。

颜秋枳捏了捏自己的耳朵，不知道为什么想到了晚上反反复复看了很多遍的那个视频。他所说的每一句话、每一个字都敲打在了她的心口，让她为他一次一次心动，甚至沦陷。

想着，颜秋枳埋头蹭了蹭抱枕，低声问："你明天是不是还有个活动？"

这是陈陆南去之前告诉她的，好像是和品牌方见面，谈一个代言。

陈陆南"嗯"了一声："怎么了？"颜秋枳深呼吸了一下，听着他这宠溺的声音，没忍住说："我有点想你了。"

闻言，陈陆南笑："就一点？"

颜秋枳努努嘴，抬头看着天花板下的灯眨了眨眼："比一点多一点。"

"那也不多。"

颜秋枳："……"

她哽了下，低声道："那就再多一点，够了吧？"

"不够。"

颜秋枳无言了半响，忍不住问："那要多少才够？"

陈陆南那边安静了须臾，突然说："有点不公平。"

"什么？"

陈陆南道："你只有一点想我，但我好像满脑子都是你。"

他问："是不是不公平？"

"轰"的一下，颜秋枳的脑海里像是有烟火绽放一样。

爆竹好像也被点燃了，噼里啪啦地在跳舞。

陈陆南这句话，好像比刚刚对着镜头和自己表白的威力更猛。

她的心控制不住地狂跳，只为这个人有的那种心悸般的跳动。

她的脸瞬间热了起来，心脏重重跳动，完全没办法停下来。

她咬了咬唇，试图看看这是不是在做梦。

会痛。不是梦。"你……"颜秋枳憋了半天，只憋出一个字来。

陈陆南也不催促，不疾不徐地引导她："我什么？"

颜秋枳不知道要说什么。

她伸手摸了摸自己滚烫的脸颊，咬着唇许久，才说："我收回刚刚的话。"

"嗯？"陈陆南压着尾音，听得她心尖一颤。

颜秋枳咬了咬唇，低声说："我也是。"

她声音很轻，三个字黏糊糊连在一起，让人听得不那么真切。

陈陆南没听清楚，压着声音道："什么？"

颜秋枳："……"

她深呼吸了一下，一字一句说："我说，我也是。"

陈陆南在那头压着笑，声线低沉问："你也是什么？"

"？"

颜秋枳总算是反应过来了点什么，她哽了半响，有点恼羞成怒的感觉："我说我也是满脑子都是你！！"

她咬牙切齿地问："这样听清楚了吗？！"

陈陆南感觉自己逗人逗到爆发边缘了，也见好就收。

"听到了，"他拖着声音说，"非常清楚。"

颜秋枳："……"

气死了。

安静了一会儿，陈陆南低声问："生气了？"

颜秋枳"哼"了一声："我跟你生什么气啊。"

陈陆南笑，哄了她一会儿。"困了吗？"

现在国内已经凌晨了。

颜秋枳"嗯"了一声，眼皮在打架："其实有点，但我又睡不着。"

"失眠？"

"嗯。"

颜秋枳这会儿也稍微有点破罐子破摔的感觉了，她小声嘟囔着："你快点回来吧。"

她说："晴晴睡觉老是踢被子。"

陈陆南顿了一下，含笑说："我懂了，想跟我睡觉？"

"……"颜秋枳，"你小学是不是学过奥数？"

不然怎么那么会抓重点呢？这举一反三的能力是小学练出来的吧！

陈陆南转了好几个弯才跟上她的思绪，没忍住笑出声。

他很少笑，但笑声是很低沉性感的那种，能让人耳朵怀孕。

颜秋枳又气又羞。

虽然她是有点暗示的意思，但是被这么直白地说出来，她不要面子的吗！！

"我挂电话了，"颜秋枳气鼓鼓地说，"我要去睡觉了。"

陈陆南笑了一声："好，盖好被子。"

他顿了一下，补充说："找服务员要两床被子，别感冒了。"

"嗯。"

挂了电话，颜秋枳进房间睡觉。

刚想要放下手机，手机又振动了一下，是陈陆南发来的消息。

陈陆南：【我得承认，是我想和你睡觉了。】

因为陈陆南这最后的信息，颜秋枳一晚上都没怎么睡好。

又好像……睡得挺好的。

她的梦里全是陈陆南，而且全是不可描述画面的陈陆南。

他亲自己时候的样子，他在床上和平日里不一样的神态，他深邃瞳眸里的欲望，每一个画面，都像是印在她脑海里一样。

一晚上，这乱七八糟的梦把她折腾得不轻。

醒来的时候，颜秋枳狠狠地踹了几下被子。

她是疯了吗？

她是有多么饥渴难耐啊，竟然做这种梦啊啊啊啊啊！！！

都怪陈陆南！！！

沈慕晴迷迷糊糊之际感受到旁边在动，她勉为其难地睁开眼，含糊地问了一声:"颜颜,怎么了?"

颜秋枳身子一僵,背对着她说:"没事,你继续睡,我今天要去片场了。"

沈慕晴应了一声,阖着眼睛又睡了过去。

等颜秋枳洗漱好之后,沈慕晴才清醒过来。

两人对视了一眼,颜秋枳诧异地看着她:"怎么起来了?"

沈慕晴挠了挠头,"嗯"了一声说:"我得回去了。"

"……今天?"

"嗯,"沈慕晴打了个哈欠说,"说是还有几场戏要补一下。"

闻言,颜秋枳点了点头说:"那我让司机送你去机场。"

"好。"

颜秋枳想了想,看向她:"顺便把颜嘉池给带回去吧。"

沈慕晴点头:"行,你去和他说吧。"

"嗯。"

昨天颜嘉池和他们一起吃了个午饭,到晚饭时就不跟着过来了,说是要打游戏。

颜秋枳没辙,给他叫了餐后也没管他了。都是那么大人了,不需要她时时刻刻看着。

沈慕晴起来吃了个早餐,在颜秋枳出门之前问了一声:"对了,那天晚上曝光的事情,萌姐跟你说了吗?"

颜秋枳一怔,诧异地看着她:"说什么?"

"背后的人是谁?"

颜秋枳沉默了会儿,低声道:"大概能猜到,但萌姐说她那边要再确认一下。"

"剧组的人?"

"还不能肯定。"

颜秋枳说:"到时候有确切消息了我告诉你。"

"好。"

颜秋枳去片场没多久后,沈慕晴带着颜嘉池低调地出现在机场。

在机场的时候,还碰到了不少媒体记者。

沈慕晴扬了扬眉,看记者没注意到她这边,她也没去多想,领着颜嘉池直接上了飞机,上飞机前,还给颜秋枳发了个消息。

*

对前一晚的事情,颜秋枳虽然没忘,但被陈陆南逗了半小时,又睡了一觉后,她差不多就给抛到脑后了。

至少表面上看，看不出什么来。

早上珠珠和她一起出门，上车后一直盯着她看。

颜秋枳很是无力，瞥了她一眼："看什么？"

珠珠没忍住，把昨晚陈陆南的表白给重新提了一下。

颜秋枳哭笑不得，敲了敲她的脑袋说："这么激动？"

"那当然了。"

珠珠昂首挺胸说："陈老师表白的对象是颜颜姐诶，陈老师昨晚被好多网友夸了，网上现在还有你们的视频剪辑，点击都几十万了。"

这个颜秋枳还真不知道。

她愣了一下，好奇地问："什么视频剪辑？"

"你们之前拍戏的一些画面剪辑啊，超级好看。"珠珠说到这儿，激动不已，"颜颜姐要看看吗？"

"B站吗？"

"对。"

颜秋枳挑眉，点头说："那看看吧。"

"我给你发链接。"

"好。"

收到珠珠的链接后，颜秋枳直接点开。

视频不是很长，只有几分钟，但网友有才，剪辑衔接得是真的好，让颜秋枳觉得视频真是两人搭配拍出来的一样。

她反反复复看了两遍，把视频转给了陈陆南。

颜秋枳：【这个有点好看，你醒来了看看？】

他们有六个小时的时差，颜秋枳估摸着，等下午吃饭的时候，陈陆南应该醒过来了。

她盯着昨晚陈陆南发来的信息半晌，摸了摸鼻尖，有点纠结要不要回。

昨晚她没回。

但现在看着，有点心痒痒的感觉。就……有点想回复，但又觉得这样好像不太矜持。

可转念一想，颜秋枳又觉得在陈陆南面前，她好像不需要矜持。两人是夫妻，什么隐秘地带都见过，确实也不是很必要矜持。

这样一想，颜秋枳脑热了，冲动了。

她低头打字：【我也是。】

发过去后，又觉得好像不太明显，她补充了一句：【想和你睡觉。】

……负距离的那种。

发完后，颜秋枳脑子里冒出了这样一句话，瞬间，她的耳郭都热了。

"颜颜姐，到了。"

颜秋枳回过神，呼出一口气，跟着珠珠一起下车。

下车后，颜秋枳和珠珠一起进了片场。她一出现，原本热热闹闹的片场瞬间静了下来。

所有人齐刷刷地转头望着她，目光灼灼。这群人眼睛里……有八卦，有羡慕，还有说不出的激动。

颜秋枳感觉自己就像是动物园里的猴子，在被大家观赏着。

虽然以前也有过这种经历，但这一次……和之前的相比，好像威力更猛了一些。

她抿了抿唇，完全不知道该怎么办才好。

她往前走了两步，尴尬一笑："大家看我做什么？"

她故作自然地问："你们吃早餐了吗？"

安静了须臾，有人回答："吃了。"

宋导从另一边跑出来，哭笑不得："你们做什么？第一天见到秋枳吗？"

众人动作一致地摇头。

蓦地，有人小心翼翼地说："就是觉得……秋枳姐太牛了。"

"秋枳姐，能不能采访你一下啊？"

"秋枳姐，你和陈老师现在是什么关系啊？上次陈老师过来真的是来哄你的吗？"

"……"

瞬间，层出不穷的问题朝颜秋枳抛了过来。

她无奈，但又不得不给大家回复。

颜秋枳看着面前激动的工作人员，笑了笑说："等一下，我可以接受采访，但一个一个来好吗？而且我要拍戏了，等我拍完今天的戏再给大家回复怎么样？"

众人扭头看向宋导。他们眼睛里的意思非常明显，他们想先要回答，再拍戏。

宋导："……先回答一下他们的八卦吧，拍戏晚半小时也没事。"

颜秋枳："……"

"宋导万岁！"

最后，颜秋枳不得不老老实实回答了他们最好奇的几个问题，当然，也没全说。

从工作人员那儿解脱后，颜秋枳进了化妆间。

邵越在里面。

看到她进来后，邵越笑了笑问："被缠得烦了吧？"

颜秋枳想了想:"也不是烦,就是有点不知道要怎么回答。"

邵越盯着她看了两眼,并未多言。

从那天陈陆南出现后,他便想开了。

男人嘛,大多数都是拿得起放得下的,对方的心都不在自己身上,再努力也没用。更何况邵越从一开始就知道颜秋枳不喜欢自己,之前还藏着点别的心思,但后来……渐渐也想开了。他有很多舍不得的东西,所以不会为了一个人去冒险。两个人现在这样拍戏,也挺好的。

颜秋枳没再说话,任由化妆师给自己折腾化妆。

化了一会儿后,她突然问:"好像没看到穆欣。"

邵越诧异地看着她,低声道:"我早上听宋导说她有点事,请假了。"

闻言,颜秋枳点了点头:"这样啊。"

"嗯。她好像就剩下两场戏,请个假也正常。"

颜秋枳了然。

化好妆出去拍了一场戏,导演助理从外面匆匆忙忙跑了进来,喊着:"宋导!媒体来了。"

宋导愣了一下,错愕地问:"来做什么?"

助理看了一眼颜秋枳:"来采访秋枳。"

"……"

颜秋枳愣了一下,反手指了指自己:"采访我做什么?"

助理:"昨晚陈老师那事吧,很多人肯定想拿到第一手资料。"

颜秋枳:"……"

宋导沉默了会儿,看向颜秋枳:"秋枳觉得如何?"

"什么意思?"

宋导无奈一笑说:"你想不想接受采访?可以的话就安排,不想的话我让工作人员去拦着。"

颜秋枳思忖了一会儿,点了点头说:"接受吧,迟早都要问的。"

主要是不想给剧组添麻烦。

颜秋枳想了想,看向珠珠:"你把记者带去附近的空地吧,我去那边,这边要拍戏,现场还不能曝光。"

珠珠领首:"好。"

颜秋枳安排好之后,给萌姐打了个电话。

萌姐叮嘱了两句,也没多说,她对颜秋枳还是放心的。

网友们全都知道媒体跑去采访颜秋枳了,甚至还有媒体提前在微博上宣布,有直播采访。

颜秋枳穿着戏服出现的时候,弹幕全是夸她漂亮的。

现场媒体的声音很大,颜秋枳对着镜头笑了笑,还有点不好意思。

她深呼吸了一下,稍微有点紧张。

颜秋枳一出现,所有人的注意力便到了她这里。

"秋枳,好久不见啊。"

自从她拍戏之后,活动上露脸的次数便少了很多。

颜秋枳接过其中一个话筒,笑了笑说:"大家好久不见,上午好,你们吃早餐了吗?"

众人:"吃了。"

颜秋枳莞尔:"辛苦大家过来一趟。"

她不太好意思地说:"因为剧组在拍戏的缘故,我待会儿还要回去,大家想问什么就问吧,能回答的都会尽量回答。"

记者眼睛亮了起来,看着她:"秋枳和陈陆南老师……现在是什么关系啊?"

"陈老师追你多久了?"

……

大多数话题,都是围绕她和陈陆南展开的。

颜秋枳也不知道想到了什么,对着镜头笑了一下,让看直播的观众直呼"完了完了她们没戏了"之类的话,颜秋枳笑起来是真的好看。

她看着层出不穷,又万变不离其宗的问题,缓了缓说:"一个一个来吧。"

她算了一下时间:"追多久其实忘记了,因为陈老师也没很正经地追我。"

她看着镜头,顿了一下,补充道:"我们是互相喜欢,所以不存在什么特别的追求。"

记者瞪大眼看着她。

"陈老师说……你们的关系要你说了才准,好像是说陈老师还在追你是吗?"

"秋枳打算什么时候答应陈老师呢?网友都说追人很辛苦。"

颜秋枳歪着头想了想,好像从上次陈陆南说追她之后,两人确确实实没说开还要不要追,但行动表明了很多。

她都让陈陆南上自己的床了,他们现在是什么情况,其实两人都心知肚明。

但记者这样问,颜秋枳觉得自己还是得回答一下。

她想着,对着镜头开玩笑说:"陈老师要是今天能出现在我面前,我就不让他追了吧。"

她笑:"不过应该不太可能,陈老师在国外还有活动,所以这个假设不能成立。"

颜秋枳笑着问:"大家还有什么问题?"

记者争先恐后地追问,颜秋枳都耐着性子一一回答,到最后,还给现在拍的戏打了个广告。

好在记者也没不依不饶,采访了大半个小时就结束了。

*

采访一结束,网上全是她的采访视频,一段一段截图出来。

很多网友发现,她不仅有礼貌,态度也很好,而且记者问问题的时候,无论是合理和不合理的,她都会认真倾听,再回答。

有些带有攻击性的,颜秋枳也能很好地化解,虽不正面回应,但也不会让人不舒服。

看完颜秋枳的采访视频后,不少网友表示,突然明白陈陆南为什么会喜欢她了。

长得好身材好,性格又好又可爱,能倾听能逗趣,还能开玩笑,这种女人谁不爱啊。

颜秋枳完全没想过一个这样的采访还能圈粉,下午的时候,萌姐夸了她好几次。

说完全没想过她原来这么懂得应付媒体。

颜秋枳有口难辩,其实她并没有那么好相处,性格也是时好时坏,但面对媒体,总归不能太过火。

而且今天的媒体其实对她挺好的,大概是陈陆南的缘故,大家都客气了很多。

颜秋枳没上网去看,吃过午饭后,她盯着自己的手机看了会儿,皱了皱眉。

陈陆南没给她回消息。

颜秋枳看了一眼时间,国内下午两点,国外应该已经早上八点了,按道理来说,应该起来了才对。

这么想着,她忍了忍,收起手机。可能是太累了,这人在补眠。颜秋枳安慰自己。

午休过后,颜秋枳还有两场戏。

要转移阵地了,这边的戏份已经是收尾阶段。

五点多的时候,颜秋枳这一天的戏便结束了。

她前一晚没睡好,这会儿很是困倦。

最后一场戏结束后,颜秋枳边打哈欠边往珠珠那边走:"珠珠,我手机响了吗?"

珠珠知道她在等人的消息，低头看了一眼："没有。"

颜秋枳："……"

她磨了磨牙，从珠珠那儿拿过手机，低声道："有人可能不想要老婆了。"

这边只有珠珠一个人，她听着，没忍住笑。

颜秋枳打开手机，刚想要给陈陆南发表情包，一旁便传来了工作人员的惊呼声。

"陈老师？"

颜秋枳手指一顿，像是心有灵犀一样，抬头往门口那边看了过去。

所有人都跟着转头，看着陡然间出现的人。

颜秋枳眼睛都没敢眨，唯恐自己一闭眼这人就消失了。

男人笔挺地站在入口处，穿着黑色长裤和白色衬衫，领口松开了一粒扣子，露出了脖颈，再往上，是一张稍稍有点倦意的脸，但眼睛很亮，瞳眸里漾开着笑，正灼灼地看着她这儿。

颜秋枳就这么直勾勾地看着他，心如擂鼓。她视线里的人好像放大了，越来越清晰，他朝她走了过来。

在距离三两步时候，陈陆南停了下来，低眸看着她："不认识我了？"

颜秋枳没说话。她仰头看着面前这张熟悉的脸。不知道陈陆南是不是做了十几个小时飞机的缘故，下巴有胡茬出来了，看上去有点颓然的感觉。

她摇了摇头，张嘴问："……你不是有活动吗？"

闻言，陈陆南低头一笑。

他弯了一下嘴唇说："推迟了。"

"为什么？"

陈陆南故作沉思地想了想，提醒她："我怕我今天还不出现，有人又要让我重新排队了。"

他低声问："我来了，还要追吗？"

周遭全是熟悉的人，工作人员、演员、导演，等等，颜秋枳的余光发现有人在拍照录视频。

但这会儿她根本就没想要去阻止。

她轻轻地眨了眨眼，有了真实感。"明知故问，"颜秋枳回过神来，"我什么时候让你真的追了？"

陈陆南低低一笑，伸手想要抱她，但看到周围的人后，手顿了一下，落在她头上："今天的戏拍完了？"

"嗯。"

"去换衣服。"

"……好。"

颜秋枳抿了抿唇,没敢去看其他人的神色,步履匆匆地进了休息室换衣服。

陈陆南看着周围的众人,和大家打了个招呼。

宋导看着他半晌,竖起大拇指说:"陈老师可以啊。"

陈陆南一笑:"谢谢宋导。"

"客气。"

没一会儿,颜秋枳便换了衣服出来了。

陈陆南跟大家说了一声,直接带她走了。

看着两人远去的背影,有人发出呐喊声:"近距离吃糖,我要酸死了!"

"没想到陈老师真的这么撩啊!"

"呜呜呜呜,陈老师匆匆忙忙赶回来,就为了秋枳姐那一句话啊,真的太绝了。"

……

*

颜秋枳不知道片场的情况。

和陈陆南走出去后,珠珠自觉道:"颜颜姐,我跟司机回酒店。"

颜秋枳点头:"嗯。"

她转头看向陈陆南:"我们……"

话还没说完,陈陆南便道:"上车。"

他是开车过来的。

王康作为一个全能助理,无论何时何地,都能给陈陆南租借到车。

颜秋枳看着旁边的车半晌,跟着坐了上去。

等陈陆南坐上来,发动引擎后,她还觉得有点恍惚。像是在做梦一样。

陈陆南没说话,颜秋枳一时间也不知道该怎么表达自己激动的心情。

车内安静了一会儿,陈陆南突然出声:"饿吗?"

颜秋枳想了想:"还好?"

她不是很饿。

陈陆南点头,低声道:"那先回酒店?"

"……好。"

颜秋枳发现,她答应先回酒店后,陈陆南的车速好像快了那么一点点。

当然,她也不清楚是不是自己的错觉,就感觉……他好像有点急的样子。

抵达停车场,两人直接从楼下上了电梯。

这会儿电梯里人还挺多的,颜秋枳和陈陆南站在角落里,手自然而然地牵在了一起。

从电梯里出来走，要走一小段的走廊。

走廊这会儿没人，安静到他们都能很清楚地听到脚步声。

颜秋枳总觉得自己的心跳声像脚步声一样，在放大，在耳边回响着，心如擂鼓。

她压了压自己那跳动过快的心脏，走到房间门口刷卡，开门，进去，关门。

门关上，颜秋枳回头。

陈陆南跟在她后面，她一转头看到的便是男人的下巴。

她怔了两秒，刚想要伸手去摸一摸他下巴处的胡茬的时候，手被男人给扣住了。电光火石之间，她被换了个姿势，整个人被陈陆南压在房门上吻了过来。

他手紧紧地扣着她腰肢，寻着她的唇长驱直入，一点也不像之前的温柔缱绻。

颜秋枳被迫张嘴，承受着他激烈的拥吻。

她后背抵着有点凉的门，面前是炙热的身躯，滚烫滚烫的，让她整个人处在水深火热之中一样。是幸福，也是煎熬。

颜秋枳的呼吸被男人给全部夺走，他勾着她得舌尖纠缠着，吞噬着她的所有，像是要把她整个人给吃下去一样。

颜秋枳被亲得喘不过气来，呜咽了一声，想要把他推开，但她那点力气对陈陆南来说，根本不值一提。

良久后，陈陆南从她唇上离开，密密麻麻的吻落在其他地方，脸颊，鼻尖，额头，再顺着往下，又回到了她柔软的唇瓣上。

他根本没有想要停下来的迹象。

傍晚的时候，夕阳西下，落日余晖从另一边照进来，勾勒出一幅美轮美奂的夕阳美景。

颜秋枳的腿软了，整个身子往下掉的时候，陈陆南抬手，一把将她抱了起来。他似乎是对门后这个地方情有独钟，一直都没从这儿离开。

……

不知道过了多久，颜秋枳身上的衣服已经凌乱了，松松垮垮的，陈陆南的衬衫也被解开了好几粒扣子，两人的喘息声明显，就在耳畔回响着。

天色也暗了下来。

陈陆南低头亲着她的唇角，这才抱着她往里走。"先陪我洗个澡？"

男人嗓音沙哑得不像话，灼热着她半边耳朵。

颜秋枳想拒绝，但又没法拒绝。

都到这一步了，也没什么好矫情的，她伸手，勾着陈陆南脖颈应了一声:"嗯。"

两人进了浴室。酒店的浴室不是很大,甚至连浴缸都没有,洗手间是磨砂玻璃那种,她后背抵着的时候,特别的冰凉。

从磨砂玻璃门到洗漱台,再到瓷砖墙壁……从浴室出来回到床上,这一晚上,颜秋枳真真实实感受到什么叫……睡觉。

最后,颜秋枳被抱进浴室,再出来回到床上的时候,她的眼角湿润,脸颊绯红,连带着脖颈也染上了红晕。

她蜷缩在床上,用最后一丁点力气把被子给盖上。

陈陆南瞳眸幽深地望着她,喉结滚了滚,他低头,还想要亲她,被颜秋枳一把给推开了。

"你别过来了。"

她嗓子都哑了。

她以后再也不主动撩人了。

每次到最后,惨的都是自己。

她皱着眉头看了一眼陈陆南:"你是不是吃药了?"

陈陆南:"?"

听到这话的时候,陈陆南稍稍顿了一下,把她拉入怀里,闷笑了一声:"这是夸我?"

"……"

颜秋枳连个眼神都懒得给他了。

她的脸廓都是红的,明明很累,但就是很红润的感觉,很明显……是被滋润过的模样。

陈陆南把她拉入怀里,低头亲了亲她的侧脸:"睡吧。"

颜秋枳窝在他怀里,缓了缓后,其实也没那么难受,就是累,不怎么有力气了。

她阖着眼眸往他怀里靠近了一点点。

"饿吗?"

"这个点。"

"太晚了,"颜秋枳看了一眼时间说,"撑一撑就过去了。"

说完,她才想起陈陆南和自己不同。

她睁开眼,轻声问:"你饿吗?要吃消夜吗?"

陈陆南伸手摸了摸她的脑袋,低声说:"不用。"

"不饿?"

陈陆南"嗯"了一声,声音里染上了些许笑意:"吃饱了。"

"……"

明明很正经的一句话，但颜秋枳就是觉得他在暗戳戳地发骚。

她无语地翻了个白眼，用最后一丁点力气狠狠地踹了他一脚说："那你接下来四五天都可以不吃饭了。"

闻言，陈陆南挑眉问："一天只准我吃一顿？"

颜秋枳："……"

她的脸热了起来，像是撒娇一样捶了一下他的肩膀，面红耳赤："你好烦啊。"

陈陆南低低笑了起来，握着她的手穿插进去，和她空闲的那只手十指相扣。

他捏了捏她的手心，没再乱动。

颜秋枳开始还挣扎了一下，到后面，大约是他的掌心太温暖了，又或者是十指连心的原因，她总觉得和他十指相扣时候，能感受到他心脏的跳动，为自己跳动的那种。

房间里安静了会儿，温馨氛围萦绕。

颜秋枳靠在他怀里良久，才轻声问："你把见面推迟没关系吗？"

"嗯，"陈陆南说，"他们近期会来中国，到时候再见面谈。"

闻言，颜秋枳也不再多问了。

陈陆南都说没事，她便相信。

她靠在陈陆南怀里，断断续续问了好几个问题，眼皮越来越重，没一会儿便蜷缩在他怀里睡了过去。

陈陆南没做什么，只把房间里的灯关了，把怀里的人拥得更紧了一些。

……

两人都没上网，从下午陈陆南出现在机场时候，不少网友就疯了。

网上开始一轮又一轮的爆料，更别说陈陆南出现在剧组时候说的那几句话，因为毫无顾忌的缘故，宋导也想要给自己的电视剧增加点热度，便没拦着工作人员曝光。

对话一曝光出去，两人的粉丝都疯了。直呼太甜了！

陈陆南和颜秋枳现在就是行走的一颗糖啊！就陈陆南这种攻势，颜秋枳不沦陷才怪。

一时间，所有人都好奇他们两人。

当晚，甚至还期待着有点新爆料出来。

在得知两人回酒店后，网友们像是心有灵犀一样，既期待两人发微博，又不期待他们发微博。

总而言之，这一晚上微博热闹得像过年。

只要你嗑了南秋CP的糖，我们就是好朋友！

第 11 章
全民嗑CP

次日醒来的时候,天色大亮。

颜秋枳的身子有点酸,她缓了缓才艰难从床上爬起来。

陈陆南不在旁边,估摸着是忙去了。

颜秋枳洗漱后,到客厅看到了正在办公的人,她扬了扬眉,走了过去。

"在看什么?"陈陆南偏头看着她,"醒了?"

"嗯。"颜秋枳揉了揉眼睛,跟他撒娇,"我饿了。"

"想吃什么?"

颜秋枳往他怀里靠了靠:"都行,你什么时候回去?"

陈陆南摸了摸她的脑袋,低声道:"陪你吃完早餐就走。"

"……哦。"颜秋枳不知道自己是失落还是什么,她感觉自己有点舍不得和陈陆南分开了。

吃过早餐后,陈陆南把她送去了片场,这才离开。

之后的几天,颜秋枳跟着剧组转移了阵地,还请假去试镜了一个角色,是关导在筹备的电影。

陈陆南也是试镜官,只可惜他太忙,来试镜的人多,两人在颜秋枳试完镜之后说了两句,为避免一些不必要的麻烦,没多说什么。

当然,围观群众还是很开心的,觉得两人就算是简单的眼神碰撞,也全是糖。

颜秋枳试完镜之后,又回了剧组拍戏,几日后,第三期的综艺开始录制。

两人也算是半公开的关系了,这次录制的时候,节目组不知道是为了热度还是什么,再次提出直播一小时。

大家都没意见,自然而然就直播了。

抵达录制现场后,直播才开始。

颜秋枳和陈陆南之前高调了那么一两次之后,便没有太多的动态出来。

不少网友发现这两人分外安静，他们就算是想要抠糖出来，好像都找不到。

这会儿好不容易同框直播了，怎么能不让人激动！

直播刚开始，便有无数粉丝涌进来。

颜秋枳和陈陆南坐在一起，两人没再避嫌。

粉丝们一进来便看到两人在低头说话，至于说的是什么，他们听不清楚。

庄子昂先和网友打了招呼，紧跟着是关荷、向月明以及林竟，林竟说完后，点到了颜秋枳。

"秋枳，直播开始了。"

颜秋枳一愣，抬眸看向面前的镜头："大家早上好，我是颜秋枳。"

说完，她看向陈陆南。

陈陆南笑了一下，跟着说："上午好，我是陈陆南。"

这种综艺直播，本身就不限定要和观众互动什么的。

打完招呼后，颜秋枳继续低头和陈陆南说话，互动交给庄子昂和关荷去了。

她正在跟陈陆南说一个大事，还把麦给关了。

她靠在陈陆南耳边低声问："穆欣那边，是不是你做了什么？"

这事她是昨晚才听说的。

颜秋枳这部戏的戏份不多了，穆欣更是在前几天就杀青了。

而且诡异的是，穆欣杀青的时候她在片场，但那几天穆欣看到她就躲起来，完全不像是之前碰到她还要上来交谈几句的模样。

颜秋枳觉得奇怪，但萌姐那边没跟她说什么，她也就没追着去问。

昨晚，萌姐和她见面谈工作，顺便一起吃了个饭，那时她才知道穆欣好像被公司给封杀了。

她之前的那个女团，马上要解散了。

穆欣算是女团里发展得最好的一个艺人，看着前程似锦，但突然丢掉了很多代言，好几个正在谈的合约也都黄了。

就连这部电视剧，宋导好像也打算把她那条线给剪辑掉。

虽然不能完全剪掉，但可以删减一部分。

颜秋枳好奇，萌姐只说应该是有人在背后做了什么。

她还告诉颜秋枳，上次她和颜嘉池的那个爆料，是穆欣的助理曝光出去的，照片什么的，都是她的助理拍的。

这样一说，颜秋枳基本就能猜到是谁做的了。

当然，也不能百分之百肯定。

……

她温热的呼吸打落在陈陆南脸上，他敛眸看了她半晌，压着声调道："怎么这么问？"

颜秋枳："……萌姐都告诉我了，她公司好像打算和她解约，说是她有违约什么的。"

陈陆南沉默了半晌，轻轻地点了一下头。"嗯。"

颜秋枳张了张嘴，诧异地看着他。

陈陆南一笑，拍了一下她的脑袋问："很惊讶？"

"有点，"颜秋枳说，"我以为你对这些都不关心的。"

陈陆南点了点头："原本是不关心。"

但颜秋枳不同，那天微博上的那些骂声，那些被带起来的节奏，如果不是穆欣，颜秋枳不会被骂得那么惨，也不会那么伤心。

陈陆南不太计较圈内这些竞争，正面竞争他不会管，可背地里买通营销号来黑自己老婆这种事，没办法容忍。

他可以不护着自己，但要护着颜秋枳。

陈陆南看着好奇的颜秋枳，笑了一声："觉得我做得太过分了？"

颜秋枳想了想，摇头："也没有。"

她说："那不是她自找的吗。"

陈陆南笑了一下："这样想就对了，没必要把注意力放在她身上，不重要。"

颜秋枳无语了半晌，哭笑不得地说："那什么比较重要？"

陈陆南目光深邃地看着她，暗示意味十足。

"……"

她没忍住，唇角往上翘了翘，刚想要说话，就被关荷喊了声："秋枳。"

"啊？"

颜秋枳抬头看了过去。

关荷把直播的摄影机丢给她，低声道："网友都在呼唤你和陈老师，你们两个和大家互动一下吧。"

颜秋枳："……"

陈陆南："……"

两人皆是一愣，而直播间的粉丝这会儿已经疯狂了。

弹幕没停过。

【啊啊啊啊啊秋枳秋枳！！！】

【你们两个也太甜了吧呜呜呜呜呜。】

【我受不了陈老师看秋枳的眼神，呜呜呜呜呜，简直是杀我啊！】

颜秋枳看着一旁能看到弹幕的机器，忍俊不禁。

"聊什么？"她想了想说，"大家吃早餐了吗？吃什么了？"

弹幕上说了好多。

颜秋枳看着，忍不住说："我们早上吃的早茶，比较清淡，我也好想吃米粉啊。"

她开始和大家聊吃的。

大家问到录制地点，颜秋枳也都一一告知了，当然，具体地点还是没说。

她说完后，转头看向陈陆南："你不说两句话吗？"

陈陆南扬了扬眉，瞥了一眼弹幕，弹幕正好刷过几条让陈陆南带颜秋枳吃米粉的话。

他笑了一声，淡淡地说："没问题，明天就带她吃米粉。"

颜秋枳："……"

她睨了一眼陈陆南说："万一我们录制的那个地方没有呢？"

陈陆南抓着她的手，低低一笑说："那我给你做。"

两人这个互动，让直播间的观众直呼"完了完了他们真的没戏了"，这两个人怎么可以这么甜！！

明明也没什么腻歪的举动，但小日常就是很戳人！

一小时的直播过得很快，基本上和大家聊聊天便过去了。

关了直播后，颜秋枳松了口气。

陈陆南听着她的呼吸声，低声问："怎么这么紧张？"

颜秋枳剜了他一眼，很是无言："当然紧张了，万一大家问点什么我回答不上的问题呢。"

"不会，"陈陆南伸手摸了一下她脑袋，声线低沉，"还有我。"

"……"

说的也对。

距离目的地还有段距离，颜秋枳看了一眼窗外的景色。这次来的地方是一个有历史文化的城市，她看着外面那些特别的建筑，有点入迷。

过了会儿，眼睛累了。她往陈陆南肩膀上一靠："我睡一会儿。"

"好。"

陈陆南伸手，扶了扶她的脑袋。

*

车内最开始还热热闹闹的，庄子昂在和林竞讨论演戏方面的一些东西，关荷和另一个工作人员在聊天，向月明相对安静一点，塞着耳机在听歌。

不经意地，关荷回头看了一眼，看到陈陆南挡在颜秋枳脸颊上方时候，怔住了。

他那个姿势一点都不舒服，不仅把肩膀借给了颜秋枳，还微微侧了侧身，没靠在椅子后背，反倒是坐得笔直，另一只手还不忘给她挡住阳光。

车子其实有窗帘，他们的窗帘也是放下来的，但随着车子的颠簸，总会有阳光从缝隙里照进来。

而他，用手给她挡住了。

关荷从第一次录制就知道两人应该是在一起了，再到后面那些新闻爆发，到陈陆南的全球表白，她说不震撼是假的。

任谁被这样一个男人表白，应该都会沦陷的。

关荷在羡慕的同时，又好像释怀了。其实颜秋枳比她厉害多了，也比她优秀多了。

曝光之后，身边不少同事和同行都议论过，甚至还有人说两人秀恩爱死得快，还有的说颜秋枳无非是陈陆南玩一玩的对象罢了，迟早会被甩掉。

要是以前，关荷也肯定会藏着这样的心思，但这一次……她却觉得不会。

至于原因，她也不知道是什么。

到今天见面，两人之间萦绕的那点氛围，再到现在陈陆南一系列的举动，关荷突然就知道原因了。

陈陆南这个人，一旦喜欢或者爱上一个女人，绝对会用尽所有心思对她好，对她特别，不可能把人放走。

在两人的感情里，陈陆南付出的可能比颜秋枳更多。

想着，关荷眨了眨眼，收回了目光。

一旁的工作人员顺着她的目光看了过去，忍不住感慨了一声："陈老师对秋枳是真的好。"

关荷点了点头："不说了，我们也休息会。"

"好。"

没一会儿，林竟和庄子昂也停了下来。

车内静悄悄的，窗外的风吹进来，舒服恬然。

吹乱了头发，也吹走了某些不必要的心思。

这一次录制又是三天两夜，他们六个人现在算是没什么竞争，节目录制没什么爆点和亮点，也没什么争吵，但就是很舒服。

好在导演和制片人没想搞事情，就让他们安安静静舒舒服服地录制，这让几个人都很是喜欢。

上个综艺而已，大家都不想要太累，这样就挺好的。

这期录制结束后，紧跟着又进行了第四期的录制。

这一次是连在一起的。

录完后，颜秋枳回到剧组做最后的收尾工作，陈陆南回了家。

临走前，他还不忘给颜秋枳算笔账。

"你已经很久没回家了。"

颜秋枳瞅着他的神色，哭笑不得："然后呢？"

陈陆南避开其他人的目光，弯腰亲了她一下，低声问："什么时候回家？"

"快了快了，"颜秋枳伸手抱了他一下，"杀青后就回家。"

陈陆南直起身，捏了捏她的脸："等你回来。"

颜秋枳眨眨眼，笑着说："好。"

*

两人在机场的这个互动，一点不意外，又被拍了。

还被传遍了各大网络平台。

颜秋枳和陈陆南现在不避讳被大家偷拍，大家爱拍就拍，反正无所谓的态度。

分开后，颜秋枳上了飞机。她转头盯着停机坪看了会儿，幽幽叹了口气。

珠珠在旁边听着，诧异地看着她："怎么了颜颜姐，你是舍不得陈老师了吗？"

颜秋枳沉默了会儿，点了一下头。

明明以前不会有这么大的感觉，但刚刚进来的时候，颜秋枳突然很想要和陈陆南一起飞，一起走。

至于陈陆南提到的很久没回家了，颜秋枳算了算……从上次他们吵架她搬出去后，她真的没回去过了。

想着，颜秋枳伸手揉了揉眼睛。有点想那个家了。

最开始的时候，颜秋枳其实对那个家没有一丁点感情，那儿对于她来说，就是长辈给予的一个结婚礼物，冷冰冰的，没有什么特别的温暖。

虽然装修按照自己的喜好来，可意义并不大。

但现在再回忆的时候，她好像有很多记忆其实都在那里，好的坏的，成长和挫败，都在那儿经历过。

当然，还有和陈陆南的所有。

想着，颜秋枳低头看了一眼手机："要起飞了吗？"

珠珠愣了一下，摇了摇头："没有，你要给陈老师打电话吗？"

颜秋枳想了想："算了。"

她说："快点杀青吧，我想回家了。"

珠珠听着她这话，一时间也不知道该怎么安慰她。

她点了点头，轻声说："马上了，颜颜姐再坚持坚持。"

颜秋枳倏然一笑，唇角往上牵了牵，轻声说："好。"

回到剧组后，颜秋枳比往常更忙了一些。毕竟是女主角，到了要杀青的时候，宋导紧赶慢赶，就为了能早点把戏给拍完。

最后一场戏结束，导演说"过了"，然后抬头看向还站在人群中的颜秋枳说"杀青"。莫名其妙地，她松了口气。

"杀青快乐！"

"颜颜姐杀青快乐。"

颜秋枳笑着，眼睛弯了弯："谢谢大家，辛苦了。"

她还跟旁边的邵越说了句："杀青快乐。"

邵越笑了笑："杀青快乐。"

杀青后，导演为了庆祝，拉着他们一群人一起吃了顿饭庆祝。

结束的时候，时间已经不早了。

颜秋枳喝了一小杯酒，她稍微有点儿开心。

陈陆南的电话打来的时候，颜秋枳已经回酒店了。

"回酒店了？"

"嗯，"颜秋枳弯腰收拾东西，低声说，"你还在外面？"

陈陆南应了一声："和品牌方见面，晚点回去。"

他顿了一下，低声道："什么时候回来？"

"明天啊，"颜秋枳唇角弯弯地笑着，趴在床上看着手机，"之前不是告诉你了吗？"

陈陆南"嗯"了一声，声线低沉："我确认一下，明天几点到？"

闻言，颜秋枳笑："你要来接我啊？"

"嗯。"

颜秋枳压了压上翘的嘴角，看了一眼机票上的时间："大概下午一点到吧。"

"好。"

颜秋枳应了一声，听着他低沉的嗓音半晌，说了句："那我去洗漱睡觉了，你早点回去。"

颜秋枳想了想，补充了一句："别喝太多酒。"

"不会。"

"明天回来检查。"

陈陆南笑了一声："听你的。"

挂了电话后,颜秋枳一刻也没停歇,拉着行李箱就走。

她没告诉陈陆南,她打算提前回去了。

陈陆南这边,挂了电话后,斜对面的品牌方看着他,稍稍有点意外:"陆南变化很大。"

陈陆南莞尔:"是吗?"

品牌方颔首,问:"因为秋枳?"

他是中国区的总监,自然知道两人那轰轰烈烈的恋情。

陈陆南点头:"嗯。"

那人看着陈陆南脸上的笑,总觉得有些魔幻。以前的时候,真没想过谈恋爱的陈陆南会是这个样子。

陈陆南看出了他们的欲言又止,但也没多说。有很多事,不是一时半会儿能解释清楚的。陈陆南没在局上待太久,陪着对方吃了顿饭便先离场了。他这种地位,没人会强迫他。

夜色浓浓,陈陆南垂眸看了一眼手机,颜秋枳这会儿应该已经睡了。

陈陆南偏头看向窗外掠过的风景,唇角有了一丝弧度。正想着,手机振动了一下,是姜臣发来的信息。

姜臣:【陈陆南,喝酒吗?】

陈陆南:【不喝。】

姜臣:【……颜颜又不在家,你那么早回家还不是独守空房,为什么不来喝酒?】

陈陆南不紧不慢打字:【我老婆说她回家要检查。】

程湛:【?】

姜臣:【你有老婆了不起啊!】

陈陆南:【是。】

还真挺了不起的。

这消息一发出去,几个人都无言。

半响后,陈陆南吩咐司机:"去姜总酒吧那边。"

司机连忙应着:"是。"

……

颜秋枳从转移后的剧组飞回家不用很久,四个多小时便能到家。

她提前和萌姐说了一声,萌姐亲自过来接她。

看到她的时候,萌姐很是无奈:"你就不能明天再回来?"

颜秋枳轻轻地眨了眨眼:"不能。"

萌姐:"……"

凌晨时候的机场人不多,夏日晚风凉爽,颜秋枳也没做什么遮挡。

她压了压自己的帽檐,笑着和萌姐说话。

"辛苦萌姐了。"

萌姐无奈摇头:"上车,送你回家。"

"好。"

颜秋枳说了地址。

她偏头看着窗外,感慨说:"上次回来还是试镜。"

"试镜结果这几天就出来了。"

颜秋枳挑眉,有点诧异:"怎么这么慢?"

萌姐"嗯"了一声:"据说是关导要求高,选来选去一直都没定下来。"

她看了一眼颜秋枳:"你可以向陈陆南打探下消息。"

"……我努力。"

到家的时候,已经快要三点了。

门锁密码依旧是之前那个,颜秋枳和萌姐道别后,拉着行李开了门。

屋子里静悄悄的,陈陆南一般都睡楼上。

一进去,颜秋枳闻到了屋子里的酒味,她下意识皱了皱眉,这人……还是喝了那么多酒。

颜秋枳不着急上楼,原本是很困的,但在飞机上睡了几个小时后,这会儿反倒是精神了不少。

她打了个哈欠,翻开行李箱,找了套睡衣出来,索性到楼下洗了澡再上去。

洗完澡之后,颜秋枳还去厨房倒了一杯水,这才捧着上楼。

房门没锁。

她轻轻松松便拧开了。

一推开房门,颜秋枳便看到了躺在床上的人。

她脚步顿了一下,蹑手蹑脚走了过去。

陈陆南睡觉的时候和平日里有点不同,看上去特别的温柔。

颜秋枳低头盯着他看了会儿,喝了口水后,小心翼翼掀开被子上床。

手刚碰到被子,原本沉睡的人便睁开了眼。

猝不及防地,两人四目相对。

陈陆南怔了好几秒,大概是觉得在做梦,直勾勾盯着她看了良久。

颜秋枳没忍住,笑了一声:"……你这是做梦呢还是醒了……啊……"

话还没说完,她便被他拉了过去。

颜秋枳直接扑倒在他身上,被吓坏了。"你……"

陈陆南什么话也没说,扣着她的后颈压在怀里,凶猛又激烈地吻了下来。

缠绵激烈的一个吻结束，颜秋枳趴在他怀里喘气。

陈陆南吻了吻她红润的唇瓣，嗓音喑哑："怎么提前回来了？"

颜秋枳趴在他怀里，阖着眼睛说："嗯，给你个惊喜。"

她伸手勾着他的脖颈，低声问："喜欢吗？"

陈陆南的喉结滚了滚，没说话。

房间内安静了好一会儿，颜秋枳没得到回应，这才睁开眼看向他："问你呢？喜欢吗？"

陈陆南目光幽深地看着她，眸子深处有跳动的火花。

他顿了一下，抱着她翻了个身，嗓音低沉道："现在告诉你。"

"嗯？"颜秋枳还没来得及反应，这人便开始脱她的衣服。

本就是夏天，颜秋枳穿的是吊带睡裙，刚刚折腾的时候，睡裙就已经松松垮垮地挂着了。

两根细细的带子顺着手臂线条滑落，露出了更白皙细腻的肌肤。

房间里没开灯，陈陆南睡觉是习惯黑暗的，只有颜秋枳在的时候，他才会在旁边留一盏台灯。

这会儿房间里很是昏暗，只有窗外丝丝的月光照进来。

衣服什么时候被丢下床，颜秋枳已经没了记忆，她只迷迷糊糊地记得……陈陆南在自己耳畔的喘息声，以及他落在自己身上的吻。

还有他最后用沙哑的声音告诉自己。

他喜欢。他喜欢这个惊喜。

*

完事之后，颜秋枳突然更精神了。

当然，陈陆南也没折腾得太过分，考虑到她长途跋涉回家，便按捺住心思了。

但怀里的人一直絮絮叨叨地说话，陈陆南沉默了几秒，低声问："你不困？"

颜秋枳愣了一下，"啊"了一声说："还好啊？"

她看向陈陆南："你困了？"

陈陆南摸了摸她的脑袋："还好。"

颜秋枳蹭在他怀里，伸手戳了戳他的脖颈，低声说："你好像也没有特别高兴。"

闻言，他笑了一声："刚刚那不算？"

"……"

莫名其妙地，颜秋枳觉得这话题有点进行不下去了。

她闻着陈陆南身上清冽的味道，像是一只小猫一样餍足。好一会儿后，她才转开话题："你是不是喝了很多酒？"

陈陆南想了想说："也不算多。"

他告诉颜秋枳，从饭局离开后，去了姜臣酒吧一趟，和他们一起聊了会儿天才回来。

颜秋枳了然："难怪。"她说，"楼下的酒味都没散。"

陈陆南失笑。

颜秋枳碎碎念着："明天要去找姜臣算账。"

"算什么？"

"我不在家就把你叫去酒吧。"颜秋枳给他记上了黑名单，小声嘟囔着，"他这是什么居心？"

陈陆南听着她的念叨，无声地弯了弯唇。"嗯，那明天去找他算账。"

"好。"

两人依偎在一起，颜秋枳断断续续地说着话，不知不觉地睡了过去。

陈陆南反倒是清醒了不少。他低头看着怀里的人半晌，手臂渐渐收紧。

*

翌日醒来的时候，颜秋枳久违地看到陈陆南还在床上。她挑了挑眉，似乎是有点儿不敢置信。

陈陆南抓着她往自己身上摸的手，压着声音问了句："怎么了？"

他声音清润，是清醒了很久的模样。

颜秋枳刚睡醒，声音还有点奶。她迷迷糊糊地说："你怎么还在？"

陈陆南哭笑不得："就这么不想要我在？"

"不是，"颜秋枳睁开眼看着他，"就是有点意外，之前你都不赖床的。"

陈陆南慵懒地答应了一声，偏头看着她："今天突然想。"

没有为什么，就突然觉得怀里的温香软玉太让人舍不得放开了，所以陪着她多睡了一会儿。

明明就是很普通很正常的一句话，但颜秋枳就是听出了点不一样的味道。

她扬了扬眉，似笑非笑地看着陈陆南："你就直说是舍不得我呗。"

陈陆南被她逗笑了，想低头去亲她，被颜秋枳给推开了。

"你别亲，睡了一觉我脸上肯定很脏。"

陈陆南拉下她的手，亲了上去，嗓音低沉道："不脏。"

两人在床上腻歪了一会儿，窗外阳光大好。

颜秋枳补眠够了，爬了起来。

已经是中午了，陈陆南亲自给颜秋枳下厨，做了她爱吃的菜。

颜秋枳已经好长一段时间没吃到了，这会儿还有点兴奋，甚至把陈陆南做的菜给拍照，发去了他们那几个人的群里。

颜秋枳：【请大家云吃午餐啊。】

沈慕晴：【你是人吗？】

姜臣：【老婆一回来，陈陆南就是一个厨师。】

程湛：【看上去不错。】

颜秋枳唇角带笑，和他们聊天：【味道超级好。】

沈慕晴：【……我走了。】

姜臣：【等等我啊小晴晴。】

……

没一会儿，群里就没人给她回复了。

颜秋枳可怜兮兮地看着陈陆南。

"怎么了？"

陈陆南给她盛汤，看着她的小表情有点儿想笑。

颜秋枳举着手机给他看："我发了个照片，他们就不理我了。"

陈陆南闷笑了一声，哄着她："我陪你。"

颜秋枳："……"

她没忍住，放下手机笑："你这样一点都不陈陆南。"

闻言，陈陆南挑了挑眉，并未多言。

吃过饭后，陈母给两人打了个电话，大概意思是两人太久没回家了，有时间的话可以回家吃个饭。

颜秋枳算了算时间，从上次陈父出车祸和陈陆南吵架后，她确确实实就没回去了，虽说工作忙，但这会儿杀青了，再怎么说也要回家看看。

这么想着，她看向陈陆南，无声地说："回吧。"

陈陆南点了一下头，回应着陈母："知道了，我和颜颜今晚回家吃饭。"

陈母连忙答应着："好好好，那我让阿姨多做点颜颜喜欢吃的菜。"

挂了电话，颜秋枳靠在陈陆南身上。

她沉默了会儿，突然想起一件事："上次颜嘉池回来后，听话了吗？"

陈陆南低头看着她："没和你联系？"

"没有。"

陈陆南"嗯"了一声，告诉她："我听说颜嘉池搬出去住了。"

"啊？"颜秋枳不敢置信地看着他，"搬出去住？杜冰和我爸愿意？"

陈陆南颔首："据说是他坚持，下学期高三了，爸在学校附近给他买了套房，让他直接住那儿。"

颜秋枳:"……"

这行为,果然很颜峰。

她拧眉想了想,叹了口气说:"现在是不是快要期末考试了?"

陈陆南挑了一下眉头看着她:"想去看看他?"

颜秋枳挠了挠头:"不知道。"

陈陆南稍稍一顿说:"想去就去,他周末估计也没什么事。"

"明天再说吧。"

"好。"

考虑到太久没回家的缘故,颜秋枳还特意去商场买了礼物。

陈陆南想陪着一起去,被颜秋枳义正词严地拒绝了。

其他时候还好,这会儿两人一起出现,她觉得他们都不能顺利走出商场。

被拒绝的陈陆南,只能委屈又可怜地把她送过去,然后去了一趟公司,在颜秋枳逛街结束后,又亲自开车过去接人。

当然,两人都没想到这么一个戏剧的安排还能被网友发现。

其实网友也是偶然。陈陆南送颜秋枳到商场的时候,她正好和朋友到了。颜秋枳虽然打扮得低调,但认真看还是能看出来。下车的时候陈陆南还和颜秋枳说了两句话,被颜秋枳很嫌弃地摆摆手推开了。

再之后,陈陆南回来接她,那个网友正好从商场出来。

这一回,陈陆南的正脸也看到了,至于车,还是中午的那辆车。

他下了车,给颜秋枳提东西,还问了一声:"都买什么了?"

颜秋枳懒洋洋地瞥了他一眼:"待会儿你就知道了。"

陈陆南笑了一声,看着她一脸疲倦的模样:"累了?"

"嗯,"颜秋枳跟他撒娇说,"一个人逛街真的太没意思了。"

陈陆南挑眉:"你不让我陪。"

颜秋枳哽了一下,毫不客气地吐槽:"你来了,我可能就没法逛商场了。"

"……"

颜秋枳出商场的时候,没太注意身边有没有人,所以也没想到两人不仅被拍了,还被录下了这段对话。

她知道的时候,网上已经传开了。

颜秋枳点开微博上的视频,看着他们两人熟悉的身影,再听着对话,一时间无法用言语来表达自己此刻的心情。

至于网友们,这会儿全炸了窝了!

他们不仅看到了新鲜出炉的陈陆南和颜秋枳,还看到了他们私底下的互动生活。

这怎么不让人觉得惊喜!!

粉丝来来回回刷了好几遍,全在那曝光的微博下疯狂留言表达自己此刻的心情。

【啊啊啊啊啊啊啊啊我"死"了我"死"了!!陈陆南对颜秋枳好宠啊呜呜呜呜。】

【哈哈哈哈哈哈我要被笑死了,谁能想到大家都喜欢的陈陆南私底下是被颜秋枳这样嫌弃的啊哈哈哈哈!陈陆南真的好委屈。】

【呜呜呜呜呜所以这就是两人私底下相处的模样吗?!太可爱了吧。】

【我悄悄说一句——没想到在这段爱情里,陈陆南是最卑微的那一个。】

【我笑死!陈陆南哪儿卑微了?不就是被女朋友嫌弃名气太大,和他一起逛街影响发挥吗?!】

……

颜秋枳刷着评论区,哭笑不得。她侧目看向旁边开车的人:"陈陆南。"

"怎么了?"

颜秋枳的手肘撑在车窗上,任由窗外的风吹进来,她目光赤裸地打量着旁边的男人半晌。

他眉目疏朗,深邃英隽,每一个地方,都像是被雕刻出来的一样,让人印象深刻。

她盯着看了一会儿,舔了舔唇说:"大家都说你和我在一起好卑微。"

"……"

陈陆南差点脚滑了一下。

他看了一眼颜秋枳,不明所以:"怎么说?"

颜秋枳嗯哼了一声,继续刷着评论区说:"你去接我的那个视频不是曝光了吗?粉丝留言这样说的。"

闻言,陈陆南扬了扬眉,目光沉静地盯着前方拥堵的道路。

"不卑微,"他说,"我自愿的。"

颜秋枳:"……"

她没忍住,扑哧笑出声来:"真的?"

陈陆南打了个右转灯,又给了她一个眼神:"你说呢?"

说实话,颜秋枳也承认。

自从两人说开之后,陈陆南好像确确实实很宠着她,也不是卑微。他会任由颜秋枳撒娇,只要是不涉及底线的事情,他都非常纵容颜秋枳。即便是爬到自己头上也可以。

颜秋枳思索了半天,也不说话了。

无话可说了。

陈陆南倒是不介意被大家拍,两人现在算是公开的关系,大家想拍就拍。

车内安静了一会儿,颜秋枳突然想起一个大事。"对了。"

"怎么?"

颜秋枳转头看向他,抿了抿唇说:"你说网友要是知道我们之前就结婚了,会怎么样?"

她有点不安道:"这样感觉像是欺骗粉丝。"

陈陆南也想过这个问题。但怎么说呢,在事情没发生之前,没有人可以预料会有什么后果。

他沉思了须臾,低声道:"先不着急,我跟宇哥他们商量商量再说。"

"好,"颜秋枳道,"我想的是既然都公开了,就找个机会告诉大家真相吧。"

陈陆南颔首,沉声答应着:"好。"

*

两人到家的时候,家里灯火通明。颜秋枳进去的时候,还能闻到饭菜的香味,陈母他们是在等着两人回来啊。

颜秋枳和陈母的关系一如既往,不过吃饭的时候,她隐约感觉出来了点什么。

陈陆南和陈父的关系……好像又差了点。

颜秋枳多看了陈陆南两眼,把怀疑给压回了心底。

陈母看着两人,感慨着:"颜颜又瘦了不少,在剧组是不是很累?"

颜秋枳笑着浅声道:"其实还好,不算太累。"

她安慰着陈母:"就是上镜需要,不能太胖了。"

闻言,陈母不解地说:"胖点好看,太瘦了感觉像营养不良一样。"

"没有没有,"颜秋枳立马道,"我本身也不太能吃胖,不信你问陈陆南。"

说着,她给了陈陆南一个眼神。

接收到颜秋枳的眼神警告后,陈陆南语调淡漠地应了一声:"我会照顾她。"

言下之意——你们别担心了。

陈母张了张嘴,半天没说出话来。

颜秋枳很是无奈,在桌子下踹了他一脚,给予警告。

陈陆南敛了敛眸,这才道:"您别担心,颜颜身体没事。"

陈母应了一声,感慨地说:"我知道。"她道,"就是有点担心,太瘦了以后怀孕辛苦。"

颜秋枳正好在喝汤,猝不及防听到这么一句,猛地呛了起来。

她咳了好一会儿，陈陆南拿过纸巾和水杯递给她，给她顺了顺后背。

好一会儿后，颜秋枳总算是咳嗽完了。

陈陆南看着她喝了两口水冷静下来，才问："好些了？"

颜秋枳被呛得脸都红了，讪讪道："嗯。"

陈母错愕地看着两人："怎么还呛到了？"

颜秋枳一脸无辜地看着陈母。"没事的妈，我就是喝汤喝急了点。"

"那慢点喝。"

"好。"

颜秋枳以为，话题到这儿应该差不多结束了。没想到安静了不到一分钟，陈母又捡起了这个话题："你们今晚住家里吗？"

"不住，"陈陆南道，"明天有工作。"

陈母点了点头，也不勉强两人。

她想了想说："前几天收到你傅阿姨那边送过来的补品，对女人身体好的，待会儿带回去给颜颜吃。"

颜秋枳瞪大眼看着陈陆南，暗示意味明显。

不要不要！她绝对不要什么补品！！她真的非常健康。

陈陆南像是没看到她的眼神一样，点了点头："知道了。"

吃过饭后，两人没多停留，坐了一会儿便走了。

颜秋枳亲眼看着陈陆南把陈母给的补品接下，放进了后备厢。

她盯着看了好几眼，在陈陆南看过来的时候，恶狠狠地瞪了他一眼。

陈陆南不明所以地摸了摸鼻尖。

离开后，两人分外安静。

颜秋枳低头和沈慕晴疯狂吐槽这件事，完全不懂陈陆南为什么要收下。

沈慕晴：【哈哈哈哈哈哈哈陈陆南可能想要孩子了。】

颜秋枳：【你好好说话。】

沈慕晴撤回一条消息。

沈慕晴：【可能陈陆南没多想，只想着给你补身体。】

颜秋枳：【但是他妈妈之前都提到了生孩子这事！！你觉得他会猜不到吗？】

沈慕晴：【……其实也有可能猜不到，男性思维和女性思维毕竟还有点不同。】

颜秋枳：【。】

和沈慕晴聊着天的时候，陈曦还给她发了个信息。

陈曦:【小嫂子！你们今天回来了怎么都不跟我说啊呜呜呜呜！我都好久没见到你了。】

颜秋枳失笑:【你今天不在家,你可别说啊,我们问了爸妈的。】

陈曦:【你们要是早说的话我肯定就回家了！】

颜秋枳笑:【什么时候放假？我明天没事,可以去学校看你。】

陈曦:【真的吗真的吗？！】

颜秋枳:【嗯,给你准备了礼物。】

陈曦:【我明天上午就四节课,下午就放假了,那你快来,我带你到学校附近吃好吃的。】

颜秋枳:【好。】

两人聊得很是开心。

陈陆南听她笑了好几声,低声问:"和谁聊天？"

颜秋枳睨他一眼:"陈曦,好久没见她了。"

闻言,陈陆南不甚在意。

"怎么？"

"我明天打算去学校看看她,"颜秋枳说,"之前她不是想要林竞的签名照吗？给她要了一份,送过去吧。"

陈陆南侧目看着自己的亲亲老婆:"什么时候要的？"

他为什么不知道？

颜秋枳不甚在意,解释了一句:"录综艺的时候啊。"

"……"

陈陆南觉得一定是自己还不够黏着颜秋枳,不然为什么会不知道这件事！

他沉默了须臾,低声问:"我怎么不知道陈曦喜欢林竞？"

颜秋枳噎住。

她这才后知后觉想起来——陈陆南和林竞貌似好像还有点说不清道不明的竞争关系。

她眨了眨眼,一脸无辜地看着陈陆南:"那只能证明……你在陈曦那儿不重要,她不乐意和你分享她的生活。"

陈陆南:"……"

他顿了一下,手指敲打着方向盘,目光深邃地望着她:"你是不是觉得……"

"什么？"

"我在开车现在没办法收拾你。"

颜秋枳听懂了他话里的意思，脸一热，瞪了他一眼说："你专心一点，别老是打扰我和陈曦聊天。"

陈陆南失笑，翻脸不认人说的大概就是她这样。

两人到家的时候，颜秋枳也不去提补品。

她看着陈陆南把大盒小盒的东西给提进屋，安静地站在一旁。"陈陆南。"

"嗯？"陈陆南放置好，回头看向她，"怎么了？"

颜秋枳低头看着脚尖，沉默了会儿问："你是不是也赞同妈说的话？"

陈陆南不明所以："什么意思？"

颜秋枳气结，脱口而出说："觉得我需要补身体才能给你生孩子啊。"

"……"

陈陆南愣了一下，总算是知道她吃完饭后的不对劲来源于哪儿了。

他哭笑不得，一把将她拉入怀里，低头亲了亲笑问："想给我生孩子了？"

颜秋枳瞪他。

陈陆南笑，伸手揉了揉她的脑袋说："不是。"

他轻声安抚着颜秋枳的情绪："我没那样想。"

他低声说："你最近太累了，吃点补品也不错。"他道，"至于孩子，我没往那方面想。"

颜秋枳"嗯"了一声，靠在他肩膀上安静了会儿，突然问："你想过吗？"

"想什么？"陈陆南笑了一声，侧目亲了亲她的脸颊，低声问，"孩子？"

"……嗯。"

说实话，颜秋枳并不讨厌孩子，甚至还有点喜欢。

如果是她和陈陆南的孩子，她想应该会很可爱很漂亮或者很帅气，两人长得都不差，孩子总不至于会丑。

偶尔她看综艺或者看电视的时候，也幻想过。

但这种事，她没和陈陆南聊过。一个是她不算很大，工作也发展得好，还没到要生孩子的地步。另一个，陈陆南也没提，颜秋枳就更不着急了，而且她也不确定陈陆南会喜欢孩子。

陈陆南轻轻拍着她的肩膀，室内灯光明亮，照在两人身上，把他们的影子都重叠在了一起。

他沉默了良久，唇瓣擦过她的侧脸，轻声说："如果是我们的，想过。"

颜秋枳怔怔着看他，有点儿意外。

陈陆南低头含着她的唇，一字一句地说："也很期待。"

这话是真的，陈陆南甚至不止想过一次。

他在生活里虽然不经常能遇见孩子，但偶尔参加一些活动，或者是饭局之类的，会遇到合作商谈论自己家的孩子。

偶然间提到一句，或者是他们的孩子打电话过来，看着他们脸上的笑的时候，陈陆南想象过很多画面。

如果是他和颜秋枳的孩子，一定会长得很漂亮。

他喜欢孩子的长相像颜秋枳，那样他会更爱他。还希望孩子的性格不要像自己，太闷了，不讨人喜欢，像颜秋枳最好，偶尔骄纵不讲理，但内心又最是柔软善良。

他们的孩子一定会有一双漂亮的眼睛，现在的小孩都长得很萌，他们的肯定也一样。

孩子稍稍大点，陈陆南会教他喊人，期待他开口喊爸爸妈妈，也期待他成长得更好。很多很多，陈陆南都想过。

他吻了吻颜秋枳，拉回思绪，退开了一点点。

"但那只是期待，"他重点强调，"不勉强，孩子是两个人的事，我确实想过，但生不生其实都没太大关系。"

颜秋枳的睫毛颤了颤，埋头在他脖颈处深呼吸了一下，低声说："我哪有说不生。"

她道："其实我就是有点儿惊讶。"

"嗯？"陈陆南压着声，低低问，"惊讶什么？"

颜秋枳抬眸看着他，轻声道："我惊讶你竟然想过。"

孩子这种事，其实很多男人都不那么关心。相对于女人来说，男人更不在意孩子。

很多男人之所以会要孩子，是因为长辈催促等原因。但实际上，他们比女人还没耐心，不想照顾孩子。

更别说是陈陆南这种看似有点人情淡薄的人。

颜秋枳以前一直都觉得他什么都不在意，什么都不关心。鲜少有事情能真的带动他的情绪，让他有波动。

所以那时候她很喜欢去招惹他，看他对自己无可奈何的模样，会有点说不出的得意。

再后来，陈陆南会表达了，会告诉她他所想的所要的，已经足够让她意外。

到现在他这样说，她虽然没那么意外，但还是吃惊。原来在她不知道的时候，陈陆南其实就已经想过这些了。

陈陆南听着她这话，低低一笑说："我也是人。"

有七情六欲，也有念想和贪恋。

颜秋枳"嗯"了一声，伸手主动地抱上他说："明年吧。"

她仰头看着陈陆南："明年我们就要一个孩子。"

对着陈陆南那双幽深的瞳眸，颜秋枳有点羞涩又有点紧张地解释："今年工作都排满了，我也需要做些心理……"

准备两个字还没说出口，她便被陈陆南拉入了怀里。

他双手紧紧地抱着她，用力往他怀里压。仿佛，像是要把她给融进血液里一样。

颜秋枳没推开他，就任由他这样抱着。

好一会儿后，她耳郭濡湿，陈陆南的吻落在上面，随着落下的是他说出的一个字"好"。他说好。

明年他们就要一个孩子。一起养着他，和他们一起生活。

*

孩子这个话题是个意外，但好像有了这个话题，两人又多了点不一样的故事可以聊。

明明打算明年再来，但从颜秋枳说了之后，他们家陆陆续续出现了不少育儿经以及孕妇饮食胎教之类的书籍，让颜秋枳很是觉得好笑。

好笑之余，又觉得有点感动。

这个男人是真的喜欢孩子，想要属于他们的孩子，才会这么早便开始准备。

颜秋枳给陈曦送了签名，还去看了一下颜嘉池，休息的日子，算是过得很充足。

这天，颜秋枳接到了关导的电话。

她试镜过了，演的是关导的新电影，一部民国虐恋题材的电影。

男主角是陈陆南，女主角是她。

只不过和现实不一样的是，她虽然是女主角，但并没有和她的男主角在一起。

那个时代的爱情片，大多数都没有好结局。

博钰写出来的剧本，是开放式结局，到最后给大家留下了一个有遐想空间的完结。

颜秋枳看完剧本的第一想法是，博钰这次的剧本太勾人心弦了；第二想法大概是，她更崇拜博钰了。

这剧本又虐又甜，让她一口气读完，甚至还意犹未尽。

当晚看完的时候，还掉了不少眼泪。

陈陆南看着哭笑不得，哄了她小半天才哄好。

"博钰怎么这么有才华啊？"

陈陆南挑眉，思索了一下说："不知道。"

颜秋枳："写得太好了，我有预感，这部电影会很好看。"

陈陆南笑了笑："嗯。"

颜秋枳看着他："你之前就参与了剧本创作是吗？"

"嗯，"陈陆南点头，"有讨论过，这个题材的电影不好拍，很多故事大家都拍过。"

所以想要出彩，需要花费很多功夫。

关导对细节和剧情的要求都很高，这才会有之前他们一次一次去实地勘察的情况。

博钰一旦写到一个点，关导就会想去实地看看那个地方到底适不适合这样的剧情安排。

无论是河畔一盏盏昏黄的路灯，还是海浪拍打的声音，还是那岸边循着夜色相伴而走，在夜色下耳鬓厮磨细语交谈的人。一句简短的描写、勾勒，关导都想要用最好的方式表达出来。

颜秋枳了然，低声问："我今天接到电话的时候，萌姐让我明天去一个工作室。"

陈陆南领首，点头说："服装要求。"

他看着颜秋枳，低低一笑说："关导对这次服装比较看重，特意请了专门的人回来。"闻言，颜秋枳有点好奇："设计旗袍的吗？"

陈陆南点了点头："不意外的话应该是。"

"那我还有点好奇。"颜秋枳很适合旗袍装，她是很瘦但身材又很有料的那种，前凸后翘，风情皆在举手投足间。

*

开机时间在半个月后，关于服装的款式，设计师早早便和关导团队沟通过。

现在定下颜秋枳，只需要量好三围便能定下来了。

时间虽然赶，但也来得及。旗袍要定制，需要设计师专门量裁，量身体的26个部位，和其他服装定制稍稍有点不同，要求也更高。

萌姐和珠珠来接她过去，上车后，颜秋枳和两人打了声招呼。

萌姐上下打量了她一眼，点头说："还好，这几天没长胖。"

颜秋枳："……我哪能长胖啊？长胖了我今天都不敢见你。"

萌姐冷哼了一声，毫不客气地吐槽："也不知道是谁，一天发一条朋友圈，全是吃的。"

"……"

这点，颜秋枳无力反驳。

毕竟……她是真的发了不少吃的，还全是陈陆南做的。她不能上微博去炫耀，朋友圈总要记录一下。

几个人说说笑笑的，快要抵达工作室的时候，萌姐提了几句："这次电影的服装设计据说是关导特意请过来的，待会儿好好沟通一下。"

她说："沟通得好，旗袍质量好，到时候对你的表演绝对有加分。"

颜秋枳了然，笑了笑说："知道了，设计师叫什么名字？"

"不知道。"

萌姐无奈地说："这个设计师有点神秘，据说是第一次担任电影的服装设计，我得到的内部消息是，她好像有自己的定制旗袍工作室，很少接外面的活儿，这一次是关导和编剧亲自上门，谈了好几次才谈下来的。"

闻言，颜秋枳对这设计师越发好奇了。

能一次次拒绝关导和博钰的，绝对不是凡人。

"男的还是女的？"

"女的。"

车子停下，萌姐说了句："据说在旗袍行业做了很多年了，水平一般人都比不上。"

颜秋枳下车，抬眸看了一眼面前的工作室。

工作室是临时安置的，位置不差，是租下来的一栋别墅。

两侧的绿色植物挺多，装修也不错。颜秋枳跟着进去，多了点不一样的期待。她到的时候，关导和博钰竟然也在。

颜秋枳稍稍有点意外，看着这两人："关导，博钰老师。"

关导笑着和她打招呼："来了啊。"

颜秋枳点头。

博钰笑了笑："陈陆南怎么没来？"

"……他今天有点事。"颜秋枳诧异地看着两人，"我没想到你们也在。"

博钰点头，浅声说："你的服装要求高，关导说过来看看，最好今天沟通好定下来。"

颜秋枳了然，环视了一圈，大厅里没人。"设计师呢？"

博钰刚想要说话，大门被人推开。

一行人齐刷刷转头看了过去，一个穿着深色旗袍的女人出现。她五官精致立体，是偏妖艳的那种长相，很张扬，一点也不收敛。猝不及防碰到她那双狐狸眼的时候，会发现眼睛里流转着更多的风情。

来人仿佛被大家给吓到了一样，眉梢稍稍扬了扬，勾了一下红唇，往这边走了过来。

她腰肢纤细,旗袍下的两条腿白皙诱人,若隐若现,游走间分外引人注目,所谓风情万种莫过于此。

有那么一瞬间,颜秋枳觉得她像是从那个年代走出来的人一样,韵味风情,全都有。

紧跟着,颜秋枳的想法是——关导给她找了个竞争对手啊。

但她又觉得不像。这人不是演员,如果真是演员,凭这个长相肯定已经红遍娱乐圈了,她这个半网络爱好者不可能不知道。

正想着,关导和博钰等人也都回过神来了。

"季老师。"

季清影微微一笑,颔首示意:"这么早?"

她的声音和长相稍稍有点不符,听上去有点软糯的感觉,没有长相表露出来的那么有攻击性,但很悦耳。

关导点头,指了指颜秋枳说:"给你们介绍一下,这是我们电影的女主角,秋枳。"

说着,他给颜秋枳介绍:"这是我们电影的服装设计,季清影季老师。"

颜秋枳诧异地看着面前的女人。这么年轻又这么漂亮的设计师?!

她和面前的女人对视一眼,颜秋枳笑着伸出手:"你好,颜秋枳。"

季清影颔首:"季清影,喊我名字就好。"

颜秋枳笑了,大概是对美人有说不出的好感,她直言道:"刚刚关导介绍之前,我还以为他给我找了个竞争对手,我在想我之前怎么不知道,关导是故意的吗?"

季清影大概是被她给逗笑了,弯了弯唇道:"颜老师夸张了。"

颜秋枳自来熟:"别,叫老师多生疏啊,喊我颜颜或者秋枳都行。"

"行。"

关导听着两人的对话,哭笑不得。"我倒是想啊,但季老师不拍戏。"

季清影无奈:"关导谬赞了,我没这本事。"

没一会儿,几个人便熟络了起来。

季清影回楼上房间换了套休闲装下来,这才给颜秋枳量身。

量好之后,几个人在一起讨论关于女主角的服装色彩。

电影服装要跟着角色情绪和剧情走,高兴的时候应该穿什么样子的旗袍,不高兴的时候穿什么样子的,白天、晚上、参加宴会、逛街等等,都有不一样的安排。

因为服装要和人物情绪挂钩,季清影提前看了剧本,再结合颜秋枳整个人的气质,心里已经有些许想法了。

讨论了一上午，季清影把想法给定了下来。

关导和博钰没在这边停留太久，粗略定下来后，两人便先离开了。

颜秋枳没什么工作，便留在了这边，和季清影继续沟通。

接触了半天下来，颜秋枳觉得季清影的性格很特别，很吸引人，会让人对她想要有更深入的了解那种。

季清影刚说完一个点，一转头便对上了颜秋枳那奇奇怪怪的目光。

她晃了晃手里的尺子："颜老师？"

颜秋枳一笑："没事。我只是一看见你就想到了一个朋友。"

"嗯？"季清影不明所以，继续低头剪裁，"女性朋友吗？"

"不是，"颜秋枳说，"男性朋友，陈陆南，你知道吗？"

"知道，"季清影笑了笑，"我看过你们的新闻。"

颜秋枳哭笑不得，低声道："你认真的模样和陈陆南的一个兄弟特别像，会让人沉溺到你们的世界里，你们都是对某个事情专一又专注的人。"

说到最后，颜秋枳也不知道该怎么形容了。

她"哎哟"了一声说："有机会给你们介绍认识。"

季清影淡淡点了一下头："好啊。"

到傍晚的时候，第一件旗袍差不多有点样子出来了。

颜秋枳是亲眼看着季清影做出来的。

她对自己的旗袍很认真，全程都是自己动手搞定。

虽说有助手帮忙，但大部分时间，是季清影一个人做的。

颜秋枳对这种手艺人特别佩服，很钦佩。

临走前，还有点依依不舍："什么时候能出成品呀？"

季清影看着她："明天晚上大概可以，要过来试试吗？"

"好啊。"

两人一拍即合。

*

陈陆南过来接她的时候，能明显感觉到她很兴奋。

他垂眸看了一眼在旁边叽叽喳喳的人，低声问："这么喜欢这个设计师？"

"对啊，"颜秋枳看着他，"你肯定没见过吧？"

"没有。"

陈陆南专注看着前方的道路。

颜秋枳快速说："我跟你说，这设计师长得超级漂亮，而且和我同龄。"

陈陆南漫不经心答应着："嗯，然后呢？"

颜秋枳："……你好像并不是很感兴趣。"

陈陆南笑:"我要是感兴趣了,今晚估计要睡书房。"

"不,"颜秋枳瞅了他一眼说,"你要是感兴趣了,你今晚睡地板。"
陈陆南:"……"
她摆摆手:"你别打断我的话题。"
陈陆南弯了弯唇:"好,你继续说。"
颜秋枳絮絮叨叨地说了一长串夸季清影的话,说到结尾的时候,她摸着下巴道:"这个设计师很风情,不是贬义词,而是风情万种,特别勾人的那种。"
她感慨:"也不知道有没有男朋友。"
闻言,陈陆南挑了挑眉,对自己老婆担心的问题很好奇。
"怎么?"他问,"你还打算给她介绍男朋友?"
颜秋枳剜了他一眼:"倒也没有。"
她说:"我就是觉得她在某个点和傅言致还有点像的。"
说到这儿,颜秋枳又反省了一下自己:"当然,介绍是不会介绍的,傅言致那种比你还冷的男人,一般女人受不了,我不能祸害这个设计师。"
"……"
陈陆南无言了半晌,试图给自己的好友辩解一下,可想了半天,他发现老婆说的是事实。

傅言致不适合找对象,适合做和尚。

之后几天,颜秋枳有空就去季清影那儿报道,她也说不上是什么感觉,就是突然觉得看别人做衣服很有意思,会不知不觉地沉迷。

偶尔,季清影还让她亲自上手。

虽然只是帮帮忙打下手,但颜秋枳觉得很有成就感。

颜秋枳之前拍的电视剧播出了,开播的当天,热度便很高。

不少人纷纷夸赞,她的演技又上升了不少,越发自然了,和之前对比,越发有进步了。

林竟的电视剧,口碑和收视率向来都不错。

颜秋枳因为这部剧吸了不少粉,名气越来越大,收到的代言也越来越多了,流量也越发的好。

忙忙碌碌几天后,颜秋枳他们又需要录制综艺了。

第五期综艺录制结束,网上已经播放到第二期的尾巴了。

网友们现在致力于在综艺里找糖吃,稍微有一点点,就都兴奋不已。

让颜秋枳哭笑不得。

但她又不得不承认,网友真的太会找了,偶尔她也在 B 站看自己和陈陆南的视频剪辑,还时不时点个赞什么的。

毕竟,是真的好看。

电影开机时间确定了下来,在七月中旬。

距离开机还有一点时间,颜秋枳接了几个代言,还跑了几个商演活动现场。

和陈陆南的关系公开后,有好处也有坏处。

好处大概是不需要过多的遮遮掩掩,坏处大概就是……无论参加什么活动,都会被问到陈陆南。

颜秋枳也不是不喜欢,就是觉得每个问题都要反反复复回答无数遍,真的有点累。

结束一天的工作行程,上车的时候,萌姐过来了。

颜秋枳靠在椅子上阖着眼休息,萌姐给她塞了个眼罩:"眼睛累?"

"有一点点,"颜秋枳还有点鼻音,"这几天太累了。"

萌姐无奈,低声道:"后天录制最后一期综艺,录完你和陈陆南差不多要进组拍戏了,有很长一段时间的休息期。"

颜秋枳"嗯"了一声,表示了然。

"知道了。"

萌姐转头看着她:"录综艺感觉怎么样?"

颜秋枳想了想,点头说:"其实还不错,综艺还挺放松的,特别是现在这个综艺,其他艺人也好相处。"

"关荷也好相处?"

颜秋枳:"……她好像变了不少,还不错吧。"

说完,她转头看向萌姐,觉得有点儿奇怪:"你怎么突然问这个?"

萌姐摸了摸鼻尖,看着她说:"有人找我……想邀请你和陈陆南录恋爱综艺。"

颜秋枳

她沉默了几秒,毫不犹豫地说:"别想。"

颜秋枳道:"我答应,陈陆南也不一定会答应。"

萌姐:"给的钱超多。"

"哦,"颜秋枳不为所动,"那也不参加。"

她偏头看向窗外:"更何况我们接下来要拍电影了,关导不会给我们放假的。"

关导要求高,在拍摄期间基本上不允许艺人接其他工作。

当然,陈陆南接两个可能没问题,情绪不会被带走,但颜秋枳就不一定了。

就算是允许,颜秋枳也不会那么想。她拍电影拍得少,这次是第一次做主角,所以自己也希望更专注在角色上面,不为外界的事情分散精力。

她之前就和萌姐说过,拍这部电影的时候不想接其他工作。

萌姐也答应了。

萌姐沉默了半响,幽幽地说:"这综艺在冬天才拍。"

颜秋枳噎住,不可置信地问:"……那为什么现在就找我们?"

萌姐瞅着她:"你是不知道自己和陈陆南现在有多受欢迎,当然要早点定下来了。"

"……"

颜秋枳无言。

她张了张嘴,笑了起来:"恋爱综艺还是算了吧,感觉不是很适合我们。"

她说:"我觉得我和陈陆南可能更适合婚后日记什么的。"

话音刚落,萌姐拍手说:"你别说,还真有一个!"

她眼睛瞪大看着颜秋枳:"要参加吗?"

颜秋枳:"……"

她哽住,想了想:"再说。"

萌姐看她不是很有兴趣的模样,也没再打扰她。"休息会儿吧,到时候再谈。"

"嗯。"

*

一眨眼工夫,便到了《一起度假吧》最后一期的录制。

颜秋枳之前便知道这个综艺会到安城录制,但她完全没想到会安排在最后一期。

而且地点也出乎她的意料之外。

之前她听到安城后,便直接答应了下来,根本没问具体地方。

所以这会儿在确定地方后,颜秋枳整个人都有点儿懵。

"怎么了?"陈陆南第一时间察觉到她的不对劲。

颜秋枳伸出手,抓着他的手臂问:"刚刚导演说……我们现在去折星小镇?"

陈陆南一怔,目光沉沉地望着她:"是。"

他问:"不想去?"

"不是,"颜秋枳抬眸看向他,在察觉到陈陆南的淡定后,她反应了过来,"你早就知道是折星小镇?"

陈陆南点了一下头,低声道:"签合同的时候,我确认过。"

他看着颜秋枳:"我以为你也确认了?"

"没有,"颜秋枳说,"我当时听到安城就直接签了。"

她哪里会知道这次录制的地点会在折星小镇。

陈陆南声线沉沉地应了一声,感受着她激烈的反应,低声问:"不想去吗?"

"不是。"颜秋枳停留在原地,有点飘忽。她不知道自己该怎么形容此刻的心情,就是……意外,但好像又有点惊喜。

她很久没回来了。

上次回来,是清明,她匆匆忙忙地给妈妈扫墓。只有一天的工夫,连家都没回去,甚至连东西都没吃,下了飞机后直奔墓地,在那坐了一下午,又匆匆忙忙地走了。

颜秋枳还有一个家在这里,但她其实没有勇气回去。下意识地逃避,她想回去,但又恐惧。

久而久之,便把渴望一直压在了心底,再也没能翻出来。

上次姜定问她,她说到时候再说,有时间再回去。

其实时间挤一挤就有,可她怕触景伤情,便一直搁置了下来。

陈陆南知道她的心情,抓着她的手传递着温暖,低声道:"别怕。"

他目光专注地看着颜秋枳,低头亲了亲她的脸颊安抚着:"这次我陪你。"

他说:"我想去看看你小时候生长的地方,好吗?"

颜秋枳睫毛颤动,抬眸看着他。

面前的男人,瞳眸深情又专注,所有情绪都表露在她面前,让她不需猜测,一眼便能看穿。莫名其妙地,颜秋枳多了丝勇气。

她点头,轻声道:"好。"

上车后,大家明显感觉到颜秋枳情绪有点不对,但有陈陆南在,他们也没多问。

折星小镇其实很偏僻,但这里风景好,空气清新,像是走进了大自然一样的。

从机场上车到这里,需要三四个小时的样子。

抵达折星小镇入口的时候,林竟看着外面环境感慨了一声:"这地方看着不错。"

庄子昂科普:"那必须的,据说这里有一个很出名的果园,特别漂亮,还有一栋很漂亮的房子,我们这次录制好像就在那儿。"

颜秋枳一直在走神,没听大家在说什么。

直到车子停下，一行人拉着行李往里走，跟随着导演组工作人员停留在某个院子门口的时候，她才后知后觉反应过来。

颜秋枳错愕不已地看着面前的小院，整个人更蒙了。

这是……

她还没来得及想，导演便先说话了。

"我们这次录制的地点，就是在这儿。"导演说，"看上去是不是特别好？"

他得意地说："这可是我千挑万选出来的，给大家度假最合适的一个地方，这里有没有陶渊明的《桃花源记》那种感觉？"

众人："……"

庄子昂第一个捧场，笑着说："导演，还真的有。"

林竟也笑了起来："还不错，这儿空气清新。"

导演点了点头，一脸认真地说："这是我和房主的委托人聊了很长时间才谈下来的。"

他道："大家进去后要小心一点，爱护好这儿的一草一木，东西别弄坏了。"

他叮嘱着："这房子租下来不容易。"

关荷好奇："为什么是房主的委托人啊？"

导演"啊"了一声，说："好像是说，这房子已经有十年没人住了，房东一直没回来，是托周围邻居照看的，里面所有东西都还保留着原本的模样，特别干净，后面还有一个很大的果园，果园里的东西可以吃，但别破坏。"

他絮絮叨叨地说了一大堆，这才让大家进去。

颜秋枳的行李被陈陆南拿着，大家热热闹闹走进去的时候，她没动。

陈陆南被庄子昂拉着说话，往前走了两步，又停了下来。"颜颜。"

众人回头，诧异地看向颜秋枳。

"秋枳，怎么不走了？"

颜秋枳愣了一下，回过神来说："……没事，我刚在想事情。"

陈陆南狐疑地看了她一眼，再抬眸看向面前的院子。

他顿了顿，像是想到了什么。"是这儿吗？"

颜秋枳抿唇，点了点头告诉他："是。"

这个地方，就是她小时候成长的地方。

这里所有的一切，都跟记忆里的东西一模一样，基本上没有变化。

颜秋枳抬眸看着，走神了。

她看着不远处的别致小院，房子是两层高的，还有一个小阁楼，她以前很喜欢待在那里。小阁楼上有个透明的窗户，晚上躺在那儿可以看星星看月亮，还能听见蝉鸣鸟叫声。

院子里的一侧种满了花,蔷薇花现在还在盛开,攀爬在墙瓦上,探出脑袋去,像是在欢迎他们的到来。

除了蔷薇花之外,小道两侧还有其他品种的花,姹紫嫣红,再往深处看过去,还有桂花。

但这会儿没开花,没什么特别的香味,但远远看着就觉得很舒服。

陈陆南之前虽然调查过,但了解得没那么彻底。他只是知道颜秋枳长大的地方很漂亮,但具体也不是很清楚。后来他特意查过,但一直想着要陪她一起回来看看,没亲自过来。

这会儿亲眼看见了,他有种"本应该如此"的感觉。

这个地方,就应该这么美。也只有这么美的地方,才能养出颜秋枳这样性格和这么漂亮的人。

陈陆南捏了捏她的手,声音低沉:"进去给我介绍介绍?"

颜秋枳抬眸看着他眼底的温柔,突然就心安了。

"好,"她说,"我们走吧。"

"嗯。"

*

进去后,导演突然想到了一个特别的事情。

"对了,忘了跟大家说。"

众人看他。

导演道:"房子里只有三个房间三张床,所以房间分配可能会有点问题。"

他说:"我们尽量调配了,但人家不太同意。"

导演看向颜秋枳和陈陆南,暗示的意思明显。

众人都知道他们是情侣,最后一期节目了,也希望有看点。

陈陆南倒是无所谓。

颜秋枳哽了一下,稳定好自己的情绪问:"导演,确定只有三个房间吗?"

导演点头:"是啊。"

他说:"其实还有两个房间和小阁楼。但那两个房间不能动,据说是之前房主的,绝对不能动……"

他话还没说完,关荷便说:"那可以去小阁楼住啊?我们也不介意的。"

导演笑着说:"小阁楼也不行。"

众人:"……"

导演无奈:"秋枳要不和陈老师将就一下?"

颜秋枳无奈一笑:"会允许的。"

导演一愣,诧异地看着她:"什么?"

颜秋枳问:"导演,这房子是跟谁租的啊?"

"隔壁的一户奶奶,据说是她一直在照看这里。"

闻言,颜秋枳点了点头,看向导演:"导演您带我过去谈谈吧。"

她含笑说:"我想住小阁楼。"

导演沉默了会儿,劝阻道:"秋枳,其实不太好,我们沟通了很长一段时间,那奶奶都不太愿意,最后我们还被那奶奶的孙子给赶了出来。"

颜秋枳扑哧一笑:"真的吗?"

导演无奈点头:"真的,所以我劝你放弃吧。"

"那不行。"颜秋枳说,"人怎么能轻易说放弃呢。"

她笑盈盈地望着导演:"导演,要不您去把人请过来吧,我亲自和她谈。"

"……"

最后的最后,导演拗不过颜秋枳,只能答应带她过去。

当然,去的不仅仅是颜秋枳,还有其他看戏的嘉宾。

他们就是去凑凑热闹的。

导演说是隔壁,其实也有点距离。

拐过一条小巷子,才抵达那位奶奶家。奶奶家也是独门独户的小院,门口还有一条小溪,流水潺潺,听上去分外悦耳。

这个小镇,真的很适合生活。

颜秋枳等人到的时候,里面有一个年轻人走了出来。

他身形高大,看上去很是刚硬,穿着短袖T恤,人稍微有点黑。

看到导演后,他皱了皱眉,语气不太好:"有什么事?"

导演已经习惯了他这个态度,浅声道:"这是我们录制节目的嘉宾,过来看看奶奶。"

男人轻哂了一声,眼神冷漠的扫视过众人:"我奶奶在休息,别过来打扰。"

他顿了一下,重点强调:"记住你们之前答应我奶奶的话,那屋子里所有东西都不能弄乱,进去什么样,离开就得保持什么样。要不是你拿旧情说话,我奶奶绝对不会同意借给你们录节目。"

众人:"……"

很好,第一次见面,他们就感觉出了这人的不善。

导演回头看向后面的颜秋枳,摸了摸鼻子道:"秋枳,要不放弃吧?"

颜秋枳弯唇笑道:"导演,你提一下。"

导演没辙,只能硬着头皮说:"我们来找徐奶奶有点事。"

"什么事?"

徐风冷漠问。

导演:"因为我们嘉宾的原因,想问问能不能再借用一个房间,就是那个小阁楼。"

话音一落,徐风毫不犹豫道:"不能。"

导演:"……"

"真的不能吗?"颜秋枳从后面走了出去,看向面前的成熟男人,微微一笑说,"我们只是借住两三个晚上,绝对不会破坏里面的东西。"

关荷看着颜秋枳的举动,都想把人给拉回来了。

但她看陈陆南没动,觉得不关自己的事,还是看看热闹就好。

徐风听着这话,冷笑了一声,刚想要出声嘲讽,抬了抬头,便看到了走出来的这人的模样。

他目光紧紧地锁着她,眯了眯眼。

他还没来得及反应,一条狗从屋子里跑了出来。

那狗直接冲了过来,关荷下意识地惊呼了一声,还没来得及喊人,那狗便直接撞进了颜秋枳的怀里。

"天啊,颜秋枳你快躲开啊!"

话音落下,那跑出来的狗没对颜秋枳做什么,反而热情地蹭了蹭她的腿,还被颜秋枳给抱了起来。

众人错愕不已。

紧跟着,他们听到了男人的笑声。"你怎么这么没良心?"

众人低头一看,他说的是那条狗。

狗根本没理会他,继续在颜秋枳怀里蹭着,很舒服的样子。

众人惊讶,看看颜秋枳,再看看陈陆南,总觉得有点怪异。

庄子昂第一个出声:"陈老师!秋枳这是……当面出轨了吗?"

陈陆南:"……"

众人:"……"

陈陆南失笑,看向颜秋枳:"颜颜,给大家介绍一下。"

颜秋枳伸手揉了揉面前的狗,回头看向呆愣愣的众人,笑了笑说:"嗯,怎么介绍啊?"

导演瞪大眼看着她:"秋枳……你认识这条狗?"

颜秋枳:"我和狗的主人也认识。"

闻言,徐风伸手敲了一下她的脑袋:"怎么说话呢?"

他低头看着脚边的狗,叹气说:"它怎么还没忘记你?"

颜秋枳笑:"那肯定是我以前对它太好了,所以印象深刻。"

众人呆若木鸡。

颜秋枳笑了笑,给徐风介绍:"那是陈陆南,你还记得吧?我给奶奶打电话的时候说过。"

闻言,徐风撩起眼皮看了一眼不远处的男人。

两人眼神碰撞,他"嗯"了一声:"你好。徐风。"

陈陆南颔首。

介绍完之后,颜秋枳给其他人介绍。全部介绍过之后,导演不可置信地问她:"秋枳,你小时候是在这儿长大的?"

"对。"颜秋枳说,"导演,你借的那个院子,是我家。"

众人瞪大眼看着她,满脸不可置信。

颜秋枳不明所以:"你们这么看我干什么?"

关荷沉默了几秒,浅声道:"原来你这么有钱啊?"

颜秋枳哭笑不得:"这就算是有钱吗?"

"那么大一个院子,还不算有钱吗?固定资产呢!"

颜秋枳笑:"我们这儿的地不值钱。"

话虽如此,大家还是对她房主的身份表示惊叹。惊叹之余,又有点崇拜和好奇。

因为徐奶奶在休息的缘故,颜秋枳和徐风打了招呼,便和大家回了院子。

回去的时候,连阿黄也跟着过来了。

它已经很老了,行动稍微有点不太便利,但刚刚看到颜秋枳的时候,还是很热情,像是十多年前的模样。

颜秋枳伸手揉了揉它的脑袋,有种说不出的感动。

她那么长时间没回来,原来它还记得自己。

确认了颜秋枳的主人身份后,大家对这个院子瞬间大胆了起来。

颜秋枳没去阁楼,去的是自己以前的房间,其他人也全部都安排妥当了。

*

最后一期录制,大家的心态都有点不同。

属于既兴奋,但是又有点舍不得的那种感觉。

颜秋枳把院子交给徐奶奶和徐风打理,后续便全由他们处理的。

这也是为什么房子租出去了,她也不知道的缘故。

她当时说的是,无论是租出去或者是他们自己住,都可以。

颜秋枳拉着陈陆南在院子里转了一圈,走走停停的,偶尔会说到自己小时候的一些事情。

摄影师跟在两人后面,就这样录制着。

反正两人是公开的关系，录一下也没太大问题。走到最偏僻的角落，颜秋枳絮絮叨叨地说以前自己还爬墙出去，因为妈妈不让她没写完作业就出门玩。

陈陆南挑眉："你敢跳下去？"

"不敢啊，"颜秋枳理直气壮地说，"所以是徐风在下面接我。"

陈陆南他皱了一下眉，这已经是第五次还是第六次听到这个名字了。"徐风结婚了？"

猝不及防听到这个问题，颜秋枳还有点蒙："啊？"

她抬眸看向陈陆南："我不知道啊。"

她很少打电话回来，更不会去打探徐风的事情，这怎么可能会知道。

陈陆南点了点头，看向她问："徐风多大了？"

"好像和你一样大吧。"

陈陆南："……"

这话听着，怎么还有点不舒服呢？

"是吗？"

颜秋枳没察觉到他语气的变化，点了点头说："我想想啊，他好像还比你大几个月，是夏天出生的。"

说着，颜秋枳瞪大眼看着他："今天几号？"

陈陆南："十六号。"

颜秋枳："他二十号的！"

"……"

后面跟拍摄影师的手都在发抖了，他隔着远距离都能感受到陈陆南的不爽，偏偏颜秋枳像是什么都没发现一样，一个劲地问："你说我们都回来了，要不要给他过个生日啊？"

陈陆南没说话。

颜秋枳感慨了两声："哎，突然感觉我好没良心，这么久没回来。"

陈陆南掀了掀眼皮，淡淡说："是有点。"

"？"

颜秋枳不明所以地看着他。

陈陆南伸手，捏着她的脸咬牙说："确实是一个小没良心的。"

颜秋枳盯着他看了会儿，总算是察觉出了不对劲。

她眼珠子转了转，唇角上翘打量着陈陆南，笑着说："陈老师。"

"嗯？"陈陆南低沉沉应了一声。

颜秋枳笑，捧着他的脸问："你是不是在吃醋啊？"

陈陆南给她一个眼神,并不是很想回答这个问题。

颜秋枳忍俊不禁,总算是确定了下来。

她哭笑不得,踮着脚亲了一下陈陆南,哄着说:"你是醋桶吗?这也吃醋。"

她认真道:"徐风就是一个哥哥,跟你那些小青梅一样。"

陈陆南挑眉:"我没有小青梅。"

他说:"有也应该是你。"

这话颜秋枳就不服了:"晴晴不是吗?你竟然把晴晴给忘记了,我要告诉晴晴。"

陈陆南噎住。他看着颜秋枳瞳眸里的笑,敲了敲她的脑袋:"别皮。"

颜秋枳笑,抱着他的手臂撒娇:"哎呀,我和徐风是清清白白的关系,你没什么好吃醋生气的,懂了吗?"

陈陆南:"哦。"

并没有很想懂。

两人又转了一会儿,颜秋枳突然眼睛弯弯地看向他:"对了,我带你去个地方吧。"

"去哪儿?"

"一个好玩的地方,走,我们往这边走。"

陈陆南看着她兴致勃勃的模样,还真有点好奇。

两人往前走,摄影师也跟在后面。

走着走着,颜秋枳突然拉着陈陆南快速跑进了另一个院子。

她看了一眼还跟在后面的摄影师,眼珠子转了转,看向陈陆南说:"我想甩开摄影师。"

陈陆南:"走。"

两人越走越快,摄影师开始还能跟上,进了院子后,人突然就消失了。

他错愕不已,喊了好几声,也没人回答。

而颜秋枳和陈陆南,这会儿已经躲进一个房间里了。

"来这做什么?"陈陆南好奇地看着她。

颜秋枳笑,看向他:"衣柜里有秘密。"

"嗯?"

颜秋枳拉着他过去,把衣柜打开。"进去。"

陈陆南是被她给推进去的。颜秋枳还想要磨蹭一下,外面突然传来了脚步声,她一慌,自己也快速挤了进去。

逼仄的空间里,两人呼吸萦绕着,交错着。

开始的时候，两人都还算正常。

但外面摄影师的叫喊声不断，渐渐地，便滋生出了点别的东西。

陈陆南的呼吸打落在她的脖颈处。颜秋枳觉得那儿有点痒，有点不太舒服，她伸手想要去挠一挠，但衣柜里空间有限，手抬起来的时候，不小心碰到了陈陆南的喉结。

他的喉结正好滚动了一下，颜秋枳一时间有点手痒，伸手摸了过去。

衣柜空间本身就不大，站两个人已经很拥挤了，两人的鼻子都能碰到对方。

她一摸过去，陈陆南的身子便越发僵硬了。

他的呼吸声也逐渐加大。

黑暗中，颜秋枳眨了眨眼，整个人靠在陈陆南身上："你……"

"什么？"陈陆南的头放在她的肩膀上，侧了侧脑袋，濡湿着她的耳朵。

颜秋枳身子一僵，有点紧张又局促："……你的身体好硬啊。"

陈陆南顿了一下，似乎是没想到都这会儿了她还敢来撩拨自己。他的喉结滚了滚，声线沉沉地："嗯。"

他吻着她的耳朵，吮着，不紧不慢地逗着她。

颜秋枳整个人有点站不稳了，但在这里她又不担心摔下去。

"陈陆南，"她紧紧地攥着陈陆南的衣服，心都快要跳出来了，"你别……"

"别什么？"陈陆南的吻从耳朵渐渐往前，落在了她的脸颊上。

颜秋枳感受着他的温热，有口难言。

她张了张嘴，还想要说点什么的时候，陈陆南已经精准地找到了她的唇，寻着吻了下来。

封闭的空间里，唇齿间的触感明显，呼吸声也明显，所有的一切都在被放大，心跳声也在耳边砰砰地响着。

颜秋枳张开嘴，任由他深入。

狭小静谧的空间里，男人的气息逼近，让她根本无力反抗。

低吟声渐渐流露出来，她感觉到男人的呼吸更重了些。

良久后，颜秋枳喘不过气来，伸手推了推陈陆南，他这才往后退了一下。

虽然他没再亲，可因为是在衣柜里的缘故，空气一点都不流通，颜秋枳整个人还是有点呼吸不过来。

她刚想要说话，外头再次传来工作人员的声音："陈老师和秋枳到底去哪里了啊？"

"刚刚怎么回事？"

"不知道啊，突然之间两个人就跑起来了。"

"这两人……该不会是藏到哪里去了吧？"

"藏起来做什么啊？"

另一人道："指不定是秋枳知道哪儿有好吃的，带陈老师偷吃去了吧……"

外面的声音断断续续传来，陈陆南不知道什么时候又亲了下来。

不知满足一般。

特别是在外面的人说到"偷吃"的时候，陈陆南还咬了咬她的唇暗示。

如果不是衣柜里太暗看不清对方的表情，颜秋枳真不敢去看他了。

良久后，工作人员大概是放弃了，走路声渐渐远去。

颜秋枳张嘴咬了一下陈陆南，小声嘀咕着："你别来了，待会儿没办法见人。"

陈陆南沉沉地应了一声："嗯。"

他低头吻了吻她的唇角，嗓音沙哑地问："现在出去？"

"不用。"

颜秋枳深呼吸了一下说："我都说了带你来看秘密基地的，怎么会骗你。"

说话的间隙，她让陈陆南站好："别乱动啊，你就这样站好。"

陈陆南挑眉，还真有点好奇了。

颜秋枳回头往衣柜上摸了一下，紧跟着，两人侧边的墙打开了，出现在面前的是一层一层的楼梯。

陈陆南错愕地看向颜秋枳。

颜秋枳笑了笑："没想到吧，这衣柜里有个地窖。"

她摸了摸鼻子说："也不能说是地窖，就是可以通往其他地方。"

她道："我也是偶然间发现的，我妈说这个房子是外公外婆住的。"

这条通道，是连接到她和她妈妈的房间里的。

陈陆南还真不知道。

虽说他也是见过世面的，但这种暗道的设计，感觉已经很久很久没见过了。

颜秋枳拉着他往下走，笑着说："我小时候跟镇上的人玩捉迷藏，就很喜欢往这里躲。"

"有时候躲一整天都不会有人发现。"

陈陆南抓着她的手，低声问："会害怕吗？"

颜秋枳一怔，笑了笑："那时候哪懂害怕，就觉得藏到最后的才是赢家。"

陈陆南应了一声，重复说："害怕过吗？"

颜秋枳怔了半晌，低声道："有的，我怕他们找不到我。"

虽然说是捉迷藏，藏得越隐蔽越好，这样会赢。

可是她也害怕大家都找不到她，然后就放弃了。

那种感觉就像是，你是无关紧要的一样。

颜秋枳不知道别人是什么心思，总而言之，她会比较矫情。

玩游戏嘛，大家都会认真，想要赢。可藏起来之后，她又害怕大家找不到自己，然后很轻易地放弃，觉得找不找她都无所谓。

从某个角度上来说，会觉得她可有可无。

她的印象很深，有过一次。她躲在了这里，没有一个人能找到她，她从上午就开始等啊等，一直没等到，到中午的时候，饿到直接睡着了。

晚上，外面天都黑了，颜秋枳在里面哭。

那时候年龄小，只会哭，也不知道出去，再后来颜母找到了她。

从那之后，她就算是和大家捉迷藏，时间久了，也会发出声响，引导大家来找她。她不想被丢下。宁愿输，也想要和大家一起被找到。

陈陆南大概能体会她那时候的心情，他伸出手，把她往怀里带。

他低头亲了亲她的侧脸，承诺着："以后有我。"

无论你在哪，我肯定会找到你。

两人在地下的秘密基地待了一会儿才出来，再出来的时候，颜秋枳的神色恢复如常，陈陆南更是淡定。

仿佛刚刚在衣柜里做坏事的不是他。

两人的跟拍摄影师看到他们的时候松了口气，扛着摄影机问："陈老师和秋枳刚刚去哪儿了？"

颜秋枳看向陈陆南。

陈陆南淡定地看了一眼镜头，不疾不徐地说："颜颜说那边有好玩的，带我去看了一下。"

两人："啊？"

他们对视一眼说："怎么一眨眼就不见了。"

闻言，颜秋枳挑了挑眉，看着两人说："这就是秘密啦。"

"……"

好在向月明他们过来了，直接把话题给岔过去了。

颜秋枳低垂着脑袋，瞥了一眼陈陆南。

陈陆南低低一笑，两人颇有点心照不宣的感觉。

周围人都觉得两人之间的氛围怪怪的，但一时间又说不上来到底哪儿怪。

"晚上吃什么？"

"都行啊。"

"那在家里做吧。"

"好啊。"

因为院子里就有菜,他们这一期的录制算是最轻松的,院子里的蔬菜水果应有尽有,一应俱全。

颜秋枳还特意给沈慕晴他们发了小视频过去。

沈慕晴一看到,便嚷嚷着要过来。

颜秋枳哭笑不得:"你最近没工作?"

"没有啊!我刚拍完一部戏休息呢。"沈慕晴嚷嚷着,"我想去,你们拍完就直接回来了吗?多住几天吧,等我过去玩啊。"

颜秋枳笑:"我和陈陆南估计只能等你一天。"

"为什么?"

颜秋枳无奈道:"我们俩要进组拍戏了。"

"……也对。"沈慕晴想了想说,"那我等姜臣他们放假再去吧,人多热闹点啊。"

"好。"

挂了视频后,陈陆南转头看向她:"怎么突然想跟沈慕晴说了?"

颜秋枳之前并不怎么和大家说这里的事,偶尔会说,但从来不会主动邀请人过来,说玩一玩看一看之类的话。

闻言,颜秋枳想了想说:"突然觉得该放下了。"

这么多年,她总担心触景伤情,总害怕想起这里的一切,会舍不得,当年那个人离开的时候,颜秋枳做了无数心理准备,才跟着颜峰回了大城市。

从那之后,这里的一切就成了她一个人的小秘密,不舍得也不愿意和旁人分享。

可现在看来,告诉亲人和朋友,好像也挺好的。

她已经长大了,依旧有舍不得,但那一段时光会成为她最美好的记忆,而不是痛苦的。

陈陆南沉沉地应了一声,低头看着她:"我们去看看她?"

颜秋枳一怔,这才想起自己从没带陈陆南去看过她。

她倏然一笑,点了点头说:"好,录完节目我们晚一天回去吧。"

"好,"陈陆南伸手,揉了揉她的脑袋,"回去吧。"

两人慢悠悠地从后院进屋,夕阳西下,夕阳的余晖拉长着两人的身影,让他们在不经意间叠合在一起。

像是轨道一样,偶然间便交汇到了一起,再也无法分开。

*

最后一晚,每个人都做了专访。

最后一期节目录制完成后,所有人都有点意犹未尽。

这是他们拍过最舒服最轻松的一个综艺，无论是嘉宾还是工作人员，真的都特别好。

大家提前走了，颜秋枳和陈陆南推迟了一天，大家心知肚明没多问。

虽然好奇颜秋枳为什么小时候是在这儿长大的，但她不主动说，大家也不会问。

每个人都有自己的秘密，有时候要给大家保留私密的空间。

大家走后，颜秋枳有些好奇地看向陈陆南。她伸手戳了戳他的脸，低声问："你还没告诉我，昨晚专访都说什么了。"

她昨晚在楼上不经意看到了，当然更重要的是，早上工作人员看着她的眼神稍稍有点不对。

颜秋枳很莫名其妙，思来想去，大概就只能猜到陈陆南说了什么。

陈陆南一笑，看向她说："等播出的时候就知道了。"

颜秋枳撇嘴："可我想现在知道。"

陈陆南笑着摇头："忘了。"

颜秋枳瞪大眼，不可置信看着他："你说什么？"

陈陆南低低一笑，揉了揉她的头发："妈喜欢什么？"

她一怔，低声说："喜欢花。"

她仰头看着陈陆南笑，浅声说："我妈特别爱美，喜欢姹紫嫣红的花，我们到院子里摘一束过去吧。"

陈陆南失笑，嗓音温柔地答应着："好。"

两人在院子里摘了花，陈陆南还特意扎成了一大束，看上去很漂亮。

考虑到是第一次去，陈陆南还备了些其他物品。

两人中午时候到的墓地。颜母去世后按照她的遗愿，葬在了这里。

颜秋枳和陈陆南来的时候，阳光大好。

她每年都会来走一遍这条路，每一年来的时候，都是阴雨绵绵的天气。

像现在这样的大太阳，还是头一回。

颜秋枳走在前边，陈陆南也不出声打扰她。

走到一个墓碑前，颜秋枳停了下来。她回头看向陈陆南，低声道："这儿。"

陈陆南低头，看到了墓碑上的照片。

照片中的人看上去漂亮又有韵味，是那种年岁沉淀下的美，那双眼睛和颜秋枳的很像，她笑起来的模样，像是在看着他们俩，温柔又亮眼。

陈陆南小时候其实见过她一次，但那时候太小了，记忆不算深。

在他的印象里，颜叔叔的妻子很漂亮。

依稀记得颜秋枳被接回家的时候，陈母还感慨过，说没想到她妈妈会那么年轻就染上重病，丢下她先走了。

陈陆南弯了弯腰，压着声音喊了一声："妈。"

很抱歉，现在才陪着颜颜过来看你。

颜秋枳看着面前对着自己笑的女人，再听到陈陆南那一声，眼眶突然就有点热。

她侧目，看向旁边丰神俊朗的男人。他眉目专注，目光里有敬意。她微微一顿，突然觉得更心安了。

她收回看向陈陆南的目光，伸手轻轻地摸了摸照片中的女人，轻声道："妈妈，我带陈陆南过来看您了。"

她抿唇，轻声说："对不起，这么久才带他过来。"

她一笑："还需要我给你重新介绍一下吗？他就是那个我很喜欢的人，也是我的丈夫，陈陆南。"

……

颜秋枳絮絮叨叨地说了一会儿，陈陆南陪着她一起。

好一会儿后，陈陆南看着她，低声道："你陪妈说一会儿话，我去那边等你。"

他特意给颜秋枳空间。

颜秋枳了然："好。"

看着陈陆南走开的背影，颜秋枳才继续说刚刚没说出口的一些话。

她轻声说："妈妈，我现在的生活很好，您可以放心了。"

她看向不远处的男人，低声说："陈陆南也对我很好。"

她道："您可以放心了。"

墓园的风轻轻吹着，撩着她的头发。

颜秋枳的话就像是风一样，轻轻吹过，随着风慢慢散去。

她所有的小秘密，无人可以分享的一些心思，在这个时刻都可以全数摊开来说。

说到最后，她看着照片里的人说："我已经长大了，爸爸那边也不伤心难过了。"

她笑盈盈地说："因为我已经不需要父爱了，妈妈，我有陈陆南了。"

她转头看向不远处正目光灼灼地看着自己的男人，低声道："他现在就是我的全部，我的喜怒哀乐都可以和他分享。妈妈，你之前一直说，我们颜颜要找一个会照顾人，会纵容我的小脾气的人，我找到了。"

她有些哽咽，轻轻地说："你的颜颜找到了，所以妈妈可以放心了。"

她道："妈妈，我昨晚梦到你了……我想你了。"

……

等颜秋枳从另一边过来的时候,陈陆南低头看着她红了的眼睛,伸手轻轻压了压,嗓音低沉道:"说好了?"

"嗯。"

颜秋枳抬眸看着他:"以后每年夏天,我都想回来看看。"

陈陆南低声答应着:"好。"

他牵着颜秋枳的手,和她十指相扣:"以后每年夏天,我都陪你回来。"

"嗯。"

两人低喃私语,身影渐渐远去。但承诺不会远,也不会走。

在这里许下的每一个诺言,陈陆南都会陪着颜秋枳实现。

*

走之前颜秋枳和陈陆南亲自过去看了徐奶奶,她一直抓着颜秋枳的手,看向陈陆南,嘴里断断续续地说着:"要对我们小丫头好……好好的。"

颜秋枳低头不语。

陈陆南低声承诺着:"奶奶放心,一定的。"

"好……好……"徐奶奶断断续续地说着,她伸出手摸了摸颜秋枳的脑袋,"都长这么大了。"

她说:"奶奶也放心了。"

"徐奶奶。"

颜秋枳压着眼眶里打转的泪水,有点压抑不住自己的情绪。

徐奶奶一笑,望着她说:"奶奶就不去送你们了,要好好的。"

"好,"颜秋枳看着她,"奶奶保重身体,颜颜下次回来看您。"

"……好。"

安抚好徐奶奶的情绪后,徐风亲自开车送两人去机场。

阿黄也带着了。

阿黄舍不得颜秋枳,一直都蹭在她腿边。

颜秋枳摸了摸它的脑袋,看向徐风:"阿黄最近精神看着不太好。"

徐风点了点头,懒洋洋地说:"差不多了。"

颜秋枳一怔,诧异地看着他:"什么差不多了?"

徐风无奈一笑:"都十多年了,它的寿命比一般的狗都长了不少。"

他说:"老了。"

颜秋枳的睫毛颤了颤,没吭声。

岁月漫长,可好像一眨眼的工夫,十几年就过去了,一点也不漫长。

她没再说话,只伸手揉了揉阿黄的脑袋。

下车的时候,阿黄还依依不舍地跟在她旁边,徐风哂了一声,训斥着它："看清楚啊，谁才是你的主人。"

阿黄："……"

颜秋枳无言："你怎么那么幼稚？"

徐风拉着阿黄，看向两人："就不送你们进去了，保重。"

"嗯，"颜秋枳看向他，"有事给我打电话。"

"知道，"徐风看了一眼陈陆南，顿了一下说，"对小丫头好点，不然我奶奶和阿黄都找你算账。"

陈陆南笑了一声，语气认真道："放心。"

颜秋枳很不喜欢这种分别，总觉得有点别扭，又害怕自己控制不住情绪。

说了两句后，徐风也不和他们含糊，直接赶他们走。

看着徐风驱车回去的样子，颜秋枳停留在原地许久都没动。

蓦地，旁边传来陈陆南的声音："怎么，舍不得阿黄哥哥？"

颜秋枳翻了个白眼给他："谁舍不得了。"

她瞬间把涌出来的情绪给压了回去，瞪了一眼陈陆南："哎呀，你好烦啊。"

陈陆南低低一笑，捏了捏她的脸："等拍完这部戏休息休息，我们再回来看他们。"

"好。"

回家后，两人休息了一天，紧跟着又进组了。

关导这部电影的名字叫《长岁》，讲的是民国时期的爱恨情仇，虐恋情深。

博钰编剧，男一是陈陆南，国外进修一年多后回国接下的第一部作品，女一是颜秋枳，新晋演技派女演员。

这个组合，足够让所有人期待了。

无论是博钰编剧，或者是陈陆南和颜秋枳首次搭档，都太让人震惊了。

更重要的是，其他演员的名气和演技都不差，以及摄影指导、服装设计、场景设计等，请的全是业内能力出众的人。

开机仪式刚举行，颜秋枳和陈陆南等人便上了热搜。

当天晚上，电影官博还发了两人的定妆照出去。颜秋枳的旗袍造型，陈陆南的军装照。定妆照一出去，粉丝都疯了。

【啊啊啊啊啊啊我"死"了我"死"了！！这部电影必看啊！！！】

【哇哇哇哇哇！颜秋枳身上的旗袍好好看啊！！！她太适合旗袍了吧爱了爱了！】

【天哪，我真的好久没看陈陆南的电影了，求求关导搞快点好吗！年底就上映好吗！】

【等不及了等不及了,博钰老师是编剧啊,那这部电影精彩了!】
【呜呜呜呜颜秋枳这个身材和长相真的绝了,我好羡慕陈陆南啊!!】
……
第一天开机仪式结束后,几个人拍了定妆照,跟着拍了一场戏,很顺利,算是好预兆。
晚上官博发了照片后,颜秋枳本来是要转发的,结果一登录微博,便看到了粉丝的留言。
她忍俊不禁,和陈陆南分享。"粉丝都在夸我好看。"
陈陆南没吭声。
颜秋枳抬头看着他,伸手戳了戳他的肩膀:"你为什么不说话?"
陈陆南顿了一下,想着下午看到她时候的样子。
他一直都知道自己的太太很漂亮,明艳动人的那种。陈陆南之前在网上看到过颜秋枳的旗袍造型,她之前客串一部电影的时候也穿过。但那不是真真实实摆在他面前的,所以即便是惊艳,触动也不是很大。
但下午那时候,却真是意外了。
穿着深色旗袍的她,一颦一笑,一举一动都勾人心弦,让人挪不开眼。
她五官精致,妆容也相对复古,红唇和小卷发。掀开帘子走出来的时候,腰肢纤细,款款动人,下摆挡住的风光,更是若隐若现。
眉梢眼角处的风情,完全无法掩饰。
在那一刻,陈陆南走神了。
即便是见过她的精致妆容,素颜,甚至是她在自己身下绽放的模样,陈陆南在那一刻,还是清楚地感受到不一样的惊艳感。
是在她身上看到的。
那一刻,他想把她藏起来。
周围全是工作人员的惊呼声,好一会儿后,陈陆南才回神。
博钰在他旁边说了句:"我之前就觉得秋枳适合这个造型,没想到还真是,太让人惊艳了。"
陈陆南淡淡应了一声。他也没想到。

颜秋枳瞅着旁边发呆的人,忍不住喊了一声:"陈陆南。"
陈陆南拉回游走的思绪,低头看着她:"你知道我下午看到你造型的时候在想什么吗?"
"啊?"颜秋枳愣了一下,错愕地看着他,"……在想什么?"
陈陆南的喉结滚了滚,把她拉到自己腿上坐着,贴靠在她耳边低声道:"想把你带回酒店。"

"……"

说话的间隙,陈陆南的手也没停下来。

他吻着她的耳垂,耳鬓厮磨,像是两个不可分开的情侣一样,黏糊在一起。

他的手在她身上游走着,手心滚烫,灼热着她的肌肤。

房间里的灯光不知什么时候暗了下来,只留下一盏暧昧不已的灯光,映衬着两人的身影。

从影子上依稀能看见,两人相拥在一起,影子重叠在一处,起起伏伏的,引人遐想。

偶尔有低吟声流露出来,让月色听了都羞涩地躲进了云层里。

最后要结束的时候,陈陆南贴在她耳边,把她问的问题的答案告诉了她。"亲手把那件衣服脱下来。"

"……"

颜秋枳之前不怎么信其他人说的话。她看季清影做旗袍时候,季清影给她灌输了不少知识。

大概就是,旗袍是那个年代的欲语还休,而且这种欲语还休延续到了现在。

虽然有过一段时间的没落,可这并不代表"旗袍"两个字所呈现出来的风情会随之消失。

旗袍有性感美,也有知性美,它有很多代表的东西。

说到最后,季清影还说,有些男人就很有旗袍情节,就像是有些人看到猫咪装女仆装制服装之类的想法一样。

颜秋枳当时还不怎么信,她觉得旗袍就是很好看,能把一个人的身材曲线完美表现出来,是一种韵味。

但这个晚上,她觉得季清影说得有点道理。

以前她怎么没发现……陈陆南还有点旗袍情节?

到最后,颜秋枳的嗓子哑了,甚至还承诺了陈陆南好几件事情,他这才放过她。

"真的?"

他低头亲着她的脸颊,嗓音低沉地问。

颜秋枳都不想给他眼神了。

陈陆南低低一笑,考虑到第二天还要拍戏,勉为其难把她给放过了。

*

第二日拍戏,颜秋枳一换衣服,便察觉到陈陆南看她的眼神有点不对。

她心虚不已，连忙转开目光。

因为刚开机的缘故，季清影作为颜秋枳和其他女演员的服装设计师，暂时留在了剧组，以应对突发状况。

导演专门给了她一间工作室，用作旗袍改造。

颜秋枳在剧中的服装，还没全部定下来，时不时会有所改动，季清影基本上要全程跟着。虽说她有助手，但颜秋枳的服装，全部是她亲手做出来的。工程量很大。

这会儿，颜秋枳拍完了一场戏。刚开机时候的都不会太难，轻轻松松便过了。

当然，这也要得益于她在拿到剧本之后便开始背剧本，揣摩人物性格的缘故。

拍完后，颜秋枳往季清影的工作室跑。

"怎么过来了？"

一段时间下来，两人的关系倒是亲近了不少，越来越熟了。

颜秋枳嘻嘻一笑，看向她说："就过来看看。"

季清影挑眉，诧异地看着她。

颜秋枳摸了摸鼻尖，想了想说："就是……找你有点事。"

"你说。"季清影弯腰裁剪，浅声答应着。

颜秋枳的眼珠子转了转问："等剧组的工作结束后，我想定制几件旗袍，你有时间吗？"

季清影沉默了几秒："着急要吗？"

"也不算着急吧，"颜秋枳说，"你看着来就行。"

"好，"季清影点头答应，"结束了给你做。"

"行。"

工作室内安静了会儿，季清影的瞳眸里压着笑，勾了勾唇看向她："陈陆南要求的？"

"……"

"轰"地一下，颜秋枳的脸就红了。

她哽了一下，很是无言地说："怎么会！是我自己喜欢。"

季清影瞥了她一眼，直白道："你耳朵红了。"

颜秋枳下意识抬头去摸，耳朵确实在发烫，但红没红她不确定。

再抬头的时候，她对上了季清影那双促狭的狐狸眼。

颜秋枳："……你骗我的？"

季清影没忍住，笑出声来："我就随口一说。"

颜秋枳冷哼了一声："这朋友没得做了。"

季清影笑:"这有什么不好承认的,很正常。"

她顿了一下,看着颜秋枳不好意思的样子,想了想说:"男人对旗袍情有独钟很正常,你看我,也有制服情结。"

她一点都不介意被别人知道自己这点特别爱好。

闻言,颜秋枳好奇地看着她:"什么制服情结?"

话一出来,季清影的脑海里闪过一个身影。她抿唇一笑,扬了扬眉说:"医生服。"

看着颜秋枳呆愣愣的模样,她补充一句:"我对白大褂有点特别的情结,西装也喜欢。"

说完,颜秋枳还没说话。

季清影拿着手中的尺子在她面前晃了晃:"有这么惊讶吗?"

"不是,"颜秋枳直勾勾盯着她说,"我想给你介绍对象了。"

季清影笑,唇角往上牵了牵说:"不用。"

"你有对象了?"

"没呢,"季清影低眸一笑说,"我最近看上了一个男人,等我追到他就有对象了。"

颜秋枳瞪大眼瞅着她:"你追别人啊?"

"嗯呢。"她笑着看着颜秋枳:"怎么?"

颜秋枳摇摇头,撑着下巴道:"我就是觉得能让你追的肯定不是一般人。"

季清影想了想,歪着头一笑说:"确实不是一般人,很有意思的一个。有时候很冷,有时候又很温柔,矛盾的结合体。"

她笑着说:"但我很喜欢。"

颜秋枳看着她一脸陷入情网的模样,感慨说:"等你追到了,我要见见到底是何方神圣,能让你这样夸人。"

"好啊。"

颜秋枳没在季清影这边待多久,给她说了自己的要求后,又被珠珠喊出去拍戏了。

关导的要求高。上午的时候,颜秋枳拍摄还很顺利,到了下午,就一直卡在一场戏上,来来回回七八次都没过。

拍到最后,关导的小脾气出来了,颜秋枳也很是挫败。

这是她和配角的一场戏,陈陆南正好不在。

关导说休息半小时后,颜秋枳呼出一口气。

珠珠看着她这样,很是心疼:"颜颜姐,喝口水吧。"

"嗯,"颜秋枳咬了咬唇,低声道,"我是不是表现得太差了。"

"没有啊,"珠珠安慰她,"是关导要求高。"

颜秋枳无奈地看她一眼:"我再看看剧本吧。"
"嗯嗯。"
颜秋枳回了休息室,反反复复看了好几遍剧本,可就是不知道关导想要的到底是什么样子的呈现。
正看着,休息室的门被人敲了敲。
"进来。"
颜秋枳抬眸,看着面前出现的人:"你怎么来了?"
陈陆南朝她走了过来,应了一声:"听说有人受委屈了,我过来看看。"
颜秋枳瘪了瘪嘴:"也不是委屈,是我自己表现不好。"
她挠了挠头,有点苦恼地说:"我不知道关导想要什么,感觉怎么演都不对劲。"
陈陆南"嗯"了一声,在她旁边坐下,拿过她手里的剧本看了一眼,侧目看向她:"如果你是观众,这场戏你想看到什么?"
颜秋枳一怔。
陈陆南继续道:"换位思考一下,你想看到什么画面,什么样的情绪波动,两人的对手戏怎么表现,你才会激动,才会喜欢,勾起你往下看的欲望。"
颜秋枳闭着眼睛想了想,再睁开眼的时候,整个神情都变了。
陈陆南弯了弯唇:"想到了?"
"嗯。"她点头。
陈陆南失笑,捏了捏她的脸说:"别丧气,我来陪你试试。"
"好。"
两人过了一遍。
颜秋枳瞬间找到了感觉。她看着陈陆南,忍不住感慨:"你怎么那么厉害啊?!"
陈陆南很自恋,亲了亲她的唇角安慰:"不厉害怎么当你老公?"

再出去拍摄的时候,颜秋枳的状态对了。
另一位演员也找对了方向。
很快,这场戏便过了。
之后的几天,片场拍摄一切顺利。
颜秋枳很喜欢和陈陆南在一个片场,虽然不是常常在一起,会分A组和B组一起拍,可就是很开心。
和喜欢的人共处,无论有没有交集,呼吸着一小片区域的空气,都是幸福的。
时间悄然流逝着,一眨眼工夫便到了综艺最后一期播出的时间。

分两周播出。

自从两人的恋情曝光之后,粉丝便喜欢在综艺里找糖吃,疯狂找的那种。两人的 CP 粉已经好几十万了,话题度也特别高。

曝光之后的两次录制,剪辑师没有太狠,还留了些许的暧昧点在里面。

所以网友们吃糖吃得更欢乐了。

大家对两人关系心知肚明,关导更是在订酒店的时候就问了他们,是打算住一起还是分开。

陈陆南直接定了个顶楼套房,分外奢侈。

顶楼的豪华套房有很多好处,和其他房间最大的区别大概是电视。电视真的超级大。

晚上两人都没戏份,颜秋枳拉着陈陆南早早地回了酒店,打算看综艺。

她还提前找陈陆南对了隔天要拍的戏份,对完后,差不多到综艺播出的时间了。

颜秋枳乐滋滋打开电视,刚打开,门铃声响起。

她和陈陆南对视了一眼,都在对方的眼底看到了迷茫。"你去开门。"

陈陆南皱了皱眉:"这么晚了。"

颜秋枳扑哧一笑,推着他的肩膀:"你快去。"

陈陆南没辙,走到门口把门打开。"怎么是你来开门啊?"

沈慕晴皱了一下眉,不太爽地看着陈陆南:"我的颜颜呢?"

陈陆南:"……"

他看着面前这几个人,不明所以:"你们怎么来了?"

姜臣指了指沈慕晴:"她说要来给颜颜探班,我是司机。"

陈陆南掀起眼皮,看向程湛。

程湛耸肩:"她说我们不来就是不给你们面子,再怎么说也是你们夫妻首次合作拍戏,要来探班。"

说完,程湛看向傅言致。

傅言致安安静静站在旁边,沉默不语。

陈陆南也没指望他会回答,无非是被威胁来的。

"傅医生是被我喊来的,"沈慕晴说,"他正好休息,我听颜颜说剧组有大美人,我来做红娘的。"

陈陆南看向傅言致:"她说你就来了?"

傅言致声线冷冷地说:"她说不来就是背叛组织。"

陈陆南:"……"

颜秋枳早早便听到了他们的声音,连忙从里面跑了出来。"你们怎么来了呀。"

沈慕晴一把将陈陆南推开,跑了过去:"我来看你啊!我早就想来探班了,结果姜臣他们一直都说没时间,让我别来。"

颜秋枳扑哧一笑,安慰她:"现在来了也一样。"

"你们打算做什么呢?"

沈慕晴扬眉,突然想到陈陆南刚刚看自己的时候嫌弃的眼神,眼珠子转了转说:"我们该不会是打扰了什么好事吧?"

颜秋枳无言。

她翻了个白眼:"我们打算看综艺。"

"《一起度假吧》最后一期了,就是折星小镇的那期,我想看看。"

沈慕晴的眼睛瞬间亮了。

"我们赶上了。"

"对。"

大家都来了,总不能把人赶走。

沈慕晴嚷嚷着饿,要吃东西,姜臣立马定了外卖,让人送过来。

套房很大,容纳十几个人都绰绰有余,更别说是他们几个了。

等外卖的间隙,大家热热闹闹的,虽然有点儿吵,但颜秋枳挺喜欢这种氛围的。

颜秋枳无声地弯了弯唇,看向从大家来了后便没怎么说话的陈陆南。

"你不开心?"

陈陆南侧目看着她,触及她眼底的笑后,摇了摇头:"没有。"

颜秋枳挑眉:"那你怎么不说话?"

陈陆南笑了一声,低声道:"听你们说就好。"

两人在一旁低头私语,也没人过来打扰。

沈慕晴和姜臣就是两个冤家,说了两句,两人突然又吵了起来。

颜秋枳吃着面前的水果看戏,乐不可支。

十点的时候,综艺准时开播。外卖还没来,颜秋枳和气鼓鼓的沈慕晴挤在沙发上看。

开头前十分钟没什么感觉,越发接近折星小镇,看到景色的时候,沈慕晴喊着:"啊啊啊啊啊好漂亮啊。"

颜秋枳笑:"待会儿会更漂亮。"

其他几个人原本对综艺没什么兴趣,但这会也无聊,抬头看了那么几眼。

"对了,"沈慕晴道,"点那么多外卖,就我们几个人吃吗?"

她看向颜秋枳:"你不是说有大美人吗?快让大美人也来一起吃外

卖吧！"

颜秋枳挑眉："不太好吧？"

姜臣道："你们不介意的话，导演和其他演员也叫吧，我再多点点儿。"

颜秋枳看向陈陆南。

陈陆南点了点头："叫吧，人多热闹。"

反正都这么多人了，也不介意更多一点。

没一会儿，导演和博钰还有其他几个演员都来了。

沈慕晴对这些人不感兴趣，她只对博钰有点兴趣，打了个招呼后也没再说话了。

颜秋枳瞅着她："你干吗？"

"大美人什么时候来？"

颜秋枳哭笑不得："敢情你来不是来看我的，是看大美人的？"

沈慕晴"哎哟"了一声："还不是你这段时间一直在我面前夸吗，我想看看。"

"马上到了，我给她发了信息，她说忙完手里那点事就来。"

"……行吧。"

*

关导等人和他们没什么话题可聊，吃了点东西就走了。

博钰和几个人认识，反倒是留了下来。

关导等人一走，季清影便来了。

她一出现，沈慕晴便激动道："哇哇哇！！你一点都没夸张，就是大美人。"

季清影听到这话，脚步顿了一下，她低眸一笑，刚想要说话，抬头的时候不经意地看到了一个熟悉的身影。

她愣了一下，轻轻地眨了眨眼，还没来得及反应，沈慕晴已经跑到她面前来了。

"你好你好，我是沈慕晴。"

季清影弯唇一笑："季清影。"

沈慕晴比颜秋枳更自来熟一点，没一会儿就和季清影熟络起来了。

颜秋枳在旁边看着叹气，不到半小时的功夫，她甚至预约到了季清影的定制旗袍。

这等交际能力，颜秋枳不得不服。

好一会儿之后，颜秋枳看向季清影："你刚刚跟我说待一会儿就走，还有事，会不会耽误你的事？"

季清影笑了笑，看着她："不会。"

她说："已经忙完了。"

颜秋枳"噢"了一声，也没多问。

她狐疑地看了一眼季清影，想给她介绍一下傅言致，又觉得这样好像太刻意了。

不过季清影没待多久，十一点多的时候便先走了。

她一走，姜臣便和程湛讨论了两句："确实很漂亮，难怪沈慕晴一直喊着要见人。"程湛喝了口啤酒，语气冷淡："还好吧。"

沈慕晴不可置信地看向他："这叫还好？"

她说："这比娱乐圈百分之九十九的人都好看吧？"

程湛："……"

颜秋枳扑哧一笑，忍俊不禁说："晴晴淡定一点，程湛现在是有小美人的男人，肯定不能夸大美人啊。"

"……"

沈慕晴想了想，倒也是。"行吧，那我原谅程总了。"

程湛扯了扯唇，无奈说："多谢。"

沈慕晴摆摆手，不在意地说："客气客气。"

这样一闹，综艺也没怎么专注看。

到后面的时候，颜秋枳怎么也没想到节目组会那么过分，竟然停留在她和陈陆南进小阁楼房间的点。很是引人遐想。

这一期播完，两人火速上了热搜。

因为颜秋枳在折星小镇长大的，再到后面的卡点这里，粉丝瞬间疯狂了。这种暧昧的小故事和限制级画面，很有想象空间的，谁不喜欢呢？

大家都喜欢！

颜秋枳和陈陆南上了小阁楼，其实也没避开镜头。

她小时候就经常在小阁楼睡觉，看星星看月亮，那时候颜母会陪着她一起。这次回来，她给陈陆南安利后，陈陆南表示他想去看看。

颜秋枳没任何犹豫，直接带他过去。

一时间忘了两人还是情侣的身份，就这么睡在一起了。

当然，画面只停留在他们进房间，之后便是下期见了。

节目组很会搞事情，这一下，把大家对结尾那一期的欲望瞬间给勾了起来。

网友们轰炸官博，纷纷喊着快点到下周，他们要看两个人睡觉觉。

颜秋枳看着官博下以及热搜上的那些微博评论，一时间也不知道害羞了。

现在的网友都太大胆了，竟然想看睡觉！！

但她又不得不承认,节目组最后渲染的那点氛围,让她都很想看下一期播出的具体内容了。更别说下一期还有她不知道的陈陆南专访。

她想看。

晚上睡觉的时候,颜秋枳还和陈陆南讨论了一下,关于网上热议的话题。

陈陆南把她揽入怀里,阖着眼"嗯"了一声:"然后呢?"

他的声音淡淡的,没有任何起伏。

颜秋枳噎住,翻了个白眼:"没有然后了。"

她拍了拍陈陆南的肩膀,凶巴巴道:"我就不信你听不懂。"

陈陆南笑,睁开眼看着她。

他低头,亲了亲她的唇角说:"听懂了。"

他稍稍一顿,低声道:"下周就知道了。"

颜秋枳了然,这是还不打算说。她哼哼两声,傲娇地看向他:"行吧,那我勉为其难再等一周。"

"嗯。"

两人相拥而眠,偶尔低头私语,甜蜜又温馨。

这种婚后的小甜蜜,是不少人都向往的。

*

后来的几天,颜秋枳和陈陆南依旧专注在电影里。

两人也没其他工作,每天研究剧本。博钰和关导想一出是一出,偶尔激发出一些新的念想,从而改剧本。

每一个小细节,两人都能磨半天,让演员们苦不堪言。

但颜秋枳有预感,这部电影的质量一定会很高。

不是她自夸,她感觉到自己有明显的进步,至于陈陆南的演技,就更别说了。

陈陆南是个只要一演戏,就能把所有人都代入进去的人。

他有那种能力,看了他电影的人,百分之九十九都会喜欢他,这就是他的能力。

无论是演技还是共情能力,他都太强了。

偶尔颜秋枳找不到感觉,一对上陈陆南那双眼,就会被他带进去,从而进入到自己的角色里。

不仅仅是颜秋枳,剧组其他演员也都纷纷夸赞。

和陈陆南一起演对手戏,既有压力,又觉得刺激。更重要的是,他能让大家不由自主地进步。

即便是关导偶尔会嫌弃陈陆南的要求比自己还多,但在演戏方面,他还是不得不夸陈陆南。

用关导的话说，两年没拍戏，陈陆南的演技一点退步都没有，反而越发有感觉了。

沉淀之后的那种劲，让人惊喜又意外。

其实在陈陆南接下这部电影的时候，黑粉还跳脱了一下。

大概是说陈陆南两年没拍戏了，去国外进修的好像也是导演专业，应该会演技退步之类的。

总而言之，就是不太期待他有精彩的表现。

颜秋枳看到的时候还很生气地跟陈陆南告状。陈陆南对这种言论一般不予理会，只摸了摸颜秋枳的脑袋，笑着说："其他人会不会失望无所谓，你喜欢就好，喜欢的人会喜欢就好。"

颜秋枳还真被他给安抚到了。

说得对。

陈陆南拍戏又不是去讨别人欢心的，他是自己喜欢。喜欢他的人喜欢就好了，这种为了黑而黑的，没必要在意。

事实证明，陈陆南还是那个厉害的陈陆南。

娱乐圈一座不可撼动的山，目前为止，没人能把他从那个位置上拉下来。

一周的时间过得很快，更别说是在繁忙中度过，感觉过得就更快了。

次日便是最后一期综艺播出的时间了，颜秋枳这天收工比较早，拉着陈陆南去附近吃火锅。

她太想吃火锅了，最近正好瘦了点，勉为其难可以放纵一下。

两人没带助理，颜秋枳的本意是想让珠珠和王康一起的，结果这两人很自觉地告诉颜秋枳——他们不想当电灯泡。

颜秋枳没辙，只能和陈陆南去过二人小世界了。

他们拍戏的地方比较偏僻，是专门租下来的一片地方，很有民国风采的那种。

两人开车出去，到火锅店门口的时候，颜秋枳突然就饿了。

她拉着陈陆南快跑，小声嘟囔着："好饿好饿。"

陈陆南哭笑不得，任由她去了。

两人现在完全是公开的关系，不在意会不会有人偷拍。

但因为职业的缘故，还是尽量避开了人流。

找服务员要了个角落的位置坐下后，颜秋枳和陈陆南才脱下帽子和口罩。

她回头看了一眼火锅店里的人，和陈陆南聊天："好多人啊。"

陈陆南给她倒了杯水，应了一声："还好。"

他低头看着颜秋枳："先点东西。"

"好。"点好东西后,颜秋枳晃悠着和陈陆南说话,"对了。"

陈陆南抬眸看着她。

颜秋枳笑着说:"陈曦和颜嘉池说想来探班。"

她看着陈陆南的表情,继续笑:"我已经答应了。"

陈陆南点了点头,低声问:"什么时候?"

"过两天吧,他们暑假正好也没事。"

闻言,陈陆南挑了挑眉,说了句:"颜嘉池不用补习?"

颜秋枳噎住,给他解释两句:"要啊,但人家也是要休息的吧。"

陈陆南拖长着尾音"啊"了一声:"也是。"

颜秋枳看他一脸不爽的模样,哭笑不得。

"你够了啊,他这一个月都在学校学习,我担心出问题。"

两人联系虽然少,但毕竟是姐弟,时不时还是会聊聊天说说话的。

颜秋枳对亲情其实很渴望,人长大了,过去的很多东西也渐渐释怀了,和颜嘉池关系也在缓和,甚至在往越来越好的趋势发展。

陈陆南其实也就嘴上嫌弃一下,颜嘉池他们真过来了,他一定会比颜秋枳照顾得还好。

他这个人啊,嘴硬心软,又细心。

吃完火锅后,颜秋枳拉着陈陆南去逛街。

两人这段时间拍戏,一直窝在偏僻的地方,人都没几个。

"陈陆南,你看这个。"

陈陆南跟着她过去,看了一眼:"这是什么?"

颜秋枳瞥了他一眼,小声嘀咕着:"你再不上上网真的要跟不上我们年轻人了,这是现在小年轻都玩的游戏机啊,我想买一个。"

陈陆南稍稍一顿,点了点头:"好。"

颜秋枳:"……就这样?"

陈陆南看着她:"不是要买吗?"

他说着,已经开始拿卡了。

颜秋枳哭笑不得,戳了戳他的肩膀说:"我玩游戏那么烂,你怎么还给我买?"

陈陆南低眸一笑:"没关系。"

他说:"养得起。"

颜秋枳:"……"

颜秋枳也没纠结,让陆南买了游戏机和健身环,还买了些不一样的卡,零零散散地买了不少。

买完后，她跟陈陆南慢悠悠地逛着。

这会儿商场人不少，但没人太注意到他们。

走着走着，陈陆南突然放慢了脚步。

颜秋枳抬头看着他："怎么了？"

陈陆南指了指面前的一家店："进去看看。"

"啊？"

颜秋枳一抬头，看到的是卡地亚几个字。

她愣了一下，转头看向陈陆南："你要买手表还是买什么？"

陈陆南牵着她进去，里面只有一对客人。两人进去后，服务员便迎了上来："您好，请问需要什么服务？"

陈陆南低头看了一圈，低声道："把戒指拿出来看看。"

"？"颜秋枳不可置信地转头看向他，"你干吗突然要买戒指？"

陈陆南捏着她的手指转了转，低声道："嗯，给你戴。"

"……"

服务员听着两人的声音，越发觉得熟悉。

她细细一看，这才注意到两人的长相。她算是陈陆南的真爱粉，那双眼睛一近距离对视，她瞬间便认出来了。

她瞪大眼看着两人，分外惊讶。

颜秋枳哽了一下，很是无奈："不是有吗？"

他们有婚戒，只不过钻石太大，颜秋枳一直都放在保险柜里，基本上没戴过。

陈陆南"嗯"了一声，低声道："给你买个日常的。"

颜秋枳想了想，笑了起来："行吧，那就买。"

她也不拒绝。

两人低头交谈着，陈陆南给她买了个带点小钻的经典款，不高调的那种，看上去很朴素。

是颜秋枳要求的。

她不需要那些高调的戒指，那些她都有，买个几万块的小日常就好。

当然，更重要的是，陈陆南买的是一对。

他把戒指给颜秋枳戴上后，用眼神暗示她。

颜秋枳口罩下的唇往上牵了牵，顺从地给他把男款戴上了。

做完这一切后，陈陆南总算是满意了。

进去的时候，两人手指空空，出来的时候，已经戴上了一对同款戒指。

商场的灯光下，两人十指相扣，两个戒指很好地贴合在一起，碰撞着，折射出不一样的光。

颜秋枳无声地弯了弯唇，看向陈陆南："回去了？"

"嗯。"

回去的路上，颜秋枳没忍住举着手看了好一会儿。

她对戒指这种东西没太大感觉，但这是头一回，她觉得自己戴戒指还挺好看的。

虽然这个戒指好像买得很随意，也没有什么誓言啊之类的，但颜秋枳就是很喜欢。

对他们两人来说，仪式感要有，但这种冲动的惊喜，好像也要有。

陈陆南目光含笑看了她一眼："这么喜欢？"

颜秋枳举着手看着："喜欢我，我的手真好看。"

陈陆南低低一笑，眼底幽深地看了一眼，喉结滚了滚："嗯，是好看。"

颜秋枳一怔，脸突然就热了起来。

莫名其妙地，还有了点不健康的思想冒出来。

她伸手揉了揉耳朵，转头看向窗外。"你还是别说话了。"

陈陆南意味不明地笑了一声。

颜秋枳摸了摸发烫的耳朵。

她安静了会儿，拿出手机拍照。也不知道为什么，就越看越喜欢。

这个戒指比之前的那些便宜，但无价。

第 12 章
我爱你，很爱很爱你

两人回到酒店的时候，已经不早了。

颜秋枳进浴室洗漱出来，爬上床休息。她原本以为，这一天应该就这么平平淡淡地过去了，但没想到睡前还有一个劲爆消息等着她。

陈陆南刚进浴室，颜秋枳拿手机出来想上网看看八卦，还没来得及点开微博，萌姐的电话先来了。

"秋枳。"

"啊？"颜秋枳愣了一下，听着萌姐的话，"怎么了？"

"你今晚和陈陆南去心悦广场了？"

颜秋枳眨了眨眼："是啊。"

她沉默两秒："我们被拍到了？"

"对。"萌姐问，"你们还去买了戒指？"

"……嗯。"

挂了电话，颜秋枳爬上微博。

其实这爆料是一个网友发出来的，她今天和朋友在商场逛街，在颜秋枳和陈陆南去买游戏机时候，她就认出两人来了。

但两人打扮低调，她也没去打扰。

直到两人进了店，她清楚地从透明玻璃上看到两人在戴戒指。

没忍住拍了照片。

之后，又没忍住在自己微博发表了激动的言论。有什么能比偶遇自己爱豆买戒指来得更刺激的事呢。当然没有！！

她其实只是发在自己微博，连陈陆南和颜秋枳的话题都没带，只是提到了两人得名字，但两人的热度真的太高了。

就这么一下，就被网友翻出来转发，紧跟着，营销号也联动了起来。

瞬间，陈陆南和颜秋枳买戒指这事就上了热搜。

照片拍得不算很清晰,两人没有正脸,但颜秋枳和陈陆南穿的那套衣服,好巧不巧是之前穿过的,大家都看到过。

而且,身形也很像是他们。网友们都是拥有火眼金睛的人,立马便确定了下来。

颜秋枳上网看的时候,不少人纷纷询问,两人该不会是要结婚了吧,这不是才刚谈恋爱没多久吗等等之类的。

她和陈陆南的微博更是沦陷了。

颜秋枳刷了一圈,看到的大多数都是大家对他们的祝福。

她扬了扬眉,正思索着要不要发个微博解释一下的时候,另一个热搜渐渐冒出头了。

颜秋枳没发现。

她是被珠珠提醒后才看到的。

在所有人都祝福两人的时候,有人出来爆料,陈陆南和颜秋枳其实在两年前就已经领证结婚了。

他们把网友给耍得团团转,现在还在炒恋爱人设。

这爆料出来的时候,没人信。

紧跟着,那位爆料者突然曝光了颜秋枳和陈陆南的结婚照片。这一下,说服力瞬间有了。

两人以破竹之势,荣登热搜榜首。

颜秋枳再点开热搜看的时候,一点不意外地看到了她和陈陆南的结婚证照片。

清清楚楚明明白白地告诉大家,他们现在的关系。

瞬间,那些祝福他们的网友开始对他们进行攻击。

他们一致认为——自己被欺骗了。

当然,事实也的确如此。

片刻工夫,颜秋枳和陈陆南的微博迎来了新一轮的攻陷。

其实这段时间,他们一直都在商量以最好的方式公开。颜秋枳和陈陆南之前的婚姻,其实是名存实亡,那个时候,不可能告诉大家他们已婚,是夫妻关系。

但后来的一切,确确实实是他们的问题。

萌姐快速对颜秋枳道:"你先别做任何事,我和陈陆南的经纪人商量一下这件事到底要怎么解决,陈陆南呢?不在你身边吗?"

颜秋枳走神了一下,应了一声:"在洗澡,待会儿我和他说。"

"行。"

挂了电话,萌姐和陈陆南的经纪人,还有公关公司联系。

陈陆南洗完澡出来的时候，明显感觉到颜秋枳的脸色不太对。

他愣了一下，稍稍有点意外："怎么了？出什么事了？"

颜秋枳抬头看向他："我们俩结婚的消息被爆出来了。"

陈陆南一怔，皱了皱眉："刚刚？"

"对。"

颜秋枳把手机给他，在旁边简单地说明了一下自己所知道的情况。

她惴惴不安，望着陈陆南道："现在怎么办？"

陈陆南拧眉，在看到曝光的结婚证照片后，低声安抚她的情绪："不用担心，我打个电话。"

"好。"

陈陆南打了个电话，让人去查结婚证的事情。

他和颜秋枳结婚后，结婚证除了家里人看过之外，没有任何人知道。

网上曝光的，明显不是偷拍的，而像是从某个地方截图出来的一样。

挂了电话，陈陆南又给宇哥打了电话。

宇哥和李萌商量出来的建议是，他和颜秋枳暂时都不回应，等这个热度降下去。

但这个方法，其实并不可行。

陈陆南看似冷冷淡淡的，可他也得对自己的粉丝负责。

他沉默了须臾，低声道："发一条声明。"

宇哥皱眉："说什么？"

陈陆南看向不远处一脸担忧望着自己的颜秋枳，低声道："跟大家道歉，告诉大家我们结婚的事情，至于更多细节，明晚看综艺。"

宇哥："？？？"

挂了电话后，颜秋枳看向陈陆南："让工作室公开？"

陈陆南点头。

颜秋枳抿了抿唇，颇为担心地说："我们自己公开吧？"

她说："让工作室帮忙发声明，总感觉不那么真诚。"

陈陆南思忖了一会儿，低头看着她半晌："想自己发微博？"

颜秋枳说："虽然说我们的私生活没必要完完整整地告诉大家，但这件事确实是我们欺骗了大家。"

虽然说也是无奈之举，但该说的还是要说。

陈陆南沉思了会儿，沉声答应着："好，我来发。"

颜秋枳仰头看着他好一会儿，一时间也不知道该说什么才好。

她伸手揉了揉眉心，叹了口气说："怎么就这么猝不及防曝光了呢？"

陈陆南揉了揉她的头发："先去睡觉。"

"哪能睡得着啊？"颜秋枳瞥了他一眼，"粉丝现在都在生气。"

陈陆南捏了捏她的脸，低声道："别担心，交给我？"

他低头蹭了蹭她的鼻尖，声线温柔地哄着："好吗？"

颜秋枳也想把全部都交给陈陆南，但她总觉得在这件事情上，是两个人的问题。

她刚想要说话，一旁的手机再次响了起来。

颜秋枳去看，是萌姐打来的电话。

她看向陈陆南。

陈陆南抬了抬眼，低声说："接吧。"

颜秋枳开了扩音。

萌姐的声音从另一边传来，不可置信地问："秋枳，你和陈陆南是商业联姻？"

她震惊道："网友说你们的婚姻名存实亡！最近这段时间只是为了炒作做戏演出来的！"

"……"

在大家想解决方案的时候，网上突然出现了更新的爆料。

这个爆料一出来，大家纷纷跑过去吃瓜，一时间不知道该相信哪一个才好。

爆料者知道颜秋枳和陈陆南结婚了，甚至还知道是什么时候。

他的微博上清清楚楚告诉大家，陈陆南是呈盛的继承人，颜秋枳是上峰工业的大小姐。

两年前，上峰工业遭遇经济危机，所以把女儿送出去联姻了。

颜秋枳和不少青年才俊都相亲过，但最后嫁给了陈陆南。

当年呈盛出手帮过上峰，给过上峰好几个大单子，一些从事这方面工作的人倒是还有记忆。

所以这爆料一出来，大家都纷纷回忆起两年多以前的事情来。

颜秋枳和陈陆南商业联姻，两人之前并没有多少感情。

不然陈陆南也不会结婚后还出国进修，在他出国之后，颜秋枳也没去看过他，这就清清楚楚明明白白地告诉大家——他们只是塑料夫妻而已。

整个微博写的内容很多，爆料非常真实。

要不是颜秋枳不认识这个人，她真的要怀疑这人认识她和陈陆南，甚至就是他们的朋友。

这爆料一出来，营销号和网友们争先恐后地转发和讨论。

开始辱骂他们骗人的粉丝，渐渐地开始自觉给两人洗脱罪名来了。

下面的评论,看得颜秋枳有些恍然。

原来还能这样理解?!

她点开,下面都是她和陈陆南的粉丝。

最开始,大家是真的很生气两人欺骗大家,明明是夫妻,为什么要装作不认识,装作是追求者和被追求者,装作是热恋中的情侣。

可看完分析后,不少人又开始同情两个人,沦为家族联姻的工具。

当然,在同情的同时,不少人发出了羡慕。

呈盛啊!!

那可是呈盛啊!!

虽然之前就听说过陈陆南背景强大,但一直没有得到过证实,大家也就当笑话一样看看便过去了。

这会儿猝不及防被证实了,不少人都发出了羡慕的声音。

至于颜秋枳,大家就更没想到了。

一个在乡下长大的人,一年多以前在娱乐圈打酱油的十八线,竟然是上峰工业的大小姐?!

家里有矿可以继承的那种,这怎么不让大家羡慕!

就算是被迫家族联姻了,联姻对象也不是大腹便便的中年男人,而是陈陆南呢!这还不够好吗?!

大家在那条长微博下面,开始了各执一词的辩论。

【什么??这两人是商业联姻没有感情的?那我之前嗑的糖算什么?!】

【天啊!!!这是大爆料啊,这位兄弟知道的好像有点儿多啊!】

【啊啊啊啊啊啊啊!所以两人是真的两年多前就结婚了,但是没有感情?!】

【等一下……我突然觉得不该骂两个人了,两人商业联姻没有感情……确实好像也没必要告诉大家是吗?】

【你们都在注意结婚,只有我注意到了陈陆南原来真的是呈盛集团的大少爷,唯一继承人!颜秋枳是上峰工业的大小姐这件事情吗?!】

【我的天!!这两人绝了!!所以其实他们在娱乐圈演戏就是玩一玩而已?无论能不能成名,他们家里都有矿要继承?】

【这个消息震撼我全家啊!!】

……

颜秋枳和陈陆南看了一圈,两人面面相觑看着对方。

紧跟着,萌姐和宇哥给两人发视频连线,直接发问。

"你们怎么回事?真是这人爆料的一样?"

颜秋枳:"……"

她对着两人的目光，无奈点了点头说："有一部分是对的。"

萌姐诡异地盯着她看了半晌，说了句："秋枳……我还真没想到，你留了这么多惊喜给我。"

颜秋枳欲哭无泪："萌姐，不是故意要瞒着你的。"

她和颜峰的关系，是父女，但比一般人要别扭很多。

萌姐摆摆手，觉得这一晚上自己受到的刺激真是太多了。

她深呼吸了一下道："联姻是真的？"

颜秋枳点头："是真的。"

萌姐立马抓住了重点："意思是在陈老师进修回国之前，你们都是塑料夫妻关系？"

颜秋枳哽了一下，不敢去看陈陆南的表情，她点了点头："可以这样说吧。"

宇哥轻笑了一声："这个我证明，是真的。"

他指着颜秋枳说："有个事情你不知道，两个人领证那天，颜秋枳还为了去林竟的一部戏试镜，放了陈陆南一个多小时的鸽子。"

"……"

陈陆南抬了抬眼，警告了宇哥一眼："会说话就多说点。"

宇哥哈哈大笑。

颜秋枳尴尬不已。

萌姐忍着笑："真的假的？"

"……真的，但那个角色最后被关荷拿走了。"

萌姐噎住。

很快，两位王牌经纪人便有了方案。

萌姐和宇哥商量着："我们就把真实情况告诉大家吧，最开始确实是商业联姻，但联姻也可以产生感情对吧？同住一个屋檐下，总会有点意外的。"

她说："你们这就属于恋爱啊，只是婚后恋爱而已，之前又没有感情，这样说，粉丝也能理解。"

颜秋枳点头，低声道："不要再骗他们就好。"

她呼出一口气："待会儿我自己发个微博吧。"

萌姐点头："那爆料者呢？"

颜秋枳看向陈陆南。

陈陆南淡淡地说："有人去查了，之前的结婚证爆料，会追究责任。"

他说："应该是侵入某系统查到的，不是用正常手段拿到的。"

这一点，一定要追究。

没多久，几个人便商量出了解决方案。

挂了视频后，颜秋枳爬上床开始编辑微博。

其实她也不知道该说什么，但陈陆南肯定不会愿意解释太多，他连微博都不爱用。

颜秋枳想了想，转头看向他："我来发微博解释，你转发就好了。"

陈陆南失笑："怕我说什么？"

"怕，"颜秋枳说，"我怕你不愿意解释，三言两语说完，一点都不真诚。"

陈陆南没辙，只能点头。

"好，你来发，我转发。"

"嗯。"

*

虽然现在网上的情况有所好转，但颜秋枳还是按照最真诚的心态来写自己的微博。

其实归根结底也没什么大错误。

但欺骗了大家就是欺骗了大家，她也不想多辩解什么，只是把事情真相给大家还原一下。

到凌晨的时候，还有不少夜猫子在熬夜。

颜秋枳和陈陆南的热搜一直没下去，只是从最开始的"爆"渐渐缓和了些许，但依旧挂在最前面。

这一晚上，震惊的不仅是网友，不少圈内朋友也都震惊不已。

这两人，原来这么早就勾搭在一起了？

还有人在回忆，自己之前有没有得罪过颜秋枳之类的。

一点的时候，颜秋枳的长微博终于写好了。

她从头到尾顺了一遍，看向陈陆南："你看看吗？"

陈陆南挑眉："好。"

他低头拿了过去。

看完后，陈陆南没说话。

颜秋枳瞅着他半晌，有点不安："怎么了？你这个表情……好像是在告诉我，我写的不行？"

"不是，"陈陆南抿了抿唇，"我只是觉得……太真实了。"

颜秋枳睨了他一眼："当然了。"

她说："不能再骗粉丝了，我发了啊。"

"好。"

颜秋枳和他说完，直接把微博给发了出去。

大家刚想要睡觉时候，颜秋枳的长微博出来了，不少粉丝和圈内人在被提示之后，纷纷点开。

颜秋枳其实没写什么，也没卖惨，只是把最真实的情况给大家还原了一下。

她没想要大家原谅，只是按照事实说话而已。

【@颜秋枳V：首先和粉丝以及朋友们说声对不起。是的，我和陈陆南在两年多以前就结婚了，我们是夫妻关系。

今晚的曝光在意料之外，但在得到消息的时候，有点紧张着急之外，心里同样也松了口气。

之前就和陈陆南商量过，什么时候告诉大家真相，但一而再，再而三地拖了下来，也就变成了现在这样。

看了微博上网友写的，只能说部分真实。

我和陈陆南确确实实是商业联姻，当初也确实没有什么感情。当然，那时候仅限于没有爱情。

一直都有个小秘密没告诉陈陆南，当初我选择和他结婚，对他是有崇拜的。

结婚后我们在一起生活了半年，他拍戏，我那会儿刚进圈，每天也在忙碌着，基本上很少交流。之后他出国进修，大家应该也都知道，就不多说了。

回国后，我们的生活多了点交集。虽然有点莫名，但朝夕相处的时间多了很多，也让我们对对方多了了解。

至于最近的感情曝光，不是假的。

就是很俗气的婚后有了感情，简单来说，我们是婚后才谈了一场恋爱。很抱歉现在才告知大家，一直都觉得私生活没必要摆在台面上来说，但现在曝光了，为防止一些不真实的言论出现，我觉得还是简单说明一下比较好。

谢谢关心我们感情的朋友们，我们的婚姻是真的，恋爱也是真的。

我喜欢陈陆南也是真的。

最后，晚安！谢谢你们看完这一段。】

发出去后，颜秋枳有点不敢看网友的评论。

她反倒是先去回复了微信里收到的消息，从两人这件事曝光之后，不少和她合作过的艺人，以及导演和工作人员都给她发来了消息。

颜秋枳一一回复。

最让颜秋枳无奈的是，她竟然还收到了关荷的信息。

关荷：【所以你之前对我说你和陈陆南在一起，其实不是那什么的关系？而是夫妻？！你骗我骗得好惨啊！！！】

关荷:【气死我了!】

除了关荷之外,林竟等人也给她发了消息。

颜秋枳没全部回复,关系近点的直接回了几个字,便没了后续。

过了会儿,颜秋枳扭头看向拿着手机的陈陆南。"你在干吗?"

陈陆南抬眸看向她,伸手揉了揉她的脑袋说:"看你微博。"

颜秋枳哭笑不得:"你刚刚不是看了吗?"

"嗯,"陈陆南低声答应着,"多看两遍。"

颜秋枳觉得很莫名,但一时间又说不上哪儿怪异。

她沉默了几秒,轻声问:"你转发了吗?"

"马上。"

几分钟后,颜秋枳的微博有特别关注提醒。

她下意识点开,最新的便是陈陆南发的微博。

他转发了颜秋枳的那条微博,还写了两句话。

【@陈陆南V:她说的都是真的,但忘了告诉大家一件事,我先爱上她,追她,这也是真的。

我们不像是其他人一样,相识、恋爱、结婚,但其他女孩有的,我太太也应该有,抱歉,也谢谢大家关心我们的生活。】

颜秋枳怔着,盯着其中几个字走神。

陈陆南和她表白过,说过喜欢,但好像从来没有说爱。两人不是那么黏黏糊糊的人,这些话当然也不会每天挂在嘴边。

但现在,颜秋枳突然很想要听一听。

他没有告诉自己的这句真真实实的话。

她看着旁边放下手机打算睡觉的人:"陈陆南。"

"嗯?"陈陆南拉着她躺下,低声道,"怎么了?"

颜秋枳伸手戳了戳他的脸:"你把你微博里发的那两句话读一下?"

陈陆南哑然失笑,看向她:"哪两句话?"

"你明知故问。"颜秋枳撇嘴,"你看留言了吗?"

"没有。"

颜秋枳深呼吸了一下:"我想看看。"

陈陆南也没拦着。

其实颜秋枳的那条微博发出去后,不少粉丝没那么生气了。能理解的。每个人都有每个人的为难,再说两人之前也确实没感情。

看完后,大家的注意力并不在两人之前名存实亡的婚姻上,反倒是继续嗑糖了。

颜秋枳竟然承认喜欢陈陆南。

这口糖 CP 粉们可太喜欢了。

他们疯狂在下面对两人进行祝福,陈陆南转发之后,CP 粉们更是在过年。

至于两人的真爱粉,在看到这样的言论后,只能祝福了。

颜秋枳看了会儿评论,偶尔看到好笑的还跟陈陆南分享。

时间已经不早了。

陈陆南耳边全是她叽叽喳喳的声音,换作是平常,他会喜欢,但这会儿真的太晚了。

陈陆南阖着眼,伸手拿过她的手机。

颜秋枳手一空,错愕地看着他。"你干吗?"

陈陆南把她的手机放在自己那边,再伸手把她给拉入怀里,声音低沉道:"睡觉。"

颜秋枳:"……"

她撇撇嘴,看了一眼不远处的手机,还有点不甘心。

陈陆南低头,碰了碰她的额头,声线温柔地哄着:"明天再看,今晚先睡觉。"

"……好吧。"颜秋枳勉为其难答应,"晚安。"

"晚安。"陈陆南伸手,摸了摸她的脑袋。

两人倒是沉沉稳稳地睡了过去,网友们却被迫嗑糖,兴奋到难以入眠。

月色宁静,敞开说明后,好像觉都能睡得更安稳了一些。

*

次日,颜秋枳和陈陆南出现在片场的时候,被工作人员喊着要吃喜糖。

他们围观了全过程,自然知道是怎么回事,其中不少人还是陈陆南的粉丝。

两人答应着,在问过关导之后,重点强调了一下,晚上请客吃饭。大家想吃什么都行。

至于网上,经过两人昨晚半夜的微博后,虽然不少粉丝还是觉得两人算是欺骗大家,但整体来说,这并不是什么不可饶恕的错误。

而且艺人真的没有必要把自己所有的私生活都告诉大家。

最让颜秋枳好笑的是,工作室的声明和针对黑粉的一些警告是上午出来的。

那两位爆料者,其中一个是某工作人员的亲戚,不经意间看到的,然后拍下来存档,自然而然受到了惩罚。

萌姐作为经纪人自然要转发。

她因为是颜秋枳经纪人的关系,微博粉丝有几十万,偶尔也会发一发颜秋枳的一些日常对话和照片,粉丝能了解到不一样的颜秋枳。

她转发完工作室的声明后,又转发了颜秋枳前一晚的微博。

转发的时候,还附带了一个小秘密给大家。

【@经纪人李萌V:昨晚刚得知的一个消息,秋枳和陈老师之前真没什么感情,据说两人领证当天,秋枳还放了陈老师一个多小时的鸽子,至于是为什么,暂时保密。】

粉丝:"???"

颜秋枳:"……"

这是什么经纪人啊?!!

不少粉丝好奇,颜秋枳放陈陆南鸽子是为什么,在下面留言,还给颜秋枳和陈陆南留言。

一时间,大家都当作笑料来看,还有不少朋友来问颜秋枳是为什么。

为什么和陈陆南领证,她都要放人家鸽子?

没等颜秋枳解释,陈陆南的经纪人出来解释了。

【@帅气的宇哥V:这个答案我知道!那天秋枳去试镜林竟导演的一个角色,然后就迟到了,当然最后也没拿到那个角色。哈哈哈哈哈这件事情可以嘲笑陈陆南一百年!】

【???】

【哈哈哈!!看完几个人的微博后,我只想说颜秋枳太牛了!】

【对不起,我觉得经纪人的这个爆料真的好好笑啊。】

【看到这两条微博后,我突然想到前段时间的一个爆料,有人说这段爱情里陈老师很卑微,那时候我还不太相信,现在我信了!!】

【领证被老婆放鸽子的男人也太惨了吧!】

……

渐渐地,画风就变了。

从两位经纪人的微博发出后,颜秋枳收到了不少人"夸"她胆子大的言论。

至于林竟,不仅转发了那条微博,用开玩笑的语气调侃了一下,还跑来询问颜秋枳。

让她很是无奈。

陈陆南那边,自然少不了被嘲笑。

博钰胆子比较大,在片场看到的时候,直接对他进行了嘲讽。

颜秋枳不敢去看陈陆南的脸色,跑了。

至于当事人,懒洋洋地掀了掀眼皮看向博钰,冷声道:"我没记错的话,有个人的老婆应该是跑了。"

"……"

周围工作人员静默了几秒，瞪大眼看向对方。

颜秋枳还没彻底走开，这话的声音不大不小，她正好听见了。

她没多想，直接回头问："谁老婆跑了？"

陈陆南意味不明地轻笑了一声："某位大编剧。"

"……"

颜秋枳瞪大眼，不敢相信地看了看陈陆南，再看了一眼博钰。

她张了张嘴，半天没憋出一个字。

众人面面相觑，不敢说话。

博钰脸色变了变，突然啐了一声："关导，改戏。"

关导在另一边商量接下来的场景，没听清楚这边在说什么，闻言好奇都喊了一声："改什么戏？"

博钰："我觉得您昨晚的建议挺好，这部电影的男主英勇牺牲还挺合适的。"

关导："……"

颜秋枳和工作人员："……"

陈陆南单手插兜站在旁边，扯了扯唇："幼稚。"

说完，他也不去看博钰，侧目看向颜秋枳："去休息会儿？"

"……好。"

两人进了休息室。

一进去，颜秋枳便闪着一双八卦的眼看着他。

陈陆南失笑，敲了敲她的脑袋："不能说太多，下次你把博钰灌醉，自己问他。"

颜秋枳无言了半晌，眨了眨眼说："我把他灌醉……那我自己可能先晕了。"

"……"

一想到颜秋枳那点酒量，陈陆南不得不叹息一声。

"回家教你喝酒。"

颜秋枳狐疑地看着他："真的？你以前不是不愿意教我吗？"

陈陆南把她抱在怀里，沉沉应了一声："突然觉得，教你喝酒应该也挺有意思。"

颜秋枳："……"

她坐在陈陆南怀里安静了会儿，突然想起一件事。

她伸手，戳了戳他的脸颊，低声问："对了，你说今晚看综艺，是在综艺里说了什么吗?"

陈陆南一怔,这才想起这件事。

他清了清嗓:"不算什么。"

他抓着颜秋枳的手亲了亲,低声道:"晚上请剧组工作人员吃饭。"

"我知道啊,"颜秋枳说,"总不会吃到十点吧,我们控制在九点散场就好,回来洗澡然后看最后一期综艺,你觉得怎么样?"

陈陆南觉得不怎么样,但他不会拒绝颜秋枳这种小愿望。

他点了点头,答应着:"好。"

*

晚上,最后一期《一起度假吧》播出。

八点的时候,官方微博还播出了一点花絮,是颜秋枳之前和陈陆南录制的。

他抱着颜秋枳下树的视频,这视频一出来,粉丝直呼甜。

这口糖大家都吃了。

官博还留了个悬念,在花絮放出来的时候告诉大家,今晚最后一期会更甜,保证让大家看到不一样的东西。

这样一说,大家的期待值瞬间高了。

十点,综艺准时播出。

前面几十分钟和大家预想的差不多,就是度假的小日常,但画面很温馨,在周末休息的时候来看,会觉得很舒服很宁静。

看着看着,会让心不由自主地静下去,就很喜欢。

几十分钟后,综艺落幕,但加了大家的采访。

最先出现的是向月明他们,最后才是颜秋枳和陈陆南,两人是分开的采访。

节目组想要热度和收视率,自然不会轻易放过两人。

到颜秋枳的时候,工作人员直接询问:"综艺录到最后了,秋枳感觉怎么样?"

颜秋枳笑:"很喜欢。"

她坐在院子里,眺望着夜空的星星:"很舒服,也谢谢你们最后选择了这里,找回了我很多记忆。"

工作人员的眼睛亮了亮,直白地问:"秋枳小时候怎么会在这儿生活?"

颜秋枳想了想,也没隐瞒。

她说:"我小时候爸妈就离婚了,我妈的老家在这儿,就带我回老家生活了,后来她去世了,我就被接回了城里。"

她笑了笑:"我妈是个很有情调的人,看这座院子就能看出来,她浪漫又温柔,还很漂亮。"

说着说着,颜秋枳不好意思地看向镜头:"是不是说太多了?"

工作人员摇摇头:"想她了吗?"

"想的。"

工作人员沉默了几秒,继续问:"有什么话想要对妈妈说吗?我相信她肯定可以听到的。"

颜秋枳歪着头想了想,对着镜头笑:"就想告诉她,我现在生活很好,您放心,我还找到了喜欢的人,他对我也很好。"

"秋枳和陈老师是怎么认识的?"

总算迎来了大家最好奇的问题。

颜秋枳笑:"那就爆个料吧,我十几岁就认识了陈陆南。那时候我去他家,他在花房里弹钢琴,当时觉得还挺帅的……"

她说完后,工作人员惊呼:"你们从小就认识?"

"不能说从小吧。"

到最后,颜秋枳也没爆料太多,但却片面地告诉了大家,她和陈陆南很早很早就认识了。

粉丝看着这个采访,完全疯狂了。

这竟然还是"青梅竹马"的糖?!太让人意外了!!

最后一个压轴的,是陈陆南。

最开始的几个问题,大多数都是围绕综艺展开的,到后面,才谈及颜秋枳。

"陈老师好像是第二次参加综艺,之前是《慢生活》,现在是《一起度假吧》。大家都特别意外,您为什么会参加?"

陈陆南笑:"不明显吗?"

他说:"因为颜颜参加了。"

工作人员:"……"

粉丝:"……"

正主这么直白地撒狗粮,还真是让人猝不及防。

工作人员也愣了一下,才继续问:"是因为秋枳吗?"

"嗯。"

工作人员沉默几秒,继续问:"……刚刚秋枳采访说和陈老师很早就认识了,之前好像一直都没说过。"

闻言,陈陆南笑了一声,问:"她说了这个?"

"对。"

陈陆南笑:"确实是,十几岁的小丫头。"

他说:"我们很早就认识。"

工作人员眼睛里闪着八卦的光芒:"那……陈老师能不能说说两人的关系是什么时候改变的,粉丝都特别好奇?"

"具体时间不能说,"陈陆南道,"很早之前了,我们也不是简单的情侣关系。"

他看着镜头,揉了揉眼睛说:"有件事一直没告诉大家,我和秋枳现在的关系比较复杂,至于为什么复杂,等综艺播出之后我会找个机会跟大家好好解释,当然,这是我的问题,还希望大家到时候能稍微冷静一点,有什么问题直接找我,颜颜只是一个被迫接受的人。"

他这段话一出来,赢得了众多好评。

难怪。其实陈陆南是主动要承认要公开的,只可惜综艺播出晚了一天而已。他有担当,要一个人把所有事情给承担下来。

粉丝听着,突然就有些感动了。

这个沉重的话题后,工作人员问陈陆南有没有什么想和颜秋枳说的。

陈陆南笑了一下,看着镜头说:"在这儿说的话,她应该能看见吧?"

工作人员瞪大眼,很好奇。

陈陆南看着镜头,目光沉静:"其实没什么要说的,我们两人之间很少有秘密,有的话,大概是一直都忘了亲口告诉她,我对她不仅仅是喜欢,还有爱。"

工作人员愣住了。

似乎是不敢相信自己听到了什么,磕磕巴巴地问:"……陈老师之前没和她说过吗?"

"没有,"陈陆南不好意思地说,"一直都没好意思告诉她,录完节目后,可能要亲口跟她说一句。"

他不是个会表达会煽情的人,但在那个时候,他对着镜头告诉了所有人他藏着的话。

他一字一句地说:"我爱她,也想告诉她,以后凡事有我,你不是孤零零的一个人。"

他说:"最后谢谢她,愿意和我分享她未来的人生岁月。"

综艺到这里结束。节目组还特别写了两句鸡汤作为结尾。

颜秋枳却已经没有心思去看鸡汤了。

她怔怔地看着面前的大屏幕,耳畔全是陈陆南刚刚的那些话。

她的眼眸闪了闪,突然有点害怕去看旁边的男人了。

陈陆南低头看着她。她小半天都没动。

他伸手，揉了揉她头发问："睡着了？"

颜秋枳："没有。"

她抬眸看向他："你怎么……"

"什么？"陈陆南低头，碰了碰她嘴唇，"说那些话？"

颜秋枳的睫毛颤了颤，轻声应着："嗯。"

陈陆南笑，低声说："想说就说了。"

颜秋枳扭头看他，瞪大眼："你明知道我不是要问这个。"

陈陆南看着她炸毛的模样，低低一笑。

他声音酥酥麻麻的，在她耳边响起。

颜秋枳抬眸看向他，目光澄澈。

陈陆南看着面前这双眼，用鼻尖蹭了蹭她，偏头在她耳朵上落下一个吻，嗓音低沉道："一直没告诉你，我爱你。"

他说："很爱。"

颜秋枳那些积压的情绪瞬间涌了上来。她眼眶红红地看着陈陆南，紧紧地抱着他，蹭了蹭他脖颈，轻声说："好巧，我也是。"

我也爱你，深爱。

当晚，综艺大爆。

最后一期收官，收视率突破了以往的记录。到第二天，还有人反反复复把两人的采访看了又看。

不少还不太相信他们是真的在一起的网友们，突然就愿意相信了。

两个人是真的在一起。他们谈及对方时的眼神，太温柔太深情了。他们之间是真正的爱情。

综艺片段被拿出来讨论了好几天，几天后，两人的热度渐渐下去了。

颜秋枳和陈陆南没怎么再露脸，他们一直扎在剧组拍戏。

勤勤恳恳每天都在和自己的角色做斗争。

每个人都很忙，但这种忙碌又让人觉得充实，颜秋枳很喜欢这样的时光。

电影拍了四个多月，辗转了很多地方，也了解到了很多不一样的东西。

最后杀青的时候，颜秋枳哭得眼睛都肿了。这个故事真的太虐了，爱恨情仇，家仇国恨等，每一个点，都会让人泪崩。

她蹲在地上哭得不能自已，陈陆南从另一侧走了过来，把她拥入怀里。

他轻声哄着，安抚着她的情绪。

之后的一段时间，颜秋枳都有点魔怔了，进入到剧本里无法抽身出来了。

电影杀青后，陈陆南让萌姐不要给她安排工作，带着她去国外度假了大半个月，又回家休息了一段时间后，颜秋枳才渐渐地好转起来。

时间悄然流逝着。

颜秋枳和陈陆南自从公开恋情之后，便一直是被绑在一起的关系。

休息一段时间后，颜秋枳开始接新的工作。

广告等一直都没停过。

陈陆南也在忙碌自己的事业，他出国进修并不是玩一玩而已，是真的有一个故事想要拍摄。

在拍关导电影的时候，陈陆南便学习了一段时间。

现在，他开始筹备自己的新电影。

两人都各自忙碌着，温馨又甜蜜地生活在一起。

唯一有点意外的是，颜秋枳和他一直都能接收到很多综艺邀请。之前的那个综艺大爆后，不少综艺都对他们俩抛出橄榄枝。

有些综艺导演知道颜秋枳参加后陈陆南就会参加，从而对颜秋枳发起进攻。

电话信息邮件等，从不间断，让颜秋枳哭笑不得。

萌姐被迫来问过她好几次，但每一次都被她拒绝了。

在颜秋枳看来，她和陈陆南有那个综艺的回忆就好，再多了好像不是很好。

她笑着和萌姐说，《婚后日记》也不想拍了，要是大家真的这么想她和陈陆南参加综艺的话，以后等她的孩子出生了，邀请他们一家三口去参加带孩子的综艺吧，那应该会比较好玩。

萌姐惊恐。

在询问过颜秋枳明年就打算生孩子后，萌姐一个劲给她接广告，只为了明年她怀孕后，热度不消散才好。

颜秋枳虽然无奈，可也知道萌姐在担心什么。她没太大意见，照单全收。

这天，颜秋枳刚拍完一个广告，沈慕晴便来了。

两人约着去吃烧烤，萌姐瞅着两人："少吃点。"

颜秋枳笑："知道了。"

萌姐提醒她："千万要悠着点。"

"好的，"颜秋枳哭笑不得，"放心吧。"

萌姐不放心也得放心，只能是叹叹气，随她去了。

*

上车后，沈慕晴笑着问："萌姐怎么越来越啰唆了？"

颜秋枳垂眸睨她一眼："你刚刚怎么不当着她面说这话？"

沈慕晴噎住。

她瞥了一眼颜秋枳："不是怕被她记恨吗？"

颜秋枳笑，调侃问："你就不怕我告状？"

"那当然不怕。"她耸肩笑笑，"你反正是站在我这边的。"

"……"

这话还真是一点也没说错，沈慕晴就算是真的说谁坏话了，颜秋枳也会站在她这边。

想着，颜秋枳哀叹了一声："我不能被友谊蒙蔽双眼。"

沈慕晴无语，翻了个白眼："你给我清醒一点，别皮。"

颜秋枳哈哈大笑，唇角往上牵了牵。"勉为其难给你个面子，不告诉萌姐了。"

沈慕晴哭笑不得："谢谢您呢。"

"不客气。"

闹了一会儿，颜秋枳打了个哈欠看着前边，低声问："我们去哪家店啊？"

"常去的那家。"沈慕晴看着她，"你和陈陆南说了吗？"

话音刚落，"曹操"的电话来了。

颜秋枳晃了晃手机给沈慕晴示意，沈慕晴撇撇嘴，倒是没吐槽。

"喂。"颜秋枳撑着车窗，轻轻地喊了一声。

电流另一边传来陈陆南的声音："结束了？"

"对，"颜秋枳主动道，"晴晴来接我了，我们去吃烧烤。"

她问："你呢，忙完了吗？"

陈陆南"嗯"了一声，垂眸看着面前的一堆资料："差不多，打算几点回家？"

颜秋枳失笑："看情况，到时候你来接我？"

"好。"

陈陆南叮嘱了几声："别喝酒。"

"知道了。"

他稍稍一顿，又补充一句："有什么事给我打电话。"

颜秋枳看着镜子里倒映出来的笑，无声地弯了弯唇："好的，听陈老师的。"

挂了电话后，沈慕晴瞅了她一眼，很是无言："不是我说，你们能不能别这么腻歪？"

她愤怒道："你们是不是忘了旁边还有我这个单身狗？"

闻言，颜秋枳扬了扬眉说："哦？你是单身狗？"

没等沈慕晴说话，她继续道："姜臣不是你男朋友？分手了？什么时候分手的？我怎么不知道？我得给你庆祝还是给姜臣庆祝啊？"

她一下子丢出一连串的问号，把沈慕晴气笑了。"闭嘴。"

颜秋枳努努嘴，很是委屈："哦，那行吧。"

她做了个缝嘴巴的动作，可以说非常听话了。

说实话，沈慕晴和姜臣在一起，不是那么让人意外。

颜秋枳一直都觉得两人有点猫腻，奈何之前他们表现得真的太"兄弟之情"了，导致她没多想。

直到前段时间偶然遇见。

颜秋枳看向沈慕晴："你还没告诉我，你们到底是怎么在一起的？"

沈慕晴随口答应："等你和陈陆南办婚礼的时候，我把这个作为新婚礼物告诉你。"

颜秋枳："……"

她扯了扯唇，不想点评这别出心裁的礼物了。

安静了会儿，颜秋枳靠在车窗上，看着窗外干枯枯的枝干感慨："好快，一年又过去了。"

沈慕晴也看了一眼："是啊。"

她说："时间过得真快，你和陈陆南的那部电影，关导是不是打算年后上映？"

"嗯，"颜秋枳说，"本来打算年前上映的，但是来不及了。"

沈慕晴点头："我前两天看网上的新闻，好像是说这部电影入选了国外的某个电影节评选？"

虽然没上映，但和获奖并不冲突。

毕竟把影片送过去就好，只是暂时没公映而已。

颜秋枳点头："关导在群里说了。"

闻言，沈慕晴的眼睛亮了亮，低声问："我有点迫不及待了。"

颜秋枳笑："你得包场。"

"那必须的。"

两人说笑着，沈慕晴道："我还得拉着工作室的人一起看，每天在微博给你打广告。"

"好啊。"

时间在流逝，很多东西都在变，但唯一不变的，大概是两人之间的友谊。

颜秋枳唇角上翘，扭头看着窗外的景色。其实没什么好看的，但和夜色衔接在一起，别有感觉。

闺蜜间的聚会，自然不需要男人。

原本，颜秋枳还想把季清影给叫上，奈何她现在不在北城。

两人凑在一起吃饭聊天，很是愉快。

沈慕晴总有特别多八卦跟颜秋枳分享，两人乐不可支。

吃到最后，两人还有点上头。

颜秋枳没忍住，喝了两罐啤酒，度数特别特别低的那种。

陈陆南过来接人的时候，她正靠在沈慕晴肩膀上睡觉。

他皱了皱眉，看了一眼桌上的东西，低声问："她喝酒了？"

沈慕晴有点怕陈陆南，总觉得被他这样看一下，自己的寿命都要少一点。

她点了点头，嘴唇动了动："……就一点点，刚刚没看住。"

陈陆南叹气。

他伸手，把颜秋枳给接了过去，抬眸看向她："跟我们一起走？先送你回去。"

颜秋枳努力睁开眼看向她，低声道："晴晴，跟我们一起回去？"

沈慕晴扑哧一笑，看向两人："我拒绝啊。"

她站了起来，把身后的外套拿上，笑了笑："我自己回去就行，我叫个代驾。"

话音刚落，颜秋枳便看到了另一边走过来的人。

她眯着眼看了会儿，直言道："不用代驾了，司机来了。"

沈慕晴抬眸看过去，姜臣的车停靠在路边，身上穿着正装。在这大冷天的时候这个打扮，他也不觉得冷。

姜臣正往这边走过来。

他看了一眼沈慕晴，再看了一眼陈陆南两人。

"来很久了？"

"没有。"

陈陆南淡淡地说："我们先走了。"

"好。"

两人没去管沈慕晴和姜臣，他们之间有独特的相处方式，两人没必要去参与。

从烧烤店出来后，颜秋枳还有点不想回家。

她伸手拍了拍自己的脸颊，试图让自己清醒一点。

"陈陆南。"

"嗯？"

陈陆南牵着她的手放在衣服口袋里，声线低沉地答应着："怎么了？"

颜秋枳仰头看着夜色，粲然一笑说："我们走一会儿再回去吧。"

她侧目望着他："现在还不想回家。"

闻言，陈陆南没拒绝。他捏了捏她得手心，低声答应着："好。"

颜秋枳听着他的回答，唇角往上牵了牵。

陈陆南低眸注视着她，眉眼温柔，像是变了一个人似的。

两人循着夜色慢悠悠地走着，大晚上的，没有太多人注意到他们。

偶尔有路人行色匆匆地路过看一眼，还来不及细想他们到底是谁，两人就已经消失在视线范围内了。

颜秋枳和陈陆南走得不快但也不慢。

走到人多的地方，颜秋枳还嚷嚷着要喝奶茶。"那边在排队是吗？"

陈陆南抬头看了一眼："嗯，想喝奶茶？"

"想。"

刚刚吹了会儿风，颜秋枳的酒意散去了不少，这会儿精神了起来。

她眼睛不眨地看着不远处，看向他："去买奶茶给我。"

陈陆南笑："喝了不怕睡不着？"

颜秋枳的眼珠子转了转，仰头看他："那不是正好便宜了你吗？"

陈陆南忍俊不禁，捏了捏她的脸，低头亲了一口："好，给你买。"

"一起过去还是先上车等我？"

后面一直都有司机跟着两人。

颜秋枳回头看了一眼不远处的车，再看了一眼面前的奶茶店，纠结了大约两秒："我跟你一起过去。"

两人低调地站在人群中排队，并不着急。

耳畔是路人叽叽喳喳说话的声音，冬日的冷风拂过，冻得颜秋枳往陈陆南怀里躲。

"好冷啊。"

陈陆南伸手把她揽入怀里，看了一眼她身上穿的衣服："先上车吧？"

"不要，"颜秋枳看着他，"待会儿买杯热奶茶就好。"

"……好，"他失笑，捏了捏她的脸颊，"满足你。"

颜秋枳笑。

两人出行很低调，不想要什么轰动的感觉，但就是有人注意到了他们。

最开始，是站在他们前面的两个小姑娘，不经意回头的时候对上了陈陆南那双眼睛。

他戴了一个口罩，但男人那熟悉的眉眼，很多人都能认出来。

不看不知道，一看，两个小姑娘便震惊了。

她们也不聊天了，就这么目不转睛地看着陈陆南，再听着颜秋枳的声音，这一下完全确定下来了。

她们后面的这两个人，是陈陆南和颜秋枳。

两人倒吸一口气，伸手指了指，半天没能憋出一句话来。

颜秋枳是背对着她们的，直到陈陆南抬头瞥了几眼，她才后知后觉转了一下头。

一转头，便对上了两人震惊的瞳眸。

几个人面面相觑，颜秋枳眨了眨眼，缓慢地竖起一根手指轻嘘了一声。

两人呆愣愣地点头。"你们……陈老师，秋枳？"

颜秋枳笑着点了点头："你们好。"

她压着声音："小声点好吗？我们想买奶茶。"

"好好好。"两人点头如捣蒜，特别激动，但又不敢过度表现出来。

颜秋枳看着两人的模样，笑了笑："陈陆南，你请你的小迷妹喝奶茶吧。"

陈陆南看了她们一眼，点了点头："好。"

两人的眼睛都瞪大了。偶像请喝奶茶，这是什么天降的好事啊！！

没一会儿，便轮到了他们。

颜秋枳直接让陈陆南过去，买了四杯奶茶。原本这一切都是顺利的，直到拿上奶茶，颜秋枳和陈陆南打算低调离开的时候，她的口罩突然掉了下来，一抬头，便对上了另一边的一个女生。

两人四目相对，颜秋枳还来不及阻止，那人突然瞪大眼喊了一声："我的天！她长得好像颜秋枳啊。"

"……"

话音一落，周围的人齐刷刷看了过来。

下一秒，有人说："她就是颜秋枳！"

"旁边的是陈陆南吧！"

"啊啊啊啊啊啊啊啊啊……"

颜秋枳也来不及收拾自己了，想也不想，拉着陈陆南就跑，跑的时候还不忘丢下一句："我们先走了，大家随意。"

众人他看着两人跑走的背影，只能目瞪口呆地互相看着，很是无言。

至于那两位被请了奶茶的小粉丝，也是一脸蒙。

但是随后，两人又有点得意。

半小时后，颜秋枳和陈陆南又上热搜了。

这种日常的小甜蜜，CP 粉怎么能不嗑呢？！他们可太喜欢明星这种和自己一样的小日常了。

颜秋枳上网看的时候，粉丝纷纷在说——原来他们要喝奶茶，也是要排队的啊。颜秋枳哭笑不得。

他们也是普通人啊,怎么就不用排队了?

想了想,她看了一眼放在旁边的两杯奶茶,拍了个照片发微博。

【@颜秋枳V:强势安利,这家店的奶茶好好喝,我最爱芋泥奶茶【照片】。】

一发出去,便有很多粉丝纷纷过来留言。

【啊啊啊啊啊啊啊我也是最爱这个!!】

【呜呜呜呜旁边那是陈老师的手吗?也太好看了吧。】

【我想问陈老师最爱什么!!!】

【楼上的姐妹我来告诉你,陈老师最爱颜秋枳!】

【不是,楼上的姐妹也太聪明了吧?我一定要点赞一些让秋枳和陈老师都尴尬的评论上去。】

……

颜秋枳看着那条让自己尴尬的留言,无语了半晌。

陈陆南侧目:"怎么了?"

颜秋枳瞥了他一眼,举着手机过去:"你看。"

陈陆南低头一看,低低一笑:"粉丝还挺聪明。"

"你……"

陈陆南扭头,碰了一下她的唇,嗓音低沉道:"他们没说错,我最爱你。"

颜秋枳顿了顿,还是没压住自己那要上翘的唇角。

她主动凑过去亲了亲陈陆南,眉眼弯弯道:"好吧,这是奖励你的。"

陈陆南反客为主,扣着她的后脑勺亲了好一会儿,才意犹未尽地把她放开。

不一会儿,颜秋枳收到了一个好友点赞。

她发现……陈陆南不仅仅点赞了她的那条微博,还点赞了那位网友的评论。

这一下,更是掀起了一波小高潮,正主都发糖了,粉丝怎么能不开心呢!!!

*

两人时不时因为小日常上热搜,网友们也都习惯了。

都不是刻意的,也不是花钱买上去的,两人的恩爱很自然,不像是故意秀出来的那种,大家就都很喜欢。

热搜过后,两人又安静了一段时间。

新年的时候，陈陆南和颜秋枳一起出门度了个假，算是彻彻底底放松了几天。

年后，两人各自忙着工作。

时间就这么悄悄溜走，颜秋枳又重新拍了两部剧，进了两个剧组。陈陆南的电影也筹备得差不多了，打算夏天的时候开机。

暑假的时候，颜秋枳和陈陆南的电影终于上映了。

这部从开拍时就备受关注和期待的电影，终于要来了。

两人没找关导提前看，很期待在电影院第一次看。

首映的时候，颜秋枳和陈陆南一起出席。

紧跟着，便是各种宣传活动，十几个城市来回跑。

粉丝对这部电影的期待值很高，当然也有人因为女主角是颜秋枳的缘故，降低了期待值。无论是哪种情况，总而言之，他们还是很想看这部电影的。

关导、博钰、陈陆南和颜秋枳等人搭档，谁能不期待呢？

上映当天，票房突破两个亿。

这是民国题材电影有史以来唯一一部第一天上映就票房破亿的，更何况这部电影是正剧，不是那种让人捧腹大笑的喜剧。

这部电影也有搞笑段落，但它把很多其他元素融合在一起。

家仇国恨，两个人之间的那种有张力的爱，都揪着观众的心，让他们跟着影片中的人物在走情绪。

他们是成功的。

第一天上映后，晚上的时候，颜秋枳和陈陆南在家里看评价。有不少人点评。

颜秋枳印象最深的，是其中一个人的评价。

说男主角对女主角，其实是一见钟情。

当她穿着旗袍从楼上下来的时候，他正好抬头，两人的视线撞上。当时是在一个落日余晖的下午，夕阳透着窗棂照进去，斑驳有光。

这束光，正好打落在两人身上。

就那一眼，好像整个人便沦陷了，从此之后，所有的喜怒哀乐，都和彼此有了关联。

也有了后来的一切。

颜秋枳看剧本的时候，也依稀感觉出来了。

博钰写的，就是两个优秀的人一见钟情，只可惜阻碍太多，到最后，他们终归是没能在一起。

至少就电影播出的片段来说，是留有想象空间的，没有清楚地告诉大家,他们在一起。

但又好像有些许的暗示。

总而言之,电影上映后,大爆的不仅是电影和主演,连颜秋枳在电影里穿的衣服,也掀起了一股热潮。

不少人发现,给颜秋枳做服装设计的是前段时间很火的一个设计师,季清影。

被大家遗忘,甚至有些许没落的旗袍,也"卷土重来"了,开始流行起来。

大家都没忘记,这是我们以前最经典的文化色彩。

季清影还跟颜秋枳抱怨过,她的工作室最近接的单真的太多了。

她要闭门谢客了。

之前很多人都会被定制价格吓跑,这回倒好,就算是贵,大家也要来做专属定制。

颜秋枳和陈陆南拍戏的地方,更是有无数人去打卡。

这种情况,一时间也不知道是好还是不好。

至于陈陆南的演技,更是让有高期待的粉丝都眼前一亮。

太强了。他一出现,就是剧中的那个人,没有一丁点违和。他是演员陈陆南,毋庸置疑。

粉丝对颜秋枳的期待值比较低,毕竟有三金影帝陈陆南做对比。

但看着看着会发现,颜秋枳的演技原来那么强,她竟然能接住陈陆南的戏,甚至一点都不露怯。

表演也很有层次感,两人的合作,不显山不露水,清清楚楚告诉大家——他们就是那两个人,而不是表演者。

这部电影大受好评,颜秋枳和陈陆南的热度持续了好几个月。

颜秋枳收到的剧本越来越多,不少知名导演纷纷抛出橄榄枝。

颜秋枳越来越忙,陈陆南也不例外。

两人都各自忙碌着,算算时间,有段时间没见了。

一眨眼的工夫,一年好像又要过去了。

年末,艺人的活动最多。颁奖典礼啊,慈善活动啊等等,数不胜数。

颜秋枳跑了一个时尚活动,还跑了两个慈善活动,总算是有空休息了。

这日,她回了家。到家的时候,屋子里黑漆漆的,一个人也没有。

想到这儿,颜秋枳有点委屈了。

她掰着手指算了算时间……她和陈陆南已经快要一个月没见了。

陈陆南在弄他的新电影,虽然还没开始拍摄,但在做最后的考察准备。

他各个城市地跑,偶尔还有点别的工作加持,总体来说,很忙。

洗完澡出来后，颜秋枳点开手机，直接拨通了男人的电话。

"喂。"陈陆南的声音很快出现。

颜秋枳的头发还没吹干，这会儿闷闷地坐在化妆台面前，低声问："你什么时候回家呀？"

陈陆南一笑："想我了？"

"……对，"颜秋枳没什么不好承认的，"想你了，什么时候回家？"

陈陆南一笑："现在。"

"什么？"颜秋枳一怔。

话音刚落，房门外传来开门声。

她扭头，陈陆南拿着手机出现在门口。他身上穿着黑色羽绒服，明明羽绒服很臃肿，可在他身上，却完全看不出来。

反倒是还有点丰神俊朗的感觉。

颜秋枳不敢眨眼地看着他："你……"

陈陆南唇角带笑地走了过来。

颜秋枳转身，一下撞进他怀里。

她难得这样，陈陆南还有点意外。

他怔着，低头亲了亲她的唇角，轻声问："怎么了？"

颜秋枳不说话，就这样抱着他。

陈陆南笑，在她额间落下好几个吻，低声道："最近太忙了，抱歉。"

他说："我问了萌姐，她说今天送你回来，所以我也回来了。"

"嗯，"颜秋枳闷闷不乐道，"那你什么时候才忙完啊？"

"忙完了。"

陈陆南含笑地看着她："最近都能在家陪你。"

"真的？"

"嗯，"陈陆南伸手，把她头上毛巾拿了下来，低声道，"我给你吹头发。"

"好。"

等两人收拾好之后，颜秋枳自觉窝在他怀里。

她絮絮叨叨地说了一下最近的工作，有抱怨的，也有好玩的，无论是什么，她都想和陈陆南分享。

陈陆南听着，时不时会给点意见。

"你呢，累不累？"

"不累。"陈陆南拉着她的手，亲了亲说，"明天有颁奖活动，紧张吗？"

"还好，"颜秋枳笑着说，"我拿不拿奖都无所谓，倒是你，两年才拍一部戏，要是不拿奖，是不是要被人黑？"

陈陆南失笑："不怕。"

他说:"我也无所谓。"
两人安静了会儿,颜秋枳突然说:"时间过得好快啊,又一年了。"
"嗯。"
陈陆南看着她,顿了顿问:"颜颜。"
"什么?"颜秋枳抬眸看他。
陈陆南道:"我们办个婚礼吧。"
颜秋枳一怔,对着他认真的神情走了会儿神。她眨了眨眼,没问为什么,安静了几秒后说:"你好像都没求婚,办什么婚礼啊?"
陈陆南笑,承诺着:"好,我求婚,我们明年办婚礼?"
"那我要是拒绝你的求婚呢?"
陈陆南:"……"

颜秋枳看着他僵硬的神色,无声地弯了弯唇。
她笑着说:"看你的诚意啦。"
陈陆南回神,低眸一笑:"好。"
他亲了亲她的脸颊,低声道:"睡吧。"
"嗯。"
颜秋枳窝在他的怀里,轻轻地应了声:"晚安。"
次日,便是年底很重要的一个颁奖典礼活动。
颜秋枳和陈陆南暑假的电影大爆,早早便入围了。无论是影片,还是最佳男女主角,都有入选。
博钰还入选了最佳编剧提名。
因为提前知道自己入选的消息,所以受到邀请函的时候,颜秋枳反倒是很淡定。
珠珠倒是兴奋了很长一段时间。
以前颜秋枳没有电影资源的时候,很多人都觉得她拍电视剧不入流。
其实,电视剧和电影都一样,都是演戏。
在她看来,其实没有太大区别。
下午的时候,工作人员来家里给她和陈陆南化妆做造型。
颜秋枳这一次的造型不算烦琐,但也不简单。
电影结束后,很多人都嚷嚷着想要看她穿旗袍,但场合不合适,颜秋枳也不想让自己禁锢在穿着旗袍的那个人物上,所以在电影结束后,再也没穿过了。
但这一次,她穿了。
剧中的那些旗袍,陈陆南也不知道怎么回事,全部找关导买了回来。

颜秋枳哭笑不得，但又不得不说是喜欢的。

用陈陆南的话说，就算她只在剧中穿过一次，他也不想她穿过的旗袍被拿去拍卖。

很多电影拍完后，剧中的服装是可以拍卖出去的。

颜秋枳今晚选的是一条暗红色的旗袍，不会很亮眼，但又是亮眼的。她穿上特别有感觉，不仅有风情万种的韵味，还有种妖娆美人的感觉。

造型师根据她的服装做的造型，一头不长不短的卷发，烈焰红唇，整体装扮出来的时候，别有风味。

用珠珠的话来说，有点像是港风美人，但又像是从民国时代走出来的大美人一样。

颜秋枳无声地弯了弯唇。她抬眸看向不远处的陈陆南，两人的视线撞在一起，她在陈陆南的眼底看到了惊艳。

两人一同出门。

都是夫妻了，没什么好避嫌的，更何况他们是同一部电影入围，一起出席合情合理。

十二月的冬天很冷很冷，颜秋枳身上披了一件毛茸茸的披肩。整个人看上去有种富家小姐的感觉。

两人是压轴出场的，他们的车子抵达时候，其他人基本上都到了。

周围是媒体记者，还有粉丝。

每个人手里都拿着长枪短炮，话筒等等在现场直播，给不能抵达的粉丝观看。

颜秋枳和陈陆南的车子停下，周围便有了惊呼声。

陈陆南下车的时候，颜秋枳明显听到外面传来了大家震耳欲聋的尖叫声。

陈陆南脸上挂着淡淡的笑，绕过去给颜秋枳开门。

瞬间，所有的镜头都对准了两人。

陈陆南的造型不用说，这个男人只要一穿正装，就能虏获所有少女的心。

尖叫声不断，所有人额注意力都在颜秋枳身上。

陈陆南唇角带笑，扶着她下车。

她一出现，现场的尖叫声更大了，有种要把现场给掀飞的感觉。

【"啊啊啊啊啊啊啊颜秋枳绝美！！"】

【她穿旗袍了她穿旗袍了！！】

【南秋夫妻是真的！！】

……

周围的粉丝喊着，叫着。

颜秋枳低眸一笑，和陈陆南对视一眼，这才往红毯上走。

两人自然逃不开采访，主持人把两人给拦住。

"颜颜是第一次和陈老师一起出席颁奖典礼活动吧？有什么不一样的感觉？"

颜秋枳笑了笑，看着镜头说："感觉很好。"

主持人看向陈陆南。

"陈老师呢。"

陈陆南淡淡一笑，低声道："和她一样，感觉很好。"

众人："啊啊啊啊啊啊啊。"

明明什么都没说，但就是觉得好甜好甜是怎么回事？！！

好在主持人没拉着他们说太久，简单的采访过后，两人便入场了。

这一次，颜秋枳和陈陆南的位置连在了一起，在第一排的中间位置。

坐下后，活动还没正式开始。

周围都是打招呼的朋友，颜秋枳和大家寒暄了几句后，突然笑了起来。

陈陆南诧异地看着她："怎么了？"

"我想起一件事。"

陈陆南挑眉看着她。

颜秋枳笑，低声说："你记得吗？三年前你回来的时候，我们也参加了一个活动，就是前段时间参加的那个。"

她顿了顿说："那时候我在走红毯，你突然出现，把所有人的注意力都给吸引过去了。"

那时候，他们还是塑料夫妻。她还坐在后排位置，甚至不在中间，而陈陆南，一出现便是被拥簇的人，他是焦点。

那个时候的场景，颜秋枳到现在都还记得。

其实她后来一直在想，到底是什么时候开始喜欢陈陆南的。

她想了很久都想不出来，最后得出了一个结论：可能是那天。

明明一年多没见了，可他出现在那里，不仅仅是其他人，连带着她，眼睛里都只剩下那个丰神俊朗长身玉立的男人。

那么长时间没看见，可他一出现，她的脑海里便满满地都是他了。

他稍稍抬眼，和自己隔着人流对视的时候，她就跌进了他的那个世界。

陈陆南盯着她的脸看着，笑了一声："怪我。"

他说："是我的错。"

颜秋枳傲娇地哼了一声，轻声说："那时候……我没想过我们会变成现在这样。"

陈陆南听着她的声音，沉默了须臾说："很幸运。"

他说："我庆幸那时候回来了。"

颜秋枳瞥了他一眼，想了想说："我想问你一个问题。"

"你说。"

颜秋枳好奇："你到底是什么时候……喜欢我的？"

这是所有女人都会好奇的问题。

颜秋枳自然也是。其实她之前就想问了，奈何不好意思，也不知道该怎么说出口。

陈陆南说过喜欢她，也告诉过她，他爱她。

但是具体是什么时候喜欢上的，喜欢什么，从来没有说过。

陈陆南失笑，低声问："这么好奇？"

"非常啊，"颜秋枳说，"说嘛！"

陈陆南意味深长地瞥了她一眼："不说。"

颜秋枳："……"

她噎住，瞪大眼看着陈陆南，很是无语。"你……"

陈陆南笑，抓着她的手捏了捏，转开话题："冷不冷？"

颜秋枳无言："我不想回答冷不冷，我就想知道答案。"

陈陆南故作沉思了会儿，哄着她说："我先想想。"

颜秋枳哽住。

她睨了他一眼，生气道："你还是别想了。"

这还需要想，一看就是找借口。

陈陆南低低一笑。他还想要说话，沈慕晴从后面拍了拍颜秋枳的肩膀。

她的位置就在颜秋枳后面，她是个在娱乐圈打酱油的，这个位置还是找姜臣安排的。

姜臣客套地问过她要不要坐第一排，被沈慕晴给拒绝了。

"在说什么？"

颜秋枳回头看着她，眼睛亮了亮："说你好看。"

沈慕晴笑，戳着她的脸说："不，你才是最好看的。"

两人说笑着。

有了沈慕晴，颜秋枳也不是那么需要陈陆南了。

"你觉得谁会拿奖？"

"我哪知道。"

颜秋枳瞅着她："我能提名已经很不错了。"

沈慕晴撑着下巴道:"我觉得你可以。"

颜秋枳笑:"你对我盲目崇拜。"

"那是爱你。"

"是是是。"

两人在旁边斗嘴,陈陆南听着,无声地弯了弯唇。

聊了一会儿,总算正式开始了。除了颁奖之外,还有艺人上台表演。

颜秋枳偶尔看看,觉得挺有意思的。

她和陈陆南聊天:"你是不是好久没有弹钢琴了?"

陈陆南一怔,扭头看向她:"想看我弹钢琴?"

"想啊。"

颜秋枳的目光落在他身上。陈陆南今晚穿的是黑色正装,里面是白色衬衫和黑色领带,扣子扣在了最上面,整个人看上去分外禁欲骄矜。

她抿了抿唇,低声说:"特别是你今天穿的这身,弹钢琴一定特别帅。"

说着,她问:"晚上回去弹吗?"

陈陆南挑了挑眉,思忖了会儿说:"晚上不知道能不能那么早回去。"

颜秋枳:"啊?"

陈陆南侧目看着她,低声答应着:"有机会给你弹。"

闻言,颜秋枳也没多勉强。

她点了点头,轻声道:"好。"

颜秋枳被旁边人拉着说话去了,陈陆南找王康拿到了自己的手机。

镜头没到他们这边的时候,他在他们四个人的群里发消息。

陈陆南:【联系一下,延长几分钟,给我准备一架钢琴。】

程湛:【。】

姜臣:【……你骚不骚,为什么还要弹钢琴?】

陈陆南:【钢琴上记得放一束蔷薇花,玫瑰花瓣也要。】

程湛:【。】

姜臣:【无语。】

给两人叮嘱完之后,陈陆南不再管他们说什么。无论两人怎么抗议,他要的,他们都会准备好。

不然要兄弟做什么?

就是再困难的事,兄弟也得帮忙办好。

陈陆南面不改色地收起了手机,偶尔和颜秋枳低语两句。

看直播的粉丝这一晚上吃的狗粮真的太多了,要被两个人给甜晕过去了。

怎么就能这么甜!

明明没什么特别的举动,可就是很甜蜜,看着让人觉得很舒服很喜欢!

颁奖典礼进行到最后，只剩最佳男主角和最佳女主角没颁奖了。

按照以往得经验，一般都是两位最佳一起上台领奖的，但今年好像有点不同。

颜秋枳在听到最佳男主角提名的时候，转头问陈陆南："今年是最佳男主角和最佳女主角分开的吗？"

陈陆南点了一下头："嗯。"

他说："据说是这样。"

"你紧张吗？"颜秋枳好奇地看着他。

陈陆南低低一笑："不紧张。"

颜秋枳看了他半响，小声嘀咕着："可我怎么感觉你有点紧张啊。"

陈陆南深呼吸了一下，低声道："不是因为这个。"

颜秋枳刚想问是因为什么，台上传来了颁奖嘉宾的声音，宣布金鹿奖最佳男主角获得者。

"……让我们恭喜陈陆南陈老师，阔别两年大荧屏，回来后再次拿下最佳男主角，恭喜！！"

话音一落，全场响起震耳欲聋的掌声。

颜秋枳还有点蒙，陈陆南站起来的时候，她才回神，呆愣愣地看着他。

陈陆南垂眸看着她："拿奖了，老婆不抱一下吗？"

颜秋枳一怔，主动抱上他，她靠在陈陆南耳边，低声道："我老公真的很棒。"

两人这个拥抱，更是掀起了全场的热潮。

陈陆南上台领奖，大家一点都不意外。他天生就适合在镜头下，只要他入选了，这个奖就应该是他的。

颜秋枳看着台上的人，涌起了一种不可言说的自豪感。

这是她的老公，超级优秀的老公。

最佳男主角颁奖结束后，便是最佳女主角。

陈陆南坐下，把奖杯递给了颜秋枳，含笑说："礼物，要吗？"

"要。"颜秋枳对自己并不抱什么希望，毕竟是第一次做电影女主角，虽然成绩斐然，但这一年的好电影并不少，有演技的女演员也不少。

颜秋枳不是特别有信心。

但是有一个陈陆南的奖项了，她也不觉得怎么失落。

正想着，颜秋枳好像出现了幻听。

耳畔好像出现了自己的名字，她眼神迷茫地抬头，看向舞台上，对上颁奖嘉宾带笑的目光后，颜秋枳轻轻眨了眨眼，转头看向陈陆南。

陈陆南一笑，声线低沉道："恭喜。"

他说:"我的最佳女主角。"

颜秋枳猛地回神,错愕不已地看着他:"我……"

"是你。"陈陆南伸手把她拉了起来,低头亲了亲她的耳朵,含笑说,"最佳女主角,是你。"

耳边全是掌声。

颜秋枳对着所有人惊喜激动的目光,总算是回过神来了。

是她。

她竟然真的拿奖了,还是最佳女主角。

颜秋枳懵懵懂懂地上台,直到从颁奖嘉宾手里拿过奖杯的时候,她还有点蒙。

主持人笑着看她:"秋枳好像还有点蒙是吗?"

"啊……对,"颜秋枳不好意思地说,"我没想到真的能拿奖。"

她说:"我刚刚在下面还在想,我们家有一个人拿奖就很好了。"

这话一出,粉丝更是控制不住地尖叫。

我们家……这样的词怎么能不让人心动?

主持人笑,心甘情愿吃糖。

"怎么会,秋枳和陈老师表现都特别好,这个奖实至名归。"主持人问,"拿到奖有什么想说的吗?"

颜秋枳拿着奖杯,看着台下一张张熟悉、陌生的面孔,有点说不上来的感动。

她下意识去寻找陈陆南,陈陆南不知道是有什么事,正站在侧边的走廊处,似乎是察觉到她的目光,他停下了脚步。

两人无声对望着。

颜秋枳收回视线,深呼吸了一下说:"很意外,也很感动。"

她感受着所有人的注视,轻声道:"谢谢大家能给我这么大的鼓励,在演戏这条路上,我会继续加油,会努力,争取不辜负大家的期待。"

其实颜秋枳被萌姐逼着背了获奖感言,但站上去的时候,她突然就全忘记了。

说到最后,颜秋枳笑了笑说:"当然,除了谢谢粉丝、导演、编剧,还有工作人员之外,最要感谢的是我的丈夫。"

她说:"没有他的鼓励,就没有站在这里的我,谢谢。"

说完后,颜秋枳和主持人对看了一眼,示意自己要下台。

主持人笑了笑,刚想要说话,现场的灯光突然全部暗了一下来。

所有人猝不及防,甚至还有人惊呼出声。

颜秋枳瞬间停住了脚步，紧跟着，是钢琴弹奏。

舞台侧边有一束光落下，打落在钢琴的位置上。所有人抬头看了过去，在看到那人的模样的时候，大家都不约而同倒吸了一口气。

颜秋枳也抬眼看了过去，怔怔地看着不远处弹琴的男人。

没回神。

耳畔响起的是一首熟悉的旋律，颜秋枳听过很多次，但从来没有听陈陆南唱过。

他很少唱歌。

当然，现在也不是唱出来的，他用的是钢琴版，所有旋律都和那首歌贴合在一起。

不仅仅是颜秋枳听出来了是什么歌，现场的观众也全部都听出来了。

所有人都惊喜又意外。

颜秋枳站在原地没动，目光灼灼地看着不远处的男人。

她的睫毛颤了颤，完全没想到陈陆南会给她这样一个惊喜。

明明刚刚在台下的时候，他还说不给自己弹奏，结果一眨眼的工夫，他便弹奏着 Marry Me（《嫁给我》）送给自己。

一首歌弹奏的时间不长，就那么几分钟的工夫。

可颜秋枳却突然觉得，好像过了很久很久，他在弹奏的时候，很多记忆突然从眼前浮现，让人无法忘怀。

最后一个音落下。

舞台上的灯光乃至于全场的灯光都亮了起来。

台下的粉丝和其他艺人尖叫连连，陈陆南起身，拿过钢琴架上的一束花转身往她这边走了过来。

一步一步，颜秋枳就这么站在原地看着他。

他越来越靠近她。

两人的眼神碰撞在一起，谁也没先挪开。

陈陆南停留在她面前的时候，颜秋枳突然松了一口气。

她静静地望着他，陈陆南突然笑了一下，目光灼灼地望着她。

在所有人的注视下，他把花递给颜秋枳，紧跟着，在众目睽睽之下单膝跪下。

众人倒吸一口气。

颜秋枳怔住，没说话。

陈陆南从口袋里掏出了一个小盒子。

她很熟悉。他给自己买过戒指的。这种丝绒小红盒，她再熟悉不过了。

颜秋枳不敢眨眼，唯恐错过他的一丁点表情。

她的眼眶瞬间热了，热泪盈眶莫过于此，她就这么望着他，完全不知道该说什么。

陈陆南是个什么样子的人啊？！

他是最优秀又是最骄傲的人，天之骄子，无论是家世还是才华，还是他独有的能力，都是佼佼者。

可就是这样的一个人，现在单膝跪在自己面前。

颜秋枳其实幻想过陈陆南的求婚。

但她从未想过，他会跪下，会在这种大场合给自己弹琴，清清楚楚告诉自己，他要做什么，他想要什么。

她低头，和他那双装有星辰大海的眸子无声地对视着。

心脏跳动得像是要出来了一样，颜秋枳看着他掏出戒指盒，然后打开。

里面的戒指，不是她熟悉的任何一个。是一个新的。

她喜欢的粉钻，她喜欢的一个小造型，不是爱心也不是圆圆的，是一个别致的星星造型。

陈陆南深呼吸了一下，仰头看着她，轻声说："回神了吗？"

颜秋枳眨了一下眼睛。

陈陆南笑："一直都觉得很亏欠你。"

他顿了顿说："之前就一直在想要给你补一个婚礼，你昨晚跟我说，我都没求过婚，办什么婚礼。后来我问你，那求婚了就嫁吗？"

他用最轻松的语气笑着说："你说也可以拒绝吧。"

他低低一笑："因为你这个回答，我紧张了一天。刚刚在台下你说我好像有点紧张。"

他直勾勾地看着颜秋枳，轻声道："要向你求婚，怎么会不紧张。"

他顿了顿，抬眸望着她说："所以，愿意嫁给我吗？让我给你一个婚礼吗？"

他说："和我结婚，好吗？"

"我想陪着你一辈子。"

最后一句话落下的时候，颜秋枳毫不犹豫伸出了手。

她愿意的。一直都愿意。

无论是以前还是现在，只要陈陆南说一声，她好像都愿意跟着这个人。

戒指戴上的那一刻，台下的掌声好像更热烈了。

现场所有人看着他们，他们的眼睛里都是祝福，是喜悦，还有激动。至于直播间的粉丝，不少人也跟着热泪盈眶了起来。

没有人想到，陈陆南这么一个"老干部"会准备这么惊喜的求婚。

他竟然还会弹琴。

【啊啊啊啊啊啊啊啊我疯了啊！！】

【呜呜呜呜呜这一对真的太甜了！！祝福祝福！】

【呜呜呜呜陈老师今天真的帅爆了！！这种男人到底哪儿找啊？】

【呜呜呜呜听到陈老师的话，看到和秋枳拥抱的画面的时候，我真的哭了。他会陪着秋枳一辈子的。】

把戒指戴上后，颜秋枳顺势把陈陆南给拉了起来。

两人十指相扣。

在大家的起哄下，两人不含蓄地给大家展示了一个热吻。

从台上下来后，沈慕晴第一时间冲上来抱住了颜秋枳。

"恭喜。"

颜秋枳抱住她："谢谢。"

沈慕晴抬头看向陈陆南，紧抿着唇角说："我就把我最好的朋友交给你了。"

她顿了顿，轻声说："你要照顾好我们颜颜，要是照顾不好，我找你算账。"

陈陆南笑着弯了弯唇，沉声许诺："一定。"

姜臣等人也不知道从哪儿冒了出来，低声道："说好的，一辈子陪着颜颜。"

颜秋枳看着面前这群朋友，刚刚压下去的眼泪好像又涌了上来。

她是幸运的，有这么一群朋友。

她偏头看向陈陆南，他也正好低头看着她。

他眸子里的情绪，看得见。

当天晚上，两人因为求婚和拿奖上了热搜。

颜秋枳和陈陆南还真的没能顺利提前回家，为了给两人庆祝，沈慕晴他们等人已经组好了局。

陈曦和颜嘉池也都过来了。

一群人热热闹闹了几个小时，散场的时候，颜秋枳和陈陆南循着夜色走了进去。

到家的时候，时间已经不早了。

颜秋枳回家后洗漱完收拾好上床的时候，萌姐让她发一条微博。一晚上又是拿奖又是被求婚的，总要说点什么。

陈陆南洗完澡出来的时候，颜秋枳正捧着手机在发呆。

他低头，亲了亲她的唇角："在想什么？"

颜秋枳抬眸看他："萌姐让我发微博，但我不知道要说什么。"

陈陆南失笑:"那就不发。"

"那不太好吧。"颜秋枳仰头看他,亲了亲他的下巴,轻声说,"今晚你怎么还弹琴了?"

陈陆南挑眉,双手撑在她两侧,低声道:"你不是说想看吗?"

颜秋枳一怔,诧异地看着他:"所以是后来临时加的吗?"

"嗯。"

她伸手,摸了摸他下巴问:"所以我想看,你就给我看了?"

陈陆南笑,吻着她的唇角说:"我的陈太太想看,再难也要满足。"

颜秋枳笑,伸手勾着他的脖颈撒娇:"你怎么那么好?"

"怕你跑。"陈陆南笑,"不对你好点,沈慕晴他们得找我算账。"

她听着,无声地弯了弯唇。

躺在床上后,颜秋枳侧目看着陈陆南。

凌晨三点了。

她却困意不明显。

陈陆南把她抱入怀里,低声说:"我买了票。"

"嗯?"

他说:"明天去看看妈。"

颜秋枳一怔,轻声说:"好啊。"

这么大的事,确实应该告诉她。

她窝在陈陆南怀里,絮絮叨叨和他说了一会儿话。

陈陆南前段时间太忙了,听着听着便睡着了。

颜秋枳也一样。

到清晨的时候,颜秋枳突然醒了。

她扭头看向旁边的人,陈陆南还在沉睡。

她顿了顿,下意识想要掀开被子下床,才刚动了一下,陈陆南的手便自然而然地伸了过来。

颜秋枳怔怔地看着他的动作,愣住了。

他把她给重新揽入了怀里,甚至还下意识地扯了扯被子。他把颜秋枳刚刚踢开的被子又拉了上来,这一连串动作,熟练到了极点。

颜秋枳愣住,喊了声:"陈陆南?"

他没动。他还在沉睡中。

莫名其妙地,颜秋枳有些感动。

她睡觉不是很老实,很喜欢踢被子,和陈陆南睡觉一般都是被他抱着,但只要是自己一个人的时候,她就会踢被子,每天早上醒来被子就不见了,自己一个人缩成一团。

好在她睡前都会把空调开得很高,但偶尔也会感冒。但和陈陆南一起睡,她基本上不会,健健康康的,一直都没什么问题。

颜秋枳以前没多想。可这会儿,她像是明白了很多,为什么他在的时候,自己睡得安稳又舒服。

她盯着陈陆南看了良久,伸手摸了摸他的脸,在上面落下一个吻。

早起的网友发现,一晚上都没发微博的颜秋枳出现了,发了一条微博。很短很短。就那么两句话,但是附带一张陈陆南的睡颜照片。

【@颜秋枳V:每天早上醒来能看到你,是我的幸运。谢谢你,我爱你【照片】。】

何其所幸,这一生能和你一起分享喜怒哀乐,和你度过这漫长又短暂的年岁。

番外　婚纱

　　好不容易降下来的热度，因为颜秋枳这条表白的微博，两人又在热搜上挂了一天。
　　谁不想要这样的爱情呢？每天早上醒来，第一眼看到的便是喜欢的那个人。
　　颜秋枳和陈陆南高调了三天。
　　三天后，热度总算是渐渐下来了。
　　正好临近新年，颜秋枳和陈陆南因为困倦的缘故，推迟了回折星小镇。
　　而且这一次一起回去的，不仅是他们两人，还有一群凑热闹的朋友——沈慕晴和姜臣等人。
　　更更重要的是，连放寒假的颜嘉池也跟了过来。
　　颜秋枳很是无奈，但又有点开心。
　　自己长大的地方能被人喜欢，本身就是一件值得开心的事情。
　　一行人浩浩荡荡出现在机场，一点不意外被人拍到了。
　　但因为都是公开的关系，大家凑热闹看看也就过去了。
　　颜秋枳和陈陆南等人抵达折星小镇的时候，徐风亲自开了大巴车过来接他们。
　　阿黄走了，徐奶奶在他们录完节目后也走了。
　　当时颜秋枳和陈陆南还回来了。
　　徐风没再养狗，没有了徐奶奶和阿黄的陪伴，他有些孤单，但也有改变。
　　他结婚了。
　　之前结婚的时候，颜秋枳和陈陆南本来要过来的，但因为临时有事，最后只能给两人送了祝福和礼物，所以这回，是第一次见到徐风的妻子。很漂亮，很温柔的一个人。
　　颜秋枳看人很准，基本上一眼就能知道自己喜欢不喜欢，能了解到这人好不好相处。

徐风的老婆,就属于好相处的类型。

沈慕晴也跟颜秋枳说悄悄话,说她特别温柔,很少见到这么温柔的女人。

颜秋枳笑,低声道:"挺好的。"

她说:"现在总算是有人陪着徐风了。"

沈慕晴点头,笑着说:"这徐风要是没结婚,陈陆南是不是还得吃醋啊?"

颜秋枳噎住,并不是很想回答这个问题。

沈慕晴看着她的表情哈哈大笑。

"我说中了吧?陈陆南一看就是个醋桶。"

颜秋枳瞥了她一眼:"待会儿陈陆南听到了给你记黑名单。"

沈慕晴耸肩:"我又不怕他。"

两人在旁边嘀咕着,陈陆南恰好过来。

过来的时候,颜秋枳对着沈慕晴挑了挑眉。

沈慕晴哽了一下,很是无语地翻了个白眼:"我先走了,你们聊。"

她走后,陈陆南在颜秋枳旁边蹲下。

她正好在洗菜。

他低头,拿过她旁边的菜开始清洗,低声问:"刚刚在说什么?"

颜秋枳笑了一下,看向他:"不告诉你。"

"……"

陈陆南瞥了她一眼。

颜秋枳失笑,看着他问:"怎么,要跟我发脾气吗?"

"不会,"陈陆南低低一笑,说,"怎么敢。"

颜秋枳瞅着他:"怎么就不敢了?"

陈陆南"嗯"了一声,不紧不慢地说:"你的粉丝会找我算账。"

很神奇,从两人前几天的求婚之后,陈陆南的粉丝拜托颜秋枳要照顾好他们的哥哥,而颜秋枳的粉丝,以及两人的 CP 粉倒是稍微有点不同。

他们对陈陆南千叮咛万嘱咐,不仅仅要照顾好颜秋枳,还不能让她们的秋枳受伤受委屈,要是她受委屈了,她们第一个要找陈陆南算账。

从机场出来的时候,两人碰到了粉丝。

粉丝没上前来打扰他们或者是怎么样,只是接了个机,然后告诉陈陆南,一定要照顾好秋枳啊,把秋枳交给你了。

……

颜秋枳被他这么一说,也想到了机场的那个场景。

她忍俊不禁地瞥了一眼陈陆南,唇角上翘着提醒:"你记得就好。"

她顿了顿，提醒道："最好是时刻谨记。"

陈陆南哭笑不得，但又想要纵容她，低声答应着："好。"

洗好菜之后，男人们下厨。

颜秋枳和沈慕晴她们在外面晒太阳。冬天的太阳晒着是真的舒服，玻璃窗外有风，但阳光透着玻璃窗照进来，暖洋洋的。

陈曦在跟她们说学校里的搞笑事情。她很会模仿，说到某个点的时候，能立马模仿出来，把大家逗得乐不可支，特别有意思。

躺着躺着，沈慕晴瞥了一眼厨房那边，那边传来了几个人说话的声音。

她伸手揉了揉眼睛说："姜臣真是什么都不会。"

颜秋枳扑哧一笑，弯了弯唇说："没事，让他学。"

陈曦在旁边点头："对啊对啊，姜臣哥哥努力学，晴晴姐你要好好压榨他，让他跟我哥一样。"

沈慕晴："说得对，我会的。"

颜嘉池在不远处玩游戏，听着这群人说的话，瑟瑟发抖。

女人真的太可怕了。

似乎是察觉到他的目光，颜秋枳转头看了过来。

两人无声地对视了几秒，颜秋枳挑眉问："怎么了？"

颜嘉池："……没怎么。"

他抿了一下唇："你们继续聊。"

"诶，"沈慕晴突然想到一个重点，"颜嘉池。"

"嗯？"

沈慕晴目光灼灼地看着他："你们学校有美女吗？"

颜嘉池："……"

陈曦想了想说："我知道。"

两人齐刷刷转头看着她。

陈曦嘻嘻一笑："我们是一个大学的啊，你们忘了吗？他得喊我学姐呢！！"

颜秋枳知道，但沈慕晴一时间没想起来这事。

瞬间，她的眼睛亮了。

"快说快说，难不成颜嘉池有什么大八卦？"

陈曦笑："能说吗颜嘉池？"

颜嘉池："……"

他收回落在她们身上的目光，并不是很想参与这个话题。

颜秋枳好奇："小曦快说，我想知道，颜嘉池长得也挺帅的，有没有人追啊？"

颜嘉池已经大一了。

陈曦笑："那当然有了，秋枳姐你也不看看颜嘉池多帅。"

她夸张地说："我们学校百分之九十的女生都喜欢他。"

沈慕晴好奇："那还剩下百分之十的女生呢？"

"那当然是有对象的啦。"

"那你呢？"

陈曦："……我是姐姐！！"

她说："按照道理来说，颜嘉池还得喊我一声姐姐是不是啊？"

众人："……"

颜嘉池都不喊颜秋枳姐姐，怎么可能会喊陈曦。

颜秋枳同样也想到了这个点，无奈地拍了拍陈曦的肩膀，以示安慰。

"有没有追到的？"

"颜嘉池你现在有女朋友了吗？有的话给我们看看照片啊？"

颜嘉池沉默，并不想参与几个人的话题。

陈曦笑："我知道有个特别的，有个女生追他追得超厉害。"

"来来来，我们八卦一下。"

陈陆南从厨房出来的时候发现，原本在晒太阳的老婆正挤在颜嘉池旁边和他说话，甚至在说话的时候，脸上的表情好像还些许有点……谄媚？

应该只能用谄媚来形容了，特别的热情，求知欲很强烈的模样。

他挑了挑眉，下意识地走近，刚走近一点点，便听到颜秋枳在问……

"给我看看照片啊？有没有？"

"谈恋爱了吗？人家都追你这么久了，你怎么还不答应人家啊？"

"长得漂亮不漂亮？"

"你不要对女孩子那么凶，好好珍惜现在还追你的，不然以后你追妻火葬场。"

"……"

陈陆南站在原地沉思了几秒，转身回了厨房。

这个话题，他觉得自己不适合参与。

*

在折星小镇待了好几天，一行人才回了家。

新年的时候，陈母老话重提，询问两人生宝宝这件事。

说实话，原本颜秋枳和陈陆南是打算这一年要孩子的，但奈何工作真的太忙了，两人忙得脚不沾地，很多代言都是早早便定了下来，他们就算是想生，也没时间。

到下半年的时候，两人相对比较顺其自然一点，可他们家那个难盼的宝宝就是不来，这让颜秋枳也没办法。

听着陈母的唠叨，颜秋枳瞥了一眼陈陆南。

接收到老婆的暗示后，陈陆南伸手捏了捏眉骨，喊了声："妈。"

"什么？"

陈陆南无奈，浅声道："孩子不是我们想要就有的。"

他顿了顿说："您要是真喜欢，隔壁家的可以抱来玩玩。"

陈母："……"

他对陈陆南无语了。

陈陆南也不和他们多解释，只淡淡地说："我们想要自然会生，如果我们不想要，那我们就不生。"

他看着陈父陈母，声线低沉："我们有自己选择的权利，您不用多说。"

陈母嘴唇动了动，半天没说话。

颜秋枳拉了拉陈陆南的手，她完全没想到陈陆南会说得这么严重。其实不是不生，只是孩子的机缘没到而已。

"妈，"颜秋枳连忙补救，"陈陆南不是这个意思，我们肯定会生的，只是早晚问题。"

她安慰着陈母："妈您别太担心了。"

陈母沉默了良久，叹了口气："算了，你们自己做决定吧。"

她说："我也没其他意思，就是问问而已。"

"我们知道的。"

吃过饭后，颜秋枳拉着陈陆南出门散步。

次日便又是除夕了，一年一年的，时间过得真的很快。

晚上的风有点凉，颜秋枳和陈陆南穿着同款羽绒服在外面走着，慢慢悠悠地，颇有种老年夫妻的感觉。

走了一会儿后，她转头看向不说话的人："心情不好？"

"没有，"陈陆南低头看着她，低声道，"抱歉。"

闻言，颜秋枳扑哧一笑："抱歉什么？"

她眉眼弯弯地看着陈陆南："怎么还跟我道歉了？"

"嗯，"陈陆南捏了捏她的手，低声道，"妈没别的意思。"

"我知道啊，"颜秋枳笑，"妈是好意，但这样确实会有点压力。"

两人都喜欢孩子，也确确实实是打算要孩子的。陈母说的多了，无形中就会把期盼变成压力。

这一点，两人都无比清楚。

颜秋枳也是一样，她确确实实盼着孩子到来，但说实话，她也不想勉强。

她更希望随缘，孩子能来更好，但他要是想晚点来，也没有关系。

陈陆南没多说话，握着她的手紧了紧。

两人散步的时候还碰到了陈曦，这大晚上的，陈曦已经开始玩仙女棒了。"小嫂子，要不要来玩？"

颜秋枳眼睛亮了亮，毫不犹豫去了。

"好，"她说，"我马上来。"

陈陆南笑，在旁边看着。

玩了一会儿后，颜秋枳突然想起了一个重点。她举着燃放的仙女棒到陈陆南旁边，低声问："对了，你记不记得你刚回国的那一年，我们去度假山庄过年？"

陈陆南点头，把手里点燃的给她："记得。"

颜秋枳瞅了他一眼。

陈陆南笑了一声，低声问："怎么了？"

"没事。"

颜秋枳突然想到了那天早上收到的红包和卡片，她抿了抿唇，看向陈陆南："你当时怎么会想要给我卡片？"

陈陆南挑眉，顿了顿说："没准备其他礼物。"

他低眸注视着她："不喜欢？"

"没有啊，"颜秋枳笑着说，"那是我那年收到最好的礼物。"

最真挚，也最浪漫的。

说完，颜秋枳继续问："那卡片还挺漂亮的。"

陈陆南颔首："嗯。"

他说："喜欢？"

颜秋枳想了想："还好吧，主要是看上面的内容是什么，卡片是次要的。"

闻言，陈陆南勾了一下唇角。

这话题很快便跳过去了。

颜秋枳和陈曦玩了会儿仙女棒，然后两人便慢悠悠地晃悠回家。

他们很少住在家里，但今年年底两人都没安排太多工作，长辈们年龄也都到了，所以便提前回来了。

洗漱之后，颜秋枳躺在床上玩手机。

她刷了会儿微博，看到了一个合作过的女明星报喜的消息，颜秋枳看着，分外意外。

"陈陆南。"

"嗯？"陈陆南正好在吹头发，"怎么了？"

颜秋枳意外地喊了一声："那个生了。"

陈陆南一时间还没反应过来："哪个？"

颜秋枳她哽了一下，捧着手机来到浴室门口："就是我们之前合作的那个女演员啊。"

陈陆南顿了顿，这才想起来。

"生了？"

颜秋枳瞅着他看了半晌，幽幽问："你该不会是连人家怀孕也不知道吧？"

"……"

看着陈陆南那无辜的眼神，颜秋枳就知道自己猜对了。是真的不知道。

她瞪大眼，分外不敢相信："……你微博没关注她？"

"嗯。"

"可是之前上热搜了啊？"

"没看。"

颜秋枳无言以对。她哭笑不得了半天，问："那你上网都看什么？"

陈陆南很认真地想了想："看看你发的内容，偶尔会去看看和你有关的话题。"

除了颜秋枳的事情之外，陈陆南对自己的一切都不是那么关注。

颜秋枳一怔，觉得有点好笑，但更多的是感动。

这么一个男人，作出的所有改变，好像都是因为自己。

两人无声地对视了一眼，颜秋枳主动进了浴室，伸手抱着陈陆南撒娇："你这话说的……是打算让我献身吗？"

陈陆南眼神顿了一下，落在她脸上，进而往下。

洗完澡之后，颜秋枳穿得还挺露骨的。

因为屋子里暖气足，她睡觉一般都是穿单薄的睡裙，特别舒服。颜秋枳觉得穿厚重的睡衣以及棉麻什么的特别不舒服，她爱绸缎料子的，顺滑轻薄，穿上和没穿差不多。

特别舒服。

所以这会儿，陈陆南的目光没有半点遮掩地落在了她的锁骨处。

随着年岁的增长，颜秋枳没有变老，甚至变得越发成熟性感了。她的身材越来越好，偶尔一个小小的举动，都分外勾人。

风情万种，勾的人心之所向。

白皙的肌肤被灯光照着，映衬在他的瞳眸里。

他眸色沉了几分，低声问："那你要吗？"

"……"

之后的一切，好像都分外水到渠成。

两人都是"老夫老妻"了，也没什么不好意思的。

做到最后，陈陆南还压在她耳边低喃，说："妈不是让我们早点生孩子吗？"

颜秋棋双眸湿漉漉地望着他。

他补充："那多做做。"

"……"

放纵的后果是第二天早上起不来。

颜秋棋睡醒的时候，已经十点多了。窗外的阳光透过厚重的窗帘照进来，有一条小小的缝隙，让人能看见外头的光。

她腰酸腿酸的，躺在床上缓了好一会儿才挣扎着起来。

进浴室后，颜秋棋看到了自己锁骨上、脖子上留下的印记。她面无表情地盯着看了几秒，在心底默默给陈陆南记了好几笔账。

他今晚别想碰自己了！！

幸亏是冬天，颜秋棋找了件高领的黑色毛衣穿着。

刚换上，陈陆南便上楼来了。

他靠在门口，就这么直勾勾地看着颜秋棋。

听到声音后，颜秋棋瞪了他一眼。

陈陆南穿了一套休闲服，但还是很帅。

他就站在那里，也能有全部的光。

"怎么了？"

"你怎么不喊我起来？"

陈陆南走近，拿过一旁的衣服给她穿上，低声答应了一句："我喊了。"

颜秋棋挑眉。

陈陆南低头亲了亲她的唇角，嗓音喑哑道："你说别吵你。"

"……"

"我说的？"

"嗯。"

颜秋棋怎么就那么不信呢。

她睨了一眼陈陆南，生气地说："那还不是都怪你。"

她小声嘟囔着："我的腿现在还是酸的。"

陈陆南的眼眸沉了沉，目光灼灼地望着她："怪我什么？"

他碰了碰她的唇，在上面吮吸了一下，低声说："应该怪你。"

颜秋棋对着他那双眼，突然就问不出"为什么要怪我"之类的话了。她要是问了，这人能给她说出一大堆让人面红耳赤且无力反驳的话。

她嘴唇动了动，最后只能气急败坏地推了他一下。

"妈肯定得说我。"

"不会，"陈陆南说，"他们很早出门了。"

颜秋枳一怔，有点儿意外："去哪儿了？"

陈陆南摇头："不知道，我醒来的时候家里已经没人了。"

"……"

陈父陈母去一个朋友家了，到吃午饭的时候才回来。

大年三十，所有人凑在一起，热热闹闹的。

团圆饭，是陈家一大家子人一起吃的。

颜秋枳和大家相处得越来越好，总体来说，陈家所有人都很喜欢她。陈曦和一个小侄女最甚，两人都喜欢黏着颜秋枳。

直接把颜秋枳给抢走了。

晚上，陈陆南陪长辈们聊了一会儿，想要找老婆的时候，老婆已经不见了。

陈母看他拿着手机张望的样子，低声问："你找颜颜？"

"嗯。"

陈陆南给她打电话也没接，他皱了皱眉，低声道："她去哪了？"

陈母无奈，指了指说："应该是去附近的公园了，陈曦和啾啾拉着她去的，说是那边有活动。"

陈陆南点头，低声道："我过去看看。"

他一走，陈曦的母亲便意外地摇了摇头，不敢相信地说："我真有点不敢相信这是阿南，他以前看着那么冷淡，现在反倒是黏人起来了。"

陈母失笑。

陈曦的母亲继续问："对了，他都跟颜颜重新求婚了，有没有说婚礼什么时候办？"

陈母点头："他有单独找我。"

她看着面前这几个亲戚，低声道："可不能让颜颜知道啊，陈陆南想在春天的时候办，让我帮忙安排一下。"

闻言，几个人了然地点了点头。

"还挺浪漫的。"

陈母"嗯"了一声，感慨了一句说："以前我也没想过他会这样。"

她一直都知道自己不了解儿子，但怎么说呢？就算是不了解，陈母也知道陈陆南性子冷淡，沉默寡言，从来不会做浪漫的事。

可前段时间的颁奖典礼活动又清清楚楚地告诉她——她儿子不是不会，只是之前没遇到人罢了。

实际上，他也能为了一个人去改变，去变得浪漫。

当然，这种浪漫只专属于颜秋枳。

有时候想想,陈母还有点吃味,但她又很感谢颜秋枳,是她让陈陆南变得有了"生命"。

*

陈陆南过来的时候,颜秋枳正和陈曦在说话。

她忘记带手机了,也没打算回去拿,公园距离他们家不远,走路十几分钟的样子。

周围的人越来越多,新年嘛,大家都喜欢往这种热闹的地方走。

而且现在的春晚,很多年轻人都不喜欢,便都出门活动了。

颜秋枳正挤在人流中,动弹不得的时候,陈陆南来了。

他把她给拉了出去,眉头紧锁着:"刚刚怎么不动?"

颜秋枳无奈:"人太多了,我都不知道怎么走出来。"

陈陆南轻笑了一声,看着她:"这样?"

颜秋枳瞥了他一眼:"不然呢?"

陈陆南挑了挑眉,有点自恋地说:"我以为你是在等我。"

"……"

颜秋枳无言了半晌,给他一个白眼。"陈曦她们还在那边。"

陈陆南看了一眼:"她们自己会回去。"

颜秋枳失笑,倒是也没拦着。

陈曦她们比自己在这一片还熟,不担心会丢掉。

两人回了家。长辈们都在边看春晚边打麻将,两人觉得没意思,早早便回房间了。

颜秋枳找了部电影出来,陈陆南陪着在旁边看。

看着看着,她的手机振动了一下,是萌姐发来的信息。让她新年发个微博。

"宇哥有给你发信息吗?"

"发什么?"

颜秋枳:"新年祝福啊。"

陈陆南摇头:"没有。"

颜秋枳知道这人叛逆,无语凝噎了半天后,她也放弃了。

她点了点头,无奈地说:"我打算凌晨再发。"

"好。"陈陆南伸手,把她搂在怀里。

他伸手揉了揉她的头发,突然问:"萌姐近期给你安排了什么工作?"

颜秋枳想了想:"好像没什么,年后有个代言要拍。"

"剧呢？"

"没定，"颜秋枳窝在他怀里说，"暂时还不确定吧，有几个看着不错的剧本，还在考虑中。"

她抬眸看向陈陆南，低声问："怎么突然这样问？"

陈陆南捏了捏她的脸，低声说："三月就要到了，我们五月办婚礼怎么样？"

她一愣，稍微有点诧异。

虽然说是求婚了，但求婚后关于婚礼的事，颜秋枳没问，陈陆南也没提，她就没去在意。

现在这样一说，好像还有点猝不及防的感觉。

颜秋枳眨了眨眼，磕巴了一下："好啊。"

陈陆南弯了一下唇："嗯，那我让妈选日子？"

"……好。"颜秋枳笑，"你怎么突然提起这事来了？"

"嗯，"陈陆南继续问，"想要什么样子的婚纱？"

颜秋枳怔了几秒，稍显诧异："我想啊？"

"嗯，"陈陆南说，"有没有特别喜欢的偏好。"

颜秋枳想了想，还真有点想不出来。她到这会儿才发现，无论是拍戏还是在现实里，她都没穿过婚纱。

她笑着说："不知道。"

她看着陈陆南说："你想吧。"

陈陆南沉默了几秒，低声道："那过几天去看看。"

"啊？"颜秋枳看着他，"去看什么？"

"婚纱。"

"……"

她瞪大眼看着陈陆南，似乎有点不敢置信。

陈陆南瞅着她，哭笑不得："怎么这么惊讶？"

颜秋枳轻轻眨了眨眼："去哪儿看？你选好了地方吗？"

"嗯，出国，"陈陆南说，"以前合作过的一个朋友介绍的。"

是特意去问来的。婚礼一辈子只有一次，意义不同。陈陆南想要满足颜秋枳所有的幻想。

无论多难，他都想去试试。

其实从陈陆南公开求婚之后，不少品牌就找过他，问过他要不要赞助。

陈陆南全拒绝了。

他不需要那些，他要给颜秋枳独一无二的。

因为要设计婚纱的缘故，陈陆南还找了不少设计师讨论，也看过不少设计稿,最后还是决定亲自带颜秋枳去一趟,按照她最喜欢的来。

颜秋枳怔了须臾,笑了出来。

她窝在陈陆南怀里,轻声道:"好,那就去看看。"

"嗯。"

陈陆南说带她去便是真的带她去,在家待了几天后,两人便直接出国了。

这行程很低调,陈父知道两人是去看婚纱的时候,还让陈陆南带颜秋枳坐家里飞机的过去,说是舒服点,睡一觉就到了。

陈陆南没拒绝。

抵达国外的时候,颜秋枳精神饱满。

有钱真好。

头等舱和私人飞机,简直根本不能比。

两人下飞机后便有人过来接,吃了很美味的早餐,陈陆南拉着颜秋枳去了某专门做婚纱定制的店。

是陈陆南朋友介绍的。

因为在国外的缘故,虽然有人认识陈陆南,但颜秋枳还没那么出名。

而且就算是认识,好像也只是在店里认识。

打完招呼后,颜秋枳便看到了面前挂着的一排排婚纱,洁白无瑕,每一件都特别漂亮。

她的眼睛亮了亮,惊喜地看向陈陆南。

陈陆南弯了弯唇,看向她:"去选一件试试?"

"你给我选。"

"好。"陈陆南没拒绝。

陈陆南给颜秋枳选了一条花朵款式的,大裙摆,看上去很隆重,但是又特别显气质。

没有烦琐的设计,很单调,可真的很漂亮。

"这个?"

"嗯,"颜秋枳点头,"那我去试试。"

"好。"

颜秋枳进去后,陈陆南在外头等着。

婚纱穿上很烦琐,颜秋枳一个人完不成,最后还是陈陆南给她帮忙才穿上的。

从试衣间出来的时候,颜秋枳的脸都是红的。

她抿了抿唇,眼神胡乱瞟着。

一旁的店员看着她出门,惊呼了一声:"很漂亮。"

是真的漂亮。

颜秋枳不好意思地笑了笑："谢谢。"

她抬眸，看向镜子中的自己，是漂亮的。

陈陆南眼光独到，选的都是她合适的。说实话，颜秋枳看到自己穿婚纱时候的样子，还有点儿意外。

以前她觉得自己不适合白色，后来发现还不错，但现在……镜子里的人告诉她，不是不错，是非常好。

婚纱是纯白色，没有蕾丝什么的，但就是简约好看。

颜秋枳盯着看了会儿，回头看向另一个人："你觉得怎么样？"

陈陆南应了一声，目光沉沉地说："好看。"

颜秋枳瞥了他一眼："你只会这一句？"

陈陆南低低一笑，凑在她耳边低声道："我刚刚表现得还不够明显？"

"……"

颜秋枳的脸瞬间红了。

刚刚穿婚纱的时候，本来是店员给她帮忙的，但因为少拿了点东西，拉开门出来拿的时候，陈陆南便代替了店员。

进去后，陈陆南最开始也没做什么。

他给颜秋枳选的这件婚纱，其实不算暴露，是裹胸的款式，会露出修长的脖颈和锁骨。

后背没露太多，总体来说，还算保守。

刚穿上，颜秋枳第一时间便想问他好不好看。

话音一落，陈陆南便在她锁骨上落下密密麻麻的吻，最后扣着她的腰肢亲了下来……贴靠在她耳边说了句让人面红耳赤的话。

他说，他有个特别的想法。

颜秋枳不想问这想法到底是什么，对着陈陆南那暗示意味极强的目光，她基本上就能猜到了。

但偏偏陈陆南不如她的意，一字一句地说给她听了。

这才有了刚刚的面红耳赤。

一想到这儿，颜秋枳的脸就更红了。

……

她嘴唇动了动，收回落在他身上的目光："我不和你说。"

陈陆南勾唇一笑，贴靠在她耳边问："再试试其他的？"

"……嗯。"

颜秋枳试了好几种不同款式的，最后设计师过来，两人和设计师沟通了许久，设计师给她做专属定制的。

沟通好之后，两人才离开。

临走之前，两人路过大厅的时候，颜秋枳被一条纱裙给吸引到了。

不是很烦琐的一条婚纱。

她多看了两眼，陈陆南跟着停下脚步。

"喜欢？"

"感觉还挺好看的。"

设计师笑了笑，看向两人说："喜欢的话试试？"

颜秋枳看向陈陆南。

"想要再试试吗？"

"但好像不是很适合在婚礼上穿的样子。"

"没关系，"陈陆南安慰她，"试试。"

裙子很漂亮，裙摆下一侧露出了颜秋枳的大长腿，随着她走动的时候，分外摇曳生姿，风情万种。

颜秋枳穿出来的时候还稍微有点不适应，这裙子好像太暴露了。

她紧张地拉了拉下摆，抬眸去看陈陆南。

"你觉得怎么样？"

陈陆南目光停滞在她身上片刻，低声道："还好。"

颜秋枳听着他这话，愣了一下："不好看吗？"

按照道理来说，陈陆南对她一般都是无脑夸的那种，除非是真的不好看，他才会有其他的点评。

"不是，"陈陆南补充一句，"确实不适合在婚礼上穿。"

这点颜秋枳倒是赞同。

她点了点头："是不适合，感觉穿这个你要被嘲笑。"

陈陆南挑眉。

颜秋枳揶揄道："被大家嘲笑买不起奢侈的婚纱给老婆。"

颜秋枳换回了自己的衣服。

再出来的时候，把婚纱递给了店员，下一秒她便看到店员和陈陆南说话："确定要吗？"

陈陆南点头："嗯，包起来。"

"……？？？"

颜秋枳一头雾水地看着他，眨了眨眼："你在做什么？"

说好的不适合呢？

陈陆南："你不是喜欢？"

"可是……"颜秋枳没忘记这家店里的婚纱价格，少则几十万，上百万的也数不胜数。

她的嘴唇动了一下,完全不知道该说什么。
"你不是说一般般吗?"
"我没说。"陈陆南反驳她。
颜秋枳:"……你刚刚的意思就是不好看。"
"不是。"陈陆南刷卡,从店员那儿拿了包装好的礼盒,"谢谢。"
"不客气。"
两人往外走,颜秋枳还有点蒙。
"不是什么?"她问。
陈陆南低眸看着她,声线沉沉说:"不是不好看,我是觉得……"
他亲了亲颜秋枳的唇角:"不适合穿给其他人看。"
颜秋枳噎住,不可置信地看他。"你……"
陈陆南吻着她的唇角,低声哄着:"回家穿给我看?"